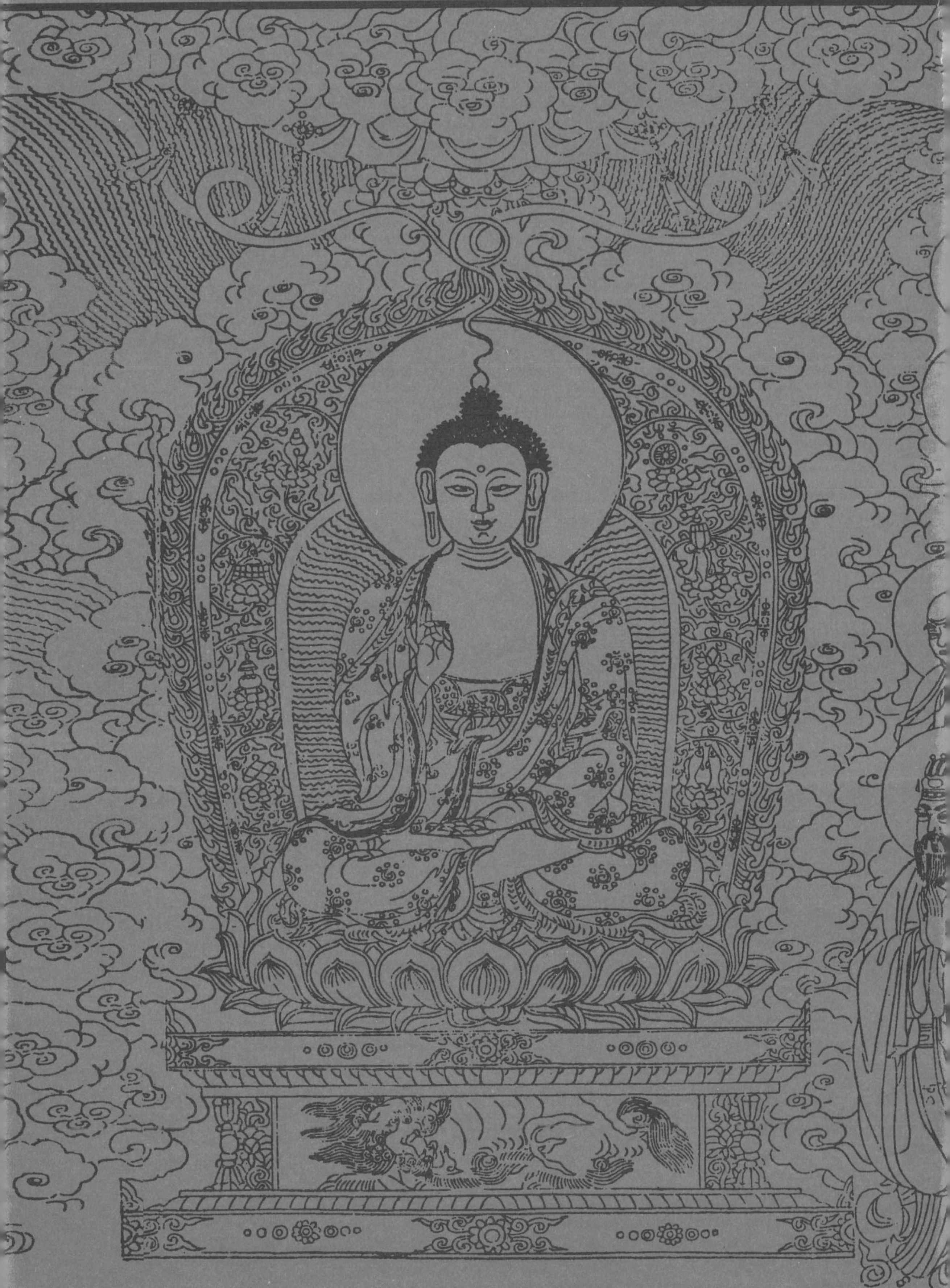

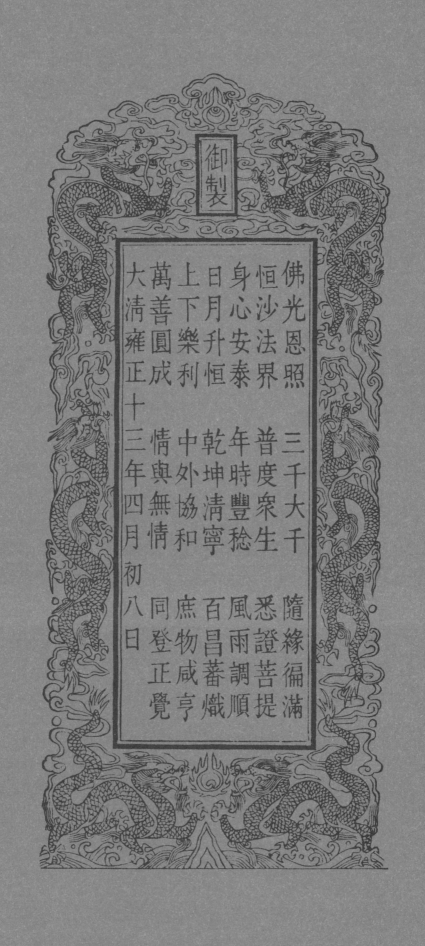

御製

佛光恩照　三千大千　隨緣徧滿

恒沙法界　普度衆生　悉證菩提

身心安泰　年時豐稔　風雨調順

日月升恒　乾坤清寧　百昌蕃熾

上下樂利　中外協和　庶物咸亨

萬善圓成　情與無情　同登正覺

大清雍正十三年四月初八日

第七〇册 小乘律（四）

四分律藏 六〇卷（卷二一至卷六〇） 姚秦三藏佛陀耶舍共竺佛念譯……一

四分律藏

姚秦三藏佛陀耶舍共竺佛念譯

清刻龍藏佛說法變相圖

四分律藏卷第二十一

姚秦三藏佛陀耶舍共竺佛念譯

初分七滅諍揵度法

爾時佛在舍衛國祇樹給孤獨園時有居士請諸比丘欲供設種種飲食即其夜辦具明日往白時到諸比丘著衣持鉢往其家就座而坐居士手自斟酌飯食時有六羣比丘頻食食居士見已嫌言此沙門釋子不知慚愧食如似獼猴時諸比丘聞其中有少欲知足行頭陀樂學戒知慚愧者嫌責已往世尊所頭面禮足在一面坐以此因緣具白世尊世尊爾時以此因緣集比丘僧如上訶責六羣比丘乃至最初犯戒已告諸比丘自今已去與比丘結戒集十句義乃至正法久住欲說戒者當如是說不得頻食食尸叉罽賴尼是

中頰食者令兩頰鼓起如似獮猴狀耶若故作大滿口鼓起頰食者犯應懺突吉羅以故作故犯非威儀突吉羅若不故作犯突吉羅比丘尼乃至沙彌沙彌尼突吉羅是謂爲犯不犯者或時有如是病或日時欲過或命難梵行難疾疾食者無犯無犯者最初未制戒癡狂心亂痛惱所纏一四十竟

爾時佛在舍衛國祇樹給孤獨園時有居士請諸比丘供設種種好美食即夜辦具明日往白時到諸比丘著衣持鉢往其家就座而坐居士手自斟酌飯食六羣比丘嚼飯作聲食居士見已嫌言此沙門釋子無有慚愧乃至何有正法如上食如似猪狗駱駝牛驢烏鳥時諸比丘聞其中有少欲知足行頭陀樂學戒知慙愧者嫌責六羣比丘言云何嚼飯作聲食諸比丘往世尊所頭面禮足在一面坐以此因緣具白世尊世尊爾時以此因緣集比丘僧如上訶責六羣比丘乃至最初犯戒已告諸比丘言自今已去與比丘結戒集十句義乃至正法久住欲説戒者當如是説不得嚼飯作聲食尸叉罽賴尼若比丘故嚼飯作聲食者犯應懺突吉羅以故作故犯非威儀突吉羅若不故作犯突吉羅比丘尼式叉摩那沙彌沙彌尼突吉羅是謂爲犯不犯者或時有如是病嚼乾餅及燋飯肉甘蔗瓜果菴婆羅果閻蔔果蒲蔔胡桃椑桃梨風梨無犯無犯者最初未制戒癡狂心亂痛惱所纏二四十竟

爾時佛在舍衛國祇樹給孤獨園時有居士請諸比丘供設種種好食即夜辦具明日往

白時到諸比丘著衣持鉢往詣其家就座而坐居士手自斟酌飯食六羣比丘大噏飯食居士見已嫌言此沙門釋子無有慙愧乃至何有正法如上食如似猪狗駱駝牛驢烏鳥時諸比丘聞其中有少欲知足行頭陀樂學戒知慙愧者嫌責六羣比丘已往世尊所頭面禮足在一面坐以此因緣具白世尊世尊爾時以此因緣集比丘僧如上訶責六羣比丘乃至最初犯戒已告諸比丘自今已去與比丘結戒集十句義乃至正法久住欲說戒者當如是說不得大噏飯食尸叉罽賴尼是中翕飯者張口遥呼噏若比丘故噏飯食犯應懺突吉羅以故作故犯非威儀突吉羅若不故作犯突吉羅比丘尼乃至沙彌沙彌尼突吉羅是謂爲犯不犯者或時有如是病若口痛若食羹若食酪酪漿蘇毗羅漿若苦酒無犯無犯者最初未制戒癡狂心亂痛惱所纏四十三竟

爾時佛在舍衛國祇樹給孤獨園時有居士請諸比丘供設種種好食即其夜辦具明日往白時到諸比丘著衣持鉢往詣其家就座而坐居士手自斟酌飲食六羣比丘吐舌食時居士見已嫌言此沙門釋子無有慙愧乃至何有正法如上食如似猪狗駱駝牛驢烏鳥時諸比丘聞其中有少欲知足行頭陀樂學戒知慙愧者嫌責六羣比丘已往世尊所頭面禮足在一面坐以此因緣具白世尊世尊爾時以此因緣集比丘僧如上訶責六羣比丘乃至最初犯戒已告諸比丘言自今已去與比丘結戒集十句義乃至正法久住欲

說戒者當如是說不得舌舐食尸叉罽賴尼
舌舐者以舌舐飯揣食若比丘故作舌舐食
犯應懺突吉羅以故作故犯非威儀突吉羅
若不故作犯突吉羅比丘尼乃至沙彌沙彌
尼突吉羅是謂爲犯不犯者或時有如是病
或時被縛或手有泥及垢膩汙手舌舐取無
犯無犯者最初未制戒癡狂心亂痛惱所纏
四十四竟
爾時佛在舍衛國祇樹給孤獨園爾時有居
士請諸比丘供設種種好食即夜辦具明日
往白時到諸比丘著衣持鉢往詣其家就座
而坐居士手自斟酌飲食時有六羣比丘振
手而食居士見已嫌言此沙門釋子無有慚
愧乃至何有正法如上食如似王若王大臣
時諸比丘聞其中有少欲知足行頭陀樂學
戒知慚愧者嫌責已往世尊所頭面禮足在
一面坐以此因緣具白世尊世尊爾時以此
因緣集比丘僧如上訶責六羣比丘乃至最
初犯戒已告諸比丘自今已去與比丘結戒
集十句義乃至正法久住欲說戒者當如是
說不得振手食尸叉罽賴尼若比丘故作振
手食犯應懺突吉羅以故作故犯非威儀突
吉羅若不故作犯突吉羅比丘尼乃至沙彌
沙彌尼突吉羅是謂爲犯不犯者或時有如
是病或食中有草有蟲或時手有不淨欲振
去之或有未受食手觸而汙手振去之無犯
無犯者最初未制戒癡狂心亂痛惱所纏四十
五竟
爾時佛在舍衛國祇樹給孤獨園時有居士
請諸比丘供設種種好食即夜辦具明日往

白時到諸比丘著衣持鉢往詣其家就座而坐居士手自斟酌飲食時有六羣比丘手把散飯食居士見已嫌言此沙門釋子無有慚愧乃至何有正法如上食如似雞鳥耶時諸比丘聞其中有少欲知足行頭陀樂學戒知慚愧者嫌責已往世尊所頭面禮足在一面坐以此因緣具白世尊世尊爾時以此因緣集比丘僧如上訶責六羣比丘乃至最初犯戒已告諸比丘自今已去與比丘結戒集十句義乃至正法久住欲說戒者當如是說不得手把散飯食尸叉罽賴尼把散飯者散棄飯耶若比丘故作把散飯食犯應懺突吉羅以故作故犯非威儀突吉羅若不故作犯突吉羅比丘尼乃至沙彌沙彌尼突吉羅是謂爲犯不犯者或時有如是病或時食中有草有蟲或有不淨汙或有未受食捨棄無犯無犯者最初未制戒癡狂心亂痛惱所纏四十六竟

爾時佛在舍衛國祇樹給孤獨園時有居士請諸比丘供設種種好食即夜辦具明日往白時到諸比丘著衣持鉢往至其家就座而坐居士手自斟酌飲食時有六羣比丘以不淨膩手捉飲器居士見已嫌言沙門釋子無有慚愧乃至何有正法如上以不淨手捉飲器似如王王大臣時諸比丘聞其中有少欲知足行頭陀樂學戒知慚愧者嫌責已往世尊所頭面禮足在一面坐以此因緣具白世尊世尊爾時以此因緣集比丘僧如上訶責六羣比丘乃至最初犯戒已告諸比丘自今已去與比丘結戒集十句義乃至正法久住欲說戒者當如是說不得膩手捉飲器尸叉

闍賴尼是中汙手者有膩飯著手若比丘故作不淨膩手捉飲器者犯應懺突吉羅以故作故犯非威儀突吉羅若不故作犯突吉羅比丘尼乃至沙彌沙彌尼突吉羅是謂爲犯不犯者或時有如是病或草上受葉上受洗手受無犯無犯者最初未制戒癡狂心亂痛惱所纏四十七竟

爾時佛在舍衛國祇樹給孤獨園時有六羣比丘在居士家食已洗鉢棄洗鉢水乃至餘食狼藉在地居士見已譏嫌言沙門釋子無有慙愧乃至何有正法如上多受飲食如飢餓之人而捐棄狼藉如王大臣時諸比丘聞其中有少欲知足行頭陀樂學戒知慙愧者嫌責已往世尊所頭面禮足在一面坐以此因緣具白世尊世尊爾時以此因緣集比丘僧如上訶責六羣比丘乃至最初犯戒已告諸比丘自今已去與比丘結戒集十句義乃至正法久住欲說戒者當如是說不得洗鉢水棄白衣舍内尸叉罽賴尼是中洗鉢水者雜飯水若比丘故作洗鉢水棄白衣舍内犯應懺突吉羅以故作故犯非威儀突吉羅若不故作犯突吉羅比丘尼乃至沙彌沙彌尼突吉羅是謂爲犯不犯者或時有如是病或時令器若澡槃承取水持棄外無犯無犯者最初未制戒癡狂心亂痛惱所纏四十八竟

爾時佛在舍衛國祇樹給孤獨園時六羣比丘大小便涕唾生草菜上時有居士見已嫌言沙門釋子無有慙愧外自稱言我知正法如是有何正法大小便及涕唾坐草菜上如似猪狗駱駝牛驢時諸比丘聞中有少欲知

足行頭陀樂學戒知慚愧者嫌責已往世尊所頭面禮足在一面坐以此因緣具白世尊世尊爾時以此因緣集比丘僧如上訶責六羣比丘乃至最初犯戒已告諸比丘自今已去與比丘結戒集十句義乃至正法久住欲說戒者當如是說不得大小便涕唾生草菜上尸叉罽賴尼如是世尊與比丘結戒已病比丘不堪避生草菜疲極佛言病比丘無犯自今已去當如是說戒不得生草菜上大小便涕唾除病尸叉罽賴尼若比丘不病故生草菜上大小便者犯應懺突吉羅以故作故犯非威儀突吉羅若不故作犯突吉羅比丘尼乃至沙彌沙彌尼突吉羅是謂爲犯不犯者或時有如是病若在無草菜處大小便流墮生菜草上或時爲風吹或時爲鳥鳥所銜而墮生草菜中者無犯無犯者最初未制戒癡狂心亂痛惱所纏四十九竟

爾時佛在舍衛國祇樹給孤獨園時六羣比丘水中大小便涕唾居士見已嫌言此沙門釋子無有慚愧外自稱言我知正法如是何有正法水中大小便如似猪狗牛驢駱駝時諸比丘聞中有少欲知足行頭陀樂學戒知慚愧者嫌責六羣比丘已往世尊所頭面禮足在一面坐以此因緣具白世尊世尊爾時以此因緣集比丘僧如上訶責六羣乃至最初犯戒已告諸比丘自今已去與比丘結戒集十句義乃至正法久住欲說戒者當如是說不得水中大小便涕唾尸叉罽賴尼如是世尊與比丘結戒時病比丘避有水處疲極佛言病者無犯自今已去當如是說戒不得

水中大小便涕唾除病尸叉罽賴尼若比丘故爲水中大小便涕唾犯應懺突吉羅以故作故犯非威儀突吉羅若不故作犯突吉羅比丘尼乃至沙彌沙彌尼突吉羅是謂爲犯不犯者或時有如是病或時於岸上大小便流墮水中或時爲風吹鳥銜墮水中無犯無犯者最初未制戒癡狂心亂痛惱所纏五十竟

爾時佛在舍衛國祇樹給孤獨園時六羣比丘立大小便居士見已嫌言此沙門釋子無有慚愧外自稱言我知正法如是何有正法立大小便如似牛馬猪羊駱駝時諸比丘聞中有少欲知足行頭陀樂學戒知慚愧者嫌責六羣比丘已往世尊所頭面禮足在一面坐以此因緣具白世尊世尊爾時以此因緣集比丘僧如上訶責六羣比丘乃至最初犯戒已告諸比丘自今已去與比丘結戒集十句義乃至正法久住欲說戒者當如是說不得立大小便尸叉罽賴尼如是世尊與比丘結戒時諸病比丘疲極不堪蹲佛言病者無犯自今已去當如是說戒不得立大小便除病尸叉罽賴尼若比丘故作立大小便者犯應懺突吉羅以故作故犯非威儀突吉羅若不故作犯突吉羅比丘尼乃至沙彌沙彌尼突吉羅是謂爲犯不犯者或時有如是病被繫縛或時脚蹲有垢膩若泥汙無犯無犯者最初未制戒癡狂心亂痛惱所纏五十一竟

爾時佛在舍衛國祇樹給孤獨園時有六羣比丘與不恭敬反抄衣人說法時諸比丘聞中有少欲知足行頭陀樂學戒知慚愧者嫌責六羣已往世尊所頭面禮足在一面坐以

此因縁具白世尊世尊爾時說此因縁集比丘僧如上訶責六羣比丘乃至最初犯戒已告諸比丘自今已去與比丘結戒集十句義乃至正法久住欲說戒者當如是說不得與反抄衣不恭敬人說法尸叉罽賴尼爾時諸比丘疑病反抄衣者不敢爲說法佛言病者無犯自今已去不得與反抄衣不恭敬人說法除病尸叉罽賴尼若比丘故爲反抄衣不恭敬無病人說法犯應懺突吉羅以故作故犯非威儀突吉羅若不故作犯突吉羅比丘尼乃至沙彌沙彌尼突吉羅是謂爲犯不犯者或時有如是病若爲王王大臣無犯無犯者最初未制戒癡狂心亂痛惱所纏五十二竟

不得爲衣纏頭者說法除病尸叉罽賴尼如上五十三竟

不得爲覆頭者說法除病尸叉罽賴尼如上五十四竟

不得爲裹頭者說法除病尸叉罽賴尼如上五十五竟

不得爲叉腰者說法除病尸叉罽賴尼如上五十六竟

不得爲著革屣者說法除病尸叉罽賴尼如上五十七竟

不得爲著木屐者說法除病尸叉罽賴尼如上五十八竟

不得爲騎乘者說法除病尸叉罽賴尼如上五十九竟

爾時佛在舍衛國祇樹給孤獨園時有六羣比丘止宿佛塔中時有諸比丘聞其中有少欲知足行頭陀樂學戒知慙愧者嫌責六羣

比丘言云何止宿佛塔中往世尊所頭面禮足在一面坐以此因緣具白世尊世尊爾時以此因緣集比丘僧如上訶責六羣乃至最初犯戒自今已去與比丘結戒集十句義乃至正法久住欲說戒者當如是說不得在佛塔中止宿尸叉罽賴尼如是世尊與比丘結戒時有比丘疑不敢爲守護故止宿佛塔中佛言爲守護故無犯自今已去應如是說戒不得在佛塔中止宿除爲守護故尸叉罽賴尼若比丘故爲佛塔中止宿犯應懺突吉羅以故作故犯非威儀突吉羅若不故作犯突吉羅比丘尼乃至沙彌沙彌尼突吉羅是謂爲犯不犯者或時有如是病若爲守護故止宿或爲强者所執或命難梵行難止宿無犯無犯者最初未制戒癡狂心亂痛惱所纏十六竟

爾時佛在舍衛國祇樹給孤獨園時有六羣比丘藏財物置佛塔中諸比丘聞其中有少欲知足行頭陀樂學戒知慚愧者嫌責六羣比丘已往世尊所頭面禮足却坐一面以此因緣具白世尊世尊爾時以此因緣集比丘僧如上訶責六羣比丘乃至最初犯戒已告諸比丘自今已去與比丘結戒集十句義乃至正法久住欲說戒者當如是說不得藏財物置佛塔中尸叉罽賴尼如是世尊與比丘結戒時比丘有疑不敢爲堅牢故藏財物著佛塔中佛言若爲堅牢無犯自今已去應如是說戒不得藏財物置佛塔中除爲堅牢尸叉罽賴尼若比丘故爲持財物置佛塔中除爲堅牢犯應懺突吉羅以故作故犯非威儀

突吉羅若不故作犯突吉羅比丘尼乃至沙彌沙彌尼突吉羅是謂爲犯不犯者或有如是病爲堅牢故藏著佛塔中或爲強者所執或命難梵行難無犯無犯者最初未制戒癡狂心亂痛惱所纏六十一竟

爾時佛在舍衛國祇樹給孤獨園六羣比丘著革屣入佛塔中諸比丘聞其中有少欲知足行頭陀樂學戒知慚愧者嫌責六羣比丘云何汝等著革屣入佛塔中諸比丘訶責已往詣世尊所頭面禮足在一面坐以此因緣具白世尊世尊爾時以此因緣集比丘僧如上訶責六羣比丘乃至最初犯戒自今已去與比丘結戒集十句義乃至正法久住欲說戒者當如是說不得著革屣入佛塔中尸叉罽賴尼若比丘故爲著革屣入佛塔中者犯應懺突吉羅以故作故犯非威儀突吉羅若不故作犯突吉羅比丘尼乃至沙彌沙彌尼突吉羅是謂爲犯不犯者或時有如是病或爲強者所執喚入塔中無犯無犯者最初未制戒癡狂心亂痛惱所纏六十二竟

不得手捉革屣入佛塔中尸叉罽賴尼如上六十三竟

不得著革屣繞佛塔行尸叉罽賴尼如上六十四竟

不得著富羅入佛塔中尸叉罽賴尼如上六十五竟

不得手捉富羅入佛塔中尸叉罽賴尼如上六十六竟

爾時佛在舍衛國祇樹給孤獨園時六羣比丘在塔下坐食已留殘食及草汙地而去諸比丘聞其中有少欲知足行頭陀樂學戒知慚愧者嫌責六羣比丘已往世尊所頭面禮

足在一面坐以此因緣具白世尊世尊爾時以此因緣集比丘僧訶責六羣比丘如上乃至最初犯戒自今已去與比丘結戒集十句義乃至正法久住欲說戒者當如是說不得塔下坐食尸叉罽賴尼如是世尊與比丘結戒時諸比丘作塔已施食作房已施食若施池井若衆集坐處窄狹疑佛未聽我等塔下坐食往白佛佛言聽坐食不應留草及食汙地時有一坐食比丘若作餘食法不食比丘若有病比丘不敢留殘食草汙地佛言聽聚著脚邊出時持棄之自今已去當如是說戒不得塔下坐食留草及食汙地尸叉罽賴尼若比丘故爲在塔下食已留草及殘食汙地者犯應懺突吉羅以故作故犯非威儀突吉羅若不故作犯突吉羅比丘尼乃至沙彌沙彌尼突吉羅是謂爲犯不犯者或時有如是病或時聚一處出時持棄無犯無犯者最初未制戒癡狂心亂痛惱所纏六十七竟

爾時佛在舍衛國祇樹給孤獨園時六羣比丘擔死屍從塔下過護塔神瞋諸比丘聞其中有少欲知足行頭陀樂學戒知慙愧者嫌責六羣比丘言云何汝等於佛塔下擔死屍過訶責已往詣佛所頭面禮足在一面坐以此因緣具白世尊世尊爾時以此因緣集比丘僧如上訶責六羣比丘乃至最初犯戒自今已去與比丘結戒集十句義乃至正法久住欲說戒者當如是說不得擔死屍從塔下過尸叉罽賴尼若比丘故擔死屍從塔下過者犯應懺突吉羅以故作故犯非威儀突吉羅若不故作犯突吉羅比丘尼乃至沙彌沙

彌尼突吉羅是謂爲犯不犯者或時有如是
病或時須此道行或爲强力者所將去無犯
無犯者最初未制戒癡狂心亂痛惱所纏六十八竟
不得塔下埋死屍尸叉罽賴尼如上六十九竟
不得在塔下燒死屍尸叉罽賴尼如上七十竟
不得向塔下燒死屍尸叉罽賴尼如上七十一竟
不得佛塔四邊燒死屍使臭氣來入尸叉罽
賴尼如上七十二竟
爾時佛在舍衛國祇樹給孤獨園時有六羣
比丘持死人衣及牀從塔下過彼所住處神
瞋諸比丘聞其中有少欲知足行頭陀樂學
戒知慚愧者嫌責已往佛所頭面禮足在一
面坐以此因緣具白世尊世尊爾時以此因
緣集比丘僧如上訶責六羣比丘乃至最初
犯戒自今已去與比丘結戒集十句義乃至
正法久住欲說戒者當如是說不得持死人
衣及牀從塔下過尸叉罽賴尼如是世尊與
比丘結戒爾時諸糞掃衣比丘疑不敢持如
是衣從塔下過比丘白佛佛言聽浣染香熏
已持入自今已去應如是說戒不得持死人
衣及牀從塔下過除浣染香熏尸叉罽賴尼
若比丘故持死人糞掃衣不浣不染不熏從
塔下過犯應懺突吉羅以故作故犯非威儀
突吉羅若不故作犯突吉羅比丘尼乃至沙
彌沙彌尼突吉羅是謂爲犯不犯者或時有
如是病若浣染香熏者無犯無犯者最初未
制戒癡狂心亂痛惱所纏七十三竟
不得佛塔下大小便尸叉罽賴尼如上七十四竟
不得向佛塔大小便尸叉罽賴尼如上七十五竟
不得繞佛塔四邊大小便使臭氣來入尸叉

罽賴尼如上七十六竟
不得持佛像至大小便處尸叉罽賴尼如上
有三事不犯或時有如是病或時道由中而
過或爲强力者所持呼去無犯七十七竟
不得在佛塔下嚼楊枝尸叉罽賴尼如上七十八竟
不得向佛塔嚼楊枝尸叉罽賴尼如上七十九竟
不得佛塔四邊嚼楊枝尸叉罽賴尼如上八十
竟
不得在佛塔下涕唾尸叉罽賴尼如上八十一竟
不得向佛塔涕唾尸叉罽賴尼如上八十二竟
爾時佛在舍衛國祇樹給孤獨園爾時六羣
比丘佛塔四邊涕唾時諸比丘見已嫌責言
汝等云何塔四邊涕唾耶諸比丘往世尊所
頭面禮足在一面坐以此因緣具白世尊世
尊爾時以此因緣集比丘僧訶責六羣比丘
乃至最初犯戒如上告諸比丘自今已去與
比丘結戒集十句義乃至正法久住欲說戒
者當如是說不得塔四邊涕唾尸叉罽賴尼
若比丘故爲塔四邊涕唾者犯應懺突吉羅
以故作故犯非威儀突吉羅若不故作犯突
吉羅比丘尼乃至沙彌沙彌尼突吉羅是謂
爲犯不犯者或時有如是病或爲大鳥銜置
塔邊或爲風吹去無犯無犯者最初未制戒
癡狂心亂痛惱所纏八十三竟
爾時佛在舍衛國時六羣比丘向塔舒脚諸
比丘聞其中有少欲知足行頭陀樂學戒知
慙愧者嫌責已往詣佛所頭面禮足在一面
坐以此因緣具白世尊世尊爾時以此因緣
集比丘僧訶責六羣比丘乃至最初犯戒如
上已告諸比丘自今已去與比丘結戒集十

句義乃至正法久住欲說戒者當如是說不得向塔舒脚坐尸叉罽賴尼如是世尊與比丘結戒彼比丘疑不敢向塔間舒脚佛言中間有隔聽自今已去當如是說戒不得向塔舒脚坐尸叉罽賴尼若比丘故作向塔舒脚坐者犯應懺突吉羅以故作故犯非威儀突吉羅若不故作犯突吉羅比丘尼乃至沙彌沙彌尼突吉羅是謂爲犯不犯者或時有如是病若中間隔或爲强者所持無犯無犯者最初未制戒癡狂心亂痛惱所纏八十四竟

爾時佛在拘薩羅國遊行向都子婆羅門村爾時六羣比丘安佛塔在下房已在上房住諸比丘聞其中有少欲知足行頭陀樂學戒知慙愧者嫌責六羣已往世尊所頭面禮足在一面坐以此因緣具白世尊世尊爾時以此因緣集比丘僧訶責六羣比丘乃至最初犯戒自今已去與比丘結戒集十句義乃至正法久住欲說戒者當如是說不得安佛塔在下房已在上房住尸叉罽賴尼若比丘故爲安佛塔在下房已在上房住犯應懺突吉羅以故作故犯非威儀突吉羅若不故作犯突吉羅比丘尼乃至沙彌沙彌尼突吉羅是謂爲犯不犯者或時有如是病持佛塔在下房已在上房住或命難梵行難無犯無犯者最初未制戒癡狂心亂痛惱所纏八十五竟

人坐已立不得爲說法尸叉罽賴尼如上彼疑不敢爲病人說法佛言聽自今已去應如是說戒人坐已立不得爲說法除病尸叉罽賴尼若比丘人坐已立故爲說法者犯應懺突吉羅以故作故犯非威儀突吉羅若不故

作犯突吉羅比丘尼乃至沙彌沙彌尼突吉羅是謂爲犯不犯者或時有如是病若王王大臣捉去無犯無犯者最初未制戒癡狂心亂痛惱所纏八十六竟

人卧已坐不得爲說法除病尸叉罽賴尼如上八十七竟

人在座已在非座不得爲說法除病尸叉罽賴尼如上八十八竟

人在高坐已在下坐不得爲說法除病尸叉罽賴尼如上八十九竟

人在前行已在後行不得爲說法除病尸叉罽賴尼如上九十竟

人在高經行處已在下經行處不應爲說法除病尸叉罽賴尼如上九十一竟

人在道已在非道不應爲說法除病尸叉罽賴尼如上九十二竟

爾時佛在舍衛國祇樹給孤獨園時六羣比丘携手在道行或遮他男女諸居士見已皆譏嫌言沙門釋子不知慚愧外自稱言我知正法如是有何正法携手在道行如似王王大臣豪貴長者諸比丘聞其中有少欲知足行頭陀樂學戒知慚愧者嫌責六羣比丘已往世尊所頭面作禮在一面住以此因緣具白世尊世尊爾時以此因緣集比丘僧訶責六羣比丘乃至最初犯戒自今已去與比丘結戒集十句義乃至正法久住欲說戒者當如是說不得携手在道行尸叉罽賴尼若比丘故作犯應懺突吉羅以故作故犯非威儀突吉羅若不故作犯突吉羅比丘尼乃至沙彌沙彌尼突吉羅是謂爲犯不犯者或時有

如是病或時有比丘患眼闇須扶接無犯無犯者最初未制戒癡狂心亂痛惱所纏九十二竟

爾時佛在舍衛國祇樹給孤獨園時有一比丘在大樹上受夏安居於樹上大小便下爾時樹神瞋伺其便欲斷其命根爾時諸比丘聞嫌責已往白世尊世尊爾時以此因緣集比丘僧如上訶責此一比丘言汝所爲非非威儀非淨行非隨順行所不應爲云何乃於樹上大小便訶責已告諸比丘自今已去不得樹上安居不得繞樹大小便若先有大小便處大小便無犯以無數方便訶責已告諸比丘此癡人多種有漏處最初犯戒自今已去與比丘結戒集十句義乃至正法久住欲說戒者當如是說不得上樹過人尸叉罽賴尼如是世尊與比丘結戒爾時諸比丘向拘薩羅國遊行於道中值惡獸恐怖上樹齊人自念言世尊制戒不得上樹過人不敢過上即爲惡獸所害爾時諸比丘以此因緣往白佛佛言自今已去聽諸比丘若命難梵行難得上樹過人自今已去當如是說戒不得上樹過人除時因緣尸叉罽賴尼若比丘故作上樹過人犯應懺突吉羅以故作故犯非威儀突吉羅若不故作犯突吉羅比丘比丘尼乃至沙彌沙彌尼突吉羅是謂爲犯不犯者或時有如是病或命難梵行難上樹過人無犯無犯者最初未制戒癡狂心亂痛惱所纏九十四竟

爾時佛在舍衛國祇樹給孤獨園爾時跋難陀絡囊中盛鉢貫著杖頭肩上擔爾時諸居士見已謂是官人皆下道避於屏處看之乃

知是跋難陀時諸居士皆嫌言此沙門釋子不知慙愧云何絡囊盛鉢肩上擔在道而行如似官人令我下道避之時有比丘聞訶責已往白世尊世尊爾時以此因緣集比丘僧訶責跋難陀言汝所爲非非威儀非淨行非隨順行所不應爲云何汝絡囊盛鉢貫杖頭肩上擔行使諸居士下道避之以無數方便訶責已告諸比丘是癡人多種有漏處最初犯戒自今已去與比丘結戒集十句義乃至正法久住欲說戒者當如是說不得絡囊盛鉢貫杖頭著肩上而行尸叉罽賴尼若比丘故作犯應懺突吉羅以故作故犯非威儀突吉羅若不故作犯突吉羅比丘尼乃至沙彌沙彌尼突吉羅是謂爲犯不犯者或時有如是病或爲强力者所逼若被縛若命難梵行難無犯無犯者最初未制戒癡狂心亂痛惱所纏 九十五竟

爾時佛在舍衛國祇樹給孤獨園時有六羣比丘爲執杖不恭敬者說法時諸比丘聞訶責如上往白世尊世尊爾時亦訶責如上已告諸比丘自今已去與諸比丘結戒集十句義乃至正法久住欲說戒者當如是說人持杖不應爲說法尸叉罽賴尼彼疑不敢爲病人持杖者說法佛言爲病人無犯自今已去與諸比丘結戒人持杖不恭敬不應爲說法除病尸叉罽賴尼若比丘故爲持杖者說法犯應懺突吉羅以故作故犯非威儀突吉羅若不故作犯突吉羅比丘尼乃至沙彌沙彌尼突吉羅是謂爲犯不犯者或時有如是病或爲王及大臣無犯無犯者最初未制戒癡

狂心亂痛惱所纏九十六竟

人持劒不應爲說法除病尸叉罽賴尼如上九十七竟

人持鉾不應爲說法除病尸叉罽賴尼如上九十八竟

人持刀不應爲說法除病尸叉罽賴尼如上九十九竟

人持蓋不應爲說法除病尸叉罽賴尼如上一百竟

如是七悔過法半月半月說戒經來若有諍事起即應除滅應與現前毗尼當與現前毗尼應與憶念毗尼當與憶念毗尼應與不癡毗尼當與不癡毗尼應與自言治當與自言治應與覔罪相當與覔罪相應與多人覔罪當與多人覔罪應與如草覆地當與如草覆地

四分律藏卷第二十一

音釋

獼猴 獼民畢切 猴戶鉤切 叉罽 罽居例切 嚼 在爵切 咀嚼也 駱駝 駱盧各切 駝徒河切 燋 即消切 火傷也 甘蔗 苷古南切 蔗之夜切 蔔 蒲墨切 椑 班麋切 噏 許及切 呼吸也 舐 甚爾切 以舌取食也 膩 女利切 肥也 狼藉 狼魯當切 藉秦昔切 狼藉雜亂也 涕唾 涕他計切 唾湯卧切 衒 胡讒切 口舍也 蹲 徂尊切 蹲踞也 踹 市充切 腓腸也 屣 所綺切 皮履也 屐 竭戟切 木屩也 窄狹 窄側革切 狹胡夾切 鉾 莫浮切 鉤兵也

四分律藏卷第二十二

姚秦三藏佛陀耶舍共竺佛念譯

第二分尼戒波羅夷法

爾時世尊在毗舍離獼猴江邊樓閣講堂上。時世尊以此因緣集諸比丘僧告言：自今已去，我與諸比丘尼結戒，集十句義：一攝取於僧，二令僧歡喜，三令僧安樂，四令未信者信，五已信者令增長，六難調順者令調順，七慙愧者得安樂，八斷現在有漏，九斷未來有漏，十正法得久住。欲說戒者當如是說：若比丘尼作婬欲犯不淨行，乃至共畜生，是比丘尼波羅夷不共住。若比丘尼者，名字為比丘尼、相似比丘尼、自稱比丘尼、善來比丘尼、乞求比丘尼、著割截衣比丘尼、破結使比丘尼、受大戒白四羯磨如法成就得處所比丘尼。是中比丘尼若受大戒白四羯磨如法成就得處所住比丘尼法中，是謂比丘尼義。作婬欲犯不淨行乃至共畜生者，所可得行婬處者是。波羅夷者，譬如人斷頭不可復起，比丘尼亦復如是，犯波羅夷已不復成比丘尼，故名波羅夷。云何名不共住？有二不共住：一羯磨、二說戒，彼比丘尼不得於是二事中住，是故名不共住。有三處行婬波羅夷：人、非人、畜生，於此三處共行婬犯波羅夷。復於三種男行婬犯波羅夷：人男、非人男、畜生男，於此三處共行婬犯波羅夷。於三種二形行婬犯波羅夷：人二形、非人二形、畜生二形，於此三處二形共行婬犯波羅夷。於三種黃門行婬犯波羅夷：人黃門、非人黃門、畜生黃門，於此三處行婬波羅夷。比丘尼有婬心捉人男根著三

處大小便道及口入者犯不入者不犯有隔有隔有隔無隔無隔有隔無隔無隔波羅夷非人男畜生男二形男黄門亦如是比丘尼有婬心捉眠男子及死者身未壞者少壞者男根入三處入者犯不入不犯有隔有隔有隔無隔無隔有隔無隔無隔波羅夷非人男畜生男人二形男黄門亦如是若比丘尼爲賊所捉將詣人男所彼以男根著三處初入覺樂入已樂出時樂波羅夷初入樂入已樂出時樂波羅夷初入樂入已樂出時不樂波羅夷初入樂入已不樂出時樂波羅夷初入樂入已不樂出時不樂波羅夷初入不樂入已不樂出時樂波羅夷初入不樂入已不樂出時樂波羅夷此是第六句有隔乃至無隔無隔亦如上非人男畜生男二形男黄門有隔乃至無隔無隔亦如上比丘尼爲賊捉將至眠男子所及死者身未壞少壞者所以彼男根著三處從初入樂入已樂乃至初入不樂入已不樂出時樂亦如上有隔有隔乃至無隔無隔亦如上乃至黄門亦如上有隔有隔乃至無隔無隔亦如上若比丘尼爲賊所捉於三處行婬從初入樂入已樂出時樂乃至初入不樂入已不樂出時樂亦如上有隔有隔乃至無隔無隔亦如上若比丘尼方便欲行不淨若作者波羅夷不作者偷蘭遮比丘方便教比丘尼犯婬作者偷蘭遮不作者突吉羅比丘教比丘尼犯婬作者偷蘭遮不作者突吉羅除比丘比丘尼教餘者作不作一切突吉羅比丘波羅夷式叉摩那沙彌沙彌尼突吉羅滅擯是謂爲犯不犯者眠無所

覺知不受樂一切無欲心不犯不犯者最初未結戒癡狂心亂痛惱所纏竟一

爾時世尊在羅閱城耆闍崛山中爾時世尊以此因縁集比丘僧告言自今已去與比丘尼結戒集十句義乃至正法久住欲說戒者當如是說若比丘尼在聚落若空處不與懷盜心取隨所盜物若爲王若王大臣所捉若縛若殺若驅出國汝賊汝癡若比丘尼作如是不與取是比丘尼波羅夷不共住竟二

爾時世尊在毗舍離以此因緣集諸比丘僧告諸比丘自今已去與諸比丘尼結戒集十句義乃至正法久住欲說戒者當如是說若比丘尼故自手斷人命若持刀授與人若歎死譽死勸死咄人用此惡活爲寧死不生作如是心念無數方便歎死譽死勸死此比丘尼波羅夷不共住竟三

爾時世尊在毗舍離獼猴江邊樓閣堂上以此因緣集諸比丘僧告諸比丘自今已去與比丘尼結戒集十句義乃至正法久住欲說戒者當如是說若比丘尼實無所知自歎譽言我得過人法入聖智勝法我知是我見是彼於異時若問若不問欲求清淨故作如是言諸大姊我實不知不見而言我知我見虛誑妄語除增上慢是比丘尼波羅夷不共住竟四

爾時世尊在舍衛國祇樹給孤獨園時有大豪貴長者名大善鹿樂顔貌端正偷羅難陀比丘尼亦顔貌端正長者鹿樂繫心於偷羅難陀所偷羅難陀亦繫心於長者所後於異時爲偷羅難陀故請諸比丘尼及偷羅難陀

設食即於其夜辦具種種飲食清旦往白時到偷羅難陀知長者爲巳故請僧彼即自往寺不往諸比丘尼到時著衣持鉢詣長者家敷座而坐時長者遍觀尼衆不見偷羅難陀即問偷羅難陀何處而不來耶答言在寺不來於是長者疾疾行食巳即往寺中至偷羅難陀所偷羅難陀遥見長者來即卧牀上長者前問阿姨何所患苦答言無所患苦我所欲者而彼不欲彼言我欲非不欲時長者即前抱卧以手摩捉嗚長者還坐問言阿姨所須何物答言我欲得酸棗長者言欲得者明日當送時有守房小沙彌尼見作如此事諸尼食還巳具向説之比丘尼衆聞中有少欲知足行頭陀樂學戒知慙愧者嫌責偷羅難陀比丘尼言云何汝與長者作如此事耶諸比丘尼白諸比丘諸比丘往白世尊世尊即以此因緣集比丘僧以無數方便訶責偷羅難陀比丘尼汝所爲非非威儀非沙門法非淨行非隨順行所不應爲云何偷羅難陀汝與長者作如此事爾時世尊以無數方便訶責巳告諸比丘此偷羅難陀比丘尼癡人多種有漏處最初犯戒自今巳去與比丘尼結戒集十句義乃至正法久住欲説戒者當如是説若比丘尼染汙心共染汙心男子從腋巳下膝巳上身相觸若捉若摩若牽若推若上摩若下摩若舉若下若捉若捺是比丘尼波羅夷不共住是身相觸也比丘尼義如上染汙心者意相染著染汙心男子亦如是腋巳下者腋巳下身分膝巳上者膝巳上身分也身者從足指乃至頭髮身相觸者二身若

捉摩若牽若推若逆摩若順摩若舉若下若捉若捺捉摩者手摩身前後牽者牽前推者推却逆摩者從下至上順摩者從上至下舉者抱上舉下者抱下或坐或立捉者或捉前或捉後捉髀或捉乳捺者或捺前捺後捺乳捺髀男子男子想男子以手摩尼身身相觸欲意染著受觸樂波羅夷男子男子想男子以手摩尼身動身欲意染著受觸樂波羅夷乃至捺捉亦如是男子疑者偷蘭遮若男作男想以身觸彼衣瓔珞具欲心染著受觸樂偷蘭遮若男作男想以身觸彼衣瓔珞具欲心染著不受觸樂偷蘭遮若男作男想男以身衣瓔珞具觸尼身欲心染著受觸樂偷蘭遮若男作男想男以身衣瓔珞具觸尼身欲心染著不受觸樂偷蘭遮男作男想以身

觸男衣瓔珞具欲心染著動身不受觸樂偷蘭遮若男作男想以身觸男衣瓔珞具欲心染著不動身受觸樂偷蘭遮若男作男想男以身衣瓔珞具觸尼身欲心染著動身不受觸樂偷蘭遮男作男想男以身衣瓔珞具觸尼身欲心染著受觸樂不動身偷蘭遮若男作男想身相觸欲心染著不受觸樂動身偷蘭遮男作男想身相觸欲心染著受觸樂不動身偷蘭遮如是捉摩乃至捺一切偷蘭遮若男疑突吉羅男作男想以身衣觸身衣瓔珞具欲心染著受觸樂突吉羅男作男想以身衣觸身衣瓔珞具欲心染著不受觸樂突吉羅男作男想以身衣觸身衣瓔珞具欲心染著不受觸樂動身突吉羅男作男想以身衣觸身衣瓔珞具欲心染著受觸樂不動身

突吉羅男作男想以身衣觸身衣瓔珞具欲心染著不受觸樂不動身突吉羅男作男想以身衣觸身衣瓔珞具欲心染著受觸樂動身突吉羅乃至捉捺一切突吉羅是男疑突吉羅若比丘尼與男子身相觸一觸一波羅夷隨觸多少一一波羅夷若天男阿修羅男乃至畜生男能變形者身相觸偷蘭遮不能變形者身相觸突吉羅若與女人身相觸突吉羅若與二形身相觸者偷蘭遮若男子作禮捉足覺觸樂不動身突吉羅若比丘尼有欲心觸衣鉢尼師壇針筒革屣乃至自觸身一切突吉羅人男人男想波羅夷於人男疑偷蘭遮人男非人男想偷蘭遮非人男作人男想偷蘭遮非人男生疑偷蘭遮比丘僧伽婆尸沙式叉摩那沙彌沙彌尼突吉羅是謂爲犯不犯者若取與時觸身若戲笑時觸若有所救解時觸一切無欲心不犯不犯者最初未制戒癡狂心亂痛惱所纏 五竟

爾時世尊在舍衛國祇樹給孤獨園爾時舍衛城中有長者名沙樓鹿樂顏貌端正偷羅難陀比丘尼亦顏貌端正鹿樂長者繫心偷羅難陀所偷羅難陀亦繫心鹿樂所爾時偷羅難陀比丘尼欲心受長者捉手捉衣共入屏處共立共語共行以身相倚共期爾時諸比丘尼聞其中有少欲知足行頭陀樂學戒知慙愧者嫌責偷羅難陀比丘尼汝云何欲心受長者捉手捉衣入屏處共立共語共行以身相倚共期爾時諸比丘尼白諸比丘諸比丘往白世尊世尊爾時以此因緣集諸比丘僧訶責偷羅難陀汝所爲非非威儀非沙

門法非淨行非隨順行所不應爲云何偷羅難陀比丘尼欲心受此長者捉手捉衣乃至共期爾時世尊以無數方便訶責偷羅難陀已告諸比丘此偷羅難陀多種有漏處最初犯戒自今已去與比丘尼結戒集十句義乃至正法久住欲說戒者當如是說若比丘尼染汙心知男子染汙心受捉手捉衣入屏處共立共語共行或身相倚或共期是比丘尼波羅夷不共住犯此八事故比丘尼義如上染汙心者心有染著染汙心男子亦有染著捉手者捉手乃至捥捉衣者捉身上衣入屏處者離見聞處也屏處共立者離見聞處也共語者亦離見聞處共行者亦離見聞處身相倚者身得相及處共期者得共行婬處也彼比丘尼染汙心受染汙心男子捉手偷蘭遮捉衣偷蘭遮入屏處屏處共立屏處共語屏處共行以爲樂以身相倚一一偷蘭遮於七事中若不發露懺悔罪未除若犯第八事波羅夷天子龍子阿修羅子夜叉子餓鬼畜生能變形者犯七事一一突吉羅若犯第八事偷蘭遮畜生不能變形者犯第八事突吉羅與染汙心女人犯第八事者突吉羅比丘隨所犯戒式叉摩那沙彌沙彌尼突吉羅是謂爲犯不犯者若有所取與時手相觸或戲笑或有所救解捉衣若有所施與若禮拜若悔過若受法入屏處共住若有所施與若禮拜若悔過若受法入屏處共立若有所施與若禮拜若悔過若受法入屏處共語若有所施與若禮拜若懺悔若受法入屏處共行若爲人打若有賊來若有象來若惡獸來若有

剌來迴身避若來求教授若聽法若受請若來至寺内若共期不可作惡事處無犯無犯者最初未制戒癡狂心亂痛惱所纏竟六爾時世尊在舍衛國祇樹給孤獨園時偷羅難陀比丘尼妹字坻舍難陀其人犯波羅夷法時偷羅難陀比丘尼知便作是念此坻舍難陀是我妹今犯波羅夷法我正欲向人說懼彼得惡名稱若彼得惡名稱於我亦惡遂默然不說彼於異時坻舍比丘尼休道諸比丘尼見語偷羅難陀言見汝妹已捨道不答言彼所作是非爲不是諸比丘尼問云何所作是偷羅難陀答言我先知彼有如是如是事諸比丘尼言汝若先知何以不向諸比丘尼說偷羅難陀答言坻舍是我妹犯波羅夷法即欲向人說懼得惡名稱若彼得惡名稱於我亦惡以是故我不向人說爾時諸比丘尼聞其中有少欲知足行頭陀樂學戒知慚愧者訶責偷羅難陀言汝云何覆藏坻舍重罪諸比丘尼白諸比丘諸比丘往白世尊世尊爾時以此因縁集諸比丘僧訶責偷羅難陀比丘尼言汝所爲非非威儀非沙門法非淨行非隨順行所不應爲云何偷羅難陀汝乃覆藏坻舍比丘尼重罪爾時世尊以無數方便訶責偷羅難陀比丘尼已告諸比丘偷羅難陀比丘尼多種有漏處最初犯戒自今已去與比丘尼結戒集十句義乃至正法久住欲說戒者當如是說若比丘尼知他犯波羅夷不自舉不白僧不語人彼於異時彼比丘尼或休道若滅擯若衆僧遮若入外道後作是言我先知有如是如是罪是比丘尼波

羅夷不共住覆重罪故如是世尊與比丘尼制戒或於城内犯波羅夷出至村中或村中犯波羅夷來入城内時諸比丘尼亦不知犯波羅夷不犯後乃知犯波羅夷或有言犯波羅夷者或有疑者不知者無犯自今已去當如是說戒若比丘尼知比丘尼犯波羅夷不自發露不語衆人不白大衆若於異時彼比丘尼或命終或衆中舉或休道或入外道衆後作是言我先知有如是如是罪是比丘尼波羅夷不共住覆藏重罪故比丘尼義如是知者我知犯如是如是罪僧者一羯磨一説戒大衆者或四人或過四人休道者出此法外滅擯者僧與作白四羯磨除去遮者衆中斷決罪時遮不聽入衆外道者受外道法重罪者八波羅夷於八法中犯一一罪彼比丘尼知是比丘尼犯波羅夷前食時知後食時說偷蘭遮後食時知初夜說偷蘭遮初夜知中夜說偷蘭遮中夜知後夜說偷蘭遮後夜知不說至明相出波羅夷除八波羅夷法覆餘罪不說者隨所犯自覆重罪偷蘭遮除比丘比丘尼覆餘人罪突吉羅比丘波逸提式叉摩那沙彌沙彌尼突吉羅是謂爲犯不犯者若不知若向人說若無人可向說意欲説而未說明相出若說者有命難有梵行難不得說不犯不犯者最初未制戒癡狂心亂痛惱所纏七竟

爾時世尊在拘睒彌瞿師羅園中時尊者闡陀比丘僧爲作舉如法如律如佛所教不順從不懺悔僧未與作共住時有比丘尼名尉次往返承事闡陀比丘諸比丘尼語言闡陀

比丘僧爲作舉如法如律如佛所教不順從不懺悔僧未與作共住汝莫順從尉次答言諸大姊此是我兄今日不供養更待何時猶故隨順不止時諸比丘尼聞其中有少欲知足行頭陀樂學戒知慙愧者嫌責尉次比丘尼言闡陀比丘僧爲作舉如法如律如佛所教而不順從不懺悔僧未與作共住汝今云何故順從也爾時諸比丘尼語諸比丘諸比丘往白世尊世尊以此因緣集諸比丘僧訶責尉次比丘尼言汝所爲非非威儀非沙門法非淨行非隨順行所不應爲闡陀比丘僧爲作舉如法如律如佛所教而不順從不懺悔僧未與作共住云何故順從以無數方便訶責已告諸比丘聽僧與尉次比丘尼作訶責白四羯磨當作如是訶責尼衆中應差堪能人若上座若次座若誦律若不誦律堪能作羯磨者作如是白大姊僧聽是尉次比丘尼知闡陀比丘僧爲作舉如法如律如佛所教而不順從懺悔僧未與作共住而順從闡陀比丘諸比丘尼語言闡陀比丘僧爲作舉如法如律如佛所教不順從不懺悔僧未與作共住汝莫順從而故順從若僧時到僧忍聽僧與尉次比丘尼作訶責捨此事故大姊闡陀比丘僧爲作舉如法如律如佛所教而不順從不懺悔僧未與作共住汝莫隨順白如是大姊僧聽是尉次比丘尼知闡陀比丘僧爲作舉如法如律如佛所教不順從不懺悔僧未與作共住而順從闡陀比丘諸比丘尼語言闡陀比丘僧爲作舉如法如律如佛所教不順從不懺悔僧未與作共住汝莫隨

順而故隨順僧令與尉次比丘尼作訶責捨此事故闡陀比丘僧爲作舉如法如律如佛所教不順從不懺悔僧未與作共住汝莫隨順誰諸大姊忍僧與尉次比丘尼作訶責捨此事者默然誰不忍者說是初羯磨第二第三如是說僧已與尉次比丘尼作訶責捨此事竟僧忍默然故是事如是持當作如是訶責尉次比丘尼僧與作白四羯磨已白諸比丘諸比丘往白世尊世尊言若有如此比丘尼順從爲僧所舉比丘者僧亦應如是與作訶責白四羯磨自今已去與比丘尼結戒集十句義乃至正法久住欲說戒者當如是說若比丘尼知比丘僧爲作舉如法如律如佛所教不順從不懺悔僧未與作共住而順從諸比丘尼語言大姊此比丘爲僧所舉如法如律如佛所教不順從不懺悔僧未與作共住汝莫順從如是比丘尼諫彼比丘尼時是事堅持不捨彼比丘尼應乃至第二第三諫令捨此事故若乃至三諫捨者善若不捨者是比丘尼波羅夷不共住犯隨舉比丘尼義如上僧者如上舉者爲僧所舉白四羯磨是也法者如法如律如佛所教不順從者不順治罪法不懺悔者所犯罪未懺悔清淨僧未與作共住者僧未與解罪羯磨隨順者有二種一法二衣食法隨順者教增戒增心增慧教語學問誦經衣食者與飲食衣服牀卧具病瘦醫藥若比丘尼知比丘爲僧所舉如法如律如佛所教不隨順不懺悔僧未與作共住而隨順諸比丘尼語言此比丘僧與作舉如法如律如佛所教不順從不懺悔僧未與

作共住汝莫隨順可捨此事莫爲僧所舉更犯重罪若隨語者善不隨語者當作白白已當復語妹當知我白已餘有羯磨在汝捨此事莫爲僧所舉更犯重罪若隨語者善不隨語者當作初羯磨作初羯磨已當語言妹我已與汝作白初羯磨竟餘有二羯磨在汝可捨此事莫爲僧所舉更犯重罪若隨語者善不隨語者當作第二羯磨作第二羯磨已當復語言妹知不我已作白二羯磨竟餘有一羯磨在汝捨此事莫爲僧所舉更犯重罪若隨語者善不隨語者作第三羯磨竟波羅夷白二羯磨竟捨者三偷蘭遮白一羯磨竟捨者二偷蘭遮白竟捨者一偷蘭遮若作白未竟捨者突吉羅若未白前隨順所舉比丘者一切突吉羅若僧爲隨舉比丘尼作訶責時有比丘教言汝莫捨若僧與作訶責偷蘭遮若不訶責突吉羅若比丘尼語言莫捨若僧與訶責偷蘭遮若不訶責突吉羅除比丘比丘尼餘人教莫捨訶責不訶責一切突吉羅比丘突吉羅式叉摩那沙彌沙彌尼突吉羅是謂爲犯不犯者初諫時捨非法別衆非法和合衆法別衆似法別衆似法和合衆異法異毗尼異佛所教一切未作訶責前不犯不犯者最初未制戒癡狂心亂痛惱所纏八竟

第二分十七僧殘法

爾時世尊在羅閱城耆闍崛山中時世尊以此因緣集比丘僧告諸比丘自今已去與比丘尼結戒集十句義乃至正法久住欲說戒者當如是說若比丘尼媒嫁持男語語女持女語語男若爲成婦事若爲私通事乃至須

吏問是比丘尼犯初法應捨僧伽婆尸沙竟一
爾時世尊在羅閱城耆闍崛山中時世尊以此因緣集比丘僧告諸比丘自今已去與比丘尼結戒集十句義乃至正法久住欲說戒者當如是說若比丘尼瞋恚不喜以無根波羅夷法謗欲破彼清淨行彼於異時若問若不問知是事無根說我瞋恚故如是語是比丘尼犯初法應捨僧伽婆尸沙竟二
爾時世尊在羅閱城耆闍崛山中時世尊以此因緣集比丘僧告諸比丘自今已去與比丘尼結戒集十句義乃至正法久住欲說戒者當如是說若比丘尼瞋恚不喜於異分事中取片非波羅夷比丘尼以無根波羅夷法謗欲破彼人梵行後於異時若問若不問知是異分事中取片彼比丘尼住瞋恚法故作如是說是比丘尼犯初法應捨僧伽婆尸沙竟三
爾時世尊在舍衛國祇樹給孤獨園有比丘尼在阿蘭若處住有一居士於此處作一精舍施與比丘尼僧住後異時阿蘭若處比丘尼有惡事出諸比丘尼捨此精舍去居士後命終時居士兒即耕此精舍地諸比丘尼見語言此是衆僧地莫耕居士兒答言實爾我父在時作此精舍與比丘尼僧比丘尼僧捨去我父命終我今自由何爲空此處地彼此無用耶時居士兒如故耕之諸比丘尼即往斷事官所言爾時諸斷事官即喚居士兒依法決斷罰其財貨盡入於官爾時諸比丘尼聞其中有少欲知足行頭陀樂學戒知慙愧者嫌責彼比丘尼云何比丘尼詣官言居士

兒使財物入官也爾時諸比丘尼白諸比丘
諸比丘往白世尊世尊爾時以此因緣集比
丘僧訶責彼比丘尼汝所爲非非威儀非沙
門法非淨行非隨順行所不應爲云何比丘
尼詣官言人爾時世尊以無數方便訶責彼
比丘尼已告諸比丘此比丘尼多種有漏處
最初犯戒自今已去與比丘尼結戒集十句
義乃至正法久住欲說戒者當如是說若比
丘尼言人若居士居士兒若奴若客作人若
晝若夜若一念頃若彈指頃若須史頃是比
丘尼犯初法應捨僧伽婆尸沙如是世尊與
比丘尼結戒爾時拘薩羅國波斯匿王小婦
作一精舍施與比丘尼彼比丘尼受住已後
捨人間遊行時王小婦聞比丘尼捨精舍人
間遊行輙復以此精舍轉與女梵志時彼比
丘尼聞念言我行不在輙以我精舍與人時
比丘尼即還精舍語女梵志言避我去莫住
我精舍彼女梵志答言此實是汝精舍施主
爲汝作汝出人間遊行持用與我我今不能
出去時彼比丘尼瞋即牽曳令出時女梵志
即詣斷事官言時諸斷事官喚比丘尼比丘
尼疑難不去自念世尊制戒不得詣斷事官
相言爾時比丘尼白諸比丘諸比丘往白世
尊世尊告諸比丘自今已去若有喚應往時
彼比丘尼即往斷事官所諸斷事官問言阿
姨此事云何好說比丘尼答言此一切地皆
屬王家事屬居士房舍屬施主牀座卧具亦
爾修治房舍令衆僧住止得福多何以故由
其施我得安住故諸斷事官答言如阿姨所
說一切地屬王家事屬居士屋舍屬施主牀

座卧具亦爾修治房舍令僧住止得福多何以故由其施我得安住故今此精舍應與女梵志令住爾時諸比丘往白世尊世尊告諸比丘此比丘尼不善說斷事官亦不善答何以故前施是法後施非法爾時波斯匿王聞比丘尼如是說諸斷事官如是答言世尊作如是語時王罰諸斷事官財物盡入官諸比丘聞往白世尊世尊爾時告諸比丘自今已去當如是說戒若比丘尼詣官言居士若居士兒若奴若客作人若晝若夜若一念頃若彈指頃若須臾頃是比丘尼犯初法應捨僧伽婆尸沙比丘尼義如上相言者詣官共諍曲直居士者不出家人兒者居士所生奴者或買得或家所生客作者顧財使作也女梵志者在此法外出家者是若比丘尼言人若居士居士兒若奴客作人若晝若夜若一念頃若彈指頃若須臾頃如女梵志詣官稱其事若斷事官下手疏事者僧伽婆尸沙口說不著名字者偷蘭遮比丘突吉羅式叉摩那沙彌沙彌尼突吉羅是謂爲犯不犯者若被喚若欲有所啓若爲强力所持去若被繫將去若命難若梵行難雖口說不告官不犯不犯者最初未制戒癡狂心亂痛惱所纏四竟

爾時世尊在毗舍離獼猴江側在樓閣堂上時有離奢婦女出外遊戲時有賊女在是衆中共行伺其作樂戲時偷彼財物逃走時諸婦女遣使往告離奢此有賊女取我財物走去願與我求覓時諸離奢遣人求覓得便當殺之時賊女聞此語遣人求覓得便殺即捨毗舍離逃走詣王舍城至比丘尼僧伽藍中

語諸尼言我有信心貪樂出家諸尼聞已即便度出家受具足戒時諸離奢聞此賊女逃走詣王舍城即往告摩竭國王瓶沙王此有賊女取我婦女財物逃走來此願王與我求覓時瓶沙王即勑左右檢校求之左右白王言有賊女已在尼僧伽藍中出家爲道時瓶沙王聞有賊女來此比丘尼已度出家爲道即遣信語諸離奢聞有賊女在尼僧伽藍中已出家爲道我不能語時諸離奢皆共譏嫌言諸比丘尼不知慙愧皆是賊女自稱言我知正法云何度他賊女其罪應死多人所知度令出家受具足戒如是何有正法時諸比丘尼聞其中有少欲知足行頭陀樂學戒知慙愧者嫌責彼比丘尼汝云何度賊女令出家爲道時諸比丘尼白諸比丘諸比丘往白世尊世尊以此因緣集諸比丘訶責彼比丘尼汝所爲非非威儀非沙門法非淨行非隨順行所不應爲知是賊女云何度令出家受具足戒爾時世尊以無數方便訶責彼比丘尼已告諸比丘是比丘尼多種有漏處最初犯戒自今已去與比丘尼結戒集十句義乃至正法久住欲說戒者當如是說若比丘尼度他賊女應死者多人所知度令出家受具足戒是比丘尼犯初法應捨僧伽婆尸沙如是世尊與比丘尼結戒彼城中作賊出外村外村作賊入城內時諸比丘尼不知賊與不賊應死不應死人知不知後乃知是賊應死人所知或有言犯僧伽婆尸沙或疑佛言不知者不犯自今已去當如是說戒若比丘尼先知是賊女罪應死人所知不問王大臣不

問種姓便度出家受戒是比丘尼犯所法應捨僧伽婆尸沙比丘尼義如上賊者若盜五錢若過五錢應死者處在死中也多人知者王所知大臣所知庶民共知王者不依人食大臣者受王重位佐理國事種姓者舍夷拘離彌寧跋耆滿羅蘇摩彼比丘尼知賊女罪應死多人所知不問王大臣種姓便度爲道作三羯磨竟和尚尼僧伽婆尸沙若作白二羯磨竟三偷蘭遮白一羯磨二偷蘭遮白竟一偷蘭遮若白未竟突吉羅若未白前若與剃髮若與出家與受戒集衆僧一切突吉羅衆滿亦突吉羅比丘突吉羅式叉摩那沙彌沙彌尼突吉羅是謂爲犯不犯者若不知或白王大臣種姓若罪應死王聽出家若有罪聽出家若於繫中放令出家若救使得脫不

犯不犯者最初未制戒癡狂心亂痛惱所纏五竟

爾時世尊在舍衛國祇樹給孤獨園時尉次比丘尼爲僧所舉如法如律如佛所教不順從有罪不懺悔僧未與作共住時偷羅難陀比丘尼不白尼僧僧不約勑輒自出界外與尉次作解罪羯磨時諸比丘尼聞其中有少欲知足行頭陀樂學戒知慙愧者訶責偷羅難陀比丘尼云何尼僧如法如律如佛所教舉尉次比丘尼而不順從有罪不悔僧未與作共住尼僧不約勑汝輒自出界外與解罪爾時諸比丘尼白諸比丘諸比丘往白世尊世尊以此因緣集諸比丘訶責偷羅難陀汝所爲非非威儀非沙門法非淨行非隨順行所不應爲云何偷羅難陀尼僧如法如律如

佛所教舉尉次比丘尼而不順從有罪不悔僧未與作共住尼僧不約勑汝輙自出界外與作羯磨解罪爾時世尊告諸比丘偷羅難陀多種有漏處最初犯戒自今已去與比丘尼結戒集十句義乃至正法久住欲說戒者當如是說若比丘尼知比丘尼爲僧所舉如法如律如佛所教不順從未懺悔僧未與作共住羯磨爲愛故不問僧僧不約勑出界外作羯磨與解罪是比丘尼犯初法應捨僧伽婆尸沙比丘尼義如上僧者如上說舉罪者僧所舉白四羯磨也法者如法如律如佛所教不順從者佛所制治罪法不行不悔者有罪不向人說未與作共住者爲僧所舉未與解罪爲愛故不問僧僧不約勑出界外作羯磨與解罪三羯磨竟僧伽婆尸沙白二羯磨竟三偷蘭遮白一羯磨竟二偷蘭遮白竟一偷蘭遮白未竟突吉羅未白前集衆衆滿一切突吉羅比丘突吉羅式叉摩那沙彌沙彌尼突吉羅是謂爲犯不犯者白衆僧若被僧約勑若能下意悔本罪若僧以恚故不與解罪彼人與解無犯若先僧與作羯磨已此僧移或死若遠行若休道爲賊所將去或爲水所漂彼與解罪不犯不犯者最初未制戒癡狂心亂痛惱所纏六竟

爾時世尊在舍衛國祇樹給孤獨園時有比丘尼獨高褰衣渡水從此岸至彼岸然彼比丘尼顏貌端正時有賊見已繫意在彼令渡水竟便捉觸嬈諸居士見皆共嫌之此比丘尼不知慚愧行不淨法外自稱言我知正法而獨行高褰衣渡水如婬女無異如是何有

正法爾時差摩比丘尼多諸弟子去彼僧伽藍不遠有親里村有少事緣捨衆獨入村諸居士見共相謂言此差摩比丘尼所以獨行者欲得男子故耳彼比丘尼即於彼村中獨宿不還諸居士復言所以獨宿者正須男子故耳時有六羣比丘尼及偷羅難陀與衆多比丘尼於拘薩羅國曠野中行時六羣比丘尼及偷羅難陀比丘尼常在後獨行下道諸比丘尼見已語言諸妹汝等何故在後行不與我等俱答言汝等但自行何豫汝事彼即問言汝等不聞佛結戒當共伴相逐行耶六羣比丘尼偷羅難陀答言汝等不知我耶答言不知彼言我等所以在後行者欲得男子諸比丘尼聞其中有少欲知足行頭陀樂學戒知慙愧者嫌責彼比丘尼云何比丘尼高褰衣渡水獨行詣村落獨宿共伴行而獨在後時諸比丘尼白諸比丘諸比丘往白世尊世尊爾時以此因緣集比丘僧以無數方便訶責彼比丘尼汝所爲非非威儀非沙門法非淨行非隨順行所不應爲云何比丘尼獨高褰衣渡水獨行詣村獨宿共伴行獨在後時世尊以無數方便訶責彼比丘尼已告諸比丘此比丘尼多種有漏處最初犯戒自今已去與比丘尼結戒集十句義乃至正法久住欲說戒者當如是說若比丘尼獨渡水獨入村獨宿獨在後行犯初法應捨僧伽婆尸沙比丘尼義如上水者河水獨不能渡彼比丘尼當求一比丘尼共渡比丘尼應漸褰衣入水待伴前比丘尼疾疾入水令伴不及僧伽婆尸沙若入水時隨水深淺褰衣待後伴

若疾疾入水不待後伴偷蘭遮若至彼岸漸漸下衣待後伴若發意速疾不漸漸下衣上岸不待後伴偷蘭遮彼比丘尼當求一比丘尼共行詣村落若比丘尼獨行詣村隨所至村僧伽婆尸沙若無村獨詣空曠無道處行一鼓聲聞僧伽婆尸沙獨行未至村偷蘭遮減一鼓聲聞偷蘭遮獨行村中一界突吉羅求方便欲行而不去若結伴欲去而不去一切突吉羅彼比丘尼共宿應在舒手相及處彼比丘尼獨宿隨脇著地僧伽婆尸沙隨轉側僧伽婆尸沙若比丘尼共在村中宿卧時使舒手相及若舒手不相及一一轉一一僧伽婆尸沙彼比丘尼共在道行不得離見聞處行若比丘尼在道行離見聞處僧伽婆尸沙離見處不離聞處偷蘭遮離聞處不離見處偷蘭遮比丘突吉羅式叉摩那沙彌沙彌尼突吉羅是謂爲犯不犯者二比丘尼共渡水入水時隨水深淺漸漸褰衣待後伴入水去時不疾疾去待伴上岸時漸漸下衣待後伴或神足渡乘船渡或橋上渡躡梁渡若石渡若伴比丘尼命終若休道若遠行若賊將去若命難或梵行難或惡獸難或爲強力者將去被縛將去或爲水所漂無犯若二比丘尼入村若於村中聞一伴一比丘尼死或休道或遠行或爲賊將去乃至水所漂如上無犯若共二比丘尼宿舒手相及處若一比丘尼出大小便或受經誦經若樂靜獨處經行或爲病尼煮羹粥作飯若命終若休道若遠行若賊將去乃至爲水所漂亦如上無犯與二比丘尼共行不離見聞處不犯若一比丘

尼出大小便或命終或休道或爲賊所將去乃至爲水所漂如上不犯不犯者最初未制戒癡狂心亂痛惱所纏七竟

四分律藏卷第二十二

音釋

腋羊益切左右肘脅間曰腋　髀部禮切股也　挽無遠切引也　坻直離切　擯必刃切斥也　羯磨梵語也此云作法羯居謁切　拘睒彌梵語正云憍賞彌國名睒失冉切　斥昌石切黜也　波斯匿梵語也此云勝軍匿昵力切　漂紕招切浮也　褰丘虔切摳衣也　觸嬈觸摳玉切嬈乃了切　脇虛業切腋下也　躡尼輒切登也

四分律藏卷第二十三

姚秦三藏佛陀耶舍共竺佛念譯

第二分十七僧殘法之餘

爾時佛在舍衛國時世穀米湧貴乞食難得時有比丘尼入城乞食空鉢而還時提舍難陀比丘尼到時著衣持鉢入城乞食漸次到一販賣人家默然而立是提舍比丘尼顏貌端正販賣人見已便繫心在彼即前問言阿姨何所求索報言我欲乞食彼言授鉢來即便與鉢彼盛滿鉢羹飯授與提舍比丘尼提舍比丘尼後數數著衣持鉢詣販賣人家默然而立彼復問言阿姨何所求索報言我欲乞食彼即復盛滿鉢羹飯授與諸比丘尼見已便問言如今穀米湧貴乞求難得我等諸人入城乞食空鉢而還汝日日乞食滿鉢而來何由得爾報言諸妹乞可得耳提舍比丘尼復於異日到時著衣持鉢詣販賣人家彼人遥見比丘尼來便自計念如我前後與此比丘尼食計價可五百金錢足直一女人即前捉比丘尼欲行婬比丘尼即喚言莫爾莫爾比近販賣者即問言向者何故大喚答言此人捉我彼問言汝何故捉比丘尼耶販賣人答言我前後與此比丘尼食計其價可五百金錢足直一女人若此比丘尼意不貪樂我者何以受我食彼人問比丘尼言汝實爾不答言實爾彼問比丘尼言汝知彼與汝食意不答言知彼復言汝若知者何故大喚時諸比丘尼聞其中有少欲知足行頭陀樂學戒知慙愧者嫌責提舍難陀比丘尼云何比丘尼染汙心受染汙心人食諸比丘尼白諸

比丘諸比丘往白世尊世尊爾時以此因緣集比丘僧訶責提舍難陀比丘尼言汝所爲非非威儀非沙門法非淨行非隨順行所不應爲云何以染汙心受染汙心人食以無數方便訶責已告諸比丘此提舍難陀比丘尼多種有漏處最初犯戒自今已去與比丘尼結戒集十句義乃至正法久住欲說戒者當如是說若比丘尼有染汙心從染汙心男子受可食者及食并餘物是比丘尼犯初法應捨僧伽婆尸沙如是世尊與比丘尼結戒時諸比丘尼亦不知有染汙心無染汙心後方知有染汙心或有言犯僧伽婆尸沙或有疑者不知者不犯自今已去當如是說戒若比丘尼染汙心知染汙心男子從彼受可食者及食并餘物是比丘尼犯初法應捨僧伽婆尸沙比丘尼義如上染汙心者欲染著心染汙心男子者亦欲心染著可食者根食莖食葉食華食果食油食胡麻食黑石蜜食細末食也食者飯麨乾飯魚及肉餘物者金銀珍寶摩尼真珠毗瑠璃珂貝璧玉珊瑚若錢生像金若比丘尼染汙心知染汙心男子從受可食物及食并餘物者此與彼受僧伽婆尸沙此與彼不受偷蘭遮方便欲與而不與若共期若悔還一切偷蘭遮天子阿脩羅子乾闥婆子夜叉子餓鬼子畜生能變形者從受可食者及食并餘物彼與此受偷蘭遮不能變形者突吉羅從染汙心女人受可食者及食并餘物突吉羅染汙心染汙心想僧伽婆尸沙染汙心疑偷蘭遮不染汙心染汙心想偷蘭遮不染汙心疑偷蘭遮比丘突吉羅式

叉摩那沙彌沙彌尼突吉羅是謂爲犯不犯
者先不知若已無染汙心彼亦無染汙心不
犯不犯者最初未制戒癡狂心亂痛惱所纏
竟八
爾時佛在舍衛國祇樹給孤獨園時世穀米
湧貴乞求難得時諸比丘尼入城乞食空鉢
而還提舍難陀比丘尼亦入城乞食空鉢而
還諸比丘尼見已問提舍比丘尼言汝常乞
食滿鉢而歸今何以空鉢而歸乞求難得耶
答言實爾問言何以故爾答言諸妹我前常
詣販賣人乞故易得而今不往從乞是以難
得時六羣比丘尼偷羅難陀及提舍比丘尼
毋語提舍比丘尼言正使彼染汙心無染汙
心能那汝何汝自無染汙心若得食但以時
清淨受取時諸比丘尼聞其中有少欲知足

行頭陀樂學戒知慙愧者嫌責六羣偷羅難
陀及提舍比丘尼毋言汝等云何語提舍比
丘尼言正使彼染汙心無染汙心能那汝何
汝自無染汙心若得食但以時清淨受時諸
比丘尼白諸比丘諸比丘往白世尊世尊爾
時以此因緣集諸比丘僧訶責六羣偷羅難
陀及提舍比丘尼毋汝所爲非非威儀非沙
門法非淨行非隨順行所不應爲云何汝等
語提舍比丘尼言正使彼有染汙心無染汙
心能那汝何汝自無染汙心若得食但以時
清淨受時世尊以無數方便訶責六羣偷羅
難陀及提舍比丘尼毋已告諸比丘此比丘
尼多種有漏處最初犯戒自今已去與比丘
尼結戒集十句義乃至正法久住欲說戒者
當如是說若比丘尼教比丘尼作如是語大

姊彼有染汙心無染汙心能那汝何汝自無染汙心於彼若得食以時清淨受取此比丘尼犯初法應捨僧伽婆尸沙比丘尼義如上彼比丘尼語比丘尼言大姊正使彼人有染汙心無染汙心能那汝何汝自無染汙心若得食以時清淨受取說而了了僧伽婆尸沙說不了了者偷蘭遮比丘突吉羅式叉摩那沙彌沙彌尼突吉羅是謂爲犯不犯者或戲笑說若疾疾說獨處說夢中說欲說此錯說彼不犯不犯者最初未制戒癡狂心亂痛惱所纏竟九

爾時佛在羅閱城耆闍崛山中時世尊以此因緣集比丘僧告諸比丘自今已去與比丘尼結戒集十句義乃至正法久住欲說戒者當如是說若比丘尼欲壞和合僧方便受破僧法堅持不捨是比丘尼應諫彼比丘尼言大姊汝莫壞和合僧莫方便壞和合僧莫受破僧法堅持不捨大姊應與僧和合與僧和合歡喜不諍同一師學如水乳合於佛法中有增益安樂住是比丘尼諫彼比丘尼時堅持不捨是比丘尼應三諫捨此事故乃至三諫捨者善不捨者是比丘尼犯三法應捨僧伽婆尸沙竟十

爾時佛在羅閱城耆闍崛山中時世尊以此因緣集比丘僧告諸比丘自今已去與比丘尼結戒集十句義乃至正法久住欲說戒者當如是說若比丘尼有餘比丘尼羣黨若一若二若三乃至無數彼比丘尼語是比丘尼言大姊汝莫諫此比丘尼此比丘尼是法語比丘尼律語比丘尼此比丘尼所說我等心

喜樂此比丘尼所說我等忍可是比丘尼語彼比丘尼言大姊莫作是說言此比丘尼是法語比丘尼律語比丘尼此比丘尼所說我等喜樂此比丘尼所說我等忍可何以故此比丘尼所說非法語非律語大姊莫欲破壞和合僧當樂欲和合僧大姊與僧和合歡喜不諍同一師學如水乳合於佛法中有增益安樂住是比丘尼諫彼比丘尼時堅持不捨是比丘尼應三諫捨此事故乃至三諫捨者善不捨者是比丘尼犯三法應捨僧伽婆尸沙十一竟

爾時佛在舍衛國祇樹給孤獨園時世尊以此因緣集比丘僧告諸比丘自今已去與比丘尼結戒集十句義乃至正法久住欲說戒者當如是說若比丘尼依城邑若村落住汙他家行惡行行惡行亦見亦聞汙他家亦見亦聞是比丘尼諫彼比丘尼言大姊汝汙他家行惡行行惡行亦見亦聞汙他家亦見亦聞大姊汝汙他家行惡行今可離此村落去不須住此彼比丘尼語此比丘尼作是言大姊諸比丘尼有愛有恚有怖有癡如是同罪比丘尼有驅者有不驅者是諸比丘尼語彼比丘尼言大姊莫作是語言有愛有恚有怖有癡亦莫言有如是同罪比丘尼有驅者有不驅者何以故而諸比丘尼不愛不恚不怖不癡有如是同罪比丘尼有驅者有不驅者大姊汙他家行惡行行惡行亦見亦聞汙他家亦見亦聞是比丘尼諫彼比丘尼時堅持不捨是比丘尼應三諫捨此事故乃至三諫捨者善不捨者是比丘尼犯三法應捨僧伽

婆尸沙竟十二

爾時佛在拘睒彌瞿師羅園中時世尊以此因緣集比丘僧告諸比丘自本已去與比丘尼結戒集十句義乃至正法久住欲說戒者當如是說若比丘尼惡性不受人語於戒法中諸比丘尼如法諫已自身不受諫語言大姊汝莫向我說若好若惡我亦不向汝說若好若惡諸姊止莫諫我是比丘尼當諫彼比丘尼言大姊汝莫自身不受諫語大姊自身當受諫語大姊如法諫諸比丘尼諸比丘尼亦當如法諫大姊如是佛弟子衆得增益展轉相諫展轉相教展轉懺悔是比丘尼如是諫時堅持不捨是比丘尼應三諫捨此事故乃至三諫捨者善不捨者是比丘尼犯三法應捨僧伽婆尸沙竟十三

爾時佛在舍衛國祇樹給孤獨園時有二比丘尼一名蘇摩二名婆頗夷常相親近住共作惡行惡聲流布展轉共相覆罪餘比丘尼語言大姊汝等二人莫相親近共作惡行惡聲流布展轉共相覆罪汝等若不相親近共作惡行惡聲流布展轉共相覆罪者於佛法中有增益安樂住而彼猶故不改悔時諸比丘尼聞其中有少欲知足行頭陀樂學戒知慚愧者嫌責蘇摩婆頗夷比丘尼云何汝等相親近共作惡行惡聲流布展轉共相覆罪餘比丘尼語言大姊莫相親近共作惡行惡聲流布展轉共相覆罪汝等若不相親近共行惡行惡聲流布共相覆罪於佛法中有增益安樂住而彼猶故不改悔時諸比丘尼白諸比丘諸比丘往白世尊世尊爾時以此因

緣集諸比丘僧訶責蘇摩婆頗夷比丘尼汝所爲非非威儀非沙門法非淨行非隨順行所不應爲云何汝等共相親近共作惡行惡聲流布展轉共相覆罪餘比丘尼語言大姊汝莫相親近共作惡行惡聲流布展轉共相覆罪汝等若不相親近共作惡行惡聲流布展轉共相覆藏罪於佛法中有增益安樂住而猶不改悔耶時世尊以無數方便訶責已告諸比丘聽僧與蘇摩婆頗夷比丘尼作訶諫捨此事故白四羯磨應作如是訶諫尼衆中應差堪能作羯磨人如上當作如是白大姊僧聽此蘇摩婆頗夷比丘尼相親近住共作惡行惡聲流布展轉共相覆罪餘比丘尼諫言大姊汝等莫相親近共作惡行惡聲流布莫相覆罪汝等若不相親近共作惡行惡聲流布者於佛法有增益安樂住而彼猶故不改悔若僧時到僧忍聽僧與蘇摩婆頗夷比丘尼作訶諫捨此事故汝等莫相親近共作惡行惡聲流布莫共相覆罪汝等若不相親近不作惡行惡聲流布於佛法中有增益安樂住白如是大姊僧聽此蘇摩婆頗夷比丘尼共相親近共作惡行惡聲流布展轉共相覆罪餘比丘尼語言大姊莫相親近共作惡行惡聲流布展轉共相覆罪汝等若不相親近共作惡行惡聲流布於佛法中得增益安樂住而彼猶故不改悔今僧與蘇摩婆頗夷比丘尼作訶諫捨此事故汝等莫相親近共作惡行惡聲流布莫展轉共相覆罪汝等若不相親近共作惡行惡聲流布於佛法中有增益安樂住誰諸大姊忍僧與蘇摩婆頗

夷比丘尼作訶諫捨此事者默然誰不忍者說是初羯磨第二第三如是說僧已忍與蘇摩婆頗夷比丘尼作訶諫捨此事竟僧忍故默然如是持僧作如是訶諫白四羯磨已時諸比丘尼白諸比丘諸比丘往白佛佛言若有如此比丘尼比丘尼僧亦當與作如是訶責白四羯磨自今已去與比丘尼結戒集十句義乃至正法久住欲說戒者當如是說若比丘尼相親近住共作惡行惡聲流布展轉共相覆罪是比丘尼當諫彼比丘尼言大姊汝等莫相親近共作惡行惡聲流布共相覆罪汝等若不相親近於佛法中得增益安樂住是比丘尼諫彼比丘尼時堅持不捨是比丘尼應三諫捨此事故乃至三諫捨者善不捨者是比丘尼犯三法應捨僧伽婆尸沙比

丘尼義如上親近者數數共戲笑數數共相調數數共語惡行者自種華樹教人種自溉灌教人溉灌自採華教人採華自作華鬘教人作自以線貫教人貫自持去教人持去自持鬘去教人持去自以線貫持去教人線貫持去設彼村中若人若童子共同一牀坐起同一器飲食言語戲笑自歌舞唱妓或他作已唱和或俳說或彈鼓簧吹貝作孔雀鳴或作衆鳥鳴或走或佯跛行或嘯或自作弄身或受顧戲笑惡聲者惡言流遍四方無不聞者罪者除八波羅夷法覆餘罪者是若比丘尼共相親近共作惡行惡聲流布共相覆罪餘比丘尼當諫此比丘尼言大姊汝等莫共相親近共作惡行惡聲流布共相覆罪汝等若不相親近共作惡行惡聲流布於佛法中

得增益安樂住汝等宜捨此事勿爲僧所訶諫更犯重罪若隨語者善不隨語者當作白白已當語言妹我已白竟餘有羯磨在宜捨此事莫爲僧所訶諫更犯重罪若隨語者善不隨語者當作初羯磨作初羯磨已當復語言妹已作白初羯磨竟餘有二羯磨在可捨此事莫爲僧所訶諫更犯重罪若隨語者善不隨語者當作二羯磨作二羯磨已當語言妹已白二羯磨竟餘有一羯磨在可捨此事莫爲僧作訶諫更犯重罪若隨語者善不隨語者說三羯磨竟僧伽婆尸沙白已二羯磨竟捨者三偷蘭遮白已一羯磨竟捨者二偷蘭遮白已捨者一偷蘭遮未白竟捨者突吉羅未白前共相親近共作惡行惡聲流布者一切突吉羅比丘隨所犯式叉摩那沙彌沙彌尼突吉羅是謂爲犯不犯者初語時捨非法別衆訶諫非法和合衆法別衆似法別衆似法和合衆非法非律非佛所教訶責者若一切不訶諫不犯不犯者最初未制戒癡狂心亂痛惱所纏十四竟

爾時佛在舍衛國祇樹給孤獨園時蘇摩婆頗夷比丘尼爲僧訶諫已六羣比丘尼偷羅難陀比丘尼教作如是言汝等當共住何以故我亦見餘比丘尼共住共相親近作惡行惡聲流布共相覆罪衆僧恚故教汝等別住時諸比丘尼聞其中有少欲知足行頭陀樂學戒知慚愧者嫌責六羣比丘尼及偷羅難陀比丘尼僧與蘇摩婆頗夷比丘尼作訶諫已云何汝等教作如是言汝等莫別住何以故我亦見諸比丘尼共相親近作惡行惡聲

流布共相覆罪僧以恚故教汝等别住時諸比丘尼白諸比丘諸比丘往白世尊世尊以此因緣集比丘僧訶責六羣及偷羅難陀比丘尼僧爲蘇摩婆頗夷比丘尼作訶諫汝等云何教作如是言汝等莫别住當共住何以故我亦見諸比丘尼共住作惡行惡聲流布共相覆罪僧以恚故教汝等别住時世尊以無數方便訶責六羣比丘尼及偷羅難陀比丘尼已告諸比丘聽比丘尼僧與六羣比丘尼及偷羅難陀比丘尼作訶責白四羯磨當作如是訶諫尼衆中應差堪能作羯磨者如上當作如是白大姊僧聽此六羣比丘尼及偷羅難陀比丘尼僧與蘇摩婆頗夷比丘尼作訶諫而教作如是言汝等莫别住當共住何以故我亦見諸比丘尼共相親近共作惡

行惡聲流布共相覆罪僧以恚故教汝等别住若僧時到僧忍聽僧與六羣比丘尼及偷羅難陀比丘尼作訶責捨此事故汝莫作如是語言莫别住當共住亦莫言我亦見諸比丘尼共相親近共作惡行惡聲流布共相覆罪僧以恚故教汝别住今正有此二比丘尼共相親近作惡行惡聲流布共相覆罪更無有餘若此比丘尼不相親近共作惡行惡聲流布者於佛法有增益安樂住白如是大姊僧聽此六羣比丘及偷羅難陀比丘尼僧與蘇摩婆頗夷比丘尼作訶諫而教作如是言汝等莫别住當共住我亦見諸比丘尼共相親近作惡行惡聲流布共相覆罪僧以恚故教汝别住僧今與六羣比丘尼及偷羅難陀比丘尼作訶責捨此事故汝等莫别住當共

住莫言我亦見諸比丘尼共相親近作惡行惡聲流布共相覆罪僧以恚故教汝等別住令正有此二比丘尼共相親近作惡行惡聲流布共相覆罪更無有餘若此比丘尼不相親近者於佛法有增益安樂住誰諸大姊忍僧爲六羣比丘尼及偷羅難陀比丘尼作訶諫捨此事者默然誰不忍者說是初羯磨第二第三亦如是說僧已忍訶諫六羣比丘尼及偷羅難陀比丘尼令捨此事竟僧忍故默然是事如是持僧爲六羣比丘尼及偷羅難陀比丘尼作訶諫白四羯磨竟諸比丘往白佛佛言若復有如此比丘尼僧亦當與作訶諫捨此事白四羯磨自今已去與比丘尼結戒集十句義乃至正法久住欲說戒者當如是說若比丘尼比丘尼僧爲作訶諫時餘比丘尼教作如是言汝等莫別住當共住我亦見餘比丘尼不別住共住作惡行惡聲流布共相覆罪僧以恚故教汝別住是比丘尼應諫彼比丘尼言大姊汝莫教餘比丘尼共住作惡行惡聲流布共相覆罪僧以恚故教汝別住今正有此二比丘尼共住作惡行惡聲流布共相覆罪更無有餘若此比丘尼別住於佛法有增益安樂住是比丘尼諫彼比丘尼時堅持不捨是比丘尼應三諫令捨此事故乃至三諫捨者善不捨者是比丘尼犯三法應捨僧伽婆尸沙比丘尼義如上僧者如上若比丘尼僧爲作訶諫時餘比丘尼教作如是言汝等莫別住當共住我亦見餘比丘尼共相親近共住作惡行惡聲流布共相覆罪僧以恚

故教汝等別住是比丘尼諫彼比丘尼言大姊汝莫教餘比丘尼言汝等莫別住當共住我亦見餘比丘尼共相親近共作惡行惡聲流布共相覆罪僧以恚故教汝別住今正有此二比丘尼更無有餘汝等共相親近共作惡行惡聲流布共相覆罪若此比丘尼別住者於佛法有增益安樂住汝今可捨此事莫爲僧所訶更犯重罪若隨語者善不隨語者當作白作白已當語言大姊我已作白竟餘有羯磨在汝可捨此事若隨語者善不隨語者當作初羯磨作初羯磨竟當語言已白初羯磨竟餘有二羯磨在汝可捨此事莫爲僧所訶諫更犯重罪若隨語者善不隨語者當作二羯磨作二羯磨已當語言妹已白二羯磨竟餘有一羯磨在汝可捨此事莫爲僧所訶諫更犯重罪若隨語者善不隨語者作三羯磨竟僧伽婆尸沙白二羯磨竟捨者三偷蘭遮白一羯磨竟捨者二偷蘭遮白已捨者一偷蘭遮白未竟捨者突吉羅未白前教言汝莫別住我亦見餘比丘尼共住共作惡行惡聲流布共相覆罪僧以恚故教汝別住一切突吉羅若有如是比丘尼僧與作訶諫時若有比丘教言莫捨若訶責偷蘭遮若不訶責突吉羅若比丘尼教莫捨若訶責偷蘭遮若未訶突吉羅比丘突吉羅式叉摩那沙彌沙彌尼突吉羅是謂爲犯不犯者初語時捨非法別衆訶責非法和合衆法別衆似法別衆似法和合衆非法非律非佛所教訶責若一切不訶責不犯不犯者最初未制戒癡狂心亂痛惱所纏十五竟

爾時佛在舍衛國祇樹給孤獨園時六羣比丘尼輒以一小事瞋恚不喜便作是語我捨佛捨法捨僧不獨有沙門釋子更有餘沙門婆羅門修梵行者我等亦可於彼修梵行時諸比丘尼聞中有少欲知足行頭陀樂學戒知慙愧者嫌責六羣比丘尼云何汝等輒以一小事瞋恚不喜作是語我捨佛捨法捨僧不獨有沙門釋子更有餘沙門婆羅門修梵行我等亦可於彼修梵行時諸比丘尼白諸比丘諸比丘往白世尊世尊以此因緣集諸比丘僧訶責六羣比丘尼言云何汝等輒以一小事瞋恚不喜作是語我捨佛捨法捨僧不獨有沙門釋子更有餘沙門婆羅門修梵行我等亦可於彼修梵行時世尊以無數方便訶責六羣比丘尼已告諸比丘聽僧與六羣比丘尼作訶責捨此事故白四羯磨當作如是訶責衆中應差堪能羯磨者如上當作如是白大姊僧聽此六羣比丘尼輒以一小事瞋恚不喜便作是語我捨佛捨法捨僧不獨有此沙門釋子亦更有餘沙門婆羅門修梵行者我等亦可於彼修梵行若僧時到僧忍聽僧今訶責六羣比丘尼捨此事大姊莫輒以一小事瞋恚不喜便作是語我捨佛捨法捨僧不獨有此沙門釋子更有餘沙門婆羅門修梵行我等亦可於彼修梵行白如是大姊僧聽此六羣比丘尼輒以一小事瞋恚不喜便作是語我捨佛捨法捨僧不獨有此沙門釋子更有餘沙門婆羅門修梵行者我等亦可於彼修梵行今僧與彼六羣比丘尼作訶責捨此事故大姊莫輒以一小事瞋恚

不喜便作是語我捨佛捨法捨僧不獨有此沙門釋子更有餘沙門婆羅門修梵行者我等亦可於彼修梵行誰諸大姊忍僧爲六羣比丘尼作訶責捨此事者黙然誰不忍便說是初羯磨第二第三亦如是說僧已忍與六羣比丘尼作訶責捨此事竟僧忍故黙然是事如是持僧作如是訶責六羣比丘尼捨此事白四羯磨已白諸比丘諸比丘往白世尊世尊告諸比丘若有如是比丘尼僧當與訶責白四羯磨自今已去與比丘尼結戒集十句義乃至正法久住欲說戒者當如是說若比丘尼輒以一小事瞋恚不喜便作是語我捨佛捨法捨僧不獨有此沙門釋子亦更有餘沙門婆羅門修梵行者我等亦可於彼修梵行是比丘尼當諫彼比丘尼言大姊汝莫

輒以一小事瞋恚不喜便作是語我捨佛捨法捨僧不獨有此沙門釋子亦更有餘沙門婆羅門修梵行者我等亦可於彼修梵行若是比丘尼諫彼比丘尼時堅持不捨彼比丘尼應三諫捨此事故乃至三諫捨者善不捨者是比丘尼犯三法應捨僧伽婆尸沙比丘尼義如上若比丘尼輒以一小事瞋恚不喜便作是語我捨佛捨法捨僧不獨有此沙門釋子亦更有餘沙門婆羅門修梵行者我等亦可於彼修梵行是比丘尼諫彼比丘尼作是語大姊汝莫輒以一小事瞋恚不喜便作是語我捨佛捨法捨僧不獨有此沙門釋子更有餘沙門婆羅門修梵行者我等亦可於彼修梵行汝可捨此事莫爲僧所訶責更犯重罪若隨語者善不隨語者當作白白已當

語言我已白竟餘有羯磨在可捨此事莫爲僧所訶責更犯重罪若隨語者善不隨語者當作初羯磨作初羯磨已當語言已作白初羯磨竟餘有二羯磨在汝可捨此事莫爲僧所訶責更犯重罪若隨語者善不隨語者當作第二羯磨作第二羯磨已當復語言我已作白二羯磨竟餘有一羯磨在汝可捨此事莫爲僧所訶責更犯重罪若隨語者善不隨語者作三羯磨竟僧伽婆尸沙白二羯磨竟捨者三偷蘭遮白一羯磨竟捨者二偷蘭遮白竟捨者一偷蘭遮白未竟突吉羅未白前輒以一小事瞋恚不喜便作是語我捨佛捨法捨僧不獨有此沙門釋子更有餘沙門婆羅門修梵行我等亦可於彼修梵行一切突吉羅若僧爲如是比丘尼作訶責時比丘教言莫捨若僧作訶責偷蘭遮不訶責突吉羅若比丘尼教言莫捨若僧作訶責偷蘭遮若不訶責突吉羅除比丘比丘尼教餘人教莫捨訶責不訶責一切突吉羅比丘突吉羅式叉摩那沙彌沙彌尼突吉羅是謂爲犯不犯者初語時捨非法別衆訶責非法和合衆法別衆似法別衆似法和合衆訶責非法非律非佛所教若一切不作訶責不犯不犯者最初未制戒癡狂心亂痛惱所纏十六竟

爾時佛在拘睒彌瞿師羅園中時有比丘尼名黑喜鬪諍不善憶持諍事後遂瞋恚作是言僧有愛有恚有怖有癡時諸比丘尼聞其中有少欲知足行頭陀樂學戒知慙愧者嫌責黑比丘尼言云何喜鬪諍不善憶持諍事後瞋恚作是語僧有愛有恚有怖有癡時諸

比丘尼往白諸比丘諸比丘往白世尊世尊爾時以是因緣集比丘僧訶責黑比丘尼汝所爲非非威儀非沙門法非淨行非隨順行所不應爲汝云何喜鬬諍不善憶持諍事後瞋恚作是語僧有愛有恚有怖有癡時世尊以無數方便訶責已告諸比丘自今已去聽僧與黑比丘尼作訶責捨此事故白四羯磨當如是作尼衆中應差堪能羯磨者如上當作如是白大姊僧聽此黑比丘尼喜鬬諍不善憶持諍事後瞋恚作是語僧有愛有恚有怖有癡若僧時到僧忍聽今僧與黑比丘尼作訶責捨此事故大姊汝莫喜鬬諍不善憶持諍事後瞋恚作是語僧有愛有恚有怖有癡而僧不愛不恚不怖不癡妹汝自有愛有恚有怖有癡白如是大姊僧聽此黑比丘尼喜鬬諍不善憶持諍事後瞋恚作是語僧有愛有恚有怖有癡今僧與黑比丘尼作訶責捨此事妹汝莫喜鬬諍不善憶持諍事後瞋恚作是語僧有愛有恚有怖有癡而僧不愛不恚不怖不癡汝自有愛有恚有怖有癡誰諸大姊忍僧與黑比丘尼作訶責捨此事者默然誰不忍者便說是初羯磨第二第三亦如是說僧已與黑比丘尼作訶責捨此事竟僧忍默然故是事如是持僧與黑比丘尼作訶責白四羯磨已白諸比丘諸比丘以此因緣白佛佛言若有如此比丘尼比丘僧亦當與作訶責白四羯磨自今已去與比丘尼結戒集十句義乃至正法久住欲說戒者當如是說若比丘尼喜鬬諍不善憶持諍事後瞋恚作是語僧有愛有恚有怖有癡是比丘尼

應諫彼比丘尼言妹汝莫喜鬪諍不善憶持諍事後瞋恚作是語僧有愛有恚有怖有癡而僧不愛不恚不怖不癡汝自有愛有恚有怖有癡是比丘尼諫彼比丘尼時堅持不捨彼比丘尼應三諫捨此事故乃至三諫捨者善不捨者是比丘尼犯三法應捨僧伽婆尸沙比丘尼義如上鬪諍有四種言諍覓諍犯諍事諍僧者一羯磨一說戒若比丘尼喜鬪諍不善憶持諍事後瞋恚作是語僧有愛有恚有怖有癡是比丘尼當諫彼比丘尼言大姊汝莫喜鬪諍不善憶持諍事後瞋恚作是語僧有愛有恚有怖有癡而僧不愛不恚不怖不癡汝自有愛有恚有怖有癡汝今可捨此事莫爲僧所訶責更犯重罪若隨語者善不隨語者當作白作白已語言我已白竟餘有羯磨在汝可捨此事莫爲僧所訶責更犯重罪若隨語者善不隨語者當作初羯磨作初羯磨已當復語言我已作初羯磨竟餘二羯磨在汝可捨此事莫爲僧所訶責更犯重罪若隨語者善不隨語者當作二羯磨作二羯磨已當復語言我已作白二羯磨竟餘有一羯磨在汝可捨此事莫爲僧所訶責更犯重罪若隨語者善不隨語者作三羯磨竟僧伽婆尸沙白二羯磨竟捨者三偷蘭遮白初羯磨竟捨者二偷蘭遮白竟捨者一偷蘭遮白未竟捨者突吉羅未白前喜鬪諍不善憶持諍事後瞋恚言僧有愛有恚有怖有癡一切突吉羅若比丘尼喜鬪諍僧與訶責時比丘教言莫捨若僧作訶責偷蘭遮若不訶責突吉羅若比丘尼教言莫捨若作訶責偷蘭

遮若不作訶責突吉羅除比丘比丘尼教餘人教莫捨一切突吉羅比丘突吉羅式叉摩那沙彌沙彌尼突吉羅是謂爲犯不犯者初語時捨非法別衆訶責非法和合衆法別衆似法別衆似法和合衆非法非律非佛所教若一切不作訶責不犯不犯者最初未制戒癡狂心亂痛惱所纏竟十七

第二分三十捨墮法

爾時佛在舍衛國祇樹給孤獨園時世尊以此因緣集比丘僧告諸比丘自今已去與比丘尼結戒集十句義乃至正法久住欲說戒者當如是說若比丘尼衣已竟迦絺那衣已捨畜長衣經十日不淨施得持若過尼薩耆波逸提竟一

若比丘尼衣已竟迦絺那衣已捨五衣中若離一一衣異處宿經一夜除僧羯磨尼薩耆波逸提竟二

若比丘尼衣已竟迦絺那衣已捨若得非時衣欲須便受受已疾疾成衣若足者善若不足者得畜一月爲滿足故若過畜者尼薩耆波逸提竟三

若比丘尼從非親里居士居士婦乞衣除餘時尼薩耆波逸提是中時者若奪衣失衣燒衣漂衣是名時竟四

若比丘尼奪衣失衣燒衣漂衣是非親里居士若居士婦自恣請多與衣是比丘尼當知足受衣若過尼薩耆波逸提竟五

若居士居士婦爲比丘尼辦衣價買如是衣買與某甲比丘尼是比丘尼先不受自恣請到居士家如是說善哉居士爲我辦如是如

是衣價與我爲好故若得衣者尼薩耆波逸提 竟六

若二居士居士婦與比丘尼辦衣價我曹辦如是衣價與某甲比丘尼是比丘尼先不受自恣請到二居士家作如是言善哉居士辦如是如是衣價與我共作一衣爲好故若得衣尼薩耆波逸提 竟七

若比丘尼若王若大臣若婆羅門若居士居士婦遣使爲比丘尼送衣價持如是衣價與某甲比丘尼彼使至比丘尼所語言阿姨爲汝送衣價受取是比丘尼語彼使如是言我不應受此衣價我若須衣合時清淨當受彼使語比丘尼言阿姨有執事人不須衣比丘尼言有若僧伽藍民若優婆塞此是比丘尼執事人常爲比丘尼執事彼使至執事人所與衣價已還到比丘尼所如是言阿姨所示某甲執事人我已與衣價大姊知時往彼當得衣比丘尼若須衣者當往彼執事人所二反三反語言我須衣若二及三反爲作憶念得衣者善若不得衣四反五反六反在前默然住令彼憶念若四反五反六反在前默然住得衣者善若不得衣過是求得衣者尼薩耆波逸提若不得衣隨使所來處若自往若遣使往語言汝先遣使持衣價與某甲比丘尼是比丘尼竟不得汝還取莫使失此是時 竟八

若比丘尼自取金銀若錢若教人取若口可受尼薩耆波逸提 竟九

若比丘尼種種買賣寶物者尼薩耆波逸提 竟十

若比丘尼種種販賣者尼薩耆波逸提竟十一

若比丘尼畜鉢減五綴不漏更求新鉢為好故尼薩耆波逸提是比丘尼當持此鉢於尼衆中捨從次第貿至下坐以下坐鉢與此比丘尼言妹持此鉢乃至破此是時竟十二

若比丘尼自求縷使非親里織師織作衣者尼薩耆波逸提竟十三

若比丘尼居士居士婦使織師為比丘尼織作衣彼比丘尼先不受自恣請便往到彼所語織師言此衣為我作與我極好織令廣長堅緻齊整好我當少多與汝價若比丘尼與價乃至一食得衣者尼薩耆波逸提竟十四

若比丘尼與比丘尼衣已後瞋恚若自奪若教人奪取還我衣來不與汝是比丘尼應還衣彼取衣者尼薩耆波逸提竟十五

若諸病比丘尼畜藥酥油生酥蜜石蜜得食殘宿乃至七日得服若過七日服尼薩耆波逸提竟十六

若比丘尼十日未滿夏三月若有急施衣比丘尼知是急施衣應受受已乃至衣時應畜若過畜尼薩耆波逸提竟十七

若比丘尼知物向僧自求入已尼薩耆波逸提竟十八

四分律藏卷第二十三

音釋

麨尺沼切乾糧也　溉灌溉古代切澆也灌古玩切沃也　鬘莫班切　俳步皆切戲也　簧胡光切笙簧也　跛布火切足偏癈也　嘯私妙切吹聲也　綴陟衛切聯綴也　貿莫候切易也　縷力主切綫也　緻直利切密也

四分律藏卷第二十四

姚秦三藏佛陀耶舍共竺佛念譯

第二分三十捨墮法之餘

佛在舍衛國祇樹給孤獨園時偷羅難陀比丘尼有檀越晨朝著衣持鉢詣其家語言我須酥彼言可爾即買與之旣買酥與而言我不須酥須油彼言可得彼即往賣酥家語言我不須酥須油其人報言當作買酥法取汝酥當作賣油法與汝油彼檀越即譏嫌言比丘尼無有猒足不知慙愧外自稱言我知正法求酥索油求油索酥如是何有正法若須酥直應索酥須油便應索油若須餘物便應索餘物時諸比丘尼聞其中有少欲知足行頭陀樂學戒知慙愧者訶責偷羅難陀比丘尼言云何索酥求油索油求酥時諸比丘尼白諸比丘諸比丘往白世尊世尊爾時以此因緣集比丘僧訶責偷羅難陀比丘尼言汝所爲非非威儀非沙門法非淨行非隨順行所不應爲汝云何求酥索油求油索酥時世尊以無數方便訶責偷羅難陀比丘尼已告諸比丘此偷羅難陀比丘尼多種有漏處最初犯戒自今已去與比丘尼結戒集十句義乃至正法久住欲說戒者當如是說若比丘尼欲索是更索彼者尼薩耆波逸提比丘尼義如上欲索是更索彼者求酥已更求油索油已更索酥若求餘物亦如是若比丘尼欲索是更索彼者尼薩耆波逸提此尼薩耆應捨與尼僧若衆多人若一人不得別衆捨若捨不成捨突吉羅若欲捨時應往僧中偏露右肩脫革屣禮僧足已右膝著地合掌作如

是言大姊僧聽我某甲比丘尼索是更索彼犯捨墮今捨與僧捨已應懺悔前受懺人白已然後受懺作如是白大姊僧聽此某甲比丘尼索是更索彼犯捨墮今捨與僧若僧時到僧忍聽聽我受某甲比丘尼懺白如是應如是白已受彼懺語彼言自責汝心答言爾比丘尼僧即應還彼比丘尼捨物白二羯磨應如是與僧中應差堪能羯磨者如上當如是白大姊僧聽此某甲比丘尼索是更索彼犯捨墮今捨與僧若僧時到僧忍聽持此捨物還某甲比丘尼白如是大姊僧聽此某甲比丘尼索是更索彼犯捨墮今捨與僧僧持此捨物還某甲比丘尼誰諸大姊忍僧還某甲比丘尼捨物者黙然誰不忍者說僧已忍還某甲比丘尼捨物竟僧忍黙然故是事如是持捨物竟不還者突吉羅若還時有人教言莫還者突吉羅若不還轉作淨施若遣與人若故壞若燒若作非物若數數用一切突吉羅比丘突吉羅式叉摩那沙彌沙彌尼突吉羅是謂爲犯不犯者若須酥索酥若須油索油若須餘物便索餘物若從親里索從出家人索若爲彼彼爲已索若不求而得不犯不犯者最初未制戒癡狂心亂痛惱所纏十九竟

爾時佛在舍衛國祇樹給孤獨園時有衆多比丘尼於露地說戒有居士見問言阿姨何故露地說戒無有說戒堂耶答言無若與堂直能作堂不答言能即與作說戒堂物時諸比丘尼便作是念我曹說戒時趣得處便坐說戒衣服難得應具五衣我今寧可持此物

貿衣共分即便貿衣共分後於異時諸比丘尼故在露地説戒後居士見即問言何以故在露地説戒無有堂耶答言無居士言我前所與説戒堂物作何等答言無所作復問所由不作比丘尼語言我等作是念我趣得坐處便可説戒衣服難得應具五衣我等寧可持此物貿衣即以此物貿衣共分時彼居士譏嫌言此比丘尼等不知慙愧受取無猒外自稱言我知正法如是有何正法以我堂物貿衣共分謂我不知衣服難得當具五衣耶如佛所説能造第一福者作好房施四方僧是時諸比丘尼聞中有少欲知足行頭陀樂學戒知慙愧者訶責彼比丘尼云何汝等居士施作説戒堂物而貿衣共分諸比丘尼白諸比丘諸比丘往白世尊世尊爾時以此因緣集比丘僧訶責彼比丘尼汝所爲非非威儀非沙門法非淨行非隨順行所不應爲云何比丘尼以居士作堂物貿衣共分時世尊以無數方便訶責彼比丘尼已告諸比丘彼比丘尼多種有漏處最初犯戒自今已去與比丘尼結戒集十句義乃至正法久住欲説戒者當如是説若比丘尼知檀越所爲僧施異迴作餘用者尼薩耆波逸提比丘尼義如上所爲僧施異者與作説戒堂用作衣與作衣用作説戒堂與此處乃彼處用僧物爲僧屬僧僧物者已許僧爲僧者爲僧作而未許僧屬僧者已許與僧已捨與僧若比丘尼知檀越所爲僧施異迴作餘用尼薩耆波逸提此尼薩耆應捨與僧若衆多人若一人不得別衆捨若捨不成捨突吉羅捨與僧時往僧

中偏露右肩脱革屣禮上座足已右膝著地合掌作是語大姊僧聽我某甲比丘尼所爲僧施異而迴作餘用犯捨墮今捨與僧捨已當懺悔前受懺人當白已然後受懺如是白大姊僧聽此某甲比丘尼所爲僧施異而迴作餘用犯捨墮今捨與僧若僧時到僧忍聽我受某甲比丘尼懺白如是作此白已然後受懺當語彼人言自責汝心答言爾僧即應還此比丘尼衣作白二羯磨應如是與僧中應差堪能作羯磨者如上當作如是白大姊僧聽此某甲比丘尼所爲僧施異迴作餘用犯捨墮今捨與僧若僧時到僧忍聽還某甲比丘尼衣白如是大姊僧聽此某甲比丘尼所爲僧施異迴作餘用犯捨墮今捨與僧誰諸大姊忍僧還此某甲比丘尼衣者默然誰不忍者説僧已忍還某甲比丘尼衣竟僧忍默然故是事如是持於僧中捨衣竟不還者突吉羅還時若有人教言莫還者突吉羅若受作五衣若轉作淨施若作餘用若遣與人若故壞若燒若作非衣若數數著一切突吉羅比丘突吉羅式叉摩那沙彌沙彌尼突吉羅是謂爲犯不犯者若問主用隨所分處用若與物時語言隨意用不犯不犯者最初未制戒癡狂心亂痛惱所纏二十竟

爾時佛在舍衛國祇樹給孤獨園時安隱比丘尼欲來詣舍衛國先舊住比丘尼聞安隱比丘尼當來爲往詣家家乞求大得財物飲食至期日而彼比丘尼竟不到舊住比丘尼等自相謂言我等與安隱比丘尼共期至舍衛國而彼不到比丘尼衣服難得應辦五衣

我等寧可取此物貿衣共分即作五衣分之於異時安隱比丘尼來至舍衛國夜過已到時著衣持鉢入舍衛城乞食時諸居士見即問阿姨何所求索答言乞食又問衆僧無食耶答言無後日居士至舊比丘尼所問言我等先各各出物爲供給安隱比丘尼爲作食不答言不作問言何故不作答言我先與安隱比丘尼共期來至舍衛國而彼不至我等作是念與安隱共期至舍衛國而彼不到比丘尼衣服難得應辦五衣我等寧可以此物貿衣共分即便貿衣共分時居士皆共譏嫌言此諸比丘尼無有慙愧受取無猒外自稱言我知正法云何先爲安隱比丘尼各各出物作飲食而後貿衣共分如是何有正法我等亦知比丘尼衣服難得應具五衣而我等所以施者正爲安隱遠至供給飲食耳時諸比丘尼聞其中有少欲知足行頭陀樂學戒知慙愧者訶責彼比丘尼汝等云何居士施物爲供給安隱比丘尼作食乃貿衣而共分耶時比丘尼往白諸比丘諸比丘往白世尊世尊爾時以此因緣集比丘僧訶責彼比丘尼汝所爲非非威儀非沙門法非淨行非隨順行所不應爲云何比丘尼居士施物供給安隱比丘尼作食而乃貿衣共分時世尊以無數方便訶責彼比丘尼已告諸比丘彼比丘尼多種有漏處最初犯戒自今已去與比丘尼結戒集十句義乃至正法久住欲說戒者當如是說若比丘尼所爲施物異自求爲僧迴作餘用者尼薩耆波逸提比丘尼義如上所爲施異者若爲食施用作衣爲衣施用

作食若爲餘處乃更爲餘處用自求者處處求僧物者如上說若比丘尼所爲施物異自求爲僧迴作餘用者尼薩耆波逸提此尼薩耆應捨捨與僧如上法捨已懺悔如上僧即應還彼捨衣白二羯磨還如上若不還受作五衣乃至作非衣數數著一切突吉羅如上比丘突吉羅式叉摩那沙彌沙彌尼突吉羅是謂爲犯不犯者語居士隨意用若居士與物已語言隨意用不犯不犯者最初未制戒癡狂心亂痛惱所纏二十一竟

爾時婆伽婆在舍衛國祇樹給孤獨園時安隱比丘尼有居士爲檀越到時著衣持鉢至其家敷座而坐時居士問訊住止安樂不答言不安樂問言何故爾答言所止處憒鬧是故不安樂即問無別房耶答言無若與舍直能作舍不答言能彼即以舍直與之時彼比丘尼作是念設作舍者多諸事務比丘尼衣服難得應辦五衣我今寧可以此舍直貿衣耶即便貿衣後異時安隱比丘尼著衣持鉢至居士家就座而坐居士問言阿姨住止安樂不答言不安樂問言何以不安樂答言所止處憒鬧故不安樂即問言無別房耶答言無復問前所與舍直竟不作舍耶答言不作復問何以故不作答言我自作是念若以此物作舍者多諸事務比丘尼衣服難得應辦五衣即以此物貿衣時居士譏嫌言此比丘尼受無猒足外自稱言我知正法如是何有正法我與舍直作舍而乃用貿衣我豈不知比丘尼衣服難得應具五衣耶但我等聞世尊所說最初第一福者作房施四方僧也時

諸比丘尼聞中有少欲知足行頭陀樂學戒知慙愧者訶責安隱言汝云何檀越與物作房舍乃用作衣諸比丘尼白諸比丘諸比丘往白世尊世尊爾時以此因緣集比丘僧訶責安隱比丘尼汝所爲非非威儀非沙門法非淨行非隨順行所不應爲云何檀越與物作屋乃用作衣時世尊以無數方便訶責已告諸比丘安隱比丘尼多種有漏處最初犯戒自今已去與比丘尼結戒集十句義乃至正法久住欲說戒者當如是說若比丘尼檀越所施物異迴作餘用者尼薩耆波逸提比丘尼義如上所爲施物異者作別房用作衣施作衣用作別房若爲餘處施乃餘處用若比丘尼所爲施物異作別房迴作餘用者尼薩耆波逸提此尼薩耆應捨與僧如上法捨竟懺悔如上僧即應還彼捨衣白二羯磨還如上若不還受作五衣乃至作非衣若數數著一切突吉羅比丘突吉羅式叉摩那沙彌沙彌尼突吉羅是謂爲犯不犯者問檀越用隨檀越處分用若與時語言隨意用若親厚人語言隨意用我當語主不犯不犯者最初未制戒癡狂心亂痛惱所纏二十二竟

爾時婆伽婆在舍衛國祇樹給孤獨園時衆多比丘尼爲作房舍故人間乞求處處乞索多得財物諸比丘尼即自念言若我以此物作屋者多諸事故比丘尼衣服難得應辦五衣我等今寧可以此物用貿衣共分念已貿衣共分後於異時諸居士問言前與物作舍者竟作舍不答言不作問言何以故不作答言我等自念設作屋者多諸事故比丘尼衣

服難得應具五衣我等寧可以此物貿衣共分念已即貿衣共分時諸居士聞已皆譏嫌言此諸比丘尼受取無猒外自稱言我知正法如是何有正法以我等舍直貿衣共分我等豈不知比丘尼衣服難得應具五衣耶但我等聞世尊所説最第一福者作房施四方僧是諸比丘尼聞其中有少欲知足行頭陀樂學戒知慚愧者訶責彼比丘尼汝等云何以他舍直貿衣共分諸比丘尼往白諸比丘諸比丘往白世尊世尊爾時以此因緣集比丘僧訶責諸比丘尼汝所爲非非威儀非沙門法非淨行非隨順行所不應爲云何比丘尼檀越與舍直貿衣共分以無數方便訶責諸比丘尼已告諸比丘彼諸比丘尼癡人多種有漏處最初犯戒自今已去與比丘尼結戒集十句義乃至正法久住欲説戒者當如是説若比丘尼檀越所爲施物異自求爲僧迴作餘用尼薩耆波逸提比丘尼義如上所爲施物異者施與作僧房用作衣施作衣用作僧房若爲餘處施乃餘處用自求者自處乞求爲僧者僧物如上説若比丘尼所爲施物異自求爲僧迴作餘用者尼薩耆波逸提此尼薩耆應捨捨與僧如上法捨已懺悔如上僧即應還彼捨衣作白二羯磨還如上若不還受作五衣乃至作非衣數數著一切突吉羅如上比丘突吉羅式叉摩那沙彌沙彌尼突吉羅是謂爲犯不犯者若問物主隨物主處分用若與物時語言隨意用若是親厚者語言隨意用我當語主不犯不犯者最初未制戒癡狂心亂痛惱所纏二十三竟

爾時婆伽婆在舍衛國祇樹給孤獨園時六羣比丘尼受持好色鉢故者留置彼畜多鉢而不洗治狼籍在地諸居士詣寺觀看見已譏嫌言此比丘尼受取無猒外自稱言我知正法如是何有正法多畜好色鉢故鉢狼藉在地與瓦肆無異諸比丘尼聞其中有少欲知足行頭陀樂學戒知慙愧者訶責六羣比丘尼汝云何多畜好色鉢故鉢不洗治狼藉在地諸比丘尼往白諸比丘諸比丘白世尊世尊爾時以此因緣集比丘僧訶責六羣比丘尼汝所爲非非威儀非沙門法非淨行非隨順行所不應爲云何六羣比丘尼受持好色鉢故者不洗治狼籍在地時世尊以無數方便訶責六羣比丘尼已告諸比丘此六羣比丘尼多種有漏處最初犯戒自今已去與比丘尼結戒集十句義乃至正法久住欲說戒者當如是說若比丘尼畜長鉢尼薩耆波逸提比丘尼義如上彼比丘尼即日得鉢即日應受持一鉢餘者當淨施若遣與人若比丘尼畜長鉢尼薩耆波逸提此尼薩耆應捨與僧如上法捨竟懺悔如上僧即應還彼捨鉢作白二羯磨還如上若不還乃至非鉢用一切突吉羅如上式叉摩那沙彌沙彌尼突吉羅是謂爲犯不犯者即日得鉢即日受一鉢餘鉢淨施或遣與人若奪想若失想若破想若漂想不淨施不遣與人不犯若奪鉢若失鉢若破鉢若漂鉢若自取用若他與用不犯若所寄鉢者命終若遠行若休道若爲賊所將去若遇惡獸難爲水所漂不作淨施不遣與人不犯不犯者最初未制戒癡狂心亂

痛惱所纏二十四竟

爾時婆伽婆在舍衛國祇樹給孤獨園時六羣比丘尼多畜好色器不好者留置彼畜如是多器不洗治料理狼藉在地時有衆多居士詣諸寺觀看見已譏嫌言此六羣比丘尼受取無猒不知慙愧外自稱言我知正法如是何有正法多畜器狼藉在地如瓦肆無異諸比丘尼聞其中有少欲知足行頭陀樂學戒知慙愧者訶責六羣比丘尼云何汝等多畜器狼藉在地時諸比丘尼往白諸比丘諸比丘往白世尊世尊爾時以此因緣集比丘僧訶責六羣比丘尼汝等所爲非非威儀非沙門法非淨行非隨順行所不應爲云何六羣比丘尼多畜器狼藉在地時世尊以無數方便訶責六羣比丘尼已告諸比丘此六羣比丘尼多種有漏處最初犯戒自今已去與比丘尼結戒集十句義乃至正法久住欲說戒者當如是說若比丘尼多畜好色器者尼薩耆波逸提比丘尼義如上彼比丘尼即日得器應即日受可須用者十六枚餘者當淨施若遣與人十六者大釜釜蓋大瓫及杓小釜釜蓋小瓫及杓水瓶瓶蓋瓫及杓洗瓶瓶蓋瓫及杓若比丘尼畜多器者尼薩耆波逸提此尼薩耆應捨捨與僧如上捨竟懺悔如上法僧即應還彼捨器白二羯磨還如上若僧不還乃至數數用一切突吉羅如上比丘突吉羅式叉摩那沙彌沙彌尼突吉羅是謂爲犯不犯者即日得器當受十六枚餘者當淨施若遣與人若作奪想若失想若破想若漂想不作淨不遣與人不犯若奪器若失器

若破器若漂器若取自用若他與器用若彼所寄器比丘尼命終若休道若遠行若賊將去若惡獸難若水漂不作淨不遣與人不犯不犯者最初未制戒癡狂心亂痛惱所纏二十五竟

爾時婆伽婆在舍衛國祇樹給孤獨園時諸比丘尼月期水出汙身衣坐具諸比丘尼白諸比丘諸比丘往白佛佛言聽著遮月水衣若脱聽安帶月水猶從兩邊出汙衣更聽作病衣重著外著涅槃僧若至白衣舍應語言我有病若白衣語但坐無苦彼比丘尼當褰涅槃僧以此病衣遮身坐時有栴檀輸那比丘尼常自謂無有欲想語餘一比丘尼言汝若月水出時從我取此衣彼報言可爾餘比丘尼常望此衣更不辦衣於異時栴檀輸那比丘尼月期水出餘比丘尼亦月期水出時餘比丘尼遣使詣栴檀輸那比丘尼所語言前許我病衣今可見與答言妹我今亦月期水出不得相與彼比丘尼嫌責栴檀輸那比丘尼言前語我若月期水出從我取病衣我常望得衣不自辦衣而今往索不與我耶諸比丘尼聞其中有少欲知足行頭陀樂學戒知慚愧者嫌責栴檀輸那比丘尼汝云何許彼比丘尼病衣使不自辦衣今索不與時諸比丘尼往白諸比丘諸比丘往白世尊世尊爾時以此因緣集比丘僧訶責栴檀輸那比丘尼汝所爲非非威儀非沙門法非淨行非隨順行所不應爲云何栴檀輸那比丘尼許彼病衣使不自辦今索不與以無數方便訶責栴檀輸那比丘尼已告諸比丘栴檀輸那

比丘尼多種有漏處最初犯戒自今已去與比丘尼結戒集十句義乃至正法久住欲説戒者當如是説若比丘尼許比丘尼病衣後不與者尼薩耆波逸提比丘尼義如上病衣者月水出時遮内身上著涅槃僧衣者有十種衣如上彼比丘尼許彼病衣不與者尼薩耆波逸提除病衣已許餘衣不與者突吉羅除餘衣已許餘所須物不與者突吉羅若比丘尼許比丘尼病衣後不與尼薩耆波逸提此尼薩耆應捨與僧如上捨已懺悔如上僧即當還彼捨衣如上若不還受作五衣乃至數數用一切突吉羅如上比丘突吉羅式叉摩那沙彌沙彌尼突吉羅是謂爲犯不犯者許病衣與若無病衣若作病衣若浣染打舉在牢處求不與無犯彼比丘尼或破戒或破見破威儀若被舉若滅擯若應滅擯若由此因緣命難梵行難許病衣不與不犯不犯者最初未制戒癡狂心亂痛惱所纏二十六竟

爾時婆伽婆在舍衛國祇樹給孤獨園時六羣比丘尼以非時衣受作時衣諸比丘尼見語言世尊許比丘尼畜五衣此衣是誰衣答言是我等時衣即語言妹今是時非時時諸比丘尼聞其中有少欲知足行頭陀樂學戒知慙愧者嫌責六羣比丘尼云何汝等以非時衣受作時衣諸比丘尼白諸比丘諸比丘往白世尊世尊爾時以此因緣集比丘僧訶責六羣比丘尼汝所爲非非威儀非沙門法非淨行非隨順行所不應爲云何六羣比丘尼以非時衣受作時衣時世尊以無數方便訶責六羣比丘尼已告諸比丘此六羣比丘

尼多種有漏處最初犯戒自今已去與比丘尼結戒集十句義乃至正法久住欲說戒者當如是說若比丘尼以非時衣受作時衣者尼薩耆波逸提比丘尼義如上時者安居竟無迦絺那衣一月有迦絺那衣五月非時者除此於餘時得長衣是衣者有十種衣如上若比丘尼以此非時衣受作時衣者尼薩耆波逸提此尼薩耆應捨捨與僧如上捨竟懺悔如上僧即應還彼所捨衣白二羯磨還如上若不還受作五衣若乃至數數著一切突吉羅如上比丘突吉羅式叉摩那沙彌沙彌尼突吉羅是謂爲犯不犯者非時衣受作非時衣時衣時衣受作時衣不犯不犯者最初未制戒癡狂心亂痛惱所纏二十七竟

爾時婆伽婆在舍衛國祇樹給孤獨園時偷羅難陀比丘尼與比丘尼貿衣後瞋恚還奪取衣還我衣來我不與汝汝衣屬汝我衣屬我汝自取汝衣我自取我衣時諸比丘尼聞其中有少欲知足行頭陀樂學戒知慚愧者嫌責偷羅難陀比丘尼汝云何與比丘尼貿衣後瞋恚還自奪取妹還我衣來我不與汝汝衣屬汝我衣屬我汝自取汝衣我自取我衣時諸比丘尼往白諸比丘諸比丘往白世尊世尊爾時以此因緣集比丘僧訶責偷羅難陀比丘尼汝所爲非非威儀非淨行非沙門法所不應爲云何偷羅難陀比丘尼與比丘尼貿衣後瞋恚還奪耶以無數方便訶責偷羅難陀比丘尼已告諸比丘此偷羅難陀比丘尼多種有漏處最初犯戒自今已去與比丘尼結戒集十句義乃至正法久住欲說

戒者當如是說若比丘尼與比丘尼貿易衣後瞋恚還自奪取若使人奪妹還我衣來我不與汝汝衣屬汝我衣還我者尼薩耆波逸提比丘尼義如上衣者十種衣如上貿易者或以衣貿衣或以衣貿非衣或以非衣貿衣若以非衣貿非衣若針若刀若縷若碎段物乃至一丸藥彼比丘尼與比丘尼貿衣後瞋恚自奪若教人奪藏者尼薩耆波逸提奪而不藏者突吉羅若彼得衣者舉樹上牆上籬上若橛上象牙杙上衣架上若繩牀上木牀上大小蓐上若地敷上若取離處尼薩耆取而不離處突吉羅此尼薩耆當捨捨與僧如上捨已懺悔如上僧即應當還彼衣白二羯磨還如上若不還受作五衣乃至數數著一切突吉羅如上比丘突吉羅式叉摩那沙彌沙彌尼突吉羅是謂爲犯不犯者和喻語妹我悔還我衣彼知有悔意還衣若有餘比丘尼語言此比丘尼欲悔汝還衣或彼借著無道理故還取若豫知當失若恐壞若彼人破戒若破見若破威儀若被舉若滅擯若應滅擯若爲此事命難梵行難奪而不藏者不犯不犯者最初未制戒癡狂心亂痛惱所纏十二竟八

爾時婆伽婆在毗舍離獼猴江側高閣講堂上時毗舍離梨奢有因緣應從一居士得財物時有比丘尼名迦羅常出入此居士家以爲檀越時梨奢語迦羅言我欲及阿姨一財物事報言可爾即爲辦其事彼得財物歡喜問言阿姨欲須何物報言止此便爲供養我已彼復問言阿姨若有所須便說報言且止

何須說正使我有所須俱不見與居士報言但說所須我當相與彼即指示一衣價直千張氎言我須如是衣時居士皆共譏嫌言比丘尼受取無猒外自稱言我知正法如是何有正法云何乃索價直千張氎衣正使檀越施與猶應知足彼即持與復作是語若我往者足自辦此事可不失此衣時跋陀迦毗羅比丘尼至親里家就座而坐諸居士問言阿姨何所須欲報言且止便爲供養我已復語言但說欲須何物報言何須說正使欲有所須俱不見與報言當與非爲不與但說欲須何物彼即指示價直千張氎衣我須此衣時諸居士譏嫌言比丘尼受取無猒外自稱言我知正法如是何有正法乃索價直千張氎衣正使檀越施與猶應知足即與衣已語言比丘尼何用此貴價衣爲時諸比丘尼聞其中有少欲知足行頭陀樂學戒知慚愧者嫌責跋陀迦毗羅比丘尼云何比丘尼乃從彼索價直千張氎衣時諸比丘尼往白諸比丘諸比丘往白世尊世尊爾時以此因緣集比丘僧訶責迦羅跋陀迦毗羅比丘尼汝所爲非非威儀非沙門法非淨行非隨順行所不應爲云何乃從彼索價直千張氎衣時世尊以無數方便訶責已告諸比丘此迦羅跋陀迦毗羅比丘尼多種有漏處最初犯戒自今已去與比丘尼結戒集十句義乃至正法久住欲說戒者當如是說若比丘尼乞重衣齊價直四張氎過者尼薩耆波逸提比丘尼義如上重衣者障寒衣也衣者十種如上若比丘尼求重衣時極至十六條若比丘尼求重

衣價過四張氎者尼薩耆波逸提此尼薩耆當捨與僧如上捨衣竟懺悔如上法僧即應還彼比丘尼衣作白二羯磨與如上僧若不還若受作五衣乃至數數著一切突吉羅如上比丘突吉羅式叉摩那沙彌沙彌尼突吉羅是謂爲犯不犯者索齊四張氎若減若從出家人乞若彼爲已已爲彼若不索而自得不犯不犯者最初未制戒癡狂心亂痛惱所纏二十九竟

爾時婆伽婆在毗舍離時毗舍離梨奢有因緣應從一居士得財物有一迦羅比丘尼常出入其家以爲檀越時梨奢語此迦羅比丘尼言阿姨我欲及一財物事能爲我辦不答言能即爲辦之彼得財物歡喜語言阿姨欲得何物報言止此便爲供養我已彼復語言若有所須便說報言且止正使我有所須俱不見與彼報言當與非爲不與但說即指示一輕衣價直五百張氎語言我須如是衣時居士皆共譏嫌言比丘尼受取無猒外自稱言我知正法如是有何正法乃索價直五百張氎衣正使檀越施與猶應知足即持衣與已如是言若我往者自足辦事乃不失此衣時有跋陀迦毗羅比丘尼還至親里家就座而坐時居士問言阿姨欲須何物報言且止便爲供養我已復言但說無若欲須何物報言止不須說正使欲有所須俱不見與報言當與非爲不與欲須何物即指示直五百張氎輕衣言我須此衣時彼居士譏嫌言此比丘尼受取無猒外自稱言我知正法如是有何正法乃索直五百張氎輕衣正使檀越施

與猶應知足即與衣已便言比丘尼何用此貴價衣爲時諸比丘尼聞其中有少欲知足行頭陀樂學戒知慙愧者嫌責迦羅跋陀迦毘羅比丘尼云何乃從彼索直五百張氎輕衣時諸比丘尼往白諸比丘諸比丘往白世尊世尊爾時以此因緣集比丘僧訶責迦羅跋陀迦毗羅比丘尼汝所爲非非威儀非沙門法非淨行非隨順行所不應爲云何汝等比丘尼乃從彼索價直五百張氎輕衣時世尊以無數方便訶責已告諸比丘此迦羅跋陀迦毗羅比丘尼多種有漏處最初犯戒自今已去與比丘尼結戒集十句義乃至正法久住欲說戒者當如是說若比丘尼欲乞輕衣極至價直兩張半氎過者尼薩耆波逸提比丘尼義如上輕衣者障熱衣衣者有十種如上若比丘尼乞輕衣時極至齊十條若比丘尼乞輕衣過二張半氎尼薩耆波逸提此尼薩耆應捨捨與僧如上捨竟懺悔如上法僧即應還彼捨衣白二羯磨還如上若不還若受作五衣乃至作非衣數數著一切突吉羅如上比丘突吉羅式叉摩那沙彌沙彌尼突吉羅是謂爲犯不犯者乞價直兩張半氎若減二張半若從出家者乞若爲他乞他爲已乞不乞而得不犯不犯者最初未制戒癡狂心亂痛惱所纏三十竟

第二分一百七十八單提法之一

爾時婆伽婆在釋翅搜迦維羅衛國尼俱律園中時世尊以此因緣集諸比丘告言自今已去與比丘尼結戒集十句義乃至正法久住欲說戒者當如是說若比丘尼故妄語者

波逸提竟一
若比丘尼毀呰語波逸提竟二
若比丘尼兩舌語波逸提竟三
若比丘尼與男子同室宿者波逸提竟四
若比丘尼共未受戒女人同一室宿若過三
宿波逸提竟五
若比丘尼與未受戒人共誦法者波逸提竟六
若比丘尼知他有麤惡罪向未受大戒人說
除僧羯磨波逸提竟七
若比丘尼向未受大戒人說過人法言我知
是我見是實者波逸提竟八
若比丘尼與男子說法過五六語除有知女
人波逸提竟九
若比丘尼自掘地若教人掘波逸提竟十
若比丘尼壞鬼神村波逸提竟十一

若比丘尼妄作異語惱他者波逸提竟十二
若比丘尼嫌罵者波逸提竟十三
若比丘尼取僧繩牀若木牀若卧具坐蓐露
地自敷若教人敷捨去不自舉不教人舉波
逸提竟十四
若比丘尼於僧房中取僧卧具自敷若教人
敷在中若坐若卧從彼處捨去不自舉不教
人舉者波逸提竟十五
若比丘尼知比丘尼先住處後來於中間敷
卧具止宿念言彼若嫌窄者自當避我去作
如是因緣非餘非威儀波逸提竟十六
若比丘尼瞋他比丘尼不喜衆僧房中自牽
出若教人牽出者波逸提竟十七
若比丘尼若在重閣上脫脚繩牀若木牀若
坐若卧波逸提竟十八

若比丘尼知水有蟲自用澆泥若草若教人澆者波逸提十九竟

若比丘尼作大房戶扉窻牖及餘裝飾具指授覆苫齊二三節若過者波逸提二十竟

若比丘尼施一食處無病比丘尼應一食若過受者波逸提二十一竟

若比丘尼別衆食除餘時波逸提餘時者病時作衣時施衣時行道時船上時大會時沙門施食時此是時二十二竟

若比丘尼至檀越家殷勤請與餅麨食比丘尼欲須者二三鉢應受持至寺內分與諸比丘尼食若比丘尼無病過三鉢受持至寺中不分與餘比丘尼食波逸提二十三竟

若比丘尼非時食者波逸提二十四竟

若比丘尼殘宿食噉波逸提二十五竟

若比丘尼不受食及藥著口中除水及楊枝波逸提二十六竟

若比丘尼先受請已若前食後食行詣餘家不囑餘比丘尼除餘時波逸提餘時者病時作衣時施衣時此是時二十七竟

若比丘尼食家中有寶强安坐波逸提二十八竟

若比丘尼食家中有寶在屏處坐波逸提二十九竟

若比丘尼獨與男子露地一處共坐者波逸提三十竟

若比丘尼語比丘尼如是語大姊共汝至聚落當與汝食彼比丘尼竟不教與是比丘尼食如是言大姊去我與汝一處共坐共語不樂我獨坐獨語樂以是因緣非餘方便遣去波逸提三十一竟

請比丘尼四月與藥無病比丘尼應受若過受除常請更請分請盡形請波逸提 三十二竟

若比丘尼往觀軍陣除時因緣波逸提 三十三竟

若比丘尼有因緣至軍中若二宿三宿過者波逸提 三十四竟

若比丘尼軍中若二宿三宿時或觀軍陣鬭戰若觀遊軍象馬勢力波逸提 三十五竟

若比丘尼飲酒波逸提 三十六竟

若比丘尼水中戲者波逸提 三十七竟

若比丘尼以指相擊歷他比丘尼者波逸提 三十八竟

若比丘尼不受諫者波逸提 三十九竟

若比丘尼恐怖他比丘尼者波逸提 四十竟

若比丘尼半月洗浴無病比丘尼應受若過受除餘時波逸提餘時者熱時病時作時大風時雨時遠行來時此是時 四十一竟

若比丘尼無病爲炙故露地然火若教人然除餘時波逸提 四十二竟

若比丘尼藏比丘尼若鉢若衣若坐具針筒自藏教人藏下至戲笑波逸提 四十三竟

若比丘尼淨施比丘比丘尼式叉摩那沙彌沙彌尼衣後不問主取著者波逸提 四十四竟

若比丘尼得新衣當作三種染壞色青黑木蘭若比丘尼得新衣不作三種染壞色青黑木蘭新衣持者波逸提 四十五竟

若比丘尼故斷畜生命者波逸提 四十六竟

若比丘尼知水有蟲飲者波逸提 四十七竟

若比丘尼故惱他比丘尼乃至少時不樂波逸提 四十八竟

若比丘尼知比丘尼有麤罪覆藏者波逸提

四十九竟

若比丘尼知諍事如法懺悔已後更發舉者波逸提五十竟

若比丘尼知是賊伴共一道行乃至聚落波逸提五十一竟

若比丘尼作如是語我知佛所說法行婬欲非是障道法彼比丘尼諫此比丘尼言大姊莫作是語莫謗世尊謗世尊者不善世尊不作是語世尊無數方便說婬欲是障道法犯婬者是障道法彼比丘尼諫此比丘尼時堅持不捨彼比丘尼乃至三諫令捨是事乃至三諫時捨者善不捨波逸提五十二竟

若比丘尼知如是語人未作法如是惡邪不捨若畜同一羯磨同一止宿波逸提五十三竟

若沙彌尼如是言我知佛所說法行婬欲非障道法彼比丘尼諫此沙彌尼言汝莫作是語莫誹謗世尊誹謗世尊不善世尊不作是語沙彌尼世尊無數方便說婬欲是障道法犯婬者是障道法彼比丘尼諫此沙彌尼時堅持不捨彼比丘尼應乃至三訶諫捨此事故乃至三諫時若捨者善不捨者彼比丘尼應語是沙彌尼言汝自今已去非佛弟子不得隨餘比丘尼如諸沙彌尼得與比丘尼二宿汝今無是事汝去滅去不須此中住若比丘尼知如是擯沙彌尼若畜共同止宿波逸提五十四竟

若比丘尼如法諫時作如是語我今不學是戒乃至問有知智慧持律者當難問波逸提若為求解應難問五十五竟

若比丘尼說戒時如是語大姊用說是雜碎

戒為說是戒時令人煩惱懷疑輕毀戒故波逸提五十六竟

若比丘尼說戒時作如是語大姊我今始知是戒半月半月說戒經來餘比丘尼知是比丘尼若二若三說戒中坐何況多彼比丘尼無知無解若犯罪應如法治更重增無知法大姊汝無利得不善汝說戒時不用心念不一心兩耳聽法彼無知故波逸提五十七竟

若比丘尼共同羯磨已後作如是說諸比丘尼隨親厚以衆僧物與者波逸提五十八竟

若比丘尼僧斷事時不與欲而起去者波逸提五十九竟

若比丘尼與欲竟後更訶波逸提六十竟

若比丘尼比丘尼共鬭諍後聽此語已而向彼說波逸提六十一竟

若比丘尼瞋恚故不喜打彼比丘尼者波逸提六十二竟

若比丘尼瞋恚故不喜以手搏比丘尼者波逸提六十三竟

若比丘尼瞋恚故不喜以無根僧伽婆尸沙謗者波逸提六十四竟

若比丘尼刹利水澆頭王王未出未藏寶若入過宮門閾者波逸提六十五竟

若比丘尼捉寶及寶裝飾自捉若教人捉除僧伽藍中及寄宿處波逸提若僧伽藍中若寄宿處若寶若以寶裝飾自捉若教人捉若識者當取如是因緣非餘六十六竟

若比丘尼非時入聚落又不囑比丘尼波逸提六十七竟

若比丘尼作繩牀若木牀足應高八指除入

陛孔上若截竟過者波逸提六十八竟

若比丘尼持兜羅綿貯作繩牀木牀若卧具

坐具波逸提六十九竟

四分律藏卷第二十四

音釋

憒閙憒古對切亂也閙奴教切喧也 瓫蒲奔切 杓市若切 迦絺那梵語也此云功德絺丑知切 橛其月切門閫也 杙與職切橛也 蓐如欲切蔫也 氎徒協切細毛布也 翅式利切 呰將几切口毀也 掘其月切穿也 扉甫微切戶扇也 牖與久切壁悤也 覆苫覆扶富切苫詩廉切草覆蓋屋也 搏補各切擊也 閾雨逼切門限也 陛部禮切

四分律藏卷第二十五

姚秦三藏佛陀耶舍共竺佛念譯

第二分一百七十八單提法之二

爾時婆伽婆在毗舍離獼猴江側高閣堂上時異處有蒜園偷羅難陀比丘尼去園不遠而行園主問言阿姨欲須蒜耶報言須蒜即持蒜與此比丘尼得蒜已後數數復來去彼不遠而行其人見已復語言阿姨更須蒜耶報言須我若得蒜便能食即復與蒜與蒜已勑守園人言從今日給比丘尼人各五枚蒜時園主留一人守園自持蒜詣毗舍離賣偷羅難陀比丘尼還至僧伽藍中語諸比丘尼言汝等知不某處某甲檀越日給比丘尼人各五枚蒜可往迎取時偷羅難陀將沙彌尼式叉摩那即往蒜園問守蒜人言園主何處報言詣毗舍離賣蒜時守蒜人言何故問耶答言園主日給比丘尼人各五枚蒜今可與守蒜人言小住須園主來我不得自在我正可守視而已比丘尼語言大家見施奴不肯與偷羅難陀即勑沙彌尼拔取蒜數知多少此與上座次座和尚阿闍黎此與同和尚同阿闍黎親厚知識此今日食此明日食此後日食即時現園蒜取盡蒜主還見蒜盡問守園者言蒜何故盡答言大家先信樂故日給比丘尼僧人各五枚蒜向者有沙彌尼式叉摩那來至我所語言蒜主今爲所在我答言入毗舍離賣蒜我問言何故問答我言蒜主日與我人各五枚蒜今可與我我答言小住待園主還我正守視而已不得自由比丘尼言大家與我蒜而奴不肯與我時即勑沙彌

尼拔取蒜已數知多少言此與上座此與次座此與和尚此與阿闍黎此與同和尚同阿闍黎此與親厚知識此今日食此明日食此後日食并復並噉以是故園蒜都盡耳園主即譏嫌言此比丘尼無有慙愧受無猒足外自稱言我知正法如是有何正法正使檀越施與猶應知足況不見主而取盡時諸比丘尼聞其中有少欲知足行頭陀樂學戒知慙愧者訶責偷羅難陀比丘尼汝等云何盡拔取他蒜并噉持去不留遺餘時諸比丘尼往白諸比丘諸比丘往白世尊世尊以此因緣集比丘僧訶責偷羅難陀比丘尼言汝所爲非非威儀非沙門法非淨行非隨順行所不應爲云何不見主拔取他蒜盡爾時世尊以無數方便訶責已告諸比丘往昔有一婆羅門年百二十形體羸瘦此婆羅門婦端正無比多生男女此婆羅門繫心其婦及諸男女初不捨離以此愛著情篤遂至命終便生鴈中其身毛羽盡爲金色以前福因緣故自識宿命内自思惟我當以何等方便養活此男女使不貧苦日日來至其家日落一金羽而去男女得之便自思惟以何因緣此鴈王日來落一金羽與我而去我等寧可待其來時方便捉之盡取其羽如是所謀即捉拔取金羽取已即便生白羽佛告諸比丘欲知爾時婆羅門死爲鴈者豈異人乎莫作異觀即園主是其端正婦多生男女者即偷羅難陀比丘尼是男女者即式叉摩那沙彌沙彌尼等是以本貪愛故令金羽盡更生白羽今復愛故令蒜盡更得貧窮世尊以無數方便訶責

偷羅難陀比丘尼已告諸比丘此比比丘尼多種有漏處最初犯戒自今已去與比丘尼結戒集十句義乃至正法久住欲説戒者當如是説若比丘尼噉蒜者波逸提比丘尼義如上若比丘尼噉生蒜熟蒜若雜蒜者咽咽波逸提比丘突吉羅式叉摩那沙彌沙彌尼突吉羅是謂爲犯不犯者或有如是病以餅裹蒜食若餘藥所不治唯須服蒜差聽服若塗瘡不犯不犯者最初未制戒癡狂心亂痛惱所纏（七十竟）

爾時婆伽婆在舍衛國時偷羅難陀比丘尼剃三處毛往諸檀越家在婦女前就座而坐不自覆身露其形體時彼婦女見已語言阿姨共洗浴來答言且止便爲得供養已復語言但來共洗浴答言我不須洗浴時諸婦女即強脱衣見其剃處即語言阿姨世人所以剃毛者爲於欲事阿姨以何故剃之偷羅難陀答言我從俗已來習此法不但今也時諸居士婦女即譏嫌言比丘尼不知慚愧習不淨行外自稱言我知正法如是有何正法乃剃三處毛猶如婬女賊女時諸比丘尼聞其中有少欲知足行頭陀樂學戒知慚愧者嫌責偷羅難陀言汝云何乃剃三處毛諸比丘尼往白諸比丘諸比丘往白世尊世尊以此因緣集比丘僧訶責偷羅難陀汝所爲非非威儀非沙門法非淨行非隨順行所不應爲云何偷羅難陀乃剃三處毛時世尊以無數方便訶責偷羅難陀已告諸比丘此偷羅難陀比丘尼多種有漏處最初犯戒自今已去與比丘尼結戒集十句義乃至正法久住欲

說戒者當如是說若比丘尼剃三處毛者波逸提比丘尼義如上三處毛者大小便處及腋下若比丘尼剃三處毛一動刀一波逸提若拔拔剪若燒一切突吉羅比丘偷蘭遮式叉摩那沙彌沙彌尼突吉羅是謂爲犯不犯者或有如是病若有瘡須剃去著藥或爲強力者所執不犯不犯者最初未制戒癡狂心亂痛惱所纏七十一竟

爾時婆伽婆在釋翅瘦迦維羅衛尼俱律園中時摩訶波闍波提比丘尼往至世尊所頭面禮足在一面立白佛言世尊女人身臭穢不淨說是語已即禮佛足繞三帀而去時世尊以此因緣集比丘僧告諸比丘自今已去聽諸比丘尼以水作淨時偷羅難陀聞此制已即以水作淨欲心内指水道中指深爪傷内血出汙身衣臥具諸比丘尼見問言何所患苦即具說因緣時諸比丘尼聞其中有少欲知足行頭陀樂學戒知慚愧者嫌責偷羅難陀比丘尼云何水作淨乃以指内水道中傷内血出汙身衣及汙臥具諸比丘尼往白諸比丘諸比丘往白世尊世尊爾時以此因緣集比丘僧訶責偷羅難陀比丘尼汝所爲非非威儀非淨行非隨順行所不應爲云何汝以水作淨以欲心内指爪深傷内血出汙身衣及臥具時世尊以無數方便訶責偷羅難陀已告諸比丘此偷羅難陀多種有漏處最初犯戒自今已去與比丘尼結戒集十句義乃至正法久住欲說戒者當如是說若比丘尼以水作淨應齊兩指各一節若過者波逸提比丘尼義如上水作淨者以水洗内彼

比丘尼以水淨内兩指各一節過者波逸提式叉摩那沙彌沙彌尼突吉羅是謂爲犯不犯者若齊兩指各一節若減一節或有如是病或内有草或内有蟲挽出不犯不犯者最初未制戒癡狂心亂痛惱所纏七十二竟

爾時婆伽婆在舍衛國祇樹給孤獨園時六羣比丘尼欲心熾盛顏色憔悴身體羸瘦往諸波斯匿王官内官内諸婦女見已問言阿姨有何患苦答言我有色患即問言有何等色患答言我欲心熾盛諸婦女言我在宫内時時乃得男子若不得男子時或以胡膠作男根内著女根中既得適意不名行婬阿姨亦可作如是既得適意不名行婬時二六羣比丘尼作如是男根已共行婬事餘比丘尼見謂共男子行婬見起已方知非男時諸比丘尼聞其中有少欲知足行頭陀樂學戒知慙愧者嫌責六羣比丘尼言云何汝等以胡膠作男根共行婬時諸比丘尼往白諸比丘諸比丘往白世尊世尊以此因緣集比丘僧訶責六羣比丘尼汝所爲非非威儀非沙門法非淨行非隨順行所不應爲云何六羣比丘尼以此胡膠作男根共行婬時世尊以無數方便訶責六羣比丘尼已告諸比丘此六羣比丘尼多種有漏處最初犯戒自今已去與比丘尼結戒集十句義乃至正法久住欲說戒者當如是說若比丘尼以胡膠作男根波逸提比丘尼義如上作男根者用諸物作或以胡膠作若飯作或用麨作或蠟作若比丘尼以此諸物作男根内女根中者一切波逸提若不磨治内女根中者突吉羅式叉摩

那沙彌沙彌尼突吉羅是謂爲犯不犯者或有如是病著果藥及丸藥或衣塞月水或爲强力者所執不犯不犯者最初未制戒癡狂心亂痛惱所纒七十三竟

爾時婆伽婆在舍衛國祇樹給孤獨園時六羣比丘尼欲意熾盛顔色憔悴形體羸瘦往詣波斯匿王宮時宮中諸婦女見已問言阿姨何所患苦答言以不從願故問言有何願不從答言我婬心熾盛諸婦女言我等在宮內時時乃得男子若不得以胡膠雜物作男子根內女根中旣適婬意不名行婬諸尊何不如是作諸比丘尼報言諸姊世尊制戒不得爾彼卽復言阿姨我等在宮時乃得男子若不得男子時共相拍以適婬樂不名行婬阿姨何不爾時二六羣比丘尼共相拍餘比丘尼見謂共男子行婬起已方知非男子時諸比丘尼聞其中有少欲知足行頭陀樂學戒知慙愧者嫌責六羣比丘尼言汝等云何共相拍時諸比丘尼往白諸比丘諸比丘往白世尊世尊以此因緣集比丘僧訶責六羣比丘尼汝所爲非非威儀非沙門法非淨行非隨順行所不應爲汝等云何共相拍世尊以無數方便訶責六羣比丘尼已告諸比丘此比丘尼多種有漏處最初犯戒自今已去與比丘尼結戒集十句義乃至正法久住欲說戒者當如是說若比丘尼共相拍波逸提比丘尼義如上拍者若以手掌若脚拍若女根女根相拍若比丘尼共相拍拍者突吉羅受拍者波逸提若二女根共相拍二俱波逸提比丘突吉羅式叉摩那沙彌沙彌尼突吉

羅是謂爲犯不犯者或有如是病或來去若經行若掃地若以杖觸不故作若洗時手觸不犯不犯者最初未制戒癡狂心亂痛惱所纏（七十四竟）

爾時婆伽婆在舍衛國祇樹給孤獨園時有一長者共婦出家爲道食時詣村乞食得已持還尼僧伽藍中食時本婦比丘尼持水在前立并以扇扇比丘語言小避去我羞人莫在我前立比丘尼語言大德何以羞我彼復言何不速去我羞比丘尼答言我在前立便言可羞本來作如是如是事何以不羞其婦比丘尼瞋恚以扇柄打以水澆頭而捨入房時諸比丘尼聞其中有少欲知足行頭陀樂學戒知慚愧者嫌責此比丘尼汝云何瞋恚打比丘時諸比丘尼往白諸比丘諸比丘往白世尊世尊以此因緣集比丘僧訶責此比丘尼汝所爲非非威儀非沙門法非淨行非隨順行所不應爲云何比丘尼打比丘時世尊以無數方便訶責此比丘尼已告諸比丘此比丘尼多種有漏處最初犯戒自今已去與比丘尼結戒集十句義乃至正法久住欲說戒者當如是說若比丘尼比丘食時供給水以扇扇者波逸提如是世尊與比丘尼結戒時諸比丘尼疑不敢瞻視病比丘無人與水不敢問佛言聽諸比丘尼看病比丘若無水聽問自今已去應如是結戒若比丘尼比丘無病食時供給水以扇扇者波逸提比丘尼義如上若彼比丘尼比丘不病食時供給水在前立以扇扇者波逸提比丘突吉羅式叉摩那沙彌沙彌尼突吉羅是謂爲犯不犯

看瞻視病比丘無水問不犯不犯者最初未制戒癡狂心亂痛惱所纏七十五竟

爾時婆伽婆在舍衛國祇樹給孤獨園時六羣比丘尼乞求生穀胡麻若米若大小豆大小麥時諸居士見已譏嫌言諸比丘尼乞求無猒不知慙愧外自稱言我知正法如是有何正法乃乞如是等種種生穀米似如婬女賊女無異時諸比丘尼聞其中有少欲知足行頭陀樂學戒知慙愧者嫌責六羣比丘尼言云何汝等乞是種種生穀米時諸比丘尼往白諸比丘諸比丘往白世尊世尊爾時以此因縁集比丘僧訶責六羣比丘尼汝所爲非非威儀非沙門法非淨行非隨順行所不應爲云何汝等乞是種種生穀米時世尊以無數方便訶責六羣比丘尼已告諸比丘此六羣比丘尼多種有漏處最初犯戒自今已去與比丘尼結戒集十句義乃至正法久住欲說戒者當如是說若比丘尼乞生穀者波逸提比丘尼義如上彼比丘尼乞生穀乃至大小麥一切波逸提比丘突吉羅式叉摩那沙彌沙彌尼突吉羅是謂爲犯不犯者若從親里乞若從出家人乞若他爲已已爲他若不乞自得者不犯不犯者最初未制戒癡狂心亂痛惱所纏七十六竟

爾時婆伽婆在舍衛國祇樹給孤獨園去比丘尼精舍不遠有好茄蔞草生時諸居士數來在中坐臥調戲或唄或歌或舞或有啼哭音聲亂諸坐禪比丘尼諸比丘尼患之居士去後以大小便糞掃置草上諸居士還來在中戲時諸不淨汙身及衣服以比不淨汙草

草遂枯死時諸居士以此事故皆譏嫌言此諸比丘尼受取無猒不知慚愧外自稱言我知正法如是有何正法我等數來在此戲笑歌舞云何比丘尼乃以大小便汙壞淨草復汙我身及衣服時諸比丘尼聞其中有少欲知足行頭陀樂學戒知慚愧者訶責此諸比丘尼云何汝等於居士所遊戲之處以大小便不淨置生草上汙居士身及衣服又使生草枯死時諸比丘尼往白諸比丘諸比丘往白世尊世尊爾時以此因緣集比丘僧訶責此比丘尼汝所爲非非威儀非沙門法非淨行非隨順行所不應爲云何比丘尼居士所遊戲之處以大小便置生草上汙身及衣服世尊以無數方便訶責此比丘尼已告諸比丘此諸比丘尼多種有漏處最初犯戒自今已去與比丘尼結戒集十句義乃至正法久住欲說戒者當如是說若比丘尼在生草上大小便波逸提比丘尼義如上彼比丘尼於生草上大小便者波逸提比丘突吉羅式叉摩那沙彌沙彌尼突吉羅是謂爲犯不犯者或有如是病苦在無草處大小便流墮草上或風吹或鳥銜汙草不犯不犯者最初未制戒癡狂心亂痛惱所纏七十七竟

爾時婆伽婆在羅閱祇耆闍崛山中時有一六群比丘尼夜大小便器中明旦不看墻外棄之時有不信樂大臣清旦乘車欲問訊瓶沙王路由比丘尼精舍邊過尼所棄大小便墮此大臣頭上汙衣服時大臣念言我當向官斷事人說此事時有篤信知相婆羅門問言欲何所詣大臣答言比丘尼以大小便汙

辱我我欲向官斷事人言知相婆羅門諫言且止勿以此事向官言或不成事便得其罪時此大臣隨語便還彼知相婆羅門即詣比丘尼精舍問何等比丘尼夜以器盛大小便不看墻外棄之諸比丘尼答言我等不知諸比丘尼言何故問此事時婆羅門以此因緣具向諸比丘尼說我已訶諫此大臣令止自今已去後莫復爾諸比丘尼即自相檢校誰爲此事即知六羣比丘尼中有作此事者時諸比丘尼訶責六羣比丘尼云何汝夜後大小便器中明旦不看墻外棄之時諸比丘尼往白諸比丘諸比丘往白世尊世尊以此因緣集比丘僧訶責六羣比丘尼汝所爲非非威儀非沙門法非淨行非隨順行所不應爲云何六羣比丘尼夜後大小便器中不看墻外棄之時世尊以無數方便訶責六羣比丘尼已告諸比丘此六羣比丘尼多種有漏處最初犯戒自今已去與比丘尼結戒集十句義乃至正法久住欲說戒者當如是說若比丘尼夜後大小便器中旦不看墻外棄者波逸提比丘尼義如上彼比丘尼夜大小便器中旦日當看墻外然後棄之若夜起者要先彈指謦欬若比丘尼夜後大小便器中旦不看墻外棄者波逸提若夜不謦欬不彈指棄者突吉羅比丘突吉羅式叉摩那沙彌沙彌尼突吉羅是謂爲犯不犯者夜大小便器中旦則看墻外去之若夜彈指謦欬若彼先有瓦有石若有樹株若有刺諸不淨之處棄若有汪水若有坑岸若有糞聚者不犯不犯者最初未制戒癡狂心亂痛惱所纏七十八竟

爾時婆伽婆在羅閱祇耆闍崛山中時國人俗節會日妓樂嬉戲時六羣比丘尼往看時諸居士見皆共譏嫌此諸比丘尼不知慙愧習不淨行外自稱言我知正法如是有何正法乃共看此種種戲事與婬女賊女何異諸比丘尼聞其中有少欲知足行頭陀樂學戒知慙愧者嫌責六羣比丘尼云何汝等共看戲事時諸比丘尼往白諸比丘諸比丘往白世尊世尊爾時以此因緣集比丘僧訶責六羣比丘尼汝所爲非非威儀非沙門法非淨行非隨順行所不應爲云何汝等共看戲事時世尊以無數方便訶責六羣比丘尼已告諸比丘此六羣比丘尼多種有漏處最初犯戒自今已去與比丘尼結戒集十句義乃至正法久住欲說戒者當如是說若比丘尼往觀聽妓樂者波逸提比丘尼義如上觀看者種種戲笑彼比丘尼若從道至道從道至非道從非道至道從高至下從下至高往看妓樂若見波逸提不見突吉羅若發意欲去不去若期去中還盡突吉羅比丘突吉羅式叉摩那沙彌沙彌尼突吉羅是謂爲犯不犯者或有所啓若被喚道由邊過或彼宿止處或爲強力將去或縛去或命難或梵行難不犯不犯者最初未制戒癡狂心亂痛惱所纏十七

九竟

爾時婆伽婆在舍衛國祇樹給孤獨園時六羣比丘尼入村在屏處與男子共立語諸居士見皆共譏嫌言此比丘尼不知慙愧犯不淨行外自稱言我知正法如是有何正法入村與男子屏處共語如婬女賊女無異時諸

比丘尼聞其中有少欲知足行頭陀樂學戒知慚愧者嫌責六羣比丘尼汝等云何入村在屏處與男子共立語時諸比丘尼往白諸比丘諸比丘往白世尊世尊爾時以此因緣集比丘僧訶責六羣比丘尼汝所爲非非威儀非沙門法非淨行非隨順行所不應爲云何汝等入村屏處與男子共立語時世尊以無數方便訶責六羣比丘尼已告諸比丘此六羣比丘尼多種有漏處最初犯戒自今已去與比丘尼結戒集十句義乃至正法久住欲說戒者當如是說若比丘尼入村內與男子在屏處共立語波逸提比丘尼義如上村者白衣舍屏處者不見不聞處不見處者若煙雲塵霧黑闇不聞處者乃至不聞常語聲若比丘尼入村內與男子在屏處立共語波逸提若同伴盲而不聾突吉羅聾而不盲突吉羅立而不語突吉羅比丘突吉羅式叉摩那沙彌沙彌尼突吉羅是謂爲犯不犯者若一比丘尼爲伴若有可知人爲伴若有多女人共立或不盲不聾或行不住或病倒地或爲强力者所執或被縛將去或命難或梵行難不犯不犯者最初未制戒癡狂心亂痛惱所纏竟八十

爾時婆伽婆在舍衞國祇樹給孤獨園時六羣比丘尼與男子共入屏障處時諸居士見皆共譏嫌言此比丘尼不知慚愧犯不淨行外自稱言我知正法如是有何正法云何比丘尼與男子共入屏障處如婬女賊女不異時諸比丘尼聞其中有少欲知足行頭陀樂學戒知慚愧者嫌責六羣比丘尼云何汝等

與男子共入屏處障處諸比丘尼往白諸比丘諸比丘往白世尊世尊爾時以此因緣集比丘僧訶責六羣比丘尼汝所爲非非威儀非沙門法非淨行非隨順行所不應爲云何六羣比丘尼與男子共入屏障處時世尊以無數方便訶責六羣比丘尼已告諸比丘此六羣比丘尼多種有漏處最初犯戒自今已去與比丘尼結戒集十句義乃至正法久住欲說戒者當如是說若比丘尼與男子共入屏障處者波逸提比丘尼義如上屏障處者若樹若墻若籬若衣若復餘物障彼比丘尼與男子共入屏障處波逸提若同伴盲而不聾突吉羅聾而不盲突吉羅立住突吉羅比丘突吉羅式叉摩那沙彌沙彌尼突吉羅是謂爲犯不犯者若有二比丘尼爲伴或有可知人爲伴若有餘女人爲伴若不盲不聾或行不住或病倒地若爲强力者所將入或被縛或命難或梵行難不犯不犯者最初未制戒癡狂心亂痛惱所纏八十一竟

爾時婆伽婆在舍衛國祇樹給孤獨園時六羣比丘尼在村內街巷中屏處與男子共立共語若遣伴遠去獨與男子耳語時諸居士見皆共譏嫌言此比丘尼不知慚愧犯梵行外自稱言我知正法如是有何正法云何比丘尼入村內巷中屏處與男子共立共語若遣伴遠去獨與男子耳語如似婬女賊女無異時諸比丘尼聞其中有少欲知足行頭陀樂學戒知慚愧者嫌責六羣比丘尼汝等云何入村在巷中屏處與男子耳語時諸比丘尼往白諸比丘諸比丘往白世尊世尊以此

因緣集比丘僧訶責六羣比丘尼汝所爲非非威儀非沙門法非淨行非隨順行所不應爲云何比丘尼入村内巷中屏處獨與男子耳語時世尊以無數方便訶責六羣比丘尼已告諸比丘此六羣比丘尼多種有漏處最初犯戒自今已去與比丘尼結戒集十句義乃至正法久住欲説戒者當如是説若比丘尼入村内巷中遣伴遠去在屏處與男子共立耳語者波逸提比丘尼義如上村者白衣舍巷陌屏處者有見屏處聞屏處見屏處者烟雲霧塵黒闇眼所不見聞屏處者乃至常語不聞聲也耳語者耳邊語彼比丘尼入村巷陌中遣伴至不見不聞處在屏處與男子共立共耳語波逸提離見處至聞處突吉羅離聞處至見處突吉羅比丘突吉羅式叉摩那沙彌沙彌尼突吉羅是謂爲犯不犯者若二比丘尼爲伴或與可知女人爲伴或有餘人爲伴若伴不盲不聾或病發倒地或爲强力者所執或被縛將去或命難梵行難若有所與遣伴遠去若伴病若無威儀而語言妹汝去我當送食與汝若破戒破見破威儀若被舉若滅擯應滅擯若以此事有命難梵行難不犯不犯者最初未制戒癡狂心亂痛惱所纏二八十竟

爾時婆伽婆在舍衛國祇樹給孤獨園時有比丘尼到時著衣持鉢詣一居士家到已居士婦敷一獨坐牀令坐已捨入屋内此比丘尼坐須臾不語主人便捨座去適出門有一摩納來入其家四顧不見人便作是念此牀座於我有益即取持去居士婦出不見比丘

尼亦不見獨坐牀即遣信問比丘尼獨坐牀爲何所在比丘尼答言我不知當我出時有一摩納來入汝家或彼將去可從彼推求即往推求還得牀座時諸居士皆共譏嫌言比丘尼不知慙愧外自稱言我知正法如是有何正法云何坐主人牀座不語便捨去如似婬女賊女無異諸比丘尼聞其中有少欲知足行頭陀樂學戒知慙愧者嫌責此比丘尼云何比丘尼坐主人牀座不語便捨去時諸比丘尼往白諸比丘諸比丘往白世尊世尊爾時以此因縁集比丘僧訶責此比丘尼汝所爲非非威儀非沙門法非淨行非隨順行所不應爲云何比丘尼坐主人牀座不語主便捨去時世尊以無數方便訶責此比丘尼已告諸比丘此比丘尼多種有漏處最初犯

戒自今已去與比丘尼結戒集十句義乃至正法久住欲說戒者當如是說若比丘尼入白衣家内坐不語主人捨去波逸提比丘尼義如上彼比丘尼入白衣家坐不語主人便去出門波逸提一脚在門内一脚在門外若方便欲去不去若共期去而不去一切突吉羅比丘突吉羅式叉摩那沙彌沙彌尼突吉羅是謂爲犯不犯者語主人而去若座上更有人坐若去時囑比坐人而去比坐人語言但去無苦或坐石上木上墼上草敷上若埵上若屋欲崩或火燒若有毒蛇惡獸盜賊若爲强力所執或被繫或命難或梵行難不語主人而去不犯不犯者最初未制戒癡狂心亂痛惱所纏八十三竟

爾時婆伽婆在羅閱祇耆闍崛山中時羅閱

城中有一不信樂大臣有一獨坐牀無人敢坐上者偷羅難陀比丘尼常入出其家以爲檀越偷羅難陀到時著衣持鉢往詣其家不語便坐大臣牀座上大臣見已問言誰令此比丘尼坐我牀上答言無有語者自來坐耳時大臣譏嫌言偷羅難陀比丘尼無有慚愧外自稱言我知正法如是有何正法云何比丘尼不語主人便坐他座上如賊女婬女無異偷羅難陀坐牀上時有月水不淨汙他牀蓐即捨而去大臣見已復更瞋恚言此比丘尼不知慚愧外自稱言我知正法如是有何正法不語其主坐他座上如似婬女賊女有何等異時諸比丘尼聞其中有少欲知足行頭陀樂學戒知慚愧者嫌責偷羅難陀比丘尼云何比丘尼不語主人輒坐他牀座時諸比丘尼往白諸比丘諸比丘往白世尊世尊以此因縁集比丘僧訶責偷羅難陀比丘尼汝所爲非非威儀非沙門法非淨行非隨順行所不應爲云何偷羅難陀比丘尼不語主人輒坐他牀上時世尊以無數方便訶責偷羅難陀比丘尼已告諸比丘此偷羅難陀比丘尼多種有漏處最初犯戒自今已去與比丘尼結戒集十句義乃至正法久住欲說戒者當如是說若比丘尼入白衣家內不語主人輒坐牀者波逸提比丘尼義如上彼比丘尼入白衣家不語主人輒坐牀座者波逸提比丘突吉羅式叉摩那沙彌沙彌尼突吉羅是謂爲犯不犯者語主人而坐或有常處坐若是親厚若有親厚人語言汝但坐無苦我當語主人若坐石上木上墼上草敷上若顛

病發臥地或爲强力者所執或命難梵行難不犯不犯者最初未制戒癡狂心亂痛惱所纏八十四竟

爾時婆伽婆在舍衛國祇樹給孤獨園時有衆多比丘尼道路行向拘薩羅國詣一無住處村到已不語主人便自敷坐具於中宿諸居士見問誰安此諸比丘尼在中宿答言無有安者自來止住時諸居士譏嫌言此比丘尼不知慙愧外自稱言我知正法如是有何正法云何比丘尼不語其主便入他舍輙自安止與婬女賊女何異時諸比丘尼聞其中有少欲知足行頭陀樂學戒知慙愧者嫌責諸比丘尼云何比丘尼不語主人輙入他舍坐臥宿止時諸比丘尼往白諸比丘諸比丘往白世尊世尊爾時以此因緣集比丘僧訶責此比丘尼汝所爲非非威儀非沙門法非淨行非隨順行所不應爲云何比丘尼不語主人輙入他舍止宿坐臥時世尊以無數方便訶責此比丘尼已告諸比丘此諸比丘尼多種有漏處最初犯戒自今已去與比丘尼結戒集十句義乃至正法久住欲說戒者當如是說若比丘尼入白衣家內不語主人輙自敷座宿者波逸提比丘尼義如上敷座者或敷草或敷樹葉乃至敷臥氈彼比丘尼入白衣舍內不語主人自敷坐具宿止隨脇著地若一轉一波逸提比丘突吉羅式叉摩那沙彌沙彌尼突吉羅是謂爲犯不犯者語主人宿止若是空舍或作福舍或是知識若有親厚者語言汝但坐我當與汝語主人或强力者所執或被縛或命難或梵行難不犯不

犯者最初未制戒癡狂心亂痛惱所纏八十五竟

爾時婆伽婆在舍衛國祇樹給孤獨園時六羣比丘尼與男子共入闇室中諸居士見皆共譏嫌言此比丘尼不知慚愧犯不淨行外自稱言我知正法如是何有正法云何比丘尼與男子共入闇室中如婬女賊女無異時諸比丘尼聞其中有少欲知足行頭陀樂學戒知慚愧者嫌責六羣比丘尼汝等云何與男子共入闇室中時諸比丘尼往白諸比丘諸比丘往白世尊世尊爾時以此因緣集比丘僧訶責六羣比丘尼汝所爲非非威儀非沙門法非淨行非隨順行所不應爲云何六羣比丘尼與男子共入闇室中時世尊以無數方便訶責六羣比丘尼已告諸比丘此六羣比丘尼多種有漏處最初犯戒自今已去與比丘尼結戒集十句義乃至正法久住欲說戒者當如是說若比丘尼與男子共入闇室中者波逸提比丘尼義如上闇室中者無燈火無窻牖無光明彼比丘尼與男子共入闇室中者波逸提比丘突吉羅式叉摩那沙彌沙彌尼突吉羅是謂爲犯不犯者若有燈火向牖光明若爲强力者將入若命難或梵行難不犯不犯者最初未制戒癡狂心亂痛惱所纏八十六竟

四分律藏卷第二十五

音釋

蒜蘇貫切葷菜也　姨延知切妻之姊妹也　咽於見切　内指内諾合切入也　膠居肴切黏膏也　蠟力盍切蜂脾凝者爲蠟　茄蔓茄音加蔓力朱切　謦欬謦苦定切欬苦蓋切謦欬逆氣也小曰謦大曰欬　屏障屏必郢切障之亮切並蔽也　甓古歷切土甓也　埵丁果切

四分律藏卷第二十六

姚秦三藏佛陀耶舍共竺佛念譯

第二分一百七十八單提法之三

爾時婆伽婆在舍衛國祇樹給孤獨園時提舍難陀比丘尼是識摩比丘尼弟子師語汝取衣鉢尼師壇針筒來時提舍比丘尼受師教不審諦語諸比丘尼言師教我偷衣鉢尼師壇針筒時諸比丘尼聞此語已即問識摩比丘尼汝實教弟子偷衣鉢尼師壇針筒耶答言諸妹我豈當有此意教弟子偷衣鉢尼師壇針筒耶我直語取衣鉢尼師壇針筒來不教偷也時諸比丘尼聞其中有少欲知足行頭陀樂學戒知慙愧者嫌責提舍難陀比丘尼云何汝受師語不審諦向諸比丘尼言師教我偷衣鉢尼師壇針筒時諸比丘尼往白諸比丘諸比丘往白世尊世尊爾時以此因緣集比丘僧訶責提舍難陀比丘尼汝所爲非非威儀非沙門法非淨行非隨順行所不應爲云何受師語不審諦便語諸比丘尼言師教我偷衣鉢尼師壇針筒耶時世尊以無數方便訶責提舍難陀比丘尼已告諸比丘此提舍難陀比丘尼多種有漏處最初犯戒自今已去與比丘尼結戒集十句義乃至正法久住欲說戒者當如是說若比丘尼不審諦受語便向人說波逸提比丘尼義如上彼比丘尼不審諦受語便語諸比丘尼言師教我偷衣鉢尼師壇針筒說而了了者波逸提不了了者突吉羅比丘突吉羅式叉摩那沙彌沙彌尼突吉羅是謂爲犯不犯者其事實爾語言汝往偷取衣鉢尼師壇針筒來語

諸比丘尼言師教我偷衣鉢尼師壇針筒來或戲笑語或疾疾語或獨語或夢中語或欲說此乃錯說彼不犯不犯者最初未制戒癡狂心亂痛惱所纏八十七竟

爾時婆伽婆在舍衛國祇樹給孤獨園時六羣比丘尼以小事便共瞋恚作呪詛言墮三惡道不生佛法中我若作是事者使我墮三惡道不生佛法中若汝作是事者亦墮三惡道不生佛法中時諸比丘尼聞其中有少欲知足行頭陀樂學戒知慙愧者嫌責六羣比丘尼云何汝等自有小事便瞋恚作是呪詛言墮三惡道不生佛法中若我有是事使我墮三惡道不生佛法中若汝有是事亦墮三惡道不生佛法中時諸比丘尼往白諸比丘諸比丘往白世尊世尊爾時以此因緣集比丘僧訶責六羣比丘尼汝所爲非非威儀非沙門法非淨行非隨順行所不應爲云何六羣比丘尼自有小事便瞋恚作是呪詛言墮三惡道不生佛法中若我有是事使我入三惡道不生佛法中若汝有是事亦當墮三惡道不生佛法中時世尊以無數方便訶責六羣比丘尼已告諸比丘此六羣比丘尼多種有漏處最初犯戒自今已去與比丘尼結戒集十句義乃至正法久住欲說戒者當如是說若比丘尼有小因緣事便呪詛墮三惡道不生佛法中若我有如是事墮三惡道不生佛法中若汝有如是事亦墮三惡道不生佛法中波逸提比丘尼義如上佛言自今已去聽稱南無佛若我有如是事南無佛若汝有如是事亦南無佛彼比丘尼有小事便自呪

詛墮三惡道不生佛法中若我有是事墮三惡道不生佛法中若汝有是事亦入三惡道不生佛法中說而了了者波逸提不了了者突吉羅比丘突吉羅式叉摩那沙彌沙彌尼突吉羅是謂爲犯不犯者若言南無佛或戲笑語或疾疾語或獨語或夢中語或欲說此錯說彼不犯不犯者最初未制戒癡狂心亂痛惱所纏八十八竟

爾時世尊在拘睒彌瞿師羅國中時迦羅比丘尼與他共鬪諍不善憶持諍事便自手椎胷啼哭時比丘尼聞其中有少欲知足行頭陀樂學戒知慙愧者訶責迦羅比丘尼汝云何與他共鬪諍自手椎胷啼哭時諸比丘尼往白諸比丘諸比丘往白世尊世尊爾時以此因緣集比丘僧訶責迦羅比丘尼汝所爲非非威儀非沙門法非淨行非隨順行所不應爲云何迦羅比丘尼與他共鬪諍手椎胷啼哭時世尊以無數方便訶責迦羅比丘尼已告諸比丘此迦羅比丘尼多種有漏處最初犯戒自今已去與比丘尼結戒集十句義乃至正法久住欲說戒者當如是說若比丘尼共鬪諍不善憶持諍事椎胷啼哭者波逸提比丘尼義如上彼比丘尼與他共鬪諍者有四種諍如上若比丘尼共鬪諍不善憶持諍事椎胷啼哭一椎胷一波逸提一滴淚墮一波逸提比丘突吉羅式叉摩那沙彌沙彌尼突吉羅是謂爲犯不犯者或時有如是病或食噎而自椎打或因大小便淚出或因風寒熱淚出或煙熏淚出或聞法心生猒離淚出或眼痛著藥淚出不犯不犯者最初未制

戒癡狂心亂痛惱所纏 八十九竟

爾時婆伽婆在婆祇陀國時六羣比丘尼二人同一牀臥諸比丘尼見謂與男子共臥見起時乃知非男子時有一大將勇健多智衆術備具善能鬬戰始娶婦未久被官勑當征便生此念我今遠征婦當付誰正欲付囑居士居士家多諸男子不得付囑大將先與跋提迦毗羅比丘尼知識念言我今寧可將婦付囑迦毗羅比丘尼已然後出征即便付之時迦毗羅比丘尼受其婦爲擁護故共同牀止宿此迦毗羅比丘尼身體細軟此婦人身觸生染著心時大將征還迎婦歸家其婦樂著比丘尼身細軟便逃走還至彼尼所此大將作是念我欲作好而更得惡云何我婦今不愛樂我染著比丘尼逃走還趣彼所時諸比丘尼聞其中有少欲知足行頭陀樂學戒知慙愧者嫌責六羣比丘尼及跋提迦毗羅比丘尼云何汝等二人同牀共臥時諸比丘尼往白諸比丘諸比丘往白世尊世尊爾時以此因緣集比丘僧訶責六羣比丘尼及迦毗羅比丘尼汝所爲非非威儀非沙門法非淨行非隨順行所不應爲云何汝等二人共同牀臥時世尊以無數方便訶責六羣及迦毗羅比丘尼已告諸比丘此六羣及迦毗羅比丘尼多種有漏處最初犯戒自今已去與比丘尼結戒集十句義乃至正法久住欲說戒者當如是說若比丘尼二人共同牀臥者波逸提如是世尊與比丘尼結戒時有疑者不敢與病比丘尼共牀臥亦不敢更互坐更互臥佛言聽與病者同牀臥聽更坐更互臥

自今已去應如是結戒若比丘尼無病二人共牀卧波逸提比丘尼義如上牀者有五種如上彼比丘尼無病二人共同牀卧隨脇著牀數一一波逸提隨轉一一波逸提比丘突吉羅式叉摩那沙彌沙彌尼突吉羅是謂爲犯不犯者若與病人共牀卧若更坐更卧或病倒地爲强力者所執或被縛或命難梵行難不犯不犯者最初未制戒癡狂心亂痛惱所纏九十竟

爾時婆伽婆在婆祇陀國時六羣比丘尼二人同一褥同一被共卧時諸比丘尼見謂與男子共卧起時乃知非男子時諸比丘尼聞其中有少欲知足行頭陀樂學戒知慙愧者嫌責六羣比丘尼云何汝等二人同一褥同一被共卧時諸比丘尼往白諸比丘諸比丘往白世尊世尊爾時以此因緣集比丘僧訶責六羣比丘尼汝所爲非非威儀非沙門法非淨行非隨順行所不應爲云何汝等二人同一褥同一被共卧耶時世尊以無數方便訶責六羣比丘尼已告諸比丘此六羣比丘尼多種有漏處最初犯戒自今已去與比丘尼結戒集十句義乃至正法久住欲說戒者當如是說若比丘尼二人同一褥同一被共卧波逸提如是世尊與比丘尼結戒彼比丘尼有一敷或是草或是樹葉諸比丘尼疑不敢共卧佛言聽諸比丘尼各別敷卧褥若寒時止有一被聽各内著襯身衣得共卧自今已去應如是結戒若比丘尼共一褥同一被卧除餘時波逸提比丘尼義如上彼比丘尼二人同一褥共一被卧隨脇著牀波逸提隨

轉一一波逸提若同一褥別被突吉羅若同一被別褥突吉羅比丘突吉羅式叉摩那沙彌沙彌尼突吉羅是謂爲犯不犯者若有一敷若草若葉敷各別敷卧氈若寒時同一被内各著襯身衣或病倒地或爲强力者所執或被繫或命難或梵行難不犯不犯者最初未制戒癡狂心亂痛惱所纏九十一竟

爾時婆伽婆在舍衛國祇樹給孤獨園時六羣比丘尼爲惱故先住後至後至先住故在前誦經問義教授時諸比丘尼聞其中有少欲知足行頭陀樂學戒知慙愧者嫌責六羣比丘尼云何汝等爲惱故先住後至後至先住在前誦經問義教授時諸比丘尼往白諸比丘諸比丘往白世尊世尊爾時以此因緣集比丘僧訶責六羣比丘尼云何汝等爲惱故先住後至後至先住在前誦經問義教授耶時世尊以無數方便訶責六羣比丘尼已告諸比丘此六羣比丘尼多種有漏處最初犯戒自今已去與比丘尼結戒集十句義乃至正法久住欲說戒者當如是說若比丘尼爲惱故先住後至後至先住在前誦經問義教授波逸提如是世尊與比丘尼結戒彼比丘尼亦不知是先住非先住不知後至非後至後乃知其中或有作波逸提懺者或疑者不知者不犯自今已去當如是結戒若比丘尼知先住後至知後至先住爲惱故在前誦經問義教授者波逸提比丘尼義如上彼比丘尼知先住後至後至先住爲惱故在前誦經問義教授說而了了者波逸提不了了者突吉羅比丘突吉羅式叉摩那沙彌沙彌尼

突吉羅是謂爲犯不犯者若不知若先聽若是親厚若親厚人語言汝但教授我當爲汝語若先住者從後至者受經若後至從先住者受誦若二人共從他受若彼問此答若共誦若戲笑語若疾疾語若夢中語若欲說此乃錯說彼不犯不犯者最初未制戒癡狂心亂痛惱所纒九十二竟

爾時婆伽婆在舍衛國祇樹給孤獨園時偷羅難陀比丘尼同活比丘尼病而不瞻視諸比丘尼語言汝同活比丘尼病何不看視彼猶故不瞻視以不瞻視故彼遂命過時諸比丘尼聞其中有少欲知足行頭陀樂學戒知慙愧者嫌責偷羅難陀比丘尼汝云何同活比丘尼病而不瞻視諸比丘尼勸汝而不從語不瞻視遂令命終時諸比丘尼往白諸比丘諸比丘往白世尊世尊爾時以此因緣集比丘僧訶責偷羅難陀比丘尼汝所爲非非威儀非沙門法非淨行非隨順行所不應爲云何偷羅難陀比丘尼同活比丘尼病而不瞻視諸比丘尼勸汝看視而不從語遂令命終時世尊以無數方便訶責偷羅難陀比丘尼已告諸比丘此偷羅難陀比丘尼多種有漏處最初犯戒自今已去與比丘尼結戒集十句義乃至正法久住欲說戒者當如是說

若比丘尼同活比丘尼病不瞻視者波逸提

比丘尼義如上同活者二比丘尼共生活彼比丘尼同生活比丘尼病不看視者波逸提除同活病若餘比丘尼病若和尚若阿闍黎若同阿闍黎若弟子親厚知識病不瞻視一切突吉羅比丘突吉羅式叉摩那沙彌沙彌

尼突吉羅是謂爲犯不犯者瞻視同活病若已身病不堪瞻視病者若由是故命難或梵行難不看不犯不犯者最初未制戒癡狂心亂痛惱所纏 九十三竟

爾時婆伽婆在舍衛國祇樹給孤獨園時偷羅難陀比丘尼安居初聽餘比丘尼房中敷牀安居中瞋恚挽牀驅出時彼比丘尼慚愧懼失宿即便休道時諸比丘尼聞其中有少欲知足行頭陀樂學戒知慚愧者嫌責偷羅難陀比丘尼汝云何安居初聽餘比丘尼在房中安牀安居中瞋恚挽牀驅出使彼慚愧休道時諸比丘尼往白諸比丘諸比丘往白世尊世尊爾時以此因緣集比丘僧訶責偷羅難陀比丘尼汝所爲非非威儀非沙門法非淨行非隨順行所不應爲云何偷羅難陀比丘尼安居初聽餘比丘尼在房中安牀安居中瞋恚挽牀驅出使彼慚愧休道爾時世尊以無數方便訶責偷羅難陀比丘尼已告諸比丘此偷羅難陀比丘尼多種有漏處最初犯戒自今已去與比丘尼結戒集十句義乃至正法久住欲說戒者當如是說若比丘尼安居初聽餘比丘尼在房中安牀後瞋恚驅出者波逸提比丘尼義如上安居中者受安居已牀有五種牀如上彼比丘尼安居初聽餘比丘尼在房中安牀後瞋恚驅出隨作方便隨出門一一波逸提若方便驅衆多人出衆多户衆多波逸提若方便驅衆多人出一户衆多波逸提若方便驅一人出衆多户衆多波逸提若方便驅一人出一户一波逸提若出餘衣物者突吉羅若閉户使不得入

突吉羅比丘突吉羅式叉摩那沙彌沙彌尼突吉羅是謂爲犯不犯者不以瞋恚隨上座次驅下座出未受戒人共宿過二宿第三宿驅出若令病人出在大小便處便利若破戒破見破威儀若被舉若滅擯若應滅擯若以此事命難梵行難一切驅出不犯不犯者最初未制戒癡狂心亂痛惱所纏九十四竟

爾時婆伽婆在舍衛國祇樹給孤獨園時六羣比丘尼春夏冬一切時人間遊行時遇暴風雨河水汎漲漂失衣鉢尼師壇針筒蹹殺生草時諸居士見皆共譏嫌言此比丘尼不知慚愧斷衆生命外自稱言我知正法如是有何正法云何比丘尼春夏冬一切時人間遊行遇天暴雨河水汎漲漂失雜物又蹹殺生草斷衆生命時諸比丘尼聞其中有少欲知足行頭陀樂學戒知慚愧者訶責六羣比丘尼云何汝等春夏冬一切時人間遊行遇雨河水汎漲漂失衣物蹹殺生草使居士譏嫌諸比丘尼往白諸比丘諸比丘往白世尊世尊爾時以此因縁集比丘僧訶責六羣比丘尼汝所爲非非威儀非沙門法非淨行非隨順行所不應爲云何六羣比丘尼春夏冬一切時人間遊行遇雨河水汎漲漂失衣物蹹殺生草使居士等譏嫌時世尊以無數方便訶責六羣比丘尼已告諸比丘此六羣比丘尼多種有漏處最初犯戒自今已去與比丘尼結戒集十句義乃至正法久住欲說戒者當如是說若比丘尼春夏冬一切時人間遊行者波逸提如是世尊與比丘尼結戒若彼比丘尼爲佛事法事僧事病比丘尼事佛

言聽受七日法出界去自今已去當如是説戒若比丘尼春夏冬一切時人間遊行除餘因緣者波逸提比丘尼義如上彼比丘尼春夏冬一切時人間遊行隨入村界一一波逸提若無村無界處遊行十里間者波逸提減一村減十里者突吉羅一村間行一界內者突吉羅方便欲去而不去若共期去而不去一切突吉羅比丘突吉羅式叉摩那沙彌沙彌尼突吉羅是謂爲犯不犯者爲佛法僧事爲病比丘尼事受七日法出界行或爲强者所執或被縛去或命難或梵行難不犯不犯者最初未制戒癡狂心亂痛惱所纏九十五竟

爾時婆伽婆在舍衛國祇樹給孤獨園爾時舍衛諸居士請識摩比丘尼共立制度我等共供養衆僧乃至安居竟識摩比丘尼去時而彼即住不去時諸居士皆譏嫌言我等先有制度請識摩比丘尼來共供養衆僧乃至安居竟識摩比丘尼去時而今安居竟猶故不去時諸比丘尼聞其中有少欲知足行頭陀樂學戒知慚愧者嫌責識摩比丘尼言諸居士共立制度請識摩比丘尼來共供養衆僧至安居竟今安居已訖故住不去爾時諸比丘尼往白諸比丘諸比丘往白世尊世尊以此因緣集比丘僧訶責識摩比丘尼汝所爲非非威儀非沙門法非淨行非隨順行所不應爲云何居士供養汝夏安居今者已訖云何故住使諸居士譏嫌爾時世尊以無數方便訶責識摩比丘尼已告諸比丘此比丘尼多種有漏處最初犯戒自今已去與比丘尼結戒集十句義乃至正法久住欲説戒者

當如是說若比丘尼夏安居訖不去者波逸提比丘尼義如上若比丘尼安居竟應出行乃至一宿若比丘尼安居竟不出行波逸提比丘突吉羅式叉摩那沙彌沙彌尼突吉羅是謂爲犯不犯者夏安居訖去若彼居士更請住我當更供養若家家傳食若親里男女請今日食或明日食若遇病無伴瞻視者或水難或惡獸難或賊難或水暴漲或爲強力所執或被繫縛或命難梵行難如是諸難夏安居訖不出行者無犯無犯者最初未制戒癡狂心亂痛惱所纏九十六竟

爾時婆伽婆在舍衛國祇樹給孤獨園時王波斯匿邊界人民反叛時六羣比丘尼於彼人間有疑恐怖處遊行時諸賊見已作是言此六羣比丘尼皆爲波斯匿王所供養我等當共觸嬈諸居士見已皆譏嫌言此比丘尼無有慚愧皆犯梵行外自稱言我修正法如是有何正法於邊界人間恐怖處遊行與賊女婬女無異時諸比丘尼聞其中有少欲知足行頭陀樂學戒知慚愧者訶責六羣比丘尼汝等云何於人間恐怖處遊行即往白諸比丘諸比丘白佛佛爾時以此因緣集比丘僧訶責六羣比丘尼汝所爲非非威儀非沙門法非淨行非隨順行所不應爲云何汝等在人間恐怖處遊行爾時世尊以無數方便訶責已告諸比丘此比丘尼多種有漏處最初犯戒自今已去與比丘尼結戒集十句義乃至正法久住欲說戒者當如是說若比丘尼邊界有疑恐怖處人間遊行者波逸提比丘尼義如上邊界者遠城處有疑者疑有賊

盜恐怖者恐有賊盜彼比丘尼於邊界有疑恐怖處遊行隨入村行一一界一一波逸提無村阿蘭若處行十里一波逸提行減一村減十里一一突吉羅若村中行一界內突吉羅方便欲去共期而不去一切突吉羅比丘突吉羅式叉摩那沙彌沙彌尼突吉羅是謂爲犯不犯者若被喚若被請若有所白若爲强力者所執若被繫縛或命難梵行難若先至後有疑恐怖事起者無犯無犯者最初未制戒癡狂心亂痛惱所纏九十七竟

爾時婆伽婆在舍衛國祇樹給孤獨園時波斯匿王界內人民反叛爾時六羣比丘尼在彼界內有疑恐怖處遊行時諸賊見已皆作是言此六羣比丘尼皆爲波斯匿王所供養我等當共觸嬈時諸居士見已皆共譏嫌言此比丘尼無有慚愧皆犯梵行外自稱言我修正法如是有何正法乃於界內有疑恐怖處遊行如賊女婬女無異時諸比丘尼聞其中有少欲知足行頭陀樂學戒知慚愧者嫌責六羣比丘尼汝等云何於人間恐怖處遊行即往白諸比丘諸比丘往白世尊世尊爾時以此因緣集比丘僧訶責六羣比丘尼汝所爲非非威儀非沙門法非淨行非隨順行所不應爲云何汝等在界內人間恐怖處遊行時世尊以無數方便訶責已告諸比丘此六羣比丘尼多種有漏處最初犯戒自今已去與比丘尼結戒集十句義乃至正法久住欲說戒者當如是說若比丘尼於界內有疑恐怖處在人間遊行波逸提比丘尼義如上界內者繞城四面有疑者疑有盜賊也恐怖

者恐有盜賊若比丘尼於彼界內有疑恐怖處人間遊行隨入村內行一一界一一波逸提無村阿蘭若處行至十里一波逸提減一村減十里突吉羅村中行一界內一突吉羅若方便欲去而不去共期去而不去一切突吉羅比丘突吉羅式叉摩那沙彌沙彌尼突吉羅是謂爲犯不犯者若有所白若被喚若請去若爲强力者所執若被繫縛或命難梵行難若先至後有疑恐怖事起者無犯無犯者最初未制戒癡狂心亂痛惱所纏九十八竟

爾時婆伽婆在舍衛國祇樹給孤獨園時有比丘尼親近居士居士兒共住作不隨順行時諸比丘尼諫言汝莫親近居士居士兒行不隨順行汝妹可別住汝若別住於佛法中得增益安樂住而彼故不別住時諸比丘尼聞其中有少欲知足行頭陀樂學戒知慚愧者嫌責彼比丘尼汝云何親近居士居士兒共住作不隨順行時諸比丘尼往白諸比丘諸比丘白佛佛以此因緣集比丘僧訶責彼比丘尼言汝所爲非非威儀非沙門法非淨行非隨順行所不應爲云何乃與居士居士兒親近共住作不隨順行訶責已告諸比丘自今已去聽僧與彼比丘尼作訶責捨此事故白四羯磨當作如是訶責捨此事衆中應差堪能羯磨者如上當作如是白大姊僧聽此某甲比丘尼親近居士居士兒共住作不隨順行餘比丘尼訶諫言汝妹莫親近居士居士兒作不隨順行汝妹可別住汝若別住於佛法有增益安樂住彼比丘尼故不改若僧時到僧忍聽僧與彼某甲比丘尼作訶責

令捨此事汝妹莫親近居士居士兒共住作不隨順行汝妹可別住若別住於佛法有增益安樂住白如是大姊僧聽此某甲比丘尼親近居士居士兒共住作不隨順行餘比丘尼諫言妹莫親近居士居士兒共住作不隨順行汝妹今可別住汝若別住於佛法有增益安樂住而彼故不改令僧與彼某甲比丘尼作訶責捨此事故汝妹莫親近居士居士兒共住作不隨順行汝妹可別住汝若別住者於佛法有增益安樂住誰諸大姊忍僧與彼某甲比丘尼作訶責捨此事者默然誰不忍者說如是第二第三說僧已忍與彼比丘尼作訶責捨此事竟僧忍默然故是事如是持當作如是訶責衆僧爲彼比丘尼作訶責白四羯磨捨此事已諸比丘尼往白諸比丘

諸比丘往白佛佛告諸比丘若有如是比丘尼僧亦當作白四羯磨訶諫捨此事自今已去與比丘尼結戒集十句義乃至正法久住欲說戒者當如是說若比丘尼親近居士居士兒共住作不隨順行餘比丘尼諫此比丘尼言妹汝莫親近居士居士兒共住作不隨順行大姊汝可別住若別住於佛法中有增益安樂住彼比丘尼諫此比丘尼時堅持不捨彼比丘尼應三諫捨此事故乃至三諫捨此事善若不捨者波逸提比丘尼義如上親近者數數語數數笑數數調戲居士者未出家人兒者亦未出家人彼比丘尼親近彼居士居士兒共住作不隨順行彼比丘尼諫此比丘尼言妹莫親近居士居士兒作不隨順行汝當別住汝若別住於佛法中有增益安

樂住汝今可捨此事莫爲僧所訶責而犯重罪若隨語者善不隨語者當作白白已當語言妹我已白餘有羯磨在可捨此事莫爲僧所訶責而更犯罪若隨語者善不隨語者當作初羯磨作初羯磨已當語言妹已白作初羯磨餘有二羯磨在可捨此事莫爲僧所訶責而更犯罪若隨語者善不隨語者作第二羯磨作第二羯磨已當語言已作白二羯磨餘有一羯磨在可捨此事莫爲僧所訶責而更犯罪若隨語者善不隨語者作三羯磨竟波逸提若白二羯磨三突吉羅白一羯磨二突吉羅白已一突吉羅白未竟未白前親近居士居士兒作不隨順行如是一切突吉羅比丘突吉羅式叉摩那沙彌沙彌尼突吉羅是謂爲犯不犯者初語時捨非法別衆訶責非法和合衆法別衆似法別衆似法和合衆非法非律非佛所教若一切不作訶責不犯不犯者最初未制戒癡狂心亂痛惱所纏十九九竟

爾時婆伽婆在舍衛國祇樹給孤獨園爾時六羣比丘尼往觀王宮畫堂園林浴池諸居士見皆共譏嫌言此比丘尼不知慚愧犯梵行外自稱言我知正法如是有何正法乃往觀王宮畫堂園林浴池如賊女婬女無異爾時諸比丘尼聞其中有少欲知足行頭陀樂學戒知慚愧者嫌責六羣比丘尼汝云何乃往觀王宮畫堂園林浴池爾時諸比丘尼往白比丘比丘往白佛佛爾時以此因緣集比丘僧訶責六羣比丘尼言汝所爲非非威儀非沙門法非淨行非隨順行所不應爲云何

六羣比丘尼乃往觀王宮畫堂園林浴池世尊以無數方便訶責六羣比丘尼已告諸比丘此比丘尼多種有漏處最初犯戒自今已去與比丘尼結戒集十句義乃至正法久住欲說戒者當如是說若比丘尼往觀王宮文飾畫堂園林浴池者波逸提比丘尼義如上若比丘尼往觀王宮文飾畫堂園林浴池從道至道從道至非道從非道至道從高至下從下至高去而見者波逸提不見者突吉羅方便欲去而不去若共期去而不去一切突吉羅比丘突吉羅式叉摩那沙彌沙彌尼突吉羅是謂爲犯不犯者若入王宮有所白若喚若請若路由中過若寄宿若爲强力者所執或被縛將去或命難梵行難若復爲僧事塔事而往觀看畫堂欲取模法不犯若至僧伽藍中受教授聽法或被請道由中過若寄宿若爲强力者所執或復被繫縛將去或命難梵行難若至僧伽藍中受教授聽法或被請道由中過若寄宿或爲强力者所執或被縛將去或爲僧事塔事往觀園林浴池欲取模法道由中過若寄宿者不犯不犯者最初未制戒癡狂心亂痛惱所纏一百竟

爾時婆伽婆在舍衛國祇樹給孤獨園爾時六羣比丘尼露身在河水池水渠水中浴時有賊女婬女往比丘尼所語言汝等年少掖下未生毛便出家學道修梵行耶如今年少可於愛欲中共相娛樂老時可修梵行如是二事俱得其中年少者聞便生不樂心時諸居士見皆共譏嫌言此諸比丘尼不知慙愧外自稱言我知正法如是有何正法而露身

形在河泉池流水中浴如婬女賊女無異爾時諸比丘尼聞其中有少欲知足行頭陀樂學戒知慙愧者嫌責六羣比丘尼言云何汝等露形在河泉池流水中浴耶時諸比丘尼白諸比丘諸比丘往白佛佛爾時以此因緣集比丘僧訶責六羣比丘尼言汝所爲非非威儀非沙門法非淨行非隨順行所不應爲云何比丘尼露形在河泉池渠水中浴耶時世尊以無數方便訶責六羣比丘尼已告諸比丘此六羣比丘尼多種有漏處最初犯戒自今已去與比丘尼結戒集十句義乃至正法久住欲說戒者當如是說若比丘尼露身形在河水泉水渠水池水中浴波逸提比丘尼義如上彼比丘尼應以四事覆形洗浴若在流水岸側曲迴處若復有樹蔭覆處若復水覆障若以衣障身上三事不得相取與器物以衣障者一切如法事得作彼比丘尼若露形在河池泉流水中洗浴身盡漬波逸提不盡漬突吉羅方便欲洗而不洗共期去而不去一切突吉羅比丘突吉羅式叉摩那沙彌沙彌尼突吉羅是謂爲犯不犯者水岸曲迴處樹蔭覆處水覆障若以衣障形若爲强力所執無犯無犯者最初未制戒癡狂心亂痛惱所纏竟一

爾時婆伽婆在舍衛國祇樹給孤獨園爾時世尊聽比丘尼作浴衣時六羣比丘尼聞世尊聽比丘尼作浴衣便多作廣大浴衣時比丘尼見已問言佛聽諸比丘尼畜五衣此是何衣報言此是我等浴衣諸比丘尼聞其中有少欲知足行頭陀樂學戒知慙愧者嫌責

六群比丘尼言世尊聽畜浴衣云何便多廣大作浴衣耶時諸比丘尼白諸比丘諸比丘往白世尊世尊以此因緣集比丘僧訶責六群比丘尼言汝所爲非非威儀非沙門法非淨行非隨順行所不應爲云何比丘尼多作廣大浴衣耶時世尊以無數方便訶責六群比丘尼已告諸比丘言此六群比丘尼多種有漏處最初犯戒自今已去與比丘尼結戒集十句義乃至正法久住欲說戒者當如是說若比丘尼作浴衣應量作應量作者長佛六搩手廣二搩手半若過者波逸提比丘尼義如上浴衣者障身浴也彼比丘尼作浴衣長中過量廣中足長中足廣中過量若二俱過量自割截作成者波逸提不成者突吉羅若語他作割截成者波逸提不成者突吉羅若爲他作成不成一切突吉羅比丘波逸提式叉摩那沙彌沙彌尼突吉羅是謂爲犯不犯者如量作減量作若得已成者當裁令如法若重疊無犯無犯者最初未制戒癡狂心亂痛惱所纏二竟

爾時婆伽婆在舍衛國祇樹給孤獨園爾時有一比丘尼欲裁縫僧伽梨時偷羅難陀比丘尼言妹持來我與汝裁縫彼即與衣裁彼比丘尼聰明多知識善能教化偷羅難陀比丘尼作是意欲使彼比丘尼久作供養故便爲裁衣不即爲縫成時偷羅難陀比丘尼所住精舍失火衣財爲火所燒又爲風吹零落時居士見已皆譏嫌言此比丘尼不知慚愧外自稱言我修正法如是有何正法云何比丘尼裁他衣而不即縫成爲火所燒風吹零

落時諸比丘尼聞其中有少欲知足行頭陀樂學戒知慙愧者嫌責偷羅難陀比丘尼言汝云何爲他作衣不即縫成爲火所燒風吹零落時諸比丘尼白諸比丘諸比丘往白世尊世尊以此因緣集比丘僧訶責偷羅難陀比丘尼汝所爲非非威儀非沙門法非淨行非隨順行所不應爲云何比丘尼裁衣不即縫成爲火所燒風吹零落耶時世尊以無數方便訶責已告諸比丘此比丘尼多種有漏處最初犯戒自今已去與比丘尼結戒集十句義乃至正法久住欲說戒者當如是說若比丘尼縫僧伽梨過五日波逸提比丘尼義如上如是世尊與比丘尼結戒彼求僧伽梨出迦絺那衣六難事起疑佛言若有如是事無犯自今已去應如是結戒若比丘尼縫僧伽梨過五日除求索僧伽梨出迦絺那衣六難事起者波逸提比丘突吉羅式叉摩那沙彌沙彌尼突吉羅是謂爲犯不犯者求索僧伽梨出功德衣五日六難事起若縫若料理時若無刀無鍼若無線若少不足若衣主破戒破見破威儀若被舉若滅擯若應滅擯若由此事故有命難梵行難不縫成過五日者不犯不犯者最初未制戒癡狂心亂痛惱所纏三竟

爾時婆伽婆在毗舍離獼猴江側高閣講堂上時衆僧多得供養時有比丘尼置僧伽梨在房不看曬治蟲爛色壞後時衆僧供養斷此比丘尼不看僧伽梨至村邊看欲入村方見僧伽梨蟲爛色壞時諸比丘尼聞其中有少欲知足行頭陀樂學戒知慙愧者嫌責此

比丘尼言云何置僧伽梨在房不看曬治使蟲爛色壞時諸比丘尼往白諸比丘諸比丘往白世尊世尊以此因緣集比丘僧訶責此比丘尼言汝所爲非非威儀非沙門法非淨行非隨順行所不應爲云何置僧伽梨在房中不看曬治蟲爛色壞時世尊以無數方便訶責已告諸比丘此比丘尼多種有漏處最初犯戒自今已去與比丘尼結戒集十句義乃至正法久住欲說戒者當如是說若比丘尼過五日不看僧伽梨波逸提比丘尼義如上彼比丘尼置僧伽梨在房中五日五日中應往看不看者波逸提除僧伽梨餘衣不五日五日看突吉羅除餘衣若不五日五日看餘所須之物令失者蟲爛色壞突吉羅比丘突吉羅式叉摩那沙彌沙彌尼突吉羅是謂爲犯不犯者置僧伽梨在房中五日五日看若舉處堅牢若寄人彼受寄人言但安意我當爲汝看彼若看恐失不五日五日看不犯不犯者最初未制戒癡狂心亂痛惱所纏四竟

四分律藏卷第二十六

音釋

譏楚讚切 筒徒紅切 噎烏結切飯窒也 褥如欲切裀褥也 襯初覲切近身衣也 汎漲汎孚梵切濫也漲知亮切溢也 蹹徒合切踐也 叛蒲半切背叛也 模莫胡切規範也 漬疾智切浸也 揲陟葉切張伸也 鍼諸深切縫器也 曬所戒切日乾也

四分律藏卷第二十七

姚秦三藏佛陀耶舍共竺佛念譯

第二分一百七十八單提法之四

爾時婆伽婆在舍衛國祇樹給孤獨園爾時偷羅難陀比丘尼有親舊檀越欲爲僧設食并施衣偷羅難陀聞即往問言我聞汝欲設食并施僧衣審爾以不檀越報言爾偷羅難陀言衆僧大功德大威神多檀越布施汝供給處多今但可施食不須施衣檀越即言可爾不復作衣即其夜辦具飲食明日清旦往白時到諸比丘尼著衣持鉢往詣其家就座而坐時檀越觀諸比丘尼僧威儀庠序法服齊整見已自悔不覺發言如是好衆云何使我留難不作衣供養耶時諸比丘尼即問言以何因縁乃發是言時檀越即具白因縁比丘尼聞其中有少欲知足行頭陀樂學戒知慙愧者嫌責偷羅難陀言云何與衆僧衣作留難時諸比丘尼白諸比丘諸比丘往白佛佛以此因縁集比丘僧訶責偷羅難陀汝所爲非非威儀非沙門法非淨行非隨順行所不應爲云何與僧衣作留難以無數方便訶責已告諸比丘此偷羅難陀比丘尼多種有漏處最初犯戒自今已去與比丘尼結戒集十句義乃至正法久住欲說戒者當如是說若比丘尼與衆僧衣作留難者波逸提比丘尼義如上衆者如上衣者十種如上彼比丘尼與衆僧衣作留難者波逸提除衆僧與餘人作留難者突吉羅除衣餘物作留難突吉羅比丘突吉羅式叉摩那沙彌沙彌尼突吉羅是謂爲犯不犯者欲施少者勸使多與欲

施少人勸與多人欲施麤勸施細者或戲笑語或屏處語或疾疾語或夢中語或欲說此錯說彼無犯無犯者最初未制戒癡狂心亂痛惱所纏五竟

爾時婆伽婆在舍衛國祇樹給孤獨園時有比丘尼著他僧伽棃不語主入村乞食時衣主不知作失衣意於後求覓乃見彼比丘尼著行即語汝犯偷彼言我不偷汝衣以親厚意故取汝衣著耳時諸比丘尼聞其中有少欲知足行頭陀樂學戒知慙愧者訶責此比丘尼言汝云何不語主盜著他衣使他作失衣意求覓耶即往白諸比丘諸比丘白佛佛以此因緣集比丘僧訶責此比丘尼言汝所爲非非威儀非沙門法非淨行非隨順行所不應爲云何比丘尼不語主盜著他衣使衣主作失衣意求覓耶時世尊以無數方便訶責已告諸比丘此比丘尼多種有漏處最初犯戒自今已去與比丘尼結戒集十句義乃至正法久住欲說戒者當如是說若比丘尼不問主便著他衣者波逸提比丘尼義如上彼比丘尼取他衣著不語主入村乞食者波逸提比丘突吉羅式叉摩那沙彌沙彌尼突吉羅是謂爲犯不犯者若問主若是親厚若親厚語言汝但著去我當爲汝語主不犯不犯者最初未制戒癡狂心亂痛惱所纏六竟

爾時婆伽婆在舍衛國祇樹給孤獨園時跋難陀釋子有二沙彌一名耳二名蜜一人休道一人著袈裟入外道衆中時六羣比丘尼以沙門衣施與休道者及與彼入外道者爾時諸比丘尼聞其中有少欲知足行頭陀樂

學戒知慙愧者訶責六羣比丘尼汝云何持沙門衣施與休道者及與彼入外道者諸比丘尼往白諸比丘諸比丘往白佛佛以此因緣集比丘僧訶責六羣比丘尼言汝所爲非非威儀非沙門法非淨行非隨順行所不應爲云何汝等以沙門衣與彼休道及入外道者爾時世尊以無數方便訶責六羣比丘尼已告諸比丘此諸比丘尼多種有漏處最初犯戒自今已去與比丘尼結戒集十句義乃至正法久住欲說戒者當如是說若比丘尼持沙門衣施與外道白衣者波逸提比丘尼義如上白衣者在家人外道者在佛法外出家人沙門衣者染色衣彼比丘尼以沙門衣施與彼受者波逸提比丘尼不受突吉羅方便欲與而不與期要當與而不與一切突吉羅比丘突吉羅式叉摩那沙彌沙彌尼突吉羅是謂爲犯不犯者若與父母若與塔作人與講堂屋舍作人計校食直與或爲强力者所奪無犯無犯者最初未制戒癡狂心亂痛惱所纏竟七

爾時婆伽婆在舍衛國祇樹給孤獨園時比丘尼衆得如法施衣欲分時偷羅難陀多諸弟子分散行不在時偷羅難陀作是意遮衆僧如法分衣恐弟子不得諸比丘尼知如是意諸比丘尼聞其中有少欲知足行頭陀樂學戒知慙愧者嫌責偷羅難陀云何作是意遮衆僧如法分衣恐弟子不得時諸比丘尼往白諸比丘諸比丘往白世尊世尊以此因緣集比丘僧訶責偷羅難陀汝所爲非非威儀非沙門法非淨行非隨順行所不應爲云

何作是意遮衆僧如法分衣恐弟子不得時世尊以無數方便訶責偷羅難陀已告諸比丘此比丘尼多種有漏處最初犯戒自今已去與比丘尼結戒集十句義乃至正法久住欲說戒者當如是說若比丘尼作如是意衆僧如法分衣遮令不分恐弟子不得者波逸提比丘尼義如上衆僧者如上法者如法如律如佛所教衣者有十種如上彼比丘尼作如是意衆僧如法分衣遮令不分恐弟子不得波逸提比丘突吉羅式叉摩那沙彌沙彌尼突吉羅是謂爲犯不犯者或非時分非法別衆非法和合衆法別衆似法別衆似法和合衆非法非律非佛所教若欲分時恐失若壞遮令不分無犯無犯者最初未制戒癡狂心亂痛惱所纏八竟

爾時婆伽婆在舍衛國祇樹給孤獨園時諸比丘尼衆僧如法出迦絺那衣六羣比丘尼作是念令衆僧今不出迦絺那衣後當出欲令五事久得放捨時諸比丘尼知六羣比丘尼作如是意令衆僧今不出迦絺那衣欲令五事久得放捨時諸比丘尼聞其中有少欲知足行頭陀樂學戒知慚愧者訶責六羣比丘尼言汝云何作是意令衆僧今不出迦絺那衣欲令五事久得放捨耶諸比丘尼白諸比丘諸比丘往白世尊世尊以此因緣集諸比丘僧訶責六羣比丘尼言汝所爲非非威儀非沙門法非淨行非隨順行所不應爲云何作如是意令衆僧今不出迦絺那衣欲令五事久得放捨以無數方便訶責已告諸比丘此六羣比丘尼多種有漏處最初犯戒自

今已去與比丘尼結戒集十句義乃至正法久住欲説戒者當如是説若比丘尼作如是意令衆僧令不得出迦絺那衣後當出欲令五事久得放捨波逸提比丘尼義如上僧者如上法者如法如律如佛所教彼比丘尼作如是意停衆僧如法出迦絺那衣欲令五事久得放捨者波逸提比丘突吉羅式叉摩那沙彌沙彌尼突吉羅是謂爲犯不犯者若非時出非法别衆非法和合衆法别衆似法别衆似法和合衆非法非律非佛所教若出時恐失壞遮令不出無犯無犯者最初未制戒癡狂心亂痛惱所纏（九竟）

爾時婆伽婆在舍衛國祇樹給孤獨園時諸比丘尼僧欲出迦絺那衣時六羣比丘尼作是意令比丘尼僧如法出迦絺那衣遮使不出欲令久得五事放捨諸比丘尼知六羣比丘尼作如是意遮比丘尼僧如法出迦絺那衣欲令五事久得放捨諸比丘尼聞其中有少欲知足行頭陀樂學戒知慙愧者嫌責六羣比丘尼言云何作是意遮比丘尼僧如法出迦絺那衣欲令五事久得放捨往白諸比丘諸比丘往白佛佛以此因緣集比丘僧訶責六羣比丘尼言汝所爲非非威儀非沙門法非淨行非隨順行所不應爲比丘尼衆欲如法出迦絺那衣云何遮令不出欲令久得五事放捨耶以無數方便訶責已告諸比丘此比丘尼多種有漏處最初犯戒自今已去與比丘尼結戒集十句義乃至正法久住欲説戒者當如是説若比丘尼作如是意遮比丘尼僧不出迦絺那衣欲令久得五事放捨

波逸提比丘尼義如上僧者如上法者如法如律如佛所教彼比丘尼作是意遮比丘尼僧如法出迦絺那衣欲令久得五事放捨說而了了者波逸提不了了者突吉羅比丘突吉羅式叉摩那沙彌沙彌尼突吉羅是謂爲犯不犯者出迦絺那衣非時非法別衆非法和合衆法別衆似法別衆似法和合衆非法非律非佛所教若出恐失壞如是遮者無犯無犯者最初未制戒癡狂心亂痛惱所纏一十竟

爾時佛在舍衛國祇樹給孤獨園時有比丘尼共諍鬪至偷羅難陀比丘尼所語言與我止此鬪諍偷羅難陀比丘尼聰明智慧諍事起能滅竟不爲方便滅此諍事時彼比丘尼以鬪諍事不得和合愁憂遂便休道時比丘尼衆聞其中有少欲知足行頭陀樂學戒知慚愧者嫌責偷羅難陀言云何比丘尼語言爲我滅諍事而竟不爲方便滅此諍事令彼比丘尼以此諍事不和解遂便休道耶即往白諸比丘諸比丘往白世尊世尊以此因緣集比丘僧訶責偷羅難陀汝所爲非非威儀非沙門法非淨行非隨順行所不應爲云何竟不與彼和解鬪諍事使彼休道耶時世尊以無數方便訶責已告諸比丘此偷羅難陀比丘尼多種有漏處最初犯戒自今已去與比丘尼結戒集十句義乃至正法久住欲說戒者當如是說若比丘尼餘比丘尼語言爲我滅此諍事而不與作方便令滅者波逸提比丘尼義如上鬪諍有四種如上彼比丘尼語餘比丘尼言爲我滅此諍事而不與方便

滅此諍事波逸提除鬬諍已若更有餘小小諍事不方便滅突吉羅若身鬬諍事不方便滅突吉羅除比丘比丘尼餘人有鬬諍不方便滅突吉羅比丘突吉羅式叉摩那沙彌沙彌尼突吉羅是謂爲犯不犯者若爲滅若與作方便若病若言不行若彼破戒破見破威儀若被舉若滅擯若應滅擯若以此事有命難梵行難不方便滅者無犯無犯者最初未制戒癡狂心亂痛惱所纏竟十一

爾時婆伽婆在舍衛國祇樹給孤獨園時跋難陀釋子有二沙彌一名耳二名蜜一人罷道一人著袈裟入外道衆時六羣比丘尼持食與白衣入外道者時諸比丘尼聞其中有少欲知足行頭陀樂學戒知慙愧者訶責六羣比丘尼言汝云何持食與白衣入外道者時諸比丘尼白諸比丘諸比丘往白世尊世尊以此因緣集比丘僧訶責六羣比丘尼言汝所爲非非威儀非沙門法非淨行非隨順行所不應爲云何汝等持食與白衣入外道者以無數方便訶責已告諸比丘此比丘尼多種有漏處最初犯戒自今已去與比丘尼結戒集十句義乃至正法久住欲說戒者當如是說若比丘尼持食與白衣入外道者可噉食者波逸提如是世尊與比丘尼結戒彼疑不敢置地與不敢使人與佛言聽使人與若置地與自今已去當如是說戒若比丘尼自手持食與白衣入外道食者波逸提比丘尼義如上白衣者未出家人外道者在佛法外出家者是可食噉者如上彼比丘尼自手持食與白衣入外道此與彼受者波逸提不

受者突吉羅方便欲與而不與若期當與悔不與一切突吉羅比丘波逸提式叉摩那沙彌沙彌尼突吉羅是謂爲犯不犯者或置地與或使人與若與父母若與塔作人若爲强力者所奪無犯無犯者最初未制戒癡狂心亂痛惱所纏竟十二

爾時世尊在舍衛國祇樹給孤獨園時六羣比丘尼營理家事舂磨或炊飯或炒麥或煑食或敷牀座卧具或掃地或取水或受人使令諸居士見已皆共嗤笑言如我婦營理家業舂磨炊飯乃至受人使令此六羣比丘尼亦復如是時諸居士皆生慢心不復恭敬爾時諸比丘尼聞其中有少欲知足行頭陀樂學戒知慙愧者嫌責六羣比丘尼言云何營理家業舂磨乃至受人使令如俗人無異耶往白諸比丘諸比丘白佛佛以此因緣集比丘僧訶責六羣比丘尼言汝所爲非非威儀非沙門法非淨行非隨順行所不應爲云何營理家業舂磨乃至受使如俗人無異以無數方便訶責已告諸比丘此比丘尼多種有漏處最初犯戒自今已去與比丘尼結戒集十句義乃至正法久住欲說戒者當如是說若比丘尼爲白衣作使者波逸提比丘尼義如上爲白衣作使者即如上舂磨乃至受使者是彼比丘尼營理家業舂磨乃至受人使令者一切波逸提比丘隨所犯式叉摩那沙彌沙彌尼突吉羅是謂爲犯不犯者若父母病若被繫閉爲敷牀卧具掃地取水供給所須受使若有信心優婆塞病若被繫閉爲敷牀卧具掃地取水受使若爲强力者所執如

是一切無犯無犯者最初未制戒癡狂心亂
痛惱所纏竟十三
爾時婆伽婆在舍衛國祇樹給孤獨園時六羣比丘尼手自紡績諸居士見已皆共嗤笑言如我婦紡績此比丘尼亦如是諸居士即生慢心無有恭敬心時諸比丘尼聞其中有少欲知足行頭陀樂學戒知慙愧者嫌責六羣比丘尼汝云何手自紡績也往白諸比丘諸比丘白佛佛以此因緣集比丘僧訶責六羣比丘尼言汝所爲非非威儀非沙門法非淨行非隨順行所不應爲云何自手紡績與俗人無異耶以無數方便訶責已告諸比丘此比丘尼多種有漏處最初犯戒自今已去與比丘尼結戒集十句義乃至正法久住欲說戒者當如是說若比丘尼自手紡縷者波逸提比丘尼義如上縷者有十種如上若比丘尼手自紡縷一引一波逸提比丘突吉羅式叉摩那沙彌沙彌尼突吉羅是謂爲犯不犯者若自索線合接線或強力所執者無犯無犯者最初未制戒癡狂心亂痛惱所纏十四
竟
爾時婆伽婆在舍衛國祇樹給孤獨園時偷羅難陀比丘尼到時著衣持鉢詣一居士家敷座而坐時彼居士婦脱身瓔珞衣服入後園洗浴時偷羅難陀比丘尼輙著他瓔珞衣服在居士牀上卧時彼居士先出行不在後行還至家内卒見偷羅難陀意謂是已婦即便就卧手捉捫摸嗚口彼捫摸時覺其頭禿方問言汝是何人報言我是偷羅難陀比丘尼居士語言汝何故著我婦瓔珞衣服在我

牀上臥令我見已謂是我婦汝可速去自今已去莫復更來入我家時諸比丘尼聞其中有少欲知足行頭陀樂學戒知慙愧者嫌責偷羅難陀言汝云何著他婦瓔珞衣服在牀上臥即往白諸比丘諸比丘往白世尊世尊以此因緣集比丘僧訶責偷羅難陀言汝所爲非非威儀非沙門法非淨行非隨順行所不應爲云何入居士家著他婦瓔珞衣服在牀上臥使居士嫌恠耶以無數方便訶責已告諸比丘此比丘尼多種有漏處最初犯戒自今已去與比丘尼結戒集十句義乃至正法久住欲說戒者當如是說

若比丘尼入白衣舍內在小牀大牀上若坐若臥波逸提比丘尼義如上白衣舍者村小牀者坐牀大牀者臥牀彼比丘尼入白衣舍內在小牀大牀上若坐若臥隨脇著牀一轉一一波逸提比丘突吉羅式叉摩那沙彌沙彌尼突吉羅是謂爲犯不犯者或時有如是病若坐獨坐牀若爲比丘尼僧數衆多座若病倒地若爲强力者所執若被繫閉若命難梵行難無犯無犯者最初未制戒癡狂心亂痛惱所纏 十五竟

爾時婆伽婆在舍衛國祇樹給孤獨園時有衆多比丘尼向拘薩羅國在道行至一無住處村語其舍主於舍內敷臥具而宿至明日清旦不辭主人而去後村舍失火燒舍時被燒居士謂舍內有人便不往救火火燒舍盡即問比丘尼在何處答言已去諸居士皆共譏嫌言此比丘尼等不知慙愧外自稱言我修正法如是有何正法云何語主人在舍內

止宿明日不辭主人而去我等謂舍內有人而不救火使燒舍盡時諸比丘尼聞其中有少欲知足行頭陀樂學戒知慙愧者嫌責諸比丘尼言汝云何語主人在他舍內宿去時不語其主人令火燒他舍盡即往白諸比丘諸比丘往白佛佛以此因緣集比丘僧更訶責諸比丘尼言汝云何語主人在他舍內宿去時不語主使火燒他舍盡以無數方便訶責已告諸比丘此比丘尼多種有漏處最初犯戒自今已去與比丘尼結戒集十句義乃至正法久住欲說戒者當如是說若比丘尼至白衣舍語主人敷座止宿明日不辭主人而去波逸提比丘尼義如上白衣舍者村宿者在中止宿處是敷座者或草敷或葉敷下至自敷臥氈彼比丘尼至白衣舍內語主人敷座止宿明日不辭而去出門波逸提一脚在內一脚在外方便欲去而不去若共期去而不去一切突吉羅比丘突吉羅式叉摩那沙彌沙彌尼突吉羅是謂為犯不犯者辭主人而去若先有人在舍內住若舍先空若先為福舍若是親厚親厚者語言汝但去當為汝語主人若舍崩壞若為火燒若中有毒蛇惡獸若有賊入或為强力者所執若被繫閉或命難梵行難不犯不犯者最初未制戒癡狂心亂痛惱所纏十六竟

爾時婆伽婆在舍衛國祇樹給孤獨園時有六羣比丘尼誦種種雜呪術或支節呪或剎利呪鬼呪吉凶呪或習轉鹿輪卜或習解知音聲時諸比丘尼聞其中有少欲知足行頭陀樂學戒知慙愧者訶責六羣比丘尼言汝

云何習誦如是種種支節呪乃至解諸音聲訶責巳往白諸比丘諸比丘往白佛佛以此因緣集比丘僧訶責六羣比丘尼汝所爲非非威儀非沙門法非淨行非隨順行所不應爲云何誦習種種呪術乃至解知音聲耶訶責巳告諸比丘此比丘尼多種有漏處最初犯戒自今巳去與比丘尼結戒集十句義乃至正法久住欲說戒者當如是說若比丘尼誦習世俗呪術者波逸提比丘尼義如上世俗呪術者支節乃至解知音聲也彼比丘尼誦習世俗呪術乃至音聲若口受若執文誦說而了了波逸提不了了突吉羅比丘突吉羅式叉摩那沙彌沙彌尼突吉羅是謂爲犯不犯者若誦治腹内蟲病呪若誦治宿食不消呪若學書若誦世俗降伏外道呪若誦治毒呪以護身故無犯無犯者最初未制戒癡狂心亂痛惱所纏（十七竟）

若比丘尼教人誦習呪術者波逸提（十八竟）

爾時佛在舍衛國祇樹給孤獨園時有一比丘尼名婆羅度他妊身女人受具足戒巳後便生一男兒自抱入村乞食時諸居士見巳皆譏嫌言此比丘尼不知慙愧犯不淨行外自稱言我修正法如是何有正法看此出家人新生兒時諸比丘尼聞其中有少欲知足行頭陀樂學戒知慙愧者訶責婆羅比丘尼言汝云何度他妊身女人往白諸比丘諸比丘白佛佛以此因緣集比丘僧訶責婆羅比丘尼言汝所爲非非威儀非沙門法非淨行非隨順行所不應爲云何度他妊身女人以無數方便訶責巳告諸比丘此比丘尼多種

有漏處最初犯戒自今已去與比丘尼結戒集十句義乃至正法久住欲說戒者當如是說若比丘尼度他妊身女人授具足戒者波逸提如是世尊與比丘尼結戒時諸比丘尼不知妊身不妊身後乃知妊身其中或作波逸提懺或疑不知者無犯自今已去當如是說戒若比丘尼知女人妊身度與授具足戒者波逸提比丘尼義如上彼比丘尼若知女人妊身度與授具足戒作三羯磨竟和尚尼波逸提白二羯磨竟三突吉羅白一羯磨竟二突吉羅白已一突吉羅白未竟突吉羅未白前與剃頭著衣與授具足戒若集衆衆滿一切突吉羅比丘尼突吉羅是謂爲犯不犯者若不知若信彼人言若信可信人語或信父毋語與授具足戒後生兒不犯若生已疑不敢提抱佛言若未能離毋自活聽一切如毋法乳哺長養後有疑不敢與此男兒同室宿佛言若未能離毋宿聽共一處宿無犯無犯者最初未制戒癡狂心亂痛惱所纏十九竟

爾時佛在舍衛國祇樹給孤獨園時有比丘尼度他乳兒婦女留兒在家後家中送兒還之此比丘尼抱兒入村乞食時諸居士見已皆共譏嫌言此比丘尼不知慚愧犯不淨行外自稱言我修正法如是何有正法看此出家人生兒抱行乞食時諸比丘尼聞其中有少欲知足行頭陀樂學戒知慚愧者訶責彼比丘尼言汝云何乃度他乳兒婦女令諸居士譏嫌徃白諸比丘諸比丘白佛佛以此因緣集比丘僧訶責彼比丘尼言汝所爲非非威儀非沙門法非淨行非隨順行所不應爲

云何度他乳兒婦女以無數方便訶責已告諸比丘此比丘尼多種有漏處最初犯戒自今已去與比丘尼結戒集十句義乃至正法久住欲說戒者當如是說若比丘尼度他乳兒婦女授具足戒波逸提如是世尊與比丘尼結戒時諸比丘尼不知產乳不產乳後乃知產乳不知者無犯自今已去當如是說戒若比丘尼知婦女乳兒與授具足戒波逸提比丘尼義如上彼比丘尼知他婦女有乳兒度授具足戒作三羯磨竟和尚尼波逸提白二羯磨三突吉羅白一羯磨二突吉羅白竟一突吉羅白未竟突吉羅未白前與剃髮與出家與著衣與授戒若集衆衆滿一切突吉羅比丘突吉羅是謂爲犯不犯者若不知信彼人言信可信人言或信父母語而度與授具足戒已後送兒來不犯其母疑不敢抱養佛言若未能自活聽如母法乳養至斷乳止後母與此兒同處宿有疑佛言自今已去聽未斷乳者無犯無犯者最初未制戒癡狂心亂痛惱所纏二十竟

爾時佛在舍衛國祇樹給孤獨園時諸比丘尼聞佛制戒得度人輒度小年童女不知有欲心無欲心後便與染汙心男子共立共語調戲時諸比丘尼聞其中有少欲知足行頭陀樂學戒知慙愧者嫌責諸比丘尼言世尊制戒聽度人汝等云何乃度小年童女與染汙心人共立共語調戲耶即白諸比丘諸比丘往白佛佛以此因緣集比丘僧訶責諸比丘尼言汝所爲非非威儀非沙門法非淨行非隨順行所不應爲云何乃度小年童女不

知有染汙心無染汙心後與染汙心人共立共語調戲耶以無數方便訶責比丘尼已告諸比丘尼言汝等諦聽若欲在寺内剃髮者當語一切尼僧令知若作白已然後與剃髮當作如是白大姊僧聽此某甲欲從某甲求剃髮若僧時到僧忍聽爲某甲剃髮白如是作如是白已然後與剃髮若欲在寺内與出家者當語一切尼僧若作白已與出家當作如是白大姊僧聽此某甲從某甲求出家若僧時到僧忍聽與某甲出家白如是作如是白已然後與出家當作如是出家與剃髮著袈裟已教右膝著地合掌作如是語我某甲歸依佛歸依法歸依僧我於如來法中求出家和尚尼某甲如來至眞等正覺是我世尊如是第二第三説我某甲歸依佛竟歸依法竟歸依僧竟我於如來法中求出家和尚尼某甲如來至眞等正覺是我世尊如是第二第三説已次應與受戒盡形壽不殺生是沙彌尼戒汝能持不能持者答言能盡形壽不盜是沙彌尼戒汝能持不能持者答言能盡形壽不婬是沙彌尼戒汝能持不能持者答言能盡形壽不妄語是沙彌尼戒汝能持不能者答言能盡形壽不得飲酒是沙彌尼戒汝能持不能者答言能盡形壽不著花香瓔珞是沙彌尼戒汝能持不能者答言能盡形壽不歌舞妓樂不得往看是沙彌尼戒汝能持不能者答言能盡形壽不高廣大牀上坐是沙彌尼戒汝能持不能者答言能盡形壽不非時食是沙彌尼戒汝能持不能者答言能盡形壽不得捉金銀錢是沙彌尼戒汝能

持不能者答言能是爲沙彌尼十戒盡形壽能持不能者答言能自今已去聽年十八童女二歲學戒年滿二十得授具足戒白四羯磨當如是說戒沙彌尼當詣僧中偏露右肩脫革屣禮比丘尼僧足右膝著地合掌當作是語大姊僧聽我某甲沙彌尼今從僧乞二歲學戒某甲尼爲和尚願僧與我二歲學戒慈愍故第二第三如是說已沙彌尼應徃離聞處著見處已比丘尼衆中當差堪能羯磨者如上應作白大姊僧聽彼某甲沙彌尼今從僧乞二歲學戒和尚尼某甲若僧時到僧忍聽與某甲沙彌尼二歲學戒和尚尼某甲白如是大姊僧聽彼某甲沙彌尼從僧乞二歲學戒和尚尼某甲今僧與某甲沙彌尼二歲學戒和尚尼某甲誰諸大姊忍僧與彼某甲沙彌尼二歲學戒和尚尼某甲者默然不忍者說是初羯磨如是第二第三說衆僧已忍與某甲沙彌尼二歲學戒和尚尼某甲竟僧忍默然故是事如是持依式叉摩那一切戒應學除自手取食授食與他彼二歲學戒已年滿二十當與授具足戒白四羯磨自今已去與比丘尼結戒集十句義乃至正法久住欲說戒者當如是說若比丘尼年滿十八童女二歲學戒已滿二十與授具足戒若比丘尼年減二十授具足戒者波逸提如是世尊與比丘尼結戒時諸比丘尼不知滿二十不滿二十後方知不滿二十或作波逸提懺或有疑者不知者不犯自今已去當如是結戒若比丘尼知年不滿二十與授具足戒波逸提比丘尼義如上彼比丘尼知不滿二十

授具足戒三羯磨竟和尚尼波逸提白二羯磨竟三突吉羅白一羯磨竟二突吉羅白已一突吉羅白未竟一突吉羅若未白前集衆衆滿一切突吉羅比丘突吉羅是謂爲犯不犯者年滿十八二歲學戒滿二十授具足戒若不知若自言滿二十若信可信人語若信父母語若受戒後疑當數胎中月當數閏月數十四日說戒日無犯無犯者最初未制戒癡狂心亂痛惱所纏二十竟

爾時婆伽婆在舍衛國祇樹給孤獨園時諸比丘尼聞世尊制戒年十八二歲學戒滿二十授具足戒彼非是十八不二歲學戒年滿二十與授具足戒闕二歲學戒彼授具足戒已不知當學何戒時諸比丘尼聞其中有少欲知足行頭陀樂學戒知慙愧者訶責諸比丘尼言世尊制戒年十八二歲學戒滿二十與授具足戒汝云何非是年十八不二歲學戒年二十便與授具足戒闕二歲學戒而不知當學何戒耶時諸比丘尼往白諸比丘諸比丘往白世尊世尊爾時以此因緣集比丘僧訶責諸比丘尼言汝所爲非非威儀非沙門法非淨行非隨順行所不應爲世尊制戒年十八與不二歲學戒滿二十授具足戒汝云何非是年十八不二歲學戒滿二十授具足戒闕二歲學戒授具足戒已不知當學何戒耶爾時世尊以無數方便訶責諸比丘尼已告諸比丘此比丘尼多種有漏處最初犯戒自今已去與比丘尼結戒集十句義乃至正法久住欲說戒者當如是說若比丘尼年十八童女不與二歲學戒年滿二十便與授

具足戒者波逸提比丘尼義如上彼比丘尼若年十八童女不二歲學戒便與授具足戒唱三羯磨竟和尚尼波逸提白二羯磨竟三突吉羅白一羯磨二突吉羅白巳一突吉羅白未竟突吉羅未白前集衆及衆滿者一切突吉羅比丘突吉羅是謂爲犯不犯者年十八童女二歲學戒滿二十與授具足戒無犯無犯者最初未制戒癡狂心亂痛惱所纏二十二竟

爾時婆伽婆在舍衛國祇樹給孤獨園時諸比丘尼聞世尊制戒年十八童女與二歲學戒與六法滿二十與授具足戒彼不與六法便與授具足戒彼學戒時作不淨行盜取五錢斷人命自稱得上人法過中食飲酒時諸比丘尼聞其中有少欲知足行頭陀樂學戒知慚愧者嫌責諸比丘尼言世尊制戒年十八童女與二歲學戒與六法滿二十與授具足戒汝云何不教六法事授具足戒犯梵行盜五錢乃至飲酒即白諸比丘諸比丘往白世尊世尊爾時以此因緣集比丘僧訶責彼比丘尼言汝所爲非非威儀非沙門法非淨行非隨順行所不應爲汝等比丘尼應年十八童女與二歲學戒與六法滿二十與授具足戒而云何不與六法令犯婬乃至飲酒耶以無數方便訶責巳告諸比丘此比丘尼多種有漏處最初犯戒自今巳去與比丘尼結戒集十句義乃至正法久住欲說戒者當如是說若比丘尼年十八童女與二歲學戒不與六法滿二十便與授具足戒波逸提比丘尼義如上若式叉摩那犯婬應滅擯若有染

汙心與染汙心男子身相觸缺戒應更與戒若偷五錢過五錢應滅擯若減五錢缺戒應更與戒若斷人命應滅擯若斷畜生命缺戒應更與戒若自言得上人法者應滅擯若在衆中故妄語者缺戒應更與戒若非時食缺戒應更與戒若飲酒缺戒應更與戒若比丘尼年十八童女與二歲學戒不與六法滿二十便與授具足戒唱三羯磨竟和尚尼波逸提白二羯磨竟三突吉羅白一羯磨二突吉羅白已一突吉羅白未竟一突吉羅未白前集衆及衆滿一切突吉羅比丘突吉羅是謂爲犯不犯者年十八童女二歲學戒與六法已授具足戒不犯不犯者最初未制戒癡狂心亂痛惱所纏二十三竟

爾時婆伽婆在舍衛國祇樹給孤獨園諸比丘尼聞世尊制戒年滿十八童女二歲學戒與六法滿二十與授具足戒時諸比丘尼便度盲瞎瘖瘂躃跛聾瘖瘂及餘種種病者毀辱衆僧時諸比丘尼聞其中有少欲知足行頭陀樂學戒知慚愧者嫌責諸比丘尼言世尊制戒年十八童女與二歲學戒與六法滿二十與授具足戒汝云何乃度盲瞎及諸病者毀辱衆僧時諸比丘尼往白諸比丘諸比丘往白世尊世尊以此因緣集比丘僧訶責諸比丘尼言汝所爲非非威儀非沙門法非淨行非隨順行所不應爲比丘尼應十八童女與二歲學戒滿二十學授具足戒汝云何乃度盲瞎及諸病人耶以無數方便訶責已告諸比丘自今已去當與比丘尼竪立具足戒白四羯磨當作如是與安受戒人離聞處著

見處已是中戒師應作白差教授師當作如是白大姊僧聽彼某甲從和尚尼某甲求授具足戒若僧時到僧忍聽某甲爲教授師白如是彼人當往受戒人所語言妹此是安陀會此是鬱多羅僧此是僧伽棃此是僧祇支此是覆肩衣此是鉢此衣鉢是汝有不妹聽今是眞誠時實語時我今問汝實當言實不實當言不實汝字何等和尚字誰年滿二十未衣鉢具足不父母聽汝不夫主聽汝不汝不負債不汝非婢不汝是女人不女人有如是諸病癩癰疽白癩乾痟顛狂二形二道合道小便常漏大小便涕唾常流出汝有如此病不若言無當復語言如我向問汝事在衆中亦當如是問如汝向者答我衆僧中亦當如是答時教授師問已如常威儀還來入衆中舒手相及處立作如是白大姊僧聽彼某甲從某甲求授具足戒若僧時到僧忍聽我已教授竟聽使來白如是彼即應語言汝來來已教授師應爲捉衣鉢教禮尼僧足已在戒師前右膝著地合掌教授師教作如是白大姊僧聽我某甲從和尚尼某甲求受具足戒我某甲今從僧乞授具足戒某甲尼爲和尚衆僧慈愍故拔濟我如是第二第三說戒師應作白大姊僧聽此某甲從和尚尼某甲求授具足戒此某甲今從衆僧乞授具足戒某甲尼爲和尚若僧時到僧忍聽我問諸難事白如是彼當語言妹諦聽今是眞誠時我今問汝實當言實不實當言不實汝字何等和尚尼字誰年滿二十不衣鉢具足不父母聽汝不夫主聽汝不汝不負債耶汝非婢耶

汝是女人不女人有如是諸病癩癰疽白癩乾痟顛狂二形二道合道小便常漏大小便涕唾常流出汝有如是病不答言無當作白大姊僧聽此某甲從和尚尼某甲求授具足戒此某甲今從衆僧乞授具足戒某甲尼爲和尚某甲自說清淨無諸難事年滿二十衣鉢具足若僧時到僧忍聽授某甲具足戒某甲尼爲和尚白如是大姊僧聽此某甲從和尚尼某甲求授具足戒此某甲今從衆僧乞授具足戒某甲尼爲和尚某甲自說清淨無諸難事年滿二十衣鉢具足今僧授某甲具足戒某甲尼爲和尚誰諸大姊忍僧授某甲具足戒某甲尼爲和尚者默然若不忍者說此是初羯磨第二第三亦如是說僧已忍授某甲具足戒某甲尼爲和尚竟僧忍默然故是事如是持

四分律藏卷第二十七

音釋

舂書容切擣也　炊尺垂切爨也　炒初絞切熬也　嗤赤脂切笑也　紡績紡妃兩切績則歷切　捫摸捫莫奔切撫也摸慕各切摩也　妊汝鴆切娠　盲瞎盲莫耕切瞎呼鎋切　癃躄癃力中切疲疾也躄必益切足不能行也　聾盧紅切　瘖瘂瘖於金切瘂烏下切瘖瘂不能言也　癩落盖切疥癩也　癰疽癰於容切疽七余切　痟相邀切渴病也

四分律藏卷第二十八

姚秦三藏佛陀耶舍共竺佛念譯

第二分一百七十八單提法之五

時諸比丘尼僧應將彼受戒者至比丘僧中偏露右肩禮僧足已右膝著地合掌作如是語大德僧聽我某甲從和尚尼某甲求受具足戒我某甲今從衆僧乞受具足戒某甲尼爲和尚願衆僧慈愍故拔濟我第二第三亦如是說彼當問汝字何等和尚字誰乃至涕唾常流出如上汝已學戒清淨不若言學戒清淨當復更問餘比丘尼此人學戒清淨不若言學戒清淨者彼戒師當作白大德僧聽此某甲從和尚尼某甲求受具足戒此某甲今從衆僧乞受具足戒和尚尼某甲某甲已學戒清淨若僧時到僧忍聽僧今授某甲具足戒某甲尼爲和尚白如是大德僧聽此某甲從和尚尼某甲求受具足戒此某甲今從衆僧乞受具足戒某甲尼爲和尚某甲已學戒清淨今僧授某甲具足戒某甲尼爲和尚誰諸長老忍僧授某甲具足戒某甲尼爲和尚者默然誰不忍者說此初羯磨第二第三亦如是說衆僧已忍與某甲受具足戒某甲尼爲和尚竟僧忍默然故是事如是持族姓女聽此是如來無所著等正覺說八波羅夷法犯者非比丘尼非釋種女不得作不淨行行婬欲法若比丘尼意樂作不淨行行婬欲法乃至共畜生此非比丘尼非釋種女汝是中盡形壽不得作能持不能持者當言能不得盜乃至草葉若比丘尼偷人五錢若過五錢若自取教人取若自折教人折若自斫教

人斫若自破教人破若燒若埋若壞色彼非比丘尼非釋種女汝是中盡形壽不得犯能持不能者當言能不得故斷衆生命乃至蟻子若比丘尼故自手斷人命若持刀授與人教死讃死勸死若與人非藥若墮人胎厭禱呪詛殺若自作若教人作彼非比丘尼非釋種女汝是中盡形壽不得犯能持不能持者當言能不得妄語乃至戲笑若比丘尼不眞實非已有自稱言我得上人法我得禪得解脫得三昧正受得須陀洹果斯陀含果阿那含果阿羅漢果言天來龍來鬼神來供養我此非比丘尼非釋種女汝是中盡形壽不得作能持不能者當言能不得身相觸乃至共畜生若比丘尼有染汙心與染汙心男子身相觸從腋已下膝已上身相觸若捉若摩若牽若推逆摩順摩若舉若下若捉若捺彼非比丘尼非釋種女是中盡形壽不得犯能持不能者當言能不得犯八事乃至共畜生若比丘尼染汙心受染汙心男子捉手捉衣入屏處屏處共立共語共行身相近共期犯此八事彼非比丘尼非釋種女犯此八事故汝是中盡形壽不得犯能持不能者當言能不得覆他罪乃至突吉羅惡説若比丘尼知他比丘尼犯波羅夷罪若不自舉不白僧若衆多人後於異時此比丘尼若罷道若滅擯若遮不共僧事若入外道後便作是説我先知有如是如是事彼非比丘尼非釋種女覆重罪故汝是中盡形壽不得作能持不能者當言能不得隨順被舉比丘乃至守園人及沙彌若比丘尼知比丘爲僧所舉如法如律如

佛所教不隨順不懺悔僧未與作共住而隨順是比丘尼諫彼比丘尼言汝妹知不令僧舉此比丘如法如律如佛所教不隨順不懺悔僧未與作共住汝莫隨順是比丘尼諫彼比丘尼時堅持不捨是比丘尼當三諫捨此事故乃至三諫捨者善不捨者彼非比丘尼非釋種女由隨舉故汝是中盡形壽不得犯能持不能者當言能族姓女聽如來無所著等正覺說四依法比丘尼依此得出家受具足戒成比丘尼依糞掃衣得出家受具足戒成比丘尼法汝是中盡形壽能持不能者當言能若得長利檀越施衣割壞衣得受依乞食得出家受具足戒成比丘尼法汝是中盡形壽能持不能者當言能若得長利若僧差食檀越送食月八日食十四十五日食若月初日食若眾僧常食若檀越請食應受依樹下坐得出家受具足戒成比丘尼法汝是中盡形壽能持不能者當言能若得長利別房尖頭屋小房石室兩房一戶應受依腐爛藥得出家受具足戒成比丘尼法汝是中盡形壽能持不能者當言能若得長利酥油生酥蜜石蜜應受汝已受具足戒竟白四羯磨如法成就得處所和尚如法阿闍黎如法二部僧如法具足滿汝當善受教法應勸化作福治塔供養眾僧若和尚阿闍黎一切如法教授不得違逆應學問誦經勤求方便於佛法中得須陀洹果斯陀含果阿那含果阿羅漢果汝始發心出家功不唐捐果報不絕餘所未知當問和尚阿闍黎令受戒人在前餘尼在後而去自今已去與比丘尼結戒集十句

義乃至正法久住欲說戒者當如是說若比丘尼年十八童女與二歲學戒與六法滿二十衆僧不聽便與受具足戒者波逸提比丘尼義如上僧者如上若比丘尼年滿二十二歲學戒與六法衆僧不聽與受具足戒者三羯磨竟和尚尼波逸提白二羯磨三突吉羅白一羯磨二突吉羅白已一突吉羅白未竟突吉羅未白前集衆衆滿一切突吉羅比丘突吉羅是謂爲犯不犯者年滿二十二歲學戒衆僧聽受具足戒不犯不犯者最初未制戒癡狂心亂痛惱所纏二十四竟

爾時婆伽婆在舍衛國祇樹給孤獨園時世尊制戒聽比丘尼授人具足戒而度他年少婦女與受具足戒受具足戒已不知男子有染汙心無染汙心與染汙心男子共立共語共相調戲時諸比丘尼聞其中有少欲知足行頭陀樂學戒知慙愧者嫌責諸比丘尼汝云何世尊制戒聽比丘尼度他人受具足戒乃度他少年曾嫁婦女受具足戒受具足戒已不知男子有染汙心無染汙心與染汙心男子共立共語共相調戲往白諸比丘諸比丘往白世尊世尊以此因緣集比丘僧訶責諸比丘尼言汝所爲非非威儀非沙門法非淨行非隨順行所不應爲云何度他少年曾嫁婦女與受具足戒受具足戒已不知男子有染汙心無染汙心與有染汙心男子共立共語共相調戲以無數方便訶責已告諸比丘自今已去若欲度人授具足戒者先白衆僧剃髮乃至與十戒如上法自今已去聽度十歲曾嫁女人與二歲學戒年滿十二與受

具足戒白四羯磨如上自今已去與比丘尼結戒集十句義乃至正法久住欲說戒者當如是說若比丘尼度曾嫁婦女年十歲與二歲學戒年滿十二聽與受具足戒若減十二與受具足戒者波逸提比丘尼義如上彼比丘尼知減十二與受具足戒三羯磨竟和尚尼波逸提白二羯磨竟三突吉羅白一羯磨竟二突吉羅白已一突吉羅白未竟突吉羅未白前集衆衆滿一切突吉羅比丘突吉羅是謂爲犯不犯者年十歲度與二歲學戒滿十二與受具足戒不犯不犯者最初未制戒癡狂心亂痛惱所纏二十五竟

爾時婆伽婆在舍衛國祇樹給孤獨園諸比丘尼聞世尊制戒得度十歲曾嫁女人與二歲學戒滿十二與受具足戒便度他盲瞎跛躄聾及餘種種病者毀辱衆僧時諸比丘尼聞其中有少欲知足行頭陀樂學戒知慚愧者訶責諸比丘尼言世尊制戒度年十歲曾嫁婦女與二歲學戒滿十二與受具足戒汝云何乃度他盲瞎聾及餘種種病毀辱衆僧時比丘尼往白諸比丘諸比丘往白世尊世尊以此因緣集比丘僧訶責諸比丘尼言汝所爲非非威儀非沙門法非淨行非隨順行所不應爲云何世尊制戒聽比丘尼度年十歲曾嫁婦女與二歲學戒滿十二與受具足戒而汝等乃度他盲瞎跛躄聾及餘種種病毀辱衆僧以無數方便訶責已告諸比丘自今已去聽與受具足戒白四羯磨當作如是與將受戒者至離聞處著見處乃至我已教授竟聽使來亦如上來已至尼僧中戒師應

作白問難事乃至白四羯磨如上乃至大僧中與受戒一一法如上十八童女法同自今已去當與比丘尼結戒集十句義乃至正法久住欲說戒者當如是說若比丘尼度小年曾嫁婦女與二歲學戒年滿十二不白衆僧便與受具足戒波逸提比丘尼義如上彼比丘尼度小年曾嫁婦女與二歲學戒年滿十二不白衆僧便與受具足戒三羯磨竟和尚尼波逸提白二羯磨三突吉羅白一羯磨二突吉羅白已一突吉羅白未竟突吉羅未白前集衆衆滿一切突吉羅比丘突吉羅是謂爲犯不犯者度年滿十二曾嫁婦女白衆僧受具足戒不犯不犯者最初未制戒癡狂心亂痛惱所纏二十六竟

爾時婆伽婆在舍衛國祇樹給孤獨園時諸比丘尼度他婬女與受具足戒先與此女親厚者見已自相謂言此婬女先與我等作如是如是事時所度比丘尼及餘比丘尼聞之皆慙恥爾時諸比丘尼聞其中有少欲知足行頭陀樂學戒知慙愧者嫌責諸比丘尼言云何汝等乃度他婬女與受具足戒耶即白諸比丘諸比丘往白世尊世尊以此因緣集比丘僧訶責諸比丘尼言汝所爲非非威儀非沙門法非淨行非隨順行所不應爲汝等云何度他婬女與受具足戒耶時世尊以無數方便訶責已告諸比丘此比丘尼多種有漏處最初犯戒自今已去與比丘尼結戒集十句義乃至正法久住欲說戒者當如是說若比丘尼與如是人受具足戒者波逸提如是世尊與比丘尼結戒諸比丘尼不知如是

人非如是人後乃知是或有作波逸提懺者或疑不知者無犯自今已去當如是結戒若比丘尼知如是人與受具足戒者波逸提比丘尼義如上如是人者婬女也彼或有夫主或有夫主兄弟乃至有故私通者若比丘尼與如是人受具足戒者應將至五六由延若不去當深藏安處之彼比丘尼度如是人受具足戒已不將去五六由旬若不深藏者波逸提比丘突吉羅是謂爲犯不犯者先不知如是人便與受具足戒若將至五六由延若教人將至五六由旬若深藏不犯不犯者最初未制戒癡狂心亂痛惱所纏 二十七竟

爾時佛在舍衛國祇樹給孤獨園爾時安隱比丘尼多度弟子而不教戒以不被教授故不案威儀著衣不齊整乞食不如法處處受不淨食或受不淨鉢食在小食大食上高聲大喚如婆羅門聚會法時諸比丘尼見已語言妹汝等云何不案威儀著衣不齊整乞食不如法處處受不淨食或受不淨鉢食在小食大食上高聲大喚如婆羅門聚會法諸比丘尼報言我是安隱比丘尼弟子彼弟子衆多而不教授我等以不被教授故耳爾時比丘尼聞其中有少欲知足行頭陀樂學戒知慚愧者嫌責安隱比丘尼言汝云何多度弟子而不教授以不教授故衆事不如法也訶責已往白諸比丘諸比丘往白世尊世尊以此因緣集比丘僧訶責安隱比丘尼言汝所爲非非威儀非沙門法非淨行非隨順行所不應爲云何多度弟子不被教授不案威儀著衣不齊整乞食不如法處處受不淨食或

受不淨鉢食在小食大食上高聲大喚如婆羅門聚會法以無數方便訶責已告諸比丘此比丘尼多種有漏處最初犯戒自今已去與比丘尼結戒集十句義乃至正法久住欲說戒者當如是說若比丘尼多度弟子不教二歲學戒不以二法攝取波逸提比丘尼義如上二法者一者法二者衣食法攝取者教增戒增心增慧學問誦經衣食攝者與衣食牀卧具醫藥隨力能辦供給所須若比丘尼多度弟子爲受具足戒不教二歲學戒二法攝取波逸提比丘突吉羅是謂爲犯不犯者若度與二歲學戒以二事攝取一者法二者衣食若受具足戒已離和尚去若破戒破見破威儀若被舉若滅擯若應滅擯以此事命難梵行難無犯無犯者最初未制戒癡狂心亂痛惱所纏二十八竟

爾時婆伽婆在舍衛國祇樹給孤獨園時諸比丘尼多度弟子後皆離和尚去不被教授不案威儀著衣不齊整乞食不如法處處受不淨食或受不淨鉢食在小食大食上高聲大喚如婆羅門聚會法時諸比丘尼見已問言諸姊汝等何故不案威儀著衣不齊整乞食不如法處處受不淨食或受不淨鉢食在小食大食上高聲大喚如婆羅門聚會法諸比丘尼報言我等受具足已離和尚去不被教授故耳爾時諸比丘尼聞其中有少欲知足行頭陀樂學戒知慙愧者嫌責諸比丘尼言汝等云何受具足已離和尚去不被教授不案威儀著衣服不齊整乞食不如法處處受不淨食或受不淨鉢食在小食大食上高

聲大喚如婆羅門聚會法時諸比丘尼訶責已往白諸比丘諸比丘白佛佛以此因緣集比丘僧訶責諸比丘尼汝所爲非非威儀非沙門法非淨行非隨順行所不應爲云何受具足戒已離和尚去不被教授不案威儀乞食不如法處處受不淨食或受不淨鉢食在小食大食上高聲大喚如婆羅門聚會法以無數方便訶責已告諸比丘此比丘尼多種有漏處最初犯戒自今已去與比丘尼結戒集十句義乃至正法久住欲說戒者當如是說若比丘尼不二歲隨和尚尼者波逸提比丘尼義如上彼比丘尼不二歲隨和尚尼者波逸提比丘突吉羅式叉摩那沙彌沙彌尼突吉羅是謂爲犯不犯者受具足戒已二歲隨和尚尼若和尚聽去得去若和尚破戒破見破威儀若被舉若滅擯若應滅擯若由是事命難梵行難於二歲中離者無犯無犯者最初未制戒癡狂心亂痛惱所纏二十九竟

爾時佛在舍衛國祇樹給孤獨園時世尊制戒聽度人受具足戒而諸比丘尼癡者度人不知教授以不教授故不案威儀著衣不齊整乞食不如法處處受不淨食或受不淨鉢食在小食大食上高聲大喚如婆羅門聚會法時諸比丘尼聞其中有少欲知足行頭陀樂學戒知慚愧者訶責諸比丘尼言汝等云何世尊制戒聽度人而汝等愚癡輙便度人而不知教授以不教授故不案威儀乃至在小食大食上高聲大喚如婆羅門聚會法即白諸比丘諸比丘往白世尊世尊以此因緣集比丘僧訶責諸比丘尼言汝所爲非非威

儀非沙門法非淨行非隨順行所不應爲云何世尊制戒雖聽度人汝等愚癡輒便度人而不知教授以不教授故不案威儀乞食不如法處處受不淨食或受不淨鉢食在小食大食上高聲大喚如婆羅門聚會法耶世尊以無數方便訶責已告諸比丘自今已去聽僧與授具足戒者白二羯磨彼欲度人者當往衆僧中求當作如是求至比丘尼衆中偏露右肩脱革屣禮諸比丘尼足右膝著地合掌作如是白大姊僧聽我某甲比丘尼求衆僧乞度人授具足戒如是第二第三說比丘尼僧當觀察此人堪能教授與二歲學戒二事攝取不一者法二者衣食如是聽若不堪教授不能與二歲學戒及二法攝取法及衣食者當語言妹止勿度人若有智慧堪能教

授與二歲學戒以二法攝取者衆中當差堪能羯磨者如上作如是白大姊僧聽此某甲比丘尼今從衆僧乞授人具足戒若僧時到僧忍聽某甲授人具足戒白如是大姊僧聽此某甲比丘尼今從衆僧乞授人具足戒僧今與某甲比丘尼授人具足戒誰諸大姊忍僧與某甲授人具足戒者默然誰不忍者說僧已忍聽與某甲比丘尼授人具足戒竟僧忍默然故如是持自今已去與比丘尼結戒集十句義乃至正法久住欲說戒者當如是說若比丘尼僧不聽而授人具足戒者波逸提比丘尼義如上僧者如上聽者衆僧白二羯磨聽彼比丘尼若僧不聽授人具足戒者波逸提衆僧不聽便與依止若畜沙彌尼式叉摩那者突吉羅比丘突吉羅是謂爲犯不

犯者衆僧聽授人具足戒受比丘尼依止及畜沙彌尼式叉摩那是謂不犯不犯者最初未制戒癡狂心亂痛惱所纏三十竟

爾時世尊在舍衛國祇樹給孤獨園時諸比丘尼聞世尊制戒聽比丘尼從衆僧乞授人具足戒彼新學少年從衆僧乞授人具足戒已不能教授以不被教授故不案威儀著衣不齊整乞食不如法處處受不淨食或受不淨鉢食在小食大食上高聲大喚如婆羅門聚會法時諸比丘尼聞其中有少欲知足行頭陀樂學戒知慙愧者嫌責諸比丘尼汝等聞世尊制戒聽度人云何新學少年乞授人具足戒已不能教授以不被教授故不案威儀著衣不齊整乃至小食大食上高聲大喚如婆羅門聚會法時諸比丘尼嫌責已語諸比丘諸比丘往白世尊世尊以此因緣集比丘僧訶責此諸比丘尼汝所爲非非威儀非沙門法非淨行非隨順行所不應爲云何汝等新學少年乞授人具足戒而不能教授彼以不被教授故不案威儀著衣不齊整乞食不如法乃至高聲大喚如婆羅門聚會法時世尊以無數方便訶責此諸比丘尼已告諸比丘此比丘尼多種有漏處最初犯戒自今已去與比丘尼結戒集十句義乃至正法久住欲說戒者當如是說若比丘尼年未滿十二歲授人具足戒者波逸提比丘尼義如上若比丘尼年減十二授人具足戒者波逸提若減十二與人依止畜式叉摩那沙彌尼一切突吉羅比丘突吉羅是謂爲犯不犯者年滿十二授人具足戒若與依止畜式叉摩那

沙彌尼不犯不犯者最初未制戒癡狂心亂痛惱所纏三十一竟

爾時世尊在舍衛國祇樹給孤獨園時諸比丘尼聞世尊制戒聽年十二歲得授人具足戒皆自稱言年滿十二歲愚癡輒授人具足戒不知教授以不被教授故不案威儀著衣不齊整乞食不如法處處受不淨食或受不淨鉢食在小食大食上高聲大喚如婆羅門聚會法諸比丘尼聞其中有少欲知足行頭陀樂學戒知慚愧者嫌責此諸比丘尼汝等聞世尊制戒年十二歲得授人具足戒而汝云何自稱年滿十二求授人具足戒癡人不知教授彼以不被教授故不案威儀著衣不齊整乞食不如法乃至如婆羅門聚會法時諸比丘尼往白諸比丘諸比丘白世尊世尊以此因緣集比丘僧訶責此諸比丘尼汝等所爲非非威儀非沙門法非淨行非隨順行所不應爲汝等云何自稱言滿十二歲求授人具足戒癡人不知教授彼以不被教授故不案威儀著衣不齊整乞食不如法乃至如婆羅門聚會法時世尊以無數方便訶責已告諸比丘此諸比丘尼多種有漏處最初犯戒自今已去與比丘尼結戒集十句義乃至正法久住欲說戒者當如是說若比丘尼年滿十二歲衆僧不聽便授人具足戒者波逸提比丘尼義如上彼比丘尼年滿十二歲衆僧不聽授人具足戒者波逸提衆僧不聽受依止及畜式叉摩那沙彌尼一切突吉羅比丘突吉羅是謂爲犯不犯者年滿十二衆僧聽授人具足戒及與人依止畜式叉摩那沙

彌沙彌尼不犯不犯者最初未制戒癡狂心亂痛惱所纏二竟三十

爾時婆伽婆在舍衛國祇樹給孤獨園時諸比丘尼愚癡不堪教授從衆僧求授人具足戒諸比丘尼諫言妹止勿從衆僧求授人具足戒彼以從衆僧求授人具足戒不得故便言諸比丘尼有愛有恚有怖有癡所愛者便聽不愛者便不聽時諸比丘尼聞其中有少欲知足行頭陀樂學戒知慙愧者嫌責諸比丘尼汝等云何愚癡從僧乞授人具足戒諸比丘尼諫言汝妹止勿求衆僧授人具足戒云何便言諸比丘尼有愛有恚有怖有癡愛者便聽不愛者便不聽即白諸比丘諸比丘白世尊世尊以此因緣集比丘僧訶責諸比丘尼言汝所爲非非威儀非沙門法非淨行非隨順行所不應爲云何汝等愚癡從僧乞授人具足戒諸比丘尼諫言汝妹止勿求衆僧乞授人具足戒便言諸比丘尼有愛有恚有怖有癡所愛者便聽不愛者不聽世尊以無數方便訶責已告諸比丘此比丘尼多種有漏處最初犯戒自今已去與比丘尼結戒集十句義乃至正法久住欲說戒者當如是說若比丘尼僧不聽授人具足戒便言衆僧有愛有恚有怖有癡欲聽者便聽不欲聽者便不聽波逸提比丘尼義如上僧者如上不聽者衆僧語言妹止不須授人具足戒彼以不得授人具足戒故便言諸比丘尼有愛有恚有怖有癡所愛者便聽不愛者便不聽若說而了了者波逸提不了了者突吉羅比丘突吉羅是謂爲犯不犯者其事實爾有愛有

恚有怖有癡有愛者便聽不愛者便不聽彼人便作是語有愛有恚有怖有癡愛者便聽不愛者不聽若戲笑語疾疾語屏處語獨語若夢中語欲說此乃錯說彼無犯無犯者最初未制戒癡狂心亂痛惱所纏三十三竟

爾時婆伽婆在舍衛國祇樹給孤獨園時諸比丘尼聞世尊制戒聽度人授具足戒而父母夫主不聽輒便度與受具足戒與受具足戒已父母夫主皆來將去時諸比丘尼聞其中有少欲知足行頭陀樂學戒知慚愧者訶責言汝等云何世尊制戒聽度人父母夫主不聽而度使父母夫主還將去耶時諸比丘尼往白諸比丘諸比丘白世尊世尊以此因緣集比丘僧訶責諸比丘尼言汝所為非非威儀非沙門法非淨行非隨順行所不應為云何汝等世尊制戒聽度人父母夫主不聽而輒度後為父母夫主還將去以無數方便訶責已告諸比丘此諸比丘尼多種有漏處最初犯戒自今已去與比丘尼結戒集十句義乃至正法久住欲說戒者當如是說若比丘尼父母夫主不聽與受具足戒者波逸提比丘尼義如上彼比丘尼若父母夫主不聽與受具足戒三羯磨竟和尚尼波逸提白二羯磨三突吉羅白一羯磨二突吉羅白已一突吉羅白未竟突吉羅未白前方便白僧與剃髮集眾眾滿一切突吉羅比丘突吉羅是謂為犯不犯者父母夫主聽若無父母夫主無犯無犯者最初未制戒癡狂心亂痛惱所纏三十四竟

爾時婆伽婆在舍衛國祇樹給孤獨園諸比

丘尼聞世尊制戒得度人時諸比丘尼便度與童男男子相敬愛愁憂喜瞋恚女人受具足戒受具足戒已彼以念男子故愁憂瞋恚與比丘尼共鬭諍時諸比丘尼聞其中有少欲知足行頭陀樂學戒知慙愧者嫌責諸比丘尼言世尊制戒聽度人云何乃度與童男男子相敬愛愁憂喜瞋恚者與受具足戒受具足戒已念彼男子故愁憂瞋恚與比丘尼共鬭諍即白諸比丘諸比丘往白世尊世尊以此因緣集比丘僧訶責諸比丘尼言汝所爲非非威儀非沙門法非淨行非隨順行所不應爲云何度他與童男男子相敬愛女人愁憂喜瞋恚者與受具足戒受具足戒已念彼男子故愁憂瞋恚與比丘尼共鬭諍耶以無數方便訶責已告諸比丘此諸比丘尼多種有漏處最初犯戒自今已去與比丘尼結戒集十句義乃至正法久住欲說戒者當如是說若比丘尼度他與童男男子相敬愛愁憂瞋恚女人受具足戒波逸提如是世尊與比丘尼結戒爾時諸比丘尼不知與童男男子相敬愛不相敬愛愁憂瞋恚不愁憂瞋恚者後乃知與童男男子相敬愛或有作波逸提懺者或疑者不知者無犯自今已去當如是說戒若比丘尼知女人與童男男子相敬愛愁憂瞋恚女人度令出家授具足戒者波逸提比丘尼義如上童男男子相敬愛與私通愁憂瞋恚者與授具足戒已念男子故與比丘尼共鬭諍彼比丘尼知女人與童男男子相敬愛愁憂瞋恚與授具足戒三羯磨竟和尚尼波逸提白二羯磨三突吉羅白一羯

磨二突吉羅白巳一突吉羅白未竟突吉羅未白前剃髮與受戒集衆衆滿一切突吉羅比丘突吉羅是謂爲犯不犯者先不知若信可信人語若信父母語若受具足戒巳病生無犯無犯者最初未制戒癡狂心亂痛惱所纏三十五竟

爾時婆伽婆在舍衛國祇樹給孤獨園時偷蘭難陀比丘尼語式叉摩那言汝學是捨是我當授汝具足戒彼報言爾彼式叉摩那聰明智慧堪能勸化時偷蘭難陀作是意欲令式叉摩那久作勸化供養故不與作方便料理時與受具足戒時式叉摩那嫌責偷蘭難陀偷蘭難陀語我言汝捨是學是我當授汝具足戒而至今不爲我作方便時授具足戒耶時諸比丘尼聞中有少欲知足行頭陀樂學戒知慙愧者嫌責偷蘭難陀言汝云何語式叉摩那言汝捨是學是我當授汝具足戒而不與授具足戒耶即往白諸比丘諸比丘白世尊世尊以此因緣集比丘僧訶責偷蘭難陀汝云何語式叉摩那言汝捨是學是我當授汝具足戒云何不與授具足戒耶以無數方便訶責巳告諸比丘此比丘尼多種有漏處最初犯戒自今巳去與比丘尼結戒集十句義乃至正法久住欲說戒者當如是說

若比丘尼語式叉摩那言汝妹捨是學是我當與汝授具足戒若不方便與授具足戒波逸提

比丘尼義如上彼比丘尼語式叉摩那言汝妹捨是學是我當與汝授具足戒後不方便與授具足戒者波逸提比丘突吉羅是謂爲犯不犯者若許與授具足戒便與授具

足戒若彼病若更無共活者若無五衣若無十衆若缺戒若破戒若破見破威儀若被舉若滅擯若應滅擯由是命難梵行難不與作方便授具足戒無犯無犯者最初未制戒癡狂心亂痛惱所纏 三十六竟

爾時婆伽婆在舍衛國祇樹給孤獨園時有式叉摩那持衣往僧伽藍中至諸比丘尼所語言與我授具足戒我當持此衣與時偷蘭難陀比丘尼語言妹與我衣我當授汝具足戒即持衣與之偷蘭難陀受彼衣已亦不方便與受具足戒時式叉摩那嫌責言云何語我言大妹與我衣來我當授汝具足戒而受我衣已不與我受具足戒耶時諸比丘尼聞中有少欲知足行頭陀樂學戒知慚愧者嫌責偷蘭難陀言云何要語式叉摩那言妹與我衣來當與汝授具足戒而授他衣已竟不與授具足戒耶訶責已白諸比丘諸比丘往白世尊世尊以此因緣集比丘僧訶責偷蘭難陀言汝所爲非非威儀非沙門法非淨行非隨順行所不應爲云何語式叉摩那言妹與我衣來當與汝授具足戒而受衣已竟不爲他受具足戒耶以無數方便訶責已告諸比丘此比丘尼多種有漏處最初犯戒自今已去與比丘尼結戒集十句義乃至正法久住欲說戒者當如是說若比丘尼語式叉摩那言持衣來與我我當與汝授具足戒而不方便與授具足戒波逸提比丘尼義如上衣者有十種如上彼比丘尼語式叉摩那言妹持衣來我當與汝授具足戒受衣已不作方便與授具足戒者波逸提比丘突吉羅是謂

爲犯不犯者許與授具足戒便與授具足戒若病若無共活者若無五衣若無十衆若彼缺戒若破戒破見破威儀若被舉若滅擯若應滅擯若命難梵行難而不方便與授具足戒無犯無犯者最初未制戒癡狂心亂痛惱所纏三十七竟

爾時婆伽婆在舍衞國祇樹給孤獨園時安隱比丘尼多度弟子與授具足戒不能一一教授彼以不被教授故不案威儀著衣不齊整乞食不如法處處受不淨食或受不淨鉢食在小食大食上高聲大喚如婆羅門聚會法時諸比丘尼見已問言汝等何以不案威儀著衣不齊整乞食不如法處處受不淨食受不淨鉢食在小食大食上高聲大喚如婆羅門聚會法彼即報言我是安隱比丘尼弟子師不教授我故耳爾時諸比丘尼聞中有少欲知足行頭陀樂學戒知慚愧者嫌責安隱比丘尼言汝云何多度弟子不能一一教授彼以不被教授故不案威儀著衣不齊整乞食不如法處處受不淨食受他不淨鉢食在小食大食上高聲大喚如婆羅門聚會法諸比丘尼白諸比丘諸比丘往白世尊世尊以此因緣集比丘僧訶責安隱比丘尼言汝所爲非非威儀非沙門法非淨行非隨順行所不應爲云何多度弟子不一一教授彼以不被教授故不案威儀著衣不齊整乞食不如法處處受不淨食或受他不淨鉢食在小食大食上高聲大喚如婆羅門聚會法以無數方便訶責已告諸比丘此比丘尼多種有漏處最初犯戒自今已去與比丘尼結戒集

十句義乃至正法久住欲說戒者當如是說若比丘尼不滿十二歲授人具足戒者波逸提比丘尼義如上若比丘尼滿十二歲得授人具足戒滿十二歲得與人依止滿十二歲得授式叉摩那二歲學戒滿十二歲得度沙彌尼彼比丘尼不滿十二歲授人具足戒者波逸提不滿十二歲與依止度式叉摩那沙彌尼突吉羅比丘突吉羅是謂爲犯不犯者滿十二歲授人具足戒滿十二歲與人依止授式叉摩那二歲學戒度沙彌尼無犯無犯者最初未制戒癡狂心亂痛惱所纏三十八竟

爾時婆伽婆在舍衛國祇樹給孤獨園時諸比丘尼聞世尊制戒聽授人具足戒彼便在尼衆中與授具足戒經宿已方往比丘僧中而所與授具足戒者中間或得盲瞎聾跛躄及餘種種諸病毀辱衆僧時諸比丘尼聞中有少欲知足行頭陀樂學戒知慚愧者訶責諸比丘尼言世尊制戒聽度人汝等云何乃度盲瞎癡聾跛躄及餘種種病毀辱衆僧耶訶責已白諸比丘諸比丘白世尊世尊以此因緣集比丘僧訶責諸比丘尼言汝所爲非非威儀非沙門法非淨行非隨順行所不應爲云何乃度諸盲瞎聾癡跛躄及餘種種病毀辱衆僧耶以無數方便訶責已告諸比丘此比丘尼多種有漏處最初犯戒自今已去與比丘尼結戒集十句義乃至正法久住欲說戒者當如是說若比丘尼與人授具足戒已經宿方往比丘僧中與授具足戒者波逸提比丘尼義如上比丘尼應即日授具足戒即日詣比丘僧中授具足戒彼比丘尼與授

具足戒經宿已方詣比丘僧中授具足戒波逸提是謂爲犯不犯者即日與授具足戒即日往比丘僧中授具足戒若欲往授具足戒彼病若水陸道斷若有惡獸難若賊難若水大長若爲强力者所執若被繫閉若命難梵行難不得即日往詣比丘衆中無犯無犯者最初未制戒癡狂心亂痛惱所纏三十九竟

四分律藏卷第二十八

音釋

厭禱 厭益炎切禳也禱都浩切祈求也 呪詛 呪側救切詛莊助切呪詛謂呪願之使沮敗也 腐爛 腐奉甫切爛郎旰切 唐捐 捐與專切唐捐徒棄也

四分律藏卷第二十九

姚秦三藏佛陀耶舍共竺佛念譯

第二分一百七十八單提法之六

爾時婆伽婆在舍衛國祇樹給孤獨園時諸比丘尼教授日不往受教授時諸比丘尼聞中有少欲知足行頭陀樂學戒知慙愧者訶責諸比丘尼言汝等教授日云何不往受教授即往白諸比丘諸比丘往白世尊世尊以此因緣集比丘僧訶責諸比丘尼言汝所爲非非威儀非沙門法非淨行非隨順行所不應爲云何汝等教授日不來入衆中受教授耶以無數方便訶責已告諸比丘此比丘尼多種有漏處最初犯戒自今已去與比丘尼結戒集十句義乃至正法久住欲說戒者當如是說若比丘尼教授日不往受教授者波逸提如是世尊與比丘尼結戒時諸比丘尼有佛事法事僧事或瞻病事佛言聽囑授自今已去當如是結戒若比丘尼不病不往受教授者波逸提比丘尼義如上彼比丘尼不往受教授除餘事波逸提比丘突吉羅是謂爲犯不犯者教授時往受教授佛法僧事及瞻視病人囑授無犯無犯者最初未制戒癡狂心亂痛惱所纏竟（四十）

爾時婆伽婆在舍衛國祇樹給孤獨園時諸比丘尼聞世尊制戒聽諸比丘尼僧半月從比丘僧求教授而彼比丘尼不往求教授時諸比丘尼聞中有少欲知足行頭陀樂學戒知慙愧者嫌責諸比丘尼言汝等聞世尊制戒聽比丘尼僧半月從比丘僧求教授而汝等云何不往求教授耶即白諸比丘諸比丘

往白世尊世尊以此因緣集比丘僧訶責諸比丘尼言汝等所爲非非威儀非沙門法非淨行非隨順行所不應爲云何汝等不往比丘僧中求教授耶以無數方便訶責已告諸比丘此比丘尼多種有漏處最初犯戒自今已去與比丘尼結戒集十句義乃至正法久住欲說戒者當如是說若比丘尼半月應往比丘僧中求教授若不求者波逸提比丘尼義如上世尊有如是教比丘尼半月應往比丘僧中求教授而彼一切盡往求以是故衆便閙亂佛言不應一切往聽差一比丘尼爲比丘尼僧故半月往比丘僧中求教授白二羯磨應如是差衆中當差堪能羯磨者如上作如是白大姊僧聽若僧時到僧忍聽差其甲比丘尼爲比丘尼僧故半月往比丘僧中

求教授白如是大姊僧聽今僧差其甲比丘尼爲比丘尼僧故半月往比丘僧中求教授誰諸大姊忍僧差其甲比丘尼爲比丘尼僧故半月往比丘僧中求教授者默然誰不忍者說僧已忍差其甲比丘尼爲比丘尼僧故半月往比丘僧中求教授竟僧忍默然故是事如是持彼獨行無護聽爲護故應差二三比丘尼共行彼當往大僧中禮僧足已曲身低頭合掌作如是說比丘尼僧和合禮比丘僧足求教授如是第二第三說時彼比丘尼待僧說戒竟經久住立疲極佛言不應爾聽囑一大比丘便去世尊既聽囑授彼便囑授客比丘佛言不應爾彼便囑授遠行者佛言不應爾彼囑授病者佛言不應爾彼囑授無智慧者佛言不應爾彼既囑授已明日不往

問佛言應往問可否比丘應期往比丘尼應期來迎比丘期往而不往者突吉羅比丘尼期迎而不迎者突吉羅若比丘尼聞教授人來當半由旬迎在寺內供給所須洗浴具若羹粥飯食果蓏以此供養若不者突吉羅若比丘僧盡病應遣信往禮拜問訊若別衆若衆不和合若衆不滿當遣信往禮拜問訊若比丘尼僧盡病亦當遣信往禮拜問訊若別衆若尼衆不和合若衆不滿亦當遣信往禮拜問訊若不往者突吉羅比丘突吉羅是謂爲犯不犯者半月往大僧中求教授令日囑明日問比丘期而往比丘尼期而來彼聞教授人來半由旬迎在寺內供給洗浴具飲食羹粥果蓏以此供養若大僧有病應遣信往禮拜問訊若別衆衆不和合若衆不滿遣信往禮拜問訊若比丘尼僧病若別衆若衆不和合若衆不滿亦應遣信禮拜問訊若水陸道斷賊寇惡獸難若河水暴漲若爲强力所執若被繫閉命難梵行難如是衆難不遣信問訊者無犯無犯者最初未制戒癡狂心亂痛惱所纏四十一竟

爾時婆伽婆在舍衛國祇樹給孤獨園時諸比丘尼聞世尊制戒聽比丘尼夏安居竟應往比丘僧中說三事自恣見聞疑然此諸比丘尼不往至大僧中說三事自恣見聞疑時諸比丘尼聞中有少欲知足行頭陀樂學戒知慙愧者訶責諸比丘尼言云何世尊制戒聽比丘尼夏安居竟往大僧中說三事自恣見聞疑而汝等不往說自恣耶即白諸比丘諸比丘往白世尊世尊以此因緣集比丘僧

訶責諸比丘尼言汝所爲非非威儀非沙門法非淨行非隨順行所不應爲比丘尼夏安居竟應往大僧中說三事自恣見聞疑云何不往耶以無數方便訶責已告諸比丘此比丘尼多種有漏處最初犯戒自今已去與比丘尼結戒集十句義乃至正法久住欲說戒者當如是說若比丘尼僧夏安居竟應往比丘僧中說三事自恣見聞疑若不者波逸提比丘尼義如上時世尊既聽比丘尼夏安居竟應往比丘僧中說三事自恣見聞疑時諸比丘尼盡往大僧中說自恣鬧亂佛言不應盡往自今已去聽差一比丘尼爲比丘尼僧故往比丘僧中說三事自恣見聞疑作白二羯磨衆中當差堪能羯磨者如上當作如是白大姊僧聽若僧時到僧忍聽僧今差某甲比丘尼爲比丘尼僧故往大僧中說三事自恣見聞疑白如是大姊僧聽今僧差某甲比丘尼爲比丘尼僧故往大僧中說三事自恣見聞疑誰諸大姊忍僧差某甲比丘尼爲比丘尼僧故往大僧中說三事自恣見聞疑者默然誰不忍者說衆僧已忍差某甲比丘尼爲比丘尼僧故往大僧中說三事自恣竟僧忍默然故是事如是持彼獨行無護爲護故應差二三比丘尼爲伴往至大僧中禮僧足已曲身低頭合掌作是說比丘尼僧夏安居竟比丘僧夏安居竟比丘尼僧說三事自恣見聞疑大德慈愍語我我見罪當如法懺悔如是第二第三說彼即比丘僧自恣日便自恣而皆疲極佛言不應爾比丘僧十四日自恣比丘尼僧十五日自恣若大僧病若別衆

衆不和合若衆不滿比丘尼應遣信禮拜問訊不者突吉羅若比丘尼衆病若別衆若衆不和合若衆不滿比丘尼亦當遣信禮拜問訊不者突吉羅比丘突吉羅是謂爲犯不犯者比丘尼僧夏安居竟比丘僧夏安居竟比丘尼説三事自恣見聞疑若比丘十四日自恣比丘尼十五日自恣比丘僧病若別衆若衆不和合若衆不滿比丘尼應遣信往禮拜問訊比丘尼衆病乃至衆不滿亦應遣信禮拜問訊若水陸道斷若賊寇惡獸難河水暴漲若命難梵行難爲强力者所執若不往問訊一切無犯無犯者最初未制戒癡狂心亂痛惱所纏 四十二竟

爾時婆伽婆在舍衛國祇樹給孤獨園時諸比丘尼在無比丘處夏安居教授日無受教授處有所疑無可諮問時諸比丘尼聞中有少欲知足行頭陀樂學戒知慚愧者訶責諸比丘尼言云何乃在無有比丘處夏安居教授日無受教授處若有所疑事而無可諮問處即白諸比丘諸比丘往白世尊世尊以此因緣集比丘僧訶責諸比丘尼言汝所爲非非威儀非沙門法非淨行非隨順行所不應爲云何乃於無比丘處夏安居乃至有所疑事而無可諮問耶以無數方便訶責已告諸比丘此比丘尼多種有漏處最初犯戒自今已去與比丘尼結戒集十句義乃至正法久住欲説戒者當如是説若比丘尼在無比丘處夏安居者波逸提比丘尼義如上説彼比丘尼無比丘處夏安居者波逸提比丘突吉羅式叉摩那沙彌沙彌尼突吉羅是謂爲犯

不犯者有比丘處夏安居若依比丘僧夏安居其間命過者若遠行去若休道或為賊所將去或為惡獸所害或為水所漂無犯無犯者最初未制戒癡狂心亂痛惱所纏四十二竟

爾時婆伽婆在舍衛國祇樹給孤獨園時舍衛城中有一多知識比丘尼命過復有比丘尼於比丘所住寺中為起塔諸比丘尼數來詣寺住立言語戲笑或唄或悲哭者或自莊嚴身者遂亂諸坐禪比丘時有長老迦毗羅常樂坐禪比丘尼去後即日往壞其塔除棄著僧伽藍外時彼比丘尼聞迦毗羅壞其塔除棄皆執刀杖瓦石來欲打擲時迦毗羅即以神足飛在虛空時諸比丘尼聞中有少欲知足行頭陀樂學戒知慚愧者訶責諸比丘尼汝云何乃欲持刀杖瓦石打迦毗羅耶即白諸比丘諸比丘往白世尊世尊以是因緣集比丘僧訶責諸比丘尼言汝所為非非威儀非沙門法非淨行非隨順行所不應為云何乃持刀杖瓦石欲打比丘以無數方便訶責已告諸比丘此比丘尼多種有漏處最初犯戒自今已去與比丘尼結戒集十句義乃至正法久住欲說戒者當如是說若比丘尼入比丘僧伽藍中波逸提如是世尊與比丘尼結戒諸比丘尼疑不敢入無比丘僧伽藍中佛言聽入自今已去應如是結戒若比丘尼入有比丘僧伽藍中波逸提如是世尊與比丘尼結戒時諸比丘尼亦不知有比丘無比丘後方知有比丘或有作波逸提懺者或有疑者不知者無犯佛言自今已去當如是結戒若比丘尼知有比丘寺入者波逸提如

是世尊與比丘尼結戒彼欲求教授不知從何求有疑欲問不知從誰問不敢入寺佛言自今已去聽白然後入寺彼欲禮佛塔聲聞塔佛言欲禮佛塔聲聞塔聽輙入餘者須白已入自今已去當如是說戒若比丘尼知有比丘僧伽藍不白而入者波逸提比丘尼義如上若比丘尼知有比丘僧伽藍不白而入門波逸提一脚在門内一脚在門外方便欲入若期入而不入者一切突吉羅比丘突吉羅式叉摩那沙彌沙彌尼突吉羅是謂爲犯不犯者若先不知若無比丘而入若禮拜佛塔聲聞塔餘者曰已入若來受教授若欲問法來入若被請若道由中過或在中止宿或爲强力者所將去或被繫閉將去或命難梵行難無犯無犯者最初未制戒癡狂心亂痛惱所纏 四十四竟

爾時婆伽婆在舍衛國祇樹給孤獨園時長老迦毗羅比丘夜過已晨朝著衣持鉢入舍衛城乞食時諸比丘尼見迦毗羅即罵詈言此弊惡下賤工師種壞我等塔除棄僧伽藍外時諸比丘尼聞中有少欲知足行頭陀樂學戒知慙愧者嫌責言云何汝等乃罵長老迦毗羅訶責已往白諸比丘諸比丘往白世尊世尊以此因緣集比丘僧訶責諸比丘尼言汝所爲非非威儀非沙門法非淨行非隨順行所不應爲云何罵迦毗羅耶以無數方便訶責已告諸比丘此比丘尼多種有漏處最初犯戒自今已去與比丘尼結戒集十句義乃至正法久住欲說戒者當如是說若比丘尼罵比丘者波逸提比丘尼義如上罵者

下賤處生種姓下賤伎術下賤作業下賤若說犯罪若說汝有如是如是結使或觸他所諱彼比丘尼種類罵比丘乃至說他所諱說而了了者波逸提說不了了者突吉羅比丘突吉羅式叉摩那沙彌沙彌尼突吉羅是謂爲犯不犯者若戲笑語若疾疾語若獨語若夢中語欲說此乃說彼無犯無犯者最初未制戒癡狂心亂痛惱所纏（四十五竟）

爾時婆伽婆在拘睒彌時迦羅比丘尼好喜鬬諍不善憶持鬬諍事後瞋恚嫌罵尼衆時諸比丘尼聞其中有少欲知足行頭陀樂學戒知慙愧者嫌責迦羅比丘尼言汝云何喜鬬諍斷已懷恨經宿嫌罵尼衆耶即白諸比丘諸比丘往白世尊世尊以此因緣集比丘僧訶責迦羅言汝所爲非非威儀非沙門法非淨行非隨順行所不應爲云何喜鬬諍斷已懷恨經宿方便罵詈尼衆耶以無數方便訶責已告諸比丘此比丘尼多種有漏處最初犯戒自今已去與比丘尼結戒集十句義乃至正法久住欲說戒者當如是說若比丘尼喜鬬諍不善憶持諍事後瞋恚不喜罵比丘尼衆者波逸提比丘尼義如上諍有四種如上衆者若四人若過四人彼比丘尼喜鬬諍經宿後罵比丘尼衆說而了了者波逸提說不了了者突吉羅比丘突吉羅式叉摩那沙彌沙彌尼突吉羅是謂爲犯不犯者若戲笑語若疾疾語若獨語夢中語欲說此乃說彼無犯無犯者最初未制戒癡狂心亂痛惱所纏（四十六竟）

爾時婆伽婆在釋翅瘦迦毗羅國尼拘律園

中時跋陀羅迦毗羅比丘尼身生癰使男子破之此比丘尼身細軟如天身無異時男子手觸身覺細滑生染著便前捉欲壞其梵行即便高聲言勿爾勿爾時左右比丘尼聞其聲皆來問言向何故大喚耶即具說因緣時諸比丘尼聞中有少欲知足行頭陀樂學戒知慙愧者嫌責跋陀羅迦毗羅言云何比丘尼乃使男子破癰耶即白諸比丘諸比丘往白世尊世尊以此因緣集比丘僧訶責跋陀羅迦毗羅比丘尼言汝所爲非非威儀非沙門法非淨行非隨順行所不應爲云何使男子破身癰瘡耶以無數方便訶責已告諸比丘此比丘尼多種有漏處最初犯戒自今已去與比丘尼結戒集十句義乃至正法久住欲說戒者當如是說若比丘尼身生癰及種種瘡不白衆及餘人輒使男子破若裹者波逸提比丘尼義如上僧者亦如上彼比丘尼若身生癰及種種瘡不白衆使男子破一下刀一波逸提若一裹時一匝纏一波逸提比丘突吉羅式叉摩那沙彌沙彌尼突吉羅是謂爲犯不犯者白衆僧使男子破癰若瘡若裹若爲强力者所執無犯無犯者最初未制戒癡狂心亂痛惱所纏（四十七竟）

爾時婆伽婆在舍衛國祇樹給孤獨園時有一居士欲辦具飲食請比丘尼僧即於其夜辦種種多美飲食夜過已清旦往白時到時舍衛城中俗節會日諸居士各各持飯乾飯麨魚及肉來就僧伽藍中與諸比丘尼諸比丘尼受此施食食已然後方詣居士家食時居士手自斟酌羹飯與諸比丘尼諸比丘尼

言止止居士不須多著居士報言我所以辦具此種種多美飯食人別一器肉者正爲阿姨故耳勿謂我無有信心而不食阿姨但食我實有信心比丘尼報言我等不以此事朝是節會日諸居士各各持飯麨乾飯魚肉種種美食來詣僧伽藍中與諸比丘尼我等先已食以是故少受耳時諸居士皆共譏嫌言此比丘尼不知猒足外自稱言我知正法如是何有正法云何先受我請已復受他種種飲食食已後方受我食時諸比丘尼聞中有少欲知足行頭陀樂學戒知慙愧者嫌責諸比丘尼言汝等云何先受居士請復受餘食即白諸比丘諸比丘往白世尊世尊以此因緣集比丘僧訶責諸比丘尼言汝所爲非非威儀非沙門法非淨行非隨順行所不應爲云何先受居士請後復受餘食耶以無數方便訶責已告諸比丘此比丘尼多種有漏處最初犯戒自今已去與比丘尼結戒集十句義乃至正法久住欲說戒者當如是說若比丘尼先受請若足食已後食飯麨乾飯魚及肉者波逸提比丘尼義如上彼比丘尼先受請若足食已後食他飯麨乾飯魚及肉食一咽一波逸提比丘波逸提式叉摩那沙彌沙彌尼突吉羅是謂爲犯不犯者受非正食請若不滿足食請若先不被請若即於食上更得食若於其家受前食後食無犯無犯者最初未制戒癡狂心亂痛惱所纏四十八竟

爾時婆伽婆在舍衞國祇樹給孤獨園時提舍比丘尼是安隱比丘尼弟子彼有知舊檀越家安隱比丘尼語提舍比丘尼言可共往

至檀越家報言欲往可爾二人俱往安隱比丘尼衣服齊整不失威儀檀越見已生歡喜心以此歡喜心便與供養時安隱比丘尼食後還至僧伽藍中語提舍比丘尼言此檀越篤信歡喜好施供養時提舍比丘尼有嫉妬心便作是語檀越篤信好施供養於汝時諸比丘尼聞中有少欲知足行頭陀樂學戒知慚愧者訶責提舍比丘尼言云何生嫉妬心乃作是言是檀越篤信好施供養於汝即白諸比丘諸比丘往白世尊世尊以此因緣集比丘僧訶責提舍比丘尼言汝所爲非非威儀非沙門法非淨行非隨順行所不應爲云何乃生嫉妬心言檀越篤信好施供養於汝以無數方便訶責已告諸比丘此比丘尼多種有漏處最初犯戒自今已去與比丘尼結戒集十句義乃至正法久住欲說戒者當如是說若比丘尼於家生嫉妬心波逸提比丘尼義如上彼比丘尼於家生嫉妬心言是檀越篤信好施供養於汝說而了了者波逸提說不了了者突吉羅比丘突吉羅式叉摩那沙彌沙彌尼突吉羅是謂爲犯不犯者其事實爾若彼檀越篤信好施供養於彼便作是言是汝檀越篤信於汝若戲笑語若疾疾語若獨語若夢中語欲說此乃錯說彼無犯無犯者最初未制戒癡狂心亂痛惱所纏 四十九竟

爾時婆伽婆在舍衛國祇樹給孤獨園時六羣比丘尼以香塗摩身諸居士見皆共譏嫌言此比丘尼等不知慚愧犯不淨行外自稱言我知正法如是有何正法乃至香塗身如似婬女賊女無異時諸比丘尼聞其中有少

欲知足行頭陀樂學戒知慚愧者嫌責六羣比丘尼言汝等云何乃以衆香塗身耶即白諸比丘諸比丘往白世尊世尊以此因緣集比丘僧訶責六羣比丘尼言汝所爲非非威儀非沙門法非淨行非隨順行所不應爲云何比丘尼以香塗身以無數方便訶責已告諸比丘此六羣比丘尼多種有漏處最初犯戒自今已去與比丘尼結戒集十句義乃至正法久住欲說戒者當如是說若比丘尼以香塗摩身者波逸提比丘尼義如上彼比丘尼以香塗摩身波逸提比丘突吉羅式叉摩那沙彌沙彌尼突吉羅是謂爲犯不犯者或時有如是病或爲强力所執無犯無犯者最初未制戒癡狂心亂痛惱所纏五十竟

爾時婆伽婆在舍衛國祇樹給孤獨園時六羣比丘尼以胡麻滓塗摩身諸居士見皆共譏嫌此比丘尼無有慚愧犯梵行外自稱言我知正法如是有何正法云何持胡麻滓塗身如似賊女婬女時諸比丘尼聞其中有少欲知足行頭陀樂學戒知慚愧者訶責六羣比丘尼言汝云何以胡麻滓塗身即白諸比丘諸比丘往白世尊世尊以此因緣集比丘僧訶責六羣比丘尼言汝所爲非非威儀非沙門法非淨行非隨順行所不應爲云何比丘尼乃以胡麻滓塗身耶以無數方便訶責已告諸比丘此比丘尼多種有漏處最初犯戒自今已去與比丘尼結戒集十句義乃至正法久住欲說戒者當如是說若比丘尼以胡麻滓塗摩身者波逸提比丘尼義如上彼比丘尼以胡麻滓塗摩身者波逸提比丘突

吉羅式叉摩那沙彌沙彌尼突吉羅是謂爲犯不犯者或時有如是病或爲强力所執無犯不犯者最初未制戒癡狂心亂痛惱所纏五十一竟

爾時婆伽婆在舍衛國祇樹給孤獨園時六羣比丘尼使諸比丘尼揩摩身諸居士見皆共譏嫌此比丘尼不知慚愧犯梵行外自稱言我知正法如是有何正法乃使諸比丘尼揩摩其身如似賊女婬女無異時諸比丘尼聞中有少欲知足行頭陀樂學戒知慚愧者訶責六羣比丘尼言汝云何乃使諸比丘尼揩摩其身即白諸比丘諸比丘往白世尊世尊以此因縁集比丘僧訶責六羣比丘尼言汝所爲非非威儀非沙門法非淨行非隨順行所不應爲云何比丘尼乃使諸比丘尼揩摩其身以無數方便訶責已告諸比丘是比丘尼多種有漏處最初犯戒自今已去與比丘尼結戒集十句義乃至正法久住欲說戒者當如是說若比丘尼使比丘尼塗摩身波逸提比丘尼義如上彼比丘尼使比丘尼塗摩身者波逸提比丘突吉羅式叉摩那沙彌沙彌尼突吉羅是謂爲犯不犯者或時有如是病或爲强力者所執無犯無犯者最初未制戒癡狂心亂痛惱所纏五十二竟

爾時婆伽婆在舍衛國祇樹給孤獨園時六羣比丘尼使式叉摩那塗摩身諸居士見皆共譏嫌此比丘尼等不知慚愧犯梵行外自稱言我知正法如是有何正法使式叉摩那塗摩其身如似婬女賊女無異時諸比丘尼聞其中有少欲知足行頭陀樂學戒知慚愧

者嫌責六羣比丘尼言汝等云何使式叉摩那揩摩其身即白諸比丘諸比丘往白世尊世尊以此因緣集比丘僧訶責六羣比丘尼言汝所爲非非威儀非沙門法非淨行非隨順行所不應爲云何比丘尼使式叉摩那揩摩其身以無數方便訶責已告諸比丘此比丘尼多種有漏處最初犯戒自今已去與比丘尼結戒集十句義乃至正法久住欲說戒者當如是說若比丘尼使式叉摩那塗摩身者波逸提比丘尼義如上彼比丘尼使式叉摩那塗摩身者波逸提比丘突吉羅式叉摩那沙彌沙彌尼突吉羅是謂爲犯不犯者或有如是病或爲強者所執無犯無犯者最初未制戒癡狂心亂痛惱所纏五十三竟

爾時婆伽婆在舍衛國祇樹給孤獨園時六羣比丘尼使沙彌尼塗摩身諸居士見皆共譏嫌言此六羣比丘尼不知慚愧犯梵行使沙彌尼塗摩身如似婬女賊女無異時諸比丘尼聞其中有少欲知足行頭陀樂學戒知慚愧者訶責六羣比丘尼言汝等云何乃使沙彌尼塗摩其身即白諸比丘諸比丘往白世尊世尊以此因緣集比丘僧訶責六羣比丘尼言汝所爲非非威儀非沙門法非淨行非隨順行所不應爲云何比丘尼使沙彌尼塗摩身以無數方便訶責已告諸比丘此比丘尼多種有漏處最初犯戒自今已去與比丘尼結戒集十句義乃至正法久住欲說戒者當如是說若比丘尼使沙彌尼塗摩身波逸提比丘尼義如上彼比丘尼使沙彌尼塗摩身者波逸提比丘突吉羅式叉摩那沙彌

沙彌尼突吉羅是謂爲犯不犯者或時有如是病或爲强力者所執無犯無犯者最初未制戒癡狂心亂痛惱所纏五十四竟

爾時婆伽婆在舍衛國祇樹給孤獨園時六羣比丘尼使白衣婦女塗摩身時諸居士見皆共譏嫌此比丘尼不知慙愧犯梵行乃使白衣婦女塗摩其身如似婬女賊女無異時諸比丘尼聞中有少欲知足行頭陀樂學戒知慙愧者訶責六羣比丘尼言汝等云何使白衣婦女塗摩其身即白諸比丘諸比丘往白世尊世尊以此因緣集比丘僧訶責六羣比丘尼言汝所爲非非威儀非沙門法非淨行非隨順行所不應爲云何比丘尼使白衣婦女塗摩身以無數方便訶責已告諸比丘此比丘尼多種有漏處最初犯戒自今已去與比丘尼結戒集十句義乃至正法久住欲說戒者當如是說若比丘尼使白衣婦女塗摩身者波逸提比丘尼義如上彼比丘尼使白衣婦女塗摩身者波逸提比丘突吉羅式叉摩那沙彌沙彌尼突吉羅是謂爲犯不犯者或有如是病或爲强力者所執無犯無犯者最初未制戒癡狂心亂痛惱所纏五十五竟

爾時婆伽婆在舍衛國祇樹給孤獨園時偷羅難陀比丘尼作如是念著貯跨衣令身麤大居士見皆共譏嫌此比丘尼等不知慙愧犯梵行外自稱言我知正法如是有何正法云何著貯跨衣令身麤大如似婬女賊女無異時諸比丘尼聞其中有少欲知足行頭陀樂學戒知慙愧者訶責偷羅難陀言汝云何作如是念著貯跨衣令身麤大耶即白諸比

丘諸比丘往白世尊世尊以此因縁集比丘僧訶責偷羅難陀言汝所爲非非威儀非沙門法非淨行非隨順行所不應爲云何比丘尼作如是心著貯跨衣令身麤大以無數方便訶責已告諸比丘此比丘尼多種有漏處最初犯戒自今已去與比丘尼結戒集十句義乃至正法久住欲說戒者當如是說若比丘尼著貯跨衣者波逸提比丘尼義如上貯跨衣者若用毳若劫貝若俱遮羅若乳葉草若芻摩若野蠶綿一切波逸提比丘突吉羅式叉摩那沙彌沙彌尼突吉羅是謂爲犯不犯者有如是病内著病衣外著涅槃僧次著袈裟或爲强力者所執無犯無犯者最初未制戒癡狂心亂痛惱所纏（五十六竟）

爾時婆伽婆在舍衛國祇樹給孤獨園時六羣比丘尼畜婦女莊嚴身具手脚釧及猥處莊嚴具諸居士見皆共譏嫌言此比丘尼無有慚愧犯梵行外自稱言我知正法如是有何正法乃畜婦女莊嚴身具手脚釧及猥處莊嚴具如婬女賊女時諸比丘尼聞中有少欲知足行頭陀樂學戒知慚愧者訶責六羣比丘尼言汝等云何乃畜婦女莊嚴身具手脚釧及猥處莊嚴具耶即白諸比丘諸比丘往白世尊世尊以此因縁集比丘僧訶責六羣比丘尼言汝所爲非非威儀非沙門法非淨行非隨順行所不應爲云何比丘尼畜婦女莊嚴身具手脚釧及猥處莊嚴具以無數方便訶責已告諸比丘此比丘尼多種有漏處最初犯戒自今已去與比丘尼結戒集十句義乃至正法久住欲說戒者當如是說若

比丘尼畜婦女莊嚴具者波逸提如是世尊與比丘尼結戒時諸比丘尼有命難梵行難有疑不敢著莊嚴身具走佛言自今已去若命難梵行難聽著莊嚴身具走自今已去當如是結戒若比丘尼畜婦女莊嚴身具除時因緣波逸提若比丘尼畜婦女莊嚴身具手脚釧猥處莊嚴具乃至樹皮作鬘一切波逸提比丘突吉羅式叉摩那沙彌沙彌尼突吉羅是謂爲犯不犯者有如是病若命難梵行難著莊嚴具逃走或強力者所執無犯無犯者最初未制戒癡狂心亂痛惱所纏五十七竟

爾時婆伽婆在舍衛國祇樹給孤獨園時六羣比丘尼著革屣手擎蓋而行諸居士見皆共譏嫌此比丘尼不知慚愧犯梵行外自稱言我知正法如是有何正法著革屣手擎蓋而行如似婬女賊女時諸比丘尼聞中有少欲知足行頭陀樂學戒知慚愧者訶責六羣比丘尼言汝云何乃著革屣手擎蓋而行即白諸比丘諸比丘往白世尊世尊以此因緣集比丘僧訶責六羣比丘尼汝所爲非非威儀非沙門法非淨行非隨順行所不應爲云何著革屣手擎蓋而行以無數方便訶責已告諸比丘此比丘尼多種有漏處最初犯戒自今已去與比丘尼結戒集十句義乃至正法久住欲說戒者當如是說若比丘尼著革屣持蓋在道行者波逸提如是世尊與比丘尼結戒時諸比丘尼至小食大食處若夜集若說戒時行遇雨漬壞新染色衣佛言自今已去聽護身護衣護卧具故在僧伽藍内作樹皮蓋葉蓋竹蓋時有比丘尼天雨時塗跣

行泥汙脚汙衣汙坐具佛言自今已去聽爲護身衣坐具故在僧伽藍内作𥿻著諸比丘尼雖作𥿻猶汙衣汙身汙坐具佛言自今已去聽下著樹皮若皮墮以縷線綴若斷聽用筋若毛或用皮帶繫之自今已去當如是說戒若比丘尼著革屣持蓋行除時因縁波逸提比丘尼義如上彼比丘尼著革屣持蓋行除時因縁波逸提彼比丘尼著革屣持蓋行隨所行村界一一波逸提無村阿蘭若處隨行十里一波逸提行減一村界突吉羅減十里突吉羅行一界内突吉羅方便欲去而不去若共期去而不去一切突吉羅比丘突吉羅式叉摩那沙彌沙彌尼突吉羅是謂爲犯不犯者或時有如是病若護身護衣護卧具於僧伽藍中作樹皮蓋葉蓋竹蓋護身護衣護卧具故於僧伽藍内作𥿻著不犯或爲强力者所執或爲繫閉或命難梵行難著革屣持蓋行者無犯無犯者最初未制戒癡狂心亂痛惱所纏（五十八竟）

四分律藏卷第二十九

音釋

蓏（郎果切草實也）寇（丘候切攻劫也）諮（津私切諮訪問也）擲（直炙切投也）詈（力置切罵詈也）諱（許貴切）滓（側氏切汁滓也）揩（苦皆切拭也）貯（直吕切）跨（苦化切）毳（充芮切細毛也）蠶（昨含切）釧（尺絹切鋜也）猥（烏賄切雜也）鬘（莫班切）跣（息淺切）屧（悉協切屐也）筋（舉欣切牛筋也）

四分律藏卷第三十

姚秦三藏佛陀耶舍共竺佛念譯

第二分一百七十八單提法之七

爾時婆伽婆在舍衛國祇樹給孤獨園時六羣比丘尼乘乘在道行諸居士見皆譏嫌言此比丘尼不知慚愧犯梵行外自稱言我知正法如是有何正法乘乘而行如婬女賊女無異時諸比丘尼聞其中有少欲知足行頭陀樂學戒知慚愧者嫌責六羣比丘尼言汝云何乘乘在道行即白諸比丘諸比丘往白世尊世尊以此因緣集比丘僧訶責六羣比丘尼汝所爲非非威儀非沙門法非淨行非隨順行所不應爲云何比丘尼乘乘行以無數方便訶責已告諸比丘此比丘尼多種有漏處最初犯戒自今已去與比丘尼結戒集十句義乃至正法久住欲說戒者當如是說若比丘尼乘乘在道行者波逸提如是世尊與比丘尼結戒時諸比丘尼有老者或羸病氣力微弱不能從此住處至彼住處佛言自今已去聽乘步挽乘一切女乘時諸比丘尼有難事或命難梵行難疑不敢乘乘走佛言自今已去有如是諸難事聽乘乘去自今已去當如是說戒若比丘尼無病乘乘行除時因緣波逸提比丘尼義如上乘者有四種象乘馬乘車乘步乘彼比丘尼　病乘一乘行隨所行村界一一波逸提若無村阿蘭若處行十里一波逸提減一村界若減十里突吉羅若行一家界內突吉羅方便欲去而不去共期去而不去一切突吉羅比丘突吉羅式叉摩那沙彌沙彌尼突吉羅是謂爲犯不犯

者或時有如是病乘種種女乘若命難梵行難乘乘走或爲强力所執將去者無犯無犯者最初未制戒癡狂心亂痛惱所纏五十九竟

爾時婆伽婆在舍衛國祇樹給孤獨園時六羣比丘尼不著僧祇支入村露胷掖乳腰帶諸居士見皆共譏嫌言此比丘尼不知慙愧犯梵行外自稱言我知正法如是有何正法不著僧祇支入村如賊女婬女無異時諸比丘尼聞中有少欲知足行頭陀樂學戒知慙愧者訶責六羣比丘尼言汝云何不著僧祇支入村露胷掖乳腰帶即白諸比丘諸比丘往白世尊世尊以此因緣集比丘僧訶責六羣比丘尼言汝所爲非非威儀非沙門法非淨行非隨順行所不應爲云何不著僧祇支入村露胷掖乳腰帶以無數方便訶責已告諸比丘此六羣比丘尼多種有漏處最初犯戒自今已去與比丘尼結戒集十句義乃至正法久住欲說戒者當如是說若比丘尼不著僧祇支入村者波逸提比丘尼義如上村者如上彼比丘尼不著僧祇支入村門波逸提一脚在門外一脚在門内若方便欲入而不入若期入而不入者一切突吉羅比丘突吉羅式叉摩那沙彌沙彌尼突吉羅是謂爲犯不犯者或時有如是病或掖下有瘡或無僧祇支或方欲作或浣染未乾若作失或舉處深固或爲强力者所執或命難梵行難無犯無犯者最初未制戒癡狂心亂痛惱所纏六十竟

爾時婆伽婆在舍衛國祇樹給孤獨園時偷羅難陀比丘尼向暮至居士家就座而坐隨

坐時須不語主人開門而去時有賊先常有心欲偷其家遇見門開即入偷其財物去時居士問言向暮誰開門出去答言是偷羅難陀比丘尼時居士即譏嫌言此比丘尼不知慙愧不與取外自稱言我知正法如是有何正法乃與賊同謀偷我財物如賊女婬女諸比丘尼聞中有少欲知足行頭陀樂學戒知慙愧者訶責偷羅難陀言汝云何向暮至居士家即白諸比丘諸比丘往白世尊世尊以此因緣集比丘僧訶責偷羅難陀言汝所爲非非威儀非沙門法非淨行非隨順行所不應爲云何向暮至居士家以無數方便訶責已告諸比丘此比丘尼多種有漏處最初犯戒自今已去與比丘尼結戒集十句義乃至正法久住欲說戒者當如是說若比丘尼向暮至白衣家者波逸提如是世尊與比丘尼結戒時諸比丘尼欲營佛法僧事若有瞻病事或爲檀越喚皆有疑而不敢去佛言自今已去若有請喚者聽往自今已去當如是說戒若比丘尼向暮至白衣家先不被喚波逸提比丘尼義如上彼比丘尼向暮至白衣家先不被請喚入門波逸提一脚在門外一脚在門内若方便欲去而不去若共期去而不去者一切突吉羅彼比丘尼若至白衣家隨住時須不語主人而去出門者波逸提方便欲去而不去若共期去而不去一切突吉羅比丘突吉羅式叉摩那沙彌沙彌尼突吉羅是謂爲犯不犯者若爲佛法僧事若瞻視病事若被請喚去或爲强力者所執若被繫縛將去或命難梵行難先不喚而去至彼家隨

所住時須語主人而去若彼舍爲火所燒崩壞或有毒蛇或有賊或有惡獸或爲强力者所執若繫縛將出或命難梵行難不語主人出者無犯無犯者最初未制戒癡狂心亂痛惱所纏六十一竟

爾時婆伽婆在舍衛國祇樹給孤獨園時六羣比丘尼衆中有一比丘尼向暮輙開僧伽藍門出無所語而去時諸賊見已生念我當劫其財物念已即便入門劫奪財物盡時諸比丘尼自相問言誰向暮開門無所語而出即聞六羣比丘尼中一人開門出時諸比丘尼聞中有少欲知足行頭陀樂學戒知慙愧者訶責六羣比丘尼言汝云何向暮無所語開門而出即白諸比丘諸比丘往白世尊世尊以此因緣集比丘僧訶責六羣比丘尼言汝所爲非非威儀非沙門法非淨行非隨順行所不應爲云何比丘尼向暮無所語開門而出以無數方便訶責已告諸比丘此比丘尼多種有漏處最初犯戒自今已去與比丘尼結戒集十句義乃至正法久住欲說戒者當如是說若比丘尼向暮開僧伽藍門出者波逸提如是世尊與比丘尼結戒時諸比丘尼以佛法僧事或有看視病事皆疑不敢出佛言自今已去聽囑授出自今已去當如是說戒若比丘尼向暮開僧伽藍門不囑授餘比丘尼而出者波逸提比丘尼義如上彼比丘尼向暮開僧伽藍門不囑而出門波逸提一脚在內一脚在外若方便欲去而不去若共期去而不去一切突吉羅比丘突吉羅式叉摩那沙彌沙彌尼突吉羅是謂爲犯不犯

者或佛法僧事或看病事囑而出若僧伽藍破壞若爲火所燒若有毒蛇若有賊若有惡獸若爲强力者所執若被繫縛將出或命難梵行難不囑而出者無犯無犯者最初未制戒癡狂心亂痛惱所纏六十二竟

爾時婆伽婆在舍衛國祇樹給孤獨園時六羣比丘尼中一人日没開僧伽藍門出不囑而去時有賊因突獄而出遥見僧伽藍門開便來入時諸守獄人追後而來問諸比丘尼頗見如是如是賊不不見者言不見其守護者即便處處推覓得賊時諸居士皆共譏嫌此比丘尼等不知慙愧作妄語外自稱言我知正法如是有何正法見賊而言不見時諸比丘尼自相問言誰日没開門而出報言六羣比丘尼中一人開門出時諸比丘尼聞中有少欲知足行頭陀樂學戒知慙愧者訶責六羣比丘尼言汝云何日没輙開門不囑而出即白諸比丘諸比丘往白世尊世尊以此因縁集比丘僧訶責六羣比丘尼中一人言汝所爲非非威儀非沙門法非淨行非隨順行所不應爲云何比丘尼日没輙開門出不囑而去以無數方便訶責已告諸比丘此比丘尼多種有漏處最初犯戒自今已去與比丘尼結戒集十句義乃至正法久住欲說戒者當如是說若比丘尼日没開僧伽藍門而出波逸提如是世尊與比丘尼結戒時諸比丘尼營佛法僧事若瞻視病事疑不敢去佛言自今已後聽囑授去自今已去當如是說戒若比丘尼日没開僧伽藍門不囑而出者波逸提比丘尼義如上彼比丘尼日没開僧

伽藍門不囑出門波逸提一脚在內一脚在外方便欲去而不去共期去而不去一切突吉羅比丘突吉羅式叉摩那沙彌沙彌尼突吉羅是謂爲犯不犯者或爲佛法僧事或瞻視病事若囑而出或彼僧伽藍破壞或爲火所燒或有賊有惡獸毒蛇在中或爲强力者所執或爲繫縛將去或命難梵行難不囑而去者無犯無犯者最初未制戒癡狂心亂痛惱所纏六十三竟

爾時婆伽婆在舍衛國祇樹給孤獨園時有比丘尼不夏安居時諸比丘尼聞中有少欲知足行頭陀樂學戒知慙愧者訶責諸比丘尼言云何不夏安居耶即白諸比丘諸比丘往白世尊世尊以此因緣集比丘僧訶責諸比丘尼言汝所爲非非威儀非沙門法非淨行非隨順行所不應爲云何比丘尼不夏安居以無數方便訶責已告諸比丘此比丘尼多種有漏處最初犯戒自今已去與比丘尼結戒集十句義乃至正法久住欲說戒者當如是說若比丘尼不夏安居者波逸提如是世尊與比丘尼結戒時諸比丘尼有爲佛法僧事或看病事不及安居疑佛言自今已去聽有如是因緣後安居自今已去當如是說戒若比丘尼不前安居不後安居者波逸提比丘尼義如上若比丘尼不前安居者突吉羅不後安居者波逸提比丘突吉羅式叉摩那沙彌沙彌尼突吉羅是謂爲犯不犯者前安居或爲佛法僧事或瞻視病人受後安居不犯不犯者最初未制戒癡狂心亂痛惱所纏六十四竟

爾時婆伽婆在舍衛國祇樹給孤獨園時諸比丘尼聞世尊制戒得度人授具足戒便度常漏大小便涕唾常出者與受具足戒彼汙身汙衣汙卧具諸比丘尼聞中有少欲知足行頭陀樂學戒知慙愧者訶責諸比丘尼言汝等云何輙度常漏大小便涕唾常出者汙身衣牀蓐卧具即白諸比丘諸比丘往白世尊世尊以此因緣集比丘僧訶責諸比丘尼言汝所爲非非威儀非沙門法非淨行非隨順行所不應爲云何比丘尼乃度常漏大小便涕唾常出汙身衣牀蓐卧具耶以無數方便訶責已告諸比丘此比丘尼多種有漏處最初犯戒自今已去與比丘尼結戒集十句義乃至正法久住欲說戒者當如是說若比丘尼度常漏大小便涕唾常出者與受具足戒波逸提如是世尊與比丘尼結戒時諸比丘尼亦不知常漏大小便不漏大小便涕唾出不出後乃知或有波逸提懺者有疑者不知者無犯自今已去當如是結戒若比丘尼知女人常漏大小便涕唾常出者授具足戒波逸提比丘尼義如上彼比丘尼知常漏大小便涕唾常出者度受具足戒三羯磨竟和尚尼波逸提白二羯磨三突吉羅白一羯磨二突吉羅白已一突吉羅白未竟突吉羅未白前剃髮與受戒集衆衆滿一切突吉羅比丘突吉羅是謂爲犯不犯者先不知若信可信人語信父母語與受具足戒後有如是病無犯無犯者最初未制戒癡狂心亂痛惱所纏 六十五竟

爾時婆伽婆在舍衛國祇樹給孤獨園時有

比丘尼度二形人大小便時有比丘尼見白諸比丘尼諸比丘尼聞中有少欲知足行頭陀樂學戒知慙愧者嫌責諸比丘尼言汝等云何度他二形人即白諸比丘諸比丘往白世尊世尊以此因緣集比丘僧訶責諸比丘尼言汝所爲非非威儀非沙門法非淨行非隨順行所不應爲云何比丘尼乃度二形人以無數方便訶責已告諸比丘此比丘尼多種有漏處最初犯戒自今已去與比丘尼結戒集十句義乃至正法以住欲說戒者當如是說若比丘尼度二形人受具足戒波逸提如是世尊與比丘尼結戒時諸比丘尼不知二形不二形後方知有二形或有作波逸提懺者或有疑者不知無犯自今已去當如是結戒若比丘尼知二形人與受具足戒者波逸提比丘尼義如上二形者男形女形彼比丘尼知二形人與受具足戒三羯磨竟和尚尼波逸提白二羯磨竟三突吉羅白一羯磨竟二突吉羅白已一突吉羅白未竟突吉羅未白前剃髮與受戒集衆衆滿一切突吉羅比丘突吉羅是謂爲犯不犯者先不知若信彼人語若信可信者語若信父母語與受具足戒已後變爲二形無犯無犯者最初未制戒癡狂心亂痛惱所纏六十六竟

爾時婆伽婆在舍衛國祇樹給孤獨園時諸比丘尼度二道合者與受具足戒大小便時諸比丘尼見時諸比丘尼聞中有少欲知足行頭陀樂學戒知慙愧者嫌責諸比丘尼言汝云何度二道合者與受具足戒即白諸比丘諸比丘往白世尊世尊以此因緣集比丘

僧訶責比丘尼言汝所爲非非威儀非沙門法非淨行非隨順行所不應爲云何比丘尼乃度二道合者與受具足戒以無數方便訶責已告諸比丘此比丘尼多種有漏處最初犯戒自今已去與比丘尼結戒集十句義乃至正法久住欲說戒者當如是說若比丘尼度二道合者與受具足戒波逸提如是世尊與比丘尼結戒時諸比丘尼亦不知二道合不合後乃知二道合或有作波逸提懺者有疑者不知者無犯自今已去當如是結戒若比丘尼知二道合者與受具足戒波逸提比丘尼義如上二道合者大小便道不別彼比丘尼知二道合者度與受具足戒白三羯磨竟和尚尼波逸提白二羯磨三突吉羅白一羯磨二突吉羅白已一突吉羅白未竟突吉羅未白前若剃髮與受戒若集衆衆滿一切突吉羅比丘突吉羅是謂爲犯不犯者先不知若信彼人語若信可信者語若信父母言若與受具足戒後二道合者無犯無犯者最初未制戒癡狂心亂痛惱所纏六十七竟

爾時婆伽婆在舍衛國祇樹給孤獨園時諸比丘尼聞世尊制戒聽度弟子便度負債人及諸病者與受具足戒已債主來牽捉若病者常須人守視不得遠離時諸比丘尼聞中有少欲知足行頭陀樂學戒知慙愧者嫌責諸比丘尼言世尊制戒聽度人汝云何度他負債人及病者使債主牽捉病者常須守視不得遠離耶即白諸比丘諸比丘往白世尊世尊以此因緣集比丘僧訶責比丘尼言汝所爲非非威儀非沙門法非淨行非隨順行

所不應爲云何比丘尼度他負債人及病者債主牽提病者須守視不得遠離耶以無數方便訶責已告諸比丘此比丘尼多種有漏處最初犯戒自今已去與比丘尼結戒集十句義乃至正法久住欲説戒者當如是説若比丘尼度負債人及病者與授具足戒波逸提如是世尊與比丘尼結戒時諸比丘尼不知有負債難無負債難病難不病難後方知負債及病者難中有作波逸提懺者有疑者不知者不犯自今已去當如是結戒若比丘尼知有負債難者病難者與受具足戒波逸提比丘尼義如上負債者乃至一錢爲十六分之一分也病者乃至常頭痛彼比丘尼知負債難及有病難者度與受具足戒白三羯磨竟和尚尼波逸提白二羯磨三突吉羅白一羯磨二突吉羅白已一突吉羅白未竟突吉羅未白前若剃髮與受戒集衆衆滿一切突吉羅比丘突吉羅是謂爲犯不犯者先不知若信彼人語若信可信者語若信父母語若與具足戒已負債若病無犯無犯者最初未制戒癡狂心亂痛惱所纏（六十八竟）

爾時婆伽婆在舍衞國祇樹給孤獨園時六羣比丘尼學習呪術以自活命呪術者或支節呪刹利呪或起尸鬼呪或學知死相知轉禽獸輪卜知衆鳥音聲諸比丘尼聞中有少欲知足行頭陀樂學戒知慙愧者嫌責諸比丘尼言汝等云何乃學習如是諸伎術乃至知衆鳥音聲即白諸比丘諸比丘往白世尊世尊以此因緣集比丘僧訶責六羣比丘尼言汝所爲非非威儀非沙門法非淨行非隨

順行所不應爲云何比丘尼學如是諸伎術乃至知衆鳥音聲以無數方便訶責已告諸比丘此比丘尼多種有漏處最初犯戒自今已去與比丘尼結戒集十句義乃至正法久住欲説戒者當如是説若比丘尼學世俗伎術以自活命波逸提比丘尼義如上伎術者如上説彼比丘尼習諸伎術乃至知衆鳥音聲説而了了者波逸提不了了突吉羅比丘突吉羅式叉摩那沙彌沙彌尼突吉羅是謂爲犯不犯者若學呪腹中蟲病若治宿食不消學書學誦若學世論爲伏外道故若學呪毒爲自護不以爲活命無犯無犯者最初未制戒癡狂心亂痛惱所纏六十九竟

爾時婆伽婆在舍衛國祇樹給孤獨園時六羣比丘尼以世俗伎術教授諸白衣語言汝等莫向日月及神祀廟舍大小便亦莫向日月神祀除去糞掃及諸蕩器不淨水莫向日月神祀舒脚若欲起房舍耕田種作當向日月及向神祀廟舍又言今日某甲星宿日好宜種作宜作舍宜使作人宜與小兒剃髮亦宜長髮宜剃鬚宜舉取財物宜遠行時諸比丘尼聞中有少欲知足行頭陀樂學戒知慚愧者嫌責六羣比丘尼言汝云何乃以如是伎術教授白衣語言汝等知不莫向日月神祀廟舍大小便乃至宜出遠行即白諸比丘諸比丘往白世尊世尊以此因緣集比丘僧訶責六羣比丘尼言汝所爲非非威儀非沙門法非淨行非隨順行所不應爲云何六羣比丘尼乃以伎術教授長者家語言汝知不莫向日月所迴旋處大小便乃至宜出遠行

耶以無數方便訶責已告諸比丘此比丘尼多種有漏處最初犯戒自今已去與比丘尼結戒集十句義乃至正法久住欲說戒者當如是說若比丘尼以世俗呪術教授白衣波逸提比丘尼義如上伎術者如上所說若欲說者當語彼人言莫向如來塔及聲聞塔大小便及除棄糞掃蕩器不淨水亦莫向如來塔及聲聞塔舒脚若欲起房舍及耕田種作者當向如來塔及聲聞塔汝又言今日有如是星宿好宜起舍宜種作宜使作人宜爲小兒剃髮長髮剃鬚應語言宜入塔寺供養比丘僧受齋法八日十四日十五日現變化日彼比丘尼以如是世俗伎術教授白衣乃至宜出遠行說而了了者波逸提不了了者突吉羅比丘突吉羅式叉摩那沙彌沙彌尼突吉羅是謂爲犯不犯者教言莫向如來塔及聲聞塔大小便及除糞掃不淨水亦莫向如來塔及聲聞塔舒脚若耕田種作若起舍向如來塔乃至受齋法若戲笑語若疾疾語若獨語夢中語欲說此乃說彼無犯無犯者最初未制戒癡狂心亂痛惱所纏七十竟

爾時婆伽婆在周那絺羅國六羣比丘尼被擯而不去時諸比丘尼聞中有少欲知足行頭陀樂學戒知慚愧者訶責六羣比丘尼汝云何被擯而不去即白諸比丘諸比丘往白世尊世尊以此因緣集比丘僧訶責六羣比丘尼言汝所爲非非威儀非沙門法非淨行非隨順行所不應爲云何被擯而不去以無數方便訶責已告諸比丘此比丘尼多種有漏處最初犯戒自今已去與比丘尼結戒集

十句義乃至正法久住欲説戒者當如是説若比丘尼被擯不去者波逸提比丘尼義如上若比丘尼被擯應去而不去波逸提比丘突吉羅式叉摩那沙彌沙彌尼突吉羅是謂爲犯不犯者若被擯即去若隨順不逆下意悔過求解擯羯磨或得病或無伴去或水陸道斷或賊難或惡獸難或大水暴漲或爲强力者所執若被繫閉或命難梵行難被擯而不去者無犯無犯者最初未制戒癡狂心亂痛惱所纏七十一竟

爾時婆伽婆在舍衛國祇樹給孤獨園時安隱比丘尼大智慧問諸比丘義彼諸比丘被問已不能答皆慙愧時諸比丘尼聞中有少欲知足行頭陀樂學戒知慙愧者嫌責安隱比丘尼言汝云何有大智慧而問諸比丘義使不能答令慙愧耶即白諸比丘諸比丘往白世尊世尊以此因緣集比丘僧訶責安隱比丘尼言汝所爲非非威儀非沙門法非淨行非隨順行所不應爲云何有大智慧而問諸比丘義令諸比丘不能答有慙愧耶以無數方便訶責已告諸比丘此比丘尼多種有漏處最初犯戒自今已去與比丘尼結戒集十句義乃至正法久住欲説戒者當如是説若比丘尼問比丘義者波逸提如是世尊與比丘尼結戒時諸比丘尼教授日不知從誰求教授有疑不知當何從問義佛言自今已去若欲問義者當先求聽已然後問自今已去當如是結戒若比丘尼欲問比丘義先不求而問者波逸提比丘尼義如上彼比丘尼問比丘義先不求而問説而了了者波逸提

不了了者突吉羅比丘突吉羅式叉摩那沙彌沙彌尼突吉羅是謂爲犯不犯者先求而後問若先常聽問若先是親厚若親厚者語言汝但問我當爲汝求請若彼從此受若二人俱從他受若彼問此答二人共誦或戲笑語或疾疾語或屏處語或夢中語或欲說此乃錯說彼無犯無犯者最初未制戒癡狂心亂痛惱所纏七十二竟

爾時婆伽婆在舍衛國祇樹給孤獨園時六羣比丘尼先住後至後至先住欲惱亂彼故在前經行若立若坐若卧爾時諸比丘尼聞中有少欲知足行頭陀樂學戒知慚愧者訶責六羣比丘尼言汝云何在先住後至比丘尼前欲惱亂故若經行若立若坐若卧耶即白諸比丘諸比丘往白世尊世尊以此因緣集比丘僧訶責六羣比丘尼言汝所爲非非威儀非沙門法非淨行非隨順行所不應爲云何汝等先住後至比丘尼前欲惱亂故若經行若立若坐若卧耶以無數方便訶責已告諸比丘此六羣比丘尼多種有漏處最初犯戒自今已去與比丘尼結戒集十句義乃至正法久住欲說戒者當如是說若比丘尼先住後至後至先住欲惱亂彼故在前經行若立若坐若卧波逸提如是世尊與比丘尼結戒彼比丘尼不知先住不先住後至不後至後乃知或作波逸提懺者有疑者不知者無犯若比丘尼知先住後至後至先住欲惱彼故在前經行若立若坐若卧波逸提比丘尼義如上彼比丘尼知先住後至後至先住欲惱彼故在前經行若立若坐若卧者波逸

提比丘突吉羅式叉摩那沙彌沙彌尼突吉羅是謂爲犯不犯者若先不知若問若先聽經行若是上座若更互經行若欲經行若是親厚若親厚者語言汝但經行我當爲汝語若病倒地若强者所執或被繫縛若命難若梵行難無犯無犯者最初未制戒癡狂心亂痛惱所纏七十三竟

爾時婆伽婆在舍衛國祇樹給孤獨園時舍衛城中有一多知識比丘尼命終時諸比丘尼在比丘僧伽藍中立塔彼處處取大僧洗足石破用累塔有客比丘來不知是比丘尼塔便向禮拜時諸比丘尼聞中有少欲知足行頭陀樂學戒知慚愧者訶責諸比丘尼言云何乃在大僧僧伽藍中立塔令客比丘來不知而禮拜耶即白諸比丘諸比丘往白世尊世尊以此因緣集比丘僧訶責諸比丘尼言汝所爲非非威儀非沙門法非淨行非隨順行所不應爲云何比丘尼乃於大僧僧伽藍中立塔令客比丘不知而向禮拜以無數方便訶責已告諸比丘此比丘尼多種有漏處最初犯戒自今已去與比丘尼結戒集十句義乃至正法久住欲說戒者當如是說若比丘尼在比丘僧伽藍內起塔者波逸提如是世尊與比丘尼結戒時諸比丘尼在故壞無比丘僧伽藍中起塔疑佛言無犯自今已去當如是結戒若比丘尼在有比丘僧伽藍內起塔波逸提彼比丘尼義如上彼比丘尼不知有比丘無比丘後乃知或作波逸提懺者或有疑者不知無犯自今已去應如是結戒若比丘尼知有比丘僧伽藍中起塔波逸

提若比丘尼知有比丘僧伽藍中起塔隨所取洗足石若團泥若草團多少一一波逸提比丘突吉羅式叉摩那沙彌沙彌尼突吉羅是謂爲犯不犯者若先不知若故壞僧伽藍若先起塔後作僧伽藍無犯無犯者最初未制戒癡狂心亂痛惱所纏七十四竟

爾時婆伽婆在舍衛國祇樹給孤獨園時世尊制戒聽百歲比丘尼見新受戒比丘當起迎逆禮拜恭敬問訊與敷坐具然彼諸比丘尼不起迎逆禮拜恭敬問訊諸比丘尼聞中有少欲知足行頭陀樂學戒知慙愧者嫌責諸比丘尼言云何世尊制戒聽百歲比丘尼見新受戒比丘應起迎逆恭敬禮拜問訊與敷坐具云何不起迎逆耶即白諸比丘諸比丘往白世尊世尊以此因緣集比丘僧訶責諸比丘尼言汝所爲非非威儀非沙門法非淨行非隨順行所不應爲云何汝等百歲比丘尼見新受戒比丘不起迎逆禮拜恭敬問訊與敷坐具以無數方便訶責已告諸比丘此比丘尼多種有漏處最初犯戒自今已去與比丘尼結戒集十句義乃至正法久住欲說戒者當如是說若百歲比丘尼見新受戒比丘應起迎逆恭敬禮拜問訊若不者波逸提如是世尊與比丘尼結戒或有一坐食不作餘食法食或有病者或有足食者而不起疑佛言自今已去聽語言大德懺悔我有如是如是因緣不得起迎逆自今已去當如是說戒若比丘尼見新受戒比丘應起迎逆恭敬禮拜問訊請與坐不者除因緣波逸提比丘尼義如上彼比丘尼見比丘不起除因緣

波逸提比丘突吉羅式叉摩那沙彌沙彌尼突吉羅是謂爲犯不犯者若起迎逆或一坐食或不作餘食法食或病或足食語言大德忍我有如是如是因緣成病倒地或爲強力所執或命難梵行難者無犯無犯者最初未制戒癡狂心亂痛惱所纏七十五竟

爾時婆伽婆在舍衛國祇樹給孤獨園時六羣比丘尼著衣搖身趍行爲好故時諸居士見皆譏嫌言此比丘尼等不知慚愧犯梵行外自稱言我知正法如是有何正法爲好故搖身趍行猶若婬女賊女時諸比丘尼聞中有少欲知足行頭陀樂學戒知慚愧者嫌責六羣比丘尼言汝等云何爲好故搖身趍行猶如婬女賊女即白諸比丘諸比丘往白世尊世尊以此因緣集比丘僧訶責六羣比丘尼言汝所爲非非威儀非沙門法非淨行非隨順行所不應爲云何比丘尼爲好故搖身趍行以無數方便訶責已告諸比丘此比丘尼多種有漏處最初犯戒自今已去與比丘尼結戒集十句義乃至正法久住欲說戒者當如是說若比丘尼爲好故搖身趍行者波逸提比丘尼義如上彼比丘尼爲好故搖身趍行者波逸提比丘突吉羅式叉摩那沙彌沙彌尼突吉羅是謂爲犯不犯者或時有如是病或爲他所打避杖或有暴象來或遇賊或遇惡獸或有刺棘來以手遮或渡河水或渡溝渠汪水若渡泥成時欲齊整著衣恐有高下參差象鼻多羅葉細襵皺如是左右顧視搖身看無犯無犯者最初未制戒癡狂心亂痛惱所纏七十六竟

爾時婆伽婆在舍衛國祇樹給孤獨園時六羣比丘尼自莊嚴身梳髮香塗身諸居士見皆共嗤笑言我等婦莊嚴其身梳髮香塗摩身此比丘尼亦復如是便生慢心不恭敬時諸比丘尼聞中有少欲知足行頭陀樂學戒知慙愧者嫌責六羣比丘尼言汝等出家云何如是莊嚴其身即白諸比丘諸比丘往白世尊世尊以此因緣集比丘僧訶責六羣比丘尼言汝所爲非非威儀非沙門法非淨行非隨順行所不應爲云何六羣比丘尼莊嚴其身以無數方便訶責已告諸比丘此比丘尼多種有漏處最初犯戒自今已去與比丘尼結戒集十句義乃至正法久住欲說戒者當如是說若比丘尼作婦女莊嚴香塗摩身波逸提比丘尼義如上彼比丘尼作婦女莊嚴香塗摩身乃至一點者一切波逸提比丘突吉羅式叉摩那沙彌沙彌尼突吉羅是謂爲犯不犯者或時有如是病或時父母得病被繫閉爲洗沐梳髮若有篤信優婆夷遇病被繫閉與洗浴或爲强力者所執無犯無犯者最初未制戒癡狂心亂痛惱所纏七十七竟

爾時婆伽婆在舍衛國祇樹給孤獨園時有伽羅旃陀輸那比丘尼是出家外道女姊時彼比丘尼使此外道妹香塗摩身時諸居士見皆共嗤笑言此比丘尼無有慙愧犯梵行外自稱言我知正法如是有何正法使外道妹香塗摩其身如婬女賊女無異諸比丘尼聞中有少欲知足行頭陀樂學戒知慙愧者訶責伽羅旃陀輸那比丘尼言汝云何乃使外道妹香塗摩身耶訶責已即白諸比丘諸

比丘往白世尊世尊以此因緣集比丘僧訶責伽羅旃陀輸那比丘尼言汝所爲非非威儀非沙門法非淨行非隨順行所不應爲云何比丘尼乃使外道妹香塗摩身以無數方便訶責已告諸比丘此比丘尼多種有漏處最初犯戒自今已去與比丘尼結戒集十句義乃至正法久住欲說戒者當如是說若比丘尼使外道女香塗摩身波逸提比丘尼義如上彼比丘尼使外道女香塗摩身者波逸提比丘突吉羅式叉摩那沙彌沙彌尼突吉羅是謂爲犯不犯者或時有如是病或爲強力者所執無犯無犯者最初未制戒癡狂心亂痛惱所纏一百七十八竟

第二分八提舍尼法

爾時婆伽婆在舍衛國祇樹給孤獨園爾時六羣比丘尼乞酥而食諸居士見皆共譏嫌言此比丘尼不知慚愧乞求無猒外自稱言我知正法如是有何正法乞酥而食如賊女婬女無異時諸比丘尼聞中有少欲知足行頭陀樂學戒知慚愧者訶責六羣比丘尼言汝云何乞酥而食耶訶責已即白諸比丘諸比丘往白世尊世尊以此因緣集比丘僧訶責六羣比丘尼言汝所爲非非威儀非沙門法非淨行非隨順行所不應爲云何比丘尼乞酥而食耶以無數方便訶責已告諸比丘此比丘尼多種有漏處最初犯戒自今已去與比丘尼結戒集十句義乃至正法久住欲說戒者當如是說若比丘尼乞酥食犯應懺可訶法應向餘比丘尼說言大姊我犯可訶法所不應爲今向大姊悔過是法名悔過法

如是世尊與比丘尼結戒彼有疑不敢爲病者乞自身病亦不敢乞他爲乞復不敢食佛言自今已去聽自病乞爲病者乞他爲乞得食自今已去當如是結戒若比丘尼不病乞酥食者犯應懺悔可訶法應向餘比丘尼說言大姊我犯可訶法所不應爲我今向大姊懺悔是名悔過法比丘尼義如上彼比丘尼無病而乞酥食一咽一波羅提提舍尼比丘突吉羅式叉摩那沙彌沙彌尼突吉羅是謂爲犯不犯者爲已病乞爲病者乞若得不爲乞者而食或爲他他爲已或不乞而自得無犯無犯者最初未制戒癡狂心亂痛惱所纏乞油若蜜若黑石蜜若乳若酪若魚若肉如乞酥無異

乞酥上四戒比丘式叉摩那沙彌沙彌尼突吉羅下四戒比丘波逸提式叉摩那沙彌沙彌尼突吉羅下衆學戒與大僧戒無異故不出

四分律藏卷第三十

音釋

襵皺　襵陟葉切猶摺也　皺側救切猶縮也

四分律藏卷第三十一

姚秦三藏佛陀耶舍共竺佛念譯

第二分受戒揵度法之一

我曾聞有作如是說古昔有王最初出世名大人衆所舉時王有太子名善王善王有太子名樓夷樓夷王有子名曰齊王齊王有子名頂生頂生王有子名遮羅遮羅王有子名跋遮羅跋遮羅王有子名微微王有子名微騂陀羅微騂陀羅王有子名鞞醯黎肆鞞醯黎肆王有子名舍迦陀舍迦陀王有子名樓脂樓脂王有子名脩樓脂脩樓脂王有子名波羅那波羅那王有子名摩訶波羅那摩訶波羅那王有子名貴舍貴舍王有子名摩呵貴舍摩呵貴舍王有子名善現善現王有子名大善現大善現王有子名無憂無憂王有子名光明光明王有子名棃那棃那王有子名彌羅彌羅王有子名末羅末羅王有子名精進力精進力王有子名牢車牢車王有子名十車十車王有子名百車百車王有子名堅弓堅弓王有子名十弓十弓王有子名百弓百弓王有子名能師子能師子王有子名真闍從真闍王次第已來有十轉輪聖王種族一名伽㝹支二名多樓毗帝三名阿濕卑四名乾陀羅五名伽陵迦六名瞻鞞七名拘羅婆八名般闍羅九名彌悉棃十名懿師摩伽㝹支次第相承五王多樓毗帝次第五王阿濕卑七王乾陀羅八王伽陵迦九王瞻鞞十四王拘羅婆三十一王般闍羅三十二王彌悉棃次第八萬四千王懿師摩王次第百王從懿師摩王後有王名大善生大善生王

有子名懿師摩懿師摩王有子名優羅陀優羅陀有子名瞿羅瞿羅有子名尼浮羅尼浮羅有子名師子頰師子頰有子名悦頭檀悦頭檀有子名菩薩菩薩有子名羅睺羅北方國界雪山側釋種子生處豪族父母眞正衆相具足適生已時諸相師婆羅門皆共占相記言大王此兒有三十二大人之相有此相者必趣二道終無差錯若不出家當爲剎利水澆頭轉輪聖王能勝一切主四天下名爲法王爲衆生故而作自在七寶具足所謂七寶者一輪寶二象寶三馬寶四珠寶五玉女寶六主藏臣寶七典兵寶有千子滿足雄猛勇健能却衆敵從海内諸地不加刀杖自以已力正法治化無所畏懼不行王事所爲自在不爲怯弱若當出家入非家者當成無上

正眞等正覺明行足爲善逝世間解無上士調御丈夫天人師佛世尊彼於魔衆梵衆沙門婆羅門衆天及人衆自身作證而自娛樂與衆生說法上善中善下善有義味具足開現梵行時摩竭王萍沙備慮邊國遣人處處衞邏時王聞邏人所說北方國界雪山側有釋種子生處豪族父母眞正有三十二大人之相相師占相如上所說時邏人往至王所白王言大王當知北方國界雪山側有釋種子生處豪族父母眞正有三十二大人相如上所說王今宜設方便除去彼人若不爾者恐後必爲王作害亡國失土將由此起王報言何得除去若彼不出家者當爲剎帝利水澆頭轉輪聖王七寶具足領四天下所爲自在無所怯弱我當臣屬給使設當出家學道

者必成無上至眞等正覺爲人說法上中下言悉善我當爲其作弟子爾時菩薩漸漸長大諸根具足於閑靜處作是念今觀此世間甚爲苦惱有生有老有病有死死此生彼以此身故不盡苦際如此苦身何可得盡時菩薩年少髮紺青色顔貌殊特年壯盛時心不樂欲父母愁憂涕泣不欲令出家學道時菩薩強違父母輒自剃鬚髮著袈裟捨家入非家爾時菩薩漸漸遊行從摩竭國界往至羅閱城於彼山宿明日清旦著袈裟持鉢入羅閱城乞食顔貌端正屈伸俯仰行步庠序視前直進不左右顧眄著衣持鉢入羅閱城乞食時摩竭王在高樓上諸臣前後圍遶王遥見菩薩入城乞食屈伸俯仰行步庠序視前直進不左右顧眄見已即向諸大臣以偈讚曰

汝等觀彼容　聖行爲最勝　相好甚嚴好
非是下賤人　諦視不顧眄　視地而前進
王即遣信問　比丘欲所詣　王所遣使人
隨逐比丘後　比丘欲所至　造詣何所宿
家家遍乞已　諸根寂然定　鉢飯速滿已
志意常悅豫　時乞食得已　聖還出城住
山石班荼婆　當於彼止宿　已知彼宿處
一使在邊住　一使速還返　白王如是事
大王此比丘　今宿班荼山　坐臥如師子
如虎在於山　王聞彼使言　即嚴好象乘
衆人共尋從　即往禮菩薩　到彼問訊已
即在一面坐　共相問訊已　復作如是說
今觀年盛壯　衆行甚清淨　應乘此大乘
羣臣侍從好　顔貌甚端正　必從刹利生

我今與汝對　願說所生處　有國大王治
今在雪山北　父姓名爲日　生處名釋迦
財寶伎術具　父母俱眞正　捨彼行學道
不樂處五欲　觀欲多衆惱　出離永安隱
要求滅欲處　是我心所樂

時王語太子言今可於此住當分半國相與菩薩報言我不從此語時王復重語言汝可作大王我今舉國一切所有及脱此寶冠相與可居王位治化我當爲臣時菩薩報言我捨轉輪王位出家學道豈可貪於邊國王位而處俗耶王今當知猶如有人曾見大海水後見牛跡水豈可生染著心此亦如是豈可捨轉輪王位習粟散小王位此事不然時王前白言若成無上道者先詣羅閱城與我相見菩薩報言可爾爾時王即從座起禮菩薩

足遶三帀而去時有人名阿藍迦藍於衆人中爲師首與諸弟子說不用處定時菩薩至阿藍迦藍所問言汝今以何等法與諸弟子說令得證報言瞿曇我與諸弟子說不用處定令其得證時菩薩便作是念阿藍迦藍而無有信我今有信阿藍迦藍無有精進我今有精進藍無智慧我有智慧藍今以此法得證而況我不靜坐思惟以證智慧我今寧可勤精進證此法耶彼即勤精進不久得證此法時菩薩得證已往阿藍迦藍所語言汝但證此不用處定爲人說耶報言我正有此法更無有餘菩薩報言我亦證此不用處定而不爲人說阿藍迦藍問言瞿曇汝正有此不用處定而不爲人說耶我亦證不用處定爲人說瞿曇如我所知汝亦知之汝所知者我

亦知之汝似我我似汝瞿曇寧可共知僧事耶時阿藍迦藍極生歡喜恭敬心承事菩薩以之爲匹正與我等時菩薩復作是念此不用處定非息滅非去欲非滅盡非休息非成等正覺非沙門非得涅槃永寂之處不樂此法便捨阿藍迦藍而去更求勝法時有鬱頭藍子處大衆中而爲師首其師命終後教師諸弟子與說有想無想定時菩薩往鬱頭藍子所問言汝師以何等法教諸弟子報言我師以有想無想定教諸弟子時菩薩念言藍令無信而我有信藍無精進我有精進藍無智慧我有智慧藍證此法而爲人說況我不證此法我今寧可勤精進證此法即勤精進不久得證此法時菩薩往至鬱頭藍弗所問言汝正有此有想無想定更有餘法耶報言瞿曇我正有此法更無餘法菩薩報言我亦證此有想無想定彼問菩薩言汝正有此有想無想定耶我師藍亦有此有想無想定作證我師知者汝亦知之汝所知者藍亦知之汝似藍藍似汝瞿曇今可共知僧事時鬱頭藍子極發歡喜心承事菩薩推著師處而師事之爾時菩薩復作是念我觀此有想無想定處非息滅非無欲非休息非滅盡非沙門非涅槃永寂之處不樂此法便捨鬱頭藍子而去更求勝法時菩薩更求勝法者即無上休息法也從摩竭界遊化南至象頭山詣鬱毗羅大將村中見一淨地平正嚴好甚可娛樂生草柔軟悉皆右旋浴池清涼流水清淨園林茂好周遍觀之左右村落人民衆多見已便生念言夫爲族姓子欲求斷結處此是

好處我今求斷結處此處即是我今寧可於此處坐而斷結使時有五人追逐菩薩念言若菩薩成道當與我等說法爾時鬱鞞羅有四女一名婆羅二名鬱婆羅三名孫陀羅四名金婆伽羅皆繫心菩薩所若使菩薩出家學道我等當爲弟子若菩薩不出家學道在家習俗者我等爲妻妾時菩薩即於彼處六年苦行雖爾猶不證增上聖智勝法爾時菩薩自念昔在父王田上坐閻浮樹下除去欲心惡不善法有覺有觀喜樂一心遊戲初禪時菩薩復作是念頗有如此道可從得盡苦原耶復作是念如此道能盡苦原時菩薩即以精進力修習此智從此道得盡苦原時菩薩復作是念頗因欲不善法得樂法不復作是念不由欲不善法得樂法復作是念頗有習無欲捨不善法得樂法耶然我不由此自苦身得樂法我今寧可食少飯麨得充氣力耶爾時菩薩於異時食少飯麨得充氣力時菩薩食少食時五人各各猒捨而去自相謂言此瞿曇沙門狂惑失道豈有眞實道耶時菩薩氣力已充復詣尼連禪水側入水洗浴身已出水上岸往菩提樹下時去樹不遠有一人刈草名曰吉安菩薩前至此人所語言我今須草見惠少多吉安報曰甚善不爲愛惜即授草與菩薩菩薩持草更詣一吉祥樹下自敷而坐直身正意繫念在前時菩薩除欲愛惡不善法有覺有觀喜樂一心遊戲初禪是謂菩薩最初得勝善法何以故由繫意專念不放逸故時菩薩除有覺有觀得內信喜樂一心念無覺無觀遊戲二禪是謂菩薩

得此二勝善法何以故由繫意專念不放逸故時菩薩除去喜身受快樂得聖智所見護念樂遊戲三禪是謂得三勝法何以故由繫意專念不放逸故時菩薩已捨苦樂先已去憂喜無苦無樂護念清淨遊戲四禪是謂菩薩得此四勝法何以故由繫意專念不放逸故時菩薩得此定意諸結使除盡清淨無瑕穢所行柔軟住堅固處證宿命智自識宿命一生二生三生四生五生十生二十生三十生四十生五十生百生千生百千生無數百生無數千生無數百千生劫成劫敗無數劫成無數劫敗無數劫成敗我曾生某處字某姓某如是生食如是食壽命如是壽命限齊如是住世長短如是受如是苦樂從彼終生彼從彼終復生彼從彼終生此如是相貌識無數宿命事時菩薩於初夜得此初明無明盡明生闇盡光生所謂宿命通證何以故由精進不放逸故時菩薩復以三昧定意清淨無瑕無結使眾垢已盡所行柔軟住堅固處知眾生生者死者以清淨天眼觀見眾生生者死者善色惡色善趣惡趣若貴若賤隨眾生所造行皆悉知之即自察知此眾生身行惡口行惡意行惡邪見誹謗賢聖造邪見業報身壞命終墮地獄畜生餓鬼中復觀眾生身行善口行善意行善正見不誹謗賢聖造正見業報身壞命終生天上人中如是天眼清淨觀見眾生生者死者隨所造行是謂菩薩中夜得此第二明無明盡明生闇盡光生是謂見眾生天眼智何以故由精進不放逸故時菩薩得如是清淨定意諸結除盡清淨

無瑕穢所行柔軟所住堅固得漏盡智而現在前心緣漏盡智如實諦知苦知苦集知苦盡知苦盡向道以得聖諦如實知之如實知漏知漏集漏盡向道如實知之彼作如是知如是觀於欲漏意解脫有漏意解脫無明漏意解脫已解脫得解脫智我生已盡梵行已立所作已辦更不復受生是謂菩薩後夜獲此三明無明盡明生闇盡光生是謂漏盡智何以故由如來至真等正覺發起此智得無礙解脫故爾時世尊於彼處盡一切漏除一切結使即於菩提樹下結跏趺坐七日不動受解脫樂爾時世尊過七日已從定意起於七日中未有所食時有二賈客兄弟二人一名爪二名憂波離將五百乘車載財寶去菩提樹不遠而過時樹神篤信於佛曽與此二賈客舊知識欲令彼得度即往至賈人所語言汝等知不釋迦文佛如來等正覺於七日中具足諸法於七日中未有所食汝等可以蜜麨奉獻如來令汝等長夜得利益安隱快樂爾時兄弟二人聞樹神語已歡喜即持蜜麨往詣道樹遥見如來顏貌殊異諸根寂定最上調伏如彼調象無有卒暴如水澄清無有塵穢見已發歡喜心於如來所前至佛所頭面禮已在一面立時二人白世尊言今奉獻蜜麨慈愍納受時世尊復作如是念今此二人奉蜜麨當以何器受之復作是言過去諸佛如來至真等正覺以何物受食諸佛世尊不以手受食也時四天王立在左右知佛所念往至四方各各人取一石鉢奉上世尊白言願以此鉢受彼賈人麨蜜時世尊慈愍

故即受四天王鉢令合爲一受彼賈人麨蜜受彼賈人麨蜜已以此勸喻而開化之即呪願言

所爲布施者　必獲其利義　若爲樂故施
後必得安樂

汝等賈人今可歸依佛歸依法即受佛教言大德我今歸依佛歸依法是爲優婆塞中最初受二歸依是賈客兄弟二人爲首時二賈人白佛言我今從此欲還本生處若至彼間當云何作福何所禮敬供養時世尊知彼至意即與髮爪語言汝等持此往彼作福禮敬供養時賈人雖得髮爪不能至心供養言此髮爪世人所賤除棄之法云何世尊持與我等供養時世尊知賈人心中所念即語賈人言汝等莫於如來髮爪所生毛髮許懈慢心亦莫言世人所賤云何如來使我供養賈人當知普天世界魔衆梵衆沙門婆羅門衆天及人於如來髮爪與供養恭敬令一切諸天世人魔衆梵衆及沙門婆羅門衆得其功德不可稱計賈人白佛言設供養此髮爪有何證驗佛告賈人言過去久遠世時有王名曰勝怨統領閻浮提爾時閻浮提內米穀豐熟人民熾盛土地極樂有八萬四千城郭有五十五億村有六萬小國土時勝怨王所住治城名蓮華東西十二由旬南北七由旬土地豐熟米穀平賤人民熾盛國土安樂園林茂盛城塹牢固浴池清涼衆事具足街陌相當賈人當知時王勝怨有婆羅門爲大臣名曰師閻浮婆提是王少小周旋極相親厚後於異時王即分半國與此大臣時彼大臣所得

國分即於中更起城郭東西長十二由旬南北廣七由旬米穀豐賤人民熾盛國土安樂園林茂盛城壍牢固浴池清涼衆事具足街陌相當城名提婆婆提勝彼蓮華城邑賈人當知其王無有繼嗣以無嗣故向諸神祀泉流山原河水浴池滿善神寶善神日月帝釋梵天火神風神水神魔醯首羅神園神林神市神四徼巷神鬼子母城神天祀福祀所在求請願生男兒於異時王第一夫人懷妊婦人有三種智慧如實不虛一自知有身二自知從某甲許得三知男子有愛心於我時彼夫人往白王言大王當知我今懷妊王報言大善即勑左右供給供養第一飲食衣服卧具一切所須皆加一倍至十月滿已生一男兒端正無比世之希有始生在地無人扶侍自行七步而說此言我於天上世間最上最尊我當度一切衆生生老病死苦即號曰定光菩薩賈人當知爾時國王即召婆羅門中善明相法者告言汝等當知我夫人生一男兒顔貌端正世之希有始生出胎無人扶侍自行七步而說此言我於天上世間最上最尊能度一切衆生生老病死苦汝等善明相法與我占相時相師白王言願王出此兒令我等相之時王即自入宮抱兒出視之令相諸相師相已白王言王生此兒有大威神有大功德福願具足若此王子在家者應作刹利水澆頭轉輪王七寶具足領四天下千子滿足勇健雄猛能却衆敵以法治化不加刀杖若出家者成如來至眞等正覺明行足爲善逝世間解無上士調御丈夫天人師佛世

尊天及人魔若魔天梵天沙門婆羅門自身作證而自遊戲彼當說法上善中善下善有義有味具足修梵行賈人當知爾時王賞賜婆羅門已差四乳母扶侍瞻視定光菩薩一者胑節乳母二者洗浴乳母三者與乳乳母四者遊戲乳母胑節乳母者抱持案摩胑節迴戾令正洗浴乳母者洗身浣濯衣服與乳乳母者隨時與乳遊戲乳母者諸童子等乘象乘馬乘車乘輿諸雜寶器樂器轉機關作如是種種供養之具供養娛樂定光菩薩擎孔雀蓋從之賈人當知定光菩薩年向八歲十歲時王教菩薩學種種伎術書算數印畫戲笑歌舞鼓絃乘象乘馬乘車射御捔力一切伎術無不貫練賈人當知定光轉年至十五十六時王即爲設三時堂冬夏春給二萬婇女使娛樂之與作園池縱廣二十由旬現閻浮提一切華果樹香樹諸奇異樹盡植之於園賈人當知首陀會天日來侍衛作是念言今菩薩在家已久我今寧可爲作猒離菩薩得猒離已早得出家剃除鬚髮著袈裟修無上道耶伺菩薩入後園時即往化作四人一者老二者病三者死四者出家作沙門時菩薩見此四人已極懷愁憂猒患世苦觀世如是有何可貪賈人當知爾時菩薩得猒離已即日出家即日成無上道賈人當知定光如來至眞等正覺遍觀一切未見有應度可爲轉無上法輪者時定光如來去提婆跋提城不遠化作一大城高廣妙好懸繒幢旛處處刻鏤作衆鳥獸形周帀淨妙浴池園果勝於提婆跋提城化作人民顏貌形色亦勝彼

國人民使已國人民共與往來交接爲親友賈人當知定光如來觀察提婆跋提城人民諸根純淑即使化城忽爾火然時提婆跋提城人見此已極懷愁憂猒離心生定光如來於七日之中度六十六那由他人五十五億聲聞賈人當知爾時定光如來有大名稱流布十方莫不聞知皆共稱言定光如來至真等正覺明行足爲善逝世間解無上士調御丈夫天人師佛世尊普天世界魔若魔天梵衆沙門婆羅門天及人自身作證而自娛樂與人說法上中下言悉善有義有味具足修梵行賈人當知定光如來凡常身光照一百由旬諸佛世尊常法光照無量還攝光時餘光七尺賈人當知時勝怨王閻王提閻婆提宮中生一太子福德威神衆相具足即日出家即日成無上正真等正覺道名聞遠布皆共稱言定光如來至真等正覺乃至具足修梵行勝怨王即遣使往與提閻婆提王相聞知卿生太子福德威神衆相具足即日出家即日成道乃至具足修梵行有大名稱流布十方今可遣來吾欲看之若卿不遣來者吾當身自往彼時提閻婆提王聞此使語已即懷愁憂集諸羣臣語言汝等思惟當以何報作何等方宜稱可彼意諸臣荅言當問定光如來隨佛有所言敎我等當順從行之時王提閻婆提與諸羣臣即往定光佛所頭面禮足以此因緣具白世尊世尊告王言王今且止勿懷愁憂我自當往彼賈人當知時王提閻婆提自於其國七日供養定光如來衣服飲食牀卧具病苦醫藥及比丘僧不令有乏

賈人當知定光如來過七日後與諸比丘人間遊行經詣藥山龍王池邊賈人當知此龍王宮縱廣五百由旬爾時定光如來及比丘僧在彼山住時定光如來放大光明普照三千大千刹土晝夜不別若憂鉢鉢頭摩鳩勿頭分陀利華等合鳥獸不鳴則知是夜若憂鉢諸華開及諸衆鳥獸鳴者則知是晝如是經歷十二年中晝夜不別時勝怨王即集諸大臣告言自憶昔日有晝有夜如今何故無晝無夜若憂鉢衆華開及衆鳥獸鳴則知是晝若華合鳥不鳴則知是夜爲世間有非法爲我行者闕汝等有過耶以誠告我諸臣白言王亦無咎國無非法我等無過今定光如來在呵黎陀山上龍王宮放大光明普照三千大千刹土是其威神令晝夜不別欲知晝夜者華合鳥不鳴則知是夜若華開鳥鳴者則知是晝王亦無咎國無非法我亦無過此是定光如來威神不足畏懼王問左右臣呵黎陀山龍王宮去此遠近臣白王言去此不遠可三十里王勅左右嚴駕羽葆之車今欲往彼禮拜定光如來左右即承敎嚴駕羽葆車已前白王言嚴駕已辦王知是時賈人當知王即乘車諸臣侍從詣呵黎陀山龍王宮所到已齊不乘車處下車步進前至龍王宮賈人當知時王遥見定光如來顏色端正諸根寂定見已發歡喜心即前至定光佛所頭面禮足已在一面坐時世尊漸與王說微妙法勸令歡喜時王聞佛說微妙法勸令歡喜已前白佛言如來今正是時應入蓮華城時定光如來默然受王請時勝怨王知佛默然

受請已便從座起頭面禮足而去還至國界告勑人民汝等從蓮華城至藥山掘地至滕以杵擣令堅以香汁灑地左右道側種植種種華道側作欄楯然好油燈安置其上作四寶香爐金銀瑠璃玻瓈時諸人民受王敎令已如上所說時王即集大臣告言汝等莊嚴此蓮華大城除去糞土石沙穢惡以好細土泥塗其地懸繒幡蓋燒種種好香復敷種種氍毹以種種好華布散其地時諸臣即受王敎如勑莊嚴時勝怨王復告諸大臣告下國土人民莫使有賣香華者若有賣者莫使有買者若有賣買者當重罰何以故我自欲供養定光如來至眞等正覺故爾時彼國有一大臣婆羅門名曰祀施多饒財寶眞珠琥珀硨磲碼碯水精金銀瑠璃珍奇異寶不可稱計時彼婆羅門十二年中祠祀若彼祠祀衆中有第一多智慧者當以金鉢盛滿銀粟或以銀鉢盛滿金粟并金澡瓶極妙好蓋履屣及二張好氎衆寶雜廁杖并莊嚴端正好女名曰蘇羅婆提與之時彼祠祀衆中第一上座一大婆羅門是王大臣有十二醜傴僂凸脊瘻黃色黃頭眼青鋸齒齒黑手脚曲戾身不與人等凸髖賈人當知彼祀施婆羅門作如是念令此上座有十二醜復是王臣云何以我寶物并女與此人耶復作此念我今寧可更延祀日若更有端正聰明智慧婆羅門者我當與之賈人當知雪山南有一仙人名曰珍寶少欲樂閑心無所貪修習禪定獲五神通教授五百梵志使令誦習時五通仙人有第一弟子名曰彌却父母眞正七世清淨

亦復敎授五百弟子賈人當知時弟子彌却往至珍寶仙人所白言我今所學者已達當更學何等時彼珍寶仙人即更自造經書一切婆羅門所不能知造已告弟子言汝可誦習之此書諸沙門婆羅門所無有者設誦習者於諸婆羅門中可得最勝第一賈人當知爾時彼弟子即學習此書誦利已往至珍寶仙人所白言所學已訖當更習何等師告言汝若誦竟夫爲弟子應報師恩汝今當報即問言云何當報師恩師報言須五百金錢時彌却聞師語已將五百弟子雪山南人間遊行從國至國從村至村漸至蓮華城聞諸人言耶若達婆羅門十二年中祠祀天神若有聰明第一者當以金鉢盛銀粟銀鉢盛金粟并金澡瓶及好蓋極好氎七寶雜器杖莊嚴蘇羅婆提端正好女與之我今寧可入彼衆中或能得彼五百金錢賈人當知彌却即入彼祀中當入時有大威神光明時耶若達婆羅門作是念此人來入祠祀有大威神光明今必當移上座去以此摩納安置其處若此摩納得上座處坐者汝等當如我所作皆共高聲稱善作衆伎樂散華燒香恭敬禮事時諸人等即受敎言可爾當如敎爲之時彌却摩納入彼衆已從下而問汝等誦何等經書誦得幾許隨所誦多少者報言我誦爾許於摩納所誦百倍萬倍巨億萬倍不可爲比不如摩納次問二三人乃至百千人汝等誦何等知何經書所誦得幾許隨所誦報言我等誦爾所於摩納所誦百倍萬倍巨億萬倍不相爲比次問第一上座汝知何經書誦得幾

許其人隨所誦多少報言我誦爾所彌却摩納復勝於彼時彌却摩納語言我所誦知者出過汝上即語其人言汝去我坐汝處上座報言汝莫使我移我設於此得好供養及金寶兩倍與汝彌却摩納報言正使滿閻浮提七寶與我者我終不取汝但移去何以故我有此法應坐此座賈人當知時彼彌却摩納移彼上座即自坐之當移坐時地六種震動即共高聲稱善作衆伎樂華香供養賈人當知彼耶若達極懷歡喜自慶無量金鉢盛銀粟銀鉢盛金粟金蓋七寶扇杖金銀澡瓶極妙好氎莊嚴好女至彌却摩納前白言唯願受此衆寶物并受此好女彌却報言我不須是即問言欲須何等報言我須五百金錢即以五百金錢與之賈人當知時彌却摩納取此五百金錢已從坐起而去時蘇羅婆提女亦隨而去時彌却摩納還顧語女言汝何故隨我後行女報言父母遣我與君作妻彌却摩納報言我今修梵行不須汝若有愛欲者乃須汝耳時彼女即還入父園中園中有清淨浴池池中有七莖蓮華五華共一莖香氣芬馥華色殊妙復有二華共一莖其香色殊妙見已便生此念我今觀此華極爲妙好我今寧可採此華與彌却摩納令心喜悦即採華置水瓶中出園外遍求彌却摩納時彌却摩納還入鉢摩大國見國内人民掃除道路除去不淨以好土塡治平正以華布地香汁灑之懸繒旛蓋敷好氍氀見已問城中行人言今觀此城嚴好乃爾爲用歲節爲用星宿吉日而修治如是耶行人報言今定光佛當

來入城以此故修治如是彌却摩納心念言我今宜可以五百金錢買好華鬘好香好伎樂幢旛好蓋先當持用供養定光如來後當更與師求財即於彼鉢摩國所可求買者皆不可得何以故勝怨王制重故時蘇羅婆提女遥見彌却摩納來語言年少何故行歩速疾汝有所須耶即報女言是我須好華問言摩納用華作何等報言我欲作佛種無上根栽其女問言此華已萎枯色變不可復種云何由此作佛種無上根栽摩納報女言此田良美正使此華萎枯色變種子燋爛種之故生耳其女報言汝可取此華去作佛種無上根栽摩納報言若受我價賣與我者我當取之其女報言摩納何以惜我財物我父名耶若達自多饒財寶摩納欲買華者與我作要誓所生之處常與我作夫耶摩納報言我行菩薩道一切無所愛惜有人乞者乃至骨肉不惜唯除父母但恐汝當與我作礙其女報言汝所生處必有大威神我亦有威神欲以我施隨汝與之時以五百金錢買五莖蓮華餘二莖華與彌却摩納言此是我華寄汝上定光如來何以故願與汝所生之處常不相離賈人當知爾時彌却摩納得此七莖華已極懷歡喜不能自勝即詣城東門當爾時不可數億千衆生皆持華香懸繒旛蓋作衆伎樂待定光如來時彌却摩納欲前散華而不能得前即還問勝怨王言汝以何故修治城内爲用歲節會日爲用星宿吉日而莊嚴國土妙好乃爾耶時王報言今有定光如來當入城是故治之耳摩納問王言云何得知如

來三十二相耶王報言諸婆羅門書讖所記是故知之耳摩納報言若爾者我誦此書明知是事王言汝若審知者先可往瞻三十二相然後我當見之賈人當知爾時摩納聞王語已歡喜不能自勝即往城東門外時衆多人民見摩納來歡喜皆與開道何以故承王命故賈人當知時摩納遥見如來心中歡喜即以七莖華散定光如來上佛以威神即於空中化作華蓋廣十二由旬莖在上葉在下香氣馥芬普覆其國無不周遍視之無猒佛所遊行華蓋隨從時城中人民男女盡脱新衣敷地時摩納所被二鹿皮衣脱一敷地時城中人捉此皮衣擲棄時摩納心自念言定光如來不見愍念時定光如來即知彼心所念化地作泥無人能敷衣置上者賈人當知摩納復作是念城内人愚癡無所分别所應敷處不敷即持鹿皮衣敷彼泥中然不掩泥賈人當知摩納髮五百歲常纏未曾解摩納即問如來不審世尊能蹈我髮上過耶報言能摩納即解纏髮以布泥上心發願言若今定光如來不授我莂者我當於此處形枯命終終不起也時定光如來知此摩納至心宿植善根衆德具足以左足蹈髮上而過語言摩納汝還起汝於當來無數阿僧祇劫號釋迦文如來至眞等正覺明行足爲善逝世間解無上士調御丈夫天人師佛世尊聞此莂已即踊在空中去地七多羅樹髮猶布地如故賈人當知時定光如來至眞等正覺右顧猶如大象王告諸比丘汝等莫以足蹈摩納髮上何以故此是菩薩髮一切聲聞辟支佛

所不應蹈上時數千巨億萬人皆散華燒香供養其髮賈人當知時勝怨王大臣十二醜者聞定光如來授摩納剪號尋往至勝怨王所白言我能堪任二萬歲中供養定光如來及衆僧衣被飲食牀卧具病瘦醫藥王報婆羅門言汝意快哉宜知是時時此婆羅門於二萬歲中供養定光如來及比丘僧衣服飲食牀卧具病瘦醫藥已發此願言我今二萬歲中供養定光如來及比丘僧衣服飲食牀卧具病瘦醫藥然摩納移我坐處座奪我供養毀我名譽緣此福報因緣在在生處常當毀辱此人乃至成道終不相捨離賈人當知爾時耶若達婆羅門者豈異人乎莫作異觀今執杖釋種是爾時蘇羅婆提女者豈異人乎今釋女瞿夷是爾時勝怨王大臣十二醜婆羅門者豈異人乎莫作異觀今提婆達身是爾時珍寶仙人者豈異人乎莫作異觀今彌勒菩薩是爾時彌却摩納者豈異人乎莫作異觀今我身是賈人當知學菩薩道能供養爪髮者必成無上道以佛眼觀天下無不入無餘涅槃界而般涅槃況復無欲無瞋無恚無癡施中第一爲福最尊受取中第一而無報相也爾時賈人兄弟二人即從坐起復道而去爾時世尊食賈人麨蜜已即於樹下結跏趺坐七日不動遊解脫三昧而自娛樂七日已從三昧起由食麨蜜故身內風動所以名閻浮提地者樹名閻浮提去彼不遠有呵梨勒樹彼樹神篤信於佛即取呵梨勒果來奉世尊頭面作禮已在一面立樹神白佛言世尊由食麨蜜故身內風動願今可食此

果亦可當食兼以爲藥得除内風時世尊慈愍彼故即便受之告言汝今歸依佛歸依法答言如是即歸依佛歸依法諸神受歸依者呵梨勒樹神最初爾時世尊食呵梨勒果已於樹下結跏趺坐七日思惟不動遊解脱三昧而自娛樂七日後從三昧起到時著衣持鉢入鬱鞞羅村乞食漸至鬱鞞羅村婆羅門舍中庭默然而住婆羅門見世尊默然住發歡喜心即出食施與世尊世尊慈愍故即受彼食告言汝今歸依佛歸依法答言如是世尊我今歸依佛歸依法時世尊受此婆羅門食已更詣一離婆那樹下七日中結跏趺坐思惟不動遊解脱三昧而自娛樂時世尊七日後從三昧起到時著衣持鉢入鬱鞞羅村乞食漸至鬱鞞羅婆羅門舍中庭默然而住

時彼婆羅門婦是蘇闍羅大將女見如來中庭默然住見已發歡喜心即出食施與世尊世尊慈愍彼故即受其食食已告言汝今歸依佛歸依法答言如是我今歸依佛歸依法諸優婆夷受歸依佛歸依法者此鬱鞞羅婦蘇闍羅大將女優婆夷爲最初爾時世尊食彼食已即還詣離婆那樹下七日結跏趺坐思惟不動遊解脱三昧而自娛樂時世尊七日後到時著衣持鉢入鬱鞞羅村乞食漸次至鬱鞞羅婆羅門舍中庭默然而住時鬱鞞羅婆羅門男女見如來已發歡喜心即出食施如來如來慈愍彼故即受其食食已告言汝等今歸依佛歸依法答言爾我等今歸依佛歸依法時世尊食彼食已即詣文驎樹文驎水文驎龍王宮到彼已結跏趺坐七日思

惟不動遊解脫三昧而自娛樂爾時七日天大暴雨極寒文驎龍王自出其宮以身遶佛頭蔭佛上而白佛言不寒不熱耶不爲風飄日暴不爲蚊䖟所觸嬈耶爾時七日後雨止清明時龍王已見雨止清明還解身不復遶佛即化作一年少婆羅門在如來前合掌胡跪禮如來足時世尊七日後從三昧起即以此偈而讚歎曰

離欲歡喜樂　觀察法亦樂　世間無恚樂
不嬈於衆生　世間無欲樂　越度於欲界
能伏我慢者　此最第一樂

爾時文驎龍王前白佛言我所以身遶如來頭蔭如來者不欲嬈佛如來但恐如來身爲寒熱風飄日暴蚊䖟所嬈以是故遶佛身頭蔭其上耳佛告龍王汝今歸依佛法答言如是我今歸依佛法是謂畜生中受二歸依龍王爲首爾時世尊遊文驎龍王樹下住已便往詣阿踰波羅尼拘律樹下到已敷坐具結跏趺坐作是念言我今已獲此法甚深難解難知永寂休息微妙最上智者能知非愚者所習衆生異見異忍異欲異命依於異見樂於巢窟衆生以是樂於巢窟故於緣起法甚深難解復有甚深難解處滅諸欲愛盡涅槃是處亦難見故我今欲說法餘人不知則於我唐勞疲苦耳爾時世尊說此二偈非先所聞亦未曾說

我成道極難　爲在巢窟說　貪恚愚癡者
不能入此法　逆流迴死生　深妙甚難解
著欲無所見　愚闇身所覆

四分律藏卷第三十一

音釋

驎音鄰　鞞駢迷切　眄音面斜視也　麨尺小切乾粮也　塹七豔切坑塹也　徼吉弔切境也　胑章移切與肢同　戾郎計切曲也　捔古岳切校也　葆音保羽葆朱羽幢也　欄楯欄音闌楯食尹切欄檻也　氍毹氍其俱切毹力朱切氍毹毛褥也　傴僂傴於武切僂力主切傴僂背曲也　凸瘠凸徒結切高起貌瘠資昔切瘦也　癭於郢切頸瘤也　鋸音據　髖音寬兩股間也　莂彼列切記莂也　蚊蜎蚊音文蜎肖瘦切

四分律藏卷第三十二

姚秦三藏佛陁耶舍共竺佛念譯

第二分受戒揵度法之二

爾時世尊作是思惟已默然而不說法時梵天王於梵天上遥知如來心中所念已念世間大敗壞如來今日獲此妙法云何默然而住令世間不聞耶爾時梵天如力士屈伸臂頃從彼而來到如來前頭面禮已在一面立白世尊言唯願如來說法唯願善逝說法世間衆生亦有垢薄智慧聰明易度者能滅不善法成就善法爾時世尊告梵天王如是如是梵王如汝所言我向者在閑靜處而生此念言我今已獲此法此法甚深難知難解永寂休息微妙最上賢聖所知非愚者所習衆生異見異忍異欲異命依於異見樂於巢窟衆生以是樂於巢窟故於緣起法甚深難解復有甚深難解處滅諸欲愛盡涅槃是處亦難見故我今欲說法餘人不知則於我唐勞疲苦耳時世尊曾見有此二偈非先所聞亦未曾說

我成道極難　爲在巢窟說　貪恚愚癡者
不能入此法　逆流迴生死　深妙甚難解
著欲無所見　愚闇身所覆

是故梵天我默然而不與人說法爾時梵天復白佛言世間大敗壞今如來獲此正法云何默然不說令世間不聞耶唯願世尊時演正法流布於世世間亦有垢薄聰明衆生易度者能滅不善法成就善法爾時梵天說此語已復說偈言

摩竭雜垢穢　而佛從中生　願開甘露門

爲衆生説法

爾時世尊受梵天勸請已即以佛眼觀察世間衆生世間生世間長有少垢有多垢利根鈍根有易度有難度畏後世罪能滅不善法成就善法猶如優鉢池鉢頭池拘牟頭池分陁利池優鉢鉢頭拘牟頭分陁利華有初出地未出水或有已出地與水齊或有出水塵水不著如來亦復如是以佛眼觀世間衆生世間生世間長少垢多垢利根鈍根易度難度畏後世罪能滅不善法成就善法爾時世尊即與梵天而説此偈言

梵天我告汝　今開甘露門　諸聞者信受
不爲嬈故説　梵天微妙法　牟尼所得法

爾時梵天知世尊受勸請已禮世尊足右遶三帀而去即没不現爾時世尊復作是念我今當先與誰説法聞便即解即念阿蘭迦蘭垢薄利根聰明有智我今寧可先與説法念已復更智生今阿蘭迦蘭命終已經七日亦有諸天來白我言阿蘭迦蘭命終來七日時佛作是念言何其苦哉汝有所失此法極妙如何不聞若得聞者速疾得解時世尊復作是念我今當先與誰説法速疾得解念言鬱頭藍子垢薄利根聰明有智我今寧可先與説法作如是念已復更智生鬱頭藍子昨日命終諸天亦來白我言鬱頭藍子昨日命終佛言何其苦哉汝有所失此法微妙如何不聞若得聞者速得解脱

爾時世尊復作是念我今先當與誰説法聞我法者速得解脱念言此五比丘執事勞苦不避寒暑侍衛供養我今寧可先與説法耶

時世尊復作是念五比丘今於何居止即以天眼清淨過於天人觀五比丘於波羅奈國仙人鹿苑中見已即往詣彼仙人鹿苑所時見優陀耶梵志亦在路行遥見世尊前白佛言瞿曇諸根寂靜顏色怡悅汝師是誰爲從誰學爲學何法爾時世尊以偈報言

一切智爲上　一切欲愛解　自然得解悟
云何從人學　我亦無有師　亦復無等侶
世間唯一佛　淡而常安隱　我是世無著
我爲世間最　諸天及世人　無有與我等
欲於波羅奈　轉無上法輪　世間皆盲冥
當擊甘露鼓

梵志問言向瞿曇所說我無著最勝者願聞其義佛以偈報言

我脱一切結　得盡於諸漏　我勝諸惡法
優陀我最勝

爾時梵志默然時世尊捨去往仙人鹿苑所五比丘遥見世尊來各各相誡勑言此瞿曇沙門行不著路迷荒失志若來至此汝等莫與言語亦莫禮敬更別施小座令坐時世尊漸漸至五比丘所時五比丘不自覺皆起迎禮敬或有爲敷座者或有爲執衣鉢者或取水與洗足者時世尊作是念此愚癡人不能堅固其志共作制限而復自壞何以故不堪佛威故我今寧可即就座而坐五比丘見如來坐已皆稱名汝如來時佛告五比丘言汝等莫稱名汝如來至眞等正覺如來威神無量最勝汝若稱名汝如來長夜受苦無量時五人語言瞿曇汝本所造苦行執持威儀猶不能得上人法神通智見有所增益得自娱

樂況今行不著路迷荒失志佛告五人言汝等曾聞我有二言返覆不報言瞿曇昔來不聞有二言佛言汝等來我今已獲甘露當教授汝等汝等能承受我言者如是不久必有所得所以族姓子以信牢固從家捨家爲道修無上梵行者於現法中自身作證而自娛樂生分已盡梵行已立所作已辦更不受有比丘出家者不得親近二邊樂習愛欲或自苦行非賢聖法勞疲形神不能有所辦比丘除此二邊已更有中道眼明智明永寂休息成神通得等覺成沙門涅槃行云何名中道眼明智明永寂休息成神通得等覺成沙門涅槃行此賢聖八正道正見正業正語正行正命正方便正念正定是謂中道眼明智明永寂休息成神通等正覺道沙門涅槃行四聖諦何謂爲聖諦苦聖諦苦集聖諦苦盡聖諦苦出要聖諦何等爲苦聖諦生苦老苦病苦死苦怨憎會苦愛別離苦所欲不得苦取要言之五盛陰苦是謂苦聖諦復次當知苦聖諦我已知此當修八正道正見正業正語正行正命正方便正念正定何等爲苦集聖諦緣愛本所生與欲相應受樂是謂苦集聖諦復次當滅此苦集聖諦我已滅作證當修八正道正見乃至正定云何名苦盡聖諦彼愛永盡無欲滅捨出要解脫永盡休息無有巢窟是謂苦盡聖諦復次當以苦盡聖諦爲證我已作證當修八正道正見乃至正定何等是苦出要聖諦此賢聖八正道正見乃至正定是謂苦出要聖諦復次當修此苦出要聖諦此苦出要聖諦我已修此苦聖諦本未

聞法智生眼生覺生明生通生慧生得證復次當知此苦聖諦本所未聞法智生乃至慧生復次我已知苦聖諦本未聞法智生眼生覺生明生通生慧生是謂苦聖諦此苦集聖諦本未聞法智生眼生覺生明生通生慧生復次當滅此苦集聖諦本未聞法智生乃至慧生復次我已滅此苦集聖諦本未聞法智生乃至慧生是謂苦集聖諦此苦盡聖諦本所未聞法智生乃至慧生復次此苦盡聖諦應作證本未聞法智生乃至慧生復次此苦盡聖諦我已作證本未聞法智生乃至慧生此苦出要聖諦本未聞法智生乃至慧生復次當修苦出要聖諦本未聞法智生乃至慧生復次我已修此苦出要聖諦本未聞法智生乃至慧生是謂四聖諦若我不修此四聖諦三轉十二行如實而不知者我今不成無上正眞道然我於四聖諦三轉十二行如實而知我今成無上正眞道如無疑滯如來說此四聖諦衆中無有覺悟者如來則爲不轉法輪若如來說四聖諦衆中有覺悟者如來則爲轉法輪沙門婆羅門魔若魔天天及世間人所不能轉者是故當勤方便修四聖諦苦聖諦苦集聖諦苦滅聖諦苦出要聖諦當如是學爾時世尊說此法時五比丘阿若憍陳如諸塵垢盡得法眼生爾時世尊已知阿若憍陳如心中所得便以此言而讚曰阿若憍陳如已知阿若憍陳如已知從是已來名阿若憍陳如時地神聞如來所說便即相告語令如來至眞等正覺於波羅奈仙人鹿苑所轉無上法輪本所未轉沙門婆羅門魔若

魔天天及人不能轉者地神唱聲聞四天王忉利天焰摩天兜術天化樂天他化天展轉相告語言今如來至眞等正覺於波羅奈仙人鹿苑中轉無上法輪沙門婆羅門魔若魔天天及人所不能轉爾時一念頃須臾間展轉相告語聲乃徹梵天爾時尊者阿若憍陳如見法得法成辦諸法已獲果實前白佛言我今欲於如來所修梵行佛言來比丘於我法中快自娛樂修梵行盡苦原時尊者憍陳如即名出家受具足戒是謂比丘中初受具足戒阿若憍陳如爲首時尊者阿若憍陳如前白佛言我今欲入波羅奈城乞食願聽佛言比丘宜知是時時尊者阿若憍陳如即從座起頭面禮世尊足已著衣持鉢入波羅奈城乞食爾時世尊與尊者阿濕卑摩訶摩男比丘說法勸令歡喜所謂法者布施持戒生天之法呵欲不淨有漏繫縛讚歎出離爲樂即於座上諸塵垢盡得法眼淨見法得法獲果實前白佛言我等欲於如來所出家修梵行佛言來比丘於我法中快自娛樂修梵行得盡苦原即名出家受具足戒時阿濕卑摩訶摩男比丘前白佛言我等欲入波羅奈城乞食佛言比丘宜知是時時尊者阿濕卑等即從座起頭面禮世尊足已著衣持鉢入波羅奈乞食時世尊與婆提婆敷二人說法勸令歡喜所謂法者布施持戒生天之法呵欲不淨有漏繫縛讚歎出離爲樂即於座上諸塵垢盡得法眼淨見法得法成辦諸法前白佛言我等欲於如來所修梵行得盡苦原佛言來比丘於我法中快自娛樂修梵行得盡

苦原即名受具足戒時婆提婆敷二人前白佛言我等欲詣波羅奈乞食佛言宜知是時時尊者婆提等即從座起頭面禮世尊足已著衣持鉢入波羅奈城乞食時世尊與三人說法二人乞食二人所得食足六人共食若世尊五人中與二人說法三人乞食三人所得食足六人共食爾時世尊勸喻五比丘漸漸教訓令發歡喜心時世尊食後告五比丘色無我若色是我者色不增益而我不受苦若色是我者應得自在欲得如是色不用如是色以色無我故而色增長故受諸苦亦復不能得隨意欲得如是色便得不用如是色便不得受想行識亦復如是云何比丘色是常耶色無常耶諸比丘白佛言世尊色無常佛言若色無常者是苦是樂耶諸比丘白佛言世尊色是苦佛言若色無常苦者變易法汝等云何色是我是彼是彼所是我所不對曰非也受想行識亦復如是是故諸比丘一切色過去未來現在色若內若外若麤若細若好若醜若遠若近一切色非我非彼非彼所非我所應作是如實正觀智慧受想行識亦復如是如是比丘賢聖弟子作是觀已猒患色已猒患便不著已不著便得解脫已解脫便得解脫智我生已盡梵行已立所作已辦更不復受有受想行識亦復如是爾時世尊說此法時五比丘一切有漏心解脫得無礙解脫智生爾時此世間有六羅漢五弟子如來至眞等正覺爲六

爾時世尊遊波羅奈國時波羅奈國有族姓子名耶輸伽父母止有此一子愍念瞻視不

去目前父母與設三時殿春夏冬使其子常遊戲其中五欲娛樂時童子於五欲中極自娛樂已疲極眠睡眠睡覺已即觀第一殿又見諸妓人所執樂器縱横狼籍更相荷枕頭髪鬔亂却卧鼾睡齘齒寱語見已恐怖身毛爲竪即生猒離意不欲與會此爲苦哉有何可貪即捨所居殿更詣中殿到彼觀其殿舍并妓人如前無異倍生恐怖身毛爲竪即生猒離不欲與會此爲苦哉有何可貪即捨去詣第三殿所見亦復如上倍生恐怖身毛爲竪生猒離心不欲與會亦復如上即還出殿詣尸佉城門時尸佉門神遥見童子來見已便生念此童子來必欲見如來更無餘道我當開門使去即與開門時童子出尸佉城門已詣婆羅河側到已於河岸上解金屐渡婆羅河詣仙人鹿苑所爾時世尊在露處經行遥見童子來即敷座而坐諸佛常法圓光遍照耶輸伽童子遥見如來顔貌端正生喜悦心前至世尊所到已白言我今苦厄無所歸趣願救濟我佛告童子來此處無爲此處無厄此處安隱欲求永寂無爲者欲盡無愛滅盡涅槃也爾時耶輸伽童子禮世尊已在一面坐世尊漸與説法勸令發歡喜心所謂法者布施持戒生天之法呵欲不淨讃嘆出離爲樂即於座上諸塵垢盡得法眼淨見法得法成就諸法自身得果證前白佛言我欲於如來所淨修梵行佛言比丘來於我法中快自娛樂修梵行盡苦原時耶輸伽即受具足戒第一殿舍官人妓女盡皆睡覺已求覓耶輸伽不見往至中殿求之亦不見復至第三

殿舍求索亦復不見時諸宮人妓女往至其母所白言大家今者耶輸伽不知所在時母即速疾至其父所告言知不今不知兒爲何所在時父在彼中殿前沐浴梳頭速疾檢髮即勑左右人言於波羅奈國斷諸巷道自出尸佉城門至婆羅河所見子金屐在河側便作是念我子必當渡河即尋迹渡河往仙人鹿苑中爾時如來遥見耶輸伽父來即以神力使耶輸伽父見佛不見其子至佛所白言大沙門頗見我子耶輸伽不佛言汝今且坐或當見汝子耶輸伽父念言此大沙門甚奇甚特乃見慰勞如是也時耶輸伽父禮佛足已在一面坐世尊漸與說法令發歡喜心可欲不淨讃歎出要爲樂即於座上諸塵垢盡得法眼淨見法得法成辦諸法自審得果證

已前白佛言我今歸依佛歸依法歸依僧唯願世尊聽爲優婆塞自今已去盡形壽不殺生乃至不飲酒是爲最初優婆塞三自歸耶輸伽父爲首爾時世尊與耶輸伽父說法時耶輸伽身漏盡意解得無礙智解脱爾時世間有七羅漢弟子有六佛爲七爾時世尊即攝神足使耶輸伽父見子去佛不遠坐即到耶輸伽所語言汝母在後失汝不知所在極懷愁憂乃欲自害汝可往瞻省勿令自害時耶輸伽瞻視世尊顔時世尊告耶輸伽父言云何族姓子學智學道諸塵垢盡得法眼淨作如是觀已有漏心得解脱云何長者汝已捨欲還復能習欲不耶對曰不也如是耶輸伽族姓子已學智學道諸塵垢盡得法眼淨彼作如是觀已有漏心得解脱終不復習欲

如本在俗時也今耶輸伽族姓子善獲大利學智學道無漏心解脱諸塵垢盡得法眼淨作是觀已有漏心解脱唯願世尊今受我請及耶輸伽并侍比丘爾時世尊默然受請然耶輸伽不肯受别請世尊未聽我受别請佛言自今已去聽受别請請有二種有僧次請有别請時耶輸伽父知如來默然受請即從座起禮佛足而去語耶輸伽母及其本二言汝今知不耶輸伽身在大沙門所修梵行我今日請大沙門及耶輸伽侍從後來汝今知時可供辦所須耶輸伽母及其本二即辦具種種所須飲食已往白時到爾時世尊到時著衣持鉢耶輸伽侍從逋已二人往其父舍到已就座而坐時耶輸伽母及本二奉世尊種種所須飲食食訖攝鉢更取一小座於如來前坐爾時世尊漸次與説微妙法勸令發歡喜心即於座上諸塵垢盡得法眼淨見法得法成就諸法即白佛言自今已去歸依佛法僧聽爲優婆夷我自今已去盡形壽不殺生乃至不飲酒是謂最初受三自歸優婆夷耶輸伽母及其本二爲首時世尊與耶輸伽母及其本二説法已即從座起而去爾時世尊遊波羅奈國時耶輸伽有少小同友四人在波羅奈住一名無垢二名善臂三名滿願四名伽梵婆提聞耶輸伽在大沙門所修梵行各念言此戒德必不虚修沙門梵行亦不虚何以故乃使此族姓子從其受學修梵行彼族姓子能於彼修梵行我等寧可於大沙門所修梵行耶爾時同友四人即往詣耶輸伽所語言汝今於大沙門所修梵行爲勝耶

耶輸伽報言我從大沙門所修梵行甚爲微妙此四人語耶輸伽言我亦欲於大沙門所出家修梵行時耶輸伽即將往世尊所頭面禮足在一面坐白世尊言此四同友在波羅奈住今欲從如來出家修梵行願慈愍聽出家修梵行時世尊即聽漸次爲說勝法勝法者布施持戒生天之法呵欲不淨讚歎出離爲樂即於座上諸塵垢盡得法眼淨見法得法成就諸法得果證前白佛言我等欲從如來所修梵行佛言來比丘於我法中快修梵行盡苦原即名爲出家受具足戒即如先所見重觀察便得盡有漏心得解脫無礙解脫智生時此世間有十阿羅漢弟子如來爲十一爾時世尊遊波羅奈國時耶輸伽少小同友有五十人在波羅奈城外住聞耶輸伽在大沙門所修梵行各生念言此戒德所修梵行不虛何以故知今此族姓子在大沙門所修梵行以是故知彼族姓子能於彼修梵行我今寧可往詣大沙門所修梵行耶爾時同友五十人等往詣耶輸伽所語言此處勝耶修梵行妙耶耶輸伽報言此處勝修梵行亦妙此五十人語耶輸伽言我亦欲於大沙門所出家修梵行時耶輸伽即將往世尊所頭面禮足在一面坐已白世尊言此五十同友在波羅奈城外住今欲從如來出家修梵行願世尊慈愍聽出家修梵行時世尊即聽漸次爲說勝法所謂法者布施持戒生天之法呵欲不淨讚歎出離爲樂即於座上諸塵垢盡得法眼淨見法得法成就諸法得果證前白佛言我等欲從如來所出家修梵行佛言

來比丘於我法中快修梵行盡苦原即名爲受具足戒如先所見重觀已有漏心解脫無礙解脫智生時此世間有六十阿羅漢弟子如來爲六十一爾時世尊遊波羅奈國時有同友五十人來向波羅奈國欲成婚姻在波羅奈城外處處遊觀漸詣仙人鹿野苑時五十人等遥見世尊顔貌端正衆相殊特見已發歡喜心於如來所即前頭面禮足在一面坐已時世尊與說勝法勸令發歡喜心所謂勝法者布施持戒生天之福呵欲不淨讃歎出離爲樂即於座上諸塵垢盡得法眼淨得法見法成就諸法得果證前白佛言世尊我等欲從如來所出家修梵行佛言來比丘於我法中快修梵行盡苦原即名受具足戒如先所見重觀已有漏心解脫無礙解脫智生時世間有百一十阿羅漢弟子佛爲百一十一爾時世尊遊波羅奈國時伊羅鉢羅龍王自出恒河水所居宮手執金鉢盛滿銀粟銀鉢盛滿金粟將諸龍女八日十四日十五日而說此偈

何者王中上　染者與染等　云何得無垢
何者名爲愚　何者流所漂　得何名爲智
云何流不流　而名爲解脫

龍王言若有宣暢此偈義者我當持金鉢盛銀粟銀鉢盛金粟及所將龍女盡當與之我求如來等正覺時衆人大集或有人往詣觀金鉢銀粟銀鉢金粟或有往觀諸龍女者或有往欲與龍王分別偈義者爾時有一梵志名那羅陀住波羅奈城側少垢利根多智聰明時那羅陀出波羅奈城詣龍王所到已語

龍王言汝今說偈我欲與汝廣演其義爾時伊羅鉢羅龍王即以偈向那羅陀說言

何者王中上　染者與染等　云何得無垢
何者名爲愚　何者流所漂　得何名爲智
云何流不流　而名爲解脫

龍王言若有宜暢分別此偈義者我當持金鉢盛滿銀粟銀鉢盛滿金粟及所將龍女盡當與之我求如來等正覺時那羅陀梵志語伊羅鉢羅龍王言且止龍王却後七日當廣演此偈義時那羅陀梵志誦此偈通利還入波羅奈城復作是念此中何者高才大德沙門婆羅門我當以此偈問之復作是念此不蘭迦葉衆中長大爲人師導衆人宗仰名稱遠聞所知如海多人供養我今宜可往彼問此偈義也時那羅陀梵志往至迦葉所以此偈與不蘭迦葉說時迦葉聞此偈實不知即便慼眉瞋目出惡音聲怒項脉脹瞋恚熾盛不答彼即捨去作是念今當更於何處求沙門婆羅門而問此偈義中路復作是念末佉棃劬奢羅阿夷頭翅舍欽婆羅末提侈婆休迦旃延詘若毗羅吒子尼揵子等在於衆中爲師首衆人宗仰名稱遠聞所知如海多人供養我今宜可往彼問此偈義時那羅陀梵志往至末佉棃尼乾子等所以此偈句說彼聞此偈實不知即慼眉瞋目出惡音聲怒項脉脹瞋恚熾盛不能答見已即復捨去復作是念更於何處求沙門婆羅門而問此義也即念言此大沙門瞿曇在大衆中爲師首衆人宗仰名稱遠聞所知如海多人供養我今宜可往彼問此偈義復作是念餘有沙門婆

羅門耆年出家學久猶尚不能解此偈義況此沙門瞿曇年尚幼稚出家日淺豈能解也復作是念年雖幼稚亦不可輕亦有年少出家學道得阿羅漢神足自由者我今當往詣彼沙門問此偈義時那羅陀梵志出波羅柰城往詣仙人鹿苑所到已舉手與如來共相問訊已在一面坐白世尊言欲有所問若沙門瞿曇聽者我當相問佛言梵志汝欲有問隨意時那羅陀復生此念我見彼諸沙門婆羅門無有賜我顏色不與我解亦不言隨所問今所見者甚爲奇特爾時梵志即以偈向佛說

何者王中上　染者與染等　云何得無垢
何者名爲愚　何者流所漂　得何名爲智
云何流不流　而名爲解脫

爾時世尊以偈報那羅陀梵志言

第六王爲上　染者與染等　不染則無垢
染者謂之愚　愚者流所漂　能滅者爲智
能捨一切流　天及於世間　不與流相應
不爲死所惑　能以念爲主　諸流得解脫

爾時那羅陀從如來聞此偈善諷誦讀已即從座起禮世尊足遶三帀而去還入波羅柰城時伊羅鉢龍王七日後自出龍宫將諸龍女持金鉢盛銀粟銀鉢盛金粟而來並說此偈

何者王中上　染者與染等　何者名無垢
何者名爲愚　何者流所漂　得何名爲智
云何流不流　而名爲解脫
若有能演說此偈義者當以此金鉢盛銀粟銀鉢盛金粟及所將龍女當盡與之欲求無

上正眞等正覺爾時多有人衆集會或有看金鉢盛銀粟者或有看銀鉢盛金粟者或有看龍女者或有欲聽那羅陀梵志解說偈義者爾時那羅陀梵志出波羅奈城往詣伊羅鉢龍王宮語龍王言所論偈者一一說之吾當與汝分別解義時龍王即以此偈向那羅陀說

何者王中上　染者與染等　何者名無垢
何者名爲愚　何者流所漂　得何名爲智
云何流不流　而名爲解脫

時那羅陀復以此偈報龍王言

第六王爲上　染者與染等　不染則無垢
染者謂之愚　愚者流所漂　能滅者爲智
能捨一切流　天及於世間　不與流相應
不爲死所惑　能以念爲主　諸流得解脫

時伊羅鉢龍王問言云何梵志汝自有此智而說耶爲從沙門婆羅門聞而說耶報言龍王我無此智說今有沙門瞿曇釋子出家學道成無上正眞等正覺從彼聞而說時龍王便作是念釋迦文如來至眞等正覺已出現於世耶已出現於世耶即問那羅陀言今日如來爲在何處住報言今近在仙人鹿苑住時龍王語那羅陀可共至彼仙人鹿苑所禮如來至眞等正覺時那羅陀及龍王將八萬四千衆前後圍遶往仙人鹿苑到世尊所到已禮世尊足在一面立那羅陀共相問訊在一面坐八萬四千衆或有禮如來足在一面立者或有擎拳共相問訊在一面坐者或有向如來自稱姓名而在一面坐者或叉手視如來在一面坐者或有默然不語在一面坐

者八萬四千衆已坐定世尊漸次爲說勝法
勸令發歡喜心所謂法者布施持戒生天之
法呵欲不淨讚歎出離爲樂時那羅陀及八
萬四千衆即於坐上諸塵垢盡得法眼淨見
法得法成就諸法得果證前白佛言我等自
今已去歸依佛法僧唯願世尊聽爲優婆塞
盡形壽不殺生乃至不飲酒時伊羅鉢龍王
悲泣不能自勝或時踊躍歡喜時那羅陀語
龍王言今者悲泣爲惜金鉢盛銀粟銀鉢盛
金粟及龍女等而悲泣耶龍王報言我不以
此諸物故悲泣那羅陀當知汝今取金鉢盛
銀粟銀鉢盛金粟應取無苦若須波羅奈城
中刹利女婆羅門女居士女工師女者我當
勸令與汝何以故那羅陀汝不能與龍女共
會那羅陀報龍王言金鉢盛銀粟銀鉢盛金
粟我不須龍女亦不須我今欲於如來所修
梵行爾時那羅陀梵志見法得法成就諸法
自知得果證前白佛言唯然世尊我今欲於
如來所出家修梵行佛言來比丘於我法中
快修梵行盡苦原即名受具足戒如先所見
重觀察已有漏心解脫無礙解脫智生時世
間有一百一十一阿羅漢佛爲百一十二爾
時世尊告龍王言汝何故悲泣不能自勝耶
時龍王白佛言世尊我念古昔迦葉佛時修
梵行故犯戒壞伊羅鉢樹葉此當有何報應
世尊我由此業報故生長壽龍中如來般涅
槃法滅盡後我乃當轉此龍身我失彼此二
邊利不得修梵行以是故悲泣不能自勝爾
時世尊復問龍王言汝以何緣復歡喜耶龍
王白佛言我身自從迦葉佛聞而告我言卻

後當有釋迦牟尼佛出現於世爲如來至眞等正覺如今所見如實不異我作此念未曾有如來智慧所見如實無二以是故歡喜踊躍不能自勝佛告龍王汝今歸依佛法僧答言如是我今歸依佛法僧是爲畜生中最初受三自歸伊羅鉢龍王爲首爾時世尊以偈告諸比丘

我已脫一切　天及於世間　汝亦脫一切
天及於世間

爾時魔波旬以偈向世尊說

汝爲諸結縛　天及於世間　一切衆結縛
沙門不得脫

爾時世尊復以偈報波旬言

我脫於諸縛　天及於世間　一切縛得脫
我今已勝汝

爾時波旬復以偈報佛言

汝内有結縛　心在於中行　以是隨逐汝
沙門不得脫

爾時世尊復以偈報波旬言

世間有五欲　意識爲第六　我於中無欲
我今得勝汝

時魔波旬作是念如來鑒察我意皆悉知之即懷愁憂不樂自隱形還歸本處爾時世尊告諸比丘說此偈言

我今一切解　天及於世間　汝等一切解
天及於世間

佛告諸比丘汝等人間遊行勿二人共行我今欲詣憂留頻螺大將村說法對曰如是世尊諸比丘受敎已人間遊行說法時有聞法得信欲受具足戒時諸比丘將欲受具足戒

者詣如來所未至中道失本信意不得受具足戒諸比丘以此事白佛佛言自今已去聽汝等即與出家受具足戒欲受具足戒者應作如是教令剃鬚髮著袈裟脫革屣右膝著地合掌教作如是語我某甲歸依佛歸依法歸依僧今於如來所出家如來至眞等正覺是我所尊如是第二第三竟我某甲已歸依佛歸依法歸依僧於如來所出家如來至眞等正覺是我所尊如是第二第三佛言自今已去聽三語即名受具足戒爾時世尊遊鬱鞞羅劫波園中時有鬱鞞羅跋陀羅跋提同友五十人將諸婦女於此園中共相娛樂其同友中一人無婦以錢雇一婬女將來共相娛樂婬女即偷其人財物逃走時諸同友見其失物即於此園中求覓此婬女遥見如來顔貌端正諸根寂定見已便發歡喜心於如來所即前白世尊言大沙門頗見一婦人來此不佛問言汝等是何童子求何等婦女耶答言大沙門當知鬱鞞羅跋陀羅跋提同友五十人於此園中與諸婦女共相娛樂一同友無婦以錢雇一婬女將來在此共相娛樂即便偷其物逃走不知所在我今同友等故來於此求覓此女佛問言云何童子寧自求耶求婦女耶諸童子言寧自求不求婦女佛言諸童子且坐與汝說法時童子等禮世尊足在一面坐爾時世尊與童子等說勝法勸令發歡喜心所謂法者布施持戒生天之法呵欲不淨讚歎出離爲樂即於座上諸塵垢盡得法眼淨見法得法成就諸法得果證前白佛言我等諸童子欲於如來所出家修梵

行佛言來比丘於我法中快修梵行盡苦原即名爲受具足戒

爾時世尊遊鬱鞞羅時鬱鞞羅婆界有梵志名鬱鞞羅迦葉於彼住止將五百螺髻梵志爲最尊者師首憍伽摩竭國中皆稱爲阿羅漢爾時世尊詣鬱鞞羅迦葉所到已語言吾欲借室寄止一宿可爾已不報言不惜但此室有毒龍極惡恐相害耳佛言無苦但見借龍不害我迦葉報言此室寬廣欲宿隨意時世尊即入石室自敷坐具結跏趺坐直身正意爾時毒龍見如來默然坐已即放烟如來亦放烟龍見如來放烟已復放火如來亦復放火時石室中烟火俱起時迦葉遥見石室烟火俱起便作是念瞿曇沙門極端正可惜必爲毒龍所害無疑時世尊作是念我今宜可取此毒龍不傷其體而降伏之即以神力降之不傷龍身毒龍身放烟火漸漸減少如來身中放無數種種光明青黃赤白瑠璃玻瓈色時如來即降毒龍盛著鉢中明日清旦往鬱鞞羅迦葉所語言汝欲知不所言毒龍者吾已降之今在鉢中迦葉念言此沙門瞿曇有大威德神足自在乃能降此毒龍無所傷害此沙門瞿曇雖神足自在得阿羅漢不如我得阿羅漢迦葉言大沙門可於此止宿吾當給食佛告迦葉汝能身自白時到者我當受汝請迦葉白言大沙門但在此止宿我當自來白時到時如來即於迦葉所食已還石室宿時世尊其夜寂靜入火光三昧照彼石室烔然大明時迦葉夜起見石室火光烔然見已便作是念今大沙門極端正止彼石

室爲火所燒即將徒衆圍遶石室住清旦迦葉白佛言食時已到可往就食又復問言大沙門昨夜何故有大火光佛告迦葉我昨夜入火光三昧令此石室炯然大明迦葉念言此大沙門有大威神於夜寂靜入火光三昧照此石室沙門瞿曇雖得羅漢不如我得羅漢爾時世尊食迦葉食已更詣一林於彼止宿明日迦葉往世尊所白時到可往就食佛告言汝並在前吾尋後往爾時世尊遣迦葉已詣閻浮提樹名閻浮提者由有閻浮樹故如來往彼取閻浮果先至迦葉座上而坐迦葉後到見佛先在坐見已白言云何大沙門先遣我前來今云何已在前至耶佛告迦葉我發遣汝在前已我詣閻浮提取閻浮果先來至此坐此果色好香美汝可食之迦葉報言止止大沙門此便爲供養我已大沙門自食此是大沙門所應食迦葉念言此大沙門有大神足自在得阿羅漢不如我得阿羅漢時世尊食迦葉食已還本林住時迦葉明日清旦往詣世尊所到已白言今時已到宜可就食佛告迦葉汝並在前吾尋後至時世尊遣迦葉已詣閻浮提去彼不遠有呵梨勒樹取呵梨勒果如來先至在座而坐時迦葉後至見如來先至問言大沙門先遣我言當尋後至今云何先至坐我座耶佛告迦葉我遣汝後詣閻浮提去彼不遠有呵梨勒樹我詣彼取呵梨勒果來到此此呵梨勒果色好香美可取食之迦葉報言大沙門止止此便爲得供養已大沙門可自食此是大沙門所應食迦葉念言此大沙門有神足自在得阿羅

漢雖爾不如我得阿羅漢阿摩勒果鞞醯勒果亦復如是時如來食迦葉食已還於本林止宿明日迦葉往詣如來所白言時已到可就食佛告迦葉汝並在前吾尋後往世尊遣迦葉已詣北鬱單越取自然粳米而還先至在座而坐迦葉後至見已問言大沙門先遣我言並在前當尋後至云何今者先至耶佛言吾遣汝後北至鬱單越取自然粳米來至此坐此米色好香美汝可取食之迦葉報言且止此便爲得供養已可自取食之此是大沙門所應食者迦葉念言此大沙門有神足自在得阿羅漢雖爾不如我得阿羅漢時世尊即食此已還詣本林止宿明日清旦迦葉往詣佛所白言時到可就食佛告迦葉汝並在前吾正爾後往時世尊遣迦葉已往詣忉利天取曼陀羅華先至迦葉座上坐時迦葉後至見已白言大沙門先遣我言吾尋後至云何今者先至坐耶佛告迦葉吾遣汝已到忉利天取此華先來至此坐此華色好香氣芬馥迦葉須者便可取之迦葉報言止止大沙門我便爲得供養已大沙門可自取用之迦葉念言甚奇甚特此大沙門有大神足自在得阿羅漢雖爾不如我得阿羅漢時世尊食迦葉食已還詣本林止宿其夜四天王持供養具來詣世尊所皆欲聞法供養夜暗時放光明照四方猶如大火聚合掌禮如來足已在前而住時迦葉夜起見彼林有大光明照四方如大火聚明日清旦往如來所白言時已到可往就食又問言大沙門昨夜云何有此光明照四方如大火聚佛告迦葉昨夜

四天王持供養具來詣我所欲聽受法是其光明照四方非火也迦葉言甚奇甚特大沙門有大神力乃使四天王來聽法大沙門有大神足自在得阿羅漢雖爾故不如我得阿羅漢時世尊食迦葉食已還詣本林時釋提桓因持供養具來欲聞法夜闇時放大光明照四方如大火聚踰於前光清淨無瑕穢又手合掌禮如來在前而住聽法迦葉夜起遥見光明照四方踰於前光清淨無瑕穢見已明日往世尊所白時到可往就食又復問言大沙門昨夜有大火光照於四方如大火聚踰於前光清淨無瑕穢是何光明

四分律藏卷第三十二

音釋

荷抌 荷何佐切加也抌職任切卧首據物也　鼾 許干切卧氣激聲也　齘 胡介切齒相切也　寱語 寱魚祭切寐中有言爲寱語　佉 丘迦切　蹙 子六切促也　侈 尺氏切　訕 音刪

四分律藏卷第三十三

姚秦三藏佛陀耶舍共竺佛念譯

第二分受戒揵度法之三

佛告迦葉昨夜釋提桓因持供養具來供養我欲聽法是其光耳迦葉念言甚奇甚特大沙門威德乃爾使釋提桓因持供養具來聽法也大沙門神足自在得阿羅漢雖爾故不如我得阿羅漢時世尊食彼食已還詣本林時梵天王欲與供養於如來所夜闇時放大光明照四方如大火聚勝於前光清淨無瑕穢叉手合掌禮如來已在前而住迦葉夜起見林中有大光明照四方如大火聚清淨無瑕穢勝於前光見已明日往如來所白言時已到可往就食又復問言昨夜有大光勝於前光云何得爾耶佛告迦葉昨夜梵天王來聽法是其光耳迦葉念言此大沙門有大神德甚奇特乃能令梵天王來聽法此大沙門有大神足自在得阿羅漢雖爾故不如我得阿羅漢時世尊食彼迦葉食已還彼林中時迦葉欲大祠祀於摩竭國界多人集會迦葉念言我祠祀多人集會大沙門不來者不亦快也何以故我今大祠祀摩竭國人皆集大沙門顏貌端正世所希有若衆人見者必當捨我事彼爲師不承事我時世尊知迦葉心所念即詣鬱單越取自然粳米於阿耨大泉坐晝日坐處時迦葉復生此念大沙門今何以不來就食我今大祠祀摩竭國人大會寧可留分耶即勑左右留分明日清旦迦葉詣佛所白言日時已到宜知是時又復問言大沙門昨日何以故不來耶我昨日大祀多人

集會我作是念云何今日沙門不來至耶我即留食分佛告迦葉我亦先知汝意汝自念言今日大沙門不來者則成我大祠何以故我今大祠祀摩竭國多人集會大沙門顏貌端正諸人見者皆當捨我事彼爲師不復事我我知汝心中所念已便至欝單越取自然粳米詣阿耨大泉坐晝日坐處時迦葉念言此大沙門甚奇甚奇有大神德知我心中所念已乃至欝單越取自然粳米至阿耨大泉坐晝日坐處此大沙門雖有大神足自在得阿羅漢故不如我得阿羅漢爾時世尊食迦葉食已還本林中時世尊得一貴價糞掃衣念言當云何得水浣此衣爾時釋提桓因知佛心中所念即於如來前指地成大池極爲清淨無有垢濁前白佛言願世尊用此水浣衣時世尊復作是念當於何物上浣衣爾時釋提桓因知如來心中所念往詣摩頭鳩羅山取四方大石置如來前唯願世尊於此石上浣衣時世尊復作是念浣衣已當於何處曬衣釋提桓因復知世尊心中所念復詣摩頭鳩羅山更取大方石置如來前願於此石上曬衣時世尊浣曬衣已復生此念我今寧可於此指地池中洗浴即脱衣洗浴世尊復作是念我今當攀何物出此池時彼池側有一大迦休樹本曲外向世尊生此念已樹即迴向池世尊得攀而出時迦葉明日清旦往世尊所白言時已到可往就食又問言大沙門何由有此好池本所不見佛告迦葉我近者得一貴價糞掃衣我念言當云何得水浣此衣時釋提桓因知我所念即以指指地便

有此池清淨無有垢濁頗世尊可於此池浣衣迦葉當知此池名爲指地池猶若神池無異復問言何由有此大方石本所無有佛告迦葉我作是念當於何處浣衣時釋提桓因知我所念已即詣摩頭鳩羅山上取此四方石來語我言可於此石上浣衣復問言此第二方石何由而有本來不見佛告迦葉我浣衣已念言當於何處曬衣釋提桓因知我心中所念復詣摩頭鳩羅山上取此方石來語我言願於此石上曬衣復問言此池上樹本曲外向今何由内向佛告迦葉我浣曬此衣已作是念我寧可入此池洗浴即便入池浴浴已念言何所攀而出於是此樹即迴曲内向令我得攀而出是故爾耳即告迦葉當知猶如神樹無異時迦葉念言大沙門甚奇甚特有大神力釋提桓因供給所須乃使無情物隨意迦葉言此大沙門神足自在得阿羅漢雖爾故不如我得阿羅漢時世尊食迦葉食已還詣本林時迦葉復生此念若有人來至此我當與食時世尊即化作五百比丘著衣持鉢從遠而來時迦葉遥見五百比丘著衣持鉢從遠而至生此念咄哉此諸比丘從何而來我何由得食與之時世尊即攝神足還使五百比丘不現迦葉念言此皆是大沙門神力所爲時迦葉復作是念若有人來至此者我當與食時世尊復以神力化作五百螺髻梵志手持澡瓶從遠而來時迦葉遥見五百辮髮梵志手持澡瓶來作是念言咄哉令五百梵志來何由得食與之時世尊即攝神足令五百梵志不現迦葉念言此大沙門

所爲時迦葉復生此念若有人來至此我當與食時世尊復化作五百事火梵志去石室不遠皆共禮火神時迦葉見已作是念言咄哉此從何來我當何由得食與之時世尊即攝神足令五百梵志不現迦葉念言此皆是大沙門所爲時迦葉弟子諸梵志日三入水浴極寒顫不堪爾時世尊即化作五百火爐皆無烟焰使諸梵志各得自炙諸梵志念言此皆是大沙門所爲時諸梵志皆欲破薪而不能得破諸梵志念言此皆是大沙門威力所爲適得破便復念言是大沙門神力所爲欲得擧斧不能得擧念言是大沙門所爲適得擧斧復念言是大沙門所爲諸梵志欲得下斧而不能得下念言此大沙門所爲適得下斧念言是大沙門所爲諸梵志欲然火不能得然念言皆是大沙門所爲火既得然念言大沙門所爲欲滅而不能得滅念言皆是大沙門所爲適得滅念言是大沙門所爲捉澡瓶水欲寫去而不能得出念言大沙門所爲既得去水念言大沙門所爲諸梵志欲得止澡瓶水不能得止念言大沙門所爲既得止念言大沙門所爲爾時四面有大黑雲起天大雨墮如象尿潦水齊腰時迦葉念言此大沙門極爲端正人中第一或能爲水所漂即將徒衆乘一樹船往救世尊世尊爾時在外露地經行地燥如舊時迦葉見佛露地經行地燥如舊猶如屋内念言此大沙門甚奇甚特使無情之物迴轉如意此大沙門神足自在得阿羅漢雖爾故不如我得阿羅漢迦葉他日復往世尊所白言食時已到可往就

食佛言迦葉汝並在前吾後當往時世尊遣迦葉已猶如力士屈伸臂頃從經行地没即於彼貫迦葉船底而出見已便作是言此大沙門有大神德先遣我言後至今者乃先在船耶佛告迦葉吾遣汝已如力士屈伸臂頃於經行地没貫汝船底而出迦葉作是念言此大沙門有大神力先遣我已後來湧出船上大沙門有大神力得阿羅漢雖爾故不如我道真爾時世尊知迦葉心中所念告言汝常稱言大沙門雖得阿羅漢不如我得阿羅漢如今觀汝非阿羅漢非向阿羅漢道迦葉念言此大沙門有大威神知我心中所念此大沙門有大神足自在得阿羅漢我今寧可從彼修梵行即前白佛我今欲從如來所修梵行佛告迦葉汝有五百弟子從汝學梵行

汝應告彼使知若彼有意樂者自隨所樂修行時迦葉即往弟子所告言汝等知不我今欲從沙門瞿曇所修梵行汝等心所樂者各自隨意諸弟子白言我等久已有信心於彼沙門所唯待師耳爾時五百弟子即持螺髻事火具淨衣澡瓶往擲尼連禪水中已來詣如來所頭面禮足在一面坐時世尊與五百人漸次爲說勝法勸令發歡喜心所謂法者布施持戒生天之法呵欲不淨讚歎出離爲樂五百人即於座上諸塵垢盡得法眼淨見法得法成就諸法得果證前白佛言我等欲於如來所出家修梵行佛言來比丘於我法中快修梵行得盡苦際即名爲受具足戒時迦葉中弟名那提迦葉在尼連禪水下流居有三百弟子於中最爲尊上爲衆人師首時

彼衆中有一弟子至尼連禪水上看見水中有事火具及髮澡瓶有淨衣爲水所漂見已疾疾來至那提迦葉所語言師當知此尼連禪水中有髮事火具淨衣澡瓶爲水所漂不審上流大師將無爲惡人所害時鬱鞞羅迦葉小弟名伽耶迦葉居象頭山中有二百弟子於中爲師首時那提迦葉語一弟子言汝速往至象頭山中到已語伽耶迦葉言知不今尼連禪水中有事火具諸物盡爲水所漂汝速來可共往看兄將無爲惡人所害也時弟子受那提迦葉語已往伽耶迦葉所小師知不師有此語尼連禪水中有澡瓶淨衣髮諸事火具爲尼連禪水所漂速來共往看大兄將無爲惡人所害也時小弟聞其語已即將二百弟子詣那提迦葉所到已那提迦葉伽耶迦葉復語一弟子言汝速往至大兄所看將無爲惡人所害也時彼弟子受二師語已即往看大兄到已問言云何大師從此大沙門學修梵行爲勝也迦葉報言汝等當知我從世尊出家學道極爲勝妙時彼弟子還至二師所語言諸師當知我大師已將諸弟子詣大沙門所出家修梵行時二師念言從家捨家從彼學梵行者必不虛何以故我兄聰明垢薄多有智慧而將諸弟子從彼受學必思量得所故爾耳而況我等不從受學時那提迦葉伽耶迦葉各將諸弟子詣大兄所到已白兄言大兄此處勝也兄報二弟言此處極勝從家捨家從大沙門修梵行者乃爲勝妙二弟白兄言我弟亦欲從大沙門學修梵行爾時鬱鞞羅迦葉將二弟并五百弟子

往詣世尊所頭面禮足在一面坐時鬱鞞羅迦葉前白佛言我有中弟名那提迦葉在尼連禪水邊住常教授三百弟子爲人師首次第三弟在象頭山中住教授二百弟子爲人師首今各來集欲從世尊求修學梵行唯願世尊聽出家受具足得修梵行世尊即聽漸次爲說勝法所謂法者布施持戒生天之法呵欲不淨讃歎出離爲樂即於座上諸塵垢盡得法眼淨見法得法成就諸法得果證各前白佛言唯然世尊我等欲從如來法中出家修梵行佛言來比丘於我法中快得修梵行得盡苦際即名爲受具足戒時世尊度此千梵志授具足已將至象頭山中於象頭山中有千比丘僧以三事教化一者神足教化二者憶念教化三者説法教化彼神足教化者或化一作無數或無數還爲一内外通達石壁皆過如遊虚空無所妨礙於空中結跏趺坐亦如飛鳥周旋往來入地如水出沒自在履水如地而不沒溺身放煙火如大火聚日月有大神德靡所不照能以手捫摸身至梵天往來無礙是謂世尊神足教化千比丘憶念教化者教言汝當思惟是莫思惟是當念是莫念是當滅是當成就是是謂世尊憶念教化千比丘説法教化者一切熾然何等一切熾然眼熾然色熾然眼識熾然眼觸熾然若復眼觸因緣生受若苦若樂若不苦不樂亦名爲熾然何等爲熾然熾然者欲火恚火癡火也復云何名熾然熾然者生老病死愁憂苦惱熾然我説此苦所生處乃至意亦如是爾時世尊以此三事教授千比丘爾時

千比丘受此三事教授已即時無漏心解脫無礙解脫智生爾時世尊化此千比丘已便作是念我先許瓶沙王請若我成佛得一切智先來至羅閱城我今應往見瓶沙王即正衣服將大比丘千人皆是舊學螺髻梵志皆已得定調柔永得解脫從摩竭國界遊化漸至杖林中爾時世尊於杖林中善住尼拘律樹王下坐時瓶沙王聞沙門瞿曇出自釋種出家學道將千弟子遊行摩竭界皆是舊學螺髻梵志皆已得定調柔永得解脫從摩竭界遊行來至杖林中止善住尼拘律樹王下坐彼沙門瞿曇有大名稱靡所不聞所謂名稱者如來至眞等正覺明行足爲善逝世間解無上士調御丈夫天人師佛世尊於天及世間人魔若魔天及梵天衆沙門婆羅門衆中自知得神通智證常自娛樂與人說法上中下言悉善義味深邃具足演布修諸梵行善哉乃得見如是阿羅漢我今寧可自往見大沙門瞿曇時王瓶沙駕萬二千乘車將八萬四千人前後圍遶以王威勢出羅閱城欲見世尊時王瓶沙往杖林中齊車所至處即下車步進入林遥見世尊顏貌殊特猶如紫金便發歡喜心於如來所前頭面禮足已在一面坐時摩竭國人或有禮足而坐者或有舉手相問訊而坐者或有稱姓名而坐者或有叉手合掌向如來而坐者或有默然而坐者時摩竭國人作是念爲大沙門從鬱鞞羅迦葉學梵行也爲鬱鞞羅迦葉并弟子衆從大沙門瞿曇學梵行也時世尊知其國人心中所念即以偈向鬱鞞羅迦葉說

汝等見何變　捨諸事火具　吾今問迦葉
云何捨火具

爾時迦葉復以偈報世尊言

飲食諸美味　愛欲女及祀　我見如來垢
故捨事火具

世尊復以偈問迦葉言

飲食諸美味　於中無所樂　天上及世間
今說樂何處

迦葉復以偈報世尊言

我見迹休息　三界無所礙　不異不可異
不樂事火祀

時摩竭國人復生是念大沙門說二偈鬱鞞羅迦葉亦說二偈我等猶故未別爲大沙門從迦葉受學耶爲迦葉及弟子從大沙門受學耶時世尊知摩竭國人心中所念已告迦葉言汝起爲吾扇背答言爾時迦葉受佛教已即從座起上昇虛空還下禮世尊足以手摩捫如來足以口嗚之自稱姓字世尊是我師我是弟子即持扇在如來後而扇時摩竭國人自相謂言大沙門瞿曇不從迦葉學梵行迦葉及弟子衆從大沙門瞿曇學梵行爾時世尊知摩竭國人無有疑故漸次爲說法勸令發歡喜心所謂法者布施持戒生天之法呵欲不淨讚歎出離爲樂時摩竭國人瓶沙王爲首八萬四千人十二那由他天諸塵垢盡得法眼淨見法得法成就諸法自知得果證前白佛言我等歸依佛法僧聽爲優婆塞盡形壽不殺生乃至不飲酒瓶沙王見法得法前白佛言自念昔日爲太子時心生六願一者若父壽終我登位爲王二者當我治

國時願佛出世三者使我身見世尊四者設我見佛已生歡喜心於如來所五者已發歡喜心得聞正法六者聞法已尋得信解今我父王已命終得登位爲王然我治國正值佛出世今復自見佛見佛已發歡喜心於佛所已發歡喜心便得聞法聞法已便得信解今正是時唯願世尊入羅閱城時世尊默然受缾沙王請已即從座起著衣將千比丘皆是舊學螺髻梵志皆已得定調柔永得解脫萬二千乘車八萬四千衆前後圍遶以佛威神入羅閱城爾時值天雨世尊前後中則清明上有雲蓋世尊現此變化入羅閱城時釋提桓因化作一異婆羅門手執金杖金澡缾金柄扇身在空中去地四指在如來前引導復以無數方便讚歎佛法僧時摩竭國人皆作是念誰威神化作此婆羅門形手執金杖金澡缾金柄扇身在空中去地四指在如來前引導遮却衆人復以無數方便讚歎佛法僧也時摩竭國人向釋提桓因而說頌曰

誰化作梵志　今在衆僧前　歎頌佛功德
汝所事者誰

爾時釋提桓因復以偈報摩竭國人

勇猛一切解　愛欲及飲食　慙愧念知足
我是彼弟子　世無有與等　不見相似者
如來至眞佛　我是給使者　滅欲及瞋恚
無明永已盡　漏盡阿羅漢　我是給使者
猶如度溺者　瞿曇是法船　最勝度彼岸
我是給使者　已度四流際　能說不死法
最勝無礙法　我是給使者

爾時摩竭國王缾沙復作是念若使世尊將

諸弟子入羅閱城先至國中者我當即以此園地施之立精舍時羅閱城諸園中迦蘭陀竹園最勝時世尊知摩竭王心中所念即將大衆詣竹園已王即下象自疊象上褥作四重敷地前白佛言願世尊坐世尊即就座而坐時瓶沙王持金澡瓶水授如來令清淨白佛言今羅閱城諸園中此竹園最勝我今施如來願慈愍故受佛告王言汝今持此竹園施佛及四方僧何以故若如來有園物房舍房舍物衣鉢尼師壇針筒即是塔諸天世人魔若魔天沙門婆羅門所不堪用王言我今以此竹園施佛及四方僧時世尊以慈愍心受彼園已即爲呪願

種植諸園樹　并作橋船梁　園果諸浴池
及施人居止　如是之人等　晝夜福增長
持戒順正法　彼人得生天

爾時瓶沙王前禮世尊足已更取一小牀在如來前坐欲得聞法時世尊漸次爲王說法勸令發歡喜心發歡喜心已從座起禮佛而去爾時世尊在羅閱城時城中有刪若梵志有二百五十弟子優波提舍拘律陀爲上首爾時尊者阿濕卑給侍如來時到著衣持鉢入城乞食顏色和悅諸根寂定衣服齊整行步庠序不左右顧視不失威儀時優波提舍時到已入園觀看見阿濕卑威儀如是便生是念今觀此比丘威儀具足我今寧可往問其義復自念言此比丘乞食時非問義時今且待彼彼乞食已當往問義時優波提舍尋從其後時阿濕卑比丘入羅閱城乞食已置鉢在地疊僧伽棃優波提舍念言此比丘乞

食已竟今正是問義時我今當問即往問義汝爲誰師字誰學何法即報言我師大沙門是我所尊我從彼學優波提舍即復問言汝師大沙門說何法也報言我年㓜稚出家日淺未堪廣演其義我今當略說其要優波提舍言我唯樂聞爲要不在廣略阿濕卑言汝欲知之如來說因緣生法亦說因緣滅法若法所因生如來說是因若法所因滅大沙門亦說此義此是我師說時優波提舍聞已即時諸塵垢盡得法眼淨時優波提舍念言齊入如是法至無憂處無數億百千那由他劫本所不見優波提舍拘律陀先有要言若先得妙法者當相告語時優波提舍即往至拘律陀所拘律陀見優波提舍來便作是語汝今顏色和悅諸根寂定如有所得將不見法

耶答曰如汝所言問言得何等法報言彼如來說因緣生法亦說因緣滅法若法所因生如來說是因若法所因滅大沙門亦說此義拘律陀聞是語已即時諸塵垢盡得法眼淨拘律陀念言齊入如此法得至無憂處無數億千那由他劫本所不見拘律陀問言不審世尊今在何處住報言如來今在迦蘭陀竹園住拘律陀語優波提舍言今日可共往如來所禮敬問訊即是我等師優波提舍報言我等先有二百五十弟子從我所修梵行當語彼令知隨彼意所欲時優波提舍與拘律陀詣諸弟子所語言汝等知不我等二人欲從大沙門學梵行汝等各隨意所欲諸弟子各言我等諸人皆從師受學今大師猶從彼學我等豈得不從學耶若師所得者我等亦

當得之時優波提舍拘律陀并諸弟子相與俱詣竹園時世尊與無數百千衆圍遶而爲說法遥見優波提舍拘律陀并諸弟子來見已告諸比丘彼遠來二人者一名優波提舍二名拘律陀此二人於我諸弟子中最爲上首智慧無量無上得二解脫未至竹園如來已授記莂二人爲匹同友二人并諸弟子到如來所頭面禮足已在一面坐時世尊漸次爲說勝法令發歡喜心所謂法者布施持戒生天之法呵欲不淨讚歎出離爲樂即於座上諸塵垢盡得法眼淨見法得法成就諸法自知得果證已前白佛言我等欲從如來法中出家修梵行佛言來比丘於我法中快修梵行得盡苦原即名出家受具足戒爾時世尊遊羅閱城時尊者鬱鞞羅迦葉與諸弟子出家學道復有删若二百五十梵志出家學道羅閱城中諸豪貴族姓子等亦出家學道時羅閱城中諸長者自相誡勑言汝等有兒者各自慎護婦有夫主者亦慎護之今大沙門從摩竭國界度諸梵志自隨今來至此復當將此諸人去爾時諸比丘乞食時聞此諸人所說此大沙門將諸梵志自隨來此今復當將此諸人去諸比丘皆懷慙愧往世尊所以此因緣具白世尊世尊告諸比丘汝等入羅閱城中乞食聞諸長者作是言大沙門來至國界度諸梵志將自隨今復當度此諸人將去者汝等便以此偈報之

如來大勢力　以法而將去　以法將去者
汝等何憂懼

爾時諸比丘受佛教已入羅閱城乞食聞諸

長者說此語時即以此偈報之
如來大勢力　以法而將去　以法將去者
汝等何憂懼
時諸長者作是念我等如所聞大沙門以法
將去不爲非法
爾時尊者鬱鞞羅迦葉將諸弟子出家學道
删若梵志亦將二百五十弟子出家學道羅
閱城諸豪姓子亦出家學道大衆皆集遊羅
閱城時彼未被敎誡者不案威儀著衣不齊
整乞食不如法處處受不淨食或受不淨鉢
食在小食大食上高聲大喚如婆羅門聚會
法時有一病比丘無弟子無瞻視者命終諸
比丘以此因緣往白世尊世尊言自今已去
聽有和尚和尚看弟子當如兒意看弟子看
和尚當如父意展轉相敬重相瞻視如是正
法便得久住增益廣大當如是請和尚請時
當敎偏露右臂脫革屣右膝著地合掌作如
是語我某甲今請大德爲和尚願大德爲我
作和尚我依大德故得受具足戒第二第三
亦如是說和尚當報言可爾若言如是若言
當敎授汝若言清淨莫放逸佛言自今已去
捨去語授具足戒自今已去聽滿十人當授
具足戒白四羯磨當如是授具足戒欲受戒
者詣僧中偏露右臂脫革屣禮僧足右膝著
地合掌作如是白大德僧聽我某甲從某甲
求受具足戒我某甲今從衆僧乞受具足戒
某甲爲和尚願僧濟度我慈愍故如是第二
第三說衆中當差堪能羯磨者如上當作如
是白大德僧聽此某甲從某甲求受具足戒
此某甲今從衆僧乞受具足戒某甲爲和尚

若僧時到僧忍聽與某甲受具足戒某甲爲和尚白如是大德僧聽此某甲從某甲求受具足戒此某甲今從衆僧乞受具足戒某甲爲和尚誰諸長老忍僧與某甲受具足戒某甲爲和尚者默然誰不忍者說此是初羯磨第二第三亦如是說衆僧已與某甲受具足戒某甲爲和尚竟僧忍默然故是事如是持時諸比丘知世尊制戒聽授人具足戒新學比丘輒授人具足戒不能教授以不能教授故不案威儀著衣不齊整乞食不如法處處受不淨食或受不淨鉢食在小食大食上高聲大喚如婆羅門聚會法時諸比丘聞其中有少欲知足行頭陀樂學戒知慚愧者嫌責彼比丘言世尊制戒聽授人具足戒云何汝等新受戒比丘輒授人具足戒而不能教授以不教授故不案威儀著衣不齊整乞食不如法處處受不淨食或受不淨鉢食在小食大食上高聲大喚如婆羅門聚會法時尊者和先始二歲將一歲弟子往世尊所頭面禮足已在一面坐世尊知而故問此是何等比丘報言世尊是我弟子問言汝今幾歲報言二歲復問言汝弟子幾歲報言一歲爾時世尊以無數方便訶責汝所爲非非威儀非沙門法非淨行非隨順行所不應爲云何和先汝身自未斷乳應受人教授云何教授人時諸比丘往世尊所頭面禮足在一面坐以此因緣具白世尊世尊言向者和先比丘二歲將一歲弟子來至我所頭面禮足在一面坐一面坐已我知而故問此是何等比丘報言是我弟子問言汝幾歲報言二歲汝弟子幾

歲報言一歲我即以無數方便訶責汝所爲非非威儀非沙門法非淨行非隨順行所不應爲云何和先汝自未斷乳應受人教授云何教授人佛既聽授人具足戒而汝新受戒比丘輒便授人具足戒不知教授以不教授故不案威儀著衣不齊整乞食不如法處處受不淨食或受不淨鉢食在大食小食上高聲大喚如婆羅門聚會法時世尊以無數方便訶責已告諸比丘自今已去聽十歲比丘授人具足戒彼諸比丘聞世尊制戒聽十歲比丘得授人具足戒十歲愚癡比丘輒授人具足戒而不知教授以不教授故不案威儀著衣不齊整乞食不如法處處受不淨食或受不淨鉢食在大食小食上高聲大喚如婆羅門聚會法諸比丘聞其中有少欲知足行頭陀樂學戒知慙愧者訶責彼比丘言世尊制戒聽十歲比丘得授人具足戒汝云何十歲愚癡比丘輒授人具足戒而不知教授以不教授故不案威儀著衣不齊整乞食不如法處處受不淨食或受不淨鉢食在大食小食上高聲大喚如婆羅門聚會法時諸比丘往世尊所頭面禮足在一面坐以此因緣具白世尊世尊以此因緣集諸比丘僧以無數方便訶責彼比丘汝所爲非非威儀非沙門法非淨行非隨順行所不應爲佛制戒聽十歲智慧比丘得授人具足戒云何十歲愚癡比丘輒授人具足戒不知教授以不教授故不案威儀著衣不齊整乞食不如法處處受不淨食或受不淨鉢食在大食小食上高聲大喚如婆羅門聚會法時世尊以無數方便

訶責已告諸比丘自今已去聽十歲智慧比丘授人具足戒時諸比丘聞世尊制戒聽十歲智慧比丘得授人具足戒便自言我十歲智慧得授人具足戒而輒授人具足戒不知敎授以不敎授故不案威儀著衣不齊整乞食不如法處處受不淨食或受不淨鉢食在大食小食上高聲大喚如婆羅門聚會法時諸比丘聞其中有少欲知足行頭陀樂學戒知慚愧者訶責彼比丘言世尊制戒聽十歲智慧比丘得授人具足戒汝云何自言智慧輒授人具足戒而不敎授以不敎授故不案威儀著衣不齊整乞食不如法處處受不淨食或受不淨鉢食在大食小食上高聲大喚如婆羅門聚會法時諸比丘往世尊所頭面禮足在一面坐以此因緣具白世尊世尊以此因緣集比丘僧訶責彼比丘汝所爲非非威儀非沙門法非淨行非隨順行所不應爲佛制戒聽十歲智慧比丘得授人具足戒云何汝等自言智慧輒授人具足戒不敎授以不敎授故不案威儀著衣不齊整乞食不如法處處受不淨食或受不淨鉢食在大食小食上高聲大喚如婆羅門聚會法時世尊以無數方便訶責已告諸比丘自今已去當制和尚使行和尚法和尚於弟子當作如是法應如是行若弟子衆僧欲爲作羯磨作訶責作擯作依止作遮不至白衣家作擧和尚當於中如法料理令僧不與弟子作羯磨若作令如法復次若僧與弟子作羯磨作訶責作擯作依止作遮不至白衣家作擧和尚於中當如法料理令弟子順從於僧不違逆求除

罪令僧疾與解羯磨復次若弟子犯僧殘和尚當如法料理若應與波利婆沙當與波利婆沙應與本日治當與本日治應與摩那埵當與摩那埵應與出罪當與出罪復次弟子得病和尚當瞻視若令餘人看乃至差若命終弟子若不樂住處當自移若敎人移弟子若有疑事當以法以律如佛所敎如法敎除之若惡見生當敎令捨惡見住善見當以二事將護以法以衣食將護是中法將護者應敎增戒增心增慧敎學問誦經是中衣食將護者當與衣食牀卧具病瘦醫藥隨力所堪爲辦自今已去制和尚法如是和尚應行若不行如法治時和尚於弟子所行和尚法弟子於和尚所不行弟子法彼不白和尚入村入白衣家或從餘比丘或將餘比丘爲伴或與或受或時佐助衆事或時受他佐助或時爲他剃髮或受他剃髮不白和尚入浴室或時爲他揩摩身或時受他揩摩身或時不白和尚至晝日住處房或至塚間或至界外或至他方爾時諸比丘聞其中有少欲知足行頭陀樂學戒知慙愧者嫌責彼諸比丘言云何和尚於弟子所行和尚法而弟子於和尚所不行弟子法而不白和尚入村入白衣家乃至不白至他方時諸比丘往世尊所頭面禮足在一面坐以此因緣具白世尊世尊爾時以此因緣集比丘僧訶責彼比丘言汝所爲非非威儀非沙門法非淨行非隨順行所不應爲云何和尚於弟子所行和尚法弟子於和尚所不行弟子法不白和尚入村入白衣家乃至不白至他方爾時世尊以無數方

便訶責彼比丘已告諸比丘自今已去當制弟子如弟子所行法使弟子於和尚所行弟子法作如是行若和尚衆僧爲作羯磨作訶責作擯作依止作遮不至白衣家作舉弟子當如法料理令僧不與和尚作羯磨若作令輕復次若僧與和尚作羯磨作訶責乃至作舉弟子當於中如法料理令和尚順從於僧不違逆求除罪令僧疾疾與解羯磨
復次和尚犯僧殘弟子當如法料理若應與波利婆沙當與波利婆沙應與本日治當與本日治應與摩那埵當與摩那埵應與出罪當與出罪復次和尚若病弟子當瞻視若令餘人看乃至差若命終若和尚意不樂住處當自移若敎餘人移若和尚有疑事當以法以律如佛所敎如法除之若惡見生當勸令捨惡見住善見當以二事將護以法以衣食法將護者勸令增戒增心增慧學問誦經衣食將護者當供養衣食牀褥卧具醫藥所須之物隨力所堪自今已去制弟子法如是弟子應行若不行應如法治時弟子於和尚所不行弟子法弟子不白和尚不得入村不得至他家不得從餘比丘或將餘比丘爲伴不得與不得受不得佐助衆事不得受他佐助衆事不得與他剃髮不得使他剃髮不得入浴室不得爲人指身不得受他指身不得至晝日住處房不得至塚間不得至界外不得行他方彼當淸旦入和尚房中受誦經法問義當除去小便器應白時到若澡豆若牛屎灰淨洗手若有可食物當爲取若僧中有利養當爲取當持澡豆楊枝授與和尚令和尚

洗手漱口有可食物授與和尚僧中有利養當白和尚言得如是如是物是和尚分彼當問和尚言欲入村不若言不入當問言從何處取食若和尚言其處取當如勑往取若報言我入村彼當洗手已衣架上徐徐取衣勿使倒錯當取安陀會舒張抖擻看勿令有蟲蛇蜂諸惡蟲次取腰帶僧祇支鬱多羅僧舒張抖擻看勿令有蛇蝎蜂諸惡蟲當授與和尚應疊僧伽黎著頭上若肩上復次取鉢當以澡豆若灰牛屎洗盛絡囊中若手巾裹若鉢囊中持去應取和尚襯身衣疊舉復取洗足物臥氈被舉之若和尚出行時當捉和尚行道革屣出房舍時當還顧閉戶復以手推扉看爲牢不若不牢當更重閉若牢已當取戶扉孔中繩內之遍觀左右已持戶關著屏處若恐人見若恐不牢若不牢若人見當持去若移置深牢處令和尚在前行若道路逢相識人當共善語善心憶念行時當避人道彼若欲入村時應小下道安鉢置一面頭上若肩上下僧伽黎舒張看勿令有蛇蠍百足諸惡蟲授與和尚若彼村外有客舍坐肆舍若作坊當持行道革屣置中應問和尚我得尋從不若言可爾即當尋從若言不須在某處住彼應如言在某處住若和尚入村不時出彼當作如是意入村乞食此分與和尚此分屬我彼出村已還至革屣所取革屣下道持鉢置地疊僧伽黎著頭上若肩上若中路見相識人當善意問訊若和尚所住食處當掃令淨與敷坐具具淨水瓶洗浴器盛食器復當與和尚安置洗浴座洗足石具拭脚巾

若遥見和尚來即起奉迎取手中鉢置鉢枝上若鉢牀上若繩牀角頭若頭上肩上取僧伽梨舒張看之勿令有脂膩沾汙或爲塵土坌或爲泥汚或飛鳥糞汚若有如是汚應去之宜浣者浣之絞去水舒張曬置若木牀若繩牀上復當與和尚敷座與華屣洗足石拭足巾與盛水器抖擻革屣已置左面看之恐在下地濕處若在下地濕處便取移彼與和尚洗足竟當棄水持洗足石拭足巾還置本處復自淨洗手已授淨水與和尚洗手自所有食當取與和尚白言此是我食分可食彼須者當取若和尚食時當侍立看供給所須若後食時有酪漿煎漿苦酒鹽大麥漿菓茹授與之若熱撓令冷若須水授水與想日時若欲過者當即同時食若和尚食已當手中取鉢行澡漱水若自食竟若有餘食當與人若非人若著淨地無草處若著淨無蟲水中取盛食器淨洗還置本處取坐具洗足牀淨水瓶澡洗瓶還置本處食處淨掃除彼以食鉢盛糞棄之餘比丘見者皆共惡之自今以去不得持食鉢盛糞棄聽用除糞器若破器若故竹筐若掃箒上除去食鉢當好淨潔持之復次入和尚房時當看恐有塵土若有塵土當出繩牀木牀坐具大小褥枕氈被若牀支若地敷當記本處出在外曬之淨掃除房中去糞土棄時當看若有鍼線若刀若弊故段衣下至一丸二丸藥當取舉置現處若有主識者當取復當拂拭鬻上若杙上若龍牙杙上若衣架上若房有破壞處若蟲鼠孔穴可補塞者當治之可泥者便泥之可擣便擣

可平治便平治當以泥漿汚灑極令淨潔當取地敷曬令燥抖擻內房中若本敷座不齊當更齊整若本齊整當如本齊整先內牀脚支拂拭之當急繩牀繩牀脚向身內房中安置牀支上取大小褥枕氈被衣內著房中先敷大褥次敷小褥氈被安枕置上彼取所著衣不著衣併置一處取時各各錯亂自今已去不得持所著衣不著衣併置一處應各各別一處彼取鉢囊革屣囊針筒油器置一處諸比丘見惡之佛言不應爾自今已去聽持鉢囊針筒置一處革屣囊與油器著一處彼應在房內當捉戶闗牡好看令不高下出房外應還樿戶觀中庭恐有塵土不淨若有即掃除去當取水瓶淨洗已還盛淨水置本處復當與和尚具水瓶洗浴瓶飲水器若浴室中有洗浴時當往問和尚欲洗浴不若言洗浴當先至浴室中看地若有塵土草芥當除去應灑便灑應掃便掃若有不淨澇水應棄便棄應內水便內水應內薪便內薪應破薪便破薪應內竈中便內應與和尚具溫室中瓶及坐机刮汙刀水器泥土器若澡豆諸洗浴具彼當先白上座已然後然火然火已白時到若和尚病羸若老極當自扶抱若繩牀木牀上若以衣輿往溫室中當從和尚手中取衣若浴室中有杙若龍牙杙若衣架當持衣置是諸處若有油持油與塗身若盛油器處處在地當取貫著龍牙杙上若和尚病羸瘦老極當扶抱至浴室中至已當取浴机牀浴瓶若刮汙刀與若水器若泥器若澡豆諸洗浴具若烟熏面當持巾與障若頭背熱當

以巾覆彼當白和尚已然後入浴室若和尚先入已恐浴室中閙不敢入當作是念我今不自爲已以和尚洗浴故入可作是意入入已當與和尚揩摩身當立和尚後若欲與異人揩身若受他揩身當白和尚使知然後當與揩身若受他揩身彼與和尚洗自洗已若和尚病羸瘦若老極當扶出浴室外取座與坐取拭身巾若拭面巾若拭眼巾授與和尚已當安洗脚石與水洗脚取拭脚巾與當取洗足革屣拂拭抖擻授與次取衣舒張看抖擻授與若有眼藥若丸香授與若有甜漿蜜漿黑石蜜漿洗手已授與若和尚病瘦老極當以繩牀木牀上與若衣上與還房中還房中已手捫摸臥處看與敷臥氈令臥先與襯身衣次以被衣覆之出房已還向閉戶還至浴室中遍看水瓶洗浴瓶浴机刮汗刀盛水瓶盛泥土器細末藥若澡豆諸洗浴物還置本處若浴室中有不淨潲水應除去便除去應滅火便滅之應覆火便覆應閉戶便閉應持戶鑰去便持去彼當日三問訊和尚朝中日暮當爲和尚執二事勞苦不得辭憚一修理房舍二爲補浣衣服和尚如法所教事盡當奉行若遣往方面周旋不得辭憚假託因緣住若辭憚者當如法治自今已去制弟子修弟子法弟子於和尚所不修弟子法當如法治

四分律藏卷第三十三

音釋

曬（所賣切日乾也）辮髮（辮婢典切交也）捫摸（捫音門摸音莫）刪若（若汝者切）要言（要音邀約也）抖擻（抖音斗擻音叟抖擻振舉貌）蠍（許謁切毒蟲也）襯（初覲切近也）扉（音非戶也）𨷲（音藥）屏處（屏音餅蔽也）坌（蒲悶切塵塕也）絞（古巧切挍也）篚（音匪竹籠也）箒（之九切篲也）杙（音弋橜也）牡好（牡音母門鈕也好槧到切孔也）橝（徒點切）澇（郎到切）

四分律藏卷第三十四

姚秦三藏佛陀耶舍共竺佛念譯

第二分受戒揵度法之四

時諸新受戒比丘和尚命終無人教授以不被教授故不案威儀著衣不齊整乞食不如法處處受不淨食或受不淨鉢食在大食小食上高聲大喚如婆羅門聚會法無異時諸比丘往白世尊世尊言自今已去聽有阿闍黎聽有弟子阿闍黎於弟子當如兒想弟子於阿闍黎如父想展轉相教展轉相奉事如是於佛法中倍增益廣流布當作是請阿闍黎偏露右臂脫革屣右膝著地合掌作如是言大德一心念我某甲今求大德爲依止願大德與我依止我依止大德住第二第三亦如是說彼當言可爾與汝依止汝莫放逸時諸比丘聞世尊制戒聽作依止彼新受戒比丘與他依止不知教授以不被教授故不案威儀著衣不齊整乞食不如法處處受不淨食或受不淨鉢食在大食小食上高聲大喚如婆羅門聚會法時諸比丘聞中有少欲知足行頭陀樂學戒知慚愧者訶責彼比丘言世尊制戒聽受人依止而汝等新受戒比丘云何受他依止而不知教授以不教授故不案威儀著衣不齊整乞食不如法處處受不淨食或受不淨鉢食在大食小食上高聲大喚如婆羅門聚會法訶責已往世尊所頭面禮足在一面坐以此因緣具白世尊世尊爾時以此因緣集比丘僧訶責彼比丘言汝所爲非非威儀非沙門法非淨行非隨順行所不應爲云何比丘世尊制戒聽受人依止汝

等新受戒比丘受他依止不知教授以不被教授故不案威儀著衣不齊整乞食不如法處處受不淨食或受不淨鉢食在大食小食上高聲大喚如婆羅門聚會法時世尊以無數方便訶責已告諸比丘自今已去聽十歲比丘與人依止彼諸比丘聞世尊制戒聽十歲比丘與人依止彼十歲比丘愚癡無智慧便與人依止不知教授以不被教授故不案威儀著衣不齊整乞食不如法處處受不淨食或受不淨鉢食在大食小食上高聲大喚如婆羅門聚會法時諸比丘聞其中有少欲知足行頭陀樂學戒知慙愧者嫌責彼比丘云何世尊制戒聽十歲比丘與人依止而汝等雖十歲愚癡與人依止不知教授以不被教授故不案威儀著衣不齊整乞食不如法

處處受不淨食或受不淨鉢食在大食小食上高聲大喚如婆羅門聚會法訶責已往白世尊世尊爾時以此因緣集比丘僧訶責彼比丘言汝所爲非非威儀非沙門法非淨行非隨順行所不應爲云何我制戒聽十歲比丘受人依止汝等雖十歲愚癡受人依止不知教授以不教授故著衣不齊整乃至如婆羅門聚會法時世尊以無數方便訶責已告諸比丘自今已去聽十歲智慧比丘與人依止彼自稱言我十歲智慧便與人依止然彼與依止已不被教授以不被教授故著衣不齊整乞食不如法處處受不淨食或受不淨鉢食在大食小食上高聲大喚如婆羅門聚會法時諸比丘聞其中有少欲知足行頭陀樂學戒知慙愧者訶責彼比丘言云何世尊

制戒聽十歲有智慧比丘應與人依止而汝輙自言我有智慧便與人依止旣與已而不被敎授以不被敎授故不案威儀著衣不齊整乞食不如法處處受不淨食或受不淨鉢食在大食小食上高聲大喚如婆羅門聚會法時諸比丘往世尊所頭面禮足在一面坐以此因緣具白世尊世尊爾時以此因緣集比丘僧訶責彼比丘言汝所爲非非威儀非沙門法非淨行非隨順行所不應爲云何我制戒聽十歲有智慧比丘與人依止而汝自言有智慧與人依止旣與依止而不敎授以不被敎授故不案威儀著衣不齊整乞食不如法處處受不淨食或受不淨鉢食在大食小食上高聲大喚如婆羅門聚會法爾時世尊以無數方便訶責已告諸比丘自今已去當制阿闍黎法使行阿闍黎法阿闍黎於弟子所當作如是法應如是行阿闍黎於弟子所行阿闍黎法一一如上和尚於弟子所行和尚法弟子於阿闍黎所行弟子法一一亦如上弟子於和尚所一一行弟子法文同不異故不出也爾時諸弟子不承事恭敬和尚亦不順弟子法時諸比丘往白世尊世尊言自今已去當與作訶責彼不知云何訶責佛言聽以五事訶責和尚當作如是語我今訶責汝汝去汝莫入我房汝莫爲我作使汝亦莫至我所不與汝語是謂和尚訶責弟子五事阿闍黎訶責弟子亦有五事語言我今訶責汝汝去莫入我房莫爲我作使汝莫依止我住不與汝語是謂阿闍黎訶責弟子五事世尊旣聽訶責不知當以何事訶責諸比丘往白佛佛言弟子有五事和尚阿闍黎應與作訶責無慙無愧不受敎作非威儀

不恭敬弟子有如是五事和尚阿闍黎應與作訶責復有五事無慙無愧難與語與惡人爲友好往婬女家復有五事無慙無愧難與語與惡人爲友好往婦女家復有五事無慙無愧難與語與惡人爲友好往大童女家復有五事無慙無愧難與語與惡人爲友好往黃門家復有五事無慙無愧難與語與惡人爲友好往比丘尼精舍復有五事無慙無愧難與語與惡人爲友好往式叉摩那沙彌尼精舍復有五事無慙無愧難與語與惡人爲友好往看捕龜鼈弟子有如是五事和尚阿闍黎應與作訶責世尊既聽訶責弟子彼盡形壽訶責佛言不應盡形壽訶責彼竟安居訶責佛言不應爾彼訶責病者和尚阿闍黎不看餘比丘亦不看病者困篤佛言不得訶責病者彼不在前訶責餘比丘語言汝已被訶責彼言我不被訶責佛言不應不現前訶責彼不與出過而訶責時諸弟子言我犯何過而見訶責耶佛言不應不出其過而訶責當出其過言汝犯如是如是罪彼既被訶責已便供給作使佛言不應爾彼與作訶責已便受供給作使佛言不應爾彼被訶責已故受依止佛言不應爾彼與作訶責已故與依止佛言不應爾彼被訶責已不懺悔和尚阿闍黎便去佛言不應爾彼被訶責已便於餘比丘邊住不與和尚阿闍黎執事亦復不與餘比丘執事佛言不應爾彼被訶責已無人爲將順或遠行或休道或不樂佛法佛言聽餘人作如是意受爲其和尚阿闍黎欲令懺悔和合故受爾時六羣比丘誘將他弟子去

諸比丘往白佛佛言不應誘將他弟子去若將去應如法治彼和尚阿闍黎或破戒破見破威儀若被舉若滅擯若應滅擯於沙門法無利益時諸比丘往白佛佛言聽作如是意所以誘進將去欲令其長益沙門法故彼彼訶責已不向和尚阿闍黎懺悔佛言被訶責已應向和尚阿闍黎懺悔當如是懺悔偏露右臂脫革屣右膝著地合掌作如是語大德我今懺悔更不復作若聽懺悔者善若不聽者當更日三時懺悔早起日中日暮若聽懺悔者善若不聽者當下意隨順求方便解其所犯若彼下意隨順無有違逆求解過師當受若不受當如法治時有新受戒樂靜比丘當須依止彼觀看房舍見阿蘭若處有窟彼作是念我若得依止當於此處住語諸比丘諸比丘往白佛佛言自今已去新受戒比丘樂閑靜須依止者聽餘處依止即日得往還若不得新受戒比丘樂靜處者聽無依止而住爾時新受戒舊住比丘須依止彼作是念世尊有制不得無依止而住彼輒捨所住處去住處壞時諸比丘以此事往白佛佛言自今已去有新受戒舊住比丘須依止聽無依止而住爲護住處故時有比丘決意出界外去不作還意而彼出界外即其日還諸比丘白佛佛言此失依止不佛言此失依止彼和尚阿闍黎決意出界外去作不還意而出界外即其日還諸比丘白佛言此失依止不佛言失依止時有比丘白和尚阿闍黎暫出界外出界外即其日還諸比丘白佛言爲失依止不佛言不失依止時有和尚阿闍黎念言暫

出界外出界外即其日還諸比丘白佛言爲失依止不佛言不失依止爾時諸比丘將受戒人出界外喚六羣比丘來授戒彼六羣比丘不來不得受戒時諸比丘以此事往白佛佛言自今已去若作波利婆沙本日治摩那埵阿浮呵那作羯磨若立制若受戒若衆差人若有所解如此衆事喚應赴不赴當如法治爾時諸比丘將欲受戒者出界外語上座言作白羯磨報言我不誦復語中座下座言作白亦言不誦便留難不得受戒諸比丘以此因緣往白佛佛言自今已去五歲比丘當誦白羯磨若不者當如法治時有比丘將受戒者出界外語上座言作白上座報言我曾誦今不利復語中座下座言作白亦言我曾誦今不利便不得受戒時諸比丘以此事往白佛佛言自今已去聽五歲比丘當誦白羯磨使利不者當如法治爾時有比丘將受戒者出界外聞有賊來皆恐怖從坐起去不得受戒諸比丘以此因緣往白佛佛言自今已去有八難事及餘因緣二人三人聽一時作羯磨不得過所謂難處者一王二賊三火四水五病六人七非人八失黎蛍蟲所謂餘因緣者有大衆集坐具少若多病人聽二人三人一時作羯磨若有大衆集房舍少若天雨漏聽二人三人一時作羯磨爾時尊者優波離即從座起偏露右臂脫革屣右膝著地合掌白佛言若於諸重事得過三人三人一時作羯磨不佛言不得過彼遣使受依止佛言不應爾彼遣使與依止佛言不應爾時和尚阿闍黎出界外行弟子念言和尚阿闍黎行

不久當還我即依止而住便無依止而住諸比丘以此因緣往白佛佛言自今已去聽和尚阿闍黎出界外行日即日應受依止若不受當如法治彼諸弟子出界外遠行彼自念言我等行不久還即以此依止和尚阿闍黎住便無依止而住時諸比丘以此因緣往白佛佛言自今已去聽新受戒客比丘須依止者不得先洗足不得先飲水先當受依止爾時客新受戒比丘須依止彼作是念世尊制言新受戒客比丘須依止不得先洗足不得先飲水當先受依止當受依止時迷悶倒地便得病爾時諸比丘以此因緣往白佛佛言自今已去聽客新受戒比丘須依止先洗足先飲水小停息已受依止彼不選擇人受依止而師破戒破見破威儀若作訶責作依止作擯若作遮不至白衣家若被舉無有長益沙門行佛言自今已去不得不選擇師受依止彼不選擇與依止而弟子或破戒破見破威儀若被作訶責若擯作依止作遮不至白衣家作舉佛言不得不選擇與依止爾時新受戒比丘病須依止彼作是念世尊制言不依止不得住即日捨住處去病增劇時諸比丘往白世尊世尊言自今已去新受戒比丘病須依止聽無依止得住時瞻視新受戒病比丘者須依止彼作是念世尊制言無依止不得住彼捨病人去病者命終諸比丘往白世尊世尊言自今已去聽瞻視新受戒病比丘者無依止得住彼諸比丘和尚阿闍黎衆僧與作羯磨與作訶責作擯作依止作遮不至白衣家作舉諸比丘念言爲失依止不佛

言不失依止彼諸弟子衆僧與作羯磨作訶責乃至遮不至白衣家作舉羯磨諸比丘念言爲失依止不佛言不失依止彼和尚阿闍黎衆僧爲作滅擯羯磨諸比丘念言爲失依止不佛言失依止彼諸弟子衆僧爲作滅擯羯磨諸比丘念言爲失依止不佛言失依止

爾時世尊遊羅閱城時鬱毗羅迦葉將諸徒衆捨家學道删若將二百五十弟子捨家學道羅閱城中有大富豪貴家子亦出家學道如此大衆等住羅閱城時諸大臣自相謂言今諸外道出家學道春秋冬夏人間遊行此沙門釋子聚住此間不餘處遊行將由此處爲最勝故爾時諸比丘聞已以此因緣具白世尊世尊爾時告阿難汝往房房勑諸比丘言世尊今欲至南方人間遊行若有欲侍從者各隨意阿難受教往房房語諸比丘言世尊今欲往南方遊行諸比丘若有欲侍從者各自隨意時有信樂新受戒比丘白阿難言若我等和尚阿闍黎去我當去若不去我等不去何以故我等新受戒比丘若去須依止還此復當受依止人當謂我輕躁無志爾時世尊將少比丘遊行南方後還王舍城時世尊觀南方遊行比丘衆少知而故問阿難諸比丘何以故少阿難具以上事白世尊世尊爾時以此因緣集比丘僧告言自今已去聽五歲有智慧比丘十歲有智慧比丘五歲比丘應從十歲比丘受依止若愚癡無智者盡形壽依止有五法失依止一師訶責二去三休道四不與依止五入戒場上復有五事一者死二者去三休道四不與依止五若五歲

若過五歲復有五事若死若去若休道若不與依止若見本和尚復有五事若死若去若休道若不與依止若和尚阿闍黎休道復有五法若死若去若休道若不與依止若弟子休道復有五事若死若去若休道若不與依止若和尚阿闍黎命終復有五事若死若去若休道若不與依止若弟子命終復有五事若死若去若休道若不與依止若還在和尚目下住是爲五事失依止有五法不成就不得授人具足戒戒不成就定不成就智慧不成就解脱不成就解脱知見不成就此五法不成就不得授人具足戒若成就五法者得授人具足戒即亙上句是復有五法成就不得授人具足戒自身戒不成就不能教人堅住於戒自身定智慧解脱解脱知見不成就不能教人堅住於定智慧解脱解脱知見成就此五法不得授人具足戒五法成就得授人具足戒即亙上句是復次五法成就不得授人具足戒無信無慙無愧嬾惰多忘成就此五法不得授人具足戒有五法成就得授人具足戒即亙上句是復次有五法成就不得授人具足戒破增上戒破增上見破增上威儀少聞無智慧成就此五法不得授人具足戒有五法成就得授人具足戒即亙上句是復次五法成就不得授人具足戒不瞻視病弟子不能使人瞻視乃至差若命終若弟子不樂住處方便當移異處若有生疑事不能開解其意如法如律如佛所教如法除之不能教授捨惡見住善見若減十歲成就此五法不得授人具足戒有五法成就得授人具足戒即亙上句是復有

五法成就不得授人具足戒不知犯不知不犯不知若輕若重減十歲成就此五法者不得授人具足戒若成就五法得授人具足戒即反上句是復有五法成就不得授人具足戒不知教授弟子增上威儀增上淨行增上波羅提木叉白羯磨成就此五法者不得授人具足戒成就五法得授人具足戒即反上句是復有五法成就不得授人具足戒不知增戒增心增智慧不知白不知羯磨成就此五法不得授人具足戒成就五法得授人具足戒知增戒增心增智慧知白羯磨成就此五法者得授人具足戒如是不得與依止得與依止不得畜沙彌得畜沙彌盡如上

爾時佛在羅閱城時城中有裸形外道名布薩善能論議常自稱說言此間若有沙門釋子能與我論者來時舍利弗言我堪與汝論時諸比丘以此事往白佛佛言論有四種或有論者義盡文不盡或有文盡義不盡或有文義俱盡或有文義俱不盡有四辯法辯義辯了了辯辭辯若論師有此四辯者而言文義俱盡無有是處今舍利弗成就此四辯而言文義俱盡無有是處彼裸形即難問舍利弗義舍利弗即還答遣時彼裸形以五百迫難難舍利弗舍利弗即稱彼五百迫難而更以深義難問而彼裸形得難問不解時彼裸形即生念言甚奇甚特沙門釋子極爲智慧聰明我今寧可從彼出家學道耶即往僧伽藍中遙見跋難陀釋子生此念言沙門釋子少知識者猶智慧乃爾況多知識者豈得不多耶前至跋難陀釋子所白言我欲出家學

道時跋難陀即度爲弟子授具足戒後於異時問跋難陀義而不能答時彼裸形復生此念沙門釋子愚闇無所知我今宜可休道即著袈裟入外道衆中時諸比丘以此因緣往白佛佛言自今已去聽與外道衆僧中四月共住白二羯磨當作如是與先剃髮已著袈裟脫革屣右膝著地合掌教作如是言大德僧聽我某甲外道歸依佛歸依法歸依僧我於世尊所求出家爲道世尊即是我如來至眞等正覺如是第二第三說我某甲外道歸依佛法僧已從如來出家學道如來是我至眞等正覺如是第二第三說當教受戒盡形壽不殺生是沙彌戒乃至盡形壽不畜金銀寶物是沙彌戒此是沙彌十戒盡形壽不得犯彼外道應先至衆僧中偏露右臂脫革屣禮僧足已右膝著地合掌教作如是說大德僧聽我某甲外道從衆僧乞四月共住願僧慈愍故與我四月共住如是第二第三說已安彼外道著眼見耳不聞處衆中應差堪能作羯磨者如上作如是白大德僧聽彼某甲外道今從衆僧乞四月共住若僧時到僧忍聽與彼某甲外道四月共住白如是大德僧聽彼某甲外道從衆僧乞四月共住僧今與彼四月共住誰諸長老忍僧與彼四月共住者默然誰不忍者說衆僧已忍與彼外道四月共住竟僧忍默然故是事如是持彼外道行共住竟令諸比丘心喜悅然後當於衆僧中受具足戒白四羯磨云何外道不能令諸比丘心喜悅彼外道心故執持外道白衣法不親比丘親外道不隨順比丘誦習異論若

聞人說外道不好事便起瞋恚若聞人毀呰外道師教亦起瞋恚聞說佛法僧非法事便踊躍歡喜若有異外道來讚歎外道好事歡喜踊躍若有外道師來聞讚歎外道事亦歡喜踊躍若聞是說佛法僧非法事亦歡喜踊躍是謂外道不能令諸比丘喜悅云何外道能令比丘喜悅(即反上句是)是謂外道共住和調心意令諸比丘喜悅爾時有一外道衆僧與四月共住當與共住時得正決定心時諸比丘以此因緣往白佛佛言若得正決定心者當白四羯磨與授具足時裸形布薩聞此語便作是念沙門釋子智慧聰明我今寧可還彼出家學道耶即詣僧伽藍中語諸比丘言我欲出家學道時諸比丘以此事往白佛佛言此壞内外道者於我法中無所長益若未受具足戒者不應與受具足戒已受具足戒者當滅擯爾時世尊遊羅閱城時摩竭王瓶沙告語國人言欲於沙門釋子中能出家學道者聽如來法中善修梵行盡諸苦際時有一奴來詣僧伽藍中語諸比丘言我欲出家作比丘時諸比丘即與出家為道漸漸人間乞食為本主所捉舉聲喚言止莫捉我止莫捉我左右諸居士問言何故大喚耶報言此人捉我即問彼人言何故捉耶報言是我家奴諸居士語言汝放去不應捉汝或不能得此人或為官所罰何以故知摩竭王瓶沙先有敕令若有能於沙門釋子中出家學道者聽如來法中善修梵行得盡苦際莫有留難其主即放大喚瞋恚禍哉是我奴而不得自由如今觀之沙門釋子盡是奴聚時諸比丘

以此事往白佛佛言自今已去不得度奴若度者當如法治爾時有賊囚突獄逃走來至園中語諸比丘言我欲出家學道時諸比丘輒度出家與受具足時監獄官檢校名薄問守獄者言某甲賊囚今爲所在守獄者報言某甲賊囚突獄逃走投沙門釋子出家時監獄官皆譏嫌言沙門釋子不知慙愧外自稱言我知正法如是何有正法今觀此沙門釋子盡是賊聚爾時諸比丘以此事往白佛佛言自今已去不得度賊若度者當如法治爾時有負債人逃避債主來至園中語諸比丘言度我出家爲道時諸比丘輒與出家受具足已人間乞食爲財主所捉高聲喚言止莫捉我止莫從我左右諸居士聞即問言何故喚耶報言此人捉我問其人言汝何故捉耶報言負我財物諸人語言汝放去莫捉汝既不得財或爲官所罰何以故摩竭國王瓶沙先有教令若有能出家學道聽善修梵行得盡苦際隨意莫有留難財主即便放之而生瞋恚言負我財物而不能得以此推之沙門釋子盡是負債人時諸比丘以此事往白佛佛言自今已去不得度負債人出家若度者當如法治爾時佛遊羅閱城迦蘭陀竹園時有十七羣童子共爲親友最大者年十七最小者年十二最富者八十百千最貧者八十千中有一童子名優波離父母唯有此一子愛之未曾離目前父母念言我當教此兒學何等伎術我等死後快得生活無所乏短即自念言當教先學書我等死後快得生活無所乏短不令身力疲苦復作是念教兒學書

亦有身力疲苦耳更教學何伎術我等死後快得生活無所乏短身力不疲苦念言今當教此兒學算數伎術我等死後快得生活無所乏短身力不疲苦父母念言今教兒學算數亦有身力疲苦耳今當更教此兒學何等伎術我等死後快得生活無所乏短身力不疲苦今當教此兒學畫像伎術我等死後快得生活無所乏短復自念言今教此兒學畫像伎術恐兒眼力疲苦當教此兒更學何等伎術我等死後快得生活無所乏短眼力不疲苦即自念言沙門釋子善自養身安樂無衆苦惱若當教此兒於沙門釋子法中出家爲道我等死後快得生活無所乏短身不疲苦後於異時十七羣童子語優波離童子言汝可隨我等出家爲道答言我何用出家爲汝自出家十七羣童子第二第三語優波離言可共出家爲道何以故我等今共相娛樂於彼亦當如是嬉戲共相娛樂時優波離童子語諸童子言汝等小待須我白父母優波離童子即往父母所白言我今欲出家爲道願見聽許父母報言我等唯有汝一子心甚愛念乃至不欲令死別況當生別優波離童子如是再三白父母言願聽我出家父母亦如是報言我等唯有汝一子心甚愛念乃至不欲令死別況當生別爾時父母得優波離童子再三慇懃作如是念我等先已有此意當教此兒學何伎術我等死後令兒快得生活無所乏短令身力不疲苦即作是念若教學書乃至畫像我等死後快得生活無所乏短令身力不疲苦而恐勞兒身力眼力以致

疲苦念言唯有沙門釋子善自養身無衆苦惱若令此兒在中出家快得生活無有衆苦時父母報兒言今正是時聽汝出家時優波離還至十七羣童子所語言我父母已聽我出家汝等欲出家者今正是時時諸童子即往僧伽藍中白諸比丘言大德我欲出家學道願諸大德見與出家爲道爾時諸比丘即與出家受具足戒諸童子小來習樂不堪一食至於中夜患飢高聲大喚言與我食與我食諸比丘語言汝小待須天明若衆僧有食當共汝食若無當共汝乞食何以故此中先都無作食處爾時世尊夜在靜處思惟聞小兒啼聲知而故問阿難中夜何等小兒啼聲阿難以此因緣具白世尊世尊告阿難言不應授年未滿二十者具足戒何以故若年未滿二十不堪忍寒熱飢渴風雨蚊蝱毒蟲及不忍惡言若身有種種苦痛不能堪忍又不堪持戒及一食若度令出家受具足戒者當如法治阿難當知年滿二十者堪忍如上衆事爾時摩竭國界五種病出一者癩二者癰三者白癩四者乾痟五者癲狂彼國人有此病者皆詣耆婆童子所語言唯願見爲治我等當與如是如是財物耆婆童子報言我不能治汝時病者復語言唯願救濟我等當以家一切所有身及妻子供給使令耆婆報言我不能療治汝患時諸病者自相謂言此人意正必不與我等治病我曹當往至彼所欲樂治處時諸病者來至僧伽藍中語諸比丘言我欲出家學道時諸比丘輒度出家時耆婆童子療治佛及比丘僧給與吐下藥或可

與羹者與作不可者不與作或與野鳥肉作羹隨病者所食蒙此轉得除差既得除差已皆還休道時耆婆童子在道行見罷道道人在道而來見已語言汝先不出家耶報言曾出家問言汝何故休道報言我先有患詣汝所求治言當與汝如是如是財物而汝報我言我不能治我復重求汝治當以家一切所有身及妻子供給使令而汝猶意正不見爲治我等自相謂言此人意正必不爲我等治病我曹當更往至彼所樂治處而必爲我治我等爲此病故往僧伽藍中權求出家治病本無信心於佛法衆出家時耆婆聞已不悅即往世尊所頭面禮足在一面坐白世尊言昔我先療治衆僧病故捨王事而諸比丘度五種病者癩癰白癩乾痟癲狂唯願世尊見愍爲勑諸比丘自今已去勿復度此五種病者爲道爾時世尊默然可之時耆婆知世尊默然可已從座起頭面禮足遶三帀而去爾時世尊以此因緣集比丘僧告諸比丘汝等當知耆婆童子先療治衆僧病苦故捨於王事而諸比丘輒度五種病人自今已去不得度五種病人授具足若度者當如法治未有

爾時佛在羅閱城中有一比丘字難提常樂坐禪得世俗定心解脫從四禪起時魔女來在前立彼比丘捉欲犯魔即出外比丘亦隨出外彼魔出屋闌外比丘亦隨出屋闌外彼出中庭比丘亦至中庭魔復出至寺外比丘亦至寺外寺外有死草馬時魔至死馬所即滅天身不現時難提比丘即於此死馬所作不淨行行不淨已都無覆藏心便作是念

世尊與比丘制戒若比丘作不淨行波羅夷不共住我今犯不淨行無有覆藏心將不犯波羅夷耶我今當云何即語親友比丘言世尊與比丘結戒若犯不淨者得波羅夷不共住今我犯婬不淨行都無覆藏心我將無犯波羅夷耶善哉長老爲我往白世尊世尊若有敎勑我當奉行時諸比丘以此因緣具白世尊世尊爾時以此因緣集比丘僧告言僧今與難提比丘波羅夷戒白四羯磨作如是與敎難提比丘到僧中偏露右臂脫革屣禮僧足右膝著地合掌作如是白大德僧聽我難提比丘犯不淨行都無覆藏心今從僧乞波羅夷戒願僧與我波羅夷戒慈愍故如是第二第三說衆中應差堪能羯磨者如上作如是白大德僧聽此難提比丘犯不淨行都無覆藏心今從僧乞波羅夷戒若僧時到僧忍聽僧今與難提比丘波羅夷戒白如是大德僧聽此難提比丘犯不淨行無覆藏心今從僧乞波羅夷戒僧今與難提比丘波羅夷戒誰諸大德忍僧與難提比丘波羅夷戒者默然誰不忍者說是初羯磨第二第三亦如是說僧已忍與難提比丘波羅夷戒竟僧忍默然故是事如是持與波羅夷戒已當事事隨順行之隨順行法者不得授人具足戒不得與人依止不得畜沙彌若差敎授比丘尼不得受設差不應往敎不應爲僧說戒不應在僧中問答毗尼不應受僧差使作知事人不應受僧差別處斷事不應受僧差使命不應早入聚落逼暮還當親近比丘不得親近外道白衣當順從比丘法不得說餘俗語不

得衆中誦律若無能誦者聽不得更犯此罪餘亦不應若相似若從此生若惡於此者不得非僧羯磨及作羯磨者不得受清淨比丘敷坐洗足水拭革屣揩摩身及禮拜迎逆問訊不應受清淨比丘捉衣鉢不得舉清淨比丘爲作憶念作自言治不應證正人事不得遮清淨比丘說戒自恣不得與清淨比丘共諍與波羅夷戒比丘僧說戒及羯磨時來與不來衆僧無犯諸比丘作如是言若與波羅夷戒比丘彼比丘重犯婬不淨行復得與波羅夷戒不佛言不應爾應滅擯

爾時佛在釋翅搜迦維羅衛尼拘律園時世尊時到著衣持鉢入迦維羅衛城乞食乞食已還出城於時羅睺羅母與羅睺羅在高閣上見佛來語羅睺羅言彼來者是汝父爾時羅睺羅疾疾下樓至如來所頭面禮足在一面立時世尊以手摩羅睺羅頭羅睺羅自念從生已來未曾得如是細滑柔輭樂佛問言汝能出家學道不答言我能出家爾時佛舒一指與羅睺羅捉將至僧伽藍中告舍利弗言汝度此羅睺羅童子當如是度與剃髮教著袈裟偏露右肩脫革屣右膝著地合掌當如是說我羅睺羅歸依佛歸依法歸依比丘僧我於如來所出家學道如來是我至眞等正覺如是第二第三說我羅睺羅歸依佛法僧竟於如來所出家學道如來即是我至眞等正覺如是第二第三說當教受戒言盡形壽不得殺是謂沙彌戒乃至不捉金銀寶物是謂沙彌戒此是沙彌十戒盡形壽不得犯時舍利弗答言如是受教度羅睺羅童子已

將至如來所頭面禮足已在一面立時舍利弗白世尊言我已度羅睺羅竟云何與沙彌房舍臥具佛言自今已去從大比丘下次第與時小沙彌等大小便吐汙泥織繩牀坐臥具諸比丘往白佛佛言自今已去不得令沙彌坐臥此織繩牀上若能愛護不汙聽坐臥舍利弗白佛言若衆僧得施物時云何與沙彌分佛告舍利弗若衆僧和合應等與若不和合當與半若復不和合當三分與一分若不爾衆僧不得分若分當如法治舍利弗白佛小食大食云何與沙彌佛言隨大僧次第與爾時輸頭檀那王聞佛度羅睺羅出家悲泣來僧伽藍中至世尊所到已頭面禮足在一面坐一面坐已白世尊言世尊出家我有少望心而難陀童子當爲家業而世尊復度令出家難陀既出家已我復有少望羅睺羅當爲家業紹嗣不絕而今世尊復度出家父母於子多所饒益乳養瞻視逮其成長世人所觀而諸比丘父母不聽輒便度之唯願世尊自今已去勑諸比丘父母不聽不得度令出家爾時世尊默然受王語王見世尊默然受語已即從座起頭面禮足遶三帀而去爾時世尊以此因緣集比丘僧告諸比丘父母於子多所饒益養育乳哺冀其長大世人所觀而諸比丘父母不聽輒便度之自今已去父母不聽不得度令出家若度當如法治爾時佛遊拘睒毗瞿師羅園中時巧師家兒來至僧伽藍中求諸比丘出家爲道諸比丘輒與出家度爲道時其父母啼泣來僧伽藍中問諸比丘頗見如是如是小兒來不不見者

報言不見即便於諸房中求覓得時諸長者皆共譏嫌言沙門釋子不知慚愧而作妄語外自稱言我修正法如是有何正法令度我小兒已皆言不見時諸比丘以此因緣往白世尊世尊言汝等善聽自今已去若欲在僧伽藍中剃髮當白一切僧若不得和合房房語令知已與剃髮僧若和合當作白白已然後與剃髮當作如是白大德僧聽此某甲欲求某甲剃髮若僧時到僧忍聽與某甲剃髮白如是若欲僧伽藍中度令出家當白一切僧白已聽與出家當作如是白大德僧聽此某甲求某甲出家若僧時到僧忍聽與某甲出家白如是作如是白已與出家教使著袈裟偏露右臂脫革屣右膝著地合掌教作如是語我某甲歸依佛歸依法歸依僧隨如來出家某甲爲和尚如來至眞等正覺是我世尊如是第二第三說我某甲歸依佛法僧隨如來出家竟某甲爲和尚如來至眞等正覺是我世尊如是第二第三說當授戒盡形壽不殺生是謂沙彌戒能者報言能盡形壽不盜是謂沙彌戒能者報言能盡形壽不婬是謂沙彌戒能者報言能盡形壽不妄語是謂沙彌戒能者報言能盡形壽不飲酒是謂沙彌戒能者報言能盡形壽不得著華鬘香塗身是謂沙彌戒能者報言能盡形壽不得歌舞唱伎及往觀聽是謂沙彌戒能者報言能盡形壽不得高廣大牀上坐是謂沙彌戒能者報言能盡形壽不得非時食是謂沙彌戒能者報言能盡形壽不得執持生像金銀寶物是謂沙彌戒能持者報言能此是沙彌十

戒盡形壽不得犯能持者報言能時有小沙彌衆僧不聽入近村寺及阿蘭若處住沙彌遂爲豹所害諸比丘以此事往白佛佛言不得兩邊遮小沙彌彼時或村邊寺無阿蘭若處遮沙彌佛言不應爾彼阿蘭若處無村邊寺彼遮沙彌佛言不應爾彼復遮沙彌不聽至多人處温室食堂經行堂沙彌無有止宿處佛言不應遮入多人處乃至經行堂處若閣上多人宿處閣下多人行處閣下多人宿處閣上多人行處聽語言莫入我宿處時沙彌不爲和尚阿闍黎作使亦不爲餘人作使而彼遮不與沙彌僧中利養物佛言不應遮此是施主物佛言自今已去應語沙彌言汝應如法供給和尚阿闍黎及衆僧若僧作使次至應作爾時有長老比丘將兒出家已入村乞食若到諸市肆前見有餅飯舒手言與我餅與我飯時諸長者見已皆共嫌之沙門釋子不知慚愧犯梵行外自稱言我知正法云何出家故生兒而將自隨如是有何正法時諸比丘以此因緣往白世尊世尊言自今已去不得度年減十二者爾時阿難有檀越家死盡唯有一小兒在將至佛所頭面禮足在一面坐佛知而故問此是何等小兒阿難以此因緣具白世尊世尊告言何故不度令出家答言世尊先有制不得度年減十二者是以不度佛問阿難此小兒能驅烏能持戒能一食不若能如是者聽令出家阿難報言此小兒能驅烏能持戒能一食佛告阿難若此小兒盡能爾者聽度令出家爾時跋難陀有二沙彌一名劍那二名摩佉無慚無愧更

互犯不淨行時諸比丘以此因緣往白世尊世尊言自今已去不得畜二沙彌爾時有一比丘見來至僧伽藍中看時比丘即爲說法言當知地獄苦畜生苦餓鬼苦佛出世難值如優曇鉢華時乃一出耳汝何不出家爲道彼報言若大德即爲作和尚者我當出家而彼比丘先有沙彌念言世尊制戒不得畜二沙彌彼疑不畜二沙彌時諸比丘以此因緣往白佛佛言若能教持戒增心增慧學問諷誦聽畜爾時有年不滿二十者受具足已後便生疑諸比丘往問佛佛言自今已去若受具足已有如是疑聽數胎月若數閏若數十四日說戒日若得阿羅漢即名爲出家受具足時有欲受戒者至界外六羣比丘往遮受戒諸比丘以此因緣往白佛佛言汝等善聽自今已去不同意未出界在界外疾疾一處集結小界作白二羯磨已授戒衆中當差堪能羯磨者如上作如是白大德僧聽僧集一處結小界若僧時到僧忍聽結小界白如是大德僧聽今此僧一處集結小界誰諸長老忍僧一處集結小界者默然誰不忍者說僧已忍結小界竟僧忍默然故是事如是持若不同意者在界外遮不成遮彼不解界便去餘比丘疑白佛佛言自今已去應解界去不應不解界而去作白二羯磨解衆中當差堪能羯磨者如上作如是白大德僧聽今衆僧集解界若僧時到僧忍聽解界白如是大德僧聽今衆僧集解界誰諸長老忍僧集解界者默然誰不忍者說僧已忍解界竟僧忍默然故是事如是持爾時無和尚受具足戒佛

言不得受戒二和尚得受戒不佛言不得受戒三和尚得受戒不佛言不得受具足戒衆多和尚得受戒不佛言不得受具足戒爾時和尚九歲受戒得名受具足戒而衆僧有罪爾時佛遊波羅㮈國時國土飢儉米穀勇貴乞求難得人民飢色時佛及衆僧多得供養有一年少外道見佛衆僧多得供養見已便自剃髮著袈裟出家受戒後僧供養斷諸比丘語言汝往入村乞食問言衆僧無食耶報言無彼言我當云何比丘報言汝當乞食彼言若乞食此亦乞彼亦乞我當彼間乞食其人即休道爾時諸比丘以此因緣往白佛佛言自今已去聽先與四依爾時復有一年少外道來詣僧伽藍中語諸比丘言我欲出家諸比丘即與出家先與四依法彼外道報言大德我堪受二依乞食依樹下坐我堪此二事納衣腐爛藥我不堪此二事何以故誰能自觸己物即便休道不出家諸比丘以此因緣往白佛佛言此外道不出家大有所失若出家者當得道證佛言自今已去先受戒已後受四依爾時佛在舍衛國祇樹給孤獨園時有一勇健大將來至僧伽藍中語諸比丘言我欲出家爲道時諸比丘即與出家授具足戒於異時波斯匿王土界人民反叛即遣軍往伐遂爲彼所破重遣軍往復爲彼所破王即問言我健將某甲今爲所在報言從沙門釋子出家爲道時王即譏嫌言沙門釋子不知慚愧多欲無猒外自稱言我知正法云何度我勇健大將出家爲道如是何有正法以此推之沙門釋子盡是官人時諸比丘以

此因緣具白佛佛言自今已去不得度官人若度者當如法治爾時與無衣鉢者出家受具足戒諸比丘語言汝入村乞食彼言我無衣鉢時諸比丘以此事往白佛佛言自今已去無衣鉢者不得受具足戒時有借他衣鉢受具足戒受戒已其主還取裸形蹲羞慙時諸比丘以此因緣往白佛佛言自今已去不得借衣鉢受具足戒若與衣者當令乞取若不與者當與價直爾時衆多比丘從拘薩羅國道路行往黑暗河側其中一比丘言此中曾有白衣與著袈裟者共行婬衆人問言汝云何知答曰我即彼之一數爾時諸比丘以此因緣白佛佛言若犯比丘尼者於我法律中無所長益不應與出家受大戒若出家受大戒者應滅擯爾時佛在波羅㮈國時國界米穀勇貴乞求難得人皆飢色時佛及比丘僧多得供養時有一年少外道見佛及僧多得供養便生此念當以何方便得此食而不出家彼即自剃髮著袈裟手執鉢入衆中食諸比丘問言汝爲幾歲彼不知復問汝何時彼言不知汝和尚誰阿闍黎誰亦言不知復問言汝是誰耶答言我是某甲外道見佛及僧大得供養見已便生此念以何方便得此食而不出家是故我便輒自剃鬚髮著袈裟入衆中求食時諸比丘以此因緣具白佛佛言自今已去賊心入道者於我法中無所長益不應與出家受具足戒若出家受具足戒應滅擯是中賊心入道者或至一比丘二比丘三比丘衆僧所共羯磨說戒或至一比丘二比丘三比丘衆僧所共羯磨不說戒或至

一比丘二比丘三比丘衆僧所不共羯磨說戒或至一比丘二比丘三比丘所不至衆僧所不共羯磨說戒或至一比丘二比丘所不至三比丘衆僧所不共羯磨說戒或至一比丘所不至二比丘三比丘衆僧所不共羯磨說戒是中賊心入道者至一比丘所不至二比丘三比丘衆僧所不共羯磨說戒如是入若未出家受具足戒不應與出家受具足戒若與出家受具足戒聽即名出家受具足戒是中賊心入道者至一比丘二比丘所不至三比丘若衆僧所不共羯磨說戒若未出家受具足戒不得與出家受具足戒若與出家受具足戒聽即名爲出家受具足戒是中賊心入道者至一比丘二比丘三比丘所不至衆僧所不共羯磨說戒若未出家受具足戒不得與出家受具足戒若與出家受具足戒聽即名出家受具足戒是中賊心入道者至一比丘二比丘三比丘若僧所不共羯磨說戒若未出家受具足戒者不得與出家受具足戒若已出家受具足戒聽即名出家受具足戒是中賊心入道者至一比丘二比丘三比丘衆僧所羯磨不共說戒若未出家受具足戒不得與出家受具足戒若已與出家受具足戒者應滅擯是中賊心入道者至一比丘二比丘三比丘衆僧所共羯磨說戒若未出家受具足戒者不得與出家受具足戒若已與出家受具足戒者應滅擯

四分律藏卷第三十四

音釋

𧹞音沙　劇竭戟切甚也　裸郎果切赤體也　癩音賴惡疾也　癰於容切腫也　痟音消渴病也　乳哺哺音步口飼也　罽居例切

四分律藏卷第三十五

姚秦三藏佛陁耶舍共竺佛念譯

第二分受戒揵度法之五

爾時有黃門來至僧伽藍中語諸比丘言我欲出家受具足戒諸比丘即與出家授具足戒受具足戒已語諸比丘言共我作如是如是事來比丘答言汝滅去失去何用汝爲彼復至守園人及沙彌所語言共我作如是如是事守園人沙彌語言汝滅去失去何用汝爲彼黃門出寺外共放牛羊人作婬欲事時諸居士見已譏嫌言沙門釋子幷是黃門、中有男子者共作婬欲事時諸比丘以此因緣白佛佛言黃門於我法中無所長益不得與出家受具足戒若已出家受具足戒應滅擯是中黃門者生黃門揵黃門妬黃門變黃門半月黃門生者生已來黃門揵者生已都截去作黃門妬者見他行婬已有婬心起變者與他行婬時失男根變爲黃門半月者半月能男半月不能男爾時佛遊波羅柰國善現龍王壽命極長生猒離心而作是念今生此長壽龍中何時得離此身復作是念此沙門釋子修清淨行我今寧可就彼求出家爲道可得離此龍身即變身作一年少外道形往至僧伽藍中語諸比丘言我欲出家受具足戒時諸比丘不觀其本輒與出家授具足戒與一比丘同一房住時彼比丘出外小行善現龍王放身睡眠諸龍常法有二事不離本形若眠時若婬時不離本形時龍王身脹滿房中窻戶嚮孔中身皆凸出時彼比丘還以手排戶手觸龍身覺內有異即便高聲唱言

蛇蛇比房比丘聞其聲便問言何故大喚即以此事具爲說之時彼龍王亦聞比丘喚聲即還覺結跏趺坐直身正意繫念在前時比丘即入問言汝是誰答言我是善現龍王我生長壽龍中猒離此身作此念我何時當得離此龍身復生此念沙門釋子修清淨行我今寧可從其出家學道免此龍身時諸比丘以此因緣往白佛佛言畜生者於我法中無所長益若未出家不得與出家受具足戒若已與出家受具足戒當滅擯爾時有一年少外道故殺母既殺已常懷愁憂念言誰能爲我除此憂者即復念言此沙門釋子多修善法我今寧可從其出家學道得滅此罪即來詣僧伽藍中語諸比丘我欲出家學道時諸比丘見已復謂是善現龍王即問言汝是何

等人答言我是某甲外道我故殺母既殺已常懷愁憂念言誰能爲我除此憂愁復作是念沙門釋子多修善法我今寧可從其出家學道得滅此罪是故來求出家時諸比丘以此事往白佛佛言殺母者於我法中無所長益若未出家不得與出家受具足戒若與出家受具足戒應滅擯時復有一外道故殺父既殺已常懷愁憂念言誰能爲我除此憂苦即念言沙門釋子多修善法我今寧可從其出家學道可得滅此罪即往僧伽藍中語諸比丘言我欲出家爲道諸比丘見已謂爲善現龍王問言汝是何等人答言我是某甲外道故殺父既殺已常懷愁憂念言誰能爲我除此憂苦即復念言沙門釋子多修善法我今寧可從其出家學道可得滅此罪是故來

求出家時諸比丘以此事往白佛佛言殺父者於我法中無所長益若未出家不得與出家受具足戒若與出家受具足戒應滅擯時有衆多比丘從拘薩羅國在道行見有阿蘭若處自相指示言此是某甲阿蘭若處於中殺阿羅漢中有一人言此實是阿羅漢何以故當殺時心無有異有人問言云何得知答言我即是其人之一數時諸比丘以此事具白佛佛言殺阿羅漢人於我法中無所長益若未出家不得與出家受具足戒若與出家受具足戒當滅擯時尊者優波離從坐起偏露右肩脫革屣右膝著地合掌白佛言若有破壞僧者當云何佛言如提婆達比若未出家受具足戒不得與出家受具足戒若與出家受具足戒者當滅擯又問惡心出佛身血者當云何佛言如提婆達比若未出家受具足戒者不得與出家受具足戒若與出家受具足戒當滅擯爾時有一比丘變爲女形諸比丘念言應滅擯不佛言不應滅擯聽即以先受具足戒年歲和尚阿闍黎送置比丘尼衆中爾時有一比丘尼變爲男子形諸比丘尼念言應滅擯不佛言不應滅擯聽即以先受戒年歲和尚阿闍黎當安止置比丘衆中爾時有一比丘變爲男女二形諸比丘念言應滅擯不佛言應滅擯爾時有一比丘尼變爲男女二形諸比丘尼念言應滅擯不佛言應滅擯爾時有比丘被賊截其男根并卵諸比丘念言應滅擯不佛言不應滅擯爾時有比丘爲怨家截其男根及卵諸比丘念言應滅擯不佛言不應滅擯爾時有比丘爲惡獸

嚙男根及卵諸比丘念言應滅擯不佛言不應滅擯爾時有比丘業報因緣男根自落諸比丘念言應滅擯不佛言不應滅擯爾時有比丘自截其男根諸比丘念言應滅擯不佛言應滅擯爾時有欲受具足戒者將出界外諸比丘問汝是誰不自稱字復問言汝和尚是誰復不稱和尚名教乞戒而不乞諸比丘白佛佛言有三種人名爲不得受具足戒不自稱字不肯稱和尚名教乞戒而不乞是爲三種人不得受具足戒爾時有著白衣衣服受具足戒授具足戒已即著入村中乞食諸居士見問言汝是誰答言我是沙門釋子居士言沙門釋子不如是佛言不得著白衣衣服受具足戒爾時復有著外道衣服受具足戒授具足戒已入村乞食諸居士見問言汝是何等人答言我是沙門釋子居士言沙門釋子不如是佛言著外道衣服者不應與受具足戒爾時有著衆莊嚴身具者受具足戒授具足戒已入村乞食諸居士見問言汝是何等人答言我是沙門釋子居士言沙門釋子不如是佛言著衆莊嚴身具者不得與受具足戒有三種人不名爲受具足戒著俗服外道服莊嚴身具是謂三種人不成受具足戒爾時有與眠人受具足戒覺已還家諸比丘言止莫還家汝已受具足戒彼答言我不受具足戒諸比丘往白佛佛言不得授眠者具足戒爾時有與醉者受具足戒酒解已即還家諸比丘言汝已受具足戒止莫還家答言我不受具足戒佛言不得授醉者具足戒爾時有與狂者受具足戒狂者得心已便還

家諸比丘言汝止莫去汝已受具足戒答言我不受具足戒佛言不得與狂者授具足戒有三種人不得受具足戒眠醉狂是謂三種人不得受具足戒爾時有與裸形人受具足戒後得衣服已還家諸比丘言汝已受具足戒止莫還家答言我不受具足戒佛言不得與裸形人授具足戒爾時有與瞋恚人受具足戒後瞋恚止還家諸比丘語言汝已受具足戒莫還家答言我不受具足戒佛言不得與瞋恚者授具足爾時有強授人具足戒後便逃走還家諸比丘言汝已受具足戒止莫還家答言我不受具足戒佛言不得強授人具足戒有三種人非受具足戒裸形瞋恚強與授具足戒者是謂三種人非受具足戒如是截手截脚截手脚截耳或截鼻或截耳鼻或截男根或截卵或截男根卵或截臂或截肘或截指或常患疥瘡或死相現或身瘿或身如女身或有名籍或避官租賦或癰瘡或身駮或尖頭或左臂壞或右臂壞或鋸齒或蟲身或蟲頭或頭髮瘢瘼或曲指或六指或縵指或有一卵或無卵或癩或內曲或外曲或內外曲或上氣病或瘊病或吐沫病或病或諸苦惱或男根病或青眼或黃眼或赤眼或爛眼或有紅眼或有黃赤色眼或青瞖眼或黃瞖眼或白瞖眼或水精眼或極深眼或三角眼或獼猴眼或大張眼或凸眼或一眼或睞眼或盲眼或尖出眼或邪眼或瞋怒眼或瞷眼或眼有瘡患或有斑或身疥臊或身侵婬瘡或瘂或聾或瘂聾或捲足指或跛或曳脚或一手一脚一耳或無手無脚無耳或

無髮無毛或無齒或青髮黃髮白髮大長大短婦女蹲天子阿脩羅子揵闥婆子或有象頭或有馬頭或有駝驢頭或有牛頭或驢頭或有猪頭或有羖羊頭或有白羊頭或有鹿頭或有蛇頭或有魚頭或有鳥頭或有二頭或有三頭或有多頭一切青一切黃一切黑一切赤一切白一切似獼猴色或有風病或有熱病或有痰癊病或癖病或有瘊疾或有兔缺或無舌或截舌或不知好惡或身前凸或後凸或前後凸或內病或外病或內外病或有癖病常卧不轉病或有常老極或有乾痟病或有失威儀行下極至一切汙辱衆僧如此人不得度受具足戒爾時有神足在虛空中受具足戒佛言不名受具足戒和尚在虛空中與下人受具足戒佛言不名受具足戒神足在虛空足數受具足戒佛言不名受具足戒爾時有隱沒不現者受具足戒佛言不名受具足戒和尚隱沒受具足戒佛言不名受具足戒足數比丘隱沒受具足戒佛言不名受具足戒爾時離見聞處受具足戒佛言不名受具足戒和尚離見聞處受具足戒佛言不名受具足戒足數人離見聞處受具足戒佛言不名受具足戒爾時在界外受具足戒佛言不名受具足戒和尚在界外受具足戒佛言不名受具足戒足數人在界外受具足戒佛言不名受具足戒時有不與沙彌戒便受具足戒佛言得受具足戒衆僧有犯世尊有如是教一切汙辱衆僧者不得受具足戒時有欲受戒者彼將至界外脫衣看時受戒者慙恥稽留受戒事爾時諸比丘以此

事往白世尊世尊言不得如是露形看而爲受戒自今已去聽問十三難事然後授具足戒白四羯磨當作如是問汝不犯邊罪不汝不犯比丘尼不汝非賊心入道不汝非壞二道不汝非黄門不汝非殺父殺母不汝非殺阿羅漢不汝非破僧不汝不惡心出佛身血不汝非是非人不汝非畜生不汝非有二形不佛言自今已去聽先問十三難事然後受具足戒當作白四羯磨如是受具足戒爾時立欲受具足者置眼見耳不聞處時戒師當作白羯磨言大德僧聽彼某甲從某甲求受具足戒若僧時到僧忍聽某甲爲教授師白如是時教授師當往彼語言此安陀會鬱多羅僧僧伽梨鉢此衣鉢是汝有不彼答言是應語言善男子諦聽今是至誠時我今當問汝隨我問答若不實者當言不實若實當言實汝字何等和尚字誰年滿二十不衣鉢具足不父母聽汝不汝非負債人不汝非奴不汝非官人不汝是丈夫不丈夫有如是病癩癕疽白癩乾痟顛狂病汝今有此諸病不若言無應語言如我今問汝僧中亦當如是問如汝向者答我衆僧中亦當如是答彼教授師如是問已還來衆僧中如常威儀相去舒手相及處立當如是白大德僧聽彼某甲從某甲求受具足戒若僧時到僧忍聽我已問竟聽將來白如是彼來已當爲捉衣鉢教禮僧足已教在戒師前右膝著地合掌當教作如是語大德僧聽我某甲從某甲求受具足戒我某甲今從衆僧乞受具足戒某甲爲和尚願僧慈愍拔濟我第二第三如是說時戒

師當作白羯磨應如是白大德僧聽此某甲從某甲求受具足戒此某甲今從衆僧乞受具足戒某甲爲和尚若僧時到僧忍聽我問諸難事白如是善男子聽今是至誠時實語時我今隨所問汝汝當隨實答我汝字何等和尚字誰汝年滿二十未三衣鉢具不父母聽汝不汝不負債不汝非奴不汝非官人不汝是丈夫不丈夫有如是病癩癰疽白癩乾痟顛狂病汝今有如是病不若言無者當作白四羯磨應如是白大德僧聽此某甲從某甲求受具足戒此某甲今從僧乞受具足戒某甲爲和尚某甲自說清淨無諸難事年滿二十三衣鉢具若僧時到僧忍聽僧今授某甲具足戒某甲爲和尚白如是大德僧聽此某甲從某甲求受具足戒此某甲今從僧乞受具足戒某甲爲和尚某甲自說清淨無諸難事年滿二十三衣鉢具僧今授某甲具足戒某甲爲和尚誰諸長老忍僧與某甲授具足戒某甲爲和尚者默然誰不忍者說此是初羯磨第二第三亦如是說衆僧已忍與某甲授具足戒某甲爲和尚竟僧忍默然故是事如是持時有比丘受具足戒已衆僧盡捨去時所受具足戒人本二去彼不遠即前問言汝向者何所爲答言我受具足戒本二語言汝今可共作如是如是可謂最後作如是如是事時受具足者即共行不淨已後還詣衆中諸比丘問汝何故在後彼即以此因緣具向諸比丘說諸比丘語言汝速滅去失去何用汝爲不應住此其人言我所作事不應爾也諸比丘報言不應爾其人語言汝何不

先語我我當避之不作爾時諸比丘以此事往白世尊世尊言自今已去作羯磨已當先說四波羅夷法善男子聽如來至眞等正覺說四波羅夷法若比丘犯一一法非沙門非釋種子汝一切不得犯婬作不淨行若比丘犯不淨行受婬欲法乃至畜生非沙門非釋子爾時世尊與說譬喻猶如有人截其頭終不能還活比丘亦如是犯波羅夷法已不能還成比丘行汝是中盡形壽不得作能持不答言能一切不得盜下至草葉若比丘盜人五錢若過五錢若自取教人取若自破教人破若自斫教人斫若燒若埋若壞色者彼非沙門非釋子譬如斷多羅樹心終不復更生長比丘犯波羅夷亦如是終不還成比丘行汝是中盡形壽不得作能持不答言能一切不得故斷衆生命下至蟻子若比丘故自手斷人命求刀授與人教死歎死勸死與人非藥若墮胎若厭禱殺自作方便若教人作非沙門非釋子譬喻者說言猶如針鼻缺不堪復用比丘亦如是比丘犯波羅夷法不復成比丘行汝是中盡形壽不得作能持不答言能一切不得妄語乃至戲笑若比丘非眞實非已有自說言我得上人法得禪得解脱得定得四空定得須陀洹果斯陀含果阿那含果阿羅漢果天來龍來鬼神來彼非沙門非釋子譬喻者說譬如大石破爲二分終不可還合比丘亦如是犯波羅夷法不可還成比丘行汝是中盡形壽不得作能持不能者答言能善男子聽如來至眞等正覺說四依法比丘依此得出家受具足戒成比丘法比丘

依糞掃衣依此得出家受具足戒成比丘法是中盡形壽能持不答言能若得長利檀越施衣割壞衣得受比丘依乞食比丘依是得出家受具足得成比丘法是中盡形壽能持不答言能若得長利若僧差食檀越送食月八日食十五日食月初日食若僧常食檀越請食得受依樹下坐比丘依此得出家受具足成比丘法是中盡形壽能持不答言能若得長利若別房尖頭屋小房石室兩房一戶得受依腐爛藥比丘依此得出家受具足成比丘法是中盡形壽能持不答言能若得長利酥油生酥蜜石蜜得受汝受戒已白四羯磨如法成就得處所和尚如法阿闍黎如法衆僧具足滿汝當善受教法應當勸化作福治塔供養佛法衆僧和尚阿闍黎若一切如法教不得違逆應學問誦經勤求方便於佛法中得須陀洹果斯陀含果阿那含果阿羅漢果汝始發心出家功不唐捐果報不絶餘所未知當問和尚阿闍黎自今已去令受具足者在前而去爾時有比丘衆中被舉已即休道後來至僧伽藍中語諸比丘言我欲還出家時諸比丘以此因緣往白佛佛言當問彼人汝自見罪不若報言我不見罪不應與出家若言我見罪與出家與出家已復當問言汝自見罪不答言不見罪不應與受具足戒若言見罪應與受具足戒與授具足戒已當語言汝能懺悔不若言不能懺悔不得解羯磨若言能懺悔當與解羯磨與解羯磨已當語言汝懺悔罪若懺悔善不者若僧得和合更與作舉若僧不和合與共住止無犯

爾時舍利弗從座起偏袒右臂右膝著地合掌白佛言年不滿二十而受具足戒當言是受具足人不佛言是受具足人復問所受具足人是善受不佛言是善受作羯磨者是善作羯磨不佛言善作羯磨自制已後如是受具足戒不名善受具足戒復問三語受具足戒是受具足戒不佛言是受具足戒所受具足戒者是善受不佛言是善受作羯磨者是善作羯磨不佛言是善作羯磨自制已後如是受具足者不名受具足戒又問不問十三難事而受具足戒當言是受具足戒不佛言是善受具足戒問言所受具足者爲善受具足戒不佛言是善受具足戒問言作羯磨者善作羯磨不佛言善作羯磨自制已後如是受具足者不名受具足戒爾時阿難即從座起偏露右肩右膝著地合掌白佛言若和尚十三難事中有一一難事授弟子具足戒當言善受具足不佛言善受具足戒問言所受具足人名爲善受具足戒不佛言是善受作羯磨者善作羯磨不佛言是善作羯磨自制已後若如是授人具足戒衆僧有罪爾時有從不持戒和尚受具足戒後有疑佛問言汝知和尚不持戒不答言不知佛言得名受具足戒復有從不持戒和尚受具足戒後有疑佛問言汝知和尚不持戒不報言知汝知不應從如此人受具足戒不報言不知佛言此得受具足戒爾時復有從不持戒和尚受具足戒後有疑佛問言汝知和尚不持戒不答言知汝知如此人不應從受具足戒不答言知佛言汝知從如此人受具足戒不得具足

戒不報言不知佛言得名受具足戒爾時有從不持戒和尚受具足戒後有疑佛問言汝知和尚不持戒不答言知佛言汝知如此人不應從受具足戒不答言知佛問言汝知從如此人受具足戒不成受具足戒不答言知佛言不名受具足戒

第二分說戒揵度法之一

爾時佛在羅閱城時城中諸外道梵志三時集會月八日十四日十五日衆人大集來往周旋共爲知友給與飲食極相愛念經日供養時瓶沙王在閣堂上遥見大衆往詣梵志聚會處即便問左右人言今此諸人爲欲何所至答言王今當知此城中梵志月三集會八日十四日十五日衆人來往周旋共爲知友給與飲食極相愛念是故衆人往詣梵志聚集處時瓶沙王即下閣堂往詣世尊所頭面禮足已在一面坐白佛言今此羅閱城中諸梵志月三時集會八日十四日十五日周旋往反共爲知友給與飲食善哉世尊今勑諸比丘令月三時集會八日十四日十五日亦當使衆人周旋往來共爲知友給與飲食我及羣臣亦當來集時世尊默然受王瓶沙語王見世尊默然受語已即從座起頭面禮足遶已而去時世尊以此因緣集比丘僧告言今此羅閱城中諸梵志月三時集會八日十四日十五日共相往來周旋共爲知友給與飲食極相愛念汝亦月三時會八日十四日十五日集亦使衆人來往周旋共爲知友給與飲食瓶沙王及羣臣亦當來集答言如是世尊時諸比丘受敎已月三時集八日十

四日十五日時大衆集周旋徃來共爲知友給與飲食王瓶沙亦復將諸羣臣大衆來集時諸比丘來集已各各黙然而坐諸長者白諸比丘言我等欲聞說法諸比丘不敢說以此事白佛佛言聽汝等與說法旣聽已不知當說何法佛言自今已去聽說契經時比丘欲分別說義當說義時不具說文句各自生疑佛言聽說義不具說文句時二比丘共一高座說法佛言不應爾二比丘同一高座說法共諍佛言不應爾彼相近敷高座說義互求長短佛言不應爾彼因說義共相逼切佛言不應爾時諸比丘二人共同聲合唄佛言不應爾時諸比丘欲歌詠聲說法佛言聽時有一比丘去世尊不遠極過差歌詠聲說法佛聞已即告此比丘汝莫如是說法汝當如如來處中說法勿與凡世人同欲說法者當如舍利弗目揵連平等說法勿與凡世人同說法諸比丘若過差歌詠聲說法有五過失何等五若比丘過差歌詠聲說法便自生貪著愛樂音聲是謂第一過失復次若比丘過差歌詠聲說法其有聞者生貪著愛樂其聲是謂比丘第二過失復次若比丘過差歌詠聲說法其有聞者令其習學是謂比丘第三過失復次比丘過差歌詠聲說法諸長者聞皆共譏嫌言我等所習歌詠聲比丘亦如是說法便生慢心不恭敬是謂比丘第四過失復次若比丘過差歌詠聲說法若在靜寂之處思惟但緣憶音聲以亂禪定是謂比丘第五過失時諸比丘欲夜集一處說法佛言聽說諸比丘不知何日集佛言聽十五日十四

日十三日若十日若九日若八日若七日若六日若五日若三日若二日若日日說若說法人少應次第請說彼不肯說佛言不應爾聽應極少下至說一偈一偈者諸惡莫作諸善奉行自淨其意是諸佛教若不肯者當如法治時諸比丘夜集欲說法時坐卑座有疑佛言若夜集說法者坐高卑無在時諸比丘夜集欲坐禪佛言聽時諸比丘睡眠佛言比坐者當覺之若手不相及者當持戶鑰若拂柄覺之若與同意者當持革屣擲之若猶故睡眠當持禪杖覺之中有得禪杖覺已訶不受佛言不應爾若訶不受者當如法治若復睡眠佛言聽以水灑之其中有得水灑者若訶不受亦當如法治若故復睡眠佛言當捫眼若以水洗面時諸比丘猶故復睡眠佛言當自摘耳鼻若摩額上若復睡眠當披張鬱多羅僧以手摩捫其身若當起出戶外瞻視四方仰觀星宿若至經行處守攝諸根令心不散爾時世尊在閑靜處思惟作是念言我與諸比丘結戒說波羅提木叉中有信心新受戒比丘未得聞戒不知當云何學戒我今寧可聽諸比丘集在一處說波羅提木叉戒爾時世尊從靜處出以此因緣集諸比丘告言我向者在靜處思惟心自念言我與諸比丘結戒及說波羅提木叉戒有信心新受戒比丘未得聞戒不知當云何學戒復自念言我今寧可聽諸比丘集在一處說波羅提木叉戒以是故諸比丘共集在一處說波羅提木叉戒作如是說諸大德我今欲說波羅提木叉戒汝等諦聽善心念之若自知有犯者

即應自懴悔不犯者默然默然者知諸大德清淨若有他問者亦如是答如是比丘在衆中乃至三問憶念有罪不懴悔者得故妄語罪故妄語者佛說障道法若彼比丘憶念有罪欲求清淨者應懴悔懴悔得安樂波羅提木叉者戒也自攝持威儀住處行根面首集衆善法三昧成就我當說當結當發起演布開現反復分別是故諸大德我今當說戒共集在一處者同羯磨集在一處應與欲者受欲來現前應訶者不訶是故言應集在一處諦聽善心念者端意專心聽法故曰諦聽善心念之有犯者所作犯事未懴悔無犯者不犯若犯已懴悔若有他問亦如是答者譬如一一比丘相問答故妄語佛說障道法者障何等道障初禪二禪三禪四禪空無相無願障須陀洹果乃至阿羅漢果懴悔則安樂得何等安樂得初禪乃至四禪空無相無願得須陀洹果乃至阿羅漢果故曰懴悔則安樂時諸比丘欲歌詠聲說戒佛言聽歌詠聲說戒時諸比丘日日說戒疲倦佛言不應日日說戒自今已去聽布薩日說戒時諸長者問比丘言今日是何日比丘言不知皆慚愧時諸比丘以此因緣白佛佛言自今已去當數日既數日而多忘佛言當作數法時諸比丘以寶作數法佛言不應爾聽以骨牙角若銅鐵鉛錫白鑞石泥丸作諸比丘患數法零落佛言聽作孔以繩縷貫置僧常大食小食處夜集處說戒處若置杙上若龍牙杙上若一日過一時諸長者來問比丘言今日是黑月是白月耶諸比丘不知皆懷慚愧以此事往

白佛佛言聽作三十數法十五屬黑月十五屬白月時諸比丘用數法錯亂黑月數法墮白月數法中白月數法墮黑月數法中佛言自今已去聽黑月數法染使黑白月數法染使白若患數法相觸破壞者佛言聽中間安隔時諸比丘欲十四日若十五日說戒佛言若王或改日隨王者法時諸比丘不知爲今日說戒爲明日說戒往白佛佛言聽上座布薩日唱言今日衆僧說戒時諸比丘不知何時佛言聽作時若量影時若作破竹聲若打地聲若作烟若吹貝若打鼓若打揵椎若告語言諸大德布薩說戒時到時六羣比丘聞世尊聽說戒便於園中若別房中與和尚阿闍黎同和尚同阿闍黎同意親厚知識別部說戒時諸比丘聞中有少欲知足行頭陀樂學戒知慚愧者嫌責六羣比丘言云何聞世尊聽說戒便自於園中若別房中與和尚阿闍黎若同和尚同阿闍黎親厚知識別部說戒耶爾時大迦賓㝹在仙人住處黑石山側在靜處思惟而作是念我今若往說戒若不往我常第一清淨爾時世尊知長老大迦賓㝹心中所念譬如力士屈伸臂頃從耆闍崛山忽然不現乃至仙人住處黑石山側在迦賓㝹前敷座而坐時迦賓㝹禮世尊足已在一面坐時世尊知而故問汝在此閑靜處思惟心作是念我今若往說戒若不往我常第一清淨爲爾已不答言爾佛言如是如是迦賓㝹如汝所言汝若往就說戒若不往汝常第一清淨然迦賓㝹說戒法當應恭敬尊重承事若汝不恭敬布薩尊重承事者誰當恭

敬尊重承事是故汝應往說戒不應不往應當步往不應乘神足往我亦當往爾時迦賓㝹默然受佛敎勑時世尊以此因緣告迦賓㝹已譬如力士屈伸臂頃没仙人住處黑石山還耆闍崛山就座而坐爾時諸比丘往至佛所頭面禮足在一面坐以此事白佛佛具以上事爲說已佛告諸比丘我聽諸比丘一住處和合說戒汝等云何與和尚阿闍黎同和尚阿闍黎親厚知識別部說戒若一住處不和合說戒者得突吉羅自今已去聽集一處說戒爾時諸比丘知世尊聽一處說戒或在仙人所住山黑石處相待或在毗呵勒山七葉樹窟相待或在冢間相待或在溫泉水邊相待或在竹園迦蘭陀所相待或在耆闍崛山相待或有大堂食堂經行堂河邊樹下生輭草處相待而疲倦時諸比丘白佛佛言自今已去隨所住處人多少共集一處說戒諸比丘不知當於何處說戒佛言聽作說戒堂白二羯磨作如是白當稱名處所大堂若閣上堂經行堂若河側若樹下石側若生草處衆中應差堪能羯磨者如上當作如是白大德僧聽若僧時到僧忍聽在某甲處作說戒堂白如是大德僧聽今衆僧在某甲處作說戒堂誰諸長老忍僧在某甲處作說戒堂者默然誰不忍者說衆僧已忍聽在某甲處作說戒堂竟僧已忍默然故是事如是持爾時於耆闍崛山中先立說戒堂復欲於迦蘭陀竹園立說戒堂時諸比丘往白佛佛言自今已去聽解前說戒堂然後更結白二羯磨解衆中應差堪能羯磨者如上作如是白大

德僧聽若僧時到僧忍聽解某處說戒堂白如是大德僧聽今解某處說戒堂誰諸長老忍僧解某處說戒堂者默然誰不忍者說僧已忍聽解某處說戒堂竟僧忍默然故是事如是持時一住處作二說戒堂經營者二人共諍二人各言衆僧應先於我堂說戒時諸比丘以此事往白佛佛言自今已去聽二人更互從上座爲始爾時有住處布薩日大衆集而說戒堂小不相容受諸比丘念言世尊制戒不結說戒堂不得說戒今當云何諸比丘以此事往白佛佛言僧得自在若結若不結得說戒時上座比丘先至說戒堂掃灑敷坐具淨水瓶具洗足瓶然燈具舍羅疲極諸比丘以此事往白佛佛言自今已去年少比丘應作年少比丘於布薩日應先至說戒堂中掃灑敷坐具具淨水瓶洗足瓶然燈火具舍羅若年少比丘不知者上座當教若上座不教者突吉羅若不隨上座教者亦突吉羅時上座說戒竟在後自收攝牀坐水瓶洗足瓶及燈火具舍羅復本處疲極時諸比丘以此事往白佛佛言自今已去說戒竟年少比丘應攝水瓶洗足瓶燈火及舍羅復本處若年少不知上座當教上座不教者突吉羅不隨上座教者亦突吉羅時六羣比丘於說戒日與諸白衣言語問訊作羯磨說戒說法爾時諸比丘以此事往白佛佛言此是上座應作爾時有一住處癡和先爲上座彼不能於說戒日與白衣言談問訊作羯磨說戒說法爾時諸比丘以此事往白佛佛言聽請能作者作上座若上座不請能者突吉羅若不受

上座請突吉羅時諸白衣問比丘說戒時有幾人問已不知數有慙愧諸比丘往白佛佛言聽數比丘雖數猶復忘佛言當具舍羅彼以寶作佛言不得以寶作當用骨牙若角銅鐵白鑞鈆錫葦若竹若木患作零落佛言當繩纏雖纏猶故零落佛言當作函筒盛彼用寶作筒佛言不應爾當用骨牙角銅鐵白鑞鈆錫葦竹木若從筒中出佛言當作蓋彼用寶作蓋佛言不應爾當以骨牙角銅鐵白鑞鈆錫葦竹木不知安筒何處佛言安著繩牀若木牀下若懸著杙上若龍牙杙上衣架上爾時諸比丘聞佛聽諸比丘詣羅閱城說戒在諸方聞者來集說戒疲極時諸比丘白佛佛言自今已去隨所住處若村若邑境界處說戒聽結界白二羯磨當作如是結唱界方相若空處若樹下若山若谷若巖窟若露地若草積處若近園邊若冢間若水間若石積所若樹杌若荊棘邊若汪水若渠側若池若糞聚所若村若村界彼稱四方相已衆中應差堪能羯磨者如上當作白大德僧聽如所說界相若僧時到僧忍聽於此一住處一說戒結界白如是大德僧聽如所說界相僧今於此一住處一說戒結界誰諸長老忍僧於此一住處一說戒結界者黙然誰不忍者說衆僧已忍於此一住處一說戒結界竟僧忍黙然故是事如是持佛言自今已去聽結界應如是結當敷座當打揵椎盡共集一處不聽受欲是中舊住比丘應唱大界四方相若東方有山稱山有塹稱塹若村若城若疆畔若園若林若池若樹若石若垣墻若神祀舍

如東方相餘方亦爾衆中應差堪能羯磨者如上當如是白大德僧聽此住處比丘唱四方大界相若僧時到僧忍聽僧今於此四方相内結大界同一住處同一說戒白如是大德僧聽此住處比丘唱四方大界相僧今於此四方相内結大界同一住處同一說戒誰諸長老忍僧今於此四方相内結大界同一住處同一說戒者默然誰不忍者說僧已忍於此四方相内同一住處同一說戒結大界竟僧忍默然故是事如是持時諸比丘有須四人衆羯磨事起五比丘衆十比丘衆二十比丘衆羯磨事起是中大衆集會疲極諸比丘白佛佛言聽結戒場當如是結白二羯磨稱四方界相若安杙若石若疆畔作齊限衆中當差堪能羯磨人如上大德僧聽此住處比丘稱四方小界相若僧時到僧忍聽於此四方小界相内結作戒場白如是大德僧聽此住處比丘稱四方小界相今僧於此四方小界相内結戒場誰諸長老忍僧於此四方相内結戒場者默然誰不忍者說僧已忍於此四方相内結戒場竟僧忍默然故是事如是持時諸比丘意有欲廣作界者有欲狹作者佛言自今已去若欲改作者先解前界然後欲廣狹作從意當白二羯磨解衆中當差堪能羯磨人如上作如是白大德僧聽今此住處比丘同一住處同一說戒若僧時到僧忍聽解界白如是大德僧聽此住處比丘同一住處同一說戒今解界誰諸長老忍僧同一住處同一說戒解界者默然誰不忍者說僧已忍聽同一住處同一說戒解界竟僧忍

默然故是事如是持時有猒離比丘見阿蘭若處有一好窟自念言我若得離衣宿者可即於此窟住時諸比丘以此事往白佛佛言自今已去當結不失衣界白二羯磨結衆中當差堪能羯磨者如上如是白大德僧聽此住處同一住處同一說戒若僧時到僧忍聽結不失衣界白如是大德僧聽此處同一住處同一說戒今僧結不失衣界誰諸長老忍僧同一住處同一說戒結不失衣界者默然誰不忍者說僧已忍此處同一住處同一說戒結不失衣界竟僧忍默然故是事如是持時諸比丘脫衣置白衣舍當著脫衣時形露時諸比丘以此事往白佛佛言自今已去聽比丘結不失衣界除村村外界白二羯磨衆中當差堪能羯磨人如上當作如是白大德

僧聽此住處同一住處同一說戒若僧時到僧忍聽結不失衣界除村村外界白如是大德僧聽此住處同一住處同一說戒今僧結不失衣界除村村外界誰諸長老忍僧於此住處同一住處同一說戒結不失衣界除村村外界者默然誰不忍者說僧已忍聽同一住處同一說戒結不失衣界除村村外界竟僧已忍默然故是事如是持時諸比丘二界相接佛言不應爾當作標式彼二界共相錯涉佛言不應爾應留中間彼諸比丘先解大界却解不失衣界佛言不應爾先解不失衣界却解大界時隔駛流河水外結不失衣界時比丘往取衣爲水所漂諸比丘往白佛佛言自今已去不得隔駛流水外結不失衣界除常有橋者

爾時有二住處別利養別說戒諸比丘欲結共一說戒共一利養諸比丘往白佛佛言自今已去聽解界已然後結白二羯磨如是解彼此各自解界應盡集一處不得受欲當唱界四方相阿蘭若處樹下空處若山若谷若巖窟露地草積園林冢間河側若石積若杌樹若荊棘若壍若渠若池若糞聚若村村界唱界齊限處已衆中當差堪能羯磨者如上當作如是白大德僧聽如所說界相若僧時到僧忍聽於此處彼處結同一利養同一說戒白如是大德僧聽如所說界相今僧於此處彼處結同一說戒同一利養誰諸長老忍僧於此處彼處結同一說戒同一利養結界者默然誰不忍者說僧已忍於此處彼處同一說戒同一利養結界竟僧忍默然故是事如是持爾時有二住處別說戒別利養時諸比丘意欲同一處說戒別利養佛言自今已去聽解界然後結白二羯磨彼此各自解應盡集一處不得受欲當唱界方相若阿蘭若空處乃至村界如上稱二住處名衆中當差堪能羯磨者如上作如是白大德僧聽如所說界方相若僧時到僧忍聽於此處結同一說戒別利養白如是大德僧聽如所說界方相僧今於此處結同一說戒別利養誰諸長老忍僧於此界四方相內結同一說戒別利養者默然誰不忍者說僧已忍於此界四方相內結同一說戒別利養竟僧已忍默然故是事如是持時有二住處別說戒別利養時諸比丘欲得別說戒同一利養欲守護住處故佛言聽集僧解界已白二羯磨結衆中當

差堪能羯磨者如上作如是白大德僧聽若僧時到僧忍聽於此彼住處結別說戒同一利養爲欲守護住處故白如是大德僧聽今僧於此彼住處結別說戒同一利養爲守護住處故誰諸長老忍僧於此彼住處結別說戒同一利養爲守護住處故僧忍者默然誰不忍者說僧已忍於此彼住處結別說戒同一利養爲守護住處故竟僧已忍默然故是事如是持時有二住處同一說戒同一利養時諸比丘欲得別說戒別利養佛言自今已去聽集在一處解界已隨彼所住處各自更結界爾時有二住處相去遠同一說戒同一利養若彼得少飲食供養具持來至此日時已過若此得利養持至彼日時已過時諸比丘往白佛佛言不得相去遠處同一說戒同一利養佛言自今已去聽作如是語若此處得少飲食供養即於此處分若彼得少供養即於彼處分爾時布薩日有衆多比丘於無村曠野中行心自念言世尊制法當集一處和合說戒我等當云何以此事往白佛佛言比丘善聽若布薩日於無村曠野中行衆僧應和合集在一處共說戒若僧不得和合隨同和尚同阿闍黎善友知識當下道集一處結小界說戒白二羯磨當作如是結界衆中差堪能羯磨者如上當如是白大德僧聽今有爾許比丘集若僧時到僧忍聽結小界白如是大德僧聽今有爾許比丘集結小界誰諸長老忍今有爾許比丘集結小界者默然誰不忍者說僧已忍聽爾許比丘集結小界竟僧忍默然故是事如是持時諸比丘結界

不解而去餘者嫌往白佛佛言不應不解而去作白二羯磨解衆中當差堪能作羯磨者如上作如是白大德僧聽今有爾許比丘集若僧時到僧忍聽解此處小界白如是大德僧聽今有爾許比丘集解此處小界誰諸長老忍僧解此處小界者默然誰不忍者說僧已忍解此處小界竟僧忍默然故是事如是持時天暴雨河水大漲時諸比丘隔河水結同一住處同一說戒十五日欲往就彼說戒而不能得渡即不成就說戒諸比丘以此事往白佛佛言不得合河水結同一說戒界除有船橋梁時有二住處相去遠結同一說戒時諸比丘十五日欲往相就說戒不能即日達彼不成就說戒諸比丘往白佛佛言不得住處相去遠結同一說戒若住處隔河水相去遠同一住處同一說戒者諸比丘十五日說戒應十四日先往十四日說戒十三日應先往不得受欲爾時說戒日住處有一比丘入房閉戸而眠諸比丘說戒已從座起而去時眠者聞聲即起問諸比丘言諸大德欲何處去不說戒耶諸比丘報言我等已說戒即問汝向者何處來耶報言我白日在自房閉戸眠耳諸比丘往白佛佛言不得於說戒日在房中眠自今已去聽比坐者當共相檢校知有來者不來者自今已去聽先白然後說戒作如是白大德僧聽今十五日衆僧說戒若僧時到僧忍聽和合說戒白如是作如是白已然後說戒

四分律藏卷第三十五

音釋

捷居言切　駁北角切與駁同　痶瘓痶他典切瘓土緩切　㿉杜回切陰病也　瘊户鉤切疵瘻也　睞洛代切目童子不正也　瞯胡間切戴目也　捲達圓切曲也　曳音裔拖也　疽七余切　揵椎梵語也此云磬亦云鐘蹟有瓦木銅鐵鳴者皆曰揵椎揵巨寒切椎音搥　積子智切聚也　駃踈七切

四分律藏卷第三十六

姚秦三藏佛陀耶舍共竺佛念譯

第二分說戒揵度法之二

爾時說戒日有一比丘住心自念言佛制法應和合集一處說戒我今當云何即語諸比丘諸比丘往白佛佛言汝等善聽若說戒日有一比丘住者彼比丘應詣說戒堂掃灑令淨敷坐具具澡水瓶洗足瓶然燈火具舍羅若有客比丘來若四若過四應先白已然後說戒若有三人各各相向說今僧十五日說戒我某甲清淨如是三說若有二人亦相向說今僧十五日說戒我某甲清淨如是三說若有一人應心念口言今日衆僧十五日說戒我某甲清淨如是三說若三人不得受第四人欲清淨白說戒二人不得受第三人欲清淨應各各三語說若一人不得受第二人欲清淨應心念三說時六羣比丘非法別衆羯磨說戒非法和合衆法別衆羯磨說戒爾時諸比丘往白世尊世尊言不得非法別衆羯磨說戒非法和合衆不得法別衆羯磨說戒說戒有四種時諸比丘非法別衆非法和合衆法別衆法和合衆羯磨說戒若彼比丘非法別衆羯磨說戒者彼不成說戒若非法和合衆法別衆羯磨說戒者不成說戒法和合衆羯磨說戒者此名爲說戒應如是說戒是我所教法時說戒日衆僧集有僧事世尊告諸比丘寂靜今僧有事有異比丘白佛言大德有病比丘不來佛言自今已去聽與欲受欲人當往受欲來彼應如是與欲若言與汝欲成與欲若言我說欲成與欲若言爲我

說欲成與欲若現身相與欲成與欲若廣說與欲成與欲若不現身相不口說欲者不成與欲當更與欲若受欲比丘往病比丘所受欲受欲已便命過若餘處行若罷道若入外道衆若入別部衆若至戒場上若明相出若自言犯邊罪若犯比丘尼若賊心作沙門若破二道若黄門若殺父母殺阿羅漢若鬬亂衆僧若惡心出佛身血若非人若畜生若二形若被舉若滅擯若應滅擯若神足在空若離聞見處不成與欲應更與餘者欲若至中道若至僧中亦如是若受欲人若睡若入定或忘若不故作如是名爲成與欲若故不說者突吉羅若能如是者善不能如是者彼比丘應扶將病比丘若牀若繩牀上舁來至僧中若慮此病比丘或能動病或能死一切衆僧應往病比丘所圍遶與作羯磨若病者衆多能集一處者善若不能者諸比丘當出界外作羯磨更無方便得別衆作羯磨

爾時說戒日衆僧集一處欲說戒時世尊告諸比丘汝等寂靜今欲說戒時有異比丘白世尊言今有病比丘不來佛言自今已去聽與清淨聽比丘往受清淨彼應如是與若說清淨成與清淨若乃至廣說與清淨如上與欲法成與清淨若不動身不口言清淨不成與清淨亦如上與欲法當更與清淨若受清淨人到病比丘所受清淨受清淨已便命終若餘道行若休道若入外道衆若入別部衆或至戒場上若明相出若自言犯邊罪若犯比丘尼若賊心作沙門若破二道若黄門若殺母殺父若殺阿羅漢若鬬亂衆僧若惡心

出佛身血若非人若畜生若二形若被舉若滅擯若應滅擯若神足在空若離聞見處不成與清淨當更與餘者如是若至中道若至衆中亦如是受清淨人若眠若入定若忘若不故作如是成與清淨若故不說者突吉羅若能如是善不能如是者當扶病人若牀若繩牀若轝上舁來至僧中時諸比丘作是念若舁病比丘來恐病增動若或不至便命終者我等當往就與作羯磨說戒若有衆多病者集一處善若不得集諸比丘應出界外作羯磨說戒若不出界外不得別衆作羯磨說戒更無有方便得別衆羯磨說戒爾時六羣比丘與欲不與清淨僧中有事起不得說戒時持欲來比丘言我持欲來不得清淨而稽留羯磨說戒諸比丘皆疲倦時諸比丘往白

佛佛言自今已去與欲時應與清淨應如是言我與汝欲清淨時六羣比丘稱事言我以此事與汝欲及清淨僧中有餘事起時持欲比丘言我持其事欲清淨來不持餘事欲清淨來以此事故有稽留諸比丘皆疲倦諸比丘往白佛佛言不應稱事與欲清淨聽如法僧事與欲清淨受欲清淨比丘或命終或休道或入外道衆或入別部衆或至戒場上若明相出諸比丘念言爲失與欲清淨不佛言失時受欲清淨比丘遇道路隔塞有賊難有惡獸難若河水大漲不得至更從界外來至僧中與欲清淨諸比丘念言爲失與欲清淨不佛言不失自今已去聽與欲清淨比丘若命難梵行難若界內不得至僧中界外來至僧中與欲清淨如是不失與欲清淨是我所

說時諸比丘受一人與欲清淨已疑不受二人欲清淨佛言聽受彼受二人欲清淨已復疑不受三人欲清淨佛言聽受彼受三人欲清淨疑不受四人欲清淨佛言聽受佛言若能盡記識字者隨憶多少受若不能憶字者當稱姓不能記識姓者當稱相貌若不能記相貌但言衆多比丘如法僧事與欲清淨時說戒日一處有大衆來集說戒者聲音小大衆不悉聞諸比丘往白佛佛言自今已去聽當在衆中立說戒猶故不聞應在衆中敷高座極令高好座上說戒猶故不聞應作轉輪高座平手立及在座上說戒誦時若忘若誤次座比丘當授語若故忘者次第二比丘當代說即以次說不得重說爾時持欲清淨比丘有事起或有僧事佛事法事病比丘事時諸比丘以此事往白佛佛言自今已去聽轉授欲清淨與餘比丘當作如是言我與衆多比丘受欲清淨彼及我身如法僧事與欲清淨時六羣比丘汝和尚阿闍黎及字時諸比丘以此事往白佛佛言不得汝和尚阿闍黎若稱字時諸比丘相問汝和尚阿闍黎字何等疑不敢稱字諸比丘以此事往白佛佛言若有問者聽稱和尚阿闍黎字若比丘行波利婆沙本日治若摩那埵阿浮呵那時若羯磨立制時若受戒時若差人時若解時應稱和尚阿闍黎字時比丘有事因緣應稱字疑不敢稱和尚阿闍黎名字時諸比丘往白佛佛言若有事因緣聽稱和尚阿闍黎字若比丘爲事故與欲清淨與欲已事休便生疑不敢就說戒處諸比丘以此事往白佛佛言若

事休應往若不往當如法治時六羣比丘作如是念不往說戒處恐餘比丘爲我作羯磨遮我說戒諸比丘往白佛佛言不應爾彼復作如是念我不往說戒處恐爲我親厚知識作羯磨若遮說戒佛言不應爾彼復作如是念我往說戒處不坐恐餘比丘爲我作羯磨若遮說戒佛言不應爾若爲親厚知識往說戒處不坐亦如是爾時有住處說戒日衆僧大集欲說戒時聞有賊來皆恐怖從座起去不成說戒諸比丘往白佛佛言自今已去聽八難事起若有餘緣聽略說戒八難者若王若賊若火若水若病若人若非人若惡蟲餘事緣者若有大衆集牀坐少若衆多病聽略說戒若有大衆集座上覆蓋不周或天雨聽略說戒若布薩多夜已久或鬬諍事或論阿毗曇毗尼或說法夜已久自今已去聽一切衆未起明相未出應作羯磨說戒更無方便可得宿受欲清淨羯磨說戒彼比丘作是念今以此難因緣聽略說戒難來猶遠未至我等可得廣說戒時彼比丘應廣說戒不廣說者如法治時彼比丘作是念此難事近我曹不得廣說戒可說至九十事彼比丘應說至九十事若不說者當如法治時諸比丘作是念此難事近我等不得廣說至九十事可說至三十事應廣說至三十事不說者當如法治時諸比丘作是念此難事近我等不得廣說至三十事可說至二不定法比丘應說至二不定法若不說者當如法治時諸比丘作是念此難事近我等不得廣說至二不定法可說十三事彼應說至十三事若不說者當

如法治彼諸比丘作是念此難事近不得説至十三事可説四事彼比丘應説四事若不説者如法治彼比丘作是念此難事近我等不得説四事可説戒序彼應説戒序若不説者如法治時諸比丘作是念此難事近我等不得説戒序諸比丘以此難事因緣應即從座起去五種説戒説序已餘者應言僧常聞若説序四事已餘者應言僧常聞若説序四事十三事已餘者應言僧常聞若説序四事十三事二事已餘者應言僧常聞廣説第五是謂説戒五種復有五事説序四事餘者應言僧常聞説序四事十三事已餘者應言僧常聞説序四事十三事二事已餘者應言僧常聞説序四事十三事二事三十事已餘者應言僧常聞廣説第五復有五事説序四事十三事已餘者應言僧常聞説序四事十三事二事已餘者應言僧常聞説序四事十三事二事三十事已餘者應言僧常聞説序四事十三事二事三十事九十事已餘者應言僧常聞廣説第五是謂説戒五種

爾時世尊在羅閲城耆闍崛山中時有一比丘名那那由心亂狂癡或時憶説戒或不憶説戒或時來或不來時諸比丘以此事往白佛佛言自今已去與那那由比丘作心亂狂癡白二羯磨作如是與衆中應差堪能羯磨者如上當作如是白大德僧聽此那那由比丘心亂狂癡或憶説戒或不憶説戒或來或不來若僧時到僧忍聽與此比丘作心亂狂癡羯磨若憶若不憶若來若不來僧作羯磨説戒白如是大德僧聽此那那由比丘心亂

狂癡或憶說戒或不憶或來或不來今僧與那那由比丘作心亂狂癡羯磨若憶若不憶或來或不來作羯磨說戒誰諸長老忍僧與此那那由作狂癡心亂憶不憶或來或不來作羯磨說戒者默然誰不忍者說僧已忍與那那由比丘作狂癡心亂憶不憶來不來作羯磨竟僧忍默然故是事如是持有三種狂癡一者說戒時憶不憶來不來二者或有狂癡憶說戒而來三者或有狂癡不憶說戒不來是謂三種狂癡是中有憶說戒不憶說戒有來不來如是比丘者衆僧應與作癡狂羯磨彼憶說戒而來者衆僧不應與作癡狂羯磨彼狂癡不憶說戒亦不來者不應與作狂癡羯磨彼比丘與作羯磨已後狂癡病止作是念言我今當云何即告諸比丘諸比丘往

白佛佛言若狂者與作羯磨已後狂癡病止應與作白二羯磨解應作如是解那那由比丘應往衆僧中偏露右臂脫革屣右膝著地合掌白大德僧聽我那那由比丘先得狂癡病說戒時或憶或不憶或來或不來衆僧與我作狂癡病羯磨作已還得正念求解狂癡羯磨如是三說衆中當差堪能作羯磨者如上作如是白大德僧聽此那那由比丘先得狂癡病彼說戒時或憶或不憶或來或不來衆僧與作狂癡羯磨與作已狂癡病還得止今求解狂癡病羯磨若僧時到僧忍聽與解狂癡病羯磨白如是大德僧聽此那那由比丘先得癡狂病說戒時或憶或不憶或來或不來衆僧與作癡狂病羯磨與作已狂癡病還得止今求衆僧解狂癡病羯磨誰諸長老

忍僧與那那由比丘解狂癡病羯磨者默然誰不忍者說僧已忍與那那由比丘解狂癡病羯磨竟僧忍默然故是事如是持時諸比丘各心念言與狂癡病者作羯磨已後還得止得解癡狂羯磨若復更狂癡後得與作羯磨不佛言自今已去隨狂病時與作羯磨狂止還解

爾時世尊在瞻婆國伽伽河側十五日說戒時世尊露地坐衆僧前後圍遶時阿難初夜過中夜初從座起偏露右肩脫革屣右膝著地合掌白佛言初夜已過願世尊說戒世尊默然阿難見世尊默然還就坐阿難初夜中夜過已從座起偏露右肩脫革屣右膝著地合掌白佛言初夜中夜已過願世尊說戒世尊默然阿難見世尊默然還就坐阿難初夜過中夜過後夜已過明相出衆鳥鳴阿難從座起偏露右肩脫革屣右膝著地合掌白佛言初中後夜已過明相已出衆鳥鳴衆僧坐久願世尊說戒佛告阿難衆中有不淨者若衆中有不淨者欲令如來在中說戒者無此理也時阿難默然還坐時尊者大目連作是念今衆中何者不淨如來乃說言衆中有不淨者而於中說戒無此理也時目連即觀衆人心見有不淨人去如來不遠坐既非沙門而稱沙門非梵行而言梵行犯戒犯惡法不淨汙穢邪見覆藏惡業內懷腐爛猶如空樹見已念言佛正爲此人故語阿難言衆中有不淨如來於中說戒者終無此理時目連即往其人所語言汝起如來已見汝已知汝速起去不須住此時目連捉手牽出門外已還

至世尊所頭面禮足白佛言衆僧已清淨願世尊説戒佛語目連汝今不應爲後亦不應爲目連自今已去聽作自言治若不自言不應治自今已去汝等自作羯磨説戒佛告目連此如來最後説戒何以故有犯者不得與説戒有犯者不得聞戒不得向犯戒者解罪有罪者不得受他解罪佛告目連海水有八奇特法所以阿脩羅娛樂住者以此八事故何等爲八諸一切衆流皆往投之是謂一奇特阿脩羅所娛樂復次目連海水常住不失潮法是謂目連海水二奇特阿脩羅所娛樂復次目連今五大河恒河閻摩那薩羅阿夷羅婆提摩河皆投於海而失本名名之爲海是謂目連海水三奇特阿脩羅所娛樂復次目連此五大河及天雨盡歸於海而海水無

有增減是謂海水四奇特阿脩羅所娛樂復次目連海水盡鹹同爲一味是謂目連海水五奇特阿脩羅所娛樂復次目連海水不受死屍設有死屍風飄出置岸上是謂目連海水六奇特阿脩羅所娛樂復次目連海水多出珍奇異寶陸地所無有盡出於海所謂寶者金銀眞珠瑠璃珊瑚硨磲瑪瑙是謂目連海水七奇特阿脩羅所娛樂復次目連大海水大形者所居處所謂大形者身有長百由旬二百由旬三百由旬乃至七百由旬是謂目連海水八奇特阿脩羅所娛樂謂是目連大海水有八奇特阿脩羅所娛樂如是目連我法中亦有八奇特使諸弟子見已於中而自娛樂何等八如彼大海水一切衆流皆往投之如是目連我諸弟子漸次學戒皆歸我

法於中學諸善法是謂目連於我法中一竒特令諸弟子見已而自娛樂目連猶如大海常住不失潮法我諸弟子住於戒中乃至於死終不犯戒是謂於我法中二竒特令諸弟子見已而自娛樂目連猶如五大河盡歸於海失於本名名之爲海如是目連於我法中四種姓刹利婆羅門毗舍首陀以信堅固從家捨家學道滅本名皆稱爲沙門釋子是謂目連於我法中三竒特令諸弟子見已而自娛樂目連猶如五大河及天雨皆歸於海而海水無有增減如是目連於我法中諸族姓子以信堅固從家捨家學道入無餘涅槃界而無餘涅槃界無增無減是謂目連於我法中四竒特令諸弟子見已而自娛樂目連猶如大海水鹹同一味於我法中同一解脫味是謂目連於我法中五竒特令諸弟子見已而自娛樂目連猶如大海不受死屍設有死屍大風飄置岸上於我法中亦復如是不受死屍所謂死屍者非沙門自稱爲沙門非梵行自稱爲梵行犯戒惡法不淨汙穢邪見覆藏不善業內懷腐爛如空中樹雖在衆中坐常離衆僧遠衆僧亦離彼遠是謂目連於我法中六竒特令諸弟子見已而自娛樂目連猶如大海水多出珍奇異寶陸地所無有所謂珍寶者金銀眞珠瑠璃珊瑚硨磲碼碯於我法中亦多出珍寶所謂珍寶者四念處四正勤四如意足四禪五根五力七覺意八賢聖道是謂目連於我法中七竒特令諸弟子見已而自娛樂目連猶如大海水大形所居處所謂大形者百由旬乃至七百由旬如是

目連於我法中亦受大形所謂大形者衆僧中向須陀洹得須陀洹果乃至向阿羅漢得阿羅漢果是謂目連於我法中八奇特令諸弟子見已而自娱樂

爾時說戒日諸衆多癡比丘集一處住語上座言說戒答言我先不誦戒次語中座下座說戒皆言不誦即不成說戒爾時諸比丘以此事往白佛佛言衆多癡比丘不應共集一處既不知戒復不知說戒不知布薩不知布薩羯磨自今已去制五歲比丘誦戒羯磨若不誦戒羯磨如法治爾時有衆多癡比丘共集一處住語上座言說戒報言我等先誦今者悉忘次問中座下座皆言先誦今者悉忘即不成說戒時諸比丘以此事往白佛佛言衆多癡比丘不應集在一處既不知戒復不知說戒不知布薩不知布薩羯磨自今已去制五歲比丘當誦戒誦羯磨使利若不者如法治自今已去聽依能誦戒比丘夏安居爾時有比丘依誦戒者夏安居誦戒者安居中命終諸比丘念言我等當云何即白諸比丘諸比丘往白佛佛言汝等善聽若有比丘依誦戒比丘夏安居安居中誦戒者命終若遠行若休道若至外道衆若至別部衆中若犯邊罪若犯比丘尼若賊心作沙門若壞二道若黄門或殺父母或殺阿羅漢或鬭亂衆僧或惡心出佛身血若非人若畜生若二形若後安居未至當詣比近處結後安居若不者當請比近能誦戒者來過安居若已結後安居諸比丘應詣比近處有學誦序者若誦四事者若十三者若二不定者若三十事者若

九十事者若誦餘残法者彼各誦所得已還至本住處敎一人使誦若一人不能盡誦者隨先所誦得各次第誦不得重誦若爾者善不者但説法誦經已從座起而去

爾時難陀有弟子聰明善能營事時跋難陀語言汝與我人間遊行其人報言小留待我往問和尚還即往難陀所白言聽我與跋難陀人間遊行難陀報言隨汝意時諸比丘聞其中有少欲知足行頭陀樂學戒知慚愧者嫌責難陀汝云何聽弟子隨跋難陀人間遊行耶此人癡不知戒不知説戒不知布薩不知布薩羯磨爾時諸比丘往佛所頭面禮足在一面坐以此事具白佛佛爾時以此事集比丘僧知而故問難陀言汝審遣弟子與跋難陀人間遊行耶跋難陀癡人不知戒不知説戒不知布薩不知布薩羯磨答言如是時世尊以無數方便訶責難陀言汝所爲非非威儀非沙門法非淨行非隨順行所不應爲云何難陀汝遣弟子與跋難陀人間遊行癡人既不知戒不知説戒不知布薩不知布薩羯磨爾時世尊以無數方便訶責難陀已告諸比丘汝等善聽若有弟子辭和尚師方面遠行和尚當問弟子汝爲何事行同伴是誰爲詣何處若所營事非若同伴非其人及所詣處非者當遮令莫去若所營事非所詣處亦非同伴雖好亦當遮令莫去若所營事非所詣處好同伴不善亦當遮令莫去若所營事非所詣處好同伴善亦當遮令莫去若所營事好所詣處不好同伴亦不善當遮令莫去所營事好所詣處好同伴不好亦遮令莫

去所營事好所詣處好同伴亦好當聽今去爾時有一住處衆多癡比丘共集一處時尊者優波離爲客來至此衆中而諸癡比丘都不瞻視迎逆承事優波離以不瞻視迎逆承事即於其日離彼處去時諸比丘以此事往白佛佛言善聽若有住處有衆多癡比丘共集一處若有客比丘來至能說法持律持摩夷能說契經義諸比丘聞當往至半由旬迎逆承事瞻視安處洗浴給其所須飲食若不爾者當如法治爾時有住處一比丘當說戒日犯罪心自念言世尊制戒犯者不得說戒不得聞戒不得向犯戒者懺悔犯者不得受他懺悔我今當云何即告諸比丘諸比丘往白佛佛言汝等善聽若說戒日有比丘犯罪自念言世尊制戒若有犯者不得說戒不得聞戒不得向犯戒者懺悔犯者不得受他懺悔彼比丘當詣清淨比丘所偏露右臂脱革屣右膝著地合掌若上座應禮足自稱所犯名字口作是說大德憶念我某甲比丘犯某甲罪今向大德懺悔不敢覆藏懺悔則安樂不懺悔不安樂憶念犯發露知而不覆藏願長老憶我清淨戒身具足清淨布薩如是三說彼應語言汝當生猒離心彼當報言爾作如是已得聽說戒

爾時說戒日有一比丘於犯中生疑彼自念言世尊制戒有犯者不得說戒不得聞戒不得從犯者懺悔犯者不得受他懺悔我今當云何即告諸比丘諸比丘往白佛佛言汝等善聽說戒日若比丘於犯有疑者自念言世尊制戒若有犯者不得說戒不得聞戒不得

向犯者懺悔犯者不得受他懺悔彼比丘當詣清淨比丘中偏露右臂脫革屣右膝著地合掌若上座禮足已稱所犯名字口作是言我某甲於所犯罪生疑今向大德自說須後無疑時當如法懺悔如是已得聞戒

爾時說戒日衆僧集在一處欲說戒當欲說戒時有比丘犯罪彼即作是念言世尊制戒犯者不得說戒不得聞戒不得向犯者懺悔犯者不得受他懺悔我今當云何語彼說戒人言小止莫說戒我犯某甲罪我欲從長老懺悔作是語頃舉衆閙亂時諸比丘以此事往白佛佛言汝等善聽若有異處衆僧集在一處欲說戒當說戒時有比丘犯罪彼比丘若有人舉若不舉若作憶念不作憶念其人自憶罪而發露自知有是罪彼比丘當語邊人言我犯某甲罪今向長老懺悔復作是念設語傍人者恐閙亂衆僧不成說戒彼比丘當心念須罷座已當如法懺悔作如是已得聽說戒爾時衆僧集在一處欲說戒當說戒時有比丘於罪有疑彼作是念言世尊制戒有犯者不得說戒不得聞戒不得向犯者懺悔犯者不得受他懺悔我今當云何即語彼說戒人言汝小止我疑某甲罪欲向長老說作是語已舉衆閙亂時諸比丘以此事往白佛佛言汝等善聽若衆僧集在一處欲說戒當說戒時有比丘於罪有疑而彼比丘有舉有不舉有作憶念不作憶念彼自憶過當語比座言我於罪有疑今向長老說須罷座已無疑時當如法懺悔若復作是念我向比座語恐衆僧閙亂不成說戒彼應心念須座罷

已無疑時如法懺悔作如是者得聞說戒爾時當說戒日有異住處一切僧盡有犯皆自念言世尊制戒有犯者不得說戒不得聞戒不得從犯者懺悔犯者不得受他懺悔我等當云何即告諸比丘諸比丘往白佛佛言汝等善聽若有異住處一切僧盡犯皆念言世尊制戒有犯者不得說戒不得聞戒不得從犯者懺悔犯者不得受他懺悔若有客比丘來清淨無犯當往彼所偏露右肩脫革屣右膝著地合掌若上座禮足已口自稱所犯戒名作如是言我某甲犯某甲罪今向大德說彼當語言生猒離心此報言爾若無客比丘來者即當差二三人詣比近清淨比丘衆中偏露右肩脫革屣右膝著地合掌自稱所犯戒名口作是言我犯某罪今向諸大德說

彼當語言汝生猒離心報言爾此比丘當還來至所住處住處比丘當向此比丘說犯作如是已當說戒爾時有一異住處一切僧於罪有疑各作是念世尊制戒有犯者不得說戒不得聞戒不得從犯者懺悔犯者不得受他懺悔我等當云何即告諸比丘諸比丘白佛佛言汝等善聽若異住處一切僧於罪有疑各作是念世尊制戒有犯者不得說戒不得聞戒不得從犯者懺悔犯者不得受他懺悔若有客比丘來清淨無犯當往詣彼所偏露右肩脫革屣若上座禮足已右膝著地合掌自稱所犯戒名口作是語我於某罪生疑今向大德說須後無疑時當如法懺悔若無有客比丘者當遣二三比丘詣比近清淨比丘衆中偏露右肩脫革屣右膝著地合掌若

上座禮足已自稱所犯戒名口作是語我於某罪生疑今向大德說須後無疑時當如法懺悔彼比丘當還本住處諸比丘當向此比丘說犯戒作如是已然後說戒爾時衆僧集在一處欲說戒當說戒時一切衆僧盡犯罪各作是念世尊制戒有犯者不得說戒不得聞戒不得向犯戒比丘懺悔犯者不得受他懺悔我等當云何即告諸比丘諸比丘往白佛佛言汝等善聽衆僧集在一處欲說戒當說戒時一切衆僧盡犯罪彼各各作是念世尊制戒犯者不得說戒不得聞戒不得向犯者懺悔犯者不得受他懺悔彼比丘白已當懺悔當作如是白大德僧聽此一切衆僧犯罪若僧時到僧忍聽此一切僧懺悔白如是作是白已然後說戒爾時衆僧集在一處欲說戒當說戒時一切衆僧於罪有疑彼各作是念世尊制戒有犯者不得說戒不得聞戒不得向犯者懺悔犯者不得受他懺悔我等當云何即語諸比丘諸比丘往白佛佛言汝等善聽若衆僧集在一處欲說戒當說戒時一切僧於罪有疑各念言世尊制戒有犯者不得說戒不得聞戒不得向犯者懺悔犯者不得受他懺悔彼一切僧作白已應說其罪當作如是白大德僧聽此一切僧於罪有疑若僧時到僧忍聽此衆僧自說罪白如是作如是白已然後得說戒

爾時說戒日一切僧盡犯罪然不識所犯罪名不識罪相諸比丘作是念我等當云何即告諸比丘諸比丘往白佛佛言汝等善聽說戒日一切僧盡犯罪而不識罪名不識罪相

若有客比丘來持法持律持摩夷者當往彼所偏露右肩脫革屣右膝著地合掌白言大德若有比丘作如是如是者犯何等彼持律報言犯如是如是罪客比丘知彼比丘易教授者將在屏處令餘比丘眼見耳不聞處立教令如法懺悔懺悔已還至彼比丘所作是言此比丘所犯罪者今已懺悔餘比丘信如是比丘懺悔者善若不信懺悔者餘比丘不得强逼令懺悔

爾時說戒日有客比丘至彼客比丘十四日說戒舊比丘十五日說戒諸比丘不知云何即告諸比丘諸比丘往白佛佛言汝等善聽若有住處說戒日有客比丘來少客比丘十四日舊比丘十五日客比丘少當從舊比丘若不者如法治爾時有住處說戒日有客比丘來與舊比丘等客比丘十四日說戒舊比丘十五日客比丘等應從舊比丘若不從當如法治若說戒日有客比丘來多客比丘十四日說戒舊比丘十五日舊比丘少應從客比丘求和合若彼與和合者善若不與和合舊比丘應出界外說戒時說戒日有異住處客比丘來少客比丘十五日舊比丘十四日客比丘少應從舊比丘求和合若與和合者善若不與和合客比丘應出界外說戒時說戒日有異住處客比丘來與舊比丘等客比丘十五日舊比丘十四日客比丘等應從舊比丘求和合若與和合者善不與和合客比丘應出界外說戒時說戒日有異住處客比丘來多客比丘十五日舊比丘十四日舊比丘少應從客比丘求和合若從者善若不從

如法治當說戒日客比丘來少客比丘十六日舊比丘十五日亦如是時說戒日有住處舊比丘集欲說戒說戒時客比丘來少彼作如是念我等當云何即告諸比丘諸比丘往白佛佛言若說戒日有住處舊比丘集欲說戒說戒時客比丘來少舊比丘若已說戒序竟客比丘當告清淨餘者當次第聽若說戒竟舉衆未起若多未起若都已起客比丘來少當告清淨不告者如法治時說戒日舊比丘欲說戒客比丘來等舊比丘當更與說戒不說者當如法治若說戒竟若舉衆未起若多未起若都已起客比丘來等舊比丘當更與說戒不者應如法治

爾時說戒日有一住處舊比丘集欲說戒時有客比丘來多舊比丘應更與說戒不者如法治若說戒竟舉衆未起若多未起若都已起客比丘來多舊比丘應更與說戒不者如法治爾時有住處說戒日客比丘坐欲說戒舊比丘來少客比丘若已說戒序竟當告清淨餘者當次第聽若說戒竟舉衆未起若多未起若都已起舊比丘來少當告清淨不者如法治爾時有住處說戒日客比丘坐欲說戒舊比丘來等客比丘應更與說戒不者如法治若說戒竟舉衆未起若多未起若都已起舊比丘來等客比丘應更與說戒不者如法治爾時有住處說戒日客比丘坐欲說戒舊比丘來多客比丘應更與說戒不者如法治若說戒竟舉衆未起若多未起若都已起舊比丘來多客比丘應更與說戒不者如法治舊比丘說戒舊比丘來亦如是客比丘說

戒客比丘來亦如是爾時有異住處說戒日有客比丘來知舊比丘未來我等若有四人若過四人可作羯磨共說戒即便作羯磨共說戒作羯磨說戒時舊比丘來客比丘作是念我等當云何即告諸比丘諸比丘往白佛佛言汝等善聽若說戒日有住處有客比丘來知有舊比丘未來我等若有四人若過四人可作羯磨共說戒彼人即共作羯磨說戒作羯磨說戒時舊比丘來少若已說戒序當告清淨餘者次第聽若說戒竟舉衆未起若多未起若都已起舊比丘來少當告清淨不者如法治爾時有住處說戒日有客比丘來至知有舊比丘未來我等有四人若過四人可作羯磨說戒即作羯磨說戒作羯磨說戒時舊比丘來等客比丘應更說戒若不如法治若說戒竟舉衆未起若多未起若都已起舊比丘來等客比丘應更說戒不者當如法治爾時有住處說戒日有客比丘來知有舊比丘未來我等有四人若過四人可作羯磨說戒即作羯磨說戒作羯磨說戒時舊比丘來多客比丘應更說戒若不如法治若說戒竟舉衆未起若多未起若都已起舊比丘來多客比丘應更說戒不者如法治爾時有住處說戒日舊比丘來知客比丘未來少若等若多亦如是客比丘說戒客比丘來亦如是舊比丘說戒舊比丘來亦如是或言應說戒或言不應說戒若不來者失去滅去欲作種種方便破壞他便作羯磨說戒彼作羯磨羯磨不成得偷蘭遮

爾時說戒日有客比丘來見舊比丘住處房

舍舊比丘相敷繩牀木牀坐具氈褥枕具洗足石淨水淨水瓶見相已不求便作羯磨說戒作羯磨說戒時舊比丘來客比丘作是念我等當云何即告諸比丘諸比丘往白佛佛言汝等善聽若一住處說戒日有客比丘來見舊比丘相敷繩牀木牀敷具氈褥被枕具洗足石淨水淨水瓶見有相不求便作羯磨說戒若作不成羯磨說戒有罪見相便求求而不得即應喚若不喚便作羯磨說戒不成羯磨說戒有罪見相便求求而不得求既不得便言滅去失去作種種方便欲使他破壞便作羯磨說戒彼比丘不成羯磨犯偷蘭遮見相便求求而不得不得便喚喚已作羯磨說戒彼比丘羯磨不成不犯見相便求求而得之和合作羯磨說戒成羯磨說戒無犯見疑亦如是爾時有住處舊比丘來見客比丘相見衣鉢針筒尼師壇洗脚處見已不求便作羯磨說戒彼比丘不成羯磨說戒有罪若見相便求求而不得即應喚若不喚便作羯磨說戒不成羯磨說戒有罪見相便求求而不得便言失去滅去種種方便欲使他破壞便作羯磨說戒彼比丘不成羯磨犯偷蘭遮見相便求求而不得不得便喚喚已作羯磨說戒彼比丘不成羯磨不犯見相便求求而得和合作羯磨說戒彼比丘成羯磨說戒無罪見疑亦如是

爾時說戒日有一異住處客比丘來聞舊比丘聲經行聲謦欬聲聞誦經聲聞說法聲聞已不求便作羯磨說戒作羯磨說戒時舊比丘來彼不知云何即告諸比丘諸比丘往白

佛佛言汝等善聽若說戒日有一住處客比丘來聞舊比丘聲經行聲謦欬聲誦經聲說法聲聞已不求便作羯磨說戒彼比丘不成羯磨說戒得罪若聞已求求已不得不喚作羯磨說戒彼比丘不成羯磨說戒得罪若聞已求求已不得不得而復不喚既不喚便言失去滅去種種方便欲使他破壞便作羯磨說戒彼比丘不成羯磨說戒得偷蘭遮聞已求求已不得不得便喚喚已作羯磨說戒彼比丘羯磨不成無罪聞已求求已得得已和合共作羯磨說戒彼比丘成羯磨說戒無罪若聞疑亦如是時有一住處說戒日舊比丘來聞客比丘聲經行聲謦欬聲誦經聲說法聲抖擻衣聲聞已不求便作羯磨說戒彼比丘不成羯磨說戒有罪聞已求求已不得不得已不喚作羯磨說戒彼比丘不成羯磨說戒有罪聞已求求而不得不得已不喚不喚已便言失去滅去種種方便欲使他破壞便作羯磨說戒彼比丘不成羯磨說戒得偷蘭遮聞已求求已不得不得已便喚喚已作羯磨說戒彼比丘不成羯磨無罪聞已求求得已和合共作羯磨說戒彼比丘成羯磨說戒無罪聞疑亦如是爾時有一異住處說戒日客比丘來見舊比丘在戒場上見而不求便作羯磨說戒諸比丘作是念我等當云何即告諸比丘諸比丘往白佛佛言汝等善聽若有異住處說戒日客比丘來見舊比丘在戒場上見而不求便作羯磨說戒彼比丘成羯磨說戒有罪若見已便求求已不得不喚作羯磨說戒彼比丘成羯磨說戒有罪見已求

求已喚喚已作羯磨說戒彼比丘成羯磨說戒無罪見疑亦如是爾時有住處說戒日舊比丘來見客比丘在戒場上見而不求便作羯磨說戒彼比丘成羯磨說戒有罪若見已便求求已不得而不喚便作羯磨說戒彼比丘成羯磨說戒有罪見已求求已喚喚已作羯磨說戒彼比丘成羯磨說戒無罪見疑亦如是爾時有異住處說戒日客比丘來聞舊比丘在戒場上聞已不求便作羯磨說戒彼比丘成羯磨說戒有罪聞已求求已不喚不喚已便作羯磨說戒彼比丘成羯磨說戒有罪聞已求求已喚喚已作羯磨說戒彼比丘成羯磨說戒無罪聞疑亦如是舊比丘來聞客比丘在戒場上亦如是聞疑亦如是爾時有一異住處說戒日客比丘來見舊比丘在界內見而不求便作羯磨說戒作羯磨說戒時舊比丘來彼作是念我等當云何即告諸比丘諸比丘往白佛佛言汝等善聽若有一異住處說戒日客比丘來見舊比丘在界內見而不求便作羯磨說戒彼比丘不成羯磨說戒有罪見而求求而不喚便作羯磨說戒不成羯磨說戒有罪見相便求求已喚喚已和合作羯磨說戒彼比丘成羯磨說戒無罪見疑亦如是爾時有住處說戒日有舊比丘來見客比丘在界內亦如是見疑亦如是客比丘聞舊比丘在界內亦如是聞疑亦如是舊比丘聞客比丘在界內亦如是聞疑亦如是時六羣比丘作如是念從有比丘有住處至無比丘有住處恐餘比丘為我等作羯磨若遮說戒時諸比丘往白佛佛言不應作如

是念從有比丘有住處至無比丘有住處恐餘比丘爲我等作羯磨若遮說戒彼比丘作是念從有比丘有住處至無比丘無住處恐餘比丘爲我等作羯磨若遮說戒佛言不應作如是念從有比丘有住處至無比丘無住處恐餘比丘爲我等作羯磨若遮說戒彼比丘作是念我從有比丘有住處至無比丘有住處無住處若往比丘戒場上恐餘比丘爲我作羯磨若遮說戒佛言不應作是念從有比丘有住處至無比丘有住處無住處若往比丘戒場上恐餘比丘爲我作羯磨若遮說戒若無僧共去若無難事去者突吉羅從有比丘無住處至無比丘有住處亦如是從有比丘無住處至無比丘無住處亦如是從有比丘無住處至無比丘有住處無住處亦如是從有比丘有住處無住處至無比丘有住處亦如是從有比丘有住處無住處至無比丘無住處亦如是作如是念從有比丘有住處無住處至無比丘有住處無住處亦如是若爲親厚知識亦如是時六羣比丘尼作如是念往寺内遮餘比丘言勿爲六羣比丘作羯磨若遮說戒爾時諸比丘以此事往白佛佛言比丘尼不應作如是念往寺内遮餘比丘言勿爲六羣比丘作羯磨若遮說戒亦不應於比丘尼前作羯磨若遮說戒時諸比丘尼遣式叉摩那沙彌沙彌尼至寺内遮餘比丘勿爲六羣比丘作羯磨若遮說戒諸比丘往白佛佛言比丘尼不應作是念遣式叉摩那沙彌沙彌尼至寺内遮餘比丘勿爲六羣比丘作羯磨若遮說戒亦不應在式叉摩那

沙彌沙彌尼前作羯磨若遮說戒彼諸比丘尼復作是念遣白衣知識往寺內遮餘比丘勿爲六羣比丘作羯磨若遮說戒諸比丘往白佛佛言比丘尼不應作如是念遣白衣知識往寺內遮餘比丘勿爲六羣比丘作羯磨若遮說戒不應在白衣前作羯磨若遮說戒

爾時摩竭國瓶沙王爲佛衆僧故遣諸將守護僧伽藍時諸比丘語諸將言汝等且出在外我等欲作羯磨說戒諸將報言王瓶沙見遣來爲佛衆僧故守護王意難犯我等不能出外爾時諸比丘以此事往白佛佛言當和喻語使出若出者善不出者汝等自相將出至不見不聞處作羯磨共說戒不應在未受大戒人前作羯磨說戒時有天龍鬼神來聽說戒有得天眼比丘見之皆生畏愼心念言世尊制戒不聽我等於未受大戒人前作羯磨說戒爾時諸比丘以此事往白佛佛言自今已去聽除人未受大戒餘者聽在前作羯磨說戒

爾時拘睒彌衆僧破爲二部時諸比丘欲於舍衛和合佛言自今已去聽白已然後和合當作如是白大德僧聽所由諍事令僧鬪諍彼此不和彼人犯罪爲作舉已還爲解罪僧塵已滅若僧時到僧忍聽僧和合白如是應作如是白已作和合爾時尊者優波離從坐起偏露右肩脫革屣右膝著地合掌白佛言世尊所因事令僧鬪諍而不和合衆僧破壞令僧塵垢令僧別異分爲二部而此事未決斷除滅衆僧爲成如法和合不佛告優波離若衆僧所因事令僧鬪諍而不和合衆僧破

壞令僧塵垢令僧別異分爲二部若能於中
改悔不相發舉此則名爲衆僧以法和合自
今已去聽先白然後說戒當作如是白大德
僧聽衆僧所因諍事令僧鬭諍而不和合衆
僧破壞令僧塵垢令僧別異分爲二部彼人
自知犯罪事今已改悔除滅僧垢若僧時到
僧忍聽和合說戒白如是作如是白已然後
和合說戒

四分律藏卷第三十六

音釋

轝 羊朱切車也 舁 羊朱切共舉也 謦欬 謦苦頂切欬苦愛切謦欬逆氣也

四分律藏卷第三十七

姚秦三藏佛陀耶舍共竺佛念譯

第三分安居揵度法

爾時佛在舍衛國祇樹給孤獨園時六羣比丘於一切時春夏冬人間遊行時夏月天暴雨水大漲漂失衣鉢坐具針筒蹈殺生草木時諸居士見皆共譏嫌沙門釋子不知慙愧蹈殺生草木自言我知正法如是何有知正法於一切時春夏冬人間遊行夏天暴雨水大漲漂失衣鉢坐具針筒蹈殺生草木斷他命根諸外道法尚三月安居此諸釋子而於一切時春夏冬人間遊行天暴雨水大漲漂失衣鉢坐具針筒蹈殺生草木斷他命根至於蟲鳥尚有巢窟止住處沙門釋子一切時春夏冬人間遊行天暴雨水大漲漂失衣鉢坐具針筒蹈殺生草木斷他命根時諸比丘聞其中有少欲知足知慙愧行頭陀樂學戒者訶責六羣比丘言汝云何於一切時春夏冬人間遊行夏天暴雨水大漲漂失衣鉢坐具針筒蹈殺生草木諸居士於草木中有命根想令居士譏嫌故得罪耶時諸比丘往世尊所頭面禮佛足在一面坐以此因緣具白世尊世尊爾時以此因緣集比丘僧以無數方便訶責六羣比丘汝所爲非非威儀非淨行非沙門法非隨順行所不應爲云何六羣比丘於一切時春夏冬人間遊行夏天暴雨水大漲漂失衣鉢坐具針筒蹈殺生草木居士於草木有命根想譏嫌故令居士得罪以無數方便訶責六羣比丘已告諸比丘汝不應於一切時春夏冬人間遊行從今已去聽

諸比丘三月夏安居白所依人言我於此處夏安居長老一心念我比丘某甲依某甲聚落某甲僧伽藍某甲房前三月夏安居房舍破修治故如是第二第三說後三月夏安居法亦如是時諸比丘住處無所依人不知何所白諸比丘有疑不知成安居不即白世尊世尊言發意爲安居故便得成從今日聽諸比丘若無所依人心念安居爾時比丘於住處欲安居無所依人無白處忘不心念安居有疑不知成安居不往白世尊世尊言若爲安居故來便成安居時諸比丘往安居處欲安居入界內便明相出彼有疑爲成安居不即白世尊世尊言若爲安居故來便成安居爾時比丘往安居處欲安居入僧園內明相出彼有疑不知成安居不即白世尊世尊言若爲安居故來便成爾時比丘往住處欲安居一脚入界內一脚在界外明相出有疑不知成安居不即白世尊世尊言若爲安居故來便成時諸比丘往住處欲安居一脚入僧園內一脚在僧園外明相出有疑不知成安居不即白世尊世尊言若爲安居故來便成若安居竟客比丘來移舊比丘佛言不應移亦不應去

時諸比丘於住處不看房舍卧具便授房得不好房惡卧具便瞋舊住比丘言汝心不平等所喜者便與好房好卧具不喜者便與惡房惡卧具不喜我故與我惡房惡卧具時諸比丘以此因緣具白世尊世尊告諸比丘若比丘於住處欲安居應先自往看房舍卧具然後方受房從今已去聽分房分卧具應差

分房分卧具人白二羯磨有五法者不應差分房卧具若愛若瞋若怖若癡若不知可分不可分有如是五法不應差分卧具房舍有五法應差分房舍分卧具若不愛不瞋不怖不癡知可分不可分有如是五法應差分房舍分卧具應如是差堪能羯磨者若上座若次座若誦律若不誦律堪能者應如是白大德僧聽若僧時到僧忍聽差某甲比丘分卧具房舍白如是大德僧聽僧差某甲比丘分卧具房舍誰諸長老忍僧差某甲比丘分房舍卧具者默然誰不忍者說僧已忍差某甲比丘分房舍卧具竟僧忍默然故是事如是持差分房舍卧具人竟應數比丘數房舍數卧具彼應問幾房有人住幾房空幾房有卧具幾房無卧具幾房有被幾房無被幾房有利養幾房無利養幾房有器物幾房無器物幾房有檀越施衣幾房無檀越施衣幾房有福饒幾房無福饒誰是經營房主若有經營者應問長老欲住何處房不住何處房彼盡數房舍卧具竟至上座前如是言大德上座如是房舍卧具隨意所樂便取先與上座房竟次與第二上座第二上座竟次與第三上座第三上座竟次與第四上座如是展轉乃至下座若有餘房卧具在應從上座更分若復有餘房復應更從上座分若餘故多應開客比丘住處若有客比丘來應與若惡比丘來不應與善比丘來應與若有餘應留若留房不應遮若遮應如法治

時有比丘得缺壞房心念我不受是房恐使我修治諸比丘即白世尊世尊言應受隨力

當治時諸比丘分僧集處若温室若夏堂若經行堂客比丘來不得房無住處諸比丘以此因緣具白世尊世尊言不應分僧都集處若温室若夏堂若經行堂若閣下堂是衆集處閣上應分若閣上衆集處閣下堂應分時諸比丘遍看房舍見阿練若窟彼自念言我當於此處安居後更有餘比丘見阿練若窟彼如是言我當於此處安居初十六日衆多比丘共集在窟内住處窄狹多諸疾病諸比丘即白世尊世尊言若比丘欲在如是處安居先往作相若作手迹若作輪若摩醯陀羅像若藤像若作蒲萄蔓像若作華若作五色若書作名字某甲欲於此安居佛聽先作相者住此比丘若於此住處去不滅名字便去餘比丘見先已有名者不敢住諸比丘以此白佛佛言不應不滅名便去應滅名而去爾時波斯匿王邊國人民反叛時王自領軍往討諸比丘往邊國彼聞房舍窄狹不相容受諸比丘作如是言佛勑我等應分卧具諸比丘白佛佛言聽齊牀分若不相容受應等繩牀分若故不容受應等卧處分若故不容受應共分坐處彼比丘移此定牀褥卧具置餘房中諸比丘往白佛佛言不應移轉或有房多卧具或有房少卧具諸比丘以此因緣白佛佛言聽諸比丘語舊住人若佛圖主若經營人若有三月安居得房者問如是人等然後得移轉卧具諸比丘不還復卧具著本處便去後比丘來謂是此房卧具便用諸比丘以此因緣往白佛佛言不應不還復卧具便去應還復卧具而去若不者應如法治

時有房舍缺壞諸比丘有畏慎佛不聽移轉卧具從此房至彼房諸比丘以此因緣白佛佛言若房舍破壞聽移此房卧具置餘房彼移卧具不用而蟲爛壞諸比丘白佛佛言應用佛既聽用彼不洗脚不拭脚用作襯體衣諸比丘以此因緣白佛佛言不應不洗脚不拭脚及作襯體衣諸比丘畏慎以佛言不應用作襯體衣故不敢手脚觸諸比丘以此事白佛佛言膝已上腋已下不得襯體手脚觸無苦時諸檀越布施諸比丘襯體衣諸比丘畏慎不敢受佛不聽用襯體諸比丘白佛佛言聽隨檀越施意若治房舍竟先此房卧具不還移來本處諸比丘以此事白佛佛言若治房舍竟應還移卧具著本處不者應如法治彼比丘移此寺定卧具著餘寺諸比丘以此事白佛佛言不應移此寺定卧具著餘寺若有恐怖若有怨家若人民反叛若國邑荒壞人民破喪住處亦壞諸比丘畏慎佛不聽移此寺定卧具著彼寺諸比丘以此事白佛佛言若有恐怖怨家若反叛國邑荒壞人民破喪住處亦壞聽移餘處移卧具時諸比丘畏慎佛教不聽以僧卧具襯體故不得好覆藏諸比丘以此因緣白佛佛言隨宜覆藏應移若有餘比丘來索不應索亦不應與除可信後必還得者應與後國邑還靜人民還復寺舍還成不還卧具比丘以此事白佛佛言若國邑已靜人民還復寺舍已成應還卧具若不還者應如法治爾時有住處四方衆僧大得不定卧具繩牀木牀麤細褥枕䩬毾㲪毺地敷澡瓶杖扇諸比丘不知云何處分以

此事白佛佛言聽房中無卧具者付與若有餘從上座付

爾時舍利弗目連欲共世尊安居十五日從所住處往十七日乃至不知當云何即白諸比丘諸比丘以此事白佛佛言聽後安居有二種安居有前安居有後安居若在前安居應住前三月若後安居應住後三月前安居者欲自恣後安居者不知得自恣不諸比丘以此事白佛佛言聽受自恣住待日足前安居人自恣已數歲後安居人不知得數歲不諸比丘以此事白佛佛言不應三月未足便數歲前安居者自恣竟驅遣後安居者諸比丘以此事白佛佛言不應遣亦不應去前安居人自恣竟分夏所得物後安居者畏慎不敢受分佛不聽我等三月未竟乞求受物諸比丘以此事白佛佛言聽比丘受餘日應足令滿前安居者自恣竟分卧具後安居者畏慎不敢受以夏三月日未滿故諸比丘以此事白佛佛言聽爲未來故受

爾時諸比丘露處安居得風飄日暴形體黑瘦皮膚剥裂往詣佛所頭面禮足却坐一面世尊知而故問汝等何故形體黑瘦皮膚剥裂耶諸比丘白佛言在露地安居故爾佛言不應在露地安居自今已去聽諸比丘作覆障處安居爾時諸比丘樹上安居即在樹上大小便利時樹神瞋嫌伺其便欲斷命根諸比丘以此事白佛佛言自今已去不聽比丘在樹上安居亦不應上樹除齊人頭不應遶樹左右大小便利澆灒汙樹爾時諸比丘在拘薩羅國人間遊行道有惡獸時諸比丘上

樹過人畏慎還下佛不聽我等上樹過人遂爲惡獸所害諸比丘以此事白佛佛言自今已去聽爲命難淨行難故得上樹過人頭諸比丘欲取樹上乾薪聽作鈎鈎取聽作梯取若繩羂取後諸比丘畏慎不敢上乾樹上佛言若樹通身乾聽上爾時諸比丘欲於樹下安居往白佛佛言自今已去聽在樹下安居若樹高過人頭者枝葉足覆蔭一坐時六羣比丘用蠟蜜塗帳坐中安居彼作如是心我等夜在中宿朝則藏弆其有見者當謂我等得神通人諸比丘以此事白佛佛言自今已去不聽以蠟蜜塗帳在中安居亦不得諂曲爲身故改常威儀爾時比丘欲在小屋內安居諸比丘白佛佛言自今已去聽諸比丘在小屋內安居起不礙頭坐趣容膝亦足障水雨爾時比丘欲在山窟中安居即往白佛佛言自今已去聽在山窟中安居起不礙頭坐趣容膝亦足障水雨爾時比丘欲於自然山窟中安居時諸比丘往白佛佛言自今已去聽比丘在自然山窟中安居起不礙頭坐趣容膝亦足障水雨爾時比丘欲於樹空中安居諸比丘往白佛佛言自今已去聽諸比丘在樹空中安居起不礙頭坐趣容膝亦足障水雨爾時比丘欲依牧牛者安居往白佛佛言自今已去聽依牧牛者安居安居中移徙隨牧牛者所去處應去爾時諸比丘欲依壓麻油人安居往白佛佛言自今已去聽依壓油人安居安居中移徙隨麻油人所去處應去爾時比丘欲於船上安居往白佛佛言自今已去聽諸比丘在船上安居安居中移徙

隨船所去處應去爾時比丘欲依斫材人安居往白佛佛言自今已去聽諸比丘依斫材人安居安居中移徙隨斫材人所去處應去爾時比丘欲依聚落安居往白佛佛言自今已去聽依聚落安居安居中若聚落分為二分隨所供給所須具足處住安居中移徙隨所去處應去

爾時有檀越請比丘言我欲布施及房舍彼比丘自念彼處遠不得即日還佛未聽有如是因緣得去諸比丘往白佛佛言自今已去聽受七日去不應專為飲食故受七日去除餘因緣若為衣鉢坐具針筒乃至藥草至第七日應還爾時諸比丘請餘比丘長老來我等得僧殘為我治覆藏法本日治摩那埵出罪比丘自念彼處遠不得即日還佛未聽有如是因緣去諸比丘以此事白佛佛言聽有如是事受七日去及七日還爾時比丘尼請比丘長老來我等得僧殘為我作摩那埵出罪比丘自念彼處遠不及即日還佛未聽我等有如是事去往白佛佛言自今已去聽有如是事受七日去及七日還爾時有式叉摩那請比丘言長老來我等犯戒為我等懺悔更受戒若受大戒比丘自念彼處遠不及即日還佛未聽有如是事去往白佛佛言自今已去聽有如是事受七日去及七日還爾時有沙彌請比丘長老來我欲受戒比丘自念彼處遠不及即日還佛未聽有如是事去往白佛佛言自今已去聽有如是事受七日去及七日還爾時有沙彌尼請比丘大德來我欲受六法比丘自念彼處遠不得及即日還

佛未聽有如是事去往白佛佛言自今已去聽如是事受七日去及七日還

爾時有不信樂大臣請比丘大德來我欲相見比丘自念彼處遠不及即日還佛未聽有如是事去往白佛佛言自今已去聽有如是事受七日去若有益無益及七日還爾時有信樂大臣請比丘大德來我欲相見比丘自念彼處遠不及即日還佛未聽有如是事去往白佛佛言自今已去聽有如是事受七日去此信樂優婆塞若病若有諸憂惱事若爲利養故及七日應還爾時有不信樂父母請比丘大德來我欲相見比丘自念彼處遠不及即日還佛未聽有如是事去往白佛佛言自今已去有如是事聽受七日去若不信樂教令信樂若惡戒教令持戒若慳貪教令布施若無智教令有智及七日應還爾時有信樂父母遣信請比丘大德來我欲相見比丘自念彼處遠不及即日還佛未聽有如是事去往白佛佛言自今已去聽有如是事受七日去若信樂父母若病若有諸憂惱事若有利益事及七日還爾時有母請比丘大德來我欲相見比丘自念彼處遠不及即日還佛未聽有如是事去往白佛佛言自今已去有如是事聽受七日去及七日應還爾時有父請比丘亦如是兄弟姊妹及諸親里知識亦如是爾時有比丘誦六十種經如梵動經爲求同誦人故欲人間遊行比丘自念彼處遠不及即日還佛未聽我等有如是事去往白佛佛言自今已去聽有如是事受七日去及七日還爾時經營比丘有作事須往林樹間

自念彼處遠不及即日還往白佛佛言自今已去聽有如是事受七日去及七日還爾時波斯匿王邊國人民反叛王自領軍往討王所供養佛及衆僧衣被飲食所須之物不信樂大臣便奪不與諸比丘欲往白王自念彼處遠不及即日還佛未聽有如是事去往白佛佛言自今已去有如是事聽受七日去及七日還爾時波斯匿王邊國人民反叛時王自領軍往討爾時有不信樂大臣懷嫉妬惡心欲鑿祇桓通渠比丘欲往白王自念彼處遠不及即日還佛未聽有如是事去往白佛佛言自今已去有如是事聽受七日去及七日還

爾時有檀越遣信請比丘大德來我欲布施及房舍比丘自念彼處遠不及七日還佛未聽有如是事去往白佛佛言自今已去聽有如是事受過七日法若十五日若一月白二羯磨如是差堪能羯磨者若上座若次座若誦律若不誦律能羯磨者應作如是白大德僧聽若僧時到僧忍聽某甲比丘受過七日法若十五日若一月出界外爲某甲事故還此中安居如是白大德僧聽某甲比丘受過七日法若十五日若一月出界外爲某甲事故還此中安居誰諸長老忍僧聽某甲比丘受過七日法若十五日若一月出界外爲某甲事故還此中安居者默然誰不忍者説僧已忍某甲比丘受過七日法若十五日若一月出界外爲某甲事故還此中安居竟僧忍默然故是事如是持比丘遣信請比丘受過七日羯磨亦如是比丘尼請比丘受過七日

羯磨亦如是式叉摩那請比丘羯磨亦如是沙彌請比丘受戒亦如是沙彌尼請比丘受過七日羯磨亦如是不信大臣請比丘受過七日法羯磨亦如是有信大臣羯磨亦如是不信父母信父母兄弟姊妹諸親里知識誦六十種經比丘經營事比丘不信樂大臣奪供養通渠亦如是一切受過七日羯磨法盡同上爾時世尊在拘睒彌國時有大臣勇健能鬪往詣佛所以信捨家爲道時優塡王語言汝何不休道當與汝婦資生田宅財寶比丘自念我在此安居必與我淨行作留難作此念已往白佛佛言若有此難事便應去爾時有比丘於住處安居時有大童女來誘調比丘汝何不休道我當爲汝作婦彼比丘自念我在此安居必爲淨行作留難作此念已往白佛佛言若有此難事應去爾時有比丘在住處安居時有婬女來誘調比丘汝可休道我當爲汝作婦或嫁女與汝彼比丘自念我在此安居必爲淨行作留難作此念已往白佛佛言若有此難應去爾時有比丘在住處安居有黃門貪愛比丘故數喚比丘共行不淨比丘自念我在此安居必爲我淨行作留難作此念已往白佛佛言若有此事應去爾時有比丘在住處安居時有鬼神語比丘言此中有伏藏比丘自念我在此安居必爲淨行作留難作此念已往白佛佛言若有此事應去爾時有比丘在住處安居時有鬼神伺比丘便欲斷其命根比丘自念我在此安居必爲命作留難作此念已往白佛佛言若有此事應去爾時有比丘在住處安居有賊

伺比丘便欲斷命根比丘自念我在此安居必斷我命作此念已往白佛佛言若有此事應去爾時有比丘在住處安居毒蛇瞋恚伺比丘便欲斷命根比丘自念我在此安居必有斷命留難作此念已往白佛佛言若有此事應去爾時有比丘在住處安居諸惡獸瞋伺比丘便欲斷命根比丘自念我在此安居必有斷命留難作此念已往白佛佛言若有比事應去爾時有比丘在住處安居不得如意飲食不得隨意醫藥不得隨意使人彼自念言我當云何即白諸比丘諸比丘往白世尊世尊言若比丘於安居處若不得隨意飲食不得隨意醫藥不得隨意使人即應以此事去爾時有比丘在住處安居經行處多諸毒蟲此比丘狎習經行經行體安不經行不安彼比丘自念我在此住必爲我命作留難作此念已往白佛佛言若有此事應去爾時有比丘在住處安居見有比丘作方便欲破僧時彼自念言破僧事重甚爲醜惡莫爲我故破僧我當云何即白諸比丘諸比丘以此事白佛佛言若比丘於住處安居見有比丘勤方便欲破僧時彼作如是念破僧事重甚爲醜惡莫爲我故破僧彼比丘即應以此事去爾時有比丘在住處安居見有比丘尼勤方便欲破僧彼如是念破僧事重甚爲醜惡莫爲我故破僧彼即應以此事去若比丘於住處安居已時聞有比丘勤方便欲破僧彼如是念破僧事重甚爲醜惡莫爲我故破僧彼即應以此事去若比丘於住處安居已聞有比丘尼欲方便破僧彼如是念破僧

事重甚爲醜惡莫爲我故破僧彼即應以此事去爾時有比丘於住處安居聞彼有比丘欲方便破僧彼自念言我若往訶諫責數必用我言止不破僧復作是念若我自往或不用我語不能止其破僧事我有親友能止彼破僧事我若語彼必用我言爲我止彼破僧事我當云何即語諸比丘諸比丘往白佛佛言若比丘於住處安居聞有比丘欲方便破僧比丘自念我若自往彼訶諫責數必用我言令其止不破僧復作是念我或不能止彼諍事我有親友能止彼諍事我當語彼令止破僧事彼即應以此事去若比丘住處安居聞彼有比丘尼勤方便欲破僧彼比丘自念我若往彼訶諫責數必用我言止破僧事復作是念我或不能我有親友能止彼諍若我語彼必能爲我止破僧事彼即應以此事去若比丘是中安居聞彼僧破比丘自念我若往彼訶諫責數必用我言令僧和合復作是念我或不能我有親友能止彼諍我若語彼必用我言和合彼僧比丘即應以此事去若比丘是中安居聞彼比丘尼破僧我若往彼訶諫責數必用我言令僧和合復作是念我或不能我有親友能止彼諍若我語彼必用我言和合彼僧彼即應以此事去

爾時有比丘受七日出界外爲母所留至意欲還而遂不及七日彼自念言爲失歲爲不失歲即白諸比丘諸比丘往白佛佛言不失歲父母兄弟姊妹本二若本私通者若夜叉鬼神難亦如是爾時比丘受七日出界外住水陸道不通若賊難虎狼師子諸難作如是

念我爲失歲爲不失歲即白諸比丘諸比丘往白佛佛言不失歲

爾時佛在拘睒彌國瞿師羅園爾時王優陀延與跋難陀釋子爲親友請跋難陀夏安居跋難陀拘睒彌國結安居聞餘住處大得利養大得衣物即便往彼住處小住彼已復還拘睒彌爾時王優陀延聞已嫌言云何跋難陀釋子受我請在此住安居聞彼住處大得利養衣物便往至彼在彼住已復還來此諸比丘聞中有少欲知足行頭陀知慙愧樂學戒者訶責跋難陀釋子云何汝在彼夏安居聞異住處大得利衣物便往彼住住既不久而還此即往佛所頭面禮足各坐一面以此因緣具白世尊世尊以此因緣集比丘僧以無數方便訶責跋難陀汝無知非威儀非淨行非沙門法非隨順行所不應爲云何跋難陀汝於拘睒彌夏安居聞彼異處大得利養大得衣物便往彼住而復還拘睒彌訶責已告諸比丘若比丘在前安居處聞彼處大得利養即便往彼彼比丘不得前歲違本要得罪若比丘於此受他前安居請至界外布薩已便往餘處彼比丘破前安居違本要得罪若比丘受他前安居請在界外布薩已來至請處即日還去彼比丘破前安居違本要得罪若比丘受他前安居請界外布薩已來至本要得罪若比丘受他前安居請界外布薩請處受房舍卧具無事便去彼破前安居違已來至住處受七日出界外意欲來過七日彼比丘破前安居違本要得罪若比丘受他前安居請在界外布薩布薩已來至住處受

七日出界外及七日還彼比丘成前安居不違本要無罪若比丘受他前安居請在界外布薩布薩已來至住處末後受七日出界外彼比丘若來若不來住處彼比丘成前安居不違本要無罪若比丘受他前安居請來至界内布薩已到住處即日還去彼比丘破前安居違本要得罪若比丘受他前安居請來至界内布薩布薩已到住處受房舍卧具無事便去彼比丘破前安居違本要得罪若比丘受他前安居請來至界内布薩布薩已到住處受七日出界外意欲還不及七日彼比丘破前安居違本要得罪若比丘受他前安居請來至界内布薩已到住處受七日出界外及七日還彼比丘不破前安居不違本要無罪若比丘受他前安居請界内布薩已到住處末後受七日出界外若還若不還住處不破前安居不違本要無罪後安居亦如是

爾時有比丘受他前安居請在後見有命難若淨行難彼作如是念我當云何即告諸比丘諸比丘往白佛佛言若比丘在住處若受前安居後安居見有命難若淨行難彼比丘若自往若遣信使往白檀越求移去若聽者善若不聽便應去

第三分自恣揵度法

爾時佛在舍衛國祇樹給孤獨園時有衆多比丘在拘薩羅國於異住處夏安居彼作如是念我曹當云何得安樂住不以飲食爲疲苦彼作如是語我等當共作制結安居不得共語禮拜問訊若先入聚落乞者先還掃除食處敷坐具具水器具洗足器具盛食器各

自持食來置食處若得食多者先應減留若足便食食訖默然還房若次有入聚落乞者得食便還持食至食處若得食多者先應減留若足便食若不足者取先所留食足食食訖默然還房若末後入聚落乞者得食便還持食至食處若得食多者先應減留若足食便食若不足食者取先所留者足食之有餘殘食若與乞人若非人若無與處應置淨地無草處若置無蟲水中洗治食器還復本處卧具水器洗足器及坐具還復本處掃除食處若見水器洗足器空若能勝者即應持還若不能勝以手招伴共持器還復本處默然還房不應以此因緣有所說如是我等可得安樂住不以食飲爲苦作如是制結安居自恣竟詣舍衛國祇洹中至佛所頭面禮足各坐一面時世尊慰勞諸比丘汝曹安樂不飲食足不住止和合不不以飲食爲疲苦耶諸比丘白佛言住止安樂飲食不乏彼此和合不以飲食爲苦佛問諸比丘汝等以何方便住止安樂彼此和合不以飲食爲苦諸比丘以向因緣事具白佛佛告諸比丘汝曹癡人自以爲樂其實是苦汝曹癡人自以無患其實是患汝曹癡人共住如似怨家猶如白羊何以故我無數方便敎諸比丘彼此相敎共相受語展轉覺悟汝曹癡人同於外道共受瘂法不應如是行瘂法若行瘂法突吉羅時六羣比丘作如是言佛敎諸比丘彼此相敎共相受語展轉覺悟便舉他清淨比丘罪諸比丘往白世尊世尊言不應舉他無罪比丘事若欲舉有事比丘應先當語令知求聽然

後應舉時六羣比丘聞佛教應先當語令知求聽然後舉先清淨比丘曾從六羣比丘求聽六羣比丘以嫌故復從清淨比丘求聽諸比丘以此事往白佛佛言不應先清淨比丘曾從六羣比丘求聽六羣比丘不應以嫌故復從清淨比丘求聽自今已去聽具五法得求聽何等五知時不以非時如實不以虛妄有利益不以無利益柔軟不以麤獷慈心不以瞋恚彼六羣比丘內無五法餘清淨比丘具足五法者從六羣比丘求聽六羣比丘不聽諸比丘以此因緣往白佛佛言聽比丘具足五法者若求聽應聽時六羣比丘從他求聽已去或與他聽已便離住處去諸比丘以此事白佛佛言不應求他聽旣聽已便去亦不應與他聽已便去自今已去聽言要莫去六羣比丘便要他已而自去或與他言要而復自去諸比丘以此事往白佛佛言不應要他已而自去不應與他言要已而復自去自今已去聽安居竟自恣聽遮自恣不應求聽何以故自恣即是聽

諸比丘作是念佛聽諸比丘自恣諸比丘一時自恣閙亂諸比丘以此事白佛佛言不應一時自恣自今已去聽一一自恣諸比丘不求次第隨意自恣上座疲極諸比丘以此事白佛佛言不應隨意自恣應從上座自恣聽差授自恣人白二羯磨若有五法者不應差作授自恣人若愛若瞋若怖若癡不知自恣未自恣具如是五法者不應差授自恣有五法者應差作授自恣人若不愛不瞋不怖不癡知自恣未自恣具如是五法者應差授自

恣應如是差堪能人若上座若次座若誦律若不誦律堪能羯磨者白二羯磨當作如是白大德僧聽若僧時到僧忍聽僧差某甲比丘作授自恣人白如是大德僧聽僧差某甲比丘作授自恣人誰諸長老忍僧差某甲比丘作授自恣人者默然誰不忍者說僧已忍差某甲比丘作授自恣人竟僧忍默然故是事如是持時諸比丘在座上自恣諸比丘以此事白佛佛言不應在座上自恣聽離座互跪自恣時上座離座自恣一切僧故在座自恣佛言若上座離座互跪一切僧亦應離座互跪時上座自恣竟互跪乃至一切僧自恣竟上座疲極諸比丘以此事白佛佛言聽隨意自恣竟復坐時六羣比丘念言我曹竊語自恣彼比丘或能爲我作羯磨若遮我自恣諸比丘以此事往白佛佛言不應作如是念竊語自恣恐餘比丘爲我作羯磨若遮我自恣應了了自恣足使他聞彼六羣比丘作是念我當疾疾自恣恐餘比丘爲我作羯磨或遮自恣諸比丘白佛佛言不應作如是念我當疾疾自恣恐餘比丘爲我作羯磨若遮我自恣自今已去聽安居已徐徐自恣彼六羣比丘作是念我當一說自恣恐餘比丘爲我作羯磨若遮自恣諸比丘白佛佛言不應作是念我當一說自恣恐餘比丘爲我作羯磨若遮自恣彼六羣比丘自念我當再說自恣恐餘比丘爲我作羯磨若遮自恣諸比丘白佛佛言不應作是念我當再說自恣恐餘比丘爲我作羯磨若遮自恣自今已去聽諸比丘三說自恣時諸六羣比丘反抄衣自恣衣

纏頸自恣裹頭自恣通肩被衣自恣著革屣自恣若地坐自恣若牀上坐自恣諸比丘往白佛佛言不應反抄衣纏頸裹頭通肩被衣著革屣若地坐若牀上坐自恣自今已去聽諸比丘偏露右肩脫革屣互跪合掌作如是語大德衆僧今日自恣我某甲比丘亦自恣若見聞疑罪大德長老哀愍故語我我若見罪當如法懺悔如是第二第三說時有病比丘偏露右肩脫革屣互跪合掌時頃久病即更增諸比丘白佛佛言自今已去聽病比丘隨身所安受自恣

爾時有異住處比丘自恣有比丘在說戒堂外諸比丘自恣竟欲出去外比丘問言長老何處去不自恣耶彼答言我已自恣竟汝從何來答言我在說戒堂外諸比丘白佛佛言自今已去自恣時不應在說戒堂外聽比坐應知若來若不來聽先白已然後自恣如是白大德僧聽今日衆僧自恣若僧時到僧忍聽僧和合自恣白如是如是白已自恣

六羣比丘非法別衆自恣非法和合自恣法別衆自恣諸比丘白佛佛言不應非法別衆自恣非法和合自恣法別衆自恣有四種自恣若比丘非法別衆自恣非法和合自恣法別衆自恣法和合自恣若比丘作非法別衆自恣非法和合自恣法別衆自恣如是不應自恣法和合自恣應如是自恣是我所聽自恣爾時自恣時異住處前安居後安居人雜住不知云何隨前安居爲隨後安居自恣耶諸比丘白佛佛言隨上座所在處自恣上座或前安居或後安居應隨舊住者自恣舊住

者亦有前安居有後安居隨多者應自恣時諸比丘欲十四日十五日自恣佛言聽如是自恣若王改日時應隨時諸比丘不知今日自恣明日自恣諸比丘往白佛佛言自今已去聽若小食上中食上上座唱令今日衆僧自恣復不知用何時佛言聽作時相若打揵椎若吹貝打鼓若起烟若量影若唱言今自恣時到六羣比丘聞佛聽自恣便於别房中共同和尚阿闍黎親厚同學得意者别部作自恣諸比丘白佛佛言不應於别房共同和尚阿闍黎親厚同學得意者别部作自恣自今已去一處和合自恣諸比丘復不知在何處自恣白佛佛言聽在說戒處自恣爾時有衆多比丘於自恣日在非村阿練若未結界處道路行諸比丘自念佛敎我等和合自恣我等當云何諸比丘白佛佛言若衆多比丘於自恣日在非村阿練若未結界處道路行諸比丘若和合得自恣者善若不得和合者隨所同和尚阿闍黎隨親厚同意移異處結小界作自恣白二羯磨如是結小界差堪能者若上座若次座若誦律若不誦律堪能羯磨者如是白大德僧聽諸比丘坐處已滿齊如是比丘坐處若僧時到僧忍聽僧於此處結小界白如是大德僧聽齊如是比丘坐處僧於此處結小界誰諸長老忍齊如是比丘坐處僧於中結小界者黙然誰不忍者說僧已忍齊如是比丘坐處結小界竟僧忍黙然故是事如是持時比丘不捨界便去諸比丘不喜即往白佛佛言不應不捨界而去捨界然後去應如是捨白二羯磨差堪能人若上

座若次座若誦律若不誦律堪能作羯磨者應作如是白大德僧聽齊如是比丘坐處若僧時到僧忍聽僧解此處小界白如是大德僧聽齊如是比丘坐處僧於中解小界誰諸長老忍僧齊如是比丘坐處解小界者默然誰不忍者說僧已忍齊如是比丘坐處解小界竟僧忍默然故是事如是持

四分律藏卷第三十七

音釋

毾㲪（毾音榻㲪音登毾㲪毛席也）毲（山于切氍毲毛褥也）剥裂（剥北角切傷也裂良薛切破也）澆灒（澆古堯切沃也灒音讚灑也）弆（羌舉切藏也）

四分律藏卷第三十八

姚秦三藏佛陀耶舍共竺佛念譯

第三分自恣揵度法之餘

爾時自恣日有異住處有一比丘住彼自恣言世尊有敎和合一處共自恣我當云何即白諸比丘諸比丘白佛佛言自恣日於異處有一比丘住彼應往說戒處掃灑敷坐具盛水器具洗脚器然燈具舍羅爲客比丘若客比丘來五人若過五人應作白羯磨差授自恣人若有四人互爲自恣言今日衆僧自恣我某甲比丘亦自恣清淨第二第三亦如是說若有三人二人亦如是自恣若一人心念口言自恣今衆僧自恣我某甲比丘自恣清淨第二第三亦如是說若有五人一人受欲不得白差授自恣人若有四人不得受第五人欲共更互自恣若有三人不得受第四人欲更互自恣若有二人不得受第三人欲其餘二人共更互自恣若有一人不得受第二人欲心念自恣

爾時自恣日衆僧集聚欲自恣佛告諸比丘靜聽今日衆僧自恣餘比丘白佛言有病比丘不來佛言聽與自恣聽囑授自恣應如是與病人言與汝自恣若言我語汝自恣若言爲我說自恣若動身與自恣若廣說自恣如是名爲與自恣若不動身若不口言不成與自恣應更與自恣囑授比丘若到病人所便命過若出界去若休道至外道所住處若入破僧伴黨若至戒場上若明相出若自言犯邊罪若犯比丘尼若賊心入道若從外道中還若黄門若殺父母若殺阿羅漢若破僧若

惡心出佛身血若是非人若是畜生若二根人若爲他所舉若滅擯若應與滅擯者若與如是人等不成囑授自恣應更與餘人若在道中若至僧中有如是事起若僧爲作不見罪羯磨若作不懺悔罪羯磨若作不捨惡見羯磨如是不成囑授自恣應更與餘人若眠不說若入定若忘誤若不故作至自恣處是爲囑授自恣到若故不說突吉羅若能如是作者善若不能爾者彼應扶將病比丘去若以繩牀木牀若合衣輿去至自恣處彼比丘作如是念我曹扶將病比丘或能增病或能死衆僧應盡來至病人所作羯磨自恣若有多比丘病集在一處者善若不能者諸比丘應出界外作羯磨自恣不應別衆自恣爾時有比丘受囑授自恣便命過若休道若至戒場上若至明相出諸比丘自念爲失囑授自恣不佛言失爾時有比丘囑授自恣二道斷賊虎狼師子難水大漲界內道斷不得往出界外持囑授自恣來諸比丘作如是念不失囑授自恣不佛言不失自今已去受囑授自恣比丘若有命難淨行難界內無道聽從界外持囑授自恣來我說不失囑授自恣諸比丘受一人囑授自恣畏愼不敢復受二人囑授自恣即白佛佛言聽受比丘受二人囑授自恣畏愼不敢復受三人囑授自恣即白佛佛言聽受時比丘受三人囑授自恣畏愼不敢受四人囑授自恣即白佛佛言聽受乃至隨能憶字多少應受若憶字盡應說字若不憶字應說姓若說相貌若言我受衆多比丘囑授自恣彼如法僧事與欲說自恣年少比

丘不知自恣告諸比丘諸比丘白佛佛言自今已去應和尚阿闍黎敎詔若敎喜忘不憶應使授自恣者敎詔若故復忘應共句句說

若比丘受囑授自恣已有事起諸比丘白佛佛言自今已去聽更轉與餘人應如是與我爲衆多比丘受囑授自恣我今有事爲彼與欲并復自與欲如法僧事與欲說自恣彼比丘與欲竟事還息彼畏愼我已轉囑授自恣竟不知云何諸比丘往白佛佛言還自應往若不往應如法治

時六羣比丘作是念我不往自恣處恐爲我作羯磨若遮自恣諸比丘白佛佛言不應作如是念我不往自恣處恐諸比丘爲我作羯磨若遮自恣若爲知識親厚不往自恣處亦如是時六羣比丘作是念我往自恣處不坐恐諸比丘爲我作羯磨若遮自恣諸比丘往白佛佛言不應作如是念往自恣處不坐恐諸比丘爲我作羯磨若遮自恣若爲知識親厚亦如是彼作如是念我若往彼不說自恣恐諸比丘爲我作羯磨若遮自恣諸比丘白佛佛言不應作如是念我往彼不說自恣恐諸比丘爲我作羯磨若遮自恣若爲知識親厚亦如是爾時自恣日有異住處衆僧和合欲自恣聞有賊來恐怖離座而去竟不自恣諸比丘以此事白佛佛言聽若有八難事來聽略說自恣是中難者王難賊難火難水難病難人難非人難毒蟲難是中事者若衆僧多坐處窄若多人病應略說自恣若衆僧多若房屋少若天雨應略說自恣若布薩夜過多若鬪諍事若論阿毗曇若毗尼斷事若說

法若已久衆僧未起明相未出應羯磨自恣受他囑授自恣不得至明相出若至明相出不得羯磨自恣諸比丘作如是言爲難事略說自恣而難事尚遠我等容得廣說自恣彼比丘應廣說自恣若不廣說者應如法治諸比丘作如是言爲難事略說自恣今難事不遠我曹不得廣說三語自恣當再說自恣彼即應再說自恣若不再說應如法治諸比丘如是言爲難事略說自恣今難事近不容得再說自恣可得一說自恣彼比丘即應一說自恣若不應如法治諸比丘如是言爲難事故略說自恣難事近不得一說自恣我等可容各各共三語自恣諸比丘即應作白各各共三語自恣如是白大德僧聽若僧時到僧忍聽僧今各各共三語自恣白如是如是白已各各共三語自恣再說一說亦如是諸比丘如是言爲難事故各各共三語自恣難事近不得各各共三語自恣亦不得白彼比丘即應以此難事去

爾時有異住處比丘犯僧殘彼不知云何告諸比丘諸比丘往白佛佛言若比丘於異住處犯僧殘彼比丘若應與覆藏當與覆藏與覆藏羯磨竟應自恣應與本日治當與本日治與本日治羯磨竟應自恣應與摩那埵當與摩那埵與摩那埵羯磨竟應自恣應與出罪當與出罪與出罪羯磨竟應自恣爾時自恣日異住處有比丘犯波逸提或言犯波逸提或言犯波羅提提舍尼彼作如是言我等當云何即告諸比丘諸比丘白佛佛言若自恣日異住處有比丘犯波逸提是中比丘或

言犯波逸提或言犯波羅提提舍尼若知犯波逸提者即應將此人在一處令彼言犯波羅提提舍尼者眼見耳不聞處教令懺悔已到彼言犯波羅提提舍尼比丘所語言彼犯罪比丘我教懺悔已應作如是方便已自恣

爾時自恣日異住處有比丘犯偷蘭遮諸比丘或言犯偷蘭遮或言犯波羅夷言犯偷蘭遮者皆是多聞通阿含阿毗曇持律多知識比丘比丘尼優婆塞優婆夷若王若大臣若種種外道沙門梵志言犯波羅夷比丘亦是多聞通阿毗曇阿含持律亦復多知識比丘比丘尼乃至沙門梵志諸比丘作如是言若今日自恣衆僧必有諍事或能破僧或生僧塵垢汙染衆僧使僧别異我等當云何即告諸比丘諸比丘往白佛佛言若自恣日異住處有比丘犯偷蘭遮諸比丘或言犯偷蘭遮或言犯波羅夷言犯偷蘭遮者比丘是多聞通阿含阿毗曇持律多知識比丘比丘尼優婆塞優婆夷若王若大臣若種種外道沙門梵志言犯波羅夷者比丘亦是多聞通阿含阿毗曇持律亦復多知識比丘比丘尼乃至沙門梵志諸比丘作如是言若今日自恣衆僧必當有諍事或能破僧或生僧塵垢汙染衆僧使僧異者若畏破僧不應即日自恣應小停自恣自恣時六羣比丘聞佛聽遮自恣即遮清淨比丘不令自恣諸比丘往白佛佛言不應遮清淨比丘自恣若遮猶如不遮若遮無根不作者是謂不遮自恣若遮有根有作者是謂遮自恣若遮無根有餘不作者是謂不遮自恣若遮有根有餘作者是謂遮自

恣若遮無根無餘不作者是謂不遮自恣若遮有根無餘作者是謂遮自恣未說三語自恣若遮是謂不遮自恣說三語自恣竟若遮自恣是謂不遮自恣當三語自恣時若遮自恣是謂遮自恣一說再說亦如是遮自恣人若身業不清淨口業不清淨意業不清淨無智不分明不知問不能答餘比丘應語此比丘止長老不須起此鬪諍事莫用此比丘語便應自恣若遮自恣人身業清淨口意業不清淨無智不分明不知問不能答餘比丘語此比丘止長老不須起此鬪諍事莫用此比丘語便應自恣若遮自恣人身口業清淨意業不清淨無智不分明不知問不能答餘比丘語此比丘止長老不須起此鬪諍事莫用此比丘語便應自恣若遮自恣人身口意業清淨有智分明能問能答餘比丘語此比丘言汝以何事故遮此比丘自恣也爲以犯戒故遮破見故遮破威儀故遮也若答言以犯戒故遮應問犯何等戒若言犯波羅夷若僧殘偷蘭遮是謂犯戒若言不以破戒故遮以破見故遮應問云何破見也若言六十二見諸邪見是謂破見若言不以破見以破威儀故遮應問云何破威儀若言犯波逸提波羅提提舍尼突吉羅惡說是謂破威儀復應更問以何事故遮他自恣耶爲以見故聞故疑故耶答言見故應問見何事云何見汝以何因故見耶彼比丘復以何因緣使汝見也汝在何處住彼復在何處住見何事爲犯波羅夷爲犯僧殘爲波逸提爲波羅提提舍尼偷蘭遮突吉羅惡說耶若言不見以聞故應問

聞何事云何聞從誰聞爲從比丘聞比丘尼優婆塞優婆夷聞耶聞犯何事爲波羅夷爲僧殘乃至惡說耶若言不聞以疑故應問疑何事云何疑從誰聞而生疑爲比丘比丘尼優婆塞優婆夷聞耶疑何事爲疑波羅夷僧殘乃至惡說耶若遮自恣人不能答有智人若以波羅夷遮應與僧殘罪然後僧應自恣若以僧殘罪遮應與波逸提罪然後僧應自恣若以波逸提罪遮應與餘罪然後僧應自恣若以餘事遮應如法治然後僧應自恣若遮自恣人能答有智人若以波羅夷遮應滅擯已然後僧自恣若以僧殘遮若應與波利婆沙若本日治若摩那埵若出罪與已應自恣若以波逸提遮懺悔已應自恣若以餘事遮應如法治然後自恣

爾時自恣日有住處病比丘遮病比丘自恣彼不知云何即告諸比丘諸比丘往白佛佛言若有住處自恣日病比丘遮病比丘自恣彼比丘語此比丘言佛如是語今日病不應遮須待此病瘥長老應如法說彼亦當如法說如是作已然後自恣爾時有住處自恣日病比丘遮無病比丘自恣彼比丘語此比丘言長老佛如是語須待病瘥應如法說彼亦當如法說如是作已然後自恣爾時有住處自恣日有無病比丘遮病比丘自恣彼比丘語此比丘言佛如是語須待病瘥長老應如法說彼亦當如法說如是作已然後自恣爾時有異住處衆多比丘結安居精勤行道得增上果證彼作如是念我曹若今日自恣者便當移往餘處恐不得如是樂我曹當云何

即告諸比丘諸比丘白佛佛言若有住處衆多比丘結夏安居精勤行道得增上果證諸比丘作如是念我曹若今日自恣便當移往餘處恐不得如是樂彼比丘即應作白增益自恣如是白大德僧聽若僧時到僧忍聽僧今日不自恣四月滿當自恣白如是應作如是白四月自恣

爾時有異住處衆多比丘共住自恣日諸比丘聞彼住處比丘鬬諍不和合欲來此自恣我曹當云何即告諸比丘諸比丘往白佛佛言若有住處衆多比丘共住自恣日聞異住處比丘鬬諍不和合欲來此自恣彼比丘應若二若三減日自恣若十五日自恣減作十四日若十四日自恣減作十三日若聞今日來便應集僧疾疾自恣若聞已至界內便應出界外自恣若聞已入寺內應爲具洗浴器應具浴牀浴瓶具刮垢刀水器泥器澡豆藥草白上座然火請僧入浴室舊比丘應密從浴室一一出至界外自恣若客比丘喚自恣應答言我曹已自恣竟若舊比丘自恣竟客比丘遮自恣不得遮客比丘自恣時舊比丘遮得遮若能如是方便得作者善若不能者彼比丘應作白增上自恣作如是白大德僧聽若僧時到僧忍聽今日僧不自恣至黑月十五日當自恣白如是應作如是白增上自恣若客比丘住至黑月十五日舊比丘應作白第二增上自恣如是白大德僧聽若僧時到僧忍聽僧今日不自恣後白月十五日當自恣如是白應作如是白第二增上自恣若客比丘不去舊比丘應如法如律强和合自

恣爾時自恣日有住處自恣時不識罪不識人自恣竟識罪識人彼作如是念我曹當云何即告諸比丘諸比丘白佛佛言有住處自恣時不識罪不識人自恣竟識罪識人若自恣竟不應以前聽舉他罪爾時有住處自恣時不識罪識人自恣竟識罪識人若自恣竟不應以前聽舉他罪爾時有異住處自恣時有識罪不識人自恣竟識罪識人若自恣竟不應以前聽舉他罪爾時有異住處自恣日有客比丘來十四日舊比丘十五日諸比丘不知云何即告諸比丘諸比丘白佛佛言若有住處自恣日有客比丘來多少客比丘十四日舊比丘十五日客比丘少應從舊比丘若不從應如法治若有住處自恣時有客比丘來與舊住比丘等客比丘十四日自恣舊比丘十五日客比丘等應從舊比丘若不從應如法治若自恣時有住處客比丘來多客比丘十四日自恣舊比丘十五日舊比丘少應從客比丘求和合若彼與和合者善若不與和合者舊比丘應出界外自恣若自恣日有異住處客比丘來少客比丘十五日舊比丘十四日客比丘少應從舊比丘求和合若與和合者善若不與客比丘應出界外自恣若自恣日有異住處客比丘來與舊比丘等客比丘十五日舊比丘十四日客比丘來等應從舊比丘求和合若與和合者善若不與客比丘應出界外自恣若自恣日有異住處客比丘來多客比丘十五日舊比丘十四日舊比丘少應從客比丘求和合若從者善若不從如法治客比丘十六日舊比丘十五日

亦如是爾時自恣日有住處舊比丘集欲自恣自恣時客比丘來彼比丘如是念我曹當云何即告諸比丘諸比丘白佛佛言若自恣日有住處舊比丘集欲自恣自恣時客比丘來少客比丘上座隨上座次自恣下座隨下座次自恣若說自恣竟舉衆未起若多未起若都已起若客比丘來少應白與清淨若不與如法治爾時自恣日舊比丘欲自恣客比丘來等舊比丘應更自恣若不自恣如法治自恣竟若舉衆未起若多未起若都已起客比丘來等舊比丘應更自恣若不者如法治爾時自恣日有住處舊比丘欲自恣有客比丘來多舊比丘應更自恣若不自恣應如法治若自恣竟舉衆未起若多未起若都已起客比丘來多舊比丘應更自恣若不者如法治爾時有住處自恣日客比丘坐欲自恣舊比丘來少舊比丘上座隨上座自恣處自恣下座隨下座處自恣若自恣竟舉衆未起若多未起若都已起舊比丘來少應說清淨自恣若不說者如法治爾時有住處自恣日客比丘坐欲自恣舊比丘來等客比丘應更自恣若不如法治若自恣竟舉衆未起若多未起若都已起舊比丘來等客比丘應更自恣若不如法治爾時有住處自恣日客比丘坐欲自恣舊比丘來多客比丘應更自恣若不自恣如法治若自恣竟舉衆未起若多未起若都已起舊比丘來多客比丘應更自恣若不如法治舊比丘自恣舊比丘來亦如是客比丘自恣客比丘來亦如是爾時有住處自恣日客比丘來客比丘知舊比丘未來我等

若有五人若過五人可作羯磨自恣即作羯磨自恣作羯磨自恣時有舊比丘來客比丘自念我當云何即告諸比丘諸比丘白佛佛言若自恣日有住處客比丘來客比丘知有舊比丘未來我等若五人若過五人可作羯磨自恣彼即作羯磨自恣作羯磨自恣時舊比丘來少舊比丘上座隨上座次自恣若下座隨下座次自恣若自恣竟舉衆未起若多未起若都已起舊比丘來少舊比丘應說清淨自恣若不如法治爾時有住處自恣日客比丘來客比丘知舊比丘未來我等若五人若過五人可作羯磨自恣即作羯磨自恣作羯磨自恣時舊比丘來等客比丘應更自恣若不如法治自恣竟舉衆未起若多未起若都已起舊比丘來等客比丘應更自恣若不如法治爾時有住處自恣日客比丘來客比丘知有舊比丘未來我等若五人若過五人可共羯磨自恣即作羯磨自恣作羯磨自恣時有舊比丘來多客比丘應更自恣若不如法治若自恣竟舉衆未起若多未起若都已起舊比丘來多客比丘應更自恣若不如法治爾時有住處自恣日舊比丘來舊比丘知有客比丘未來我等若五人若過五人可作羯磨自恣作羯磨自恣時有客比丘來少客比丘上座隨上座次自恣下座隨下座次自恣若自恣竟舉衆未起若多未起若都已起客比丘來少應說清淨自恣若不說如法治爾時有住處自恣日有舊比丘來舊比丘知有客比丘未來我等若五人若過五人可作羯磨自恣作羯磨自恣時客比丘來等舊比

丘應更作自恣若不如法治若自恣竟若舉衆未起若多未起若都已起舊比丘應更自恣若不如法治爾時有住處自恣日舊比丘來舊比丘知有客比丘未來我等若五人若過五人可作羯磨自恣作羯磨自恣時客比丘來多舊比丘應更自恣若不如法治若自恣竟舉衆未起若多未起若都已起客比丘來多舊比丘應更自恣若不如法治客比丘自恣客比丘來亦如是舊比丘自恣舊比丘來亦如是或言應自恣或言不應自恣若不來者失去滅去欲作種種方便欲破壞他便作羯磨自恣彼若作羯磨彼比丘不成羯磨得偷蘭遮爾時自恣日若客比丘來見有舊比丘相敷繩牀木牀敷具氈褥枕具洗脚處見有相不求覓便作羯磨自恣作羯磨自恣

時舊比丘來客比丘自念我當云何即告諸比丘諸比丘白佛佛言若自恣日有客比丘來見有舊比丘相敷繩牀木牀敷具氈褥枕具洗脚處見有相不求覓便作羯磨自恣若作羯磨自恣不成羯磨自恣有罪見相便求求而不得即應喚若不喚而作羯磨自恣不成羯磨自恣有罪見相便求求而不得求既不得便言失去滅去作種種方便欲使他破壞便作羯磨自恣彼比丘不成羯磨得偷蘭遮見相便求求而不得不得便喚喚已作羯磨自恣彼比丘羯磨不成不犯罪見相便求求而得之和合羯磨自恣彼比丘成羯磨自恣不得罪見疑亦如是爾時有住處自恣日舊比丘來見客比丘相見衣鉢坐具針筒洗脚處而不求覓便作羯磨自恣彼比丘不成

羯磨自恣得罪見相便求求而不得即應喚若不喚而作羯磨自恣不成羯磨自恣有罪見相便求求而不得既求不得便言失去滅去種種方便欲使他破壞便作羯磨自恣彼比丘不成羯磨得偷蘭遮見相便求求而不得不得便喚喚已作羯磨自恣彼比丘不成羯磨不犯罪見相便求求而得和合羯磨自恣彼比丘成羯磨自恣不得罪見疑亦如是

爾時自恣日有住處客比丘來聞舊比丘聲經行聲謦欬聲誦經聲言論聲聞而不求便作羯磨自恣作羯磨自恣時舊比丘來彼不知云何即告諸比丘諸比丘白佛佛言若自恣日有住處客比丘來聞舊比丘聲經行聲謦欬聲誦經聲言論聲聞而不求便作羯磨自恣不成羯磨自恣得罪從聞而求乃至和合自恣亦如是聞疑亦如是

爾時有住處自恣日有舊比丘來聞客比丘來聲經行聲謦欬聲誦經聲言論聲抖擻衣聲聞而不求便作羯磨自恣彼比丘不成羯磨有罪從聞而求乃至和合自恣亦如是聞疑亦如是

爾時有住處自恣日有客比丘來見舊比丘在戒場上見而不求諸比丘便作羯磨自恣諸比丘不知云何即白佛佛言有住處自恣日有客比丘來見舊比丘在戒場上見而不求諸比丘便作羯磨自恣彼比丘成羯磨有罪若見便求既求而不喚便作羯磨自恣彼比丘成羯磨自恣有罪若見而求求而喚作羯磨自恣彼比丘不破羯磨無罪見疑亦如是

爾時有住處自恣日有舊比丘來見客比丘在戒場上見而不求諸比丘便作羯磨自恣彼

比丘成羯磨自恣有罪若見便求既求不得而不喚便作羯磨自恣彼比丘成羯磨自恣有罪若見而求求而喚作羯磨自恣彼比丘成羯磨無罪見疑亦如是客比丘聞舊比丘亦如是聞疑亦如是舊比丘聞客比丘亦如是聞疑亦如是爾時有住處自恣日有客比丘來見有舊比丘在界內見而不求便作羯磨自恣作羯磨自恣時見有舊比丘來不知云何即告諸比丘諸比丘白佛佛言若有住處自恣日有客比丘來見有舊比丘在界內見而不求便作羯磨自恣彼比丘不成羯磨有罪見而求求而不喚便作羯磨自恣彼比丘不成羯磨有罪見便求求已喚和合作羯磨自恣彼比丘成羯磨無罪見疑亦如是爾時有住處自恣日有舊比丘來見客比丘在界內見而不求便作羯磨自恣彼比丘不成羯磨自恣有罪若見便求求而不喚便作羯磨自恣彼比丘不成羯磨自恣有罪若見而求求而喚和合作羯磨自恣彼比丘成羯磨自恣無罪見疑亦如是客比丘聞舊比丘亦如是聞疑亦如是舊比丘聞客比丘亦如是聞疑亦如是時六羣比丘作是念從有比丘有住處至無比丘有住處恐餘比丘爲我作羯磨若遮自恣諸比丘即白佛佛言不應作如是意從有比丘有住處至無比丘有住處恐餘比丘爲我作羯磨若遮自恣彼作如是念從有比丘有住處至無比丘無住處恐餘比丘爲我作羯磨若遮自恣佛言不應作如是念從有比丘有住處至無比丘無住處恐餘比丘爲我作羯磨若遮自恣彼作如是念

從有比丘有住處至無比丘有住處無住處若住比丘戒場上恐餘比丘爲我作羯磨若遮自恣佛言不應作如是意從有比丘有住處至無比丘有住處無住處若住比丘戒場上恐餘比丘爲我作羯磨若遮自恣若無僧共去無難事去者得突吉羅從有比丘無住處至無比丘有住處亦如是從有比丘無住處至無比丘無住處亦如是從有比丘無住處至無比丘有住處無住處亦如是從有比丘有住處無住處至無比丘有住處亦如是從有比丘有住處無住處至無比丘無住處亦如是從有比丘有住處無住處至無比丘有住處無住處亦如是若爲親友知識亦如是爾時六羣比丘尼作如是意往寺內遮餘比丘莫爲六羣比丘作羯磨若遮自恣諸比丘白佛佛言比丘尼不應作如是意往寺內遮餘比丘言莫爲六羣比丘作羯磨若遮自恣不應在比丘尼前若作羯磨若遮自恣時諸比丘尼遣式叉摩那沙彌尼至寺內遮餘比丘莫爲六羣比丘作羯磨若遮自恣諸比丘白佛佛言比丘尼不應遣式叉摩那沙彌尼至寺內遮餘比丘莫爲六羣比丘作羯磨若遮自恣不應在式叉摩那沙彌尼前作羯磨若遮自恣彼諸比丘尼復作如是念遣白衣知識往寺內遮餘比丘莫爲六羣比丘作羯磨若遮自恣諸比丘白佛佛言比丘尼不應作如是念遣白衣知識往寺內遮餘比丘莫爲六羣比丘作羯磨若遮自恣不應在白衣前作羯磨若遮自恣爾時王波斯匿遣兵衛護衆僧諸比丘語衆兵人言小出外我曹

欲作羯磨自恣彼人言王遣我等衛護衆僧今不敢往餘處諸比丘白佛佛言應更語使避餘處去若去者善若不去自應去至不見不聞處作羯磨自恣不應在未受大戒人前作羯磨自恣時諸天龍夜叉來聽自恣有天眼比丘見見已生畏慎心佛不聽我曹在未受大戒人前自恣即白佛佛言除人未受大戒者餘聽在前羯磨自恣彼自恣竟說戒坐久疲極諸比丘白佛佛言不應自恣竟復說戒自恣即是說戒佛說如是

第三分皮革揵度法

爾時世尊在王舍城時瞻波城有大長者子字守籠那其父母唯有此一子甚愛念之生來習樂未曾躡地而行足下生毛時摩竭國王聞瞻波城中大長者有子父母甚愛念之生來習樂未曾躡地而行足下生毛遥欲見之即勑瞻波城主使諸長者各將其兒來至我所時瞻波城主即各將其兒詣摩竭王所到已頭面禮王足在一面住即白王言王欲見瞻波城中大長者子此子生來習樂父母愛之未曾躡地而行足下生毛願王聽以衣敷地王言聽以衣敷地時長者子守籠那即以衣敷地詣王所頭面作禮王見足下生毛心甚歡喜王即與現世利益已語言我已與汝現世利益世尊在王舍城耆闍崛山中汝可往見禮拜問訊當與汝後世利益時瞻波城主及諸長者聞王語已共詣耆闍崛山時有長老娑竭陀爲佛給使在異處磐石上坐時瞻波城主詣長老娑竭陀所問言今世尊在何處我等欲見如來娑竭陀言小待長者

須我白佛爾時長老婆竭陀即没石上如大力士屈伸臂頃從彼來湧出佛前白言瞻波長者欲見世尊佛告言汝往屋蔭中敷座我當往坐時婆竭陀即受教敷座已還到佛所頭面禮足在一面住白世尊言我已敷座竟今正是時爾時世尊從屋中出坐已告婆竭陀言語瞻波長者來時長老婆竭陀没於佛前如力士屈伸臂頃湧出於石上時諸長者見歎未曾有世尊弟子神足猶爾況復如來婆竭陀言長者宜知是時瞻波城主來詣佛所頭面作禮却坐一面世尊爾時即爲諸長者子及瞻波城主種種方便説法勸化令大歡喜布施持戒生天之法即於座上得法眼淨見法得法得果證不復迴還白世尊言大德從今已去歸依佛法僧聽爲優婆塞從今

已去不殺生乃至不飲酒爾時長者子守籠那在會中坐作是念言我聞佛所説若我在家與妻子俱不得修清淨行我今寧可從佛求除鬚髮捨家爲道意欲令衆罷散爾時瞻波城主聞佛種種方便説法心大歡喜即從座起作禮遶佛而去長者子守籠那還詣佛所頭面作禮已却住一面即白世尊言如我聞佛所説若我在家與妻子俱不得修清淨行今欲從世尊求除鬚髮捨家爲道佛語守籠那汝父母聽汝不答言世尊父母未聽佛言若父母不聽如來不聽出家答言我今當作方便令父母聽佛言今正是時時守籠那還瞻波城至父母所白言如我聞佛所説若我在家與妻子俱不得修清淨行今欲於佛所求除鬚髮捨家爲道願父母聽父母報言

出家之法甚難爲沙門亦不易不如在家樂於愛欲自恣作福不須出家守籠那聞父母如是語猶故不息乃至第二第三亦如是守籠那如是三白父母猶故不聽時守籠那即從座起而坐地作如是言從今已去止不洗浴香不塗身不飲不食若或當死若或得出家一日不食乃至五日時守籠那諸親里知識聞守籠那欲從佛求除鬚髮欲出家爲道父母不聽一日不食乃至五日時守籠那諸親里知識往守籠那所語言可起守籠那洗浴身體以香塗身飲食自恣作福德出家不易沙門亦難且止不須出家守籠那聞諸親里知識如是語猶故不止第二第三亦如是親友亦如是爾時守籠那伴等詣守籠那父母所作如是言可聽守籠那捨家爲道若樂出家有常相見若不樂出家便當還此守籠那若死當復云何父母即言隨意出家時守籠那聞父母聽許心自念言我今羸瘦如是不堪一食可小自將養時守籠那少多有力往父母所白言我今出家去父母言今正是時時守籠那即往王舍城耆闍崛山中到世尊所頭面作禮在一面住白佛言父母已聽我出家爲道願佛度我得受大戒佛即聽出家受大戒爾時守籠那父母於兩城中間七處安驛爲守籠那送熱食及時令到時守籠那以此食與上座已自入城乞食其父母聞守籠那以所送食與諸比丘已自乞食從今已去止不復與送食爾時守籠那往溫水河邊尸陀林中住勤行精進經行之處血流汙地如屠殺處時守籠那在靜處思惟心自念

言我今勤行精進如佛弟子中無有勝於我者我今何故不得無漏解脱也如我家中大有財寶可自娛樂自恣作福今寧可捨戒還家不復爲道爾時世尊知其心念譬如力士屈伸臂頃從耆闍崛山至尸陀林中往經行處見血汙地如屠殺處世尊知而故問餘比丘此誰經行處血汙地如屠殺處諸比丘白佛是守籠那比丘勤行精進是其血汙地佛言喚來比丘受教往守籠那所語言世尊喚汝守籠那聞佛喚即往佛所禮佛足已却坐一面佛知而故問言汝於屏處作如是念我勤行精進如佛弟子中無勝我者我今何故不得無漏解脱我家中大有財寶可自娛樂自恣作福今寧可捨戒還家不復爲道也實爾世尊世尊言我今問汝隨意答我汝在家

時能彈琴不如是世尊在家實能彈琴守籠那云何彈琴弦若急音聲好不不也世尊守籠那云何琴弦若緩音聲好不不也世尊云何守籠那琴弦不緩不急音聲好不如是世尊如是守籠那若大勤精進掉動若少精進懈怠應等精進等於諸根爾時守籠那聞佛略説教戒已獨在靜處勤行精進心不放逸初夜後夜警意修行助道之法所爲出家得果不久無上淨行現世得證我生已盡梵行已立所作已辦不復受身知守籠那比丘得阿羅漢道時守籠那比丘得阿羅漢道已往佛所頭面禮足在一面住白佛言若有比丘得阿羅漢盡諸漏樂於六處樂於出離樂不瞋恚樂於寂靜樂盡愛欲樂盡受蔭樂於無癡若有比丘得羅漢漏盡樂此六處世尊頗

有不依於信得出離不不應作如是意不依於信得羅漢道盡有漏盡欲無欲盡恚無恚盡癡無癡樂於出離世尊頗有不依持戒故得樂無恚不不應作如是意不依戒得羅漢道盡有漏盡愛無愛盡恚無恚盡癡無癡樂於無恚世尊頗有不斷諸利養樂寂靜不不應作如是意不斷利養得羅漢道盡恚無恚盡癡無癡樂於寂靜彼盡欲無欲盡恚無恚盡癡無癡愛盡受蔭盡樂於無癡如是比丘心解脱有漏眼見多色慧解脱心解脱二俱不染汙識不與色雜住第四禪耳鼻舌身意亦如是世尊猶如大石山全爲一段不缺無孔不漏若東方有大疾風雨來此山不移不可傾動南西北方亦復如是如是世尊若比丘得阿羅漢道心得解脱盡於有漏眼見多色慧解脱心解脱二俱不染汙識不與色雜住第四禪耳鼻舌身意亦如是說是語已重說偈言

樂出離者　樂寂比丘　樂不瞋恚　及盡愛者
樂盡受蔭　心不愚癡　審知不起　從是解脱
以正解脱　便爲息滅　已得無觀　更無有作
譬如大山　風不能壞　如是色聲　香味觸法
於善惡法　智者不動　心住解脱　見於滅盡

如是守籠那說此偈已佛印可之從坐起前禮佛足而去去未久佛告諸比丘言應作如是自記得道但說其義不正言得不如餘愚癡比丘歡喜自記後無所得空自疲苦爾時守籠那於異時往佛所頭面禮足已却住一面佛告守籠那汝生來習樂不慣涉苦聽汝於寺內著一重革屣即白佛言我捨五象王

出家爲道或致人難言守籠那捨五象王出家爲道貪一重革屣若世尊聽諸比丘畜者我亦當畜佛時黙然可之即以是因緣集比丘僧爲諸比丘隨順說法無數方便稱讚行頭陀少欲知足樂出離者告諸比丘聽爲護身護衣護卧具故聽在寺内著一重革屣時諸比丘著一重革屣不久便穿壞聽以樹皮若皮補之當以縷縫若斷壞應以若筋若毛若皮縷縫彼時須錐比丘白佛佛言聽畜錐

四分律藏卷第三十八

音釋

躡（尼輒切蹈也）　掉動（掉徒弔切搖也）　縷縫（縷力主切綫也縫音逢紩也）　錐（朱惟切鑽也）

四分律藏卷第三十九

姚秦三藏佛陀耶舍共竺佛念譯

第三分皮革揵度法之餘

爾時大迦旃延在阿槃提國在拘留歡喜山曲中住與億耳優婆塞使人俱時億耳心自念言如我聞佛所說若我在家與妻子俱不得修清淨行寧可除鬚髮捨家爲道即往大迦旃延所作如是言如我聞佛所說若我在家者與妻子俱不得修清淨行願大德度我出家受大戒迦旃延言出家事難沙門不易汝但在家護持佛戒常以時節修行佛教爾時億耳如是再三白迦旃延時大迦旃延見億耳慇勤至三便聽出家受戒難得三年乃受大戒何以故以不滿十僧故億耳受戒未久便得阿羅漢道自記得道亦如上說爾時億耳聞佛功德相好端正諸根寂靜得上調伏猶如象王又如澄淵聞之歡喜便欲見佛詣迦旃延所白言我聞佛功德如是今欲往見如來無所著等正覺迦旃延言佛功德如汝所說迦旃延言汝持我名詣佛頭面禮足問訊起居少病安樂不持五事往白佛阿濕婆阿槃提國少比丘受大戒難三年中乃得受戒何以故以不滿十僧故從今已去願世尊少開方便聽阿濕婆阿槃提國得受大戒阿濕婆阿槃提國多諸刺棘瓦石一重革屣不得經久願世尊聽著重革屣阿濕婆阿槃提國世人好浴願世尊聽比丘數數洗浴如餘方多好臥具伊梨延陀耄羅耄耄羅氍氀如是阿濕婆阿槃提國以皮爲臥具羖羊皮白羊皮鹿皮願世尊聽得畜皮臥具或有比

丘往異方聞彼住處得衣便不肯受何以故恐犯尼薩耆願世尊聽開少方便時億耳比丘聞大迦旃延語默然受持即從坐起頭面禮足遶已而去億耳聞世尊在王舍城耆闍崛山住時億耳持三衣鉢具到佛所頭面禮足已却坐一面佛即慰勞言住止安樂不不以飲食爲苦耶白佛言住止安樂不以飲食爲苦佛勑阿難與客比丘敷座爾時阿難自知常法世尊欲與客比丘共宿便使阿難敷座時阿難聞佛語已還佛屋内對佛座敷座敷座已還頭面禮足却住一面白世尊言已爲客比丘敷座竟宜知是時爾時世尊即起還屋就座而坐億耳亦入佛屋對佛而坐爾時世尊靜坐須臾告億耳言汝可說法億耳聞佛教已在佛前說十六義句不增不減不壞經法音聲清好章句次第了了可解爾時世尊作是念善哉比丘十六義句不增不減不壞經法音聲清淨章句次第了了可解佛問億耳本何所作答言久見欲過難得受戒乃經三年何以故以不滿十僧故億耳念言今正是時和尚迦旃延所遣五事即白佛言和尚迦旃延稽首世尊足下問訊世尊起居康强少病安樂白此五事如前所說佛時默然聽許時世尊明日清旦以此事集比丘僧爲諸比丘隨順說法無數方便稱讃頭陀威儀齊整少欲知足樂處空閑告諸比丘言聽阿濕婆阿槃提國持律五人得受大戒若有餘方亦聽餘方者東方有山名白木調國國邑外便聽南方有塔名靖善塔外便聽西方有國山名一師梨仙人種山方外便聽北方

有國名柱方外便聽如是諸方外聽持律五人得受戒聽阿濕婆阿槃提國著重革屣聽阿濕婆阿槃提國數數洗浴聽數敷羖羊皮白羊皮鹿皮卧具聽諸比丘得衣入手數滿十日若過應捨捨已懺悔爾時比丘得皮補革屣去佛不遠便擿壞恐犯重革屣事爾特世尊知而故問比丘汝何故擿壞革屣耶答言恐犯重革屣事佛言革屣若穿壞聽重時諸比丘得未治皮佛言聽柔治若自柔若使人柔柔皮竟截作一重革屣須刀佛言聽畜刀須裁衩佛言聽畜板須筋若毛若皮縷等佛言聽畜須剗佛言聽畜若刀鈍聽磨聽畜磨石時諸比丘刀錐筋毛皮縷剗迸散在地無安處佛言聽作囊盛若織竹作籠若樹皮籠聽以毛囊裹衣外十種衣中聽趣用一衣作囊

時諸比丘用皮作佛言不聽以皮作時諸比丘著新衣革屣上坐汙衣佛言不應著新衣革屣上坐比丘亦不應皮上坐除阿濕婆阿槃提國時諸比丘持革屣在前便睡狗銜去佛言不應持革屣在前而睡應以草覆若兩底相合置尼師壇下爾時比丘持革屣置邊而睡轉反墮革屣上有畏慎心恐犯眠皮上佛言不犯時比丘持革屣置鉢中行餘比丘見甚惡之佛言不應以革屣置鉢中應清淨持鉢時比丘一手捉革屣鉢餘比丘見惡之佛言不聽一手捉革屣鉢應一手捉鉢一手捉革屣時諸比丘度泥水不得褰衣衣墮泥水中佛言聽指鉤革屣鉢置掌中一手褰衣時諸比丘拘薩羅國人間遊行到無比丘住處村宿陶師舍時泥作邊有皮比丘在上眠

清旦見畏犯皮上眠佛言不犯時六羣比丘畜大皮師子皮虎皮豹皮獺皮野狸皮迦羅皮野狐皮諸比丘白佛佛言一切大皮不得畜時六羣比丘坐高大牀上若獨坐繩牀木牀象牙牀敷馬皮敷象皮錦褥雜色卧具氍氀若但毛用衬褥諸比丘白佛佛言不應高大牀上坐乃至但毛作貯褥時諸比丘到白衣舍爲比丘敷好高大牀請比丘坐諸比丘言佛不聽我等坐高大牀諸白衣言我等更何處得牀諸比丘白佛佛言聽除寶牀餘者在白衣舍應坐時諸比丘至白衣舍爲比丘敷皮牀獨坐牀諸比丘畏愼不敢坐念言佛不聽我等皮上坐除阿濕婆阿槃提國諸白衣言我等更何處得牀諸比丘白佛佛言聽在白衣舍得坐時諸比丘至白衣舍爲敷長繩牀木牀諸比丘畏愼不敢坐佛不聽我等與上座同牀坐諸白衣言我等更何處得人人別牀諸比丘白佛佛言聽白衣舍得坐時諸比丘至白衣舍白衣爲敷皮囊比丘有畏愼心念言佛不聽我等坐皮上諸白衣言我等更何處得別坐處諸比丘白佛佛言聽在白衣舍得坐爾時跋難陀釋子有放牛人爲作檀越清旦著衣至檀越舍敷座而坐時放牛兒來坐聽法跋難陀釋子善爲說法種種方便勸進檀越令大歡喜即問言大德何所須欲跋難陀言可止無所須便爲得供養已復言願說所須跋難陀言止不須語若我說俱不與我答言大德但說當與去前不遠見一雜色犢子跋難陀言我須此皮答言小待須我殺之彼即殺之剥皮與跋難陀跋難陀

得皮已從坐起持去時牛母大吼喚逐跋難陀至祇洹門諸比丘見問之此牛何故吼喚逐汝後答言此是其子皮我持來故爾耳諸比丘白佛佛言不應乞生皮若乞如法治時諸比丘畏愼不敢帶浮囊渡水佛言聽時諸比丘捉牛尾渡水渡已方見是牸牛畏愼佛言無犯自今已去不應捉牸牛尾渡水時諸比丘不敢坐皮牀上渡水佛言聽時諸比丘畏愼不敢乘皮船渡水佛言聽在皮船上若坐若卧隨意時諸比丘皮作刀囊不以物裹刀生壞佛言聽若以氎若以劫貝若以大皮裹刀時諸比丘畜兩重革屣佛言不得畜兩重革屣時諸比丘畜迦那富羅革屣佛言不應畜迦那富羅革屣爾時比丘與白衣拘薩羅國道路共行爲木剌剌脚血大出甚患之不能行時白衣見即以所著革屣與比丘時比丘畏愼不敢取恐犯迦那富羅革屣佛言有如是因緣聽受時六羣比丘畜旋角革屣佛言不應畜旋角革屣諸比丘畜鹿角革屣佛言不得畜鹿角革屣諸比丘畜阿羅梨革屣佛言不應畜也六羣比丘以雜色皮作革屣帶佛言不應畜六羣比丘持絹布作革屣帶佛言不應畜六羣比丘畜富羅跋陀羅革屣佛言不應畜六羣比丘著眞誓槃革屣佛言不應畜六羣比丘著編邊革屣佛言不應畜六羣比丘著多帶革屣佛言不應畜六羣比丘著縢形革屣佛言不應畜六羣比丘著大皮革屣師子皮虎皮豹皮狚皮野狸皮雜色皮野狐皮佛言一切不得畜六羣比丘用大皮緣革屣或用作帶或用縫佛言不得用

緣及帶縫時六羣比丘著青色革屣佛言不應畜六羣比丘以青緣革屣或用作帶縫佛言不應以青緣革屣及作帶縫六羣比丘著黃革屣佛言不應畜六羣比丘著黃緣革屣若作帶若縫佛言不應用黃緣革屣及帶縫六羣比丘著赤革屣佛言不應著赤革屣緣帶縫亦如是六羣比丘著白革屣佛言不應著白革屣緣帶緣縫亦如是六羣比丘著似孔雀毛革屣佛言不應畜六羣比丘著錦色革屣佛言不應畜彼比丘得成錦色革屣佛言不應畜若壞色者聽畜六羣比丘著毳貯革屣佛言不應畜六羣比丘著刧貝貯革屣佛言不應畜六羣比丘以幣帛貯革屣佛言不應畜六羣比丘以芒草婆娑草舍羅草漢陀羅草貯革屣佛言不應畜六羣比丘癡人是我所遮便更作餘事自今已去一切貯革屣不應畜時諸比丘天雨泥汙脚汙坐具汙身卧具佛言聽護身護坐具故在僧伽藍內著蒲革屣洗足既著蒲革屣洗足已水入革屣內汙脚汙坐具汙身汙卧具佛言聽以樹皮若皮縫著底爾時舍衛國六羣比丘著欽婆羅屐佛言不應畜如是四種草屐不得著爾時佛在王舍城六羣比丘剥多羅樹皮作屐樹便枯乾諸居士見皆共譏嫌沙門釋子無有慚愧斷絕生命自言我知正法如是觀之何有正法云何乃取多羅樹皮作屐使樹枯乾比丘白佛佛言不應畜爾時世尊在拘睒彌國時六羣比丘著木屐猶如馬行聲亂諸坐禪者諸比丘白佛佛言不應畜木屐時諸比丘畏愼不敢上大小便屐上不敢著洗

足屣佛言除可著行者餘者應上爾時世尊在婆竭提國時毗舍離跋闍子比丘著金屣銀屣佛言不應畜即復著瑠璃屣佛言不應畜復著寶屣佛言不應畜復著寶塡屣佛言不應畜佛言如是癡人是我所遮輒更作餘事自今已去一切屣不得著爾時世尊在毗舍離國六羣比丘著革屣共佛經行佛告諸比丘外諸巧師受學弟子亦有恭敬於師此六羣比丘癡人著革屣與佛共經行佛言自今已去一切革屣不得畜時六羣比丘於和尚和尚等阿闍黎阿闍黎等前已在好經行處和尚等在惡經行處已在高處和尚等在下處已在前和尚等在後與和尚等並語與並經行叉抄衣衣纏頸裹頭通肩被衣著革屣諸比丘白佛佛言不應和尚和尚等若阿闍黎阿闍黎等在惡經行處已在好處乃至著革屣一切不得爾時六羣比丘於和尚和尚等阿闍黎阿闍黎等前通肩被衣著革屣若有所取與不露右肩不脫革屣諸比丘白佛佛言不應爾佛言自今已去聽在和尚和尚等阿闍黎阿闍黎等前偏露右肩脫革屣有所取與時諸比丘在白衣舍於和尚和尚等阿闍黎阿闍黎等前有所取與偏露右肩脫革屣時形露諸比丘白佛佛言聽白衣舍在和尚和尚等阿闍黎阿闍黎等前不露右肩不脫革屣隨意有所取與爾時比丘共餘比丘在道路行一比丘從餘比丘索水諸比丘作是念佛不聽著革屣有所取與彼比丘即脫革屣取水於是失革屣諸比丘白佛佛言聽若在道行著革屣隨意有所取與爾時

有比丘暮從比丘索水彼作是念佛不聽著革屣有所取與時彼往彼處去水遠畏毒蟲時彼比丘脫革屣往取水毒蟲嚙脚痛苦不樂諸比丘白佛佛言若日入後聽去水遠若畏毒蟲得著革屣隨所取與時六羣比丘見和尚和尚等阿闍黎阿闍黎等不起迎諸比丘白佛佛言應起若一坐食若作餘食法不食若病聽作如是語大德忍我有如是因緣故不起和尚者從受得戒和尚等者多巳十歲阿闍黎者有五種阿闍黎有出家阿闍黎受戒阿闍黎教授阿闍黎受經阿闍黎依止阿闍黎出家阿闍黎者所依得出家者是受戒阿闍黎者受戒時作羯磨者是教授阿闍黎者敎授威儀者是受經阿闍黎者所從受經處讀修妬路若說義乃至一四句偈依止阿闍黎者乃至依止作一宿阿闍黎等者多巳五歲除依止阿闍黎若比丘所住房應掃洒掃洒巳若故有塵聽用泥漿汙洒泥漿汙洒巳若故有塵聽作地敷若伊梨延陀毳羅毳毳羅氍氀若十種衣隨所得敷之時諸比丘不洗足上地敷佛言聽在戶邊安拭足物若故不淨應戶外安水器洗足比丘洗足已足未乾便上地敷地敷爛壞佛言足未乾不得上地敷若有急事應以足拭膝若拭腨若以手拭若捉弊物拭足時諸比丘爲和尚和尚等阿闍黎阿闍黎等有所取與數數洗足疲勞諸比丘白佛佛言自今巳去若爲和尚和尚等阿闍黎阿闍黎等有所取與聽用銅槃若案若机飲食所須之物盡持置其上一時授與時有比丘足下惡腫於天雨中餘比丘

扶往廁上卧泥中極患苦諸比丘白佛佛言聽爲護身護衣護卧具故僧伽藍内聽著一重革屣時諸比丘在道行爲和尚和尚等阿闍黎阿闍黎等有所取與偏露右肩脫革屣疲極諸比丘白佛佛言聽若在道行爲和尚和尚等阿闍黎阿闍黎等有所取與即於頭上若肩上取與爾時佛在舍衛國時六羣比丘著革屣入聚落時諸居士見皆共譏嫌沙門釋子自言我知正法云何著革屣入聚落如今觀之有何正法如似國王大臣諸比丘白佛佛言不應著革屣入聚落時諸病比丘有畏慎心不敢著革屣入聚落諸比丘白佛佛言聽病比丘著革屣入聚落時六羣比丘託病著革屣入聚落餘比丘見語言佛不言不聽著革屣入聚落耶彼言我病即問言何所患苦答言長老佛不作如是說若人言須臾間不樂是謂病人耶我等託病諸比丘白佛佛言不應託病著革屣入聚落爾時長老畢陵伽婆蹉脚跟破須鞔跟革屣諸比丘白佛佛言聽著鞔跟革屣爾時長老畢陵伽婆蹉在道行眼闇脚指蹴地壞足諸比丘白佛佛言聽著鞔足指革屣爾時畢陵伽婆蹉多知識在道行大得大麥小麥斑豆粳米諸比丘疑不敢受白佛佛言聽受諸比丘受已不知置何處白佛佛言聽若囊若幞盛爾時長老畢陵伽婆蹉在道行得酥油蜜石蜜不敢受諸比丘白佛佛言聽受受已不知著何處白佛佛言聽若以鍵鎡小鉢次鉢受鍵鎡者入小鉢小鉢者入次鉢次鉢者入大鉢諸比丘不知畜鍵鎡小鉢次鉢當淨施不白佛佛

言聽不作淨施畜時長老畢陵伽婆蹉老羸不堪步涉白佛佛言聽作步挽車若輿若乘除女人牸牛馬爾時畢陵伽婆蹉在道行得輦不敢受白佛佛言聽受復得皮輦不敢受白佛佛言聽受却皮十種衣中隨以一一衣裹之復得織皮輦不敢受白佛佛言聽受却皮繩髮繩以餘繩織應畜諸比丘須輦轅白佛佛言聽作諸比丘須輦繩白佛佛言聽畜若繩數斷聽用皮作若擔輦肩痛聽安枕薦若患脚寄痛聽作橙安枕薦時不知何人應擔白佛佛言聽比丘若僧伽藍民若優婆塞若沙彌若得車亦如是若皮車應却皮十種衣中隨以一一衣裹之應畜若得織皮車除皮繩髮繩餘得畜不知何人應牽白佛佛言聽若比丘若僧伽藍民若優婆塞若沙彌牽

爾時長老畢陵伽婆蹉得守僧伽藍人佛言應畜爾時六羣比丘作皮牀皮獨坐牀諸比丘白佛佛言不應畜復作皮褥皮枕皮臥具皮地敷敷地生蟲屋內臭穢諸比丘白佛佛言不應畜時有婆羅門出家爲道持伊師皮作拭足物置戶內佛言聽畜時諸比丘汲水罐繩數斷佛言聽以皮作索若罐破聽以皮作若繩斷以皮作繩若戶繩數斷佛言聽以皮作若開戶若閉戶患手痛聽以大皮裹之若戶樞不轉聽著皮若上樞壞聽以皮連若罋亦如是若繩牀木牀脚壞聽以皮連時有諸比丘脚痛佛言以大皮裹脚令得患瘥便却若比丘覆屋繩斷佛言聽以皮作若戶扂繩數斷聽以筋若毛作之時六羣比丘畜皮鉢囊革屣囊針線囊諸比丘白佛佛言不應

畜爾時有木師出家比丘畜皮囊盛作器白佛佛言不應畜木師出家比丘一切作器不應畜爾時衆僧得木作器白佛佛言聽畜不知用何物盛佛言聽十種衣隨以一一衣作囊盛爾時比丘酥油瓶露佛言聽以濕皮覆若蟲齧穿應以泥泥之爾時比丘得華形皮油器畏慎不敢畜佛言聽畜爾時比丘得角作油器畏慎不敢畜佛言聽畜若下漏上漏若邊漏聽以皮纏覆爾時世尊在王舍城有比丘木刺刺脚破須輭革屣聽畜時世尊與阿難俱行去尸陁林冢間不遠見有貴價重革屣世尊知而故問阿難汝何不取此革屣阿難言恐犯畜重革屣佛言聽此糞掃物得畜爾時比丘在道行去冢不遠見有木貫死人皮厚便剥取還房作一重革屣房內臭穢

餘比丘阿房內何以臭即以事答諸比丘諸比丘白佛佛言不應畜人皮若畜偷蘭遮及餘不淨可惡皮不應畜若畜突吉羅爾時有比丘從寒雪國來脚凍壞詣佛所頭面禮足已却坐一面佛知而故問比丘汝何以故脚破白佛言寒雪處來故凍壞佛問比丘彼國法何所著比丘言著富羅鞾鞮佛言聽著若須鞾聽作鞾聽從非親里居士居士婦乞作不得作餘用若餘用如法治時六羣比丘皮作腰帶佛言不應畜皮作襌帶佛言不應畜比丘畜皮器佛言不應畜比丘畜皮帽佛言不應畜比丘作皮緊殊炭佛言不應畜比丘不拂拭革屣汙脚汙卧具佛言不應不拂拭革屣時比丘洗足已未乾便著革屣革屣濕爛壞佛言不應爾時比丘不數浣拭脚物諸

比丘見汙穢不喜佛言應浣彼浣已不捩不曬蟲生佛言應浣捩曬燥

第三分衣揵度法之一

爾時世尊在波羅奈國鹿野苑中時五比丘往世尊所頭面禮足却住一面五人白佛我等當持何等衣佛言聽持糞掃衣及十種衣拘舍衣劫貝衣欽跋羅衣芻摩衣叉摩衣舍㝹衣麻衣翅夷羅衣拘攝羅衣襯羅鉢尼衣如是十種衣應染作袈裟色持爾時比丘得冢間衣佛言聽畜爾時比丘得願衣佛言聽畜爾時比丘在道行去冢不遠見貴價糞掃衣畏慎不敢取佛言聽取爾時世尊在舍衛國時有大姓子出家於市中巷陌糞掃中拾弊故衣作僧伽棃畜時波斯匿王夫人見慈念心生取大價衣破之以不淨塗棄之於外爲比丘故比丘畏慎不敢取比丘白佛佛言若爲比丘者應取爾時有比丘大姓出家於市中巷陌廁上糞掃中拾弊故衣作僧伽棃畜時舍衛長者見心生慈愍以多好衣棄置巷陌若廁上爲比丘故使人守護不令人取時有諸比丘直視而行入村時守護衣人語言大德何不左右顧視也時比丘見畏慎不敢取諸比丘白佛佛言若爲比丘聽取爾時比丘塹中得死人衣畏慎白佛佛問言汝用何心取答言以糞掃衣取不以盜心取佛言不犯自今已去不應取坑塹中死人衣爾時有居士浣衣已曬置壁上時衲衣諸比丘見謂是糞掃衣便取時居士見語言莫取是我衣比丘言我謂是糞掃衣故取耳便放之而去彼比丘畏慎白佛佛言汝以何心取答言

糞掃衣取不以盜心取佛言無犯自今已去不應取在垣上若籬上壍中糞掃衣時有比丘於大官斷事處前有死人衣比丘取此人衣時大官勑旃陀羅取死人棄之旃陀羅言何不使取衣者棄之大官問言何人取衣答言是沙門釋子取諸比丘白佛佛言不應在斷事處取死人衣

爾時比丘在道行去冢不遠見未壞死人有衣即取而去死人即起語言大德莫持我衣去比丘言汝死人何處有衣故持去不止死人逐比丘至祇洹門外脚跌倒地餘比丘見問此比丘彼何所說比丘答言此死人我取其衣來諸比丘白佛佛言不應取未壞死人衣爾時有牧牛人以衣置頭上而眠時糞掃衣比丘見謂是死人彼作如是念世尊不聽比丘取未壞死人衣即取死人臂骨打此牧牛人頭破彼即起語言大德何故見打答言我向謂汝死牧牛人言汝不別我死生耶即打比丘次死諸比丘白佛佛言死人未壞不應打令壞時六羣比丘畜非衣作鉢囊革屣囊針筒畜錦文臥氈褥枕氍毹狚皮諸比丘白佛佛言不應以非衣作鉢囊及針筒不應畜錦文臥具氈褥枕氍毹狚皮爾時比丘冢間得錦文臥具氈褥枕諸比丘畏慎不敢取白佛佛言聽取用時有比丘冢間得伊梨延陀耄羅耄耄羅氍毹有畏慎不敢取白佛佛言聽取却皮却革著餘者用作地敷畜時有比丘於冢間得皮繩牀木牀獨坐牀白佛佛言聽取却皮十種衣中隨以何衣作聽畜爾時比丘在冢間得繩牀木牀獨坐牀有畏慎

不敢取白佛佛言聽取除二種繩皮繩髮繩餘者應畜時比丘在冢間得輦得蓋得步挽車畏慎不敢取白佛佛言聽取畜時比丘在冢間得瓶澡灌得杖扇畏慎不敢取白佛佛言聽取畜時有比丘在冢間得钁鉤刀鎌畏慎不敢取白佛佛言聽取畜時有比丘在冢間得錢自持來比丘白佛佛言不應取彼比丘須銅白佛佛言打破壞相然後得自持去時有比丘得牛嚼衣白佛佛言聽取用時有比丘得鼠嚙衣白佛佛言聽取用有比丘得燒衣白佛佛言聽取糞掃衣有十種牛嚼衣鼠嚙衣火燒衣月水衣産婦衣神廟中衣若鳥銜風吹離處者得取冢間衣求願衣受王職衣往還衣是謂十種糞掃衣

爾時拘薩羅國波斯匿王與摩竭提王阿闍世中間共鬪多人死時比丘欲往取死人衣白佛佛言聽往彼若有人先語取若無人輒取爾時阿闍世王與毗舍離梨奢中間共鬪多人死時比丘欲往取彼死人衣白佛佛言應往語然後取若無人輒自取爾時衆多居士於冢間脫衣聚置一處埋死人時糞掃衣比丘見謂是糞掃衣取之而去時諸居士見語言此是我衣莫持去比丘言我謂是糞掃衣即放地而去比丘畏慎白佛佛言以何心取答言以糞掃衣取不以盜心佛言不犯不應取大聚衣爾時衆多居士於冢間燒死人時糞掃衣比丘見烟已喚餘比丘共往冢間取糞掃衣去彼言可爾即共往至彼默然一處住時居士見即與比丘一貴價衣第二比丘言持來當共汝分彼言共阿誰分彼自與

我二人共諍諸比丘白佛佛言應還問居士此衣與誰若居士言隨所與者是彼衣彼若言不知若言俱與應作二分

爾時有比丘往冢間取糞掃衣遥見有糞掃衣一比丘即占言此是我衣第二比丘即走往取二人共諍各言是我衣諸比丘白佛佛言糞掃衣無主屬先取者時有二比丘俱往冢間取糞掃衣遥見有衣便占言是我衣二人俱走往取衣共諍各言是我衣比丘白佛佛言糞掃衣無主隨共取分作二分爾時有衆多居士載死人置冢間糞掃衣比丘見即語餘比丘言我曹今往取糞掃衣可多得彼比丘言汝等自去我不往比丘即疾往大得糞掃衣持來至僧伽藍中淨浣治彼比丘見語此比丘言汝作何事而不共我往取衣我往取衣大得來此比丘言持來共汝分答言汝不共我取云何共分二人共諍比丘白佛佛言屬彼往取者爾時有衆多糞掃衣比丘共期要往冢間取糞掃衣有二比丘得貴價衣餘比丘言持來共汝分彼答言我得此衣何故共汝分多人共諍比丘白佛佛言隨先要所得多少應共分爾時佛在舍衛國時諸居士祖父母父母死以旛蓋衣物裹祖父母父母塔糞掃衣比丘見剥取之諸居士見皆共譏嫌言沙門釋子無有慙愧盜取人物自言我知正法如今觀之何有正法我等爲祖父母父母起塔以旛蓋裹塔供養彼云何而自剥取如似故爲沙門釋子裹塔供養我等實爲祖父母父母以旛蓋裹覆塔供養諸比丘白佛佛言不得取如是物若風吹漂置餘

處若鳥銜去著餘處比丘見畏慎不敢取比丘白佛佛言若風吹水漂鳥銜著餘處聽取爾時比丘見有莊嚴供養塔衣即取取已畏慎比丘白佛佛言汝以何心取答言以糞掃衣取不以盜心佛言無犯不應取莊嚴供養塔衣

爾時世尊在王舍城時毗舍離有婬女字菴婆羅婆利形貌端正有欲共宿者與五十兩金晝亦與五十兩金時毗舍離以此婬女故四方人集於毗舍離時國法以爲觀望極好時王舍城諸大臣聞毗舍離有婬女字菴婆羅婆利形貌端正有欲共夜宿者與五十兩金晝亦爾時毗舍離以婬女故四方人集於毗舍離觀望極好時大臣往瓶沙王所白言大王當知毗舍離國有婬女字菴婆羅婆利形貌端正有欲共宿者與五十兩金晝亦如是以婬女故四方人集於毗舍離觀望極好王勑諸臣汝等何不於此亦安婬女時王舍城有童女字婆羅跋提端正無比勝於菴婆羅婆利時大臣即安置此婬女若有欲共宿者與百兩金晝亦如是時王舍城以婬女故四方人集於王舍城觀望極好時瓶沙王子字無畏與此婬女共宿遂便有身時婬女勑守門人言若有求見我者當語言我病後日月滿生一男兒顏貌端正時婬女即以白衣裹兒勑婢持棄著巷中婢即受勑抱往棄之時王子無畏清旦乘車往欲見王遣人除屏道路時王子遥見道中有白物即住車問傍人言此白物是何等答言此是小兒問言死活答言故活王子勑人抱取時王子無畏無

兒即抱還舍與乳母養之以活故即爲立字名耆婆童子王子所取故名童子後漸長大王子甚愛爾時王子喚耆婆童子來語言汝欲久在王家無有才伎不得空食王祿汝可學伎術答言當學耆婆自念我今當學何術現世得大財富而少事作是念已我今寧可學醫方可現世大得財富而少事念言誰當敎我學醫道時彼聞得叉尸羅國有醫姓阿提梨字賓迦羅極善醫道彼能敎我爾時耆婆童子即往彼國詣賓迦羅所白言我欲從師受學醫道當敎我彼答言可爾時耆婆童子從學醫術經七年已自念言我今習學醫術何當有已即往師所白言我今習學醫術何當有已時師即與一籠器及掘草之具汝可於得叉尸羅國面一由旬求覓諸草有非是藥者持來時耆婆童子即如師勑於得叉尸羅國面一由旬求覓非是藥者周竟不得非是藥者所見草木一切物善能分別知所用處無非藥者彼即空還往師所白如是言師今當知我於得叉尸羅國求非藥草面一由旬周竟不見非是藥者所見草本盡能分別所入用處師答耆婆言汝今可去醫道已成我於閻浮提中最爲第一我若死後次復有汝時耆婆自念我今先當治誰此國既小又在邊方我今寧可還本國始開醫道於是即還歸婆伽陀城婆伽陀城中有大長者其婦十二年中常患頭痛衆醫治之而不能瘥時耆婆聞之即往其家語守門人言白汝長者有醫在門外時守門人即入白門外有醫長者婦問言醫形貌何似答言是年少彼自

念言老宿諸醫治之不瘥況復年少即勑守門人語言我今不須醫守門人即出語言我已爲汝白長者婦長者婦言今不須醫耆婆復言汝可白汝長者婦但聽我治若瘥者隨意與我物時守門人復白之醫作如是言但聽我治若瘥隨意與我物長者婦聞已自念言若如是無所損勑守門人喚入時耆婆入詣長者婦所問言何所患苦答言患如是如是復問病從何起答言從如是如是起復問病來久近答言病來爾許時彼問已語言我能治汝彼即取好藥以酥煎之灌長者婦鼻病者口中酥唾俱出時病人即取器承之酥便收取唾別棄之時耆婆童子見已心懷愁惱如是少酥不淨猶尚慳惜況能報我病者見已問耆婆言汝愁惱耶答言實爾問言何故愁惱答言我自念言此少酥不淨猶尚慳惜況能報我以是故愁耳長者婦答言爲家不易棄之何益可用然燈是故收取汝但治病何憂如是彼即治之後病得瘥時長者婦與四十萬兩金幷奴婢車馬時耆婆得此物已還王舍城詣無畏王子門語守門人言汝往白王言耆婆在外守門人即入白王王勑守門人喚入耆婆入已前頭面禮已在一面住以前因緣具白無畏王子言以今所得物盡用上王王子言且止不須便爲供養已汝自用之此是耆婆童子最初治病

四分律藏卷第三十九

音釋

耄莫報切 擿他歷切挑也 剗初眼切削也 褰去乾切摳衣也 獺他逹切 狸理之切 狚當割切獸名 裄展呂切與貯同 牸音字牝牛也 鞔謨官切覆也 幞房王切帊也 鍵鍩梵語也此云淺鐵鉢今呼為鐼子鍵音虔鍩音咨鐼音訓 鞮都奚切 韈望發切足衣也 捩練結切紾也 嚫初覲切 鎌力鹽切

四分律藏卷第四十

姚秦三藏佛陀耶舍共竺佛念譯

第三分衣揵度法之二

爾時瓶沙王患大便道中血出諸侍女見皆共笑言王今所患如我女人時王瓶沙聞已慙愧即喚無畏王子言我今有如是病汝可爲我覓醫即答王言有耆婆童子善於醫道能治王病王言喚來無畏王子喚耆婆來問言汝能治王病不答言能治若能治汝可往治之時耆婆童子往瓶沙王所前禮王足却住一面問王言何所患苦王答言病如是如是復問病從何起王答言從如是如是起復問患來久近王言患來爾許時如此問已答言能治時即取鐵槽盛滿煖水語瓶沙王言入此水中王即入水語王坐水中王即坐語王卧水中王即卧時耆婆以水灑王而呪之王即睡疾疾却水即取利刀破王所苦處淨洗瘡已持好藥塗藥塗竟病除瘡愈其處毛生與無瘡處不別即復還滿槽水以水灑王而呪之王即覺王言可治我病答言我已治竟王言善治不答言善治王即以手捫摸看亦不知瘡處王即問言汝云何治病乃使無有瘡處耆婆報言我治病寧可令有瘡處耶時王即集諸侍女作如是言耆婆醫大利益我有念我者當大與財寶時諸侍女即取種種瓔珞臂脚釧及覆形密寶形外寶錢及金摩尼眞珠毗瑠璃貝玉玻瓈積爲大聚時王喚耆婆來語言汝治我病瘥以此物報恩耆婆言大王且止便爲供養已我爲無畏王子故治王病王言汝不得治餘人病唯治我病

佛及比丘僧宮內人此是耆婆童子第二治病也

爾時王舍城有長者常患頭痛無有醫能治者時有一醫語長者言却後七年當死或有言六年或言五年乃至一年當死者或有醫言七月後當死或言六月乃至一月當死或有言過七日後當死者時長者自往耆婆童子所語言爲我治病當雇汝百千兩金答言不能復重語言與汝二百三百四百千兩金答言不能復言當與汝作奴家業一切亦皆屬汝耆婆言我不以財寶少故不能治汝以王瓶沙先勑我言汝唯治我病佛及比丘僧宮中人不得治餘人是故不能以今可往白王時彼長者即往白王言我今有病願王聽耆婆治我病時王即喚耆婆語言王舍城中有長者病汝能治不答言能治汝若能者可往治爾時耆婆即往長者家語言何所患苦答言所患如是如是復問言從何而起答言從如是起問言得來久近答言病來爾許時問已語言我能治汝爾時耆婆即與鹹食令渴飲酒令醉繫其身在牀集其親里取利刀破頭開頂骨示其親里蟲滿頭中此是病也耆婆語諸人言如先醫言七年後當死彼作是意七年已後腦盡當死彼醫如是爲不善見或言六五四三二年一年當死者彼作是意腦盡當死彼亦不善見或言七月乃至一月當死者彼亦不善見有言七日當死者彼作是意言腦盡當死彼爲善見若今不治過七日腦盡當死時耆婆淨除頭中病已以酥蜜置滿頭中已還合髑髏縫之以好藥塗即

時病除肉满還復毛生與無瘡處不異耆婆語言汝憶先要不答言憶我先有此要當爲汝作奴家業一切悉當屬汝耆婆言且止長者便爲供養已還用初語時彼長者即與四十萬兩金耆婆以百千兩上王百千兩與父二百千兩自入此是耆婆第三治病

爾時拘睒彌國有長者子輪上嬉戲腸結腹内食飲不消亦不得出彼國無能治者彼聞摩竭國有大醫善能治病即遣使白王拘睒彌長者子病耆婆能治願王遣來時缾沙王喚耆婆問言拘睒彌長者子病汝能治不答言能若能汝可往治之時耆婆童子乘車詣拘睒彌耆婆始至長者子亦死妓樂送出耆婆聞聲即問言此是何等妓樂鼓聲傍人答言是汝所爲來長者子已死是彼妓樂音聲耆婆童子善能分別一切音聲即言語使迴還此非死人語已即便迴還時耆婆童子即下車取利刀破腹披腸結處示其父母諸親語言此是輪上嬉戲使腸結如是食飲不消非是死也即爲解腸還復本處縫皮肉合以好藥塗之瘡即愈毛還生與無瘡處不異時長者子即報耆婆四十萬兩金婦亦與四十萬兩金長者父母亦爾各與四十萬兩金是耆婆童子第四治病

爾時尉禪國王波羅殊提王十二年中常患頭痛無有醫能治者彼聞缾沙王有好醫善能治病即遣使白王我今有病耆婆能治願遣來爲我治之時王即喚耆婆問言汝能治波羅殊提病不答言能汝可往治之王語言彼王從蝎中來汝好自護莫自斷命答言爾

時耆婆童子往尉禪國至波羅殊提所禮足已在一面住即問王言何所患苦答言如是如是病問言病從何起答言從如是如是起問言病來久近答言病來爾許時次第問已語言我能治王言若以酥若雜酥爲藥我不能服若與我雜酥藥我當殺汝是病餘藥不治唯酥則除耆婆童子即設方便語王言我等醫法治病朝晡晨夜隨意出入王語耆婆聽隨意出入復白王言若須貴藥當得急乘騎願王聽給疾者是時王即給日行五十由旬駝即與王鹹食令食於屏處煎酥爲藥作水色水味已持與王母語言王若眠覺渴須水時可持此與飲之持水與王母已即乘五十由旬駝而去時王眠覺渴須水母即持此水藥與之藥欲消時覺有酥氣王言耆婆與我酥飲是我怨家何能治我急往覓來即往耆婆住處覓之不得問守門人言耆婆所在答言乘五十由旬駝而去王益怖懼以酥飲我是我怨家何能治我時王有一健步名曰烏日行六十由旬即喚來王語言汝能追耆婆童子不答言能汝可往喚來王言彼耆婆大知伎術莫食其食或與汝非藥答言爾受王敎耆婆童子去至中道不復畏懼便住作食時健步烏得及耆婆語耆婆言王波羅殊提喚汝即言當去耆婆與烏食不肯食時耆婆自食一阿摩勒果留半飲一器水復留半爪下安非藥沉著水果中語烏言我已食半果飲半水餘有半果半水汝可食之烏即念言彼自食半果飲半水留半與我此中必當無有非藥即食半果飲半水已便患嚏不復

能去復取藥著鳥前語言汝某時某時服此藥當瘥耆婆童子即便乘行五十由旬馳復前去後王與鳥所患俱瘥波羅殊提王遣使喚耆婆語言汝已治我病瘥可來汝在彼國所得少多我當加倍與汝耆婆言且止毛便爲供養已我爲缾沙王故治王病時波羅殊提送一貴價衣價直半國語耆婆言汝不肯來今與汝此衣以用相報此是耆婆第五治病

爾時世尊患水語阿難言我患水欲得除去時阿難聞世尊言往王舍城至耆婆所語言如來患水欲得除之爾時耆婆與阿難俱往佛所頭面禮足却住一面白佛言如來患水耶佛言如是耆婆我欲除之白佛言欲須幾下答言須三十下時耆婆與阿難俱往王舍城取三把優鉢華還詣其家取一把華以藥熏之并復呪説如來嗅此可得十下復取第二把華以藥熏之并呪説嗅之復可得十下復取第三把華以藥熏之并復呪説嗅之可得九下復飲一掌煖水足得一下風即隨順以三把華置阿難手中時阿難持華出王舍城詣世尊所持一把華授與世尊如來嗅之可得十下復授第二把更得十下第三把復得九下爾時耆婆忘語阿難與佛煖水爾時世尊知耆婆心所念即喚阿難取煖水來爾時阿難聞世尊教即取煖水與佛佛即飲一掌煖水患即消除風亦隨順

爾時王缾沙聞佛有患與八萬四千人俱前後導從詣世尊所問訊世尊頭面禮足却坐一面時優填王聞世尊患亦將七萬人俱波

羅殊提王與六萬人俱梵施王與五萬人俱波斯匿王與四萬人俱末利夫人梨師達多富羅那四大天王及諸營從釋提桓因與忉利諸天俱炎天子與炎天俱兜率天子與兜率諸天俱化樂天與化樂諸天俱他化自在天與他化自在天俱梵天與梵天俱摩醯首羅天子與摩醯首羅諸天俱往世尊所頭面禮足却住一面時舍利弗聞世尊病與五百比丘俱往世尊所頭面禮足却住一面爾時摩訶波闍波提比丘尼聞世尊病與五百比丘尼俱阿難賓坻與五百優婆塞俱毗舍佉母與五百優婆夷俱詣世尊所頭面禮足問訊世尊時提婆達多聞世尊病詣世尊所頭面禮足却住一面爾時提婆達多見世尊前四部衆會作如是念我今寧可服藥如佛令四部衆來問訊我即往耆婆所語言我欲服佛所服藥汝可與我藥耆婆言世尊所服此藥名那羅延此藥非是餘人所服除轉輪王成就菩薩如來乃能服之提婆達多語言若不與我我當害汝爾時耆婆畏奪命故即便與之提婆達多以服此藥故即得重病身心俱苦獨有一已更無餘人亦無親厚作如是念如我今日無有救者唯有如來

爾時世尊知提婆達心念從耆闍崛山身出施樂光明以照提婆達多使一切苦痛即得休息爾時提婆達多病差未久往王舍城巷陌唱令太子悉達多捨轉輪王出家爲道今行醫藥自活何以知之適治我病差故知時諸比丘聞有少欲知足行頭陀樂學戒知慙愧者嫌責提婆達多如來慈愍而更無反復

爾時比丘往世尊所頭面禮足已白佛言未曾有世尊慈愍提婆達多而更無反復佛告諸比丘言非適今日慈愍提婆達多而無反復何以故乃過去世時有王名一切施作閻浮提王時閻浮提國土平博人民熾盛豐樂無比時閻浮提有八萬四千城有五千億聚落有六萬邊城爾時有病人詣一切施王所白王言我今無有救唯有王耳

爾時王集閻浮提諸醫示此病人王問諸醫如此病人當須何藥諸醫看病已白王言如此病人非常人所能與藥唯有成就菩薩能與藥耳王問爲須何藥醫言此病人若得慈心菩薩生肉生血食之二十九日乃得差一切施王心念言生死長遠輪轉無際受諸苦惱或墮地獄餓鬼畜生截脚截手截耳截鼻挑眼斫頭竟何所益即以國付囑諸臣入內靜處思四無量行爾時一切施王即取利刀割髀裏肉血使人送與病者如是經二十九日後王問使人病人云何答王言已差王言將來看之時即爲病人洗浴與新衣著將詣王所王問言汝病云何答言已差王言汝隨意去時彼人出門右脚蹴地血出餘人見之問言男子汝脚何故血出耶即言彼非法王弊惡王非法婬著王貪著樂邪見王於彼門中脚蹴門閫使我脚壞血出如是彼諸人言未曾有無反復人一切施王二十九日以身血肉治令得差而於王所無有反復佛告諸比丘爾時一切施王我身是時病人者今提婆達多是我前世時慈心愍之而無反復今亦如是無有反復爾時世尊爲提婆達多故

說此偈言

一切諸山海　我不以爲重　其無反復者
我以此爲重　無有反復報　癩病惡病苦
或受白癩病　無反復如是

是故諸比丘應念報恩應存反復當如是學

爾時耆婆童子瞻視世尊病者吐下湯藥及野鳥肉得差是爲耆婆童子第六治病

時耆婆童子於異時持一領貴價衣往世尊所頭面禮足却住一面白世尊言我若治國王若治大臣或得一國土或得一聚落唯世尊當與我願佛言我已過於願不與人願耆婆復言願與我清淨願佛言求何等清淨願答言我此貴價衣從王波羅殊提間得價直半國願世尊哀愍故爲我受白佛已去願聽諸比丘欲著檀越施衣欲著糞掃衣者隨意著爾時世尊默然可之時耆婆童子得世尊可已即持金澡瓶水洗佛手持此大貴價衣上佛佛慈愍故爲受之耆婆童子頭面禮足却坐一面佛爲種種說法令得歡喜前禮佛已還去時世尊以此因緣集比丘僧爲諸比丘隨順說法以無數方便讚歎頭陀攝持威儀少欲知足有智慧樂於出離者告諸比丘此衣貴價衣中第一如牛出乳乳中出酪酪中出生酥生酥中出熟酥熟酥出醍醐最精第一此衣如是衆多衣中最爲第一自今已去聽諸比丘隨意著檀越施衣糞掃衣爾時瓶沙王聞佛聽諸比丘畜檀越施衣即持所著貴價欽婆羅衣送與比丘諸比丘不受言佛未聽我曹畜大價衣諸比丘白佛佛言自今已去聽畜貴價欽婆羅衣後復遣人送王

所著貴價氍氀諸比丘不敢受佛未聽我曹
畜貴價氍氀諸比丘白佛佛言自今已去聽
畜爾時六羣比丘畜廣大長毛氍氀諸比丘
以此事白佛佛言不應畜佛言自今已去聽
諸比丘畜氍氀廣三肘長五肘毛長三指者
應淨施畜
爾時耆婆童子聞佛聽諸比丘畜檀越施衣
即遣人送王所著短毛氍氀與諸比丘諸比
丘不敢受佛未聽我畜短毛氍氀諸比丘往
白佛佛言自今已去聽畜爾時王舍城諸優
婆塞聞佛聽諸比丘畜檀越施衣即遣人大
送種種好衣與諸比丘諸比丘不知當云何
往白佛佛言聽分不知云何分佛言當數人
多少若十人爲十分若乃至百人爲百分分
衣時好惡相参時彼分衣者輙自取分佛言
不應自取分應使異人分使異人取分彼自
取分佛言不應自取當擲籌分彼比丘自擲
籌佛言不應自分擲籌聽不見者擲籌時有
王所著大貴價衣不可分佛言聽截破分自
今已去聽以刀截衣爾時比丘得未浣衣佛
言聽自浣若使人浣時須浣器佛言聽畜浣
器若無浣板聽畜板若須剪刀聽畜
爾時世尊出王舍城南方人間遊行中道見
有田善能作事畦畔齊整見已告阿難汝見
此田不答言已見世尊佛問阿難汝能爲諸
比丘作如是衣法不答言能佛語阿難汝往
教諸比丘時阿難從彼還王舍城教諸比丘
作如是割截衣此是長條此是短條此是葉
此第一縫此第二縫此是中縫此條葉兩向
時王舍城多著割截衣爾時世尊南方人間

遊行已還王舍城見諸比丘多著割截衣告
言阿難聰明大智慧我爲略說而能廣解義
過去諸如來無所著佛弟子著如是衣如我
今日未來世如來無所著佛弟子著如是衣
如我今日刀截成沙門衣不爲怨賊所劫從
今日已去聽諸比丘作割截安陀羅會鬱多
羅僧僧伽棃時諸比丘作割截安陀羅會襯
體著葉邊速破壓垢入葉内自今已去聽作
不割截安陀羅會諸比丘著割截鬱多羅僧
僧伽棃葉邊速破壓垢入内露濕佛言自今
已去聽著割截鬱多羅僧僧伽棃聽葉作鳥
足縫若編葉邊若作馬齒縫諸比丘不知當
作幾條衣佛言應五條不應六條應七條不
應八條應九條不應十條乃至十九條不應
二十條若能過是條數不應畜

爾時比丘反襵著涅槃僧入白衣舍解脱露
形諸比丘白佛佛言不應爾聽作帶著時六
羣比丘畜上色帶佛言不應畜諸比丘以錦
作佛言不應錦作諸比丘畜白帶佛言不應
以白作佛言聽畜袈裟色帶爾時六羣比丘
作廣長腰帶諸比丘白佛佛言不應作聽作
廣三指遶腰三周若得已作者應作二疊三
疊四疊若三四疊亂聽縫合若短者聽作繩
續若帶細輭數結速斷應安紐若玦諸比丘
用寶作佛言不應用寶若用骨若用牙若角
若鐵若銅若白鑞若鈆錫若線若木若胡膠
作不知云何安玦佛言以帛線若穿孔著時
諸比丘帶斷壞聽補治復不知云何補治佛
言若重線更縫若邊壞聽線編若帶頭鬚壞
聽更以縫續若縫爾時比丘不繫僧祇支入

聚落行使衣墮形露佛言不應不繫衣入聚落聽安帶若縫爾時舍利弗入白衣舍患風吹割截衣墮肩諸比丘白佛佛言聽角頭安鉤紐

爾時世尊在王舍城與千二百五十比丘俱人間遊行爾時比丘多持衣或頭戴或肩擔或帶著腰中時有比丘字伽梵婆提詣恒水邊佛欲渡處即以神力斷水時佛渡水已見諸比丘多持衣或頭戴或肩擔或帶著腰中見已念言此諸比丘多持衣如是我寧可爲諸比丘制衣多少令有齊限若過不應畜爾時世尊從婆闍國人間遊行詣毗舍離爾時菴婆羅婆提聞佛與千二百五十比丘俱人間遊行來詣毗舍離即乘車往世尊所遥見世尊相好端嚴恭敬歡喜即時下車往詣佛所頭面禮足却住一面爾時世尊爲說法勸化令得歡喜聞佛說法已踊躍歡喜白佛言唯願世尊受我明日請食并比丘僧在我園一宿時世尊默然許可彼知佛許已頭面禮足遶佛而去

爾時世尊住毗舍離在菴婆羅園中諸梨奢聞佛與千二百五十弟子人間遊行來詣毗舍離著種種衣服瓔珞乘種種車往迎世尊諸梨奢或有著紺色瓔珞衣服乘紺色車馬紺色侍從紺色刀鉾旛蓋紺色珠毛拂青黄赤白黒車馬侍從嚴飾亦復如是如是有五百梨奢詣世尊所時菴婆羅婆提迎佛還道遇諸梨奢亦不避道車蓋相突時梨奢中有耆老者語菴婆羅婆提言汝何故不避道共相逼斥車蓋相突耶婆提答言所以爾者我

請佛及僧在我園宿心在於佛無有餘意也梨奢語言我與汝百千兩金聽佛受我請供養答言我已請佛及僧止宿我園云何當捨黎奢復言我與汝二百千兩金乃至十六百千聽世尊受我供養飲食答言不能梨奢復言以半國財物與汝聽佛受我請供養飲食答言設與我全毗舍離國者我亦不捨何以故我以請佛及僧在園供養爾時五百梨奢振手瞋恨菴婆羅婆提言捐棄我等即乘車詣菴婆羅園

爾時世尊在彼園中與無數衆圍遶說法遥見五百諸梨奢來告諸比丘其有比丘不見忉利諸天出遊時當觀此諸梨奢忉利諸天欲出遊時與此無異佛告諸比丘順汝心念攝持威儀此是我教云何比丘順汝心念若比丘觀内身身意止精勤攝持念不散亂調伏貪嫉世間憂惱觀外身身意止精勤攝持念不散亂調伏貪嫉世間憂惱觀内外身觀受意法亦如是如是比丘得正心念云何攝持威儀比丘若出若入屈伸俯仰執持衣鉢若飲若食若服藥大小便利若眠若覺若來若去若坐若住若睡若覺若語若默常爾一心是謂比丘攝持威儀爾時毗舍離五百梨奢至車所住處便下車詣世尊所頭面禮足却坐一面五百梨奢在佛邊無復威神唯佛世尊在大衆中光明威德最勝無比猶若秋天無有雲翳日行虚空威曜無比如是世尊在五百梨奢中神德名稱顔貌無比爾時衆中有婆羅門字賓耆羊毙此婆羅門從座起偏露右肩右膝著地白佛言我欲有所說佛

言聽汝所說此婆羅門即於佛前說偈讚佛
摩竭王得善利　鴦伽王持珠鎧
其有佛出此國　聲震動如雪山
如蓮華香潔　開張香氣勝　今觀佛光曜
如日之初出　如月行虛空　無有諸雲翳
如是佛世尊　光顯於世間　觀佛之智慧
如闇然大火　施衆以明眼　決了諸疑惑
爾時諸梨奢語婆羅門言汝可重說此偈時
婆羅門即再三說此偈時諸梨奢以其善讚
偈故即與五百領衣時婆羅門得此衣已即
用上佛言願佛哀愍故而爲受之爾時世尊
告諸梨奢世間有五種寶難得何等五一者
佛世尊出於世間此寶難得佛出世間聞佛
說法爲人說者此寶難得佛出世間爲人說
法聞法信解者此寶難得佛出世間聞佛說
法如法而行此寶難得得信樂者此寶難得
是爲五寶世間難得
爾時五百梨奢聞佛種種方便說法開化極
大歡喜白佛言願明旦受我請與比丘僧俱
佛言我已受菴婆羅婆提請時五百梨奢振
手而言菴婆羅婆提捐棄我等即從座起前
禮佛足遶已而去爾時菴婆羅婆提還家辦
具種種多美飲食明日往白時到世尊清旦
著衣持鉢與比丘僧千二百五十人俱往菴
婆羅婆提家就座而坐時婆提飯佛及比丘
僧種種多美飲食飲食足已置鉢於地持金
澡瓶水洗佛手前白佛言毗舍離國有諸園
觀此最第一今奉世尊在中住止唯願哀愍
見爲受之佛告言汝可奉佛及四方僧何以
故若佛園園物若房舍房舍物若鉢若衣若

坐具針筒如佛塔廟一切世間諸天龍神梵天沙門婆羅門諸天及人無有能用者婆提言今以上佛及四方僧願爲受之時佛哀愍故爲呪願受之

若爲作寺廟　種植諸果樹　橋船以度人
曠野施水果　兼復施屋舍　如是之人輩
日夜福增長　如法能持戒　彼人向善道

時婆提更取小牀於一面坐時世尊爲說種種法令大歡喜即於座上諸垢消除得法眼淨見法得法已成果證白佛言自今已去歸依佛法僧作優婆私從今已去不殺生乃至不飲酒時婆提聞佛種種方便說法極大歡喜從坐起禮佛足而去爾時世尊在淨處思惟心自念言諸比丘在道路行多擔衣有頭上戴或有肩上擔或有帶著腰中見已作如是念寧可爲諸比丘制衣多少過不得畜時世尊初夜在露地坐著一衣至中夜覺身寒即著第二衣至後夜覺身寒著第三衣時世尊作如是念當來世善男子不忍寒者聽畜三衣足我聽諸比丘畜三衣不得過夜過巳世尊以此事集比丘僧告言我在靜處思惟諸比丘在道行大擔衣或頭上戴肩上擔帶著腰中見已作如是念我寧可制衣多少過者不得畜我於初夜在路地坐著一衣至中夜覺寒著第二衣至後夜覺寒著第三衣我作如是念當來善男子不忍寒者畜三衣足我寧可制諸比丘畜三衣若過不得畜自今已去聽諸比丘畜三衣不得過畜爾時異住處四方僧得貴價僧伽梨作卧具諸比丘不知云何白佛佛言應持貿易餘物隨處用不

知使誰貿易白佛佛言聽比丘貿易若使守僧伽藍人若沙彌優婆塞易若施主自易隨處用時世尊在跋提國有比丘得芻摩衣白佛佛言聽畜有比丘得羅睺𠲿衣白佛佛言聽畜有比丘得阿𠲿睺多衣白佛佛言聽時六羣比丘畜上色染衣佛言不應畜時六羣比丘畜上色錦衣佛言不應畜錦衣白衣不應畜應染作袈裟色畜時六羣比丘著不截鬚衣佛言不應畜有六羣比丘錦作衣鬚佛言不應畜六羣比丘畜頗那陀施衣佛言不應畜如是癡人隨我所制更作餘衣時世尊在波羅奈國有檀越送食諸佛常法若不往食在後案行房舍案行房舍時見有比丘舒僧伽棃在地欲安葉見已往比丘所語言汝何故舒衣在地比丘言欲使裏相著外有

安葉現佛言善哉善哉比丘如汝所作時諸比丘食還世尊以此因緣集比丘僧告言汝諸比丘食後我案行房舍見有比丘舒僧伽棃在地欲安葉見已往比丘所語言汝何故舒衣在地比丘言欲使裏相著外有葉現我即讚歎善哉善哉如汝所作自今已去聽諸比丘作新衣一重安陀會一重鬱多羅僧二重僧伽棃若故衣聽二重安陀會二重鬱多羅僧四重僧伽棃若糞掃衣隨意多少重數爾時世尊在曠野國時衆僧得善顯現衣佛言聽畜得錦衣佛言不聽畜諸比丘得𣯨𣰆佛言聽畜爾時世尊在跋耆國人間遊行往失守摩羅山至恐畏林鹿野苑中住時有菩提王子作新殿堂未有沙門婆羅門一切人坐者爾時王子聞佛從跋耆國人間遊行往

失守摩羅山恐畏林鹿野苑中住即遣人喚薩闍婆羅門子語言汝持我名往佛所頭面禮足問訊世尊起居輕利少病少惱住止安樂如是白佛願佛及僧受我請食我造新殿堂未有沙門婆羅門一切人民坐者願佛先坐然後菩提王子坐得福無量時薩闍婆羅門子禮王子足已往世尊所敬問訊已却坐一面白世尊言菩提王子稽首世尊足下問訊起居輕利少病少惱住止安樂如是白佛願佛及僧受我請食我造新殿堂未有沙門婆羅門一切人民坐者願佛先坐然後王子坐得福無量時世尊默然許可時薩闍婆羅門子聞佛許可已從坐起遶佛而去還菩提王子所白如是言沙門瞿曇我已白竟默然許可今正是時時王子即設種種美食夜過已明日掃灑殿堂布好新衣從階至殿時至遣人白佛時到世尊著衣持鉢與千二百五十比丘僧俱詣菩提王子家時王子至外門裏迎佛遥見佛來前頭面禮足已隨侍佛後如順教弟子世尊入王子堂前默然而立王子言願佛在衣上行上殿令我得福安樂王子第二第三如是白世尊世尊默然時世尊顧視阿難阿難知佛不欲蹋新衣上行爲利益後衆生故阿難語王子言可攝此衣如來不欲在上行爲利益後衆生故時王子疾疾却衣已白佛言願佛上殿令我得福時佛即上殿就座而坐時王子飯佛及僧種種多美飲食食已捨鉢取一小牀在一面坐時世尊種種方便爲王子說法已從座而去還本住處以此因緣集比丘僧告言若大價衣布地

不應在上行若行如法治爾時比丘房舍多塵土佛言聽灑掃灑掃已故復有塵佛言聽以泥漿汙灑若故有塵伊梨延陀毳羅毳毳羅毛毾氍氀十種衣中若一一衣作地敷

爾時世尊在舍衛國王波斯匿有異母信樂佛法以王所著大價錦衣施四方僧已便命過時比丘用作地敷有諸不信樂大臣至僧伽藍中觀看見比丘以王所著大價錦衣作地敷見已皆共譏嫌言沙門釋子不知猒足多貪畜遺餘自言我知正法如是觀之何有正法以王所著大價衣用作地敷檀越雖施受者當知足諸比丘白佛佛言不應以王所著大價衣作地敷自今已去聽用作卧褥坐褥作枕作覆上衣爾時比丘裹頭至佛所白言大德此是頭陀端嚴法願佛聽佛言比丘

不得裹頭是白衣法若裹頭如法治時諸比丘頭冷痛白佛佛言聽以毳若結貝作帽裹頭爾時比丘誕陀盧多梨著衣往佛所白言此是頭陀端嚴法願佛聽佛言不得如是著衣除僧伽藍內此是白衣法若如是著衣如法治爾時比丘著一衣往佛所白佛言此是頭陀端嚴法願佛聽佛言不應著一衣除大小便處此是白衣法若著如法治爾時比丘著串頭衣往佛所白言此是頭陀端嚴法願佛聽佛言不應著此衣是白衣法若著如法治爾時比丘著襖往世尊所白言此是頭陀端嚴法願佛聽佛言不應著此是白衣法若著如法治爾時比丘著皮衣往佛所白言此是頭陀端嚴法願佛聽佛言不應著此是白衣法若著如法治爾時比丘著褶往佛所白

言此是頭陀端嚴法願佛聽佛言不應著此是白衣法若著如法治爾時比丘著袴往佛所白言此是頭陀端嚴法願佛聽佛言不應著此是白衣法若著如法治爾時比丘著行縢往佛所白言此是頭陀端嚴法願佛聽佛言不應著此是白衣法若著如法治爾時比丘著蒲草行縢往佛所白言此是頭陀端嚴法願佛聽佛言不應著此是白衣法若著如法治佛語比丘汝癡人避我所制更作餘事如是一切白衣之法不得著時諸比丘假作編髮螺髻來詣佛所白言此是頭陀端嚴法願佛聽佛言不應爾此是外道法若作如是如法治爾時有比丘持木鉢往佛所白言此是頭陀端嚴法願佛聽佛言不應持如是鉢此是外道法若畜如法治爾時比丘持鉢樓（三奇杖倒拄地持鉢置中上安横串衆物肩荷而行故名鉢樓）往佛所白言此是頭陀端嚴法願佛聽佛言此是外道法不應持若畜如法治爾時比丘著繡手衣往佛所白言此是頭陀端嚴法願佛聽佛言不應著此是外道法若畜如法治爾時比丘著草衣往佛所白言此是頭陀端嚴法願佛聽佛言不應著此是外道法若著如法治如是衣若草衣裟婆草衣樹皮衣樹葉衣珠瓔珞衣如是一切衣不得畜若畜如法治爾時比丘著外道皮衣往佛所白言此是頭陀端嚴法願佛聽佛言不應著若著如法治爾時比丘著鵄毛衣往佛所白言此是頭陀端嚴法願佛聽佛言不應著此是外道法若畜如法治爾時比丘著人髮欽婆羅衣往佛所白言此是頭陀端嚴法願佛聽佛言不應著此是

外道法若著偷蘭遮爾時比丘著馬尾犛牛尾欽婆羅衣往佛所白佛言此是頭陀端嚴法願佛聽佛言不應著此是外道法若著如法治爾時比丘露身往佛所白言此是頭陀端嚴法願佛聽佛言不應爾此是外道法若露身偷蘭遮佛言如是癡人避我所制復更作餘事如是一切外道法不應作

爾時有比丘住處現前僧大得可分衣物諸比丘不知云何往白佛佛言聽分復不知云何分佛言應數人多少若十人若二十人乃至百人爲百分若有好惡聽相參分彼便自取分佛言不應自取分應擲籌分彼便自擲籌佛言不應自擲籌應使不見者擲籌時分物時有客比丘來佛言應與分作分竟有客比丘來應與分未擲籌時來應與分擲籌時來應與分擲籌竟來不應與分歡喜受分已有客比丘來不與分若有餘更分竟來不應與分若已與沙彌使人分已來不應與分比丘分衣時有客比丘數數來分衣疲極應差一人令分白二羯磨如是與衆中差有堪能羯磨者若上座若次座若誦律不誦律能羯磨者作如是白大德僧聽此住處若衣若非衣現前僧應分若僧時到僧忍聽與某甲比丘彼當與僧如是白大德僧聽此住處若衣若非衣現前僧應分僧今與某甲比丘彼比丘當與僧誰諸長老忍此住處若衣若非衣現前僧應分僧與某甲比丘彼某甲比丘當與僧者默然誰不忍者說僧已忍與某甲比丘彼某甲當與僧竟僧忍默然故是事如是持

爾時比丘得婆輸伽衣白佛佛言聽畜諸比丘患寒白佛佛言聽著複貯衣爾時有異住處一比丘住時現前僧大得僧可分衣諸比丘不知云何白佛佛言若比丘在異住處有一比丘住大得現前僧可分衣若有客比丘來若四人若過四人應持衣與一比丘令白二羯磨分若有三人應彼此共三語受共分若二人共三語受共分若一人應心念口言此是我分

爾時有住處有比丘有比丘想欲別部分衣諸比丘不知成分不成分白佛佛言不成分得突吉羅爾時有住處有比丘疑別部分衣諸比丘不知成分不成分白佛佛言不成分得突吉羅爾時有住處有比丘作無比丘想別部分衣比丘不知成分不成分白佛佛言不成分不犯爾時有住處無比丘有比丘想分衣諸比丘不知成分不成分白佛佛言成分得突吉羅爾時有住處無比丘有疑分衣不知成分不成分白佛佛言成分得突吉羅爾時住處無比丘無比丘想分衣諸比丘不知成分不成分白佛佛言成分衣無犯

爾時有住處有比丘有比丘想別部受衣諸比丘不知成受衣不白佛佛言不成受衣得突吉羅爾時有住處有比丘疑別部受衣諸比丘白佛佛言不成受得突吉羅爾時有住處有比丘無比丘想別部受衣諸比丘不知成受不白佛佛言不成受不犯爾時住處無比丘有比丘想受衣諸比丘不知成受不白佛佛言成受得突吉羅爾時住處無比丘疑受衣諸比丘不知成受衣不白佛佛言成受

得突吉羅爾時住處無比丘無比丘想受衣

諸比丘不知成受不白佛佛言成受無犯

四分律藏卷第四十

音釋

釧 尺絹切鋜釧也　啑 都計切　坻 直尼切　髀 步米切股也　畦 户圭切畦畛田閒陌也　襵 之涉切襵摺也　紐 女久切結也　玦 古穴切環玦也　鉾 音牟矛同　幬 直由切帳也　褶 音習裌衣也　袴 苦故切脛衣也　行縢 縢徒登切行縢脚纏也　複 音福重也

四分律藏卷第四十一

姚秦三藏佛陀耶舍共竺佛念譯

第三分衣揵度法之三

爾時舍衛國有多知識比丘死有多僧伽藍多有屬僧伽藍園田果樹有多別房多屬別房物有多銅瓶銅瓫斧鑿燈臺多諸重物多有繩牀木牀卧褥坐褥枕多畜伊梨延陀耄羅耄耄羅氍氀多有守僧伽藍人多有車轝多有澡罐錫杖扇多有鐵作器木作器陶作器皮作器剃髮刀竹作器多衣鉢尼師壇針筒諸比丘不知云何白佛佛言多知識無知識一切屬僧諸比丘分僧園田果樹佛言不應分屬四方僧彼分別房及屬別房物佛言不應分屬四方僧彼分銅缾銅盆斧鑿及諸種種重物白佛佛言不應分屬四方僧彼分繩牀木牀坐褥卧褥枕佛言不應分屬四方僧彼分伊梨延陀耄羅耄耄羅氍氀佛言不應分屬四方僧自今已去聽諸比丘氍氀廣三肘長五肘毛長三指現前僧應分彼分車轝守僧伽藍人佛言不應分屬四方僧彼分水瓶澡罐錫杖扇佛言不應分屬四方僧彼分鐵作器木作器陶作器皮作器竹作器佛言不應分屬四方僧自今已去聽分剃刀衣鉢坐具針筒彼分俱夜羅器現前僧應分爾時有異住處二部僧多得可分衣物時比丘僧多比丘尼僧少諸比丘不知云何白佛佛言應分作二分時無比丘尼純式叉摩那應分作二分時無比丘尼無式叉摩那純沙彌尼佛言應分作二分若無沙彌尼僧應分時有住處二部僧多得物比丘少比丘尼多白

佛佛言應分作二分無比丘有沙彌應分作二分無沙彌比丘尼應分時有比丘在拘薩羅國人間遊行到無比丘住處村到巳命過諸比丘不知誰應分此衣鉢白佛佛言彼處若有信樂優婆塞若守園人彼應掌録若有五衆出家人前來者應與若無來者應送與近處僧伽藍爾時世尊在舍衛國住處多比丘比丘尼優婆塞優婆夷國王大臣種種外道沙門婆羅門時世尊告諸比丘我欲三月靜坐思惟無使外人入惟除一供養人時諸比丘自立制限世尊如是語三月靜坐思惟不聽外人入惟除一供養人若有入者教令波逸提懺爾時長老和先跋檀陀子與波羅國六十比丘俱盡是阿蘭若乞食著糞掃衣作餘食法不食一坐食一摶食塚間坐露地坐樹下坐常坐隨坐持三衣詣舍衛國祇桓精舍問諸比丘如來在何處房住我欲往見諸比丘言如來如是言我三月靜坐思惟無使外人入惟除一供養人若有入者作波逸提懺和先問言世尊有如是語耶比丘答言諸比丘自立制言若有入者波逸提懺和先言我不用諸長老制何以故佛有如是言佛不制不應制若巳制不應違隨所制法應學我等悉是阿蘭若乃至持三衣得隨意問訊世尊爾時長老和先與彼六十比丘俱往詣佛所頭面禮足却住一面時世尊慰問言和先汝安樂不飲食不乏耶住止安靜不和先汝從何處來汝不聞餘比丘語耶答言住止安樂不以飲食爲苦亦聞餘比丘語大德我與波羅國六十比丘俱盡是阿蘭若乃至持

三衣在拘薩羅國人間遊行至舍衛國問祇桓諸比丘世尊在何處房住我等欲見諸比丘如是語世尊三月靜坐思惟無使外人入惟除一供養人若有入者教波逸提懺我即問波逸提懺世尊有如是語耶諸比丘言無我等自立制耳我即語言我不用汝曹制何以故佛有如是語佛不制者不應制若已制我不應違隨所制法應學我曹皆是阿蘭若乃至持三衣得隨意問訊世尊佛言善哉善哉和先汝等盡是阿練若持三衣得隨意問訊若復有如是者亦得隨意問訊世尊爾時諸比丘聞世尊聽阿蘭若得隨意問訊世尊或有作阿蘭若者或有不受請者常乞食或有捨檀越施衣持糞掃衣或有捨長衣持三衣時諸比丘捨衣成大積聚諸比丘不知云何白佛佛言應布施衆僧若施佛若施塔若與一人諸比丘聞言與一人即持與白衣比丘白佛佛言不應與白衣若外道時諸比丘畏慎不敢與比丘尼非衣鉢囊革屣囊針筒禪帶腰帶帽拭脚巾捻熱巾裹革屣巾佛言聽與比丘尼非衣諸比丘作如是念行波利婆沙摩那埵比丘應與分不佛言應與諸比丘作如是念諸被訶責羯磨若擯出羯磨依止羯磨遮不至白衣家羯磨作舉羯磨被如是諸羯磨人當與分不佛言與置地與若使人與時諸比丘得外道衣不染便著白佛佛言不應便著應染已著時諸比丘使白衣作使白衣索衣分白佛佛言聽計功多少與食與價諸比丘自念守僧伽藍人沙彌應等與衣分不白佛佛言若僧和合聽應與沙彌等

分若不和合應與半若半不聽應三分與一若不與不應分若守僧伽藍人四分與一若不與不應分若分應如法治諸比丘畏慎疑不敢持衣與父母白佛佛言應與爾時佛在舍衛國迦維羅釋子新作堂舍未有沙門婆羅門及諸人在上坐者時毗瑠璃太子最初坐上諸釋種皆共瞋嫌我新作堂舍佛未得坐下賤婢子先坐中時有不信樂婆羅門侍從語言舍夷諸釋子罵汝作下賤婢子汝乃能忍耶答言我今無力不得自在若我父亡我作王時當語我後王波斯匿失王位瑠璃太子即自作王不信樂大臣白言先諸釋種子罵王王能忍耶今可往罰王即集四種兵出舍衛城至舍夷國時世尊慈愍故即先往瑠璃王所行道邊在惡樹下坐時瑠璃王至見佛在惡樹下坐即下車頭面禮足却住一面白世尊言多有大好樹無恚樹等而不坐何故在此惡樹下坐佛言大王在親里陰下樂彼作如是念世尊慈愍舍夷國故耳即迴軍還舍衛國不信樂大臣婆羅門第二第三如是語諸釋種先罵王作下賤婢子今可往罰時王即復集四種兵往舍衛國去迦維羅衛國不遠作少營自障住時迦維羅衛釋種等皆能遠射無枉發者或有射一由旬中的或有射七十里中的或有射六十里五十里四三十里中的者時有射瑠璃王營有中蓋頂蓋抖蓋子或有中車轅或有中馬勒馬鞚馬韁或有中指印或有中耳珠髻珠破珠而已終不傷害時瑠璃王大恐怖問諸釋子去此遠近傍臣答言去此七十里王聞已倍更

恐怖言我將不爲諸釋子所害及我軍衆耶時不信樂大臣白王言彼諸釋子皆持五戒爲優婆塞死死終不斷衆生命王但前進勿以爲怖即往圍迦維羅衛城諸比丘以此因緣白佛佛言彼若不與開門終不能得時城內人自不和或言當與城者或言莫與即行籌時天魔波旬在與城衆中七反取籌即令與瑠璃王城籌多即爲開門與之軍人即入反閉城門街巷鑿坑悉齊人腰埋諸釋種男女大小相參而無有間令大象蹈上時摩訶男釋子是瑠璃外祖父語諸釋種言汝曹莫但看瑠璃王放大象蹈殺人當觀昔日業報因緣諸釋種昔日所造定業報今當受之時瑠璃王聞語摩訶男釋子言欲得何願摩訶男言諸釋種已死我今苦惱何用願爲若欲與我願者聽我入池水隨入水時節中間聽諸釋種出莫殺瑠璃王念言水中不得久與汝願摩訶男即入池水以髮繫樹根遂於水下命過瑠璃王即問諸大臣言釋摩訶男釋子入水何乃久耶傍人看之答言已死王言出之即出示王時瑠璃王見即生慈心言摩訶男乃爲親里故不惜身命即勑人放諸釋種彼即受教放之諸釋種被破剝脫露形來至僧伽藍中諸比丘畏慎不敢與衣佛不聽我曹與白衣衣諸比丘白佛佛言借衣勿令露形來見我即便借衣時舍利弗與佛在拘薩羅國遊行在一處坐息忘僧伽棃置地而去時佛憶念語阿難言取此衣作親友意取阿難言云何作親友意取佛言隨所取令彼歡喜云何隨所取令彼歡喜答言有七法是

親友利益慈愍故何等七難與能與難作能作難忍能忍密事相語不相發露遭苦不捨貧賤不輕如是阿難有此七法名爲親友利益慈愍令彼歡喜即說偈言

難與能與難作能作難忍能忍是親善友密事相語互相覆藏遭苦不捨貧賤不輕如此七法人能行者名爲親友應附近之佛言如此親友應取彼比丘非親友作親友意取佛言不應非親友作親友意取彼比丘作親友意取波利迦羅衣佛言不應作親友意取此衣若不足不應取

爾時佛在波婆城有一摩羅字樓延是阿難白衣時親友時阿難著衣持鉢往其家就座而坐樓延出行不在阿難問其婦言樓延在不答言不在阿難言取衣麁來即取置阿難前時阿難即取大價衣持還至僧伽藍中爲諸上坐作拭面巾拭身巾時樓延摩羅行還其婦以此事語夫其夫即來到僧伽藍中至阿難所問言汝至我家耶答言至汝有所取耶答言有所取問言何故取麤不取好者阿難言我正須如是衣諸比丘作如是念白衣親友應取如是衣不白佛佛言應取何者是親友應取如阿難於樓延摩羅應取諸比丘言若主不在應取不佛言聽親友者若在若不在應取

爾時佛在舍衛國不就請食諸佛常法若不就請在後案行諸房案行諸房時見有異處有比丘病無有瞻視供養人臥大小便中見已詣比丘所知而故問比丘汝何故臥大小便中有瞻視供養人不答言無世尊復問何

故無答言我無病時不看他病是故今病無人瞻視供養者佛言汝不瞻視不供養病人無利無所得汝曹比丘不相看視誰當應看病者時世尊即扶病比丘起拭身不淨拭已洗之洗已復爲洗衣曬乾有故壞臥草棄之掃除住處以泥漿塗灑極令清淨更敷新草幷敷一衣還安臥病比丘已復以一衣覆上捨去爾時世尊食已以此因緣集比丘僧以向者不就請在後行房所見病比丘自料理事具告諸比丘已汝曹比丘自今已去應看病比丘不應不看應作瞻病人不應不作瞻病人若有欲供養我者當供養病人聽彼比丘和尚若同和尚阿闍梨若同阿闍梨若弟子應瞻視若都無有人看衆僧應與瞻病人若不肯者應次第差若次第差不肯如法治若無比丘比丘尼隨所可作應作不應觸比丘若無比丘尼式叉摩那隨所可作應作不應觸比丘若無式叉摩那沙彌應作若無沙彌沙彌尼隨所可作應作不應觸比丘若無沙彌尼優婆塞應作若無優婆塞優婆夷隨所可作應作不應觸比丘病人有五事難看所不應食而欲食不肯服藥看病人有至心而不如實語應行不行應住不住身有苦痛不能堪忍身少有堪能作而不作仰他作病者有如是五事難看病人有五法易看不食不應食者喜服藥如實語瞻病者應行便行不應行不行應住便住身有苦痛能忍身少有能作便作病人有如是五事易看病人復有五法難看四事如上第五事不能靜坐止息內心有此五事難看病人有五事易看四

事如上第五能靜坐止息內心病人有如是五事易看爾時有比丘在拘薩羅國道路行至一小住處見有病比丘無有瞻視者臥大小便中彼作如是念世尊有教應看病人不應不看應作瞻病人不應不作瞻病人應供養病人不應不供養病人其有供養病人是爲供養我彼即便瞻病人病者死爾時比丘持亡者衣鉢往舍衛國祇桓精舍中往詣佛所頭面禮足以此因緣具白佛佛言善哉善哉比丘汝乃能瞻視病比丘正應供養病比丘作瞻病比丘人供養病比丘是爲供養我彼持亡比丘衣鉢坐具針筒來此住處現前僧應分爾時世尊告諸比丘持亡比丘衣鉢坐具針筒與瞻病者應作白二羯磨如是與時瞻病人應至僧中偏露右肩脫革屣禮僧足白如是大德僧聽某甲比丘彼住處命過衣鉢坐具針筒盛衣貯器此住處現前僧應分如是第二第三說僧中差能作羯磨者若上座若次座若誦律者若不誦律堪能作羯磨者作如是白大德僧聽某甲比丘命過所有衣鉢坐具針筒盛衣貯器此住處現前僧應分若僧時到僧忍聽與某甲看病比丘白如是大德僧聽某甲比丘命過所有衣鉢坐具針筒盛衣貯器此住處現前僧應分僧今與某甲看病比丘誰諸長老忍與某甲看病比丘衣鉢坐具針筒盛衣貯器者默然誰不忍者說僧已忍與某甲看病比丘衣鉢坐具針筒盛衣貯器竟僧忍默然故是事如是持若僧中羯磨差一人分亡者衣物羯磨與此無異唯益一句言今僧與某甲比丘衣某甲比丘當還與僧白如是

爾時舍衛國有多知識比丘死彼有多三衣諸比丘不知以何者衣與瞻病人諸比丘白佛佛言聽彼亡者常所持者與佛聽與瞻病者衣巳時有比丘小小瞻病或一扶起或一扶卧或一與楊枝水便取彼衣鉢佛言不應如是小小瞻病便取彼衣鉢有五法看病人不應取病人衣物何等五一者不知病者可食不可食可食而不與不可食而與二者惡賤病人大小便唾吐三者無有慈愍心爲衣食故四者不能爲病人經理湯藥乃至差若死五者不能爲病人說法令病者歡喜巳身於善法損減有如是五法不應取病人衣物復有五法能看病人何等五一者知病人可食不可食可食能與二者不惡賤病人大小便唾吐三者有慈愍心不爲衣食四者能經理湯藥乃至差若死五者能爲病人說法令病者歡喜巳身於善法增益有如是五法應取病人衣物若病人臨欲終時有如是言我此衆物與佛與法若與僧若與塔若與人若我終後與若不死還我佛言不應如是與應現前僧分彼病比丘作如是念我當受不好三衣恐瞻病者取去佛言不應如是念我受不好三衣恐瞻病者取去應受好者時病人捉衣鉢送著餘處恐瞻病人取後病差無所著諸比丘白佛佛言不應作如是意送衣餘處恐瞻病者得爾時舍衛國有多知識比丘命過彼比丘多三衣諸比丘不知持何等衣與瞻病比丘比丘白佛佛言應看此瞻病人云何若能極上瞻病應與上三衣若中與中三衣若下與下三衣爾時舍衛國有負債比

丘命過諸比丘不知誰當償白佛佛言聽持長衣償若無物賣三衣與有餘與瞻病人聽瞻病人問病比丘何者是三衣何者是長衣汝負誰誰負汝汝應與誰若不問如法治時有病比丘身患瘡汙衣臥具佛言聽畜覆身衣或有衣毛結縷著瘡或時患痛佛言聽取大價好衣覆身著內外著涅槃僧若至白衣舍應語言我患瘡若白衣言無苦但坐應褰涅槃僧坐爾時比丘患下脫痔病以麤木作籌草患痛佛言聽以毳若劫具若鳥毛故衣物拭之用竟舉置不浣諸比丘見便惡賤白佛佛言不應用竟舉置不浣應浣彼浣已不絞去水爛壞蟲生佛言應絞去水曬令乾時有病比丘身患瘡汙衣臥具白佛佛言聽作覆瘡衣若自無衣聽僧中取衣作作已彼比丘不敢移此住處覆瘡衣著餘處白佛佛言聽移比丘後瘡差不持還本處白佛佛言若差應浣染治還本處若不還本處如法治爾時六羣比丘作帳諸白衣見皆共譏嫌沙門釋子無有止足不知慚愧外自稱言我知正法如是有何正法猶如國王大臣諸比丘白佛佛言不應作帳時有比丘在露處大小便露形諸比丘白佛佛言聽以草若樹葉若樹枝伊黎延陀耄羅耄耄羅若氍氀作覆障爾時六羣比丘作軒時諸白衣見皆共譏嫌言沙門釋子無有止足不知慚愧自言我知正法如是何有正法猶如國王大臣諸比丘白佛佛言不應作軒時諸比丘道行患熱白佛佛言聽以若草若葉十種衣中若一一衣作覆障爾時衆僧得複衣佛言聽畜時比丘不

知持三衣佛言應受持若疑應捨已更受若有三衣不受持突吉羅佛如是語應受持三衣彼受小小衣當三衣若拭身巾若拭面巾卧氈白佛佛言不應持如是小小衣當三衣佛言聽以長四肘廣二肘衣作安陀會廣三肘長五肘作鬱多羅僧僧伽棃亦如是時諸比丘衣壞佛言聽補治彼不知云何補治佛言聽著納重縫編邊隨孔大小方圓補時諸比丘不著割截衣入聚落白衣見已皆譏嫌沙門釋子無有止足不知慚愧自言我知正法如是何有正法不著割截衣入聚落猶如外道諸比丘白佛佛言不應不著割截衣入聚落有五事因緣留僧伽棃若疑恐怖若雨若疑雨若作僧伽棃未成若浣若染若壞色若堅舉有如是五事因緣留僧伽棃爾時比丘反著僧伽棃入聚落餘比丘見不喜白佛佛言不應反著衣入聚落比丘畏慎不敢聚落外反著衣風塵日暴蟲鳥汙穢諸比丘白佛佛言聚落外聽反著衣爾時比丘得縷衣廣長足即裁割作衣少欲作帖葉衣白佛佛言聽作爾時比丘得縷衣廣長足欲作五納衣白佛佛言聽作時諸比丘衣犯捨白佛佛言聽捨若於僧中若衆多人若一人應捨然後淨施不應不捨應捨然後遣不應不捨而遣彼比丘不捨便受用作三衣作波利迦羅衣故壞故燒用作非衣若數數著若不捨不應受用作三衣波利迦羅衣故壞故燒用作非衣若數數著諸比丘作如是念波利迦羅不現在前得尼薩耆不佛言不犯彼不捨衣便著衣白佛佛言不應不捨便著彼比丘疑

不敢以捨墮衣與人用作被衣白佛佛言聽與人聽作被衣時比丘畏慎燒衣奪衣漂衣不敢著白佛佛言聽著時比丘不捨衣便與他貿易白佛佛言不應不捨衣應捨然後貿易諸比丘如是念衆僧衣過十日犯捨墮不白佛佛言不犯時比丘淨施衣不還主犯突吉羅若遮不與者亦突吉羅時諸比丘不染衣不壞色便寄白衣舍白衣取著白佛佛言不應不染及壞色便寄白衣舍應染壞色作沙門衣然後寄白衣舍爾時比丘得上狹下廣衣受用作僧祇支白佛佛言聽作爾時異住處現前僧大得可分衣物六羣比丘出界外共分諸比丘白佛佛言不應出界外分時有長老比丘多知識人間遊行大得現前僧應分衣物難分彼畏慎佛不聽出界外分衣諸比丘以此事白佛佛言應如是唱令言來向某甲某甲處分衣若可分衣應分彼不知何時分應作相若量時量影若作煙若吹貝若打鼓若打揵椎若白時至若自來若遣人來應與分彼諸比丘轉易臥具佛言不應移易或有房多臥具或有房少臥具佛言自今已去聽舊住人若摩摩帝若經營人若次得房者應問然後轉易彼比丘移臥具已去時不還復本處餘比丘復用佛言應復臥具著本處而去若不者當如法治時房舍崩壞諸比丘畏慎不敢移轉臥具佛有如是言不應移轉臥具諸比丘白佛佛言若房舍崩壞應移轉臥具彼移轉臥具著餘房中餘房不敢臥便爛壞白佛佛言應用臥時佛聽用臥已諸比丘便不洗脚不拭脚用作襯身衣諸比

丘白佛佛言不應不洗脚不拭脚用作襯體衣佛既不聽作襯體衣諸比丘畏愼不敢手脚近諸比丘白佛佛言從腋至膝不應襯體時諸白衣施比丘襯體衣比丘畏愼不敢受白佛佛言應隨檀越施衣應受彼壞房舍已治不還復卧具諸比丘白佛佛言若房舍已治應還復卧具若不復者應如法治彼諸比丘從此住處移定卧具至彼處白佛佛言不應移此住處定卧具至彼處有國土人民反亂恐怖住處亦壞彼畏愼不敢移卧具言佛不聽移此住處定卧具至彼處諸比丘白佛佛言若有如是事聽移彼移卧具時畏襯體不敢藏覆言世尊不聽作襯體衣諸比丘白佛佛言隨所方便藏覆應移若餘人驅起不應起亦不應驅彼起若有餘比丘能愛護者應與若復國土還復人民還安房舍治竟不還復卧具諸比丘白佛佛言若爾不還復卧具當如法治

爾時舍利弗得上色碎段衣裁欲作五納衣白佛佛言聽作爾時有住處現前僧大得可分衣物六羣比丘各相推倚不肯藏舉遂失去諸比丘白佛佛言聽及有見者應收舉時客比丘來移衣物著餘房不堅牢白佛佛言聽別房結作庫藏屋白二羯磨唱房名若溫室若重屋若經行屋是中差堪能作羯磨者若上座若次座若誦律若不誦律能作羯磨者作如是白大德僧聽若僧時到僧忍聽僧結某甲房作庫藏屋白如是大德僧聽僧結某甲房作庫藏屋誰諸長老忍僧結某甲房作庫藏屋者默然誰不忍者說僧已忍結某

甲房作庫藏屋竟僧忍默然故是事如是持時彼庫藏屋無人守不堅牢聽差守物人白二羯磨如是差衆中當差堪能作羯磨者若上座若次座若誦律若不誦律能作羯磨者如是白大德僧聽若僧時到僧忍聽僧差某甲比丘作守物人白如是大德僧聽僧差某甲比丘作守物人誰諸長老忍僧差某甲比丘作守物人者默然誰不忍者說僧已忍差某甲比丘作守物人竟僧忍默然故是事如是持若比丘不肯作守物人應福饒與粥若故不肯一切所受衣食分應與二分若故復不肯當如法治爾時毗舍佉無夷羅母大作浴衣遣人送至精舍中諸比丘不知當云何白佛佛言隨上座次分若不足應識次更得應續次與彼時得大貴價衣續次與佛言不應以貴價衣續次與應從上座與若得不等者應僧中取可分衣物足令等分之爾時僧得鴦伽那羅衣比丘白佛佛言聽畜時比丘著僧覆身衣至溫室食堂中羹飯汙泥汙煙熏塵坌白佛佛言不應著僧覆身衣至溫室食堂中時諸比丘冬月患寒白佛佛言聽著當愛護勿令汙泥時比丘即著至廁上大小便汙泥臭穢白佛佛言不應著至廁上時比丘送衣還房大小便急諸比丘白佛佛言廁邊若有衣架若龍牙杙若有屋若樹若草若有石聽持衣著上若天雨漬應著無雨處若雨傍來漬當應著好捉不令觸廁戶上廁正安脚好蹲令不汙衣彼比丘著衣至經行處草著蟲著塵坌雨漬壞僧衣比丘白佛佛言不應著僧衣至經行處爾時有上座病比丘

羸老遠道來有患苦聽著敷卧氈置上愛護而卧上爾時有比丘在異住處結夏安居已復於餘住處住彼不知當於何住處取安居物諸比丘白佛佛言聽住日多處應取若二處俱等聽各取半彼比丘分夏安居食白佛佛言不應分隨施應食爾時世尊受毗蘭若婆羅門請竟告阿難言汝往語毗蘭若婆羅門佛受汝三月請夏安居竟今欲人閒遊行爾時阿難受世尊教即往毗蘭若所語言世尊如是語受汝夏三月安居請已竟今欲人閒遊行時毗蘭若聞阿難語已方自憶我請沙門瞿曇及比丘僧九十日中竟不供養時毗蘭若即往世尊所恭敬問訊已却坐一面時世尊以無數方便爲說法令得歡喜毗蘭若聞佛說法極大歡喜即白佛言惟願世尊及比丘僧更受我九十日請佛答言已受汝九十日請已今欲人閒遊行復白佛言願受我明日食世尊默然受請時毗蘭若聞佛受請已即從坐起歡喜遶佛而去即於其夜辦具種種飲食明日清旦往白時到

爾時世尊與五百比丘僧俱著衣持鉢往詣其家就座而坐時毗蘭若以種種多美飲食供養佛及比丘僧食已捨鉢以三衣布施世尊比丘僧人與兩端氎爲夏衣比丘不受言佛未聽我曹受夏衣白佛佛言聽受爾時六羣比丘跋難陀聞佛聽受夏衣於春夏冬一切時求索夏衣夏安居未竟亦乞衣亦受衣時跋難陀釋子在一住處安居聞有異住處大得夏安居衣即往彼住處問言汝曹分夏衣未耶答言未分語言持來與汝分復往餘

處問言汝分夏衣未答言未分語言持來與汝分時跋難陀在多處分衣得多衣分持來入祇桓餘比丘見問言世尊制聽畜三衣此多衣是誰衣也彼言我於多住處分衣故大得此多衣中有少欲知足行頭陀樂學戒知慙愧者嫌責六羣比丘跋難陀言世尊聽比丘受夏衣汝云何便於春夏冬一切時求索夏衣也夏安居未竟亦乞衣亦受衣此處安居受衣分復於餘處受衣分諸比丘往世尊所以此因緣具白世尊世尊爾時集比丘僧無數方便呵責跋難陀言汝所爲非非沙門法非清淨行非隨順行所不應爲跋難陀我聽比丘畜夏衣汝云何於春夏冬一切時求索夏衣安居未竟亦乞衣亦受衣於此處安居受衣分復於異處受衣耶以無數方便呵責六羣比丘跋難陀已告諸比丘自今已去不應於一切時春夏冬求索夏衣安居未竟亦乞衣亦受衣亦不應此處安居受衣分已復於餘處受衣分若受者應如法治爾時有比丘未分夏衣便去後比丘分夏衣彼比丘行還問言夏衣分未答言已分問言取我衣分不答言不取時彼比丘瞋責餘比丘言未分衣我出行後分夏衣我在此安居而不取我衣分諸比丘如是念是成分衣法不往白佛佛言成分衣應相待亦應囑授後人受夏衣分時有比丘未分衣便去漫囑授後人受我衣分後諸比丘分衣問誰爲某甲比丘取衣分時無有爲取衣分者彼比丘還問分衣未答言已分問取我分不答言不取彼比丘瞋責餘比丘言未分衣我出行囑授後人爲

我取衣我在此安居而分衣不爲我取分耶諸比丘如是念爲成分衣不往白佛佛言成分應待還亦應的囑授一人時有比丘未分衣出行囑授一比丘爲我取夏衣時諸比丘分衣問言誰取某甲比丘衣分受囑授者忘不取諸比丘即分衣彼比丘還問言分夏衣未答言已分問言取我分不答言不取彼比丘瞋責餘比丘言未分衣我出行後囑授一比丘取我衣分我在此安居而不爲我取分諸比丘不知成分衣不往白佛佛言成分是忘者過時比丘留夏安居食白佛佛言不應留應隨施者爾時舍利弗目連般涅槃多有可分衣物現前僧應分彼比丘留過安居諸比丘白佛佛言不應留此衣現前僧應分彼時有一檀越爲欲施塔施僧僧伽藍房舍爲施浴池若爲初生兒若爲初剃髮若長髮若入新舍若爲亡人作會現前僧大得可分衣物諸比丘留至夏安居比丘往白佛佛言不應留此是非時衣現前僧應分爾時有一比丘住處大得夏安居衣物彼作如是念我當云何白諸比丘諸比丘白佛佛言若有一比丘安居大得僧夏安居衣物彼比丘應作心念言此是我物若受若不受更有餘比丘來不應得分爾時諸比丘大得可分衣物僧破爲二部諸比丘白佛佛言應分爲二分若未得可分衣物僧破爲二部佛言應問檀越當與誰若彼言與某甲某甲上座即應隨彼語上座所在處與若彼言不知若言俱與應分作二分爾時諸比丘已得衣未得衣僧破爲二部已得衣者應分作二分未得衣者應問

檀越當與誰彼若言與某甲某甲上座即應隨彼語上座所在處與若彼言不知若言俱與應分爲二分爾時諸比丘得可分衣物有比丘從此部往彼部彼不應與衣分若未得衣物有比丘從此部往彼部不應與衣分若得衣物未得衣物有比丘從此部往彼部不應與衣分爾時有比丘從此部往彼部未至便死諸比丘不知其衣鉢當與誰白佛佛言隨其所欲往處應與爾時有比丘從此部往彼部至便死諸比丘不知其衣鉢當與誰白佛佛言隨彼所往部應與爾時有比丘被舉已命過諸比丘不知其衣鉢當與誰白佛佛言隨所共同羯磨舉僧應與爾時住處僧破爲二部有檀越請此二部僧便一處飯食并布施衣布施縷諸比丘不知誰應得衣誰應得縷白佛佛言應問檀越衣與誰縷與誰若言與某甲某甲上座應隨彼語所在處上座與若言不知若言俱與應分作二分爾時衆僧得夏安居衣僧破爲二部白佛佛言應數人多少分若未得安居衣僧破爲二部白佛佛言應數人分若得夏衣若未得夏衣僧破爲二部應數人分時有比丘得夏衣往餘部白佛佛言應與若未得夏衣往餘部佛言應與若未得夏衣若已得夏衣往餘部佛言應與爾時有一居士集比丘住處諸處僧供養飲食以衣布施諸比丘不知云何白佛佛言有八種施衣若與比丘僧若與比丘尼僧若與二部僧若與四方僧若與界內僧若與同羯磨僧若稱名字與若與一人佛言若與比丘僧比丘僧應分若與乃至一人應屬一人

爾時諸比丘冬月患寒白佛佛言聽著帽露地坐患背痛佛言聽作禪帶爾時比丘身患瘡疥汗臭佛言聽作拭身巾若面汗聽作拭面巾若患眼淚聽作拭淨巾爾時畢陵伽婆蹉得大貴價氀衣彼欲作夏衣畜白佛佛言聽淨施持淨施有二種一真實淨施二展轉淨施真實淨施者言大德一心念我有此長衣未作淨施今爲淨故捨與大德爲真實淨故展轉淨施者言大德一心念此是我長衣未作淨念爲淨故施與大德爲展轉淨故彼受淨者即應如是言大德一心念汝有長衣未作淨爲淨故與我我今受之受已當語言汝施與誰彼應言施與某甲受淨者應如是言大德一心念汝此長衣未作淨爲淨故與我我今受之受已汝與其甲是衣其甲已有汝爲其甲善護持著隨因緣作真實淨施者應問主然後得著展轉淨施者若問若不問隨意著爾時比丘遣使借與其甲比丘衣作彼親友意取衣應取不佛言不應作親友意取若至道路應作親友意取不佛言不應取若至彼應作親友意取不佛言不應取若作遣衣主親友意取衣應取不佛言應取若至道路應取不佛言應取若至彼應取不佛言應取所遣借與衣比丘命過即作彼命過比丘衣受應受不佛言不應受若至道路應受不佛言不應受若至彼應受不佛言不應受若遣人借與比丘衣衣主命過彼比丘應即作命過比丘衣受不佛言應受若至道路應受不佛言應受若至彼應受不佛言應受爾時有比丘遣衣與其甲比丘彼使作遣衣主

親友意取衣應取不佛言不應取若至道路應取不佛言不應取若至彼應取不佛言不應取彼比丘若作所遣與衣比丘親友意取衣應取不佛言應取若至道路應取不佛言應取若至彼應取不佛言應取彼所遣衣主比丘命過彼比丘即作命過衣受應受不佛言不應受若至道路應受不佛言不應受若至彼應受不佛言不應受若所遣與衣比丘命過彼比丘即作彼命過衣受應受不佛言應受若至道路應受不佛言應受若至彼應受不佛言應受爾時有居士有持衣來至僧伽藍中言與某甲比丘此衣與大德彼比丘言我不須即持衣置比丘前而去彼比丘有畏愼不知云何諸比丘白佛佛言聽爲施主故掌錄若須時聽受持衣揵度具足竟

四分律藏卷第四十一

音釋

耄莫報切　氍毺氍其俱切毺力朱切　捻諾協切手捏也　轅于元切車前句衘曲木　鞚苦貢切馬勒也　韁居良切馬紲也　剥北角切褫也　簏盧谷切簏也　曬所戒切日乾也　繓子括切結也　褰去乾切摳衣也　痔池尒切後病也　籌直由切廁籌也　欝多羅僧梵語也此云上著衣欝紆勿切　綖私箭切與線同　襯初覲切近身衣也　腋羊益切左右肘脅閒曰腋　鴦於良切　杙與職切橜也　漬疾智切浸也　蹲徂尊切踞也　氈諸延切毛席也氊

四分律藏卷第四十二

姚秦三藏佛陀耶舍共竺佛念譯

第三分藥揵度法

爾時佛在波羅㮈國時五比丘往世尊所頭面禮足却住一面白佛言大德當食何食佛言聽乞食食五種食爾時比丘乞食得飯佛言聽食得種種飯粳米飯大麥飯糜米飯粟米飯俱跂達羅飯佛言聽食如是種種飯得麨佛言聽食種種麨得乾飯佛言聽食種種乾飯得魚佛言聽食種種魚得肉佛言聽食種種肉得羮佛言聽食種種羮得脩餔佛言聽食得乳佛言聽食種種乳得酪佛言聽食種種酪得酪漿佛言聽飲種種酪漿得吉羅羅佛言聽食得蔓䒩佛言聽食種種蔓䒩得菜佛言聽食種種菜得佉闍尼食佛言聽食種種佉闍尼食佉闍尼者根食莖食葉食華食果食油食胡麻食石蜜食烝食爾時世尊在波羅㮈國時五比丘即從座起前禮佛足却住一面白佛言當服何藥佛言聽服腐爛藥病比丘有因緣盡形壽應服爾時世尊在繩牀中時有病比丘醫教服呵梨勒佛言聽病比丘有因緣盡形壽服呵梨勒爾時佛在舍衛國時有比丘患風醫教服酢麥汁佛言聽服不知云何作佛言聽淨人淨洗器漬麥乃至爛漉取汁飲若麥汁臭應覆若汁滓俱出聽作漉器不知云何作漉器佛言聽若銅若木若竹作漉器如漉水筒作若三角若大若小若麥中燥令淨人更益水時病比丘在多人前飲麥漿餘比丘見皆共惡穢之佛言不應在多人前應在屏處飲時一切僧皆須

佛言應一切僧共飲時有諸比丘各各別用器飲衆器皆臭佛言不應各別用器飲應共傳用一器飲時有比丘飲已不洗器與餘比丘佛言不應爾應洗器已與餘比丘爾時佛在舍衛國有比丘吐下比丘煑粥頃曰時已過佛言聽已完全麥若完全稻穀煑令熟勿使破漉汁飲爾時有病比丘醫教服鞞醯勒佛言聽服醫教服阿梨勒佛言聽服若比丘有病因緣盡形壽服爾時有病比丘醫教服蕤羅佛言聽比丘有病因緣盡形壽服爾時病比丘醫教服菓藥佛言聽服若非是常食者比丘有病因緣盡形壽應服爾時有病比丘須大五種根藥佛言聽服須小五種根藥佛言聽服比丘有病因緣盡形壽服爾時病比丘醫教服質多羅藥佛言病比丘有因緣盡形壽聽服爾時有病比丘醫教服罽沙藥佛言病比丘有因緣盡形壽聽服是中罽沙者根莖葉華菓罽沙爾時有病比丘醫教服娑梨娑婆藥佛言病比丘聽服娑梨娑婆者根莖華葉菓若堅靭者也式渠亦如是帝毙底土二音亦如是爾時病比丘醫教服蓽茇椒佛言比丘有病因緣聽盡形壽服爾時病比丘須種種細末藥洗佛言聽用種種細末藥是中細末藥者胡桐樹末馬耳樹末舍摩羅樹末洗若自作若更互作須杵臼佛言聽畜須簸箕篩掃箒佛言聽畜時諸比丘畏愼不敢以零香著末藥中佛言聽著時末藥無器盛佛言聽作瓶若患坌塵聽作蓋若欲令堅牢當著牀下若串壁上象牙杙上爾時病比丘以麤末藥洗身患痛佛言聽細末若細泥若

葉若華若菓取令病者得樂是中病者若體
有瘡若癬若瘑若疥癩乃至身臭爾時比丘
病須鹽爲藥佛言聽服是中鹽者明鹽黑鹽
丸鹽樓麑鹽支頭鞞鹽鹵鹽灰鹽新陀婆鹽
施盧鞞鹽海鹽若比丘有病因緣盡形壽聽
服爾時病比丘須灰藥佛言聽用灰藥是中
灰藥者薩闍灰賓那灰波羅摩灰比丘有病
因緣盡形壽聽用爾時病比丘須闍婆藥佛
言聽用是中闍婆者馨牛馨莪婆提尸婆梨
陀步梯夜婆提薩闍羅婆比丘有病因緣盡
形壽應服爾時比丘病須眼藥佛言聽用是
中眼藥者陀婆闍那耆羅闍那比丘有病因
緣盡形壽應用爾時比丘眼有白翳生須人
血白佛佛言聽用爾時比丘患眼白翳須人
骨佛言聽用爾時比丘患眼白翳須細輭髮

聽燒末著眼中爾時畢陵伽婆蹉患眼痛得
瑠璃筩佛言聽爲治眼病故畜用爾時舍利
弗患風醫教食藕根爾時大目揵連往舍利
弗所問訊已一面坐語舍利弗言所患爲差
不答言未差復問舍利弗何所須答言須藕
根目連言東方有阿耨大池水清澄無有塵
穢飲之無患去此不遠更有池廣五十由旬
其水清澄無有塵穢有藕根如車軸若取折
之其汁如乳食之如蜜去池不遠有金山崖
高五十由旬是中有七大龍象王兄弟共住
其最小者供給一閻浮提王其次大者供給
二天下王其次轉大者供給四天下轉輪聖
王伊羅婆尼龍象王供給天帝釋彼諸龍象
王來下入池淨澡浴飲水以鼻拔取藕根淨
洗泥穢而食之得好膚色氣力充足彼池藕

根可得食之時舍利弗默然可之時目連見舍利弗默然即於舍衛國没不現如人屈伸臂頃至彼池邊化作大龍象王於彼七象王中形色最勝時彼七龍象王見皆畏怖毛豎恐彼來奪我池爾時大目連見彼七龍象王心懷恐怖即還復故身彼即問目連言比丘何所須欲耶答言我須藕根語言汝須藕根何不早見語使我恐怖毛豎彼即入池澡浴飲水以鼻拔取藕根洗去泥授與目連時目連得藕根已便此池忽然不現還舍衛國到祇洹中授與舍利弗語言此是藕根舍利弗食已病即得除差有殘藕根授與看病人看病人先已受請不肯食之諸比丘白佛佛言聽看病人受請不受請食病人殘食諸比丘先受食已至彼聚落有檀越便請食食已來還至僧伽藍中持向者食與諸比丘諸比丘先已受請不敢受無人食者便棄之時有衆烏鳥諍食唤呼爾時世尊知而故問阿難諸烏鳥何故唤呼阿難以此事具白世尊世尊言自今已去聽作餘食法食彼應持食至彼比丘前語言大德我已受請若已食看是知是作餘食法彼應取少食之語言我已食止汝可食之應作如是餘食法食

爾時有長老上座多知識村間乞食來聚在一處食食已持殘食來至僧伽藍中與諸比丘諸比丘先已受請不肯食之無人食者便棄之時有衆烏鳥諍食呼唤世尊知而故問阿難諸烏鳥何故呼唤阿難以此事具白世尊世尊言自今已去聽自持食來作餘食法得食應如是作持食至彼比丘所語言大德

我已受請若已食看是知是作餘食法彼應取少食食已語言我止汝可食應作如是餘食法食爾時毗舍佉無夷羅母大得新果彼作如是念我今寧可作食請佛及僧以果布施即便遣人往僧伽藍中白言願諸大德受我明日請食即於其夜辦種種美食明日往白時至爾時世尊著衣持鉢與千二百五十比丘俱就毗舍佉無夷羅母請就座而坐時毗舍佉母以種種多美飲食飯佛及僧食已捨鉢更取一卑牀却坐一面時世尊種種方便開化說法令得歡喜爾時世尊為說法已從座而去時毗舍佉無夷羅母行食忘不與果彼作如是念我為新果故請佛及僧設飯今正行食忘不與果時即遣人送果至僧伽藍中與諸比丘諸比丘已食竟不肯受之往白佛佛言若從彼來應作餘食法食之如上法爾時世尊在王舍城時有顛狂病比丘至殺牛處食生肉飲血病即差還復本心畏慎諸比丘白佛佛言不犯若有餘比丘有如是病食生肉飲血病得差者聽食

爾時世尊在波羅㮈國時世穀貴乞食難得時諸比丘乞食不得往至象廐乞時彼有鬼神信敬沙門者即令象死於彼得象肉食之世尊慈念告諸比丘此是王之兵衆若王聞者必不歡喜自今已去不應食象肉時諸比丘在波羅㮈國乞食不得往馬廐乞時有信敬沙門鬼神即令馬死於彼得馬肉食之世尊慈愍告諸比丘此是王之兵衆若王聞者必不歡喜自今已去不應食馬肉爾時比丘往波羅㮈國乞食不得至能水底行人所乞

時有信敬沙門鬼神令諸龍死於彼得龍肉食之爾時善現龍王從巳池出往世尊所頭面禮足却住一面白佛言世尊有龍能燒一國土若減一國土諸比丘食此龍肉善哉世尊勿令比丘食龍肉時世尊聞善現龍王語默然受之時善現龍王見佛聽許頭面禮佛巳還往本處

爾時世尊以此因緣集比丘僧告言現有龍大神力有威德能燒一國土若減一國土諸比丘食此肉自今巳去不應食龍肉時有比丘在波羅柰國乞食不得往旃陀羅家於彼得狗肉食之諸比丘乞食諸狗憎逐吠之諸比丘作是念我等或能食狗肉故使衆狗憎逐吠我耳諸比丘白佛佛言自今巳去不得食狗肉若食得突吉羅時世尊在波羅柰國

時有比丘服吐下藥有優婆私字蘇卑至僧伽藍中行看房舍至病比丘所問言何所患苦耶答言服吐下藥復問比丘何所須欲答言須肉答言我當送肉即還波羅柰遣人持錢買肉語言男子持此錢買肉來時波羅柰不屠殺彼人遍行求肉不得還至優婆私所白言大家知不今此不殺遍行求肉不得優婆私作如是念我許與吐下比丘肉恐此比丘不得肉或能命過若是生死比丘命過者於出家法中退若是學人不得前進若是羅漢則使世間失於福田即入後屋持利刀自割髀裏肉與婢令煑煑巳持往僧伽藍中與吐下比丘婢即如勑持與比丘比丘食巳病即除差彼優婆私割肉時舉身患痛極爲苦惱時優婆私夫主先出行還不見蘇卑即問

蘇毘優婆私何處在耶答言病在内即問何所患即具答因緣彼夫主言未曾有蘇毘於沙門所有如是信樂無所愛惜乃至身肉蘇毘優婆私作是念我今患苦極重或能以此斷命我今寧可辦具種種飲食請佛及僧可作最後見佛及僧因緣時即遣人往僧伽藍中白言大德明日受我請食時世尊默然受之即於其夜辦具種種美好飲食明日往白時到時世尊著衣持鉢與諸比丘僧俱往蘇毘優婆私家就座而坐已知而故問優婆私蘇毘何所在答言病在内佛言喚優婆私蘇毘來彼即入内語言佛喚汝作如是念世尊喚我即便速起身痛即止瘡復如故不異時優婆私蘇毘往佛所頭面禮足却住一面佛告言不應作是不應作是蘇毘優婆私當作如是施如是學不自苦痛亦不惱彼時蘇毘優婆私手自斟酌美好飲食食已捨鉢取小牀在一處坐時世尊爲優婆私種種方便說法令得歡喜世尊爲說法已從坐而去還至僧伽藍中往吐下比丘所問言汝蘇毘優婆私送肉與汝不答言與我肉問言汝食不答言食復問美不答言美如是美肉難得佛言汝癡人食人肉自今已去不得食人肉若食偷蘭遮及餘可惡肉不應食若食突吉羅

爾時世尊在波羅柰國有居士耶輸伽父往詣佛所頭面禮足却坐一面爾時世尊無數方便爲說法開化令得歡喜耶輸伽父聞佛說法開化心大歡喜已從坐起白佛言願受我請時耶輸伽侍從世尊後時世尊默然受請耶輸伽不受請佛未聽我曹受別請佛言

有二種請聽受若請僧若別請爾時有異居士作是念作何福德令僧常得供養我施不斷絶即白佛佛言聽爲僧常作食彼作如是言我不能常爲衆僧作食作何福德令僧常得供養我施不斷絶白佛佛言聽比丘往其舍常與食彼作是言我不能常爲道人作食作何福德令僧常得供養我施不斷絶白佛佛言聽僧差往食若送食至僧中若八日食若布薩日若月初日食時有居士作是念云何作福供養衆僧便成施藥白佛佛言聽布施衆僧藥錢時有居士新作房舍無道人住念言云何供養衆僧令諸比丘在此房住白佛佛言聽在房中作粥若復不住復聽在房作種種餅及果若故不住當與作飯食若不食聽與房錢若故不住聽與繩牀木牀坐褥卧褥枕地敷若故不住應與襯體衣與氈與被若故不住與鉢與三衣若故不住應與作戸扉戸鉤與杖與革屣與蓋與扇與水瓶與洗瓶與盛水器與浴空瓶及牀與刮汗物與香熏與丸香與房衣若故不住沙門一切所須者應與

爾時世尊在繩牀中時諸比丘乞食時見有人𤛓牛乳令犢子飲已復𤛓犢子口中涎沫出與乳相似後遂疑不復飲乳白佛佛言聽飲𤛓乳法應爾爾時世尊在舍衛國時諸比丘秋月得病顔色憔悴形體枯燥癬白時世尊在靜室作如是念諸比丘秋月得病顔色憔悴形體癬白枯燥我今當聽諸比丘食何等味當食當藥不令麤現即念言有五種藥是世常用者酥油蜜生酥石蜜我今寧可令

諸比丘食之當食當藥不令麤現如飯麨法作是念已晡時從靜處起以此事集比丘僧以向者在靜處所思念事具告諸比丘自今已去聽諸比丘有病因緣聽服五種藥酥油生酪蜜石蜜諸病比丘得種種肥美食至中不能食況復五種藥至中能食爾時藥雖多病人不能及時服諸比丘患遂增形體枯燥顏色憔悴爾時世尊知而故問阿難諸比丘何故形體顏色如是時阿難具以上因緣白世尊佛言自今已去若比丘有病因緣若時若非時聽服五種藥時諸病比丘得肥美食不能食盡與看病人看病人受請不食卽棄之諸烏烏諍食大喚呼佛知而故問阿難烏烏何故爾阿難具以因緣事白佛佛言聽看病比丘若受請若不受請得食病人殘食無犯爾時舍利弗患風醫教服五種脂熊脂魚脂驢脂豬脂失守摩羅脂白佛佛言聽服時受時漉時煑如油法服非時受非時漉非時煑不應服若服如法治

爾時世尊在舍衛國人間遊行與千二百五十比丘俱時世穀貴人民飢餓乞食難得有五百乞人常隨佛後爾時世尊行未遠往至道邊樹下敷尼師壇坐時有居士名私阿毗羅調象師乘五百乘車載石蜜從道而過於道中見佛足跡千輻輪相光明了了卽尋跡而去遙見世尊在樹下坐顏貌端正諸根寂靜得上調伏猶如龍象王最勝無比譬如澄淵無有濁穢見世尊已信敬心生前頭面禮足却坐一面時世尊爲私呵居士種種方便說法開化令得歡喜時私呵居士聞佛說法

極大歡喜即施諸比丘人別一器黑石蜜諸比丘不受世尊未聽我曹受黑石蜜白佛佛言聽受黑石蜜佛語私呵一器分黑石蜜與諸比丘即受佛教以一器分黑石蜜與諸比丘有餘黑石蜜佛言應第二第三隨意重與故復有殘佛語私呵與乞兒與乞兒已故復有殘佛語私呵更隨意第二第三飽與乞兒故復有殘佛語私呵以殘黑石蜜著淨地若無蟲水中何以故未有見諸天世人諸魔梵王沙門婆羅門食此黑石蜜能消者除如來無所著等正覺時私呵即如教持餘黑石蜜著無蟲水中水即煙出作聲猶如燒大熱鐵著水中其聲振裂餘黑石蜜著水中亦復如是水沸作聲爾時私呵見此已恐怖毛豎往至佛所頭面禮足却坐一面以此因緣具白世尊世尊爾時知私呵心懷恐怖毛豎種種方便說法開化令得歡喜即於座上遠塵離垢得法眼淨見法得法得增上果白世尊言大德我歸依佛法僧爲優婆塞自今已去不殺生乃至不飲酒私呵聞佛說法極大歡喜頭面禮佛而去時比丘乞食時見白衣作黑石蜜著劉尼諸比丘疑不敢過中食白佛佛言聽食作法應爾時諸比丘乞食得軟黑石蜜白佛佛言聽食得黑石蜜漿佛言聽飲得磨飡緻佛言聽食得白石蜜佛言聽食得烏婆陀頗尼佛言聽食得水和甘蔗汁佛言聽飲得甘蔗汁佛言聽飲若不醉人聽非時飲若醉人不應飲若飲如法治得甘蔗佛言聽時食

爾時世尊在摩竭提人間遊行至王舍城畢

陵伽婆蹉多知識多徒衆多得酥油生酥蜜黒石蜜持與徒衆遂多積聚藏舉衆器皆滿大盆小盆大鉢小鉢歘大釜絡囊漉囊持串著壁上龍牙杙上嚮上或懸著屋間下漏上濕房舍臭穢時衆多居士來至僧伽藍中行看房舍見畢陵伽婆蹉徒衆如是多積聚飲食衆藥在房共宿臭穢不淨皆共譏嫌沙門釋子多貪無猒自稱我知正法如是何有正法觀是沙門多積飲食衆藥如似瓶沙王廚庫諸比丘聞其中有少欲知足行頭陀知慚愧樂學戒者嫌責畢陵伽婆蹉言云何多積飲食衆藥在房共宿臭穢不淨時諸比丘往白佛爾時世尊以此因縁集比丘僧呵責畢陵伽婆蹉徒衆汝等所爲非非威儀非沙門法非淨行非隨順行所不應爲云何多積飲食衆藥在房共宿臭穢不淨以無數方便訶責已告諸比丘自今已去若病比丘須酥油蜜生酥黒石蜜乃至七日應服若過服如法治

爾時世尊從王舍城人間遊行（此一條事如上展轉食戒無異故不出也）

爾時比丘患風須藥醫教漬麥汁佛言聽服須油漬麥汁須頗尼漬麥汁佛言聽服若時藥和時藥非時藥和時藥七日藥和時藥盡形壽藥和時藥應受作時藥非時藥和非時藥七日藥和非時藥盡形壽藥和非時藥應受作非時藥七日藥和七日藥盡形壽藥和七日藥應受作七日藥盡形壽藥和盡形壽藥應受作盡形壽藥

爾時比丘患瘡須唾塗以銚底熨比丘白佛

佛言聽用時有比丘患胞醫教用人脂佛言聽用時有比丘患吐須細軟髮佛言聽燒已末之水和漉受飲之時有比丘自往塚間取人髮人脂持去時諸居士見皆憎惡惡賤諸比丘白佛佛言聽靜無人時取爾時有比丘患身熱醫教用栴檀爲差病故比丘白佛佛言聽用若沉水若栴檀畢陵祇伽羅羌婆羅佛言聽用塗身時諸比丘患蛇入屋未離欲比丘恐怖佛言聽驚若以筒盛若以繩繫棄之而彼不解繩便置地蛇遂死佛言不應不解應解時諸比丘患鼠入屋未離欲比丘皆驚畏佛言應驚令出若作鼠檻盛出棄之竟不出置檻內即死佛言應出之不應不出爾時諸比丘患蝎蜈蚣蚰蜒入屋未離欲比丘驚畏佛言若以弊物若泥團若掃箒盛裹棄之而不解放便死佛言不應不解放應解放

爾時佛在王舍城諸比丘破浴室薪空木中蛇出螫比丘殺時世尊慈念告諸比丘彼比丘不生慈心於彼八龍王蛇以是故爲蛇所殺何等八毗樓勒叉龍王次名伽寧次名瞿曇眞次名施婆彌多羅次名多奢伊羅婆尼次名伽毗羅濕波羅次名提頭賴吒龍王比丘若慈心於彼八龍王蛇者不爲螫殺若此比丘慈心於一切衆生者亦不爲彼蛇所螫殺佛聽作自護慈念呪毗樓勒叉慈伽寧慈瞿曇眞慈施婆彌多羅慈多奢伊羅婆尼慈伽毗羅濕波羅慈提頭賴吒慈慈念諸龍王揵闥婆羅刹婆今我作慈心除滅諸毒惡從是得平復斷毒滅毒除毒南無婆伽婆佛言聽刀破出血以藥塗之亦聽畜鈹刀

爾時有比丘病毒醫教服腐爛藥若是已腐爛藥墮地者應以器盛水和之漉受然後服若未墮地者以器盛之水和漉服之不須受爾時有病毒比丘醫教服田中泥佛言聽以器盛水和之漉然後受飲爾時世尊在王舍城時耆婆童子刀治比丘大小便處兩腋下病時世尊慈念告諸比丘此耆婆童子刀治比丘大小便處兩腋下病不應以刀治何以故刀利破肉深入故自今已去聽以筋若毛繩急繫之若抓取便斷皮然後著藥佛言聽作灰藥手持不堅牢佛言聽作盛灰藥器時器若易破聽角作爾時世尊患風醫教和三種藥喚阿難取三種和藥來時阿難受佛教自煑三種和藥已授與佛時世尊知而故問阿難誰煑此藥答言我自煑佛告阿難不應自煑而服若自煑如法治爾時世尊在王舍城與千二百五十比丘僧俱人間遊行時世穀貴人民飢餓乞食難得時有六百乘車載滿飲食隨逐世尊世尊爾時從婆闍國人間遊行至毗舍離時諸淨人辦具淨食高聲大語或蓋藏器物時世尊知而故問阿難諸比丘何以作此大聲猶如捕魚人聲耶阿難白佛言諸淨人辦具淨食高聲大語或蓋藏器物故有如是大聲佛告阿難不應界內共食宿煑食食若食如法治爾時諸比丘持食飲著露地不牢藏牧牛羊人若賊持去諸比丘白佛佛言應在邊房靜處結作淨廚屋

爾時世尊在毗舍離時有私呵將軍是尼揵弟子時斷事堂有五百諸棃奢共坐食無數方便讚歎佛法僧爾時私呵將軍在座中聞

無數方便讚歎佛法僧心生信樂欲往見佛彼作如是念我今寧可白師尼揵往瞿曇所時私呵即往白尼揵言我欲往瞿曇沙門所尼揵語言汝說有作法瞿曇說無作法以化弟子止不須往爾時私呵將軍本有見佛心即退諸棃奢如是第二第三讚歎佛法僧時私呵將軍聞第二第三讚歎時作如是念我今寧可不辭尼揵師往見瞿曇師能使我作何等時私呵即往佛所頭面禮足却坐一面時世尊爲無數方便說法開化令得歡喜私呵聞佛方便說法心大歡喜白佛言我聞瞿曇說無作法以化諸弟子若有人言大德說無作法以化諸沙門爲是實語法語不耶佛語私呵或有因緣方便言我說無作法以化諸弟子者是實語法語或有因緣方便言我說有作法以化諸弟子者是實語法語或有因緣方便言我說斷滅法以化弟子是實語法語或有因緣方便言我說穢惡法以化弟子是實語法語或有因緣方便言我說調伏法以化弟子是實語法語或有因緣方便言我說滅闇法以化弟子是實語法語或有因緣方便言我說我生已盡不受後身以化弟子是實語法語或有因緣方便言我到無畏處說無畏法以化弟子是實語法語佛語私呵何以故言我說無作法乃至到無畏處以化諸弟子是實語法語我說不作者身行惡口言惡心念惡三種惡不善法不應作我說作法者三種善法應作言我說斷滅法者斷滅貪欲瞋恚愚癡我說穢惡法者穢惡身口意業不善法我說調伏法者調伏貪欲瞋恚

愚癡我說滅闇者滅諸惡不善闇法我說我生已盡者我受生已盡不受胞胎亦復化人斷於生死我說到無畏處者自無所畏復安慰衆生以是故私呵有因緣故言我說無作法乃至到無畏處以化諸弟子是實語法語私呵白世尊言我歸依佛法僧自今已去不殺生乃至不飲酒佛語私呵好自量宜然後受戒汝爲國之大臣人所知識當益衆人莫輕舉動後有悔也私呵答言我於外道沙門婆羅門作弟子時持旛唱令國中言私呵爲尼揵作弟子我今聞世尊重勅我言好自量宜然後受戒汝爲國之大臣人所知識當益衆人莫輕舉動益增信樂復白佛言大德我今第二盡形壽歸於佛法僧不殺生乃至不飲酒自今已去於我門中不聽尼揵外道來入佛諸弟子比丘比丘尼優婆塞優婆夷於我門中無所罣礙佛語私呵先尼揵外道於汝家中晝夜受供養如取泉水今何得便斷復白佛言我從外人聞沙門瞿曇自稱言布施應與我不應與餘人與我大得果報與餘人不得果報應與我弟子不應與餘弟子與我弟子大得果報與餘弟子不得果報佛語私呵我無是語若人有慈心以米甘汁若蕩滌汁棄著不淨水蟲中使彼蟲得此食氣我說彼猶有福況復與人我說布施持戒人得大果報勝於破戒私呵白佛言如世尊所說如世尊所說我曹自知之爾時世尊無數方便爲說法開化令得歡喜即於座上遠塵離垢得法眼淨見法得法得果證白佛言我今第三盡形壽歸依佛法僧不殺生乃至不飲

酒唯願世尊受我明日請食時世尊默然受
之時私呵見佛許已即起禮佛足而去於其
夜辦具種種美食明日往白時到世尊著衣
持鉢與千二百五十比丘俱往其家敷尼師
壇就座而坐爾時尼揵子等往詣棃奢住處
舉手大哭稱怨言此私呵將軍自殺大牛與
沙門瞿曇及諸比丘設飯食爲已殺知而故
食之爾時有人即往私呵所語言當知有諸
尼揵子往離奢住處舉手大哭稱怨言私呵
將軍自殺牛爲沙門瞿曇及比丘僧設飯食
私呵言是常日夜爲佛比丘僧作怨家我終
不爲命故斷衆生命爾時私呵將軍以多美
飲食飯佛及比丘僧已攝鉢更取一卑牀在
一面坐佛爲方便說法開化令得歡喜爲說
法已從坐起而去還僧伽藍中以此因緣集
比丘僧告言自今已去若故爲殺者不應食
是中故爲殺者若故見故聞故疑有如此三
事因緣不淨肉我說不應食若見爲我故殺
若從可信人邊聞爲我故殺若見家中有頭
有皮毛若見有脚血又復此人能作十惡業
常是殺者能爲我故殺如是三種因緣不清
淨肉不應食有三種淨肉應食若不故見不
故聞不故疑應食若不見爲我故殺不聞爲
我故殺若不見家中有頭脚皮毛血又彼人
非是殺者乃至持十善彼終不爲我故斷衆
生命如是三種淨肉應食若作大祀處肉不
應食何以故彼作如是意辦具來者當與是
故不應食若食如法治
爾時世尊從毗舍離人間遊行與千二百五
十比丘僧俱至蘇彌從蘇彌至跋提城住時

跋提城有大居士字琝荼是不蘭迦葉弟子大富多諸珍寶多有象馬車乘奴婢僕使飯食倉庫溢滿有大威力隨意所欲周給人物彼居士入倉時如車軸孔自然穀出不休乃至居士出去其婦復有如是福力以八斗米作食供四部兵及四方來乞者皆使飽足食故不盡乃至起去其兒亦有如是福力囊盛千兩金與四部兵及四方來乞者隨意令足金故不盡乃至起去其兒婦亦有如是福力以一裹香塗四部兵及四方來乞者隨意令足香故不盡乃至起去其奴有如是福力以一犂耕七壟出其婢有如是福力以八斗穀與四部兵不盡乃至起去其家裏各各諍言是我福力爾時琝荼居士聞佛從蘇彌入間遊行至跋提城彼作如是念我今寧可辭師不蘭迦葉至沙門、瞿曇所念已往師所白言大師我聞佛從蘇彌人間遊行至跋提城我今欲往見沙門瞿曇不蘭迦葉語言居士汝有大神力隨意自在不應往見沙門瞿曇沙門瞿曇應來見汝又法應爾出家人應來問訊白衣彼作如是念未曾有沙門爲沙門作剌我何須辭不蘭迦葉不辭而去能使我作何等也即便往見瞿曇琝荼居士往世尊所頭面作禮却住一面世尊爲種種方便說法開化令得歡喜爾時琝荼聞佛說法心大歡喜白佛言我是跋提城居士是不蘭迦葉弟子具以已家業福力之事白世尊言我家中各各諍言是我福力惟願世尊爲說是誰福力佛語琝荼居士汝往過去世時於波羅㮈國作居士大富多諸財寶庫藏溢滿前世時

婦兒婦及奴婢即今者是居士爾時時世穀貴人民飢饉乞求難得時居士家中共食時有辟支佛字多呵樓支來入乞食居士言汝曹但食持我分與比仙人婦作如是言居士但食持我分與此仙人其兒復作如是言父母但食持我分與此仙人兒婦及奴婢亦作如是言大家但食持我分與此仙人於是各分食分施辟支佛居士知不以是因緣果報今日等共有如是福力爾時世尊無數方便爲說法開化令得歡喜即於座上遠塵離垢得法眼淨見法得法得成果證白佛言聽我自今已去盡形壽歸依佛法僧爲優婆塞不殺生乃至不飲酒惟願世尊受我跋提城中七日請時世尊默然受之時居士以世尊及比丘僧默然受請已即於跋提城中衆味自具七日供養佛及比丘僧時世尊七日受請已欲往曠野時瑘荼居士以千二百五十牸牛遣人以象載種種飲食之具於道路供養佛及比丘僧世尊爾時七日受供養已即往曠野諸比丘在道行見有人轂牛令犢子飲已復轂犢子口中涎出似乳諸比丘後遂不飲乳白佛佛言聽飲轂乳法應爾有五種牛汁乳酪生酥熟酥醍醐行過曠野已故有餘飲食彼使人作如是念居士大富多有財寶故爲比丘故送此飲食我今寧可都以此飲食與諸比丘時即持飲食與諸比丘諸比丘不受言佛未聽我曹受道路粮諸比丘白佛佛言自今已去聽作檀越食受令淨人掌舉不應自受若有所須隨意索取

爾時世尊從阿牟多羅國人間遊行至阿摩

那城在翅㝹編髮婆羅門園中住爾時編髮婆羅門聞沙門釋種出家從阿牟多羅國至阿摩那城在我園中住彼作如是念沙門瞿曇有大名稱言是如來無所著應供正遍知明行足爲善逝世間解無上士調御丈夫天人師佛世尊善哉我今當見如是無著人爾時編髮婆羅門往至世尊所恭敬問訊已却坐一面佛爲無數方便說法開化令得歡喜時婆羅門聞佛說法極大歡喜白佛言願佛及比丘僧受我明日請食佛言今比丘僧多汝信外道婆羅門言我雖信外道衆僧雖多但受我明日請食世尊如是再三語之婆羅門亦如是再三白世尊世尊爾時默然受請婆羅門見佛受已從坐起而去還家語親眷言我明日請佛及比丘僧供養所應施設願當助我其諸親屬聞之皆喜或有破薪者或有作飯者或有取水者時婆羅門自莊嚴堂舍敷牀座佛及比丘僧當在此坐時阿摩那城中有施盧婆羅門與五百婆羅門共住翅㝹婆羅門常恭敬宗仰之時施盧婆羅門與五百婆羅門俱往其家翅㝹婆羅門常法見其來起出迎之請入屋坐其日見來亦不出迎亦不請坐但見自莊嚴堂舍敷好牀座施盧問言爲欲娶婦爲欲嫁女爲欲請王爲欲大祠耶彼即答言我亦不娶婦乃至請王我欲作大祀請佛及比丘僧千二百五十人沙門瞿曇有大名稱如來無所著應供正遍知明行足爲善逝世間解無上士調御丈夫天人師佛世尊施盧問翅㝹言實是佛耶答言實是佛再三問言實是佛耶答言實是問言

佛在何處住我今欲見時翅毚舉右手示言乃在彼靜林中住施盧作如是念我不應空往當持何物往見沙門瞿曇也即自念言今有八種漿是古昔無欲仙人所飲梨漿閻浮漿酸棗漿甘蔗漿蕤菓漿舍樓伽漿婆樓師漿蒲萄漿爾時施盧婆羅門持此八種漿往詣佛所恭敬問訊却坐一面時世尊爲方便說法開化令得歡喜施盧聞法極大歡喜即以八種漿施比丘僧比丘不敢受言佛未聽我曹受八種漿比丘白佛佛言聽飲八種漿若不醉人應非時飲若醉人不應飲若飲如法治亦不應以今日受漿留至明日若留當如法治爾時世尊從此住處至摩羅人間遊行向波婆城時波婆城諸摩羅聞世尊與千二百五十比丘俱從摩羅人間遊行向波婆城自共作制世尊當來皆應共迎若不迎者罰金百兩時有摩羅子字盧夷無有信樂於佛法僧是阿難白衣時親友時阿難遥見盧夷語言甚善盧夷汝能自出迎佛彼答言大德我不以是出迎波婆城中皆共作制若不出迎佛者罰金百兩以是因緣故來非信敬故來時阿難聞之不樂即往世尊所白言此波婆城中有摩羅子字盧夷是我白衣時親友善哉世尊願爲佐助令彼得信樂佛語阿難此有何難若復有如是者猶不爲難爾時世尊即以慈心感盧夷摩羅令詣世尊猶如有人引導而往如是盧夷往至佛所頭面禮足已却住一面爾時世尊無數方便爲其說法開化令得歡喜即時得遠塵離垢得法眼淨見法得法得果證白佛言大德我自今已

去歸依佛法僧爲優婆塞不殺生乃至不飲酒惟願世尊常受我衣服飲食醫藥卧具佛告盧夷汝今學人以有明智遠塵離垢得法眼淨便言常受我衣服飲食醫藥卧具復更有餘學人已有明智遠塵離垢得法眼淨亦當復言常受我衣服飲食醫藥卧具爾時世尊波婆城城中不偏受一人請時城内家家各斂飲食聚在一處飯佛及僧時盧夷往作食處看唯無餅彼即於夜辦具種種餅明日與諸比丘諸比丘不受言佛未聽我曹前食受餅諸比丘白佛佛言聽受時世尊從波婆城至阿頭時阿頭住處有二比丘是常剃髮人父子出家時一比丘聞佛從波婆至阿頭彼作如是念我曹當辦具何等供養世尊其父語兒言我今當求剃髮處汝可往作錢處求作若有所得當辦具粥供養世尊時父即往爲人剃髮兒即往作錢賃作有所得物盡爲辦粥持往供養世尊世尊知而故問阿難何處得此粥阿難即以此事具白佛佛言出家人不應爲白衣剃髮除欲出家者若剃髮人出家不應畜剃刀若畜當如法治時衆僧得剃髮刀白佛佛言聽畜爾時世尊從阿頭至迦摩羅諸比丘得如是根藥阿漏彌那漏比那漏提婆檀豆檀盧乾漏私羅漏諸比丘不受言佛未聽我曹受如是根藥白佛佛言聽受是中迦摩羅國諸比丘得如是盡形壽藥沙蔓那摩訶沙蔓那杏子人兜兜漏察敵棃蓼諸比丘不受言佛未聽我等受如是盡形壽藥比丘白佛佛言聽受爾時世尊從迦摩羅至迦維羅衛國畢陵伽婆蹉在彼國住

患脚劈破醫教塗脚白佛佛言聽塗不知以何藥塗白佛佛言聽以酥油若脂塗手捉酥油臭佛言聽用塗藥鉀時手塗脚手膩佛言聽脚脚相塗塗脚藥著淺器中不堅牢佛言聽作瓶若患坌塵佛言聽作蓋時油瓶舉處不堅牢佛言聽著牀下若懸著壁上龍牙杙上時諸比丘患頭痛醫教頂上著油白佛佛言聽著彼畏慎不敢用香油著佛言聽著油法應爾時比丘患風醫教作除風藥是中除風藥者黍稻穀黍酒糟若大麥若諸治風草若麩糠若蕢小便白佛佛言聽時畢陵伽婆蹉須銚蕢佛言聽畜衆僧得大銚佛言聽畜畢陵伽婆蹉得三種釜銅釜鐵釜土釜佛言聽畜衆僧亦爾聽畜後得瓶銅瓶鐵瓶瓦瓶佛言聽畜衆僧亦爾聽畜畢陵伽婆蹉得煎餅鏊佛言聽畜衆僧亦爾聽畜畢陵伽婆蹉得銅甌得罇佛言聽畜衆僧亦爾聽畜

四分律藏卷第四十二

音釋

粳古行切稻之不黏者曰粳 糜靡爲切正作糜穄也 麨尺小切乾糧也 滓壯士切澱也 鞞班糜切 蕤如佳切 韌而振切堅柔難斷也 蓽茇蓽北吉切茇北末切 簸補過切簸箕揚米器也 簁霜夷切與篩同 箒之九切篲也 瘑古禾切疽瘡也 麑五稽切 篦邊迷切 藕語口切芙蕖根也 廐居祐切馬舍也 象 刮古滑切剔刮也 𤛓古候切取牛乳也 犢徒谷切牛子也 歛力鹽切與匳同威香器也 銚徒弔切燒器 熨紆勿切火展熨也 鈹普皮切刀也 筋舉欣切骨絡也 抓側交切抓搯也 琝武巾切 帝兜上音底下音吐又奴侯切 鉀篇迷切 麩糠麩芳無切麥皮也糠苦岡切米皮也 鏊五到切 甌烏侯切小碗也 罇祖昆切酒器也

四分律藏卷第四十三

姚秦三藏佛陀耶舍共竺佛念譯

第三分藥揵度法之餘

爾時有吐下比丘使舍衛城中人煮粥時有因緣城門晚開未及得粥便死諸比丘白佛佛言聽在僧伽藍內結淨地白二羯磨應如是結應唱若房處若溫室若經行處衆中差堪能作羯磨者若上座若次座若誦律若不誦律堪能作羯磨者如是白大德僧聽若僧時到僧忍聽僧今某處結作淨地白如是大德僧聽僧今結某處作淨地誰諸長老忍僧結某處作淨地者默然若不忍者說僧已忍結某處作淨地竟僧忍默然故是事如是持有四種淨地一者檀越若經營人作僧伽藍時分處如是言某處爲僧作淨地第二者若爲僧作僧伽藍未施僧第三者若半有籬障若多無籬障若都無籬障若垣牆若塹亦如是第四者僧作白二羯磨結諸比丘作是念比丘房應結作淨地不白佛佛言應作除去比丘比丘尼若式叉摩那沙彌沙彌尼房亦如是若鬼神廟屋亦如是得作淨地時諸比丘不知何處是淨地白佛佛言應結若疑先有淨地應解然後結爾時比丘治故僧伽藍不知爲得作淨地不佛言得作爾時不淨地有樹生枝葉陰覆淨地時諸比丘欲安淨物著上不知爲淨不淨佛言根在不淨地即不淨時有樹根在淨地枝葉陰覆不淨地諸比丘欲安淨物著上不知爲淨不佛言根在淨地得淨時有樹根在不淨地枝葉覆淨地果墮在淨地諸比丘不知爲淨不佛言若無人

觸自墮者淨風吹雨打墮有獮猴諸鳥觸墮不知爲淨不淨佛言若不作意欲使墮者淨樹根在淨地果墮不淨地比丘不知爲淨不淨佛言淨時諸比丘在不淨地種胡瓜甘蔗菜枝葉蔭覆淨地比丘不知淨不淨佛言不淨時有在淨地種胡瓜甘蔗菜枝葉蔭覆不淨地不知淨不淨佛言淨時六羣比丘不淨果便食諸居士見皆共譏嫌言沙門釋子不知慙愧無有猒足自稱言我知正法如是何有正法食果不作淨諸比丘白佛佛言不應不淨果便食應淨已食之應作五種淨法食火淨刀淨瘡淨鳥啄破淨不中種淨此五種淨應食是中刀淨瘡淨鳥淨應去子食火淨不中種淨都食復有五種淨若皮剥若劖皮若腐若破若瘀燥爾時衆僧得果園佛言聽

受復不知誰當料理佛言若守僧伽藍民若沙彌若優婆塞彼守視人欲得分佛言應計食作價與直爾時比丘食不破果大便已子生諸比丘畏慎言我食生種白佛佛言不犯即是淨時諸比丘種菜自散種子後疑言我自種不敢食白佛佛言種子已變盡聽食時比丘移菜餘處殖疑言自殖不敢食白佛佛言以種生故聽食若自種胡瓜甘蔗蒲萄梨柰呵梨勒鞞醯勒阿摩勒椒薑蓽茇及移殖應食爾時有小沙彌捉淨食過水不自勝舉佛言聽大比丘扶沙彌令過時有少沙彌持淨食不能上岸佛言聽大比丘扶令上時有沙彌小不能舉淨食懸著壁上若龍牙杙上又不能下白佛佛言聽下安牀若机凳上令得上下時諸比丘有酥瓶油瓶不覆白佛佛

言聽使淨人覆若無淨人應自手捉蓋懸置其上不應手觸時六羣比丘噉不淨菜諸居士見皆共譏嫌言沙門釋子不知慙愧無有猒足斷衆生命自言我知正法如是何有正法不淨菜便食之諸比丘白佛佛言不應噉不淨菜應淨時彼便自作淨佛言不應自作淨應令淨人作淨時比丘自手捉食已使人作淨佛言不應自手捉食已使人作淨應置地使人作淨彼作淨已不受便食佛言不應作淨已不受便食應作淨已洗手受食彼洗連根菜已更作淨佛言不應洗已更作淨此洗即是淨時有比丘先相嫌便觸他淨食作如是意令比丘得不淨食彼比丘不知淨不淨白佛佛言於觸者是不淨不觸者淨觸者犯突吉羅時有比丘嫌彼比丘於彼小沙彌邊觸彼淨食作如是意令彼和尚阿闍梨得不淨食彼比丘不知淨不淨白佛佛言觸者不淨不觸者淨觸者得突吉羅時淨人作如是意强多與比丘食彼食不盡有餘我曹當食彼比丘應口遮言莫著若不止彼應小離食器草彼比丘不知淨不淨白佛佛言淨時諸居士持食飲具往僧伽藍與諸比丘掌舉後諸居士來若自食若持歸若與比丘食比丘畏愼不敢食作如是意我曹先手自掌舉諸比丘白佛佛言此是檀越所有聽爲檀越故洗手受食時病比丘須粥佛言聽煑若無人若自煑若更互煑不知云何煑佛言聽使淨人淨洗器著水著米煑令沸洗手受然後自煑令熟時不知熟不熟佛言應以杓揚看若流下循杓則熟若熟應瀉著餘器中彼瀉

粥者復具器疲極佛言不應瀉粥者并具器應更一人具器若熱燒手應捉捻熱巾若草若蟲墮粥中應却彼燒手佛言應以杓去之彼欲分佛言聽分復不知何器分佛言若以鍵鎔若小鉢若次鉢若杓作分鉢若不正應作鉢支若塵坌應作蓋彼不洗鉢器舉餘比丘見惡之佛言應淨洗然後舉既洗不以灰澡豆洗不淨佛言應用灰澡豆洗洗已不乾便舉器使蟲生佛言不應不乾舉應令乾燥然後舉彼器有陷孔處食入中數摘洗穿壞佛言隨可洗處洗餘無犯諸比丘作如是念得界內共粥宿界內煑自煑不佛言不應界內共宿界內煑自煑諸比丘作如是念重煑粥得界內共宿界內煑自煑不佛言不應界內共宿界內煑聽自煑諸比丘如是念盡形壽藥得界內共宿界內煑自煑不佛言聽盡形壽藥界內共宿界內煑自煑時有比丘欲受酥錯受油不知成受不佛言不成受時有比丘欲受油錯受酥不知成受不佛言不成受欲受此錯受彼不知成受不佛言不成受有比丘忘不受食便持在道行渡水已憶念我當云何即白佛佛言若如是忘不受食便持在道行者若見有淨人應置食著地淨洗手更受食爾時世尊在波羅柰國時世穀貴人民飢餓乞食難得諸比丘持食著露處不蓋藏放牛羊人若賊持去諸比丘作如是念國土飢餓世尊應聽界內共食宿白佛佛言若穀貴時聽界內共食宿時諸比丘露處煑食不蓋藏牧牛羊人若賊見持去比丘作如是念穀貴時界內應聽煑食白佛佛言穀貴

時聽界内煑時諸比丘使淨人煑食或分取食或都食盡諸比丘作如是念穀貴時應聽自煑食白佛佛言穀貴時聽自煑食時諸比丘道路行見地有果比丘求淨人須他人已取去白佛佛言聽以草若葉覆果上而人故取去白佛佛言聽取若見淨人應置地洗手受食諸比丘作如是念穀貴時世尊應聽我曹自取食佛言穀貴時聽自取食時諸比丘早起受食已置食入村彼受請還餘比丘邊作餘食法彼或分食或食盡比丘作如是念穀貴時世尊應聽我等早起受食已不作餘食法食白佛佛言聽穀貴時不作餘食法食時有多知識長老比丘入村乞食得食已持往一處食已持餘食還至僧伽藍中於餘比丘間作餘食法更食彼比丘或分食若都食盡諸比丘如是念穀貴時世尊應聽我曹從食處持食來不作餘食法食白佛佛言聽穀貴時從食處持食來不作餘食法食時諸比丘受食已得果胡桃椑桃婆陀菴婆羅阿婆利於餘比丘邊作餘食法彼或分食或都食盡諸比丘作如是念穀貴時世尊應聽我曹得如是果不作餘食法食白佛佛言聽穀貴時得如是果不作餘食法食時諸比丘食已得水中可食物藕根迦婆陀菱芰藕子於餘比丘邊作餘食法彼或分食或都食盡諸比丘作如是念世尊應聽我曹穀貴時食已得如是水中可食物不作餘食法食白佛佛言聽穀貴時食已得如是水中可食物不作餘食法食時世穀還賤世尊知而故問阿難我於穀貴時慈愍諸比丘故聽八事界内共宿

界内煑自煑自手取食受早起食從食處持餘食來胡桃果等食水中可食物足食已不作餘食法聽食諸比丘今故食耶答言故食佛言不應食若食如法治爾時衆僧食廚壞諸比丘以木拄之木在不淨地有疑不知淨不佛言淨得食時夜移食墮不淨地諸比丘不知淨不淨白佛佛言淨夜移食食墮淨不淨地間諸比丘不知淨不淨白佛佛言淨時有狗從淨處銜食至不淨地諸比丘不知淨不淨白佛佛言淨諸惡獸鳥銜去亦如是時有比丘嫌彼比丘便移他食著不淨地作如是念使彼不得淨諸比丘不知淨不淨白佛佛言觸者不淨得突吉羅不觸者淨時比丘嫌彼比丘作如是意解他淨地使彼得不淨諸比丘不知淨不淨白佛佛言觸者不淨得突吉羅不觸者淨時有客比丘來覓淨地欲安食未至淨地明相出彼不知淨不淨白佛佛言淨欲遠行者亦如是時六羣比丘畜升斗斛秤諸比丘白佛佛言不應畜時諸比丘得胡麻粳米得大豆小豆大麥小麥自欲量白佛佛言聽手抄量若鍵鎡若鉢若小鉢量即以此器大小准以爲斛斗時諸比丘得酥油蜜黒石蜜欲稱量白佛佛言聽刻木作銖兩如秤齊限四五兩准以爲斤數彼結上好房作淨處酥油脂塗泥汙或煙熏汙白佛佛言不應結上房作淨處應結下者作淨處諸比丘得果佛言聽一一分若不足應憶次第若更得續與若得多果應一人與四五枚若與一抄若一鍵鎡若次鉢若隨能噉者與若故有餘應更與時彼與白衣若外道佛言不

應與外道白衣彼比丘後畏慎不敢與父母若病人小兒若妊身婦人若被繫閉者若白衣來至僧伽藍中白佛佛言如是人應與若故有餘應壓取汁飲時須壓具佛言聽畜若汁未沸不醉人得飲若醉人不應飲若飲如法治爾時世尊在毗舍離時衆僧多有供養飲食諸比丘身患濕白佛佛言聽作吐下藥須羹粥與羹粥須野鳥肉應與爾時有比丘患頭痛醫教灌鼻佛言聽不知何物灌佛言以酥油脂灌不知云何灌佛言聽以羊毛若劫貝鳥毛漬油中然後滴著鼻中四邊流出佛言聽作灌鼻筒彼便持寶作筒佛言不應用寶作應用骨若牙若角若鐵若銅若白鑞若鉛若錫若葦若竹若木彼不洗便舉置佛言不應不洗舉置洗已不燥後蟲生佛言不應洗已不燥應令燥舉置時有比丘患頭痛醫教灌鼻藥不入佛言聽手摩頂若摩脚大指若以凝酥塞鼻爾時有比丘患風醫教用煙佛言聽用煙時須煙筒佛言聽作彼以寶作佛言不應用寶作筒應用骨若牙若角若鐵若銅若白鑞若鉛錫若木作若患火燒煙出處聽安鐵若患筒零落佛言聽作囊盛手持不堅佛言應作帶繫著肩上彼須丸藥佛言聽作手持不堅應盛著熏筒囊中時有比丘患瘡醫教作塗瘡藥佛言聽作彼瘡熟應以刀破著藥自今已去聽以刀破瘡患瘡臭應洗若以根湯莖葉華果湯及小便洗時以手洗患痛以鳥毛洗若藥汁流棄以物擁障四邊若患燥以油塗若上棄以物覆若瘡臭香塗時諸比丘患瘡佛言聽厚衣覆若故寒

應以卧具氈褥覆上若寒不止應一比丘共卧彼畏慎不敢與病者共卧佛言聽與病人共卧時有白衣病來至僧伽藍中比丘爲看病諸比丘白佛佛言聽方便前遣若稱譽佛法僧者能作事爲作病人死諸比丘畏慎不敢棄世尊有如是語不應棄白衣喪諸比丘白佛佛言應爲僧伽藍淨故棄之時六羣比丘剃三處毛諸比丘白佛佛言不應剃三處毛時六羣比丘互相看尾誰尾長誰尾短著何藥諸比丘白佛佛言不應更相看尾問其長短著何等藥時六羣比丘以酥油灌大便道佛言不應灌彼教人灌佛言不應教人灌爾時比丘在北方住安居已形體枯燥顔色憔悴至祇桓精舍詣佛所頭面禮足却坐一面世尊慰問客比丘汝住處安樂和合不不以乞食疲苦耶答言住處安樂和合無諍彼國無粥不得粥故氣力羸乏佛問言彼國常食何等食答言彼國常食餅佛言聽食餅爾時有波羅柰國市馬人來至舍衛國欲爲衆僧作餅作豆麨作麨與麨篏與量麨器與鹽與盛鹽篏與苦酒苦酒瓶與木檔與支與匙與杓與摩膏與支枕與食根食莖食葉食華食果食油食胡麻食黒石蜜食細末食佛言一切聽受食諸比丘如是念不知此粥是食非食是請非請是足食非足食佛言若持草畫無跡非食非請非足食時比丘作如是念飲煑飯汁爲是食非食是請非請是足食不佛言若不合滓飲非食非請非足食時諸比丘作如是念不知餅是食非食是請非請是足食不佛言非食乃至非足食時六羣比丘

以共宿鹽合食食佛言不應共宿鹽合食食時優波離偏露右肩右膝著地合掌白佛言何等是盡形壽藥應服佛語優波離不任爲食者比丘有病因縁盡形壽應服

第三分迦絺那衣揵度法

爾時世尊在舍衛國時有衆多比丘在拘薩羅國安居十五日自恣竟十六日往見世尊彼道路值天雨衣服皆濕僧伽棃重疲極詣舍衛國世尊所頭面禮足已却坐一面爾時世尊慰勞諸比丘言汝等住止和合安樂不不以乞食爲苦道路不疲極耶答言住止和合安樂不以乞食爲苦大德有衆多比丘在拘薩羅國異處夏安居竟十五日自恣已十六日便持衣鉢來見世尊道路遇天雨衣服濕僧伽棃重疲極有衆多糞掃衣比丘在寒雪國異處夏安居十五日自恣竟十六日持所得新故衣便往見世尊道路遇天雨衣服濕重疲極詣祇桓精舍到佛所頭面禮足已却坐一面佛慰勞諸比丘言汝等住止和合安樂不不以乞食爲苦道路不疲極耶答言住止和合安樂不以乞食爲苦大德有衆多持糞掃衣比丘在寒雪國異處夏安居十五日自恣竟十六日持新故衣來見世尊道路遇天雨衣服濕重疲極爾時世尊以此因縁集比丘僧告諸比丘安居竟有四事應作何等爲四應自恣應解界應結界應受功德衣安居竟有此四事應作有五事因縁受功德衣何等五有長衣不失衣別衆食展轉食食前食後不囑比丘入聚落有如此五事因縁受功德衣受功德衣已得五事何等五得畜

長衣離衣宿別衆食展轉食食前後不囑比丘入聚落受功德衣已得作五事衆僧應如是受功德衣若得新衣若擅越施衣若糞掃衣若是新衣若是故衣新衣物帖作淨若已浣浣已納作淨不以邪命得不以相得不激發得不經宿得不捨墮作淨即日來應法四周有緣五條作十隔如是衣僧應受作功德衣若復過是者亦應受應自浣染舒張輾治裁作十隔縫治應在衆僧前受僧已受功德衣竟云何僧不成受功德衣不但浣已成受功德衣不但輾治不但安緣不但裁隔不但編邊不但安紐不但作葉不但安鉤若邪命得若諂曲得衣相得衣激發得衣經宿得衣捨墮不作淨不即日來不應法受衣四周不安緣不在僧前受若有難無僧伽棃若僧如法受功德衣而彼在界外住自受衣如是不成受功德衣云何成受功德衣若得新衣擅越施衣糞掃衣若是新衣若是故衣新物帖作淨若已浣浣已納作淨非邪命得非諂曲得不以相得不以激發得不經宿不捨墮作淨即日來應法四周安緣五條作十隔若過如是衣受作功德衣自浣染舒張輾治裁作十隔縫治在衆僧前受衆僧已受功德衣竟若如法受功德衣在界内受如是成受功德衣時六羣比丘以大色染衣爲僧受作功德衣諸比丘白佛佛言不應以大色染衣作功德衣彼用錦作佛言不應用錦彼用白色佛言不應用白色自今已去聽用袈裟色

爾時有異住處現前僧得大貴價功德衣彼比丘不知云何諸比丘白佛佛言聽作白

如是白大德僧聽今日衆僧受功德衣若僧時到僧忍聽衆僧和合受功德衣白如是如是白已與一比丘應問言誰能持功德衣者答言我能者衆中差堪作能羯磨者如是白大德僧聽若僧時到僧忍聽僧差某甲比丘爲僧持功德衣白如是大德僧聽差某甲比丘爲僧持功德衣誰諸長老忍僧差某甲比丘爲僧持功德衣者默然誰不忍者說僧已差某甲比丘爲僧持功德衣竟僧忍默然故如是持僧即應羯磨衣與持功德衣比丘作如是言大德僧聽此住處僧得可分衣現前僧應分若僧時到僧忍聽僧持此衣與某甲比丘此比丘當持此衣爲僧受作功德衣於此住處持白如是大德僧聽此住處僧得可分衣物現前僧應分僧今持此衣與某甲比丘此比丘當持此衣爲僧受作功德衣於此住處持誰諸長老忍僧持此衣與某甲比丘受作功德衣者默然誰不忍者說僧已忍與某甲比丘衣竟僧忍默然故是事如是持彼比丘應起捉衣隨諸比丘手得及衣言得相了應作如是言此衣衆僧當受作功德衣此衣衆僧今受作功德衣此衣衆僧已受作功德衣竟如是第二第三說彼諸比丘應作如是語其受者已善受此中所有功德名稱屬我彼應答言爾爾時優波離從座起偏露右肩脫革屣右膝著地白世尊言爲以過去三句爲以未來爲以現在受功德衣耶佛語優波離爲滿足語故說九句亦不以過去三句受功德衣亦不以未來三句受功德衣以現在三句受功德衣何以故優波離過去已滅

未來未至是故以現在三句受功德衣若得未成衣應衆僧中羯磨差比丘令作若作得已成者應如法受彼六羣比丘春夏冬一切時中爲僧受功德衣諸比丘白佛佛言不應春夏冬一切時中受功德衣自今已去聽自恣竟不受功德衣一月受功德衣五月彼六羣比丘不出功德衣作如是意以久得五事放捨故諸比丘白佛佛言不應作如是意以久得五事放捨故而不出功德衣自今已去聽冬四月竟僧應出功德衣應如是出僧集和合未受大戒者出不來者說欲僧今何所作爲應答言出功德衣大德僧聽今日衆僧出功德衣若僧時到僧忍聽僧今和合出功德衣白如是應作如是白出功德衣若不出過功德衣分齊突吉羅有八因緣捨功德衣

去竟不竟失斷望聞出界共出若比丘受功德衣竟出界外作不還意出去去便失功德衣若比丘受功德衣竟出界外作衣彼作衣竟便失功德衣若比丘受功德衣竟出界外作如是念亦不作衣亦不還衣所不竟捨功德衣若比丘受功德衣已出界外作衣竟彼比丘失衣功德衣亦失若比丘受功德衣竟出界外希望得彼比丘出界外便至希望得衣處比丘見已不得衣望斷更無有望處彼望斷失功德衣已若比丘受功德衣竟出界外作衣作衣竟聞衆僧出功德衣彼聞便失功德衣已若比丘受功德衣竟出界外作衣竟數作還意在界外衆僧出功德衣彼在界外失功德衣已若比丘受功德衣竟在界外作衣彼衣若竟若不竟還住處彼比丘和合

出功德衣是爲八事復有六事若比丘受功德衣竟出界外作不還意去未得衣去便失功德衣除上八事中失衣及望斷二句餘者如上也復有六事若比丘受功德衣竟持衣出界外作衣界外作衣竟便失功德衣除上八事中去及望斷二句餘者如上未得衣復有十五句次以得衣亦有十五句得衣未得衣復有十五句此錯互上八事更無異故不出復有十二事若比丘受功德衣已出去求希望衣得所望衣在界外作衣作衣竟失功德衣不竟句亦如是失亦如是望斷如上若比丘受功德衣竟出去望得衣不語人當還出界外至所望衣處而不得所望衣乃得非所望衣在界外作衣作衣竟便失功德衣不竟亦如是失亦如是斷望如上也若比丘受功德衣竟出去不語人當還亦不作還意在界外至望衣處得所望衣不得所望衣在界外作衣作衣竟便失功德衣不竟亦如是失亦如是望斷如上也復有十二事得所望衣不得所望衣同上十二事復有九事若比丘受功德衣竟出去未得衣在界外餘比丘問言汝在何處宿衣在何處何不持來爲汝作衣彼比丘還至住處聞衆僧出功德衣彼作如是念僧今出功德衣我方作衣彼即作衣竟失功德衣不作衣亦如是失衣亦如是此是在界內聞三句持衣出界外道路聞三句亦如是持衣至彼比丘所三句亦如是是爲九句事次得衣九句亦如是是得衣不得衣各九事亦如是若比丘受功德衣已出界外至餘方彼作是念言若得善伴當去若不得善伴當還至中道聞衆僧出功德衣彼如是念我當作衣作衣竟彼失功德衣不竟亦如是失衣亦如是界外亦如是聞亦如是五句若比丘受功德衣竟欲往靜處清淨若樂彼當住不樂當還彼比丘至彼間聞衆僧出功德衣彼

作是言我曹當作衣作衣竟捨功德衣不竟亦如是失衣亦如是界外亦如是聞亦如是五句有二種捨功德衣持功德衣比丘出界宿衆僧和合共出迦絺那衣揵度具足竟也

第三分拘睒彌揵度法

爾時世尊在拘睒彌時有比丘犯戒是中或有言犯戒或有言不犯是中見犯比丘語不見犯比丘言此比丘實犯非是不犯彼不見犯比丘竟欲驅去言如是是比丘實犯戒非是不犯彼不見犯比丘意解即言如是是比丘實犯戒非是不犯彼即和合舉罪犯罪比丘言我不犯不成舉非法舉我羯磨不成彼即往人間覓朋黨語餘比丘言我不犯不成舉非法舉我羯磨不成彼比丘見如是此比丘不犯不成舉非法舉羯磨不成犯罪比丘即將餘部黨隨舉比丘來至先言不見犯比丘所語言長老此比丘不犯戒不成舉非法舉他羯磨不成彼比丘還見不犯便言彼不犯不成舉非法舉羯磨不成彼被舉隨舉比丘與見犯比丘別部說戒羯磨時舉罪比丘往世尊所頭面禮足却坐一面白佛言此被舉隨舉比丘與我等別部說戒羯磨佛言此癡人破僧若彼如我所說羯磨說戒者羯磨成就不犯汝等若如我所說羯磨說戒亦成就不犯何以故有二不同住處何等二彼比丘自作不同住若僧與作不同住云何比丘自作不同住若比丘破僧求外朋黨是爲比丘自作不同住云何僧與作不同住僧與作不見羯磨不懺悔羯磨惡見不捨羯磨是爲僧與作不同住是爲二種不同住有二種同

住處是比丘自作同住處若僧與作同住處云何自作同住此比丘僧破自部黨求外善部黨此比丘自作同住云何僧與作同住衆僧和合先與作不見羯磨不懺悔羯磨惡見不捨羯磨後和合僧還解是爲僧與作同住是爲二種同住處彼被舉比丘隨舉比丘與此舉比丘鬪諍共相罵詈誹謗互求長短時衆多比丘往世尊所頭面作禮却坐一面白世尊言大德彼被舉比丘隨舉比丘與此舉比丘鬪諍共相罵詈誹謗互求長短我等當云何佛言聽衆僧破非法和合應在如是處坐令身口不出惡處坐衆僧破如法和合應隔一人坐

爾時世尊往被舉比丘所作如是言汝曹莫犯罪而言不知犯不懺悔何以故若比丘犯罪餘比丘言長老犯罪自見不答言不見彼比丘多聞知阿含持法持律知摩夷多得伴黨比丘比丘尼優婆塞優婆夷國王大臣種種沙門外道彼犯罪比丘作是念彼比丘多聞知阿含持法持律知摩夷多有伴黨比丘比丘尼優婆塞優婆夷國王大臣種種沙門外道我今若不見罪此比丘今即當爲我作不見罪羯磨不懺悔羯磨惡見不捨羯磨若彼比丘舉我作不見罪羯磨不懺悔羯磨惡見不捨羯磨者彼比丘不復與我共羯磨說戒不共我自恣同一屋住一處坐一牀一板在前食後食亦不隨歲數大小恭敬禮拜執手迎逆若彼比丘不與我同一羯磨共說戒乃至不執手迎逆者衆僧便好鬪諍事生共相罵詈誹謗伺求長短僧便當破令僧塵垢

令僧別異住若比丘重此破僧事者應如彼言有罪應如法懺悔止止比丘莫共鬪諍罵詈共相誹謗伺求長短汝等一切當共和合齊集同一師學如水乳合利益佛法安樂住爾時世尊告被舉比丘隨舉比丘如是言已便往至舉他比丘所語言汝等莫數舉他比丘事何以故是中比丘犯事彼比丘問言長老自見犯罪不彼言不見彼比丘若多聞知阿含持法持律知摩夷多朋黨比丘比丘尼優婆塞優婆夷國王大臣種種沙門外道彼比丘作如是念彼比丘多聞知阿含持法持律知摩夷多朋黨比丘比丘尼優婆塞優婆夷國王大臣種種沙門外道若彼言不見罪我等今即便當舉作不見罪羯磨不懺悔羯磨惡見不捨羯磨我等若與作不見罪羯磨不懺悔羯磨惡見不捨羯磨我等便不與彼共一羯磨説戒不共自恣乃至不執手迎逆我等不共一羯磨説戒乃至不執手迎逆者衆僧便當鬪諍共相罵詈誹謗伺求長短令僧破令僧塵垢令僧別住若比丘重此破僧事者不應舉彼比丘罪止止比丘莫鬪諍共相罵詈誹謗伺求長短汝等一切當共齊集同一師學如水乳合利益佛法安樂住爾時世尊語彼比丘已此夜過明旦著衣持鉢入拘睒彌乞食已還至僧伽藍中以此因緣集比丘僧告言乃往過去世有伽奢國王梵施拘薩羅王長生父祖怨仇梵施王兵衆威力勇健財寶復多長生王兵衆威力不如財寶復少後異時梵施王興四部兵來至拘薩羅國罰長生王奪得一切國土兵衆庫藏珍寶

時王長生與第一夫人逃走至波羅柰國假作螺髻婆羅門夫婦在陶師家住後異時長生王第一夫人心生如是念欲得其地平整四交道頭日初出時見四部兵共鬪洗刀汁飲即至王所白言王欲知不我今如是念欲得其地平整四交道頭日初出時見四部兵共鬪洗刀汁飲王言汝今何由得從如是願梵施王與我父祖怨仇奪我國土兵衆庫藏珍寶無有遺餘夫人言我若不得從如是願者便當死時梵施王有大臣字富盧醯侈是長生王伴長生王語婦言須我語伴令知時長生王即至富盧醯侈所語如是言伴令知不我第一夫人生如是念欲得其地平整於四交道頭日初出時見四部兵鬪洗刀汁飲念已即來白我説如是事我語言汝今何由得從如是願梵施王與我父祖怨仇奪我一切國土兵衆庫藏財寶都盡夫人即言我若不得從如是願者便當死我即語言須我以此因緣語伴令知富盧醯侈言小止須我瞻其腹内時富盧醯侈往瞻長生王第一夫人腹内已即偏露右肩長跪執手三反稱言拘薩羅王在腹内語夫人當得其地平整於四交道頭日初出時見四部兵共鬪洗刀汁飲在某處住時富盧醯侈往梵施王所白如是言王欲知不有如是星出時應清旦日初出時在四交道頭四部兵共鬪洗刀刃王言富盧醯侈今正是時時富盧醯侈即集四部兵於四交道頭共鬪洗刀刃時長生王夫人得其地平整於四交道頭日初出時見四部兵共鬪洗刀刃時夫人得洗刀汁飲已胞胎成

足遂便生男兒顔貌端正即字爲長摩納其年長大王長生甚愛念之時王梵施聞拘薩羅王長生與第一夫人逃走作螺髻婆羅門在陶師家住即勑傍人言汝往陶師家收取長生王及第一夫人堅牢執持將來并打惡聲鼓爲現死相從右門出破爲七分著尖標頭時王長生聞梵施王作如是教勑即喚兒長摩納語言汝今知不伽奢國王梵施是我父祖怨仇彼奪我一切國土兵衆財寶都盡并勑傍人令殺我等汝可逃走勿爲梵施王所殺時王子長摩納即逃走時梵施王使人即收王長生及第一夫人執縛并打惡聲鼓現死相衆人聚集時長生王子改服尋父母後啼泣流淚時王長生顧見其子作如是言怨無輕重皆不足報以怨報怨怨終不除唯有無怨而除怨耳如是再三言時衆人作如是念拘薩羅王顛狂心亂今日方教長摩納今誰是長摩納也時衆人亦如是三言時梵施王使人即將長生王從右門出分爲七分著尖標頭時長生王子長摩納從彼還入波羅㮈城學種種技術學書學瞻相星宿祕讖算數及畫諸形像音樂戲笑在於衆中最爲第一爾時梵施王妓女所住處去邊不遠有調象師時王子長往象師所語言我欲學調象答言可學時長摩納夜時過半彈琴歌戲出美音聲時王梵施於夜聞彈琴歌戲聲其音調美聞已即問傍人言誰於夜過半彈琴歌戲其音調好答言王今知不去王妓女不遠有調象師住彼有弟子字長摩納是彼於夜過半彈琴歌戲聲其音調好聞已即言喚

來我欲見之即受教往喚來頭面禮王足已一面住王問言汝實於夜過半彈琴歌戲出美音聲耶答言爾王言汝今於我前可彈琴歌戲出美音聲時即於王前彈琴歌戲出美音聲王聞之極大歡喜王言住此當與汝食答言爾爾時王梵施第一夫人住屋無人得入者唯王夫人及長摩納後異時夫人失摩尼珠夫人至王所白言王知不我失摩尼珠王言有誰入者夫人言更無人入唯有王及我長摩納時王即喚長摩納問言我第一夫人失珠汝取耶彼作如是念王夫人屋更無人入唯有王夫人及我若我言不取恐王必當治我但我生來習樂不堪苦毒即報王言我取王言共誰取答言共王太子更復有誰答言復共第一有智慧大臣更復有誰答言與王國中第一大長者更復共誰答言共第一婬女時王即收長摩納太子大臣長者第一婬女繫之王太子語長摩納言汝知我實不取珠而虛言我取耶長摩納言汝實不取我亦不取汝是王第一太子王所愛重必不爲珠故斷汝命以是故相引耳第一有智慧大臣語長摩納言汝實知我不取珠而虛言我取耶長摩納言汝實不取我亦不取汝是有智慧大臣能覓得珠是故相引耳大長者語長摩納言汝實知我不取珠而虛言我取耶長摩納答言汝實不取我亦不取汝是國之大長者大富財寶無數若王須珠汝能與之以是故相引耳第一婬女語長摩納言汝知我不取珠而虛言我取耶答言汝實不取我亦不取汝是第一婬女多人繫意在汝未

得汝者必求覓得珠以是故相引耳時波羅㮈國白賊聞王第一夫人失珠王收繫長摩納太子大臣大長者婬女即來至長摩納所問言王夫人實失珠不答言失珠問言誰入夫人屋答言唯王夫人及我問言誰在中行答言有獼猴在中行彼言長摩納令珠可得耳時賊即往梵施王所白王言王令知不令珠可得王可出女人莊嚴具王即出種種莊嚴具瓔珞集衆獼猴令著瓔珞置在宮中時彼先在內獼猴見諸獼猴皆著瓔珞便出所偷夫人珠以自嚴身時賊即四方圍遶捕取獼猴以白王言王令知不我已得珠時王梵施即喚長摩納來語言汝不取珠何故言取耶即答王言我作如是念夫人屋無人入者唯王夫人及我我若言不取恐王治我苦毒而我不堪苦毒故言取之耳汝復何故引太子耶答言我作是念太子王甚愛念必不以珠故而斷其命以是故引太子耳汝何故引第一大臣答言我作是念大臣多智必能作方便還求得珠以是故引耳汝復何故引大長者答言我作是念王若須寶長者大富足能與王珠是故引耳汝復何故引婬女答言我作是念國中人及與衆賊繫心在彼婬女其未得者必能爲婬女故還覓得珠是故引耳王言未曾有長摩納有如是智慧王即用長摩納作一切處尊後於異時梵施王嚴四部兵出行遊獵時王及四部兵各各衆亂逐鹿時天熱疲極時長摩納即將王車至屏處止息王下車在車陰中枕長摩納膝上眠時長摩納作如是念此王是我父祖怨仇破我

國土奪我父祖四部兵衆及庫藏寶物一切皆盡殺我父母斷拘薩羅王種念昔日怨故即時拔劒欲斷王頭念父往言怨無輕重皆不足報以怨報怨怨終不除唯有無怨而怨息耳即還內劒時梵施王驚覺長摩納問王言何故驚耶王言拘薩羅王有兒字長摩納拔劒欲斷我命即答王言今此何處有長生王子長摩納唯有王及我耳王但安眠王第二眠亦復如是乃至第三眠長摩納如前思惟復拔劒王即驚覺時長摩納即撮王頭王言汝欲殺我耶答言爾以何事故答言我是長生王子長摩納王是我父祖怨仇破我國土奪我父一切兵衆庫藏寶物都盡殺我父母斷拘薩羅王種念此怨仇故是故欲殺王耳王即語言今還汝父祖兵衆國土一切珍寶莫得殺我答言當活王命王亦莫殺我王答言赦汝命時彼共除父祖時怨即共和合猶若父子共同一乘還波羅㮈國時王梵施集諸大臣告如是言若見長生王子長摩納者當取云何或有言治令如是或有言以刀殺之或有言車轢之或有言高懸其頭或有言然令如炬或有言熱油煎之或有言剝其身或有言利鉤鉤肉或有言以蜜煑之或有言纏身放火或有言衣裹燒之或有言截手截脚截耳截鼻或有言生貫著尖標頭或有言截頭王即示諸臣言此是長生王子長摩納自今已去一切衆人不得論説何以故彼活我命我活彼命時王即還其父時兵衆及一切國土庫藏珍寶即莊嚴其女與之汝等諸比丘彼執刀劒長摩納有父祖怨仇還共

和合猶若父子汝等出家爲道同一師同一學如水乳合利益佛法安樂住止止諸比丘莫共鬪諍共相罵詈誹謗互求長短和合莫共諍同一師學如水乳合利益佛法安樂住中有異比丘白佛言世尊但自安住如來是法主諸比丘鬪諍事自當知爾時世尊第二第三語拘睒彌比丘止止莫共鬪諍罵詈誹謗互求長短和合共住同一師學如水乳合利益佛法安樂住彼比丘作如是言世尊但自安住如來是法主比丘鬪諍事自當知爾時世尊爲拘睒彌比丘說此偈言

衆惡聲流布　不求尊上法　破於衆僧時
亦不以餘事　斷骨害生命　盜取牛馬財
國土鬪諍亂　亦有還和合　汝曹可無有
種種罵詈者　其有如是者　彼怨終不除
種種惡罵詈　終不還加報　其能忍默然
彼怨自得除　以怨除怨仇　怨仇終不除
無怨怨自息　其法勇健樂　亦不教他作
已身亦不爲　能行如是者　如雨淹衆塵
無堅說堅牢　堅牢見不堅　彼不解堅牢
墮邪憶念中　堅牢知堅牢　不堅知不堅
彼解堅牢法　入於正念中　猶如人執箭
執緩自傷手　沙門不善良　增益於地獄
若能善執箭　執急不傷手　沙門善自良
便得生善道　雖有袈裟服　懷抱於結使
不能除怨害　彼不應袈裟　結使已除滅
持戒自莊嚴　調伏於怨仇　彼則應袈裟
處處遍求伴　無有稱已者　寧獨堅其心
不與愚者同　若處處求伴　不得如已者
寧獨自行善　不與愚惡伴　獨行莫作惡

如山頂野象　若審得善伴　共行住勇健
遊處在諸衆　其心常歡喜　若不得善伴
獨行常勇健　捨於郡國邑　無事如野象
爾時世尊以拘睒彌比丘鬭諍共相誹謗罵詈衆僧惱亂世尊不喜不語衆僧及供養人自舉卧具著本處執持衣鉢以神足力從拘睒彌還舍衛國時拘睒彌諸優婆塞聞世尊以諸比丘鬭諍共相誹謗罵詈衆僧惱亂世尊不喜不語衆僧及供養人自舉卧具著本處執持衣鉢以神足力從拘睒彌國還舍衛國時諸優婆塞自共作制限我等衆人都不應見拘睒彌比丘起迎逆恭敬禮拜問訊語言及供養衣服飲食病瘦醫藥彼諸比丘如似被舉住比丘比丘尼優婆塞優婆夷國王大臣種種沙門外道盡皆遠離無有與語者彼諸鬭諍比丘遂無有利養作如是念我等可於世尊所滅此鬭諍事即往舍衛國時舍利弗聞拘睒彌比丘鬭諍共相誹謗罵詈口如刀劒從拘睒彌來至舍衛國即與五百比丘往佛所頭面禮足却住一面白世尊言此拘睒彌比丘鬭諍共相誹謗罵詈口如刀劒從拘睒彌來至舍衛國我曹當云何佛告舍利弗應聽二部所說若有比丘如法語者則應受彼語稱譽長養與爲伴黨舍利弗復白佛言云何知彼比丘是法語非法語佛告舍利弗有十八事破僧法非法毗尼非毗尼犯不犯輕重有餘無餘麤惡不麤惡以應行不應行制不制說不說佛告舍利弗汝觀此事則知彼比丘如法語非法語復白佛言云何與拘睒彌比丘房舍卧具佛言應持屏處

房舍卧具與若無屏處應作房處與如衆僧分卧具法等與舍利弗白佛言衆僧衣物云何與拘睒彌比丘分佛言隨上座次到應與舍利弗白佛言拘睒彌比丘若小食與粥時當云何坐

佛告舍利弗我先不作如是語耶衆僧破非法和合應在身口不生惡處坐衆僧破如法和合事已滅應間闕一人坐處坐爾時摩訶波闍波提比丘尼聞拘睒彌比丘鬪諍誹謗共相罵詈互求長短從拘睒彌來至舍衛國即與五百比丘尼俱詣世尊所頭面禮足却住一面白佛言大德此拘睒彌比丘鬪諍誹謗共相罵詈互求長短從拘睒彌來至舍衛國我等當云何佛告瞿曇彌應聽二部語若有比丘如法語者則應受彼語稱譽長養與爲伴黨復白佛言云何知彼比丘是法語非法語

佛告瞿曇彌有十八事破僧法非法乃至説不説如上汝觀此事則知彼比丘如法語非法語瞿曇彌比丘尼應從衆僧乞教授在如法比丘部中求爾時阿難邠坻聞拘睒彌比丘鬪諍誹謗共相罵詈互求長短口如刀劒從拘睒彌來至舍衛國與五百優婆塞俱詣世尊所頭面禮足却坐一面白佛言拘睒彌比丘鬪諍誹謗共相罵詈互求長短口如刀劒從拘睒彌來至舍衛國我等當云何佛言應聽二部語如上若有檀越布施應分作二分此亦是僧彼亦是僧居士如破金杖爲二分二俱是金如是居士布施物應分爲二分此亦是僧彼亦是僧爾時毗舍佉無夷羅母

聞拘睒彌比丘鬬諍誹謗共相罵詈互求長短口如刀劒從拘睒彌來至舍衛國與五百優婆私俱詣世尊所頭面禮足却住一面白佛言拘睒彌比丘鬬諍誹謗共相罵詈互求長短口如刀劒從拘睒彌來至舍衛國我等當云何佛言應聽彼二部所說如上若有布施衣物應分爲二分此亦是僧彼亦是僧如破金杖爲二分彼此是金若有布施衣物應分爲二分此亦是僧彼亦是僧爾時被舉比丘道路行靜處心自念言我此諍事應當引脩多羅毗尼阿毗曇檢校佛法是舉非舉爲是如法舉羯磨成就爲是不如法舉羯磨不成就耶時即看脩多羅毗尼阿毗曇檢校佛法律作如是念是犯非爲不犯是舉非爲不舉如法舉羯磨成就非爲不如法舉羯磨不成就彼即至隨舉比丘所作如是言我在道路行在靜處思惟作是念我今此鬬諍事是犯非犯耶即看脩多羅毗尼阿毗曇檢校佛法律是犯非爲不犯是舉非爲不舉如法舉羯磨成就非爲不如法舉羯磨不成就時隨舉比丘將被舉比丘至舉罪比丘所白言此被舉比丘語我如是言在道路行在靜處思惟心自念言如上所說爾時舉罪比丘將隨舉比丘被舉比丘詣世尊所頭面禮足已却坐一面白佛言此隨舉比丘將被舉比丘來至我所以被舉比丘因緣具向我說今即復以因緣具白世尊世尊告諸比丘是犯非不犯是舉非不舉如法舉此比丘羯磨成就若彼比丘順從衆僧懺悔改過求索解不見舉羯磨者即應白四羯磨解應如是解彼比丘

應至僧中偏露右肩脱革屣禮僧足已右膝著地合掌白如是言大德僧聽我某甲比丘僧舉我作不見舉羯磨我今順從衆僧解過懺悔乞解不見舉羯磨願僧慈愍故爲我解如是第二第三説是中應差堪能作羯磨者若上座若次座若誦律若不誦律堪能作羯磨者如是白大德僧聽此某甲比丘僧作不見舉羯磨今順從衆僧改過懺悔乞解不見舉羯磨若僧時到僧忍聽某甲比丘僧與解不見舉羯磨白如是大德僧聽某甲比丘僧與作不見舉羯磨彼順從衆僧改過懺悔今求僧乞解不見舉羯磨誰諸長老忍僧解彼某甲比丘不見舉羯磨者默然誰不忍者説是第一羯磨如是第二第三説僧已忍與某甲比丘解不見罪舉羯磨竟僧忍默然故是事如是持佛言聽作白羯磨和合應如是白大德僧聽所因事令僧鬭諍誹謗共相罵詈互求長短彼人犯事被舉今已還解已滅僧塵垢若僧時到僧忍聽作和合白如是應作如是白和合時優波離從座起偏露右肩脱革屣右膝著地合掌白世尊言所因事令僧鬭諍誹謗罵詈互求長短令僧破令僧別異住令僧塵垢彼事未料理未處分未滅僧塵垢頗得如法和合不佛言不得如法和合優波離彼所因諍事令僧鬭諍誹謗罵詈互求長短令僧破令僧別住令僧塵垢彼諍事已料理已分處已滅僧塵垢得如法和合佛言自今已去聽作白羯磨和合布薩應作如是白大德僧聽彼所因事令僧鬭諍誹謗罵詈互求長短令僧破令僧別住令僧塵垢彼令

僧爲作舉罪已還爲解已滅僧塵垢若僧時到僧忍聽僧作和合布薩白如是應如是白已和合布薩爾時佛告優波離有五種犯罪人何等五比丘如是犯罪餘比丘語言汝犯罪見不答言不見彼語此比丘言若見此罪應懺悔此是第一犯罪人比丘如是犯罪餘比丘語言汝犯罪見不答言不見彼比丘言汝若見罪應僧中懺悔是第二犯罪人比丘如是犯罪餘比丘語言汝犯罪見不答言不見彼比丘言汝若見罪當於此僧中懺悔是第三犯罪人比丘如是犯罪餘比丘語言汝犯罪見不答言不見衆僧應捨棄莫問語如是言汝今不見罪汝所往之處彼亦當舉汝罪爲汝作自言不聽汝作阿蒐婆陀不聽布薩自恣如調馬師惡馬難調即合所繫杙棄之汝比丘不自見罪亦復如是一切捨棄汝所往之處乃至不聽汝布薩自恣如是人不應從求聽如是此即是聽此是第四犯罪人比丘如是犯罪餘比丘語言汝犯罪見不答言不見彼應衆僧中作不見舉白四羯磨此是第五犯罪人時長老優波離從座起偏露右肩脫革屣右膝著地合掌白佛言有幾法應得作料理事人佛言五法應料理何等爲五欲作事比丘應觀察此事實不實或有事不實彼比丘若知此事不實不應作彼比丘若知此事實應更重觀察此事有利益無利益或有事無利益彼比丘若知此事無利益不應作若比丘知此事有利益應更觀察此事時作非時作或有事非時作彼比丘若知此事非時作不應作彼比丘若知此事是時

作應更重觀察若作此事令僧鬪諍誹謗罵詈令僧破令僧別住令僧塵垢爲不令僧鬪諍乃至不令僧塵垢彼比丘若知作事令僧鬪諍乃至令僧塵垢不應作若比丘作事不令僧鬪諍乃至不令僧塵垢彼比丘應重更觀察若比丘作事爲得伴黨不得伴黨或作事不得比丘伴黨彼比丘若知作事不得比丘伴黨不應作彼比丘若知得比丘伴黨應知時好心善念應作優波離比丘知此五法應得作料理事人爾時優波離即從座起偏露右肩右膝著地合掌向佛而說偈言

爲僧說此語　義利決定故　云何得知勝比丘得堅持

爾時世尊說偈答優波離言

第一持戒不毀壞　比丘威儀自端身

怨家不能如法訶　彼能得是他無語
彼住如是清淨戒　得無畏說無疑難
在衆不怖無變異　不失於義隨問答
如是衆中而問義　卒答不思無憂慮
隨時問義皆能答　應答諸問心無異
恭敬長老諸比丘　上座中座及下座
能說因本善分別　解諸怨家欺詐語
怨家不能得其勝　亦能調伏於多人
常爲師教而不虧　莊嚴智慧衆所可
若犯如是事　不犯得罪除　此垢二俱知
知垢懺悔除　不悔衆所遣　若悔衆不驅
如是人應勸　分明如是知　有信則能受
爲僧故而遣　衆遣能用語　能作不自高
恭敬於長老　上中及下座　智慧多利益
是人能護法

四分律藏卷第四十三

音釋

啄竹角切鳥啄也瘀依倨切積血病杓市若切杷杓器也椑班麋切菱芰菱力膺切芰奇寄切兩角爲菱四角爲芰揔謂之水栗鍵鎔梵語也此云淺鐵鉢鍵渠焉切鎔即移切鑯盧合切白錫也鉛錫鉛與專切錫先擊切鉛錫黑錫也瘧魚約切痁病也欓多朗切輾足展切與碾同仇渠尤切讎也醯馨兮切侈昌里切詈力置切罵詈正斤曰罵旁及曰詈

四分律藏卷第四十四

姚秦三藏佛陀耶舍共竺佛念譯

第三分瞻波揵度法

爾時世尊在瞻波城伽尸國婆娑婆聚落時異住處有舊比丘當接衆人猶如泉水作如是言若未來客比丘我當供給所須爲作洗浴飲食供養時有衆多比丘在伽尸國人間遊行至婆娑婆聚落時彼比丘即供給所須飲食供養彼比丘異時作如是念我不能常從白衣乞索飲食供具作洗浴作粥供養此客比丘道路遠來今已懈息本未有知識今已有知識我今寧可不復求索於是即止彼客比丘作是念此比丘憎我曹本供給我等所須飲食洗浴之具今止不復與我我等寧可舉此比丘耶彼即和合舉此比丘彼比丘作是念我今不能自知是犯非犯是舉非舉爲如法舉羯磨成就爲不如法舉羯磨不成就我今寧可往瞻波城詣世尊所以此因緣具白世尊世尊若有言教隨世尊所教我當施行爾時此舊比丘持衣鉢詣瞻波往世尊所頭面作禮已却住一面爾時世尊慰勞客比丘乞求易得不住止和合不道路不疲極不答言住止和合乞求易得道路不疲汝比丘從何所來彼比丘言我在伽尸國婆娑婆聚落於異住處舊比丘當接衆客所須猶如泉水若未來有客比丘來者供給所須飲食若作粥洗浴具後有衆多比丘在伽尸國人間遊行至婆娑婆聚落我時即供給所須飲食若作粥洗浴具大德我時作如是念我不能常至白衣家乞索飲食所須之具此客比

丘今已懈怠本末有知識今已有知識我今寧可不復求索於是即止彼客比丘作如是語舊比丘憎我等先常供給我所須飲食作粥洗浴具今不復供給我曹寧可舉彼比丘罪即便共和合共舉大德我作如是念不能知是犯非犯是舉非舉爲是如法舉羯磨成就爲是不如法舉羯磨不成就耶我今寧可往瞻波城詣世尊所以此因緣具白世尊世尊若有言教隨世尊教施行佛告彼比丘汝比丘無犯非犯非舉不成舉非法舉汝比丘羯磨不成就汝比丘可還去至婆娑婆聚落還供給衆客所須猶如泉水比丘我共汝作伴如法非不如法

時彼客比丘從婆娑婆聚落人間遊行至伽尸國往世尊所頭面禮已却住一面爾時世尊慰勞客比丘汝曹住止和合不不以乞食疲苦耶彼比丘答言住止和合不以乞食爲苦問言汝從何所來答言我從婆娑婆聚落來問言彼頗有舊住比丘常供給衆客所須猶如泉水汝等舉耶答言實舉世尊佛問言汝等以何事故舉答言無事無緣爾時世尊以無數方便訶責彼比丘汝所爲非非威儀非沙門法非淨行非隨順行所不應爲云何癡人舊比丘供給客比丘猶如泉水而汝等無事而舉

爾時世尊訶責已告諸比丘有四羯磨非法羯磨非法別衆羯磨非法和合羯磨法別衆羯磨是中二羯磨非法羯磨別衆羯磨不應作若作如法治法羯磨和合羯磨應作

有四滿數有人得滿數不應訶有人不得滿

數應訶有人不得滿數亦不應訶有人得滿數亦應訶何等人得滿數不應訶若爲作訶責羯磨擯羯磨依止羯磨遮不至白衣家羯磨彼人得滿數不得訶何等人不得滿數應訶若欲受大戒人此人不得滿數得訶何等人不得滿數亦不得訶若爲比丘作羯磨比丘尼不得滿數不得訶式叉摩那沙彌沙彌尼若言犯邊罪若犯比丘尼若賊心受戒若壞二道若黄門若殺父母若殺阿羅漢若破僧若惡心出佛身血若非人畜生若二根若被舉若滅擯若應滅擯若別住若在戒場上若神足在空若隱没若離見聞處若所爲作羯磨人如是人不得滿數不應訶何等人得滿數亦得訶若善比丘同一界住不以神足在空不隱没不離見聞處乃至語傍人如是人得滿數應訶

時六羣比丘一人舉一人一人舉二人或舉三人或舉僧二人舉一人二人舉二人或舉三人或舉僧三人舉一人或舉二人或舉三人或舉僧僧舉僧諸比丘白佛佛言不得一人舉一人二人三人舉僧不得二人舉一人二人三人舉僧不得三人舉一人二人三人舉僧不得僧舉僧若一人舉一人非法羯磨非毗尼羯磨不應爾若一人舉二人三人僧若二人舉一人二人三人僧若三人舉一人舉二人舉三人舉僧僧舉僧非法羯磨非毗尼羯磨不應爾

爾時六羣比丘重作羯磨作訶責羯磨已復作擯羯磨作依止作遮不至白衣家與作舉與作波利婆沙與作本日治與摩那埵與阿

浮訶那與現前毗尼與憶念毗尼與不癡毗尼與自言治與作多覔罪與覔罪相與如草覆地諸比丘白佛佛言不應重作羯磨不應作訶責羯磨已復作擯羯磨乃至如草布地

爾時佛告諸比丘有四種僧四人僧五人僧十人僧二十人僧是中四人僧者除自恣受大戒出罪餘一切如法羯磨應作是中五人僧者在中國除受大戒出罪餘一切如法羯磨應作是中十人僧者除出罪餘一切如法羯磨應作是中二十人僧者一切羯磨應作況復過二十

若應四人羯磨四人少一人作羯磨者非法非毗尼羯磨若以比丘尼作第四人若以式叉摩那沙彌沙彌尼若言犯邊罪若犯比丘尼若賊心受戒若壞二道若黃門若殺父母殺阿羅漢惡心出佛身血若非人若畜生若二根人若被舉若滅擯若應滅擯所爲作羯磨人以如是人足滿四人非法非毗尼羯磨不應爾五人僧十人僧二十人僧亦如是

爾時六羣比丘作非法非毗尼羯磨彼作非法別衆羯磨非法和合羯磨法別衆羯磨法相似別衆羯磨法相似和合羯磨作訶不止羯磨諸比丘白佛佛言不應作非法非毗尼羯磨不應作非法別衆羯磨不應作非法和合羯磨不應作法別衆羯磨不應作法相似別衆羯磨不應作法相似和合羯磨不應作訶不止羯磨

云何非法非毗尼羯磨白二羯磨作白已不作羯磨是爲非法非毗尼羯磨不應爾作二白不作羯磨作三白不作羯磨作衆多白不

作羯磨非法非毗尼羯磨不應爾白二羯磨作一白二羯磨非法非毗尼羯磨不應爾作一白三羯磨作一白衆多羯磨作二白一羯磨作二白二羯磨作二白三羯磨作二白衆多羯磨作三白一羯磨作三白二羯磨作三白三羯磨作三白衆多羯磨作衆多白一羯磨作衆多白二羯磨作衆多白三羯磨作衆多白衆多羯磨非法非毗尼羯磨不應爾白二羯磨作一羯磨不作白非法非毗尼羯磨不應爾作二羯磨不作白作三羯磨不作白作衆多羯磨不作白非法非毗尼羯磨不應爾白二羯磨作一羯磨二白非法非毗尼羯磨不應爾作一羯磨三白作一羯磨衆多白作二羯磨一白作二羯磨二白作二羯磨三白作二羯磨衆多白作三羯磨一白作三羯磨二白作三羯磨三白作三羯磨衆多白作衆多羯磨一白衆多羯磨二白衆多羯磨三白衆多羯磨衆多白非法非毗尼羯磨不應爾白二羯磨不如白法作白不如羯磨法作羯磨非法非毗尼羯磨不應爾

白四羯磨作一白不作羯磨非法非毗尼羯磨不應爾作二白不作羯磨作三白不作羯磨作衆多白不作羯磨非法非毗尼羯磨不應爾作一白一羯磨作一白二羯磨作一白衆多羯磨作二白一羯磨作二白二羯磨作二白三羯磨作二白衆多羯磨作三白一羯磨作三白二羯磨作三白三羯磨作三白衆多羯磨作衆多白一羯磨衆多白二羯磨衆多白三羯磨衆多白衆多羯磨非法非毗尼羯磨不應爾白四羯磨作一羯磨不作白非

法非毗尼羯磨不應爾作二羯磨不作白作三羯磨不作白作衆多羯磨不作白非法非毗尼羯磨不應爾作一羯磨一白作一羯磨二白作一羯磨三白作一羯磨衆多白作二羯磨一白作二羯磨二白作二羯磨三白作二羯磨衆多白作三羯磨二白作三羯磨三白作三羯磨衆多白衆多羯磨一白衆多羯磨二白衆多羯磨三白衆多羯磨衆多白非法非毗尼羯磨不應爾作白四羯磨不如白法作白不如三羯磨法作羯磨非法非毗尼羯磨不應爾

是中有比丘見無罪餘比丘語言汝犯罪見不答言不見時彼比丘即舉作不見罪羯磨佛言非法非毗尼羯磨不應爾是中有比丘無懺悔罪餘比丘語言汝犯罪應懺悔答言我不懺悔彼即舉作不懺悔羯磨佛言非法非毗尼羯磨不應爾是中有比丘無惡見不捨餘比丘語言汝有惡見應捨答言我不捨彼即舉作惡見不捨羯磨佛言非法非毗尼羯磨不應爾是中有比丘見無罪無罪懺悔餘比丘語言汝見罪不汝應懺悔答言我不見罪我不懺悔彼即舉作不見罪不懺悔羯磨佛言非法非毗尼羯磨不應爾是中有比丘見無罪無惡見不捨餘比丘語言汝見有罪惡見應捨答言我不見罪無惡見不捨彼即舉作不見罪惡見不捨羯磨佛言非法非毗尼羯磨不應爾是中有比丘無罪懺悔無惡見不捨餘比丘語言汝有罪應懺悔捨惡見答言我不懺悔我無惡見不捨彼即舉作不懺悔不捨惡見羯磨佛言非法非毗尼羯

磨不應爾是中有比丘見無罪無罪懺悔無惡見不捨餘比丘語言汝見罪應懺悔捨惡見答言我不見罪不懺悔無惡見不捨彼即舉作不見罪不懺悔不捨惡見羯磨佛言非法非毗尼羯磨不應爾

是中有比丘無罪見無罪餘比丘問言汝見罪不答言見彼比丘即舉作不見罪羯磨佛言非法非毗尼羯磨不應爾是中有比丘無罪懺悔餘比丘語言汝有罪應懺悔答言當懺悔彼比丘即舉作不懺悔羯磨佛言非法非毗尼羯磨不應爾是中有比丘無惡見不捨餘比丘語言汝有惡見應捨答言我當捨彼即舉作惡見不捨羯磨佛言非法非毗尼羯磨不應爾是中有比丘無罪見無罪不懺悔餘比丘語言汝見罪應懺悔答言我見罪當懺悔彼即舉作不見罪不懺悔羯磨佛言非法非毗尼羯磨不應爾是中有比丘無見罪無惡見不捨餘比丘語言汝見罪惡見應捨答言我見罪當捨惡見彼舉作不見罪不捨惡見羯磨佛言非法非毗尼羯磨不應爾

是中有比丘無罪懺悔無惡見不捨餘比丘語言汝有罪懺悔惡見應捨答言當懺悔捨惡見彼即舉作不懺悔不捨惡見羯磨佛言非法非毗尼羯磨不應爾是中有比丘見無罪無罪懺悔無惡見不捨餘比丘語言汝見罪當懺悔惡見應捨答言我見罪當懺悔捨惡見彼即舉作不見罪不懺悔惡見不捨羯磨佛言非法非毗尼羯磨不應爾

是中有比丘見有罪餘比丘語言汝有罪見不答言見彼即舉作不見罪羯磨佛言非法

非毗尼羯磨不應爾是中有比丘有罪懺悔餘比丘語言汝有罪應懺悔答言我當懺悔彼即舉作不懺悔羯磨佛言非法非毗尼羯磨不應爾是中有比丘有惡見不捨餘比丘語言汝有惡見應捨答言當捨彼即舉作不捨惡見羯磨佛言非法非毗尼羯磨不應爾是中有比丘見有罪有罪應懺悔餘比丘語言汝見有罪應懺悔答言我見罪當懺悔彼即作舉不見罪不懺悔羯磨佛言非法非毗尼羯磨不應爾是中有比丘見有罪有惡見不捨餘比丘語言汝見有罪惡見應捨答言我見罪當捨惡見彼比丘即舉作不見罪惡見不捨羯磨佛言非法非毗尼羯磨不應爾是中有比丘有罪懺悔有惡見不捨餘比丘語言汝有罪當懺悔惡見當捨答言我當懺悔當捨惡見彼即舉作不懺悔不捨惡見羯磨佛言非法非毗尼羯磨不應爾是中有比丘見有罪懺悔惡見不捨餘比丘語言汝見罪當懺悔惡見應捨答言我見罪當懺悔捨惡見彼舉作不見罪不懺悔不捨惡見羯磨佛言非法非毗尼羯磨不應爾是爲非法非毗尼羯磨

云何如法如毗尼羯磨白二羯磨如白法作白如羯磨法作羯磨如法如毗尼羯磨應爾白四羯磨如白法作白如三羯磨法作羯磨如法如毗尼羯磨應爾是中有比丘見有罪餘比丘問言汝有罪見不答言不見彼即舉作不見罪羯磨佛言如法如毗尼羯磨應爾是中有比丘有罪應懺悔餘比丘語言汝有罪應懺悔答言我不懺悔彼即舉作不懺悔

羯磨佛言如法如毗尼羯磨應爾是中有比丘惡見不捨餘比丘語言汝有惡見應捨答言不捨彼即舉作惡見不捨羯磨佛言如法如毗尼羯磨應爾是中有比丘見有罪有罪懺悔餘比丘語言汝見有罪有罪懺悔答言不見不懺悔彼即如其所犯作不見罪不懺悔羯磨佛言如法如毗尼羯磨應爾是中有比丘見有罪有惡見不捨餘比丘語言汝有罪有惡見應捨答言我不見罪惡見不捨彼即如其所犯罪舉作不見罪惡見不捨羯磨佛言如法如毗尼羯磨應爾是中有比丘見有罪懺悔惡見不捨餘比丘語言汝有罪當懺悔惡見當捨答言我不懺悔不捨惡見彼即如其所犯作不懺悔不捨惡見羯磨佛言如法如毗尼羯磨應爾是中有比丘見有罪懺悔惡見不捨餘比丘語言汝見有罪當懺悔惡見應捨答言我不見罪不懺悔不捨惡見彼即如其所犯罪作不見罪不懺悔不捨惡見羯磨佛言如法如毗尼羯磨應爾是爲如法如毗尼羯磨

云何非法別衆羯磨同一住處羯磨時有不來者應與欲而不與欲在現前應呵者便呵彼作白二羯磨作白四羯磨白此事乃爲彼事作羯磨是爲非法別衆羯磨云何非法和合羯磨有同一住處和合一處羯磨應與欲者與欲在現前應得訶者不訶作白二羯磨作白四羯磨白此事乃爲彼事作羯磨是爲非法和合羯磨云何法別衆羯磨同一住處羯磨時有不來者應與欲不與欲在現前應得訶者訶彼作白二白四羯磨如法作是爲

法別衆羯磨云何法相似別衆羯磨同一住處羯磨時有不來者應與欲不與欲在現前應呵者呵作白二白四羯磨前作羯磨後作白是爲法相似別衆羯磨云何法相似和合羯磨同一住處羯磨時有不來者與欲在現前應得呵者不呵白二白四羯磨前作羯磨後作白是爲法相似和合羯磨

何等人作訶責成訶或有人訶成呵或有人呵不成訶何者訶不成訶爲比丘作羯磨比丘尼訶不成訶式叉摩那沙彌沙彌尼若言犯邊罪犯比丘尼或賊心受戒或壞二道黃門殺父母殺阿羅漢惡心出佛身血破和合僧非人畜生二根若被舉若滅擯若應滅擯若在戒場上若作別住若以神足在空若隱沒若離見聞處若所爲作羯磨人如是人訶不成訶云何訶成訶若善比丘同在一界內住不在空不隱沒不離見聞處乃至語比坐比丘如是人訶成訶是爲訶羯磨

爾時優波離從座起偏露右肩右膝著地合掌白佛言應作訶責羯磨乃與作擯羯磨如法如毗尼羯磨不佛語優波離此不如法羯磨優波離復白佛言應與作訶責羯磨乃與作依止羯磨若乃作遮不至白衣家羯磨乃至如草覆地是如法如毗尼羯磨不佛言不如法不應與作訶責羯磨乃作擯羯磨乃至如草覆地非法非毗尼羯磨不應爾如是展轉乃至如草覆地非法非毗尼羯磨不應爾佛語優波離若應作訶責羯磨與作訶責羯磨此是如法如毗尼羯磨應爾如是乃至如草覆地羯磨如法如毗尼羯磨應爾

爾時有異住處衆僧與比丘作訶責羯磨乃作非法別衆羯磨餘衆僧聞彼衆僧與比丘作訶責羯磨乃作非法別衆羯磨羯磨不成我曹當與作訶責羯磨即作訶責羯磨非法和合復有餘處僧聞彼衆僧爲比丘作訶責羯磨非法和合羯磨不成我曹爲當作訶責羯磨彼即作訶責羯磨法別衆餘處僧聞彼衆僧爲比丘作訶責羯磨法別衆羯磨羯磨不成我曹當爲作訶責羯磨即作訶責羯磨法相似別衆餘處僧聞彼衆僧爲比丘作訶責羯磨法相似別衆羯磨不成我曹當爲作訶責羯磨法相似和合羯磨彼比丘作如是念我當云何諸比丘白佛佛言諸如是不如法羯磨不成就如是一切羯磨亦不成就

爾時有住處衆僧爲比丘作非法別衆羯磨爾時衆多僧皆共諍或言非法別衆羯磨或言非法和合或言法別衆或言法相似別衆或言法相似和合或言羯磨成就或言不成就諸比丘不知云何告餘比丘餘比丘往白佛佛言彼住處衆僧爲比丘作呵責羯磨非法別衆是中衆多僧各各共諍或言非法別衆或言非法和合乃至言成不成是中僧言非法別衆者此是法語乃至法相似和合者此亦如是是法語

爾時優波離從座起偏露右肩右膝著地合掌白佛言若有比丘僧先與羯磨後衆僧與解成不成解耶佛語優波離或成或不成復問云何成云何不成佛告優波離有十三種人僧先爲作羯磨不成解除此十三種人已爲餘人作羯磨已若僧與解者得成解優波

離復問佛若僧先爲作羯磨爲解羯磨爲驅出成驅出爲不成耶佛言或有成驅出或有不成驅出若爲十三種人作羯磨已驅出或驅出除此十三種爲餘人作羯磨後解羯磨得解若驅出不成驅出

第三分呵責揵度法

爾時佛在舍衛國有二比丘一名智慧二名盧醯那喜鬪諍共相罵詈口出刀劍互求長短彼自共鬪諍罵詈若復有餘比丘共鬪諍者即復往彼勸言汝等好自勉力莫不如他汝等多聞智慧財富亦勝多有知識我等爲汝作伴黨是中衆僧未有諍事便有諍事已有諍事而不除滅諸比丘作如是念以何因緣衆僧未有諍事令諍事起已有諍事而不除滅諸比丘即知此二比丘智慧盧醯那喜共鬪諍共相罵詈口出刀劍互求長短自共鬪諍罵詈若有餘比丘鬪諍即復往彼勸言汝等好自勉力莫不如他汝等多聞智慧財富亦勝多有知識我等當爲汝作伴黨是故令僧未有諍事便有諍事已有諍事而不除滅時衆中有比丘聞少欲知足行頭陀樂學戒者嫌責彼二比丘已往世尊所頭面禮足却坐一面以此因緣具白世尊世尊爾時以此因緣集比丘僧呵責彼二比丘汝所爲非非威儀非沙門法非淨行非隨順行所不應爲云何智慧盧醯那共相鬪諍罵詈口出刀劍互求長短令僧未有諍事而有諍事已有諍事而不除滅

世尊以無數方便訶責已告諸比丘聽諸比丘與智慧盧醯那作訶責白四羯磨應如是

作集僧集僧已爲智慧等作舉作舉已爲作憶念作憶念已應與罪衆中應差堪能羯磨者如上作如是白大德僧聽此智慧盧醯那二比丘喜共鬪諍共相罵詈口出刀劒互求長短彼自共鬪諍已若復有餘比丘鬪諍者即復往彼勸言汝等勉力莫不如他汝等多聞智慧財富亦勝多有知識我等當爲汝作伴黨令僧未有諍事而有諍事已有諍事而不除滅若僧時到僧忍聽爲智慧等二比丘作訶責羯磨若後復更鬪諍共相罵詈者衆僧當更增罪治白如是大德僧聽此智慧盧醯那二比丘喜共鬪諍共相罵詈口出刀劒互求長短彼自共鬪諍已若復有餘比丘鬪諍者即復往彼勸言汝等勉力莫不如他汝等智慧多聞財富亦勝多有知識我等當爲汝作伴黨令僧未有諍事而有諍事已有諍事而不除滅僧爲智慧等二比丘作訶責羯磨誰諸長老忍僧與智慧等二比丘作訶責羯磨若復後更鬪諍共相罵詈者衆僧當更增罪治忍者默然不忍者說此是第一羯磨竟如是第二第三說僧已忍爲智慧等作訶責羯磨竟僧忍默然故是事如是持

爲作訶責竟五事不應作一不應授人大戒二不應受人依止三不應畜沙彌四不應受僧差教授比丘尼五若僧差不應教授是爲訶責羯磨竟五事不應作復有五事不應作不應說戒若僧中問毗尼義不應答若衆僧差作羯磨不應作若僧中簡集智慧者共平論衆事不得在其例若僧差作信命不應作是爲訶責羯磨竟五事不應作復有五事不

應作不得早入聚落不得逼暮還應親近比丘不應親近外道應好順從諸比丘教不應作異語訶責竟五事不應作復有五事不應作衆僧隨所犯爲作訶責羯磨已不應復更犯此罪餘亦不應犯若相似若從此生若若復重於此不應嫌羯磨及羯磨人訶責竟五事不應作復有五事不應作善比丘爲敷座供養不應受不應受他洗足不應受他安洗足物不應受他拭革屣不應受他揩摩身訶責羯磨竟五事不應作復有五事不應作不應受善比丘禮拜合手問訊迎逆持衣鉢訶責羯磨竟五事不應作復有五事不應作不應舉善比丘爲作憶念作自言不應證他事不應遮布薩自恣不應共善比丘諍是爲訶責竟五事不應作應如是作衆僧爲智慧盧醯那作訶責白四羯磨竟

諸比丘白佛佛言有三法作訶責羯磨非法非毗尼羯磨不成就云何三不舉不作憶念不伏首罪復有三事無犯犯不應懺悔若犯罪懺悔竟復有三事不作舉非法別衆復有三事不作憶念非法別衆復有三事不伏罪非法別衆復有三事不犯非法別衆復有三事犯不應懺罪非法別衆復有三事犯罪懺已非法別衆復有三事非現前非法別衆如是三法作訶責羯磨非法非毗尼羯磨不成就復有三事作訶責羯磨如法如毗尼羯磨成就何等三爲作舉作憶念作自言復有三事犯罪犯可懺罪犯未懺罪復有三事作舉法和合作憶念法和合作自言法和合犯罪法和合犯可懺罪法和合犯未懺罪法和合

現前法和合是爲三法作訶責羯磨如法如毗尼羯磨成就
有五法作訶責羯磨非法非毗尼羯磨不成就不在現前不自言爲清淨者非法別衆是爲五事作訶責羯磨非法非毗尼羯磨不成就有五法作訶責如法如毗尼羯磨成就何等五在現前自言不清淨法和合是爲五法作訶責羯磨如法如毗尼羯磨成就若衆僧在小食上後食上若說法若布薩被訶責羯磨人正衣服脫革屣在一面住胡跪合掌白如是言大德受我懺悔自今已去自責心止不復作時智慧盧醢那比丘隨順衆僧無所違逆求解訶責羯磨諸比丘白佛佛言若隨順衆僧無所違逆求解訶責羯磨者聽解作白四羯磨

有五法不應爲解訶責羯磨不應授人大戒乃至與善比丘共鬪訶責者有如是五法不應爲解訶責羯磨有五法應解不授人大戒乃至不與善比丘共鬪訶責羯磨者有如是五法應解應如是解被訶責羯磨人應至衆僧中偏露右肩脫革屣右膝著地合掌白言大德僧聽我比丘某甲僧與作訶責羯磨我今隨順衆僧無所違逆從僧乞解訶責羯磨願僧慈愍故爲我解訶責羯磨如是第二第三白衆中當差堪能作羯磨者如上作如是白大德僧聽某甲比丘僧爲作訶責羯磨彼比丘隨順衆僧無所違逆從衆僧乞解訶責羯磨若僧時到僧忍聽解某甲比丘訶責羯磨白如是大德僧聽此某甲比丘僧爲作訶責羯磨彼比丘隨順衆僧無所違逆今從衆

僧乞解訶責羯磨僧今爲某甲比丘解訶責羯磨誰諸長老忍僧爲某甲比丘解訶責羯磨者黙然誰不忍者說此是第一羯磨第二第三亦如是僧已解某甲比丘訶責羯磨竟僧忍黙然故是事如是持

爾時世尊在舍衛國時羇離那國有二舊住比丘一名阿濕卑二名富那婆娑在羇離那國行惡行汙他家行惡行亦見亦聞汙他家亦見亦聞彼作如是惡行自種華樹教他種自漑教他漑自摘華教他摘華自作華鬘教他作華鬘自持種種華往教他持往白衣家有男有女同一牀坐同一器食同一器飲歌舞戲笑作衆伎樂若他作者即復唱和共作或吹脣或彈鼓簧或作吹貝聲或作孔雀聲或作鶴鳴或走或佯跛行或嘯或作俳說人或受雇戲笑時衆多比丘從伽尸國人間遊行至羇離那國清旦著衣持鉢入城乞食行步進止威儀庠序視瞻安諦屈伸俯仰執持衣鉢直視而前諸根不亂於羇離那國乞食諸居士見已作如是言此復是何等人諦視而不戲笑不左右顧視不相親近娛樂亦不相慰問我曹不應與此人食不如我曹沙門阿濕卑富那婆娑亦不諦視言語戲笑左右顧視共相娛樂而相慰問如是人我曹當與飯食時諸比丘在羇離那國乞食艱得飽足彼比丘作如是念此中舊住比丘惡惡比丘在中住遠離善比丘彼作如是惡行種若干華樹乃至受他雇使時諸比丘從羇離那國人間遊行還舍衛國詣世尊所頭面禮足却坐一面爾時世尊慰勞諸比丘汝曹住止和

合安樂不不以飲食爲疲苦耶白佛言衆僧住止和合安樂我曹從伽尸國人間遊行至羇離那國具以因緣白世尊世尊爾時以無數方便呵責言汝所爲非非威儀非沙門法非淨行非隨順行所不應爲云何阿濕卑富那婆娑汙他家行惡行汙他家亦見亦聞行惡行亦見亦聞作衆惡行種雜華樹乃至受他雇使爾時世尊訶責阿濕卑富那婆娑已告諸比丘聽僧爲阿濕卑富那婆娑作擯白四羯磨應如是作集僧已爲阿濕卑富那婆娑作舉作舉已爲作憶念作憶念已與罪是中應差堪能羯磨者如上作如是白大德僧聽此阿濕卑富那婆娑比丘於羇離那國汙他家行惡行彼汙他家亦見亦聞行惡行亦見亦聞若僧時到僧忍聽僧爲阿濕卑富那婆娑作擯羯磨汝汙他家行惡行汙他家亦見亦聞行惡行亦見亦聞汝可離此住處去不須在此住處白如是大德僧聽此阿濕卑富那婆娑比丘在羇離那國汙他家行惡行汙他家亦見亦聞行惡行亦見亦聞僧今爲阿濕卑富那婆娑作擯羯磨汝汙他家行惡行汙他家亦見亦聞行惡行亦見亦聞汝離此住處去不須在此住誰諸長老忍僧爲阿濕卑富那婆娑比丘作擯羯磨者默然誰不忍者說此是初羯磨竟第二第三亦如是說僧已忍爲阿濕卑富那婆娑作擯羯磨竟僧忍默然故是事如是持

作擯羯磨者有五法不應作不得授人大戒乃至不得與善比丘共鬬應如是作如上訶責羯磨除餘衆中說戒衆僧已爲阿濕卑富

那婆娑比丘作擯白四羯磨已諸比丘白佛佛言有三法有五法作擯羯磨非法非毗尼羯磨不成就如上有三法有五法作擯羯磨如法如毗尼羯磨成就如上彼被擯比丘不喚自來至界內諸比丘白佛佛言不應不喚來至界內聽在界外住遣好信來至僧中白大德僧懺悔自今已去自責心更不復爾彼阿濕卑比丘等隨順衆僧不敢違逆從僧乞解擯羯磨諸比丘白佛佛言若隨順衆僧無所違逆從僧乞解擯羯磨者應與解作白四羯磨有五法不應與解擯羯磨從授人大戒乃至與善比丘共鬪復有五法應與解擯羯磨從不授人大戒乃至不與善比丘共鬪如是解彼被擯比丘應至僧中偏露右肩脫革屣右膝著地合掌如是白大德僧聽我某甲比丘僧與我作擯羯磨我今隨順衆僧不敢違逆從僧乞解擯羯磨願僧慈愍故為我解擯羯磨如是第二第三說衆中當差堪能羯磨者如上作如是白大德僧聽此某甲比丘僧與作擯羯磨隨順衆僧不敢違逆從僧乞解擯羯磨若僧時到僧忍聽僧今為某甲比丘解擯羯磨白如是大德僧聽此某甲比丘僧為作擯羯磨隨順衆僧不敢違逆從僧乞解擯羯磨僧今為某甲比丘解擯羯磨誰諸長老忍僧為某甲比丘解擯羯磨者默然誰不忍者說是初羯磨如是第二第三說僧已為某甲比丘解擯羯磨竟僧忍默然故是事如是持

爾時世尊在舍衛國有比丘名僧芻癡無所知多犯衆罪共諸白衣雜住而相親附不順

佛法諸比丘聞中有少欲知足行頭陀樂學戒知慚愧者嫌責僧芻比丘言汝癡無所知多犯衆罪云何共諸白衣雜住而相親附不隨順佛法耶諸比丘往世尊所頭面禮足在一面坐以此因緣具白世尊世尊爾時集比丘僧以無數方便呵責僧芻比丘汝所爲非非威儀非沙門法非淨行非隨順行所不應爲云何汝共諸白衣雜住而相親附癡無所知多犯衆罪不順佛法呵責已告諸比丘聽僧爲僧芻比丘作依止白四羯磨應如是作集僧集僧已與作舉作舉已與作憶念作憶念已舉罪衆中當差堪能作羯磨者如上作如是白大德僧聽此僧芻比丘癡無所知多犯衆罪共白衣雜住而相親附不順佛法若僧時到僧忍聽與僧芻比丘作依止羯磨白如是大德僧聽僧芻比丘癡無所知多犯衆罪共白衣雜住而相親附不順佛法僧今爲僧芻比丘作依止羯磨誰諸長老忍爲僧芻比丘作依止羯磨者默然誰不忍者說此是第一羯磨第二第三亦如是說僧已忍爲僧芻比丘作依止羯磨竟僧忍默然故是事如是持作依止羯磨竟五事不應作不得授人大戒乃至不得與善比丘共鬪應如是作是中衆僧與僧芻比丘作依止白四羯磨竟諸比丘白佛佛言有三法有五法得作依止羯磨不得作依止羯磨如上彼稱方作依止羯磨彼方破壞人民反叛佛言不應稱方作依止羯磨彼稱國土作依止羯磨彼國土破壞人民散亂佛言不應稱國土作依止羯磨彼稱住處作依止羯磨彼住處人民破壞佛言

不應稱住處作依止羯磨彼稱人作依止羯磨彼人或破戒或破見或破威儀或被舉或滅擯或應滅擯不能增益沙門法佛言不應稱人作依止羯磨彼稱安居作依止羯磨彼被羯磨人安居中得智慧佛言不應依安居作依止羯磨聽語言汝應受依止住爾時僧芻比丘與聚落中比丘親厚多聞智慧善能語言僧芻比丘即往彼所學法毗尼安居中得智慧隨順衆僧不敢違逆從衆僧乞解依止羯磨諸比丘白佛佛言若僧芻比丘隨順衆僧不敢違逆從衆僧乞解依止羯磨應與解作白四羯磨有五法不應與解依止羯磨從與人授大戒乃至與善比丘共鬪有五法應與解依止羯磨從不與人授大戒乃至不與善比丘共鬪如是五法應與解依止羯磨

應如是解彼被依止羯磨者應來至僧中偏露右肩脫革屣右膝著地合掌作如是白大德僧聽我比丘某甲僧與我作依止羯磨我今隨順衆僧從僧乞解依止羯磨願僧慈愍故爲我解依止羯磨如是第二第三白衆中應差堪能作羯磨者如上作如是白大德僧聽某甲比丘僧與作依止羯磨彼隨順衆僧不敢違逆從僧乞解依止羯磨若僧時到僧忍聽僧今爲某甲比丘解依止羯磨白如是大德僧聽某甲比丘僧爲作依止羯磨隨順衆僧不敢違逆從僧乞解依止羯磨僧今與某甲比丘解依止羯磨誰諸長老忍僧與某甲比丘解依止羯磨者默然誰不忍者說是初羯磨如是第二第三說僧已忍與某甲比丘解依止羯磨竟僧忍默然故是事如是持

爾時世尊在舍衛國時舍利弗目連與五百比丘俱在伽尸國人間遊行至密林中時舍利弗目連在阿摩黎園中時有質多羅居士聞舍利弗目連從伽尸國人間遊行至密林中在阿摩黎園中住時彼居士至舍利弗目連所頭面禮足却坐一面舍利弗目連爲種種說法開化令得歡喜時居士聞舍利弗等說法開解歡喜已白言願大德與衆僧俱受我明日請舍利弗目連默然受之居士知舍利弗目連許已從坐起作禮而去即還其家辦具種種飲食世間美饌無味不有爾時阿摩利園中舊住比丘字善法作如是念我寧可往質多羅居士家看其辦具飲食云何爲客比丘作食云何爲舊住比丘作食爾時善法比丘即往其家至作食處看見其所辦最上世間所有飲食之具無味不有見已作如是言居士爲客比丘作異種種食爲舊住比丘作異種飲食彼嫉妬心生瞋恚便作如是惡言居士所辦具飲食中最勝世間所有飲食之具無味不有唯無胡麻滓彼質多羅居士即語言長老善法懷如是多寶根力覺意禪定正受作如是麤言善法我辦如是美食用胡麻滓作何等即復言我今當說譬喻有智之人以喻自解譬如有國土無雞是中有賈客持雌雞來至國中時彼雌雞與烏共通時雞便生卵有子出不作雞鳴復不烏喚即名之爲烏雞如是善法懷如是多寶根力覺意禪定正受而作此麤言辦具如是上饌美食方求胡麻滓用作何等彼作如是言居士罵我我今欲去居士言大德善法我不惡言

亦不罵詈大德善法可樂在此密林中住我等當給衣被卧具飲食湯藥彼作如是言居士罵我我欲去即問言大德欲至何處去答言我欲至舍衞國世尊所居士言如我所共言語具白世尊無令增減何以故汝當還來至我所爾時善法比丘持衣鉢詣世尊所頭面禮足已却坐一面時世尊慰問諸比丘住止安樂不不以飲食疲苦耶答言住止安樂不以飲食爲苦以居士所言之事具白世尊無有增減爾時世尊以無數方便呵責善法比丘言汝所爲非非威儀非沙門法非淨行非隨順行所不應作云何善法彼居士有信樂作檀越多有利益供給衆僧乃以下賤言罵他時世尊訶責善法已告諸比丘聽諸比丘爲善法比丘作遮不至白衣家白四羯磨有五法比丘不應爲作遮不至白衣家羯磨不恭敬父母不敬沙門婆羅門所應持者而不堅持有如是五法僧不應與作遮不至白衣家羯磨有五法應爲作遮不至白衣家羯磨恭敬父母沙門婆羅門所應持者堅持不捨有如是五法僧應爲作遮不至白衣家羯磨比丘有十法應與作遮不至白衣家羯磨惡說罵白衣家方便令白衣家損減作無利作無住處鬪亂白衣於白衣前謗佛法僧在白衣前作下賤罵如法許白衣而不實比丘有如是十法應與作遮不至白衣家羯磨如是有九法八法乃至一法惡說罵白衣應與作遮不至白衣家羯磨應如是作集僧集僧已爲作舉作舉已爲作憶念作憶念已與罪衆中應差堪能作羯磨者如上作如是白大

德僧聽此善法比丘質多羅居士信樂檀越常好布施供給衆僧而以下賤惡言駡詈之若僧時到僧忍聽僧今爲善法比丘作遮不至白衣家羯磨白如是大德僧聽善法比丘質多羅居士信樂檀越常好布施供給衆僧而以下賤駡詈之僧今爲善法比丘作遮不至白衣家羯磨誰諸長老忍僧爲善法比丘作遮不至白衣家羯磨者默然誰不忍者説是初羯磨第二第三如是説僧已忍與善法比丘作遮不至白衣家羯磨竟僧忍默然故是事如是持彼作遮不至白衣家羯磨已有五法不應作不得授人大戒乃至不得與善比丘共鬪應如是作僧爲善法比丘作遮不至白衣家白四羯磨竟諸比丘白佛佛言有三法有五法作遮不至白衣家羯磨非法非毗尼羯磨不成就如上有三法有五法作遮不至白衣家羯磨如法如毗尼羯磨成就如上佛言聽差使至質多羅居士家爲善法比丘懺悔質多羅居士作白二羯磨有八法應差使一聞二能善説三已自解四能解人意五受人語六能憶持七無闕失八解善惡言義有如是八法應差使即説偈言

在衆智人前　言無有錯謬　亦無有增減
不失所言教　言不可破壞　聞不以傾動
有如此比丘　堪能爲作使

有如是八法阿難盡能持聞能善説已身自解能解人意受人語能憶持無有闕失解善惡言義佛言聽僧差阿難爲使爲善法比丘懺悔質多羅居士作白二羯磨應如是作衆中當差堪能作羯磨者如上作如是白大德

僧聽若僧時到僧忍聽差阿難爲使爲善法比丘懺悔質多羅居士白如是大德僧聽今僧差阿難爲使爲善法比丘懺悔質多羅居士誰諸長老忍僧差阿難爲使爲善法比丘懺悔質多羅居士者默然誰不忍者說僧已忍差阿難爲使爲善法比丘懺悔質多羅居士竟僧忍默然故是事如是持僧差使竟至居士家如是語居士懺悔僧已爲善法比丘作罰謫彼若受懺悔者善若不受應至眼見耳不聞處安羯磨比丘著眼見耳不聞處教令如法懺悔復來語居士言居士懺悔彼比丘先犯罪今已爲懺悔罪已除彼若受懺悔者善若不受者犯罪比丘應自往懺悔如是阿難聞世尊教已將善法比丘至質多羅居士家語言懺悔居士彼比丘僧已爲作謫罰質多羅居士即共懺悔時善法比丘順從衆僧不敢違逆從衆僧乞解遮不至白衣家羯磨諸比丘白佛佛言若善法比丘隨順衆僧無所違逆乞解遮不至白衣家羯磨應與解白四羯磨有五法不應與解遮不至白衣家羯磨從授人大戒乃至與善比丘共鬬有五法應與解遮不至白衣家羯磨從不授人大戒乃至不與善比丘共鬬有如是五法應與解遮不至白衣家羯磨應如是解彼被羯磨人應來至僧中偏露右肩脫革屣右膝著地合掌白如是言大德僧聽我比丘某甲僧與作遮不至白衣家羯磨我今隨順衆僧不敢違逆從衆僧乞解遮不至白衣家羯磨願僧慈愍故爲我解遮不至白衣家羯磨如是第二第三說衆中應差堪能羯磨者如上作如

是白大德僧聽某甲比丘僧爲作遮不至白衣家羯磨彼比丘隨順衆僧不敢違逆從衆僧乞解遮不至白衣家羯磨若僧時到僧忍聽今僧爲解遮不至白衣家羯磨白如是大德僧聽彼某甲比丘僧爲作遮不至白衣家羯磨彼比丘隨順衆僧不敢違逆從僧乞解遮不至白衣家羯磨僧今爲某甲比丘解遮不至白衣家羯磨誰諸長老忍僧爲某甲比丘解遮不至白衣家羯磨者默然誰不忍者説是初羯磨如是第二第三説僧已忍爲某甲比丘解遮不至白衣家羯磨竟僧忍默然故是事如是持

四分律藏卷第四十四

音釋

䩭居宜切　漑居代切灌漑也　鬘莫班切　簧胡光切笙中簧也　鸖下各切與鶴同　佯余章切詐也　跛補火切偏廢也　嘯蘇弔切蹙口出聲也　俳步皆切俳優也　饌仕戀切具食也　雌此移切毋禽也

四分律藏卷第四十五

姚秦三藏佛陀耶舍共竺佛念譯

第三分訶責揵度法之餘

爾時世尊在拘睒彌時闡陀比丘犯罪餘比丘語言汝犯罪見不答言不見時諸比丘聞中有少欲知足行頭陀樂學戒知慚愧者嫌責闡陀比丘言云何犯罪諸比丘語言汝犯罪見不答言不見時諸比丘即往世尊所頭面禮足却坐一面以此因緣具白世尊世尊爾時以此因緣集比丘僧訶責闡陀比丘云何闡陀比丘汝犯罪諸比丘語言汝犯罪見不答言不見世尊以無數方便訶責闡陀比丘已告諸比丘聽衆僧與闡陀比丘作不見罪舉白四羯磨應如是作應集僧集僧已作舉作舉已與作憶念作憶念已與罪衆中當差堪能作羯磨者如上作如是白大德僧聽此闡陀比丘犯罪餘比丘語言汝犯罪見不答言不見若僧時到僧忍聽今僧爲闡陀比丘作不見罪舉羯磨白如是大德僧聽闡陀比丘犯罪餘比丘語言汝犯罪見不答言不見今僧爲作不見罪舉羯磨誰諸長老忍僧爲闡陀比丘作不見罪舉羯磨者默然誰不忍者說是初羯磨如是第二第三說僧已忍爲闡陀比丘作不見罪舉羯磨竟僧忍默然故是事如是持作不見罪舉羯磨已有五法不應作不得授人大戒乃至不得與善比丘共鬪應如是作衆僧爲闡陀比丘作不見罪舉白四羯磨已諸比丘白佛佛言有三法有五法作不見罪舉羯磨非法非毗尼羯磨不成就如上復有三法有五法作不見罪舉羯

磨如法如毗尼羯磨成就如上彼不見罪舉比丘衆僧若在小食大食上若説法若布薩時應往衆僧中在一面住偏露右肩脱革屣右膝著地合掌白言大德受我懺悔自責心意從今已去不敢復作闡陀比丘隨順衆僧不敢違逆從僧乞解不見罪舉羯磨諸比丘白佛佛言若闡陀比丘隨順衆僧無有違逆從僧乞解不見罪舉羯磨者應與作白四羯磨解有五法不應與解不見罪舉羯磨從授人大戒乃至與善比丘共鬭有五法應與解不見罪舉羯磨從不授人大戒乃至不與善比丘共鬭應如是解衆中應差堪能作羯磨者如上作如是白大德僧聽彼某甲比丘僧與作不見罪舉羯磨隨順衆僧不敢違逆今從僧乞解不見罪舉羯磨若僧時到僧忍聽今僧爲某甲比丘解不見罪舉羯磨白如是大德僧聽某甲比丘僧爲作不見罪舉羯磨隨順衆僧不敢違逆從僧乞解不見罪舉羯磨僧今爲某甲比丘解不見罪舉羯磨誰諸長老忍僧爲某甲比丘解不見罪舉羯磨者默然誰不忍者説是初羯磨第二第三亦如是説僧已忍爲某甲比丘解不見罪舉羯磨竟僧忍默然故是事如是持爾時世尊在拘睒彌時闡陀比丘犯罪諸比丘語言汝有罪懺悔答言不懺悔諸比丘聞中有少欲知足行頭陀樂學戒知慚愧者嫌責闡陀比丘言云何犯罪餘比丘語言汝犯罪懺悔答言不懺悔諸比丘往世尊所頭面禮足却坐一面以此因緣具白世尊世尊以此因緣集比丘僧以無數方便訶責闡陀比丘汝所爲非非

威儀非沙門法非淨行非隨順行所不應爲云何犯罪餘比丘語言汝犯罪懺悔答言不懺悔呵責已告諸比丘言聽衆僧與闡陀比丘作不懺悔罪舉白四羯磨應如是作應集僧集僧已與作舉作舉已與作憶念作憶念已與罪衆中應差堪能作羯磨者如上作如是白大德僧聽此闡陀比丘犯罪餘比丘語言汝犯罪懺悔答言不懺悔若僧時到僧忍聽僧今與闡陀作不懺悔罪舉羯磨白如是大德僧聽此闡陀比丘犯罪餘比丘語言汝犯罪懺悔答言不懺悔僧今與闡陀作不懺悔罪舉羯磨誰諸長老忍僧與闡陀作不懺悔罪舉羯磨者默然誰不忍者說是初羯磨第二第三亦如是說僧已忍爲闡陀比丘作不懺悔罪舉羯磨竟僧忍默然故是事如是持彼作不懺悔罪舉已有五法不應作從不得授人大戒乃至不得與善比丘共鬬應如是作衆僧爲闡陀作不懺悔舉白四羯磨已諸比丘白佛佛言有三法有五法作不懺悔罪舉羯磨非法非毗尼羯磨不成就如上有三法有五法作不懺悔罪舉羯磨如法如毗尼羯磨成就如上彼被作不懺悔罪舉羯磨人若衆僧在小食大食上若說法若布薩時應至僧中在一面住偏露右肩脫革屣右膝著地合掌白言大德受我懺悔自責心意從今已去不敢復作彼闡陀比丘隨順衆僧不敢違逆從僧乞解不懺悔罪舉羯磨諸比丘白佛佛言若闡陀比丘隨順衆僧不敢違逆乞解不懺悔罪舉羯磨者僧應與解作白四羯磨有五法不應與解不懺悔罪舉羯磨從

授人大戒乃至與善比丘共鬬有五法應與解不懺悔罪舉羯磨從不授人大戒乃至不與善比丘共鬬應如是解彼不懺悔罪舉比丘應往僧中偏露右肩脫革屣右膝著地合掌白言大德僧聽我某甲比丘僧與作不懺悔罪舉羯磨隨順衆僧不敢違逆今從僧乞解不懺悔罪舉羯磨願僧慈愍故爲我解不懺悔罪舉羯磨如是第二第三說衆中應差堪能羯磨者如上作如是白大德僧聽此某甲比丘僧爲作不懺悔罪舉羯磨彼隨順衆僧不敢違逆從僧乞解不懺悔罪舉羯磨若僧時到僧忍聽今僧爲某甲比丘解不懺悔罪舉羯磨白如是大德僧聽某甲比丘僧與作不懺悔罪舉羯磨順從衆僧不敢違逆從僧乞解不懺悔罪舉羯磨僧今爲某甲比丘解不懺悔罪舉羯磨誰諸長老忍僧爲某甲比丘解不懺悔罪舉羯磨者默然誰不忍者說是初羯磨第二第三亦如是說僧已忍與某甲比丘解不懺悔罪舉羯磨竟僧忍默然故是事如是持

爾時世尊在舍衛國時有比丘字阿利吒有如是惡見生我知佛所說法義犯婬欲非障道法時諸比丘聞阿利吒比丘有如是惡見生我知佛所說法犯婬欲非障道法時諸比丘聞欲除去阿利吒比丘惡見生即往阿利吒比丘所恭敬問訊已在一面坐諸比丘語阿利吒言汝實知佛所說法行婬欲非障道法耶答言我實知佛所說法行婬欲非障道法時諸比丘欲除阿利吒比丘惡見即殷勤問之阿利吒莫作如是語莫謗世尊謗世尊

不善世尊不作如是語阿利吒世尊無數方便說斷欲法斷於欲想滅欲念除散欲熱越度愛結世尊無數方便說欲如大火坑如把草炬亦如熟果亦如假借猶如枯骨欲如段肉如夢所見如覆鋒刃欲如新坯器盛水置於日中欲如毒蛇頭如輪轉刀如似利戟世尊作如是說阿利吒如來如是善說法斷欲無欲去垢無垢調伏渴愛滅除巢窟出離一切諸結縛愛盡涅槃佛如是說法汝云何言行婬欲非障道法時諸比丘殷勤問阿利吒比丘如是說時阿利吒比丘堅持惡見審定而言此是眞實餘皆虛妄時諸比丘不能除阿利吒惡見往世尊所頭面禮足却坐一面以此因緣具白世尊世尊爾時告異比丘言汝持我言往喚阿利吒比丘來時彼比丘受世尊教往阿利吒比丘所語如是言世尊喚汝阿利吒聞世尊喚即往世尊所頭面禮足却坐一面世尊告阿利吒言汝實有是語我知世尊說法行婬欲非障道法耶答言大德實有如是語問言汝云何知我所說如是我不無數方便說斷欲愛法如上所說耶

爾時世尊無數方便訶責阿利吒比丘已告諸比丘聽僧爲阿利吒比丘作訶責捨此事故作白四羯磨應如是諫衆中當差堪能羯磨者如上作如是白大德僧聽此阿利吒比丘作如是語行婬欲非障道法若僧時到僧忍聽僧今與阿利吒比丘作訶諫捨此事故阿利吒莫作是語莫誹謗世尊謗世尊者不善世尊不作如是語世尊無數方便說行婬欲是障道法若犯婬欲即爲障道白如是大

德僧聽此阿利吒比丘作如是言我知佛所說法行婬欲非障道法僧今與作訶諫捨此事故阿利吒莫作如是語莫謗世尊謗世尊者不善世尊不作是語世尊無數方便說婬欲是障道法若犯婬欲者即障道法誰諸長老忍僧爲阿利吒比丘作訶諫捨此事者默然誰不忍者說是初羯磨第二第三亦如是說僧今爲阿利吒比丘作訶諫竟僧忍默然故是事如是持彼阿利吒比丘僧與作訶諫已故不捨惡見時諸比丘聞中有少欲知足行頭陀樂學戒知慚愧者訶責阿利吒比丘言云何僧與作訶諫已故不捨惡見時諸比丘往世尊所頭面禮足却坐一面以此因緣具白世尊世尊爾時以此因緣集比丘僧訶責阿利吒比丘汝所爲非非威儀非沙門法非淨行非隨順行所不應爲云何僧與作訶諫已故不捨惡見以無數方便訶責已告諸比丘聽諸比丘與阿利吒比丘作不捨惡見舉白四羯磨應如是作集僧集僧已與作舉作舉已與作憶念作憶念已應與罪衆中當差堪能羯磨者如上作如是白大德僧聽阿利吒比丘惡見僧與作訶諫故不捨惡見若僧時到僧忍聽僧今與阿利吒比丘作惡見不捨舉羯磨白如是大德僧聽阿利吒比丘惡見不捨僧與作訶諫故不捨惡見僧今爲阿利吒比丘作不捨惡見舉羯磨誰諸長老忍僧今與阿利吒比丘作惡見不捨舉羯磨者默然誰不忍者說是初羯磨第二第三亦如是說僧已忍與阿利吒作不捨惡見舉羯磨竟僧忍默然故是事如是持作惡見不捨

已有五事不應作從不得授人大戒乃至不得與善比丘共鬪應如是作僧爲阿利吒比丘作惡見不捨白四羯磨竟諸比丘白佛佛言有三法有五法作惡見不捨舉羯磨非法非毗尼羯磨不成就如上復有三法五法作惡見不捨舉羯磨如法如毗尼羯磨成就如上彼被惡見不捨舉比丘若僧在小食大食上說法時若布薩時應往彼在一面住偏露右肩脫革屣右膝著地合掌白如是言大德我懺悔自責心意從今已去不復更作彼阿利吒隨順衆僧不敢違逆從僧乞解不捨惡見舉羯磨諸比丘白佛佛言若阿利吒比丘隨順衆僧不敢違逆從僧乞解不捨惡見舉羯磨者僧應與白四羯磨解復有五法不應與解惡見不捨羯磨從授人大戒乃至與善比丘共鬪復有五法應與解不捨惡見舉羯磨從不授人大戒乃至不與善比丘共鬪應如是解彼被惡見不捨舉羯磨比丘應往僧中偏露右肩脫革屣右膝著地合掌白如是言大德僧聽我某甲比丘僧與作惡見不捨舉羯磨今隨順衆僧不敢違逆從僧乞解惡見不捨舉羯磨願僧爲我解不捨惡見舉羯磨慈愍故如是第二第三說衆中應差堪能作羯磨者如上作如是白大德僧聽此某甲比丘僧與作惡見不捨舉羯磨今隨順衆僧不敢違逆從僧乞解不捨惡見舉羯磨若僧時到僧忍聽僧今爲某甲比丘解惡見不捨舉羯磨白如是大德僧聽此某甲比丘僧與作惡見不捨舉羯磨隨順衆僧不敢違逆從僧乞解惡見不捨舉羯磨僧今爲某甲比丘

解不捨惡見舉羯磨誰諸長老忍僧爲其甲比丘解不捨惡見舉羯磨者默然誰不忍者說是初羯磨如是第二第三說僧已忍爲其甲比丘解不捨惡見羯磨竟僧忍默然故是事如是持

第三分人揵度法

爾時世尊在舍衛國時有比丘犯僧殘罪覆藏彼作如是念我當云何白諸比丘諸比丘白佛佛言聽僧爲彼比丘隨覆藏日與治覆藏罪作白四羯磨應如是與彼比丘應來至僧中偏露右肩脫革屣禮僧足合掌胡跪白如是言大德僧聽我某甲比丘犯僧殘罪覆藏我某甲比丘犯僧殘罪隨覆藏日今從僧乞隨覆藏日羯磨願僧與我隨覆藏日羯磨慈愍故如是第二第三說衆中應差堪能作羯磨者如上作如是白大德僧聽其甲比丘犯僧殘罪覆藏彼其甲比丘犯僧殘罪隨覆藏日從僧乞覆藏羯磨若僧時到僧忍聽僧與其甲比丘隨覆藏日羯磨白如是大德僧聽其甲比丘犯僧殘罪覆藏彼其甲比丘犯僧殘罪隨覆藏日從僧乞覆藏羯磨僧今與其甲比丘隨覆藏日羯磨誰諸長老忍僧與其甲比丘隨覆藏日羯磨者默然誰不忍者說是初羯磨第二第三亦如是說僧已忍與其甲比丘隨覆藏日羯磨竟僧忍默然故是事如是持彼行覆藏時更重犯罪彼作如是念我當云何白諸比丘白佛佛言聽僧爲彼比丘作本日治白四羯磨應如是白彼比丘應來至僧中偏露右肩脫革屣禮僧足右膝著地合掌白如是言大德僧聽我某

甲比丘犯僧殘罪覆藏我某甲比丘犯僧殘罪隨覆藏日已從僧乞隨覆藏日羯磨僧已與我隨覆藏日羯磨我某甲比丘行覆藏時更重犯罪我某甲比丘今從僧乞覆藏本日治羯磨願僧與我某甲比丘覆藏本日治羯磨慈愍故如是第二第三說衆中應差堪能羯磨者如上作如是白大德僧聽某甲比丘犯僧殘罪覆藏此某甲比丘犯僧殘罪隨覆藏日已從僧乞隨覆藏日羯磨僧已與某甲比丘隨覆藏日羯磨彼行覆藏時更重犯罪今從僧乞覆藏本日治羯磨若僧時到僧忍聽僧與某甲比丘覆藏本日治羯磨白如是大德僧聽某甲比丘犯僧殘罪覆藏此某甲比丘犯僧殘罪隨覆藏日已從僧乞覆藏日羯磨僧已與某甲比丘隨覆藏日羯磨彼行覆藏時更重犯罪彼從僧乞覆藏本日治羯磨僧今與某甲比丘覆藏本日治羯磨誰諸長老忍僧與某甲比丘覆藏本日治羯磨者默然誰不忍者說是初羯磨如是第二第三說僧已忍與某甲比丘覆藏本日治羯磨竟僧已忍默然故是事如是持彼比丘行覆藏竟白諸比丘諸比丘白佛佛言聽僧爲彼比丘作六夜摩那埵白四羯磨應如是與彼比丘應至僧中偏露右肩脫革屣禮僧足右膝著地合掌白如是言大德僧聽我某甲比丘犯僧殘罪覆藏我某甲比丘犯僧殘罪隨覆藏日已從僧乞隨覆藏日羯磨僧已與我隨覆藏日羯磨我行覆藏時更重犯罪從僧乞覆藏本日治羯磨僧已與我覆藏本日治羯磨我某甲比丘行覆藏本日治竟今從僧乞

六夜摩那埵羯磨願僧與我六夜摩那埵羯磨慈愍故如是第二第三說衆中應差堪能羯磨者如上作如是白大德僧聽此某甲比丘犯僧殘罪覆藏某甲比丘犯僧殘罪隨覆藏日已從僧乞隨覆藏日羯磨僧已與某甲比丘隨覆藏日羯磨彼行覆藏時更重犯罪此某甲比丘從僧乞覆藏本日治羯磨僧已與某甲比丘覆藏本日治羯磨此某甲比丘行覆藏本日治竟今從僧乞六夜摩那埵羯磨若僧時到僧忍聽僧今與某甲比丘六夜摩那埵羯磨白如是大德僧聽此某甲比丘犯僧殘罪覆藏此某甲比丘犯僧殘罪隨覆藏日已從僧乞隨覆藏日羯磨僧已與某甲比丘隨覆藏日羯磨此某甲比丘行覆藏時更重犯罪已從僧乞覆藏本日治羯磨僧已

與此某甲比丘覆藏本日治羯磨此某甲比丘行覆藏本日治竟今從僧乞六夜摩那埵羯磨僧今與某甲比丘六夜摩那埵羯磨誰諸長老忍僧與某甲比丘六夜摩那埵羯磨者默然誰不忍者說是初羯磨第二第三亦如是說僧已忍與某甲比丘六夜摩那埵羯磨竟僧已忍默然故是事如是持彼行摩那埵竟白諸比丘諸比丘白佛佛言聽僧與彼比丘作白四羯磨出罪應如是出彼比丘應至僧中偏露右肩脫革屣禮僧足已右膝著地合掌白如是言大德僧聽我某甲比丘犯僧殘罪覆藏我某甲比丘犯僧殘罪隨覆藏日已從僧乞隨覆藏罪日羯磨僧已與我隨覆藏日羯磨我某甲比丘行覆藏時更重犯罪已從僧乞覆藏本日治羯磨僧已與我覆

藏本日治羯磨我某甲比丘行覆藏本日治竟已從僧乞六夜摩那埵羯磨僧已與我六夜摩那埵羯磨我比丘某甲行六夜摩那埵竟今從僧乞出罪羯磨願僧與我出罪羯磨慈愍故如是第二第三說衆中應差堪能作羯磨者如上作如是白大德僧聽此某甲比丘犯僧殘罪覆藏此某甲比丘犯僧殘罪隨覆藏日已從僧乞覆藏羯磨僧乞與某甲比丘隨覆藏日羯磨此某甲比丘行覆藏時更重犯罪此比丘從僧乞覆藏本日治羯磨僧已與某甲比丘覆藏本日治羯磨此比丘行覆藏本日治竟從僧乞六夜摩那埵羯磨僧已與某甲比丘六夜摩那埵羯磨此比丘行六夜摩那埵竟從僧乞出罪羯磨若僧時到僧忍聽僧今爲某甲比丘出罪羯磨白如是大德僧聽此某甲比丘犯僧殘罪覆藏某甲比丘犯僧殘罪隨覆藏日已從僧乞隨覆藏日羯磨僧已與某甲比丘隨覆藏日羯磨此比丘行覆藏時更重犯罪從僧乞覆藏本日治羯磨僧已與某甲比丘覆藏本日治羯磨此某甲比丘行覆藏本日治竟從僧乞六夜摩那埵羯磨僧已與比丘某甲六夜摩那埵羯磨此某甲比丘行六夜摩那埵竟從僧乞出罪羯磨僧今爲比丘某甲出罪羯磨誰諸長老忍僧與此某甲比丘出罪者默然誰不忍者說此是初羯磨第二第三亦如是說僧已忍爲某甲比丘出罪羯磨竟僧忍默然故是事如是持

爾時有比丘犯僧殘罪不覆藏作如是念我當云何白諸比丘諸比丘白佛佛言聽僧與

彼比丘六夜摩那埵白四羯磨應如是與彼比丘應至僧中偏露右肩脫革屣禮僧足已右膝著地合掌白如是言大德僧聽我某甲比丘犯僧殘罪不覆藏今從僧乞六夜摩那埵願僧與我六夜摩那埵慈愍故如是第二第三說僧中應差堪能羯磨者如上作如是白大德僧聽此某甲比丘犯僧殘罪不覆藏今從僧乞六夜摩那埵若僧時到僧忍聽僧今與某甲比丘六夜摩那埵白如是大德僧聽此某甲比丘犯僧殘罪不覆藏今從僧乞六夜摩那埵僧今與某甲比丘六夜摩那埵誰諸長老忍僧與某甲比丘六夜摩那埵者默然誰不忍者說是初羯磨如是第二第三說僧已忍與某甲比丘六夜摩那埵竟僧忍默然故是事如是持彼行摩那埵中間更重犯罪彼比丘作如是言我當云何白諸比丘諸比丘白佛佛言聽僧與彼比丘作摩那埵本日治白四羯磨應如是與彼比丘應來至僧中偏露右肩脫革屣禮僧足已右膝著地合掌白如是言大德僧聽我某甲比丘犯僧殘罪不覆藏已從僧乞六夜摩那埵僧已與我六夜摩那埵我行摩那埵時更重犯罪今從僧乞摩那埵本日治羯磨願僧與我摩那埵本日治羯磨慈愍故如是第二第三說衆中應差堪能羯磨者如上作如是白大德僧聽此某甲比丘犯僧殘罪不覆藏從僧乞六夜摩那埵僧已與六夜摩那埵彼比丘行六夜摩那埵時更重犯罪從僧乞摩那埵本日治羯磨若僧時到僧忍聽僧與某甲比丘摩那埵本日治羯磨白如是大德僧聽此某甲

比丘犯僧殘罪不覆藏從僧乞六夜摩那埵僧已與六夜摩那埵此比丘行六夜摩那埵時更重犯罪從僧乞摩那埵本日治羯磨僧今與某甲比丘摩那埵本日治羯磨誰諸長老忍僧與某甲比丘摩那埵本日治羯磨者默然誰不忍者說是初羯磨第二第三亦如是說僧已忍與某甲比丘摩那埵本日治羯磨竟僧忍默然故是事如是持彼行摩那埵竟白諸比丘諸比丘白佛佛言聽僧為彼比丘出罪作白四羯磨應如是作彼比丘應來至僧中偏露右肩脫革屣禮僧足已右膝著地合掌白言大德僧聽我某甲比丘犯僧殘罪不覆藏已從僧乞六夜摩那埵僧已與我六夜摩那埵我行六夜摩那埵時更重犯罪已從僧乞六夜摩那埵本日治羯磨僧已與我摩那埵本日治羯磨我某甲比丘行摩那埵本日治竟今從僧乞出罪羯磨願僧與我出罪羯磨慈愍故如是第二第三說僧中應差堪能作羯磨者如上作如是白大德僧聽此某甲比丘犯僧殘罪不覆藏已從僧乞六夜摩那埵僧已與六夜摩那埵彼比丘行六夜摩那埵時更重犯罪已從僧乞摩那埵本日治羯磨僧已與彼比丘摩那埵本日治羯磨彼行摩那埵本日治竟今從僧乞出罪羯磨若僧時到僧忍聽僧今為某甲比丘出罪白如是大德僧聽此某甲比丘犯僧殘罪不覆藏已從僧乞六夜摩那埵僧已與六夜摩那埵彼行摩那埵時更重犯罪已從僧乞摩那埵本日治羯磨僧已與摩那埵本日治羯磨此比丘行摩那埵本日治竟今從僧乞出

罪羯磨僧今與某甲比丘出罪羯磨誰諸長老忍僧今與某甲比丘出罪羯磨者默然誰不忍者說第二第三亦如是說僧已忍與某甲比丘出罪羯磨竟僧忍默然故是事如是持爾時有一比丘犯衆多僧殘罪或有犯覆藏一夜或有犯覆藏二夜如是乃至十夜彼比丘作如是念我當云何白諸比丘諸比丘白佛佛言聽僧與彼比丘共作犯衆多僧殘罪覆藏十夜白四羯磨應如是與彼比丘應來至僧中偏露右肩脫革屣禮僧足已右膝著地合掌白言大德僧聽我某甲比丘犯衆多僧殘罪或覆藏一夜或覆藏二夜乃至十夜者今從僧乞覆藏一夜乃至十夜羯磨願僧與我覆藏一夜乃至十夜羯磨慈愍故如是第二第三說衆中應差堪能作羯磨者如上作如是白大德僧聽此某甲比丘犯衆多僧殘罪或有覆藏一夜乃至十夜今從僧乞覆藏一夜乃至十夜羯磨若僧時到僧忍聽僧今與某甲比丘覆藏一夜乃至十夜羯磨白如是大德僧聽此某甲比丘犯衆多僧殘罪或有覆藏一夜乃至十夜今從僧乞覆藏一夜乃至十夜羯磨今僧與某甲比丘覆藏一夜乃至十夜羯磨誰諸長老忍僧與彼比丘覆藏一夜乃至十夜羯磨者默然誰不忍者說如是第二第三說僧已忍與某甲比丘覆藏一夜乃至十夜羯磨竟僧忍默然故是事如是持彼比丘行覆藏竟白諸比丘諸比丘白佛佛言聽僧與彼比丘六夜摩那埵白四羯磨彼比丘應來至僧中偏露右肩脫革屣禮僧足已右膝著地合掌白如是言大德

僧聽我某甲比丘犯衆多僧殘罪覆藏一夜或二夜乃至十夜已從僧乞覆藏一夜乃至十夜羯磨僧已與我覆藏羯磨我某甲比丘已行覆藏竟今從僧乞六夜摩那埵願僧與我六夜摩那埵慈愍故如是第二第三說衆中應差堪能作羯磨者如上作如是白大德僧聽此某甲比丘犯衆多僧殘罪覆藏一夜或二夜乃至十夜已從僧乞覆藏十夜羯磨僧已與此某甲比丘覆藏十夜羯磨此比丘行覆藏竟今從僧乞六夜摩那埵若僧時到僧忍聽僧今與某甲比丘六夜摩那埵白如是大德僧聽此某甲比丘犯衆多僧殘罪覆藏或一夜或二夜乃至十夜已從僧乞覆藏十夜羯磨僧已與覆藏十夜羯磨彼比丘行十夜覆藏竟今從僧乞六夜摩那埵今僧與彼比丘六夜摩那埵誰諸長老忍僧與彼比丘六夜摩那埵者默然誰不忍者說是初羯磨第二第三亦如是說僧已忍與彼比丘六夜摩那埵竟僧忍默然故是事如是持彼行摩那埵竟白諸比丘諸比丘白佛佛言聽僧與彼比丘出罪白四羯磨彼比丘應來至僧中偏露右肩脫革屣禮僧足已右膝著地白如是言大德僧聽我某甲比丘犯衆多僧殘罪覆藏或一夜或二夜乃至十夜已從僧乞覆藏十夜羯磨僧已與我覆藏十夜羯磨我行覆藏竟已從僧乞六夜摩那埵僧已與我六夜摩那埵我行六夜摩那埵竟今從僧乞出罪羯磨願僧與我出罪羯磨慈愍故如是第二第三說衆中應差堪能作羯磨者如上作如是白大德僧聽此某甲比丘犯衆多僧

殘罪覆藏或一夜或二夜乃至十夜已從僧乞覆藏十夜羯磨僧已與彼十夜羯磨彼某甲比丘行十夜覆藏竟已從僧乞六夜摩那埵僧已與彼比丘六夜摩那埵彼比丘行六夜摩那埵竟今從僧乞出罪羯磨若僧時到僧忍聽僧今與某甲比丘出罪羯磨白如是大德僧聽此某甲比丘犯衆多僧殘罪覆藏或一夜或二夜乃至十夜已從僧乞覆藏十夜羯磨僧已與十夜羯磨彼某甲比丘行十夜覆藏竟已從僧乞六夜摩那埵僧已與彼比丘六夜摩那埵彼某甲比丘行六夜摩那埵竟今從僧乞出罪羯磨今僧與彼某甲比丘出罪羯磨誰諸長老忍僧與彼某甲比丘出罪羯磨者默然誰不忍者說如是第二第三說僧已忍與彼某甲比丘出罪羯磨竟僧忍默然故是事如是持時有一比丘犯二僧殘罪二俱覆藏憶一罪不憶一罪彼比丘隨所憶罪隨覆藏日從僧乞覆藏日羯磨僧與彼比丘隨所憶罪隨覆藏日羯磨彼比丘行覆藏時憶第二罪不知云何白諸比丘諸比丘白佛佛言聽僧與彼比丘隨憶第二罪覆藏日與覆藏羯磨時有比丘犯二僧殘罪二俱覆藏一有疑二無疑彼於無疑罪中隨覆藏日從僧乞覆藏日羯磨僧與彼比丘隨覆藏日羯磨彼比丘行覆藏時於第二罪中即得無疑自念我當云何白諸比丘諸比丘白佛佛言聽僧隨覆藏日與覆藏羯磨時有比丘犯二僧殘罪二俱覆藏識一罪不識一罪彼所識罪從僧乞覆藏羯磨僧與隨覆藏日羯磨彼行覆藏時即還識第二罪自念我當

云何即白諸比丘諸比丘白佛佛言聽僧爲彼比丘隨所還識第二罪覆藏日與覆藏羯磨時有比丘犯二僧殘罪一俱覆藏彼乞覆藏時說一罪覆藏一罪彼隨所說罪從僧乞覆藏羯磨僧與覆藏羯磨彼行覆藏時於第二犯慚愧心生自念我當云何白諸比丘諸比丘白佛佛言僧應隨所犯第二罪覆藏日與覆藏羯磨佛言汝曹善聽若比丘犯二僧殘二俱覆藏憶一罪不憶一罪彼比丘所憶罪不憶罪俱從僧乞覆藏羯磨僧與彼犯二罪覆藏羯磨彼行覆藏時有客比丘來知法知律知摩夷彼客比丘問舊比丘長老此比丘何所犯何故行覆藏舊比丘答言長老此比丘犯二僧殘罪二俱覆藏憶一罪不憶一罪二俱從僧乞覆藏羯磨僧與彼二俱覆藏羯磨是故彼比丘行覆藏彼客比丘言長老不成與彼覆藏羯磨何以故彼比丘所憶罪與覆藏羯磨善彼不憶罪與覆藏羯磨不善非法羯磨不成衆僧應作突吉羅懺彼應與摩那埵疑不疑識不識亦如是時有比丘犯僧殘罪覆藏兩月彼憶一月不憶一月彼隨所憶一月從僧乞覆藏羯磨僧與一月覆藏羯磨彼行覆藏時憶第二月自念我當云何白諸比丘諸比丘白佛佛言聽僧與彼比丘隨憶第二月覆藏羯磨疑不疑亦如是識不識亦如是乞覆藏時覆藏一月發露一月亦如是佛告諸比丘善聽若比丘犯僧殘罪覆藏兩月憶一月不憶一月二俱從僧乞覆藏羯磨僧與彼兩月覆藏羯磨彼行覆藏時有客比丘來知法知律知摩夷彼客比丘問舊

比丘言長老彼何所犯何故行覆藏答言此比丘犯僧殘罪覆藏兩月憶一月不憶一月彼憶不憶二俱從僧乞兩月覆藏羯磨僧隨彼與兩月覆藏羯磨是故彼比丘行覆藏彼客比丘語舊比丘言不善與覆藏何以故彼比丘憶一月與覆藏者善不憶一月與覆藏者不善非法羯磨不成就僧應作突吉羅懺彼比丘應與摩那埵疑不疑亦如是識不識亦如是爾時有比丘犯二僧殘罪二俱覆藏彼罷道罷道已復還受大戒受大戒已覆藏二罪自念我當云何白諸比丘諸比丘白佛佛言若比丘犯二僧殘覆藏二罪彼罷道罷道已還受大戒受大戒已覆藏二罪僧應隨先所犯覆藏日及後覆藏日與覆藏羯磨與覆藏羯磨已與摩那埵時有比丘犯二僧殘罪二俱覆藏彼罷道罷道已還受大戒受大戒已發露二罪僧應隨彼比丘先所覆藏日與覆藏羯磨與覆藏羯磨已與摩那埵爾時有比丘犯二僧殘罪二俱不覆藏彼罷道罷道已還受大戒受大戒已覆藏二罪彼自念言我當云何白諸比丘諸比丘白佛佛言若比丘犯二僧殘罪二俱不覆藏彼罷道罷道已還受大戒受大戒已覆藏二罪僧應隨彼比丘後覆藏日與覆藏羯磨然後與摩那埵爾時有比丘犯二僧殘罪二俱不覆藏彼罷道罷道已還受大戒受大戒已發露二罪僧即應與二罪摩那埵爾時有比丘犯二僧殘罪覆藏一罪不覆藏一罪彼罷道罷道已復還受大戒受大戒已先發露一罪後二俱覆藏彼作是念我當云何白諸比丘諸比丘白

佛佛言若比丘犯二僧殘罪覆藏一罪不覆藏一罪彼罷道罷道已還受大戒受大戒已先發露一罪後二俱覆藏聽僧與彼比丘隨所犯一罪前後覆藏一罪後覆藏日羯磨爾時有比丘犯二僧殘罪覆藏一罪發露一罪彼罷道罷道已還受大戒受大戒已先所覆藏後復覆藏先發露者後亦發露僧應隨前後所覆藏一罪與覆藏羯磨所不覆藏第二罪應與摩那埵爾時有比丘犯二僧殘罪覆藏一罪發露一罪彼罷道罷道已還受大戒受大戒已先所覆藏後發露先所發露後便覆藏僧應與彼隨前所覆藏一罪與覆藏羯磨隨後所覆藏第二罪與覆藏羯磨時有比丘犯二僧殘罪覆藏一罪發露一罪彼罷道罷道已還受大戒受大戒已先所覆藏後二俱發露僧應與彼比丘隨前所犯一罪覆藏日與覆藏羯磨第二罪二俱與摩那埵憶一罪不憶一罪作四句亦如是疑一罪不疑一罪作四句亦如是識一罪不識一罪作四句亦如是乞覆藏時覆藏一罪發露一罪作四句亦如是（此中從覆藏一罪不覆一罪至此凡有五句一句各有四句如覆一不覆一作四句凡有二十句）行覆藏時二十句亦如是行覆藏竟二十句亦如是行摩那埵時二十句亦如是行摩那埵竟二十句亦如是作沙彌還受大戒百句亦如是顛狂百句亦如是心亂百句亦如是痛惱百句亦如是僧與作不見罪舉百句亦如是不懺悔罪舉百句亦如是惡見不捨罪舉百句亦如是爾時行覆藏比丘罷道罷道已還受大戒受大戒已彼自念言我當云何白諸比丘諸比丘白佛佛言

行覆藏比丘罷道罷道已還受大戒受大戒已應續行前日次行覆藏爾時有比丘應與作本日治彼比丘罷道罷道已還受大戒受大戒已僧應爲彼比丘作本日治白四羯磨時有比丘行覆藏竟罷道罷道已還受大戒受大戒已僧應與彼比丘六夜摩那埵白四羯磨時有比丘行摩那埵罷道罷道已還受大戒受大戒已彼比丘已行摩那埵日便止未行日應還續行爾時有比丘行摩那埵竟罷道罷道已還受大戒受大戒已僧應與彼出罪白四羯磨還作沙彌五句亦如是顛狂五句亦如是心亂五句亦如是痛惱五句亦如是僧與作不見罪舉不懺悔罪舉惡見不捨舉羯磨各五句亦如是時有行覆藏比丘中間犯罪知日數而覆藏彼自念言我當云何白諸比丘諸比丘白佛佛言若行覆藏比丘中間犯罪知日數覆藏僧應隨中間犯罪與覆藏羯磨與覆藏羯磨竟與本日治行覆藏本日治竟與摩那埵與摩那埵竟應爲出罪不知日數覆藏亦如是知數不知數覆藏亦如是行覆藏竟亦如是爾時有行摩那埵比丘中間犯罪知日數不覆藏彼作是念我當云何白諸比丘諸比丘白佛佛言若行摩那埵比丘中間重犯知日數不覆藏僧應與摩那埵與摩那埵已應與摩那埵本日治行摩那埵本日治已應與出罪羯磨不知日數不覆藏亦如是知日數不知日數不覆藏亦如是行摩那埵竟知日數不覆藏亦如是不知日數不覆藏亦如是知日數不知日數不覆藏亦如是爾時有比丘犯僧殘罪知日數

不知日數覆藏不覆藏等覆不等覆一名多種自性非自性住別異彼作如是念我當云何白諸比丘諸比丘白佛佛言聽僧與彼比丘隨所覆藏日與覆藏羯磨應如是與彼比丘應至僧中偏露右肩脫革屣禮僧足已右膝著地合掌白言大德僧聽我某甲比丘犯僧殘罪知日數不知日數覆藏不覆藏等覆不等覆乃至住別異隨覆藏日從僧乞覆藏羯磨願僧與我隨覆藏日羯磨慈愍故如是第二第三說衆中應差堪能作羯磨者如上作如是白大德僧聽此某甲比丘犯僧殘罪知日數不知日數覆藏不覆藏等覆不等覆乃至住別異彼隨覆藏日從僧乞覆藏羯磨若僧時到僧忍聽僧今與彼比丘隨覆藏日羯磨白如是大德僧聽彼某甲比丘犯僧殘罪知日數不知日數乃至住別異彼隨覆藏日已從僧乞隨覆藏日羯磨僧今與某甲比丘隨覆藏日羯磨誰諸長老忍僧與彼某甲比丘作隨覆藏日羯磨者默然誰不忍者說如是第二第三說僧已忍與某甲比丘作隨覆藏日羯磨竟僧忍默然故是事如是持彼行覆藏時中間重更犯罪知日數覆藏彼作如是念我當云何白諸比丘諸比丘白佛佛言聽僧與彼比丘前罪中間重犯覆藏與本日治白四羯磨應如是與彼比丘應來至僧中偏露右肩脫革屣禮僧足已右膝著地合掌作如是白大德僧聽我某甲比丘犯僧殘罪知日數不知日數乃至住別異我隨所覆藏日已從僧乞覆藏羯磨僧已與我覆藏羯磨我某甲比丘行覆藏時重更犯罪知日數

覆藏從僧乞前犯中間重犯覆藏本日治羯磨願僧與我前犯中間重犯覆藏本日治羯磨慈愍故如是第二第三說衆中應差堪能作羯磨者如上作如是白大德僧聽此某甲比丘犯僧殘罪知日數不知日數乃至住別異此比丘已從僧乞隨覆藏日羯磨此比丘行覆藏時中間重更犯罪知日數覆藏今從僧乞前犯中間重犯覆藏本日治羯磨若僧時到僧忍聽僧與此比丘前犯中間重犯覆藏本日治羯磨白如是大德僧聽此某甲比丘犯僧殘罪知日數不知日數乃至住別異此比丘隨覆藏日已從僧乞覆藏羯磨僧已與此比丘隨覆藏日羯磨此比丘行覆藏時中間更重犯罪知日數覆藏今從僧乞前犯中間重犯覆藏本日治羯磨僧今與此比丘前犯中間重犯覆藏本日治羯磨誰諸長老忍僧與某甲比丘前犯中間重犯覆藏本日治羯磨者默然誰不忍者說如是第二第三說僧已忍與某甲比丘前犯中間重犯覆藏本日治羯磨竟僧忍默然故是事如是持彼比丘行覆藏時中間第二重犯亦如是彼比丘行覆藏竟白佛佛言聽僧與此比丘六夜摩那埵白四羯磨應如是與彼比丘應來至僧中偏露右肩脫革屣禮僧足已右膝著地合掌白言大德僧聽我某甲比丘犯僧殘罪知日數不知日數乃至住別異隨覆藏日從僧乞隨覆藏日羯磨僧已與我隨覆藏日羯磨我行覆藏時中間重犯知日數覆藏從僧乞前犯中間重犯覆藏本日治羯磨僧已與我前犯中間重犯覆藏本日治羯磨我行覆

藏時中間更第二犯知日數覆藏從僧乞前犯中間重犯第二犯覆藏本日治羯磨僧已與我前犯中間重犯第二犯覆藏本日治羯磨我某甲比丘行覆藏竟今從僧乞六夜摩那埵願僧與我六夜摩那埵慈愍故如是第二第三說衆中應差堪能作羯磨者如上作如是白大德僧聽此某甲比丘犯僧殘罪知日數不知日數乃至住別異此某甲比丘隨覆藏日已從僧乞覆藏羯磨僧已與此比丘覆藏羯磨此比丘行覆藏時中間重犯知日數覆藏已從僧乞前犯中間重犯覆藏本日治羯磨僧已與此比丘前犯中間重犯覆藏本日治羯磨此比丘行覆藏時中間更第二重犯知日數覆藏已從僧乞前犯中間重犯第二犯覆藏本日治羯磨僧已與此比丘前

犯中間重犯第二犯覆藏本日治羯磨彼比丘行覆藏竟今從僧乞六夜摩那埵若僧時到僧忍聽僧今與某甲比丘六夜摩那埵白如是大德僧聽此某甲比丘犯僧殘罪知日數不知日數乃至住別異隨覆藏日從僧乞覆藏羯磨僧已與此比丘隨覆藏日羯磨此比丘行覆藏時中間重犯知日數覆藏已從僧乞前犯中間重犯覆藏本日治羯磨僧已與彼比丘前犯中間重犯覆藏本日治羯磨彼比丘行覆藏時中間重犯第二犯知日數覆藏已從僧乞前犯中間重犯第二犯覆藏本日治羯磨僧已與彼比丘前犯中間重犯第二犯覆藏本日治羯磨彼比丘行覆藏竟今從僧乞六夜摩那埵僧今與彼比丘六夜摩那埵誰諸長老忍僧今與某甲比丘六夜

摩那埵者默然誰不忍者說如是第二第三說僧已忍與某甲比丘六夜摩那埵竟僧忍默然故是事如是持時彼比丘行摩那埵竟白諸比丘諸比丘白佛佛言僧應與彼比丘出罪白四羯磨如上應如是出罪若衆僧爲彼比丘出罪不如法佛告諸比丘善聽若比丘犯僧殘罪知日數不知日數乃至住別異彼比丘已從僧乞隨覆藏日羯磨僧與隨覆藏日羯磨彼行覆藏時中間重犯知日數覆藏彼從僧乞前犯中間重犯覆藏本日治羯磨僧已與彼比丘前犯中間重犯覆藏本日治羯磨彼比丘行覆藏時中間第二犯知日數覆藏已從僧乞前犯中間重犯第二犯覆藏本日治羯磨僧已與彼比丘前犯中間重犯第二犯覆藏本日治羯磨非法彼比丘謂便行覆藏竟從僧乞六夜摩那埵僧與彼比丘六夜摩那埵非法彼比丘謂便行摩那埵竟從僧乞出罪羯磨僧與彼比丘出罪非法我說此比丘非清淨罪不出是中有比丘犯僧殘罪知日數不知日數乃至住別異彼比丘隨覆藏日已從僧乞覆藏羯磨僧已與彼比丘隨覆藏日羯磨彼比丘行覆藏時中間重犯知日數覆藏已從僧乞前犯中間重犯覆藏本日治羯磨僧已與彼比丘前犯中間重犯覆藏本日治羯磨彼比丘行覆藏時中間第二犯知日數覆藏已從僧乞前犯中間重犯第二犯覆藏本日治羯磨僧已與彼比丘前犯中間重犯第二犯覆藏本日治羯磨如法彼比丘行覆藏竟從僧乞六夜摩那埵僧與彼比丘六夜摩那埵羯磨不如法彼比

丘謂行摩那埵竟從僧乞出罪羯磨僧與彼比丘出罪非法我說彼比丘不清淨罪不出時有比丘犯僧殘罪知日數不知日數乃至住別異彼比丘隨所犯已從僧乞覆藏羯磨僧已與彼比丘隨覆藏日羯磨彼比丘行覆藏時中間重犯知日數覆藏已從僧乞前犯中間重犯覆藏本日治羯磨僧已與彼比丘前犯中間重犯覆藏本日治羯磨彼比丘行覆藏時中間第二重犯知日數覆藏已從僧乞前犯中間重犯第二犯覆藏本日治羯磨僧已與彼比丘前犯中間重犯第二犯覆藏本日治羯磨如法彼比丘行覆藏已從僧乞六夜摩那埵僧已與彼比丘六夜摩那埵如法彼比丘行摩那埵竟從僧乞出罪羯磨僧與彼比丘出罪非法我說此人不清淨罪不出此中知數不覆藏三句亦如是知數覆藏不覆藏三句亦如是不知數覆藏三句亦如是不知數不覆藏三句亦如是不知數覆藏不覆藏三句亦如是知數不知數覆藏三句亦如是知數不知數不覆藏三句亦如是知數不知數覆藏不覆藏三句亦如是是中有比丘犯僧殘罪知數不知數乃至住別異彼比丘隨覆藏日已從僧乞覆藏羯磨僧已與彼比丘隨覆藏日羯磨彼比丘行覆藏時中間重犯知日數覆藏已從僧乞前犯中間重犯覆藏本日治羯磨僧已與彼比丘前犯中間重犯覆藏本日治羯磨彼比丘行覆藏時中間第二重犯知日數覆藏從僧乞前犯中間重犯第二犯覆藏本日治羯磨僧與彼比丘前犯中間重犯第二犯覆藏本日治羯磨

如法彼比丘行覆藏竟從僧乞六夜摩那埵僧與彼比丘六夜摩那埵如法彼比丘行摩那埵竟從僧乞出罪羯磨僧與彼比丘出罪如法我說此比丘清淨無犯罪得出知數不覆藏三句亦如是知數覆藏不覆藏三句亦如是不知數覆藏三句亦如是不知數不覆藏三句亦如是不知數覆藏不覆藏三句亦如是知數不知數覆藏三句亦如是知數不知數不覆藏三句亦如是知數不知數覆藏不覆藏三句亦如是爾時有異住處有二比丘犯僧殘罪彼比丘即日從住處出去言若得清淨比丘我當懺悔一比丘初去時覆藏第二比丘見異比丘便覆藏是為二俱覆藏一憶罪第二不憶彼憶而覆藏者是為覆藏不憶者非覆藏一疑二不疑彼疑而覆藏者是為不覆藏不疑而覆藏者是為覆藏一知二不知彼知而覆藏者是謂覆藏彼不知而覆藏者是為不覆藏時有比丘犯僧殘罪謂犯波羅夷覆藏彼作如是念我當云何白諸比丘諸比丘白佛佛言若比丘犯僧殘罪謂是波羅夷覆藏應與作突吉羅懺後與摩那埵時有比丘犯僧殘罪彼謂是波逸提波羅提提舍尼偷蘭遮突吉羅惡說覆藏彼作如是念我當云何白諸比丘諸比丘白佛佛言若比丘犯僧殘罪謂是波逸提乃至惡說故覆藏者應教作突吉羅懺懺已與摩那埵時有比丘犯波逸提謂是波羅夷覆藏佛言若比丘犯波逸提謂是波羅夷覆藏者教作突吉羅懺後如法懺時有比丘犯波逸提謂犯僧殘乃至惡說覆藏佛言應教突吉羅懺已

後如法懺波羅提提舍尼偷蘭遮突吉羅惡説亦如是時有比丘犯僧殘罪若作僧殘意覆藏應教作突吉羅懺懺已與覆藏犯波逸提乃至惡説亦如是時異住處有比丘犯衆多僧殘罪彼比丘不憶犯數不憶日數彼作如是念我當云何白諸比丘諸比丘白佛佛言若比丘犯僧殘罪不憶犯數不憶日數應與清淨已來覆藏若憶犯數不憶日數亦應與清淨已來覆藏若憶日數不憶犯數應數日與覆藏疑不疑亦如是識不識亦如是彼比丘或憶一罪數或不憶一罪數或憶一罪日數或不憶一罪日數應與清淨已來覆藏若憶犯數或憶一罪日數不憶一罪日數應與清淨已來覆藏若憶日數或憶犯數或不憶犯數應數日與覆藏疑不疑亦如是識不識亦如是時有比丘犯僧殘罪知數不覆藏彼從僧乞六夜摩那埵僧與彼六夜摩那埵即於其日中間重犯知數覆藏彼作如是念我當云何白諸比丘諸比丘白佛佛言若比丘犯僧殘罪知數不覆藏從僧乞六夜摩那埵僧與六夜摩那埵即於其日中間重犯知數覆藏僧應更與彼比丘摩那埵語言汝比丘應更行摩那埵若行摩那埵一夜乃至六夜中間重犯知數覆藏僧與此比丘摩那埵與摩那埵已應與摩那埵本日治行摩那埵本日治已應與出罪時有比丘犯僧殘罪知數不覆藏從僧乞六夜摩那埵僧與彼比丘六夜摩那埵彼比丘即於其日中間重犯不知數覆藏僧應與彼比丘六夜摩那埵語言比丘汝更行摩那埵若行一夜乃至六夜中

間重犯不知數覆藏僧應與彼比丘摩那埵與彼摩那埵已應與摩那埵本日治與摩那埵本日治已應與出罪時有比丘犯僧殘罪知日數不覆藏從僧乞六夜摩那埵僧與彼比丘六夜摩那埵彼比丘即於其日中間重犯知數不知數覆藏僧應與彼比丘六夜摩那埵語言汝比丘更行摩那埵若行一夜乃至六夜中間重犯知數不知數覆藏僧應與彼比丘六夜摩那埵彼行摩那埵已應與摩那埵本日治與摩那埵本日治已應與出罪不知數不覆藏亦如是知數不知數不覆藏亦如是　人法竟

四分律藏卷第四十五

音釋

睒（失冉切）謗（補曠切毀謗也）戟（訖逆切枝兵也）窟（苦骨切穴也）

四分律藏卷第四十六

姚秦三藏佛陀耶舍共竺佛念譯

第三分覆藏揵度法

爾時世尊在舍衛國時六羣比丘自行覆藏更互與覆藏羯磨本日治摩那埵出罪羯磨諸比丘白佛佛言不應自行覆藏與他覆藏羯磨本日治摩那埵出罪彼行本日治比丘更互作覆藏本日治摩那埵出罪佛言不應自行本日治更互作覆藏本日治摩那埵出罪彼自行摩那埵比丘更互作覆藏佛言不應自行摩那埵與他作覆藏羯磨乃至出罪彼自出罪更互作覆藏羯磨乃至出罪佛言不應自出罪與他覆藏羯磨乃至出罪彼行覆藏者更互作覆藏羯磨本日治摩那埵足滿二十人出罪佛言不應爾自行覆藏本日治亦如是自行摩那埵亦如是自行出罪亦如是彼行覆藏者與他受大戒與他依止畜沙彌受僧差差已教授比丘尼佛言行覆藏者不應爾彼行覆藏者知有餘比丘能說戒者而爲他說戒於僧中或問毗尼義或答在衆僧作羯磨人數中受僧羯磨差平斷事受衆僧差使佛言行覆藏者不應爾彼行覆藏者或早入聚落逼暮還或不親附沙門親近外道不隨順比丘說異教佛言不應爾彼行覆藏者若犯此罪若相似若從此生若重於此呵他羯磨及作羯磨者佛言不應爾彼行覆藏者受清淨比丘敷座洗脚拭革屣揩摩身佛言不應爾彼行覆藏者受清淨比丘起迎逆禮拜執手恭敬問訊爲持衣鉢佛言不應爾彼行覆藏者舉清淨比丘作憶念作自

言爲他作證遮説戒遮自恣與清淨比丘共鬪佛言不應爾彼行覆藏者共清淨比丘行入白衣家或隨他比丘行或將他比丘行或受他供養或受清淨比丘剃髮或受清淨比丘作使佛言不應爾彼行覆藏比丘共清淨比丘行至前食後食上在前行或並語並行或反抄衣或通肩披衣或裹頭或覆兩肩或著革屣佛言不應爾自今已去聽偏露右肩脱革屣隨從後行彼行覆藏者作如是意不往食上恐餘比丘知我行覆藏佛言不應爾彼行覆藏者作如是意至食上不坐恐餘比丘知我行覆藏彼行覆藏比丘作如是意請取食食恐餘比丘知我行覆藏佛言不應爾彼行覆藏者與清淨比丘隨次坐佛言不應爾聽在末行坐世尊有如是教犯罪人應在下行坐彼在白衣下坐佛言不應爾彼在沙彌下坐佛言不應爾應在大比丘末行坐彼行覆藏者與清淨比丘共經行處行彼在下經行處已在高經行處或在前行或並語或並行反抄衣通肩披衣或裹須覆兩肩著革屣佛言不應爾佛言聽偏露右肩脱革屣在後行彼行覆藏者道路行作如是意不在正道行恐餘比丘知我行覆藏佛言不應爾彼行覆藏者在道行作如是意在後行恐餘比丘知我行覆藏佛言不應爾彼行覆藏者共清淨比丘共坐一牀一板佛言不應爾若長牀板佛言聽作隔斷然後坐若取餘牀在後坐彼行覆藏者若在小食大食上應掃灑敷座具水瓶洗瓶具盛殘食器應爲清淨比丘敷坐具乃至洗足器物拭足巾盛水器清淨

比丘來應出遠迎爲持衣鉢若有餘牀鉢支應安置上若僧伽棃在頭上肩上應取看之無塵垢穢汙不若有塵垢穢汙應却便却應浣當浣浣已曬著繩牀木牀上應與清淨比丘敷座具洗足器拭足巾盛水器拭革屣已著左面看之不令泥水汙不若有泥水汙者當移避之爲清淨比丘洗足已除去石水器安置本處彼應淨洗手與清淨比丘過食清淨比丘食時應供給所須若酪漿若蔓菟苦酒鹽菜應與若熱當扇須水應與水若恐時過當俱食清淨比丘食已當爲取鉢與洗手若自食已有殘食應與人若非人若著無蟲水中若無草處洗食器還復本處應掃灑食堂除去糞土彼比丘便用已常食鉢盛糞掃棄餘比丘見惡之佛言不應用鉢棄糞掃聽以瓮若澡槃若掃箒鉢應淨潔畜彼行覆藏比丘若僧洗浴應至清淨比丘所問言大德洗不若彼答言當洗此比丘便應先看浴室無塵穢不若有塵穢應掃便掃應水灑便灑應取薪便取應破便破應然火便然火應著薪便著應與清淨比丘具洗浴瓶若浴牀若刮汗刀若水器若泥器若樹皮若細末藥若泥應問上座已然火若清淨比丘病若老羸應扶將至浴室所若不能行者以繩牀木牀若衣轝至浴室所應取清淨比丘衣安著衣架上若龍牙杙上若有油應爲塗身彼油器無安處不堅牢佛言安著龍牙杙上若懸著壁上若清淨比丘病老羸應扶將入浴室中與繩牀木牀浴瓶刮汗刀水器泥器與樹皮細末藥泥若煙來熏眼當爲安障若頭熱背

熱應爲覆若欲洗浴入浴室應白清淨比丘若如是意欲白清淨比丘恐煩亂共相逼迮者直爾入浴室在清淨比丘後揩摩身彼即入浴室至清淨比丘後住應爲餘比丘揩摩身不應受他揩摩身爲清淨比丘洗浴已然後自浴若清淨比丘老應扶將出若病以繩牀若木牀輿出浴室應與清淨比丘敷座與洗脚器拭巾洗脚革屣應取清淨比丘衣舒看抖擻勿令有蛇蝎諸毒蟲然後授與若有眼藥丸香應與若有甜蒲萄漿蜜石蜜淨洗手受授與清淨比丘若清淨比丘老病乏氣力者應扶若以繩牀木牀若衣輿還房應先入清淨比丘房內敷卧具若氈手捫摸看扶清淨比丘卧以襯體衣著內被覆上若出房應閉戶至浴室中看若有繩牀木牀若浴瓶若刮汗刀水器泥器樹皮細末藥泥還復本處應洗浴室便洗有不淨水應出便出有火應滅便滅應覆便覆若浴室戶應閉便閉應脫舉便舉應日三時見清淨比丘彼應作者一切應如法作若清淨比丘有所作不應違逆若違逆應如法治彼行覆藏者至布薩日應掃灑布薩處敷座具水瓶洗脚瓶然燈具舍羅彼行覆藏者布薩竟應還復牀座水瓶洗脚瓶舍羅著本處彼行覆藏比丘在上好房中住餘客比丘無住處諸比丘白佛佛言行覆藏比丘不應在上好房中住聽在小房中住客比丘來遣行覆藏者出佛言不應遣亦不應去聽作如是語大德我曹不得二三人共宿行覆藏比丘作如是念衆僧衣物爲隨次取應坐處取耶佛言應隨次取已在下

行坐彼行覆藏比丘作如是念我曹得更互作使不佛言聽我曹得自相恭敬禮拜迎逆執手問訊不佛言聽彼如是念我曹得使僧伽藍人沙彌不佛言聽我曹得受僧伽藍人沙彌禮拜迎逆執手問訊不佛言得受彼行覆藏者不白清淨比丘佛言聽白應如是白布薩日彼比丘應至僧中偏露右肩脫革屣右膝著地作如是白大德僧聽我某甲比丘犯僧殘罪隨覆藏日從僧乞覆藏羯磨僧已與我隨覆藏日羯磨我某甲已行若干日餘有若干日在白大德令知我行覆藏若大衆難集若不欲行若彼人軟弱多有羞愧應至清淨比丘所白言大德上座我今日捨教勑不作若欲作時應至清淨比丘所白言我今日隨所教勑當作彼行覆藏者至餘處見餘比丘不白佛言應白不白失一夜得突吉羅世尊既聽白餘比丘便從此至餘處白從此至餘處白疲極佛言不應從此處至餘處白聽若有因緣往應白若復不白失一夜得突吉羅罪彼行覆藏者有客比丘來不白佛言應白若不白失一夜得突吉羅罪世尊既聽彼白客比丘便至道路白諸疾行比丘遂疲極佛言不應往道路白疾行比丘應在僧伽藍內餘行者白若不白失一夜得突吉羅罪彼行覆藏者病不遣信白佛言應白若不白失一夜得突吉羅罪彼行覆藏者二三人共一屋宿佛言不應爾若二三人共一屋宿失一夜得突吉羅罪彼行覆藏者在無比丘處住佛言不應爾若住失一夜得突吉羅罪彼行覆藏者不半月半月說戒時白佛言聽白

若不白失一夜得突吉羅罪有八事失夜往餘寺不白有客比丘來不白有緣事自出外不白寺内徐行者不白病不遣信白二三人共一屋宿在無比丘處住不半月半月說戒時白是爲八事失夜佛聽半月半月說戒時白應如是白彼行覆藏者應至僧中偏露右肩脫革屣右膝著地合掌白言大德僧聽我某甲比丘犯僧殘罪覆藏我某甲比丘隨覆藏日從僧乞覆藏日羯磨僧已與我隨覆藏日羯磨我某甲比丘已行若干日未行若干日白大德令知我行覆藏佛言聽行摩那埵比丘亦行如上諸事行摩那埵者應常在僧中宿日日白應如是白偏露右肩脫革屣右膝著地合掌白大德僧聽我某甲比丘犯僧殘罪不覆藏從僧乞六夜摩那埵僧已與我六夜摩那埵我某甲比丘已行若干日未行若干日白諸大德僧令知我行摩那埵

第三分遮揵度法

爾時世尊在舍衛國時六羣比丘作如是念世尊無數方便教諸比丘展轉相教更相受語便舉清淨無罪比丘佛言不應舉清淨無罪比丘佛言聽先求聽六羣比丘聞佛教先求聽彼即清淨比丘先從六羣比丘求聽者求聽佛言不應爾自今已去聽内有五法應求聽知時不以非時眞實不以不眞實利益不以損減柔軟不以麤獷慈心不以瞋恚時六羣比丘内無五法餘比丘内有五法從六羣比丘求聽而不與聽諸比丘白佛佛言若内有五法求聽者應與時六羣比丘求他聽便去許他聽已亦去佛言不應爾聽作自言

時六羣比丘許他求自言已便去自作自言作已復去佛言不應爾佛言聽布薩説戒時應遮説戒時六羣比丘聞佛聽遮説戒便遮清淨比丘説戒佛言不應爾佛言汝曹善聽有如法遮説戒有不如法遮説戒一非法一如法二非法二如法三非法三如法四非法四如法五非法五如法六非法六如法七非法七如法八非法八如法九非法九如法十非法十如法何等一非法若遮無根作是爲一非法何等一如法遮有根作是爲一如法何等二非法遮無根作不作是爲二非法何等二如法遮有根作不作是爲二如法何等三非法遮無根破戒破見破威儀是爲三非法何等三如法遮有根破戒破見破威儀是爲三如法何等四非法遮無根破戒破見破威儀無根邪命是爲四非法何等四如法遮有根破戒破見破威儀有根邪命是爲四如法何等五非法遮無根波羅夷僧殘波逸提波羅提提舍尼遮無根突吉羅是爲五非法何等五如法遮有根波羅夷僧殘波逸提波羅提提舍尼有根突吉羅是爲五如法何等六非法遮無根破戒作不作破見作不作破威儀作不作是爲六非法何等六如法遮有根破戒作不作破見作不作破威儀作不作是爲六如法何等七非法遮無根波羅夷僧殘波逸提波羅提提舍尼偷蘭遮突吉羅惡説是爲七非法何等七如法遮有根波羅夷僧殘波逸提波羅提提舍尼偷蘭遮突吉羅惡説是爲七如法何等八非法遮無根破戒作不作破見破威儀無根邪命作不作是爲

八非法何等八如法遮有根破戒作不作破見破威儀破有根邪命是爲八如法何等九非法遮無根破戒若作若不作若作不作破見若作若不作若作不作破威儀若作若不作若作不作是爲九非法何等九如法遮有根破戒若作若不作若作不作破見破威儀若作若不作若作不作是爲九如法何等十非法非波羅夷不入波羅夷說中非捨戒不入捨戒說中隨如法僧要如法僧要不違逆如法僧要不入違逆說中破戒不見不聞不疑破見破威儀不見不聞不疑是爲十非法何等十如法波羅夷入波羅夷說中捨戒入捨戒說中如法僧要如法僧要違犯如法僧要呵說入如法僧要呵說中破戒見聞疑破見破威儀見聞疑是爲十如法云何犯波羅夷如因緣相貌犯波羅夷比丘見此相貌如犯波羅夷若不見此比丘犯波羅夷聞彼比丘犯波羅夷比丘若欲以此見聞疑於彼比丘前布薩時從座起偏露右肩右膝著地合掌作如是言此某甲比丘犯波羅夷衆僧不應在此比丘前說戒今遮此比丘說戒成遮說戒遮說戒時衆僧八難事一一難事起王難賊難火難水難病難人難非人難惡蟲難此比丘若欲以此見聞疑此住處彼住處說戒時在比丘前從座起偏露右肩右膝著地合掌作是言某甲比丘入波羅夷說中此事未決定今應決定不應在此比丘前說戒今遮此比丘說戒成遮說戒云何捨戒如因緣相貌知是捨戒比丘見是相貌知此比丘捨戒若不見此比丘捨戒聞彼某甲比丘捨戒

比丘若欲以此見聞疑於布薩時在比丘前偏露右肩右膝著地合掌作如是言某甲比丘捨戒不應在此比丘前說戒今遮此比丘說戒成遮說戒時有八難事起王難乃至惡蟲難彼比丘若欲以此見聞疑布薩時此住處彼住處在彼比丘前從座起偏露右肩右膝著地合掌作如是言某甲比丘入捨戒說中此事未決定今應決定此事不應在此比丘前說戒我今遮此比丘說戒成遮云何如法僧要不隨如因緣相貌如法僧要不隨比丘見此相貌知此比丘如法僧要不隨若不見此比丘如法僧要不隨聞彼某甲比丘如法僧要不隨比丘若欲以此見聞疑布薩時在比丘前偏露右肩右膝著地合掌作如是言某甲比丘如法僧要不隨不應在此比丘前說戒今遮此比丘說戒成遮云何如法僧要違逆如因緣相貌如法僧要違逆比丘見此相貌知此比丘如法僧要違逆若不見此比丘如法僧要違逆聞彼某甲比丘如法僧要違逆比丘若欲以此見聞疑布薩時在比丘前從座起偏露右肩右膝著地合掌作如是言某甲比丘如法僧要違逆不應在此比丘前說戒今遮此比丘說戒成遮遮說戒時八難事中有一一事起從王難乃至惡蟲難彼比丘若欲以此見聞疑此住處彼住處布薩時在此比丘前從座起偏露右肩右膝著地合掌作如是言某甲比丘入如法僧要違逆說中此事未決定今應決定不應在此比丘前說戒我今遮此比丘說戒成遮云何破戒如因緣相貌是破戒比丘見此相貌知彼

比丘破戒若不見此比丘破戒聞彼某甲比丘破戒此比丘若欲以此見聞疑布薩時在此比丘前偏露右肩右膝著地合掌作如是言某甲比丘破戒不應在此比丘前說戒我今遮此比丘說戒成遮破見破威儀亦如是是爲十如法若比丘欲舉他者内有五法應舉他何等爲五以時不以非時眞實不以不實有益不以損減柔軟不以麤獷慈心不以瞋恚比丘有此五法應得舉他何以故我見比丘舉他以非時不以時不實不以實或以損減不以利益或以麤獷不以柔軟或以瞋恚不以慈心彼餘比丘應語此比丘言舉汝非時不以時莫起瞋恨以不眞實不以實以損減不以利益以麤獷不以柔軟以瞋恚不以慈心莫以此語瞋恚若比丘被他不實舉者應以此五事解喻舉汝非時不眞實損減麤獷瞋恚莫以是愁憂被不實舉者應以此五事解喻彼不實舉他者應與五事呵責汝舉他非時不以時以不實不以實以損減不以利益以麤獷不以柔軟以瞋恚不以慈心可慙愧以不實舉他者應以此五事訶責何以故令後不復以不實舉清淨比丘訶責已應如法治被眞實舉比丘應以五事訶責汝得時不以非時莫生瞋恨眞實不以不實利益不以損減柔軟不以麤獷慈心不以瞋恚莫生瞋恨被眞實舉比丘應以此五事訶責訶責已應如法治眞實舉他者應以五事讚美舉他得時不以非時莫生悔恨眞實不以不實利益不以損減柔軟不以麤獷慈心不以瞋恚莫生悔恨眞實舉他者應以此五

事讚美何以故後若復舉他者當以眞實舉遮說戒比丘至上座前作如是語我欲遮某甲比丘說戒願見聽上座應問汝內有五法不若言無教令莫遮若言有當問何等五若不能說應語令莫遮若能說應問言汝已問中座未若言未問應教令問彼應至中座比丘前語言我欲遮某甲比丘說戒願長老聽中座應問汝內有五法不若言無應語令莫遮若言有應問言何等五若不能說應語令莫遮若能說應問言汝已問上座未若言未應語令問若言已問應問言汝復問下座未若言未應教令問彼應至下座比丘前作如是言我遮某甲比丘說戒願見聽彼應問汝內有五法不若言無應語令莫遮若言有應問言何等五若不能說應教令莫遮若能說應問言汝問上座未若言未應教令問若言已問應問言汝問中座未若言未應教令問若言已問應問汝已問彼比丘未若言未問應教令問此比丘應往彼比丘所語言我欲遮長老說戒願見聽彼應問言汝內有五法不若言無應教令莫遮若言有應問言何等五若不能說應教令莫遮若能說應問言汝問上座未若未問應教令問中下座亦如是彼比丘應自觀察我此事得比丘伴不若不得伴應語彼比丘言莫遮得比丘伴應語言便可隨時

爾時有異住處布薩時有比丘犯僧殘作如是念我當云何即白諸比丘諸比丘白佛佛言若有異住處有比丘犯僧殘罪衆僧應與波利婆沙與波利婆沙應與本日治便與應

與摩那埵便與應與出罪便與出罪作如是已說戒爾時有異住處有比丘犯波逸提是中有比丘或言犯波逸提或言犯波羅提提舍尼彼比丘作是念我當云何白諸比丘諸比丘白佛佛言若有異住處比丘犯波逸提或言犯波逸提或言犯波羅提提舍尼是中有見犯波逸提比丘者將彼比丘至眼見不聞處教如法懺悔懺悔已至彼比丘所語言此比丘已如法懺悔應作如是已說戒時有異住處有比丘犯偷蘭遮是中比丘或言犯偷蘭遮或言犯波羅夷是中言犯偷蘭遮者皆是多聞學阿含持法持律持摩夷得伴黨比丘比丘尼優婆塞優婆夷國王大臣種種外道沙門婆羅門是中言犯波羅夷者皆多聞學阿含持法持律持摩夷得伴黨比丘比

丘尼優婆塞優婆夷國王大臣種種外道沙門婆羅門彼作如是念若今日說戒令僧鬪諍共相誹謗令僧破壞令僧塵垢令僧別異住我當云何白諸比丘諸比丘白佛佛言若有異住處比丘犯偷蘭遮是中或言犯偷蘭遮或言犯波羅夷或言犯偷蘭遮者皆是多聞乃至持摩夷得比丘比丘尼伴黨乃至沙門外道婆羅門言犯波羅夷者皆是多聞乃至持摩夷得比丘比丘尼伴黨乃至沙門外道婆羅門彼作如是念若今日說戒令僧鬪諍共相誹謗令僧破壞令僧塵垢令僧別異住若比丘重此破僧事者不應此日說戒佛言聽遮說戒時六羣比丘聞佛聽遮說戒便遮清淨比丘說戒佛言不應遮清淨比丘說戒汝曹善聽雖遮說戒不成遮遮無根作不

成遮遮有根作成遮遮無根不作不成遮遮有根不作成遮遮無根作不作不成遮遮有根作不作成遮遮無根有餘作不作亦如是遮無根無餘作不作亦如是若五種說戒未說戒遮說戒不成遮若說戒竟遮說戒不成遮若說戒時遮說戒成遮若遮說戒比丘身行不清淨口行不清淨邪命癡不能言不知方便不解問答餘比丘應語言長老止不須作此鬬諍應作如是已說戒遮說戒比丘身行清淨口行不清淨邪命癡不能言不知方便不解問答餘比丘應語言長老止不須作此鬬諍應作如是已說戒若遮說戒比丘身行清淨口行清淨邪命癡不能言不知方便不解問答餘比丘應語言長老止不須作此鬬諍應作如是已說戒遮說戒比丘身行清淨口行清淨不邪命有智慧能言知方便能問答餘比丘應問長老遮此比丘說戒爲以何事故爲破戒耶爲破見破威儀也若言破戒應問言破何等戒若言波羅夷若言僧殘若偷蘭遮是爲破戒若言不破戒破見故遮應問言破何等見若言六十二見此是破見若言不破見破威儀故遮應問言破何等威儀若言破波逸提波羅提提舍尼突吉羅惡說是爲破威儀應問言以何故遮此比丘說戒以見故耶以聞疑故耶若言見應問言見何事云何見汝等何事耶汝在何處彼在何處見何等爲是波羅夷爲是僧殘爲是波逸提爲是波羅提提舍尼偷蘭遮突吉羅惡說耶若言不見言聞應問言聞何事從誰聞爲是比丘爲是比丘尼耶爲是優婆塞優婆夷

耶何所聞此比丘爲犯波羅夷爲僧殘爲波逸提爲波羅提提舍尼爲偷蘭遮爲突吉羅爲惡說耶若言不聞爲疑故應問言疑何事云何疑從誰許聞疑耶爲比丘比丘尼優婆塞優婆夷爲疑犯何事爲波羅夷爲僧殘波逸提波羅提提舍尼偷蘭遮突吉羅惡說耶遮說戒比丘不能答智慧持戒比丘令歡喜者若遮波羅夷應與作僧殘已便說戒若遮僧殘應與波逸提已便說戒若遮波逸提應以餘罪懺悔已便說戒若遮說戒比丘能答智慧持戒比丘令歡喜者若以波羅夷遮應與滅擯已便說戒若遮僧殘應與覆藏已說戒若應與本日治與本日治已說戒若應與摩那埵與摩那埵已便說戒應與出罪羯磨與出罪已說戒若以波逸提遮者應如法懺

悔已說戒若以餘事遮應如法懺悔已說戒爾時異住處說戒時病比丘遮病比丘說戒病比丘作如是念我當云何白諸比丘諸比丘白佛佛言若病比丘遮病比丘說戒餘比丘應語言世尊有如是教不應遮病比丘須長老病差彼比丘病亦差長老如法說彼比丘亦當如法說應作如是已說戒時有異處說戒時病比丘遮不病比丘說戒餘比丘應語言世尊有如是教病人不應遮說戒須病差當如法說彼亦當如法說應作如是已說戒時有異處說戒時有無病比丘遮病比丘說戒餘比丘應語言長老世尊有如是教不應遮病比丘須病差如法問彼比丘如法說應作如是已說戒時有異處衆多比丘說戒日聞彼處有比丘喜鬪諍罵詈共相誹謗口

出刀𠞊欲來此說戒我曹當云何諸比丘白佛佛言若有如此事起應作二三種布薩若應十五日說十四日作若應十四日說十三日作若聞今日來即應疾疾集一處布薩若聞已至界内應出外布薩若言已入僧伽藍便應掃除浴室具浴牀浴瓶刮汗刀水瓶泥器樹皮細末藥若泥悶上座已與然火彼客比丘入浴室浴時應一一從浴室中出界外說戒若客比丘喚舊比丘共說戒應答言我曹已說戒若舊比丘說戒已客比丘遮說戒者不成遮若客比丘說戒時舊比丘遮說戒成遮若能如是者善若不能應作白却說戒日應作如是白大德僧聽僧今不說戒至黑月當說戒白如是應作如是白却說戒若客比丘便待不去彼比丘應作白第二却說戒應作如是白大德僧聽僧今不說戒至白月當說戒應如是白第二却說戒若客比丘不去至白月舊比丘應如法强與客比丘問答

應揵度具足竟

第三分破僧揵度法

爾時世尊在王舍城有因緣衆僧集會時提婆達多從座起行舍羅誰諸長老忍此五事是法是毗尼是佛所教者便捉籌時有五百新學無智比丘捉籌爾時阿難從座起以欝多羅僧著一面作如是言誰諸長老忍此五事非法非毗尼非佛教者以欝多羅僧著一面是中有六十長老比丘以欝多羅僧著一面時提婆達多語諸比丘言長老我曹不須佛及衆僧自共作羯磨說戒即往至伽耶山中爾時提婆達多至伽耶山中離佛及僧自

作羯磨説戒爾時衆多比丘往世尊所禮足已却坐一面白世尊言王舍城中有因緣事衆僧集會時提婆達多從座起行籌言誰諸長老忍此五事是法是毗尼是佛所教者便捉籌中有五百新學無智比丘即捉籌時長老阿難即從座起以鬱多羅僧著一面言誰諸長老忍此五法非法非毗尼非是佛教者捨鬱多羅僧著一面時有六十長老比丘捨鬱多羅僧著一面時提婆達多語諸比丘我等可捨佛及僧自作羯磨説戒即往伽耶山中捨佛及僧作羯磨説戒佛言此癡人破僧有八非正法纏縛覆翳消滅善心提婆達多趣於非道在泥犁中一劫不救何等爲八利無利譽不譽恭敬不恭敬惡知識樂惡友有如是八非正法纏縛覆翳消滅善心提婆達多趣於非道在泥犁中一劫不救我若見提婆達多有如毛髮善法者終不記言在泥犁中一劫不救以不見提婆達多有如毛髮善法故記言在泥犁中一劫不救譬如有人沒在屎中有人欲出都不見有如毛髮處淨可以手捉出之今觀提婆達多亦復如是不見有如毛髮許白法是故我言提婆達多在泥犁中一劫不救爾時舍利弗目連往伽耶山中有比丘見涕泣流淚往世尊所頭面禮足却坐一面白世尊言世尊第一弟子亦往伽耶山中佛告比丘汝莫恐怖舍利弗目連往伽耶山中求利益故爾時提婆達多在伽耶山中與無數衆圍遶説法遥見舍利弗目連來即言善來汝大弟子雖先不忍而今忍者雖後而善舍利弗目連到已敷座而坐爾時

提婆達多於大衆前如佛常法告舍利弗爲衆僧說法我今背痛小自停息時提婆達多法像世尊自襞褋僧伽梨爲四重以右脇著地猶若師子不覺左脇著地猶如野干偃卧鼾眠時舍利弗語目連言今可爲此大衆示生猒離心目連聞舍利弗語已即以神通上昇虚空或現形說法或不現形而說法或現半形而說法或不現半形而說法或時出煙或時出火或時身下出火身上出水流或時身上出火身下水流或時通身火然毛孔水出時舍利弗知大目連爲此大衆示生猒離心已即爲說四諦法苦集盡道時諸比丘即於座上遠塵離垢得法眼淨爾時舍利弗目連告諸比丘其有是世尊弟子者便隨我來時舍利弗目連與五百比丘即從座起而去

舍利弗目連出外未久三聞達多觸提婆達多脚指言提婆達多可起舍利弗目連將五百比丘從座而去彼即驚怖而起熱血從面孔出諸比丘見舍利弗目連將五百比丘來歡喜往詣佛所頭面禮足却坐一面白佛言舍利弗目連將五百比丘來佛告比丘舍利弗非直今者破提婆達多此是第二舍利弗破提婆達多乃往過去世時有年少婆羅門字散若往詣射師所白師言我欲學射術即答言可學時散若於七年中學射過七年已便作如是念我今學射何時可已即往師所白言我今故可幾時學射師即教令牽弓著箭語言我有因緣入村須我還乃可放箭時師勑已便入村時散若作是念師何故教我牽弓著箭待還而放耶我今可放箭知有何

事散若前有大婆羅樹即放箭著樹箭過入地不現時師入村事訖便還至散若所問言汝未放箭耶答言已放師言汝作不善若汝不放箭者於閻浮提最為大師令我為閻浮提第一大師若我死者次當有汝時師即莊嚴其女以五百枚箭并一馬車與之時散若受已當度曠野散若即安其婦著車上持五百枚箭度曠野時有五百羣賊於曠野中食時散若即語婦言汝往賊所乞食時婦即往語賊言散若從汝乞食時賊帥言令觀其所使非是常人宜可與食時有一賊便起作如是言我曹猶活此人將婦乘車而去耶時散若即放箭應箭而死餘者復起作如是言我曹猶活此人將婦乘車而去耶散若復放一箭應箭而死如是其有一一起者應箭而死時散若餘有一箭唯有賊帥在未得其便而不放箭即語婦言汝脫衣置地婦即脫衣即得賊便放箭應箭而死佛告諸比丘汝欲知不昔日五百賊者即今五百比丘是賊帥者提婆達多是散若婆羅門者豈異人乎即舍利弗是是為舍利弗昔日破今第二破爾時舍利弗目連將五百比丘往至佛所頭面禮足却坐一面白佛言此五百比丘隨順提婆達多作別衆今應更受大戒佛告舍利弗目連隨順提婆達多比丘先戒即是但應教令作偷蘭遮懺悔目連白佛言世尊在無數衆中告舍利弗汝可說法我今背痛小自停息提婆達多亦復如是法像世尊自牒僧伽棃為四重以右脇著地猶如師子不覺左脇著地猶如野干偃卧鼾眠佛告目連提婆達多

非但今日法像我得此苦惱此是第二苦惱目連乃往過去世雪山王右面有大池水有一大象在邊止住時彼大象入池水中洗浴飲水以鼻拔取藕根洗令淨而食之氣力充足形體光澤復有一小象常相隨逐彼小象法學大象入池水洗浴拔取藕根不洗合泥而食彼食藕根氣力不足形無光澤遂便致病而說偈言

我曹大無欲　食藕甚清淨　小象雜泥食
學我而致病　死屍臭有息　食消噫自止
人行非法者　長夜氣不滅　貪欲瞋恚癡
丈夫有惡心　癡人自毀傷　如果繁枝折
芭蕉以實死　竹蘆亦復然　㑭人傷利養
駏驉懷妊死

佛告目連時大象者即我身是小象者提婆達多是佛告目連此是提婆達多第二學我致此苦惱時諸比丘作如是念未曾有提婆達多是世尊弟子乃作如是背恩作非法邪教破壞五百弟子爾時世尊知諸比丘心之所念即告諸比丘提婆達多非但今日破壞我弟子乃往過去世有二閻浮提王一名月二名月益十四日生故名爲月十五日生故名爲月益彼此同意無有嫌隙閻浮提中有一河水名脩羅吒其水兩邊各有四萬二千城國土平博嚴好人民財富熾盛飲食豐饒時月益王脩羅吒河水邊有城亦名脩羅吒東西十二由旬南北七由旬二王作要若我生男當取汝女若汝生男當取我女時王月益不生男女爲求兒故祠祀水神禮事種種諸天滿善天寶善天日月釋梵地水火風神

摩醯首羅天園神林神空野神市神鬼子母神城郭神神爲天作福希望有兒時脩羅吒河邊有二五通仙人住時河水神白王言脩羅吒河邊有二五通仙人住若彼求願生王家者王當有兒時王月益即至河邊漸行求覓至仙人所語仙人言知不我家無兒若汝等能求願生我家者命終便得生若生我家者五欲自恣快樂無乏仙人答言可爾時王月益歡喜還歸時一仙人於後七日命終即處彼第一夫人胎中女人有三種智知有身時知所從得知男子有欲意著時夫人白王言王今知不我今有身王言善快當重供養即勑一切供具增益一倍時第二仙人七日復命終即處第二夫人胎中夫人白王王今知不我今有娠王即增供具如上時王即遣人往看脩羅吒河邊有幾仙人使即往看見二仙人已死還白王言仙人已死王自念言彼二仙人命終生我二夫人胎中彼九月滿生一男兒顔貌端正王第一夫人生男兒時衆善自至有五百賈客來至五百賈客從海取寶而還有五百伏藏悉自發出有五百死囚從獄得出時王月益自思惟言當爲此兒作何等字彼國法若初生男兒或父母若沙門婆羅門作字時王自念何須沙門婆羅門作字爲此兒生日多有善事現即字爲善行時王即與四種母一者治身二者洗浴浣濯三者與乳四者當爲娛樂象馬車乘作衆伎樂種種戲笑又持孔雀尾在後如是嚴飾娛樂善行王子年至八九教種種伎藝書數印畫戲笑歌舞伎樂又學騎象馬車乘射御鬪戰

之事時彼王子一切皆學時王第二夫人生子時多有衆惡事起野干鳴阿脩羅捉日五百應死者來至彼國法若初生兒當令沙門婆羅門作字王自念言何須沙門婆羅門作字爲此兒生日多衆惡事出即字之爲惡行王亦復與四母一者治身二者洗浴浣濯三者與乳四者當爲娛樂象馬車乘作衆伎樂種種戲笑乃至教學鬪戰之事時善行王甚愛念之及諸餘小國王子夫人大臣侍從一切人民亦無不愛念而惡行王子王不愛念諸餘一切亦不愛念時惡行王子作如是念善行王子王及一切人民甚愛念之而我獨爾王不愛念及餘一切亦不愛念我伺求方便當斷其命爾時隣國王月第一夫人生女即遣使來至月益王所語言我第一夫人生女當與汝兒善行作婦於異時善行王子作如是念閻浮提衆生皆多貧苦我當入海取如意珠令閻浮提衆生無有貧者時即至王所白言閻浮提衆生皆多貧苦我欲入海取如意珠令閻浮提衆生無有貧者王即答言我大有金銀七寶無數庫藏盈滿可隨意所與即答王言不能必欲入大海取如意珠令閻浮提衆生無有貧者王言隨汝意時惡行王子即作是念今正是時可得其便而斷其命即至王所白王言善行是我所敬重今欲入海若我不見將恐喪命今欲與相隨入海王言隨意時王子與王及夫人眷屬辭別已往詣脩波羅城中摇鈴唱言誰能捨離父母妻子兄弟姊妹及諸親屬欲須金銀珎寶無價寶珠者隨我入海一切所須飲食莊嚴之

具我當供給時即有五百賈客來集其所時善行與五百賈客俱至脩波羅城於彼城中買船并求船師船師知海中諸難涌浪難迴洑難大魚難裝嚴船已復重唱令如上即放船入海以善行福德故風吹其船詣七寶所告諸賈人言今已至寶渚好牢堅裝船自恣取寶滿船勿令沉没時諸賈人受教取寶善行教授衆賈人已更詣餘處惡行王子以惡言向衆賈人說之善行王子若安隱還至當奪汝等寶寧今未還可推船置海而去時惡行說五百賈人賈人已受其說推船入海而去彼薄福果報風破其船五百賈人没海而死惡行王子得一船板風吹展轉還得趣岸彼於海邊在貧賤聚落家家乞食自活時善行還至故處不見衆賈人亦不見船即便搥

胷啼泣懊惱恐諸賈人爲惡鬼羅刹所害時寶渚神語善行言五百賈人非惡鬼羅刹所害是惡行王子惡言破壞五百賈人使推船入海而去薄福果報風破其船五百賈人没海而死惡行王子得一船板風吹至岸彼於海邊乞食自活善行自念我今寧可前至海龍王宫乞如意珠即便引道而去到羅刹渚時五百羅刹女出迎遥見慰問善來童子欲至何所答曰閻浮提衆生皆多貧苦欲往海龍王宫乞如意寶珠令閻浮提衆生無貧苦者即復問言欲取何乘答言欲取大乘羅刹女言善哉若汝成最正覺我當出家作汝弟子報言可爾彼遥見金城城中有一金牀龍坐其上時善行王子即往金城至彼龍所時龍王遥見慰問善來童子欲何所至答言龍

王知不閻浮提衆生皆多貧苦我欲至海龍王宫取如意珠令閻浮提人無有貧苦彼即答言海龍王宫難可得至七日中行水常至膝復七日中行水至臍七日中行水至胲七日中浮而過七日中行蓮華上七日中行毒蛇頭上然後乃至海龍王宫汝今可止我有寶珠能雨東方二千由旬七寶今當與汝答言不能要當至海龍王宫即復問言欲取何乘答言欲取大乘復言若汝成最正覺者我當出家爲汝作第一智慧弟子即捨金城遥見銀城中有龍王在銀牀上坐時善行王子往詣銀城至龍王所龍王遥見慰問善來童子欲何所至答言龍王知不閻浮提衆生皆多貧苦我欲至海龍王宫取如意珠令閻浮提人無有貧苦答言海龍王宫難可得至七

日中行水常至膝七日中至臍七日中至胲七日中浮過七日中行蓮華上七日中行毒蛇頭上然後乃至海龍王宫汝今可止我有寶珠能雨南方四千由旬七寶今當與汝答言不取我要當至海龍王宫即復問言欲取何乘答言欲取大乘復言汝若成最正覺者我當出家爲汝作第一神足弟子即捨銀城去復見有瑠璃城有龍王坐如上即與如意珠能雨西方六千由旬七寶答言不取我要當至海龍王宫復問言欲取何乘答言欲取大乘若汝成最正覺時我當出家爲汝作第一多聞弟子時善行即復前行七日中水至於膝乃至行蓮華上乃至毒蛇處作如是念以何行報生毒蛇中豈非前世瞋恚報耶當以何法而降伏之唯有慈心即思惟慈心三

眛時諸毒蛇皆悉垂頭行上而過至海龍王宮時海龍王遥見慰問言善來童子何所須欲答言我今欲得汝髻中如意寶珠答言汝等短壽此珠價大非不相與今當與汝但汝命欲終時還送珠來即解珠與之并遣二龍後持珠還時善行捉珠求願言若是如意珠者便當忽然還至脩波羅城如意念頃即還脩波羅城時惡行王子聞善行從海安隱而還即往善行所語言汝知不我今在貧窮聚落家家乞食以自生活汝從大海安隱而還爲何所得耶即答言得此如意寶珠來時善行語言我今疲極欲以小眠息即枕惡行膝上而眠時惡行即以佉羅陀木刺刺其兩眼持珠而去彼傷兩眼血流汙身東西慞惶行不見道遂至月王園中時守園老母有二小兒遥見其來血流汙身行不見道即愍傷之問言汝何故乃於月王園中行東西慞惶而不見道即具爲說因緣老母語言我有二兒可共汝戲汝今可在此住當相看視猶如我兒時惡行即還脩羅吒城至王月益所白王言王今知不我海中遇大風破船五百賈人没在海中唯我安隱而還王言汝從海安隱而還爲得何等答言得此如意寶珠王即問言此珠何所能作耶答言不知時王即取珠付藏掌之時惡行即遣使語隣國王月善行與五百賈人入海取寶水所漂没汝今可與我女王即報言須我語女王即喚女告之善行與五百賈人入海取寶爲水所漂惡行安隱而還今欲索汝爲婦答言不能我欲自出求夫時王即令國中皆令聚集莊嚴其女出

外東西求覓夫時善行即調其琴而彈之出美音聲在國中住時王女見之即往白王言王今知不我欲得此人爲夫王言此是盲人女答王言無苦時王月即喚善行問言童子汝是何人答言王今知不我是王月益第一太子善行王言何故傷眼耶即以上因縁具白王王言汝若是王月益子者今當發願令眼平復善行即發善願若我爲閻浮提衆生貧窮苦厄故入海中求如意寶珠欲令閻浮提衆生無有窮乏并及惡行王子以惡言破壞五百賈人捨我而還復以佉羅陀木刺破我兩眼持我如意珠而還我於彼人無有惡心若我眞說無虚者眼當平復如故時發願亦竟眼尋平復時王即極好莊嚴其女以適之王即遣使語王月益言汝今知不王子善行安隱從海而還今極好莊嚴我女以適之今當往脩羅吒城時王月益即勑國内種種莊嚴於是王子善行往脩羅吒城頭面禮王足已具以因縁白王王即勑人殺惡行善行白王言願不須殺時王月益遣惡行令出國善行問王言惡行持珠來今爲所在王言今在庫中白王言可出珠王即出珠善行即淨洗浴身著新白淨衣取珠安置幢頭著高好殿上發願言若審是如意寶者當雨滿閻浮提七寶其有病者皆令除愈發願頃間即雨滿閻浮提七寶後於異時王月益喪即以善行爲王時王子惡行來至善行所白言我今在外家家乞食以自存活王答言汝可守護我頭當以我所食與汝答王言爾後於異時王小眠睡惡行念言今可斷命即拔刀斫之

時惡行譬尋自墮即自稱禍王便覺問言童子何故稱禍答王言天自造其業王言何故耶以此因緣白王王言實是汝自造其業佛告諸比丘王月益者豈異人乎今白淨王是第一夫人者即今毋摩耶是爾時月王者今執杖釋種是時月王女者今瞿夷是時守園老毋者今摩訶波闍波提比丘尼是二小兒者今難陀阿難是時善行者我身是時惡行者今提婆達多是五百賈人者今五百比丘是昔以惡教破此諸人今亦復以惡教破之爾時優波離即從座起偏露右肩右膝著地合掌白佛言云何破僧齊幾名爲破僧誰破和合僧佛告優波離有二事破僧妄語相似語以此二事故破僧優波離復有二事破僧作羯磨取舍羅優波離一比丘不能破僧雖求方便亦不能破僧亦非比丘尼非式叉摩那沙彌沙彌尼破僧雖求方便破僧亦不能破僧優波離此衆一比丘彼衆一比丘彼行破僧舍羅作羯磨如是不能破僧但令僧塵垢二人三人亦如是優波離若此衆四人若過彼衆四人若過行破僧舍羅作羯磨優波離齊是名爲破僧是爲破和合僧優波離復問破和合僧爲得何等佛言破和合僧者泥犂中受罪一劫不療又問僧破已能和合者得何等佛言得梵天福一劫受樂而說偈言

衆僧和合樂　和合不諍競　和合則有法
常得勤修道　能和合衆僧　一劫受天樂

優波離復問一切破僧者皆墮地獄一劫受苦不佛語優波離一切破僧人不必盡墮地獄受苦一劫優波離若比丘非法言法堅持

此法破和合僧彼自知非法想破便作非法想說作如是言此是法此是毗尼是佛所教異見異忍行破僧舍羅優波離如此破僧者一劫泥犂中受苦不療若比丘非法說法堅持此事方便破僧非法想破法想說此是法是毗尼是佛所教行破僧舍羅作羯磨優波離如是破僧人一劫泥犂中受苦不療法想破非法想說亦如是優波離若比丘非法說法堅持此事破和合僧彼法想破法想說此是法是毗尼是佛所教不異見不異忍行破僧舍羅作羯磨如是優波離此人不墮地獄一劫受苦疑不疑四句亦如是非法想疑四句亦如是如是乃至說不說亦如是破僧法竟

四分律藏卷第四十六

音釋

拭設職切揩拭也 揩丘皆切擦也 裹古火切包也 蔓無販切 瓫蒲奔切盎也 抖擻抖多口切擻思口切抖擻振舉之貌 捫摸捫莫昆切摸慕各切 獷古猛切惡也 襞必益切摺疊衣也 齂許干切卧息聲也 駏驉駏臼許切驉休居切駏驉獸似騾而小 姙汝鴆切孕也

四分律藏卷第四十七

姚秦三藏佛陀耶舍共竺佛念譯

第三分滅諍揵度法

爾時世尊在舍衛國時迦留陀夷與六羣比丘往阿夷羅跋提河中浴時迦留陀夷浴竟上岸著六羣比丘衣謂是已衣不看而去六羣比丘洗浴已上岸不見已衣正見迦留陀夷衣即言迦留陀夷偷我衣人不在現前便作滅擯羯磨迦留陀夷聞已有疑即往世尊所頭面禮足却坐一面以此因緣具白佛佛問言汝以何心取答言謂是我衣取不以賊心佛言不犯不應不看衣而著不應人不現前而作羯磨訶責羯磨擯羯磨依止羯磨遮不至白衣家羯磨舉羯磨滅擯羯磨若作羯磨不成得突吉羅自今已去爲諸比丘結現前毗尼滅諍應如是說現前毗尼爾時世尊在王舍城時沓婆摩羅子不犯重罪波羅夷僧伽婆尸沙偷蘭遮時諸比丘皆言犯重罪即問言汝憶犯重罪波羅夷僧伽婆尸沙偷蘭遮不彼不憶犯波羅夷僧伽婆尸沙偷蘭遮答言我不憶犯如是重罪即語諸比丘言長老莫數詰問我諸比丘故詰問不止彼作如是念我當云何白諸比丘諸比丘白佛佛言自今已去聽爲沓婆摩羅子作憶念毗尼白四羯磨應如是與沓婆摩羅子應往僧中偏露右肩脫革屣右膝著地合掌白如是言大德僧聽我沓婆摩羅子不犯重罪諸比丘言我犯重罪波羅夷僧伽婆尸沙偷蘭遮諸比丘問我言汝憶犯重罪波羅夷僧伽婆尸沙偷蘭遮不我不憶犯重罪波羅夷僧伽婆

尸沙偷蘭遮答言我不憶犯如是重罪諸長老不須數數難詰問我而諸比丘故難詰不止我今不憶念從僧乞憶念毗尼願僧與我憶念毗尼慈愍故如是第二第三乞衆中應差堪能作羯磨者如上作如是白大德僧聽此沓婆摩羅子不犯重罪波羅夷僧伽婆尸沙偷蘭遮諸比丘皆言犯重罪波羅夷乃至偷蘭遮諸比丘問言汝憶犯重罪波羅夷乃至偷蘭遮不彼不憶犯重罪即答言我不犯重罪諸長老不須難詰問我而諸比丘故難詰不止彼不憶念罪今從僧乞憶念毗尼若僧時到僧忍聽與彼憶念毗尼白如是大德僧聽此沓婆摩羅子不犯重罪波羅夷僧伽婆尸沙偷蘭遮諸比丘皆言犯波羅夷僧伽婆尸沙偷蘭遮即問言汝憶犯重罪波羅夷乃至偷蘭遮不彼不憶犯重罪即答言我不憶犯重罪諸長老不須數難詰問我而諸比丘故數數難詰不止彼不憶罪今從僧乞憶念毗尼今僧與沓婆摩羅子作憶念毗尼誰諸長老忍僧與沓婆摩羅子憶念毗尼者默然誰不忍者說此是初羯磨第二第三亦如是說僧已忍與沓婆摩羅子憶念羯磨竟僧忍默然故是事如是持自今已去與諸比丘結憶念毗尼滅諍應如是說憶念毗尼爾時世尊在王舍城時有比丘名難提癲狂心亂多犯衆罪非沙門法言無齊限行來出入不順威儀後還得心時諸比丘言彼犯重罪波羅夷僧伽婆尸沙偷蘭遮諸比丘問言難提汝憶犯重罪波羅夷僧伽婆尸沙偷蘭遮不彼即答言我先癲狂心亂時多犯衆罪行來

入出不順威儀非我故作是癲狂故耳諸長老不須數見難詰諸比丘故難詰不止彼比丘作如是念我當云何白諸比丘諸比丘白佛佛言聽僧與難提比丘不癡毗尼白四羯磨應如是與難提比丘應至僧中偏露右肩脫革屣右膝著地合掌作如是白言大德僧聽我難提比丘癲狂心亂時多犯衆罪行來出入不順威儀後還得心諸比丘問我言汝憶犯重罪波羅夷僧伽婆尸沙偷蘭遮不我答言先癲狂心亂時多犯衆罪行來出入不順威儀非我故作是癲狂心故諸長老不須數數難詰問我而諸比丘故難問不止我今不癡從僧乞不癡毗尼願僧與我不癡毗尼慈愍故如是第二第三説衆中應差堪能作羯磨者如上作如是白大德僧聽此難提比

丘癲狂心亂多犯衆罪言無齊限出入行來不順威儀後還得心諸比丘語言汝憶犯重罪波羅夷僧伽婆尸沙偷蘭遮不即答言我先癲狂時多犯衆罪言無齊限出入行來不順威儀此是癲狂非是故作諸長老莫數難詰我而諸比丘故難詰不止此比丘今不癡從僧乞不癡毗尼若僧時到僧忍聽僧今與難提比丘不癡毗尼白如是大德僧聽此難提比丘癲狂心亂多犯衆罪言無齊限出入行來不順威儀後還得心諸比丘語言汝憶犯重罪波羅夷僧伽婆尸沙偷蘭遮不即答言我先癲狂心亂多犯衆罪出入行來不順威儀此是我癲狂心亂非是故作諸長老莫數難詰問我而諸比丘故難詰不止此比丘今不癡從僧乞不癡毗尼僧今與難提比丘

不癡毗尼誰諸長老忍僧與難提比丘不癡毗尼者默然誰不忍者說是初羯磨如是第二第三說僧已忍與難提比丘不癡毗尼竟僧忍默然故是事如是持自今已去與諸比丘結不癡毗尼滅諍應如是說不癡毗尼爾時世尊在瞻婆城在伽渠池邊時世尊十五日布薩白月滿時前後圍遶在衆僧前於露地坐時阿難初夜過已從座起偏露右肩右膝著地合掌白言初夜已過願世尊說戒時世尊默然阿難即還復坐時阿難中夜後夜過明相已出復從座起偏露右肩右膝著地合掌白佛言中夜後夜已過明相已出衆僧坐久唯願說戒佛告阿難衆中不清淨欲令如來於不清淨衆中羯磨說戒無有是處時阿難默然復坐爾時長老目連作如是念衆中有何等人不清淨如來作如是言衆中不清淨欲令如來於不清淨衆中羯磨說戒無有是處時目連即自思惟觀察衆中以天眼清淨見彼比丘坐去佛不遠非沙門自言是沙門非淨行自言是淨行但有破戒諸惡不淨無有白法邪見覆藏所犯衆惡如空中樹雖外有枝葉而內無實見已念言世尊見此比丘故故作如是言欲令如來於不清淨衆中羯磨說戒者無有是處時目連從座起往彼比丘所語言汝今何起世尊知汝見汝出去滅去汝不應此住時目連捉彼比丘臂牽著門外還白世尊言衆已清淨願世尊說戒佛告目連不應如是若於異時亦不應如是目連令彼伏罪然後與罪不應不自伏罪而與罪自今已去爲諸比丘結自言治滅諍應

如是說自言治爾時世尊在舍衛國時舍衛諸比丘諍衆僧求覓罪如法如毗尼如佛所教爾時佛告諸比丘應多求覓罪用多人知法者語自今已去爲諸比丘結用多人語滅諍法應如是說用多人語爾時世尊在釋翅瘦有比丘字象力喜論議共外道論得切問時前後言語相違於僧中問時亦復如是前後言語相違在衆中故作妄語時諸外道皆共譏嫌沙門釋子不知慚愧但作妄語自言我知正法如是有何正法得切問時前後言語相違故作妄語時諸比丘聞中有少欲知足行頭陀樂學戒知慚愧者嫌責象力釋子言云何與外道論得切問時前後言語相違在衆僧中問時亦前後言語相違耶諸比丘往佛所頭面禮足以此因緣具白世尊世尊爾時以此因緣集比丘僧訶責象力釋子言汝所爲非非威儀非沙門法非淨行非隨順行所不應爲云何汝與外道論議得切問時前後言語相違在衆中問亦復前後言語相違故作妄語耶世尊以無數方便訶責象力已告諸比丘應與彼比丘作罪處所白四羯磨應如是與集僧集僧已爲作舉作舉已爲作憶念作憶念已與罪衆中應差堪能作羯磨者如上作如是白大德僧聽此象力釋子好論議與外道論得切問時前後言語相違設於衆僧中問亦前後言語相違衆中故作妄語若僧時到僧忍聽僧今與象力釋子作罪處所羯磨汝象力無利不善得汝得切問時前後言語相違設衆僧中問時亦復如是在衆中故作妄語白如是大德僧聽此象力

釋子好論議與外道論得切問時前後言語相違在衆僧中問時亦復如是在衆中故作妄語令僧與象力釋子作罪處所羯磨汝象力無利不善得汝得切問時前後言語相違在衆中問時亦復如是在衆中故作妄語誰諸長老忍僧與象力釋子作罪處所羯磨者默然誰不忍者說是初羯磨第二第三如是說僧已忍與象力釋子作罪處所羯磨竟僧忍默然故是事如是持自今已去為諸比丘結罪處所滅諍法應作如是說結罪處所爾時世尊在舍衛國時舍衛國比丘共諍諸比丘多犯衆戒非沙門法亦作亦說出入無限後諸比丘自作如是念我曹多犯衆戒非沙門法亦作亦說出入無限若我曹還自共善問此事或能令此諍事轉深重經歷年月不得如法如毗尼如佛所教滅除諍事令僧不得安樂時諸比丘白佛佛言應滅此事諍如草覆地自今已去為諸比丘結如草覆地滅諍法應如是說如草覆地

爾時世尊在拘睒彌拘睒彌比丘諍比丘共比丘諍比丘共比丘尼諍比丘尼共比丘諍比丘尼共比丘尼諍有闡陀比丘捨比丘助比丘尼作伴黨時諸比丘聞中有少欲知足行頭陀樂學戒知慚愧者嫌責諸比丘已往世尊所頭面禮足在一面坐以此因緣具白世尊世尊爾時以此因緣集比丘僧以無數方便訶責諸比丘汝所為非非威儀非沙門法非淨行非隨順行所不應為云何拘睒彌比丘共諍比丘共比丘諍比丘共比丘尼諍比丘尼共比丘諍比丘尼共比丘尼諍闡陀

比丘捨比丘助比丘尼與作伴黨耶以無數方便訶責已告諸比丘有四種諍言諍覓諍犯諍事諍云何言諍比丘共比丘諍言引十八諍事法非法若毗尼非毗尼乃至説不説若以如是相共諍言語遂彼此共鬬是爲言諍云何覓諍若比丘與比丘覓罪以三舉事破戒破見破威儀見聞疑作如是相覓罪共語不弃求伴勢力安慰其意若舉作憶念若安此事不安此事不癡不脱是爲覓諍云何犯諍犯七種罪波羅夷僧伽婆尸沙乃至惡説是爲犯諍云何事諍言諍中事作覓諍中事作犯諍中事作是爲事諍言諍以何爲根貪恚癡爲根無貪無恚無癡爲根僧爲根界爲根人爲根六諍爲根十八破僧事爲根是爲言諍根覓諍以何爲根貪恚癡爲根無貪

無恚無癡爲根僧爲根界爲根人爲根三舉事爲根是爲覓諍根犯諍以何爲根貪恚癡爲根僧爲根界爲根人爲根三舉事爲根六犯所起爲根是爲犯諍根事諍以何爲根貪恚癡爲根無貪無恚無癡爲根僧爲根界爲根人爲根是爲事諍根言諍是善不善無記言諍或善或不善或無記云何言諍是善比丘共比丘善心諍言法非法乃至説不説作如是相共彼此諍言是爲言諍善云何言諍不善若比丘共比丘不善心諍言法非法乃至説不説以如是根共諍言語以此遂成鬬諍是爲言諍不善云何言諍無記若比丘以無記心諍言引十八事法非法乃至説不説以如此事互共諍言是爲言諍無記覓諍是善不善無記耶覓諍或善或不善或無記云

何覓諍是善是中比丘善心共相伺覓以三舉事破戒破見破威儀見聞疑内有五法令此人無犯無垢汙清淨罪得出莫令此人有惡名稱流布以如是相覓諍共語不妄求伴勢力安慰其心作舉作憶念安此事不安此事不癡令脱是爲覓諍事善云何覓諍事不善若比丘共比丘以不善心覓罪以三舉事破戒破見破威儀見聞疑内無五法欲令此人有犯垢穢不清淨罪不出欲令此人不善名流布以如是相覓罪共語不妄求伴勢力不安慰其心作舉作憶念安此事不安此事癡不脱是爲覓諍事不善云何覓諍事無記比丘共比丘無記心覓諍以三舉事心覓破戒破見破威儀見聞疑以如是相覓罪共語不妄求伴勢力安慰其心作舉作憶念安此事不安此事無癡令脱是爲覓諍事無記犯諍是善是不善是無記犯諍或不善或無記云何犯諍是不善若凡夫人學人故犯罪是爲犯諍不善云何犯諍無記若凡夫人學人不故犯戒無善人不故犯戒是爲犯諍無記事諍是善是不善是無記事諍或善或不善或無記云何事諍善比丘以善心言諍中事作覓諍中事作犯諍中事作是爲事諍善云何事諍不善以不善心言諍中事作覓諍中事作犯諍中事作是爲事諍不善無記亦如是若以無記心作是爲事諍無記

言言諍　言諍言　言諍　諍言

或有言即是言諍或有言非言諍或有言諍即是言或有言即是諍或有言非諍或有諍即是言或有諍非言云何有言即是言諍若

比丘共比丘諍言以十八事法非法乃至說不說以如是相共諍言互共鬪彼此不和是爲有言即是言諍云何有言非言諍若父共兒語兒共父語兒共母語母共兒語兄共弟語弟共兄語妹共姊語姊共妹語若復餘人共語是爲有言非言諍云何言諍即是言若比丘共比丘諍言以十八事法非法乃至說不說以如是相共諍言互共鬪彼此不和是爲言諍即是言云何言即是諍若比丘共比丘諍言以十八事法非法乃至說不說以如是相共諍言互共鬪彼此不和是爲有言即是諍云何言不諍兒共父語父共兒語兒共母語母共兒語弟共兄語兄共弟語妹共姊語姊共妹語若復與餘人共語是爲言而不諍云何諍即是言若比丘共比丘諍以十八事法非法乃至說不說以如是相共諍言互共鬪彼此不和是爲諍即是言云何諍而非言除言諍若餘諍事覓諍犯諍事諍是爲諍而非言覓覓諍覓諍覓覓諍諍覓（此四句曲解如上言諍四句不異故不復重出此言覓即是覓諍犯諍事諍亦如上）若一比丘在一比丘現前好言教語若擯非法非毗尼非佛所教彼作如是言是法是毗尼是佛所教當受行是如是諍事得滅是爲非法滅諍非法相似現前毗尼一比丘爲二比丘爲三比丘爲僧亦如是二比丘爲一比丘爲二比丘爲三比丘爲僧亦如是三比丘爲一比丘爲二比丘爲三比丘爲僧亦如是若僧爲一比丘爲二比丘爲三比丘爲僧亦如是若一比丘在一比丘前好言教語如法如毗尼如佛所教彼作如是言此是法是毗尼是佛所教

汝當受是忍可若作如是諍得滅是爲如法滅諍現前毗尼是中云何現前法毗尼人云何法現前所持法滅諍者是云何毗尼現前所持毗尼滅諍者是云何人現前言義往反者是若比丘諍事滅已若更發起者波逸提若後來比丘新受戒者謂是初諍若更發起者波逸提如是一比丘爲二比丘爲三比丘爲僧亦如是二比丘爲一比丘二比丘三比丘爲僧亦如是三比丘爲一比丘二比丘三比丘爲僧亦如是僧爲一比丘好言教語如法如毗尼如佛所教彼作如是言是法是毗尼是佛所教受是忍是若如是諍事滅是爲如法滅諍現前毗尼云何現前法毗尼人僧界云何法現前所持法滅諍者是云何毗尼現前所持毗尼滅諍者是云何人現前言義往反者是云何僧現前同羯磨和合集一處不來者囑授在現前應呵者不呵者是云何界現前在界内羯磨作制限者是若諍事滅若更發起者波逸提若後來比丘新受戒者謂是初諍而更發起者波逸提與欲已後悔者波逸提僧爲二比丘三比丘僧亦如是爾時阿難從座起偏露右肩右膝著地合掌白世尊言言諍以幾滅滅佛告阿難言諍以二滅滅以現前毗尼用多人語阿難又問頗有言諍以一滅滅現前毗尼不用多人語耶佛告阿難有問言何者是佛言若一比丘爲一比丘現前好言教語如法如毗尼如佛所教彼作如是言是法是毗尼是佛所教受是忍是如是諍事得滅是爲阿難言諍以一滅滅不用多人語現前義如上一比丘爲二比丘

三比丘僧亦如是二比丘爲一比丘二比丘三比丘僧亦如是三比丘爲一比丘二比丘三比丘僧亦如是僧爲一比丘好言教語如法如毗尼如佛所教彼作如是言是法是毗尼是佛所教受是忍是若如是諍事滅者是爲阿難言諍以一滅滅現前毗尼不用多人語現前義如上僧爲二比丘三比丘僧亦如是佛語阿難彼諍比丘不忍可僧作如是滅諍聞異住處有好衆僧好上座智慧人彼諍比丘以此諍事故應往彼住處若在道路能得如法如毗尼如佛所教滅諍者是爲阿難言諍以一滅滅現前毗尼不用多人語是中現前義如上若彼諍比丘在道路不能得如法如毗尼如佛所教滅諍者彼諍比丘應至彼僧中上座有智慧人前作如是言我此諍事如是起如是實因是起僧作如是滅我不忍可是故來至長老所善哉長老爲我如法如毗尼如佛所教滅此諍事若長老能爲我等滅此諍事如法如毗尼如佛所教者我等當於長老前捨此諍事若長老不能如法如毗尼如佛所教滅此諍事者我等自在作諍更令罪深重不如法如毗尼如佛所教滅諍諸比丘住止不安樂彼諍比丘應如是在僧前捨此諍事此僧應語彼諍比丘言長老諍事若如是起如實如所因起如彼衆僧滅諍若能如實說者我等當量宜能滅此諍不若長老諍事如是起如實如所因起如衆僧滅諍而不如實說如是長老此諍事更深重非法非毗尼非佛所教諍事不得滅諸比丘不得安樂住彼僧應作如是受諍受已應斷決

若彼諍比丘是下座者應語言小出我等自共平此事如法如毗尼如佛所教若諍比丘是上座者僧應自避至餘處共平斷此事如法如毗尼如佛所教衆僧作如是念我等若在僧前平此事恐更有餘事起令彼此善惡言說不了我等寧可與諸智慧人別集一處共平此事佛告阿難彼時僧即應作白共平此事作如是白大德僧聽若僧時到僧忍聽僧今集諸智慧者共別平斷事白如是應作如是白已共平斷事若比丘有十法者應差別平斷事何等十一持戒具足二多聞三若誦二部毗尼極利四若廣解其義五若善巧言語辭辯了了堪任問答令彼歡喜六若諍事起能滅七不愛八不恚九不怖十不癡有如此十法者應差共別平斷事彼有十法者應別住一處共平斷此事斷事比丘中有不誦戒者不知戒毗尼便捨正義作非法語僧應白遣此比丘出應如是白大德僧聽彼某甲比丘不誦戒不知戒毗尼便捨正義作非法語若僧時到僧忍聽僧今遣此比丘出白如是應作如是白已遣出佛語阿難彼座斷事比丘中有誦戒不誦戒毗尼彼捨正義說少許文佛告阿難僧應作白遣此斷事比丘出應如是白大德僧聽彼某甲比丘誦戒不誦戒毗尼彼捨正義說少許文若僧時到僧忍聽僧今遣此比丘出白如是應作如是白已遣出若平斷事比丘中有法師在座彼捨正義以言辭力强說佛告阿難僧應作白遣此比丘出作如是白大德僧聽此某甲比丘法師捨正法義以言辭力强說若僧時到僧

忍聽僧今遣此比丘出白如是應作如是白已遣出若平斷事比丘座中誦戒誦毗尼彼順正義如法說佛告阿難僧應如法如毗尼如佛所教佐助此比丘若彼諍事僧不如法如毗尼如佛所教滅諍者今僧應如法如毗尼如佛所教滅此諍事若彼僧如法如毗尼如佛所教滅此諍事者今此僧亦忍可此事僧即應語彼諍比丘言若彼僧如法如毗尼如佛所教滅此諍事我等亦忍可此事如法滅諍今我等亦當作如是滅諍若作如是得滅諍者是爲阿難言諍以一滅滅現前毗尼不用多人語現前義法乃至界亦如上若諍事如法滅已後發起者波逸提如上彼諍比丘不忍可第二僧作如是滅諍聞彼住處有衆多比丘持法持律持摩夷彼諍比丘應往彼持法持律持摩夷比丘所若彼比丘至中道能滅諍事者是爲阿難言諍以一滅滅現前毗尼不用多人語是中現前者云何現前法毗尼人僧界如上如法滅諍已後更發起者得波逸提如上若彼諍比丘不能中道如法如毗尼如佛所教滅諍事彼諍比丘應往彼衆多比丘持法持律持摩夷者所作如是言長老我此諍事因如是起如是實因是起僧作如是滅諍第二僧亦作如是滅我不忍可故來至長老間善哉長老能如法如毗尼如佛所教滅此諍事者我當於長老間捨此諍事若長老不能如法如毗尼如佛所教滅此諍事者我等便自在作諍更令罪深重不如法如毗尼如佛所教滅此諍事者諸比丘住止不安樂彼諍比丘應在彼衆多比丘前

捨此諍事彼衆多比丘應語此諍比丘言若長老此諍事如所起如實如所因起如第二僧滅諍如實説説已捨諍我等當量宜能滅此諍不若長老不如實説者此諍事自在作罪更深重不如法如毗尼如佛所教滅諍者諸比丘住止不安樂阿難彼衆多比丘應作如是受諍受諍已決斷若彼諍比丘是下座者應語言汝小避我等欲平斷事若是上座者應自避餘處共平斷此事若彼僧不如法如毗尼如佛所教滅諍第二僧亦不如法如毗尼如佛所教滅此諍事衆多比丘應如法如毗尼如佛所教滅此諍事若彼僧如法滅諍第二僧亦如法滅諍衆多比丘亦應忍可此事應語彼諍比丘言如彼第二僧滅諍我等亦忍可今當作如是滅諍是爲阿難言諍以一滅滅現前毗尼不用多人語是中現前者法毗尼人亦如上如法滅諍已後更發起者得波逸提如上往二比丘所持法持律持摩夷亦如是往一比丘所持法乃至持摩夷亦如是

爾時舍衛國比丘諍時舍衛衆僧如法滅諍彼諍比丘不忍可僧滅諍事聞彼住處亦如上衆多比丘亦如上二比丘一比丘亦如上彼諍比丘不忍可舍衛僧滅諍乃至一比丘便往至佛所頭面禮足在一面坐以此因緣具白世尊世尊即集比丘僧無數方便訶責彼諍比丘言汝所爲非非威儀非沙門法非淨行非隨順行所不應作云何癡人舍衛僧如法滅諍而不忍可乃至一比丘滅諍亦不忍可世尊以無數方便訶責已告諸比丘應

滅此諍用多人語聽行舍羅差行舍羅人白二羯磨有五法不應差使行舍羅有愛有恚有怖有癡不知已行不行有如是五法不應差使行舍羅不愛不恚不怖不癡知已行不行有如是五法應差行舍羅衆中應如是差堪能作羯磨者如上作如是白大德僧聽若僧時到僧忍聽僧差某甲比丘行舍羅白如是大德僧聽僧今差某甲比丘行舍羅誰諸長老忍僧差某甲比丘行舍羅者默然誰不忍者說僧已忍差某甲比丘行舍羅竟僧忍默然故是事如是持有三種行舍羅一顯露二覆藏三就耳語云何顯露彼諸比丘作如是念衆中非法比丘多然彼和尚阿闍梨皆如法應顯露行舍羅彼諸比丘作如是念衆中多非法人而上座智人持法持毗尼持摩夷者皆如法語應顯露行舍羅諸比丘作如是念不知此諍事爲如法語者多非法語者多然彼和尚阿闍梨皆如法彼比丘應顯露行舍羅諸比丘作如是念不知此諍事爲法語多非法語多然彼上座智人持法持毗尼持摩夷皆如法說彼比丘應顯露行舍羅彼諸比丘作如是念此諍事法語人多即應顯露行舍羅應如是行應作二種舍羅一破二完作舍羅已應作白作如是語者捉不破舍羅作如是語者捉破舍羅行舍羅已應别處數若如法語比丘多者彼應作白作如是語者諍事滅若如法語比丘少者即應作禮已便起去應遣信往比丘住處僧中白言彼住處非法比丘多善哉長老能往至彼若如法語比丘多諍事滅功德多此比丘聞應往若

不往當如法治若作如是諍事滅者是爲阿難言諍以二滅滅現前毗尼用多人語是中現前者法毗尼人界僧義如上是中云何用多人語若用多人説持法持毗尼持摩夷若如法滅已後更發擧者波逸提如上云何覆藏行舍羅諸比丘作如是念此諍事如法比丘多而彼和尚阿闍梨不如法我等若顯露行舍羅恐諸比丘隨和尚阿闍梨捉舍羅彼比丘應覆藏行舍羅彼作如是念此諍事如法比丘多彼衆中有上座標首智人者持法持毗尼持摩夷而住非法若我等顯露行舍羅者諸比丘隨順衆中上座標首智人住非法者捉舍羅是比丘應覆藏行舍羅二句不知亦如上應如是行舍羅從二種乃至如法滅諍已後更發起得波逸提如上顯露行舍羅云何爲耳語行舍羅彼比丘作如是念如法比丘多彼和尚阿闍梨非法説彼應耳語行舍羅彼比丘作如是念此諍事如法比丘多而彼衆中上座智人標首比丘住非法持法持毗尼持摩夷彼比丘應耳語行舍羅二句不知亦如上應作二種舍羅一破二完應作白如是語者捉完舍羅如是語者捉破舍羅彼行舍羅時應稀坐間容一人身小障翳彼比丘作耳語語言汝和尚同和尚阿闍梨同阿闍梨親厚知識已捉舍羅善哉汝亦當捉舍羅慈愍故若如法比丘多諍事得滅得功德多行舍羅已在一面數之從此乃至如法滅諍已後更發起得波逸提如上有十不如法捉舍羅不解捉舍羅不與善伴共捉舍羅欲令非法者多捉舍羅知非法比丘多捉

舍羅欲令衆僧破故捉舍羅知衆僧當破故捉舍羅非法捉舍羅别衆捉舍羅以小犯故捉舍羅不如所見故捉舍羅云何不解捉舍羅於此諍事不決了不知是法非法乃至説不説是爲不解捉舍羅云何不與善伴共捉舍羅若比丘多聞持法持毗尼持摩夷不與作伴法非法乃至説不説是爲不與善伴捉舍羅云何令非法比丘多捉舍羅彼比丘作如是念此諍事多有如法比丘我今當捉非法舍羅令非法比丘多是爲令非法比丘多捉舍羅云何知多非法比丘捉舍羅彼比丘作如是念此諍事非法比丘多爲非法伴捉舍羅是爲知非法比丘多捉舍羅云何欲令僧破捉舍羅彼作如是念此諍事如法比丘多我今捉非法舍羅令衆僧破是爲欲令衆僧破捉舍羅云何知僧破捉舍羅彼比丘知非法比丘多爲非法伴黨捉舍羅是爲知僧當破捉舍羅云何非法捉舍羅白二白四羯磨白異羯磨異是爲非法捉舍羅云何别衆捉舍羅同一界羯磨不盡集應囑授者不囑授在現前應訶者便訶是爲别衆捉舍羅云何以小犯事捉舍羅或念犯罪或不故犯或發心作如是捉舍羅是爲小犯事捉舍羅云何不如所見捉舍羅異見異忍捉舍羅是爲不如所見捉舍羅是爲十種非法捉舍羅復有十種如法捉舍羅解捉舍羅乃至如所見捉舍羅是爲十如法捉舍羅（此即反上十不如法捉舍羅也）

有五種平當人或有人身不作口作或有人口不作身作或有人身不作口不作或有人身作口作或有人不愛不恚不怖不癡云何

有人身不作口作有人身不現相口說言教是爲有人身不作口作云何有人口不作身作有人身現相口不說言教是爲有人口不作身作云何有人身不作口不作有人身不現相口不說言教是爲身不作口不作云何身作口作有人身現相口說言教是爲身作口作是中有人不愛不恚不怖不癡此人於彼人中最爲尊貴殊勝第一猶若乳出酪酪出酥酥出醍醐醍醐最勝無比如是不愛不恚不怖不癡於彼人中最爲尊貴殊勝無比是爲五種平當人

四分律藏卷第四十七

音釋

沓徒合切　詰契吉切問也　癲丁年切狂病也　齊限齊才詣切限量也　睒失冉切　瞖壹計切

四分律藏卷第四十八

姚秦三藏佛陀耶舍共竺佛念譯

第三分滅諍揵度法之餘

爾時阿難從座起偏袒右肩右膝著地合掌白佛言覓諍以幾滅滅佛告阿難覓諍以四滅滅現前毗尼憶念毗尼不癡毗尼罪處所阿難復問頗有覓諍以二滅滅不以不癡毗尼罪處所毗尼滅耶佛告阿難有又問何者是佛告阿難若比丘不犯重罪波羅夷僧殘偷蘭遮諸比丘言犯波羅夷僧殘偷蘭遮而諸比丘語言汝憶犯波羅夷僧殘偷蘭遮不我不憶即答言我不憶犯波羅夷乃至偷蘭遮長老莫數詰難問我而彼比丘故難詰不止阿難僧應與此比丘憶念毗尼白四羯磨如上有三非法與憶念毗尼若比丘犯重罪波羅夷僧殘偷蘭遮諸比丘言犯重罪波羅夷僧殘偷蘭遮彼比丘語言汝憶犯重罪波羅夷乃至偷蘭遮不答言我不憶犯長老莫數難詰問我而彼比丘故難詰不止彼從僧乞憶念毗尼僧若與作憶念毗尼者非法若比丘犯重罪波羅夷僧殘偷蘭遮諸比丘亦言犯重罪波羅夷僧殘偷蘭遮問言汝憶犯重罪波羅夷乃至偷蘭遮不答言我不憶犯重罪波羅夷乃至偷蘭遮我憶犯小罪當如法懺悔諸長老莫數難詰問我而諸比丘故難詰不止彼從僧乞憶念毗尼僧若與憶念毗尼非法若比丘犯重罪波羅夷僧殘偷蘭遮諸比丘亦言犯重罪波羅夷僧殘偷蘭遮問言汝憶犯重罪不答言我不憶犯重罪波羅夷僧殘偷蘭遮我憶犯小罪已如法懺悔

諸長老莫數難詰問我而諸比丘故難詰不止彼從僧乞憶念毗尼若僧與憶念毗尼者非法是爲三種與非法憶念毗尼有三種與如法憶念毗尼即反上三句是有五不如法與憶念毗尼不現前不自言不清淨非法別衆是爲五非法與憶念毗尼有五如法與憶念毗尼現前自言清淨法和合是爲五如法與憶念毗尼若如是諍事滅是爲阿難覓諍以二滅滅現前毗尼憶念毗尼不用不癡毗尼罪處所是中云何現前法毗尼人僧界如上是中云何憶念毗尼彼比丘此罪更不應舉不應作憶念若比丘如法諍事滅已後更發起者得波逸提如上阿難復問頗有覓諍以二滅滅現前毗尼不癡毗尼不用憶念毗尼罪處所耶

佛告阿難有問言何者是佛告阿難是中有比丘顛狂心亂多犯衆罪後還得心諸比丘皆言犯重罪波羅夷僧殘偷蘭遮即問言汝憶犯重罪波羅夷僧殘偷蘭遮不彼不憶犯重罪答言我不犯重罪波羅夷乃至偷蘭遮我顛狂心亂時多犯衆罪此非故作是我顛狂故耳諸長老莫數難詰問我而諸比丘故難詰不止彼作如是念我當云何白諸比丘諸比丘白佛佛言聽僧與此比丘不癡毗尼白四羯磨如上有三非法與不癡毗尼若比丘不癡而詐作癡多犯衆罪非沙門法諸比丘言犯重罪波羅夷僧殘偷蘭遮諸比丘即問言汝憶犯重罪波羅夷乃至偷蘭遮不答言我癡狂時多犯衆罪非沙門法非是我故作是癡狂故耳諸長老莫數難詰問我而諸

比丘故難詰不止彼從僧乞不癡毗尼僧若與不癡毗尼是爲非法（此是初句次第二句亦同上正以言我憶犯衆罪如人夢中所作耳次第三句亦同正以言我憶犯衆罪如人從高山墮攬捉少片物我亦如是）是爲三非法與不癡毗尼有三如法與不癡毗尼（即反上三句是如法）有五非法與不癡毗尼有五如法與不癡毗尼如上若如是諍事滅者是爲阿難覓諍以二滅滅現前毗尼不癡毗尼不用憶念毗尼罪處所是中現前如上云何不癡毗尼彼比丘此罪更不應舉不應作憶念者是彼比丘如法諍事滅已復更發起者得波逸提如上阿難又問頗有覓諍以二滅滅現前毗尼罪處所不用憶念毗尼不癡毗尼耶佛言有問言何者是若比丘好論議與外道論時得切難便前後語言相違若在衆僧中問時亦前後語相違衆中故妄語阿難僧應與此比丘罪處所白四羯磨如上有三非法與罪處所毗尼不作舉不作憶念不作自言是爲三復有三無犯犯不可懺罪若犯罪已懺復有三不舉非法別衆不作憶念非法別衆不作自言非法別衆不犯非法別衆犯不可懺罪非法別衆犯罪已懺非法別衆不現前非法別衆是爲三非法與罪處所復有三如法與罪處所（即反上事更不異故不出是如法也）是有三如法與罪處所有五非法與罪處所不現前不作自言不清淨非法別衆是爲五非法與罪處所（次有五句如法反上事是更無異故不出）若如是諍事滅是爲覓諍以二滅滅現前毗尼罪處所不用憶念毗尼不癡毗尼是中現前義如上云何罪處所彼比丘此罪與作舉作憶念者是彼比丘若諍事如法滅已後更發起

得波逸提如上阿難復問犯諍以幾滅滅佛告阿難犯諍以三滅滅現前毗尼自言治草覆地阿難復問頗有犯諍以二滅滅現前毗尼自言治不用草覆地耶佛言有問言何者是佛告阿難若比丘犯罪若欲在一比丘前懺應至一清淨比丘所偏露右肩若上座禮足右膝著地合掌說罪名說罪種作如是言長老一心念我某甲比丘犯某甲罪今從長老懺悔不敢覆藏懺悔則安樂不懺悔不安樂憶念犯發露知而不覆藏長老憶我清淨戒身具足清淨布薩如是第二第三說彼應語言自責汝心應生猒離答言爾若作如是諍事滅者是為阿難犯諍以二滅滅現前毗尼自言治不用如草覆地是中現前者法毗尼如上人現前者受懺悔者是也是中云何自言說罪名說罪種懺悔者是云何治自責汝心生猒離也若諍事滅已後更發起者波逸提除受欲已餘者如上若欲在二比丘邊懺悔應至彼二清淨比丘所偏露右肩若是上座禮足已右膝著地合掌說罪名說罪種作如是言懺悔法如上受懺者應先問彼第二比丘若長老聽我受某甲比丘懺者我當受彼第二比丘應言可爾若欲在三比丘邊懺亦如是若欲在僧中懺者應往僧中偏露右肩脫革屣禮僧足已右膝著地合掌白如是言大德僧聽我某甲比丘犯某甲罪今從僧懺悔如是三說受懺者應作白然後受彼懺應作如是白大德僧聽彼某甲比丘犯某甲罪今從僧懺悔若僧時到僧忍聽我受某甲比丘懺白如是應作如是白已受懺受懺

者應語言自責汝心生猒離彼應答言爾若作如是諍事滅者是爲阿難犯諍以二滅滅現前毗尼自言治不用如草覆地是中現前者法毗尼乃至界如上是中云何自言說罪名說罪種懺悔者是云何治自責汝心生猒離者是如法諍事滅已後更發起如上阿難又問大德頗有犯諍以二滅滅現前毗尼如草覆地不用自言治耶佛言有又問何者是答言若比丘諍事是中比丘多犯衆罪非沙門法言無齊限出入行來不順威儀彼作如是念我等此諍事多犯衆罪非沙門法言無齊限出入行來不順威儀我等若自共尋究此事恐令罪深重不得如法如毗尼如佛所教諍事滅令諸比丘住止不安樂阿難彼一衆中有智慧堪能比丘從座起偏露右肩右膝著地合掌作如是言諸長老我等此諍事多犯衆罪非沙門法言無齊限出入行來不順威儀若我等尋究此事恐令罪深重不得如法如毗尼如佛所教諍事滅令諸比丘住止不安樂若長老忍者我今爲諸長老作如草覆地懺悔此罪第二衆中亦如是說阿難彼諸比丘應作白如草覆地懺如是白大德僧聽若僧時到僧忍聽僧令此諍事作草覆地懺悔白如是應作如是白已作如草覆地懺悔阿難是一衆中有智慧堪能者從座起偏露右肩右膝著地合掌作如是白諸長老我今此諸諍事已所犯罪除重罪遮不至白衣家羯磨若諸長老聽者爲諸長老及已作草覆地懺悔第二衆亦應作如是說若作是諍事滅者是爲阿難犯諍以二滅滅現前毗

尼草覆地不用自言治現前義如上云何草覆地不稱說罪名罪種懺悔者是若諍事滅已後更發起者如上阿難又問事諍以幾滅滅佛言以一切滅滅隨所犯

爾時長老優波離從座起偏露右肩右膝著地白佛言作自言治一切如法不佛語優波離自言治不一切如法是中比丘不犯波羅夷彼不作舉不作憶念自言犯波羅夷諸比丘即與作波羅夷罪治優波離是為非治自言治優波離是中比丘不犯波羅夷彼不作舉不作憶念彼自言犯僧殘諸比丘即與作僧殘罪治優波離是為非法與自言治乃至自言犯惡說亦如是優波離是中比丘不犯僧殘彼不作舉不作憶念彼比丘自言犯波羅夷諸比丘與作波羅夷罪治優波離是為非法自言治優波離是中比丘不犯僧殘諸比丘不作舉不作憶念彼比丘自言犯僧殘諸比丘與作僧殘法治是為非法與自言治是中比丘不犯僧殘自言犯波逸提乃至惡說亦如是是中比丘不犯波逸提自言犯波羅夷乃至惡說亦如是是中比丘不犯波羅提提舍尼自言犯波羅夷乃至惡說亦如是偷蘭遮乃至惡說亦如是突吉羅乃至惡說亦如是惡說從自言犯波羅夷還至惡說亦如是優波離是中比丘不犯波羅夷彼作舉作憶念便自言犯波羅夷諸比丘即與作波羅夷法治是為非法作自言治乃至自言犯惡說七句互作頭亦如上優波離是中比丘犯波羅夷彼不作舉不作憶念自言犯僧殘諸比丘即與作僧殘治是為非法自言治乃

至自言犯惡説亦如是是中比丘犯僧殘彼比丘不作舉不作憶念便自言犯波羅夷諸比丘即與作波羅夷罪治是爲非法與自言治是中比丘犯僧殘彼比丘不作舉不作憶念便自言犯波逸提諸比丘即與作波逸提罪治是爲非法與自言治乃至自言犯惡説互作頭亦如是優波離是中比丘犯波羅夷彼比丘作舉作憶念便言犯僧殘諸比丘即與作僧殘罪治乃至惡説互作句亦如是是爲優波離非法與自言治優波離復問云何如法自言治佛言若比丘犯波羅夷彼不作舉不作憶念彼自言犯波羅夷諸比丘即爲作波羅夷罪治是爲如法與自言治乃至惡説亦如是優波離是中比丘犯波羅夷彼比丘作舉作憶念彼自言犯波羅夷諸比丘即與作波羅夷治是爲如法與自言治乃至惡説亦如是優波離是爲如法與自言治時有比丘語餘比丘言我犯不淨行欲休道彼比丘語言宜知是時彼比丘去優波離不遠經行優波離聞至彼比丘所問言何所論説彼言我犯不淨行欲休道問言汝誰邊犯答言與故二俱問言故二在何處答言在優禪國問言汝往彼耶答言不往彼來耶答言不來問言汝云何犯答言我於夢中犯優波離言汝去乃至不犯突吉羅滅諍揵度竟

第三分比丘尼揵度法

爾時世尊在釋翅瘦尼拘律園時摩訶波闍波提與五百舍夷女人俱詣世尊所頭面禮足却住一面白佛言善哉世尊願聽女人於佛法中得出家爲道佛言且止瞿曇彌莫作

是言未欲令女人出家爲道何以故瞿曇彌若女人於佛法中出家爲道令佛法不久爾時摩訶波闍波提聞世尊教已前禮佛足遶已而去

爾時世尊從釋翅瘦與千二百五十弟子人間遊行往拘薩羅國從拘薩羅還至舍衛國祇洹精舍時摩訶波闍波提聞佛在祇洹精舍與五百舍夷女人共剃髮被袈裟往舍衛國祇洹精舍在門外立步涉破脚塵土坌身剃泣流淚爾時阿難見已即往問言瞿曇彌何故與舍夷五百女人剃髮被袈裟步涉破脚塵土坌身在此涕泣流淚而立耶彼即答言我等女人於佛法不得出家受大戒阿難語言且止我爲汝往佛所求請爾時阿難即至世尊所頭面禮足却住一面白佛言善哉世尊願聽女人在佛法中出家受大戒佛告阿難且止莫欲令女人於佛法中出家受大戒何以故若女人在佛法中出家受大戒則令佛法不久譬如阿難有長者家男少女多則知其家衰微如是阿難若女人在佛法中出家受大戒則令佛法不久又如好稻田而被霜雹即時破壞如是阿難若女人在佛法中出家受大戒即令佛法不久阿難白佛言摩訶波闍波提於佛有大恩佛母命過乳養世尊長大佛語阿難如是如是於我有大恩我母命過乳養令我長大我亦於摩訶波闍波提有大恩若人因他得知佛法僧此恩難報非衣食牀卧具醫藥所能報恩我出世令摩訶波闍波提知佛法僧亦復如是

佛告阿難若有人因他信佛法僧此恩難報

非衣食牀卧具醫藥所能報恩我出世令摩訶波闍波提信樂佛法僧亦復如是佛語阿難若有人因他得歸依佛法僧受持五戒知苦知集知盡知道於苦集盡道無有狐疑若得須陀洹果斷諸惡趣得決定入正道七返生死便盡苦際阿難如是人恩難可報非衣食牀卧具醫藥所能報恩我出世令摩訶波闍波提受三自歸乃至決定得入正道亦如是阿難白佛女人於佛法中出家受戒可得須陀洹果乃至阿羅漢果不佛告阿難可得阿難白佛若女人於佛法中出家受大戒得須陀洹果乃至阿羅漢果者願佛聽出家受大戒

佛告阿難今爲女人制八盡形壽不可過法若能行者即是受戒何等爲八雖百歲比丘尼見新受戒比丘應起迎逆禮拜與敷淨座請令坐如此法應尊重恭敬讚歎盡形壽不得過阿難比丘尼不應罵詈比丘呵責不應誹謗言破戒破見破威儀此法應尊重恭敬讚歎盡形壽不得過阿難比丘尼不應爲比丘作舉作憶念作自言不應遮他覓罪遮說戒遮自恣比丘尼不應呵比丘比丘應呵比丘尼此法應尊重恭敬讚歎盡形壽不得過式叉摩那學戒已從比丘僧乞受大戒此法應尊重恭敬讚歎盡形壽不得過比丘尼犯僧殘罪應在二部僧中半月行摩那埵此法應尊重恭敬讚歎盡形壽不得過比丘尼半月從僧乞教授此法應尊重恭敬讚歎盡形壽不得過比丘尼不應在無比丘處夏安居此法應尊重恭敬讚歎盡形壽不得過比丘

尼僧安居竟應比丘僧中求三事自恣見聞疑此法應尊重恭敬讃歎盡形壽不得過如是阿難我今說此八不可過法若女人能行者即是受戒譬如有人於大水上安橋梁而度如是阿難我今爲女人說此八不可過法若能行者即是受戒爾時阿難聞世尊教已即往摩訶波闍波提所語言女人得在佛法中出家受大戒世尊爲女人制八不可過法若能行者即是受戒即爲說八事如上摩訶波闍波提言若世尊爲女人說此八不可過法我及五百舍夷女人當共頂受阿難譬如男子女人年少淨潔莊嚴若有人與洗沐頭已止於堂上持優鉢羅華鬘阿希物多華瞻婆華鬘蘇曼那華鬘婆師華鬘授與彼彼即受之繫置頭上如是阿難世尊爲女人說八不可過法我及五百舍夷女人當共頂受時阿難即往世尊所頭面禮足已却住一面白佛言世尊爲女人說八不可過法摩訶波闍波提等聞已頂受譬如男子女人年少淨潔莊嚴若有人洗沐頭已止於堂上持諸華鬘授與彼彼即兩手受之繫置頭上如是阿難摩訶波闍波提及五百女人得受戒佛告阿難若女人不於佛法出家者佛法當得久住五百歲阿難聞之不樂心懷悔恨憂惱涕泣流淚前禮佛足遶已而去時有餘女人欲受戒者彼比丘尼將往佛所中道遇賊賊即將毀辱戲弄諸比丘尼語諸比丘諸比丘白佛佛言自今已去聽彼比丘尼即與出家受大戒應如是與出家若欲在比丘尼寺內剃髮者應白僧若一一語令知然後剃髮應作如

是白大姊僧聽此某甲欲從某甲求剃髮若僧時到僧忍聽爲某甲剃髮白如是應作如是白巳爲剃髮若欲在比丘尼寺内出家者若白僧若一一語令知應作如是白大姊僧聽此某甲從某甲求出家若僧時到僧忍聽與某甲出家白如是應作如是白巳出家應作如是出家教出家者與著袈裟巳右膝著地合掌教作如是言我阿夷某甲歸依佛法僧我今隨佛出家和尚某甲如來無所著等正覺是我世尊第二第三亦如是説我阿夷某甲歸依佛法僧竟我今隨佛出家巳和尚某甲如來無所著等正覺是我世尊如是第二第三應授戒盡形壽不殺生是沙彌尼戒若能持者答言能盡形壽不得偷盜是沙彌尼戒若能持者答言能盡形壽不得婬是沙彌尼戒若能持者答言能盡形壽不得妄語是沙彌尼戒若能持者答言能盡形壽不得飲酒是沙彌尼戒若能持者答言能盡形壽不得著華鬘好香塗身是沙彌尼戒若能持者答言能盡形壽不得歌舞倡妓亦不得往觀是沙彌尼戒若能持者答言能盡形壽不得高廣大牀上坐是沙彌尼戒若能持者答言能盡形壽不得非時食是沙彌尼戒若能持者答言能盡形壽不得捉持生像金銀寶物是沙彌尼戒若能持者答言能如是沙彌尼十戒盡形壽不應犯聽童女十八者二年中學戒年滿二十比丘尼僧中受大戒若年十歲曾出適者聽二年學戒滿十二與受戒應如是與二歲學戒沙彌尼應往比丘尼僧中偏露右肩脱革屣禮比丘尼僧足巳右膝

著地合掌白如是言大姊僧聽我某甲沙彌尼從僧乞二歲學戒和尚尼某甲願僧慈愍故與我二歲學戒如是第二第三說應將沙彌尼往離聞處著見處已衆中應差堪能作羯磨者如上應作白大姊僧聽此某甲沙彌尼今從僧乞二歲學戒和尚尼某甲若僧時到僧忍聽與某甲沙彌尼二歲學戒和尚尼某甲白如是大姊僧聽此某甲沙彌尼今從僧乞二歲學戒和尚尼某甲僧今與某甲沙彌尼二歲學戒和尚尼某甲誰諸大姊忍僧與沙彌尼某甲二歲學戒和尚尼某甲者默然誰不忍者說是初羯磨如是第二第三說僧已忍與某甲沙彌尼二歲學戒和尚尼某甲竟僧忍默然故是事如是持應如是與六法某甲諦聽如來無所著等正覺說六法不得犯不淨行行婬欲法若式叉摩那行婬欲法非式叉摩那非釋種女與染汙心男子共身相摩觸犯戒應更與戒是中盡形壽不得犯若能持者答言能不得偷盜乃至草葉若式叉摩那取人五錢若過五錢若自取教人取若自斷教人斷若自破教人破若燒若埋若壞色非式叉摩那非釋種女若取減五錢犯戒應更與戒是中盡形壽不得犯若能者言能不得故斷衆生命乃至蟻子若式叉摩那故自手斷人命求刀授與教死勸死讚死若與人非藥若墮人胎厭禱呪術自作教人作非式叉摩那非釋種女若斷畜生不能變化者命犯戒應更與戒是中盡形壽不得犯若能者答言能不得妄語乃至戲笑若式叉摩那不真實無所有自稱言得上人法言得

禪得解脱得定得正受得須陀洹果乃至阿羅漢果天來龍來鬼神來供養我此非式叉摩那非釋種女若於衆中故作妄語犯戒應更與戒是中盡形壽不得犯若能者答言能不得非時食若式叉摩那非時食犯戒應更與戒是中盡形壽不得犯若能者答言能不得飲酒若式叉摩那飲酒犯戒應更與戒是中盡形壽不得犯若能者答言能式叉摩那於一切比丘尼戒中應學除爲比丘尼過食自取食食應求和尚作如是言大姊一心念我某甲今求阿夷爲和尚願阿夷爲我作和尚我依阿夷故得受大戒如是第二第三説和尚應答言可爾若式叉摩那學戒已若年滿二十若滿十二應與受大戒白四羯磨應如是與戒將受戒人離聞處著見處是中戒師應差教授師大姊僧聽此某甲從和尚尼某甲求受大戒若僧時到僧忍聽某甲爲教授師白如是教授者應至受戒人所語言汝此安陀會鬱多羅僧僧伽棃此是僧竭支覆肩衣此是鉢此是汝衣鉢不諦聽今眞誠時我今問汝有便言有無當言無汝字何等和尚字誰年滿二十不衣鉢具不父母若夫主爲聽汝不不負人債不汝非婢不是女人不女人有如是諸病癩白癩癰疽乾痟顛狂二根二道合道大小便常漏涕唾常出汝有如是諸病不若答言無應語言如我向者所問僧中亦當如是問汝汝亦當作如是答彼教授師問已應還至僧中如常威儀至舒手及比丘尼處立應作白大姊僧聽此某甲從和尚尼某甲求受大戒若僧時到僧忍聽我已

教授竟聽使來白如是彼應語言來來巳應爲捉衣鉢教禮比丘尼僧足在戒師前胡跪合掌白如是言大姊僧聽我某甲從和尚尼某甲求受大戒我某甲今從僧乞受大戒和尚尼某甲願衆僧拔濟我慈愍故如是第二第三說是中戒師應作白大姊僧聽此某甲從和尚尼某甲求受大戒此某甲今從僧乞受大戒和尚尼某甲若僧時到僧忍聽我問諸難事白如是汝諦聽今是眞誠時實語時我今問汝有當言有無當言無汝字何等和尚字誰年滿二十不衣鉢具不父母若夫主聽汝不汝非負人債不汝非婢不汝是女人不女人有如是諸病癩白癩癰疽乾痟癲狂二根二道合道大小便常漏涕唾常流出汝有如是諸病不若言無應作白大姊僧聽此某甲從和尚尼某甲求受大戒此某甲今從僧乞受大戒和尚尼某甲某甲所說清淨無諸難事年滿二十衣鉢具足若僧時到僧忍聽爲某甲受大戒和尚尼某甲白如是大姊僧聽此某甲從和尚尼某甲求受大戒此某甲今從僧乞受大戒和尚尼某甲某甲所說清淨無諸難事年滿二十衣鉢具足僧今授某甲大戒和尚尼某甲誰諸大姊忍僧與某甲受大戒和尚尼某甲者黙然誰不忍者說是初羯磨竟第二第三亦如是說僧巳忍與某甲受大戒和尚尼某甲竟僧忍黙然故是事如是持彼受戒者與比丘尼僧俱至比丘僧中禮僧足巳右膝著地合掌作如是言大德僧聽我某甲從和尚尼某甲求受大戒我某甲今從僧乞受大戒和尚尼某甲願僧拔

濟我慈愍故如是第二第三說此中戒師應問如上問法問已應問言汝學戒未汝清淨不若言已學戒清淨應問餘比丘尼已學戒未清淨不若答言已學戒清淨即應作白大德僧聽此某甲從和尚尼某甲求受大戒此某甲今從僧乞受大戒和尚尼某甲某甲所說清淨無諸難事年歲已滿衣鉢具足已學戒清淨若僧時到僧忍聽僧今爲某甲受大戒和尚尼某甲白如是大德僧聽此某甲從和尚尼某甲求受大戒此某甲今從僧乞受大戒和尚尼某甲某甲所說清淨無諸難事年歲已滿衣鉢具足已學戒清淨僧今爲某甲受大戒和尚尼某甲誰諸長老忍僧與某甲受大戒和尚尼某甲者默然誰不忍者說是初羯磨第二第三亦如是說僧已忍爲某甲受大戒和尚尼某甲竟僧忍默然故是事如是持善女人諦聽如來無所著等正覺說八波羅夷法若比丘尼犯者非比丘尼非釋種女不得作不淨行行婬欲法若比丘尼作不淨行行婬欲法乃至共畜生彼非比丘尼非釋種女汝是中盡形壽不得犯能持不答言能不得偷盜乃至草葉若比丘尼取人五錢若過五錢若自取教人取若自斷教人斷若自破教人破若燒若埋若壞色者非比丘尼非釋種女是中盡形壽不得犯能持不答言能不得斷衆生命乃至蟻子若比丘尼自手斷人命持刀授與人教死讚死勸死與人非藥若墮胎厭禱呪術若自作方便教人作彼非比丘尼非釋種女是中盡形壽不得犯能持不答言能不得作妄語乃至戲笑若比丘尼不真實

非已有自稱言得上人法得禪得解脫三昧正受得須陀洹果乃至阿羅漢果天來龍來鬼神來供養我彼非比丘尼非釋種女是中盡形壽不得犯能持不答言能不得身相觸乃至共畜生若比丘尼染汙心與染汙心男子身相觸腋已下膝已上若摩若捺逆摩順摩若牽若推若舉若下若捉若急除彼非比丘尼非釋種女是中盡形壽不得犯能持不答言能不得犯八事乃至共畜生若比丘尼有染汙心受染汙心男子受捉手捉衣至屏處住若共立屏處語若共行若身相近若共期犯此八事彼非比丘尼非釋種女是中盡形壽不得犯能持不答言能不應覆藏他重罪乃至突吉羅惡說若比丘尼知比丘尼犯波羅夷不自舉亦不白僧不語人令知後於異時此比丘尼若休道若滅擯若遮不共僧事若入外道彼作如是言我先知此人犯如是如是罪彼非比丘尼非釋種女覆藏他重罪故是中盡形壽不得犯能持不答言能不得隨被舉比丘語乃至沙彌若比丘尼知比丘爲僧所舉如法如毗尼如佛所教犯威儀未懺悔不作共住便隨順彼比丘語諸比丘尼諫此比丘尼言大姊彼比丘爲僧所舉如法如毗尼如佛所教犯威儀未懺悔不作共住莫隨順彼比丘語諸比丘尼諫此比丘尼時堅持不捨諸比丘尼應乃至三諫捨此事故乃至三諫捨者善不捨者非比丘尼非釋種女犯隨舉是中盡形壽不得犯能持不答言能善女人諦聽如來無所著等正覺說四依法比丘尼依此出家受大戒是比丘尼法

依糞掃衣出家受大戒是比丘尼法是中盡形壽能持不答言能若得長利檀越施衣割截衣應受依乞食出家受大戒是比丘尼法是中盡形壽能持不答言能若得長利若僧差食若檀越送食月八日食十五日食月初日食若衆僧常食檀越請食應受依樹下坐出家受大戒是比丘尼法是中盡形壽能持不答言能若得長利別房尖頭屋小房石室兩房一戶應受依腐爛藥出家受大戒是比丘尼法是中盡形壽能持不答言能若得長利酥油生酥蜜石蜜應受汝已受戒竟白四羯磨如法成就得處所和尚如法阿闍梨如法二部僧具足滿當善受教法應勸化作福治塔供養佛法僧和尚阿闍梨一切如法教勑不得違逆應學問誦經勤求方便於佛法中得須陀洹果斯陀含果阿那含果阿羅漢果汝始發心出家功不唐捐果報不斷餘所未知當問和尚阿闍梨令受戒人在前而去爾時白四羯磨受大戒者舉舍夷拘棃諸比丘尼世尊有如是言受大戒應白四羯磨我曹得戒汝等不得戒時摩訶波闍波提比丘尼聞之心疑白諸比丘諸比丘白佛佛言摩訶波闍波提比丘尼及舍夷諸比丘尼亦得戒爾時有立乞戒者有白衣見即言在此中立者欲求男子諸比丘白佛佛言不應立乞戒應長跪乞戒時有蹲乞戒却倒地形露羞慙不能乞戒諸比丘白佛佛言餘比丘尼應代爲白時舍夷拘棃諸比丘尼將欲受大戒者詣僧伽藍道路遇賊毀犯比丘尼諸比丘白佛佛言聽遣使爲受戒聽一比丘尼清淨

無難者僧作白二羯磨差作使衆中應差堪能羯磨者如上作如是白大姊僧聽若僧時到僧忍聽僧今差某甲比丘尼作使爲某甲比丘尼從比丘僧乞受大戒白如是大姊僧聽僧今差某甲比丘尼作使爲某甲比丘尼從比丘僧乞受大戒誰諸大姊忍僧差某甲比丘尼作使爲某甲比丘尼從比丘僧中乞受大戒者默然誰不忍者說僧已忍差某甲比丘尼作使竟僧忍默然故是事如是持獨行無護應差二三比丘尼共去受使比丘尼應至比丘僧中禮僧足右膝著地合掌作如是白大德僧聽此某甲比丘尼從某甲求受大戒此某甲今從僧乞受大戒和尚尼某甲願僧拔濟慈愍故如是第二第三說比丘僧應問彼字何等和尚尼是誰已學戒未清淨

不若答言已學戒清淨者復應問伴比丘尼已學戒清淨未耶若答言已學戒清淨者衆中應差堪能作羯磨者如上應作白大德僧聽此某甲比丘尼從和尚尼某甲求受大戒此某甲今從僧乞受大戒和尚尼某甲某甲已學戒清淨年歲已滿衣鉢具足若僧時到僧忍聽僧與某甲受大戒和尚尼某甲白如是大德僧聽此某甲從某甲求受大戒此某甲今從比丘僧乞受大戒和尚尼某甲所說清淨無諸難事年歲已滿衣鉢具足已學清淨僧今與某甲受大戒和尚尼某甲誰諸長老忍僧與某甲受大戒和尚尼某甲者默然誰不忍者說是初羯磨第二第三亦如是說僧已忍與某甲受大戒和尚尼某甲竟僧已忍默然故是事如是持彼使應還與比丘尼

寺內語言大妹我已與汝受大戒竟世尊有如是教聽遣使受戒彼便以小小顏貌遣使受戒佛言不應以小小顏貌便遣使受戒彼授常血出者大戒血汙身汙臥具佛言不應授血出者大戒世尊有如是教不應授血出者大戒彼便授月水不出者大戒彼放逸情多諸比丘白佛佛言不應授月水不出者大戒彼授無乳者大戒佛言不應授無乳者大戒彼授一乳者大戒佛言不應授一乳者戒彼授二道爛壞者大戒佛言不應授二道爛壞者大戒彼授二道爛臭者大戒佛言不應授二道爛臭者大戒彼授二根者大戒佛言不應授二根者大戒時諸比丘聚一處共誦法毗尼諸比丘尼作如是念我等亦當應誦法毗尼不佛言應誦不知誰閒受誦佛言應在比丘閒受誦諸比丘作如是念我等得與比丘尼誦偈句不佛言聽誦在前教彼羞慙佛言應在比丘背後敷座誦若十種衣中一一衣聽作障時六羣比丘尼以小小因緣瞋恚不喜捨佛法僧言不獨有沙門釋子種可修梵行更有餘沙門婆羅門我今亦可於彼修梵行諸比丘白佛佛言若比丘尼瞋恚捨戒不成捨戒時六羣比丘尼作蠱道教他作佛言不應爾六羣比丘爲六羣比丘尼作羯磨彼比丘尼隨順言教不敢違逆乞解羯磨彼不肯解時諸居士見已作如是言彼不隨竟故便作如是語諸比丘白佛佛言比丘不應與比丘尼作羯磨時諸比丘尼與作羯磨佛言聽比丘尼與比丘尼作羯磨若不知者聽比丘邊誦羯磨已然後作羯磨爾時有比

丘欲休道摩訶波闍波提比丘尼知疑不敢與說法訶世尊有如是教比丘尼不得呵比丘時摩訶波闍波提比丘尼往世尊所頭面禮足却住一面白佛言比丘尼一切不得呵比丘耶佛言比丘尼一切不得呵比丘比丘尼不應罵比丘不得訶責比丘不應誹謗若破見破戒破威儀不應如是訶瞿曇彌若教持增上戒增上心增上智學問誦經如是事應訶時諸比丘尼髮長佛言聽剃若自剃時有年少剃髮師爲年少比丘尼剃髮覺細滑欲意起欲犯比丘尼比丘尼便高聲言莫爾莫爾餘比丘尼聞問言何故高聲莫爾莫爾耶彼即具爲說之諸比丘白佛佛言剃髮時聽共伴若俱有欲意者不應令剃彼使男子除鼻中毛佛言不應令男子除鼻中毛彼令男子剪爪佛言不應令男子剪爪時比丘尼在白衣家内有比丘來乞食彼比丘尼不敢語何以故恐比丘謂是比丘尼教化食諸比丘白佛佛言聽語主人令知但莫讃歎時有比丘尼在白衣家内有比丘來不起白佛佛言應起若比丘尼一坐食若作餘食法不食若病若足食已聽作如是語大德我有如是因緣故不起時有比丘尼在白衣家不問比丘便坐諸比丘白佛佛言比丘尼在白衣家不應不問比丘便坐爾時六羣比丘清旦著衣持鉢至白衣家白衣家内有常教化比丘尼彼見比丘來便起問言大德我坐耶比丘言莫坐彼比丘尼習樂不堪久立即便倒地得病諸比丘白佛佛言應相望前人可坐便坐時諸比丘尼便共比丘在道行在前行或

並語並行或在前或在後或叉抄衣或纏頸或覆頭或通肩被衣或著革屣諸比丘白佛佛言不應爾應偏露右肩脫革屣在比丘後時諸比丘尼有佛法僧事有病比丘尼所須佛言聽白比丘已便去彼有命難有梵行難畏慎不敢不問便去佛言若有如是難事若問若不問聽去時有比丘尼在道行見比丘不避道佛言應避道時有比丘尼在道行見有比丘避道天雨脚跌倒地得病諸比丘白佛佛言有如是因緣比丘尼應小曲身合掌言大德恕我道迮爾時有檀越請二部僧先與比丘尼食後與比丘食白佛佛言不應先與比丘尼僧食應先與比丘僧然後與比丘尼僧爾時有檀越請二部僧彼如是念佛有教應先與比丘僧食然後與比丘尼僧食彼便先與比丘僧食竟日時已過白佛佛言若時欲過應一時與爾時有居士請比丘尼僧明日與食彼於夜半辦具種種肥美食已晨朝往白時到時諸比丘尼清旦著衣持鉢往詣其家彼此相問年歲大小頃日時便過諸比丘白佛佛言若時過聽上座入比丘尼次第坐餘者隨坐時諸比丘尼來至比丘僧伽藍中佛言聽與牀座比丘尼月水出汙貯繩牀木牀臥具起去諸比丘白佛佛言比丘尼不應在貯繩牀木牀上坐彼僧伽藍中求教授或受請或聽法無坐處佛言聽若石上坐若在墼上坐若在瓦木頭上坐若草上若樹葉上坐若塼上坐比丘尼不忍苦遂便得病佛言應語比丘尼言若能愛護坐具者便與坐

四分律藏卷第四十八

音釋

坌蒲悶切塵坌也　霜雹雹蒲角切雨冰也　鬘莫班切　禳禱禳於琰切禳也禱覩老切祈求也　癰疽癰於容切疽七余切　痟思焦切痟渴病也　腋羊益切兩脅也　捺乃曷切手按也　蠱果五切惑也　跌徒結切蹀跌也　迮側格切狹也　墼古歷切磚坏也

四分律藏卷第四十九

姚秦三藏佛陀耶舍共竺佛念譯

第三分比丘尼揵度法之餘

爾時世尊在波羅奈時世穀貴人民飢餓乞求難得諸比丘尼受食已故有餘食諸比丘尼作如是念我等此食得與比丘不佛言得與復念得爲比丘授食不佛言得授我等宿食與比丘爲淨不佛言淨時諸比丘受食已有餘食念言我等此食得與住比丘尼不佛言得與得爲比丘尼授食不佛言得授與時有宿食念言與比丘尼淨不佛言淨爾時比丘尼在阿練若處住後異時阿練若處有事起諸比丘白佛佛言比丘尼不應在阿練若處住時有比丘尼在白衣家内住見他夫主共婦嗚口捫摸身體捉捺乳年少比丘尼見已便生猒離佛法心諸比丘尼白諸比丘諸比丘白佛佛言聽爲比丘尼別作住處彼比丘尼便在別住處作妓教他作佛言比丘尼不應在住處作妓彼比丘尼在別住處酤酒佛言不應在住處酤酒彼比丘尼安婬女在住處佛言不應爾彼爲具香華莊身之具佛言不應爾時六羣比丘尼在巷陌四衢道頭市中糞掃聚邊立住諸居士見皆共譏嫌呵罵言此比丘尼無有慙愧無有淨行外自稱言我知正法如是何有正法在如是處立住如似婬女諸比丘白佛佛言比丘尼不應在如是處立住時六羣比丘尼以牙骨揩摩身作光澤比丘白佛佛言不應爾六羣比丘尼以細末藥揩摩身光澤佛言不應爾彼摩身毛令鬈佛言不應爾彼翦身毛佛言不應爾

彼比丘尼持衣纏腰欲令細好佛言不應爾彼比丘尼著女人衣佛言不應著彼比丘尼著男子衣佛言不應著聽比丘尼著比丘尼衣比丘尼以多衣纏體欲令廣好佛言不應爾彼不好著衣欲令身現佛言不應爾彼腰帶頭作鳥緝佛言不應爾彼作曼陀羅腰帶佛言不應爾彼畜鞞樓腰帶佛言不應畜彼畜裝腰帶佛言不應畜彼散線帶繫腰佛言聽比丘尼編織作帶繞腰一周若圓織者聽再周比丘尼至女人浴處浴時有賊女婬女語比丘尼言汝等年少腋下始有毛何得便修梵行汝今可及時行欲樂後悔何及老時可修梵行如是始終無失時年少比丘尼聞便心生猒離不樂佛法諸比丘白佛佛言比丘尼不應在女人浴處浴彼比丘尼在白衣男子邊浴諸居士見皆共譏嫌言此比丘尼無有慚愧不修梵行外自稱言我知正法云何在白衣男子邊浴如賊女婬女無異如是何有正法諸比丘白佛佛言比丘尼不應在白衣男子邊浴時有婦女夫出行不在於餘人邊得身彼自墮胎已往語常教化比丘尼言我夫行不在於餘人邊得身我已墮胎汝可爲我棄之答言可爾彼比丘尼即以一鉢盛一鉢覆上著絡囊中持在道行時舍衛長者常作如是願若不先與出家人食我終不食要先與然後食彼長者清旦有事欲往餘處即遣人語言汝往道路街巷見出家人將來時使人受教已即往出外求覓見比丘尼語言阿夷來與汝食比丘尼言止止便爲供養我已彼言不爾但來我當與食比丘尼言

止止不須彼使即强將比丘尼至家内家内使人言過鉢來與汝食彼比丘尼言止止便爲供養已復言出鉢當與汝食彼復言不須即强奪取鉢見鉢中有新墮胎長者見已譏嫌言比丘尼不知慙愧不修梵行外自稱言我知正法如是何有正法自墮胎而棄之如似賊女婬女無異諸比丘白佛佛言白衣家有死者比丘尼不應爲棄若比丘尼在村内見乞食比丘應出鉢示之時有白衣病來至比丘尼住處須瞻視白佛佛言聽作方便遣之若是信樂讚歎佛法僧者隨比丘尼能可作者使瞻視彼後命過諸比丘尼畏愼不敢棄白佛佛言聽爲住處淨故棄之爾時王波斯匿邊國反叛人民散亂時六羣比丘尼在彼有疑恐怖處人間遊行時諸賊伴見已作如是言此比丘尼是王波斯匿所敬愛我等寧可妻弄之時諸居士見已皆共譏嫌比丘尼無有慙愧外自稱言我知正法如是有何正法云何乃在有疑恐怖處人間遊行如似賊女婬女無異諸比丘白佛佛言比丘尼不應在邊國有恐怖處人間遊行爾時比丘尼有阿練若住處比丘有聚落住處欲共貿易白佛佛言聽貿易時比丘尼有阿練若住處居士有聚落閒住處欲共貿易白佛佛言聽令淨人貿易爾時有二居士諍住處彼一居士布施比丘尼僧尼僧即受彼一居士即譏嫌言此比丘尼不知慙愧多受無猒外自稱言我知正法如今何有正法他共諍住處而便受之施主雖無猒而受者當知足諸比丘白佛佛言共諍住處不應受爾時摩訶波闍

波提比丘尼王園中有比丘尼住處欲於中夏安居畏慎不敢世尊有教比丘尼不應在阿練若處住然王園中比丘尼住處牢固諸比丘白佛佛言除王園中比丘尼住處餘阿練若處不應住時有比丘尼不往教授處白佛佛言應往時有比丘尼有佛法僧事有病比丘尼所須白佛佛言聽與欲去時迦留陀夷罵打比丘尼若唾若華擲水灑若說麤語詭語勸喻罵者令汝道破壞腐爛燒與驢通行者若以手若杖若石麤語者說二道若好若惡詭語者若男子淨洗浴以好香塗身梳治鬚髮著好華鬘瓔珞嚴身持孔雀毛蓋豈更有餘事勝此者也若女人亦如是勸喻者語言大姊汝尚年少腋下始有毛何須便爾自毀修梵行爲不如及時五欲自樂須待老時乃修梵行時年少比丘尼便生猒離心不樂佛法時諸比丘尼聞有少欲知足行頭陀樂學戒知慚愧者嫌責迦留陀夷言云何罵打比丘尼乃至詭語勸喻耶時諸比丘尼白諸比丘諸比丘白佛佛爾時集比丘僧以無數方便訶責迦留陀夷云何訶罵打比丘尼乃至詭言勸喻時世尊無數方便訶責已告諸比丘聽比丘尼僧爲迦留陀夷作不爲禮白二羯磨應如是作衆中應差堪能作羯磨者如上作如是白大姊僧聽此迦留陀夷罵打比丘尼乃至詭語勸喻若僧時到僧忍聽爲迦留陀夷作不禮羯磨白如是大姊僧聽此迦留陀夷罵打比丘尼乃至詭言勸喻今僧爲作不禮羯磨誰諸大姊忍僧爲迦留陀夷作不禮羯磨者默然誰不忍者說僧已忍

爲迦留陀夷作不禮羯磨竟僧忍默然故是時如是持爾時迦留陀夷隨順比丘尼僧不敢違逆從比丘尼僧求解不禮羯磨諸比丘白佛佛言若隨順比丘尼僧不敢違逆從比丘尼僧乞解不禮羯磨者比丘尼僧應爲解作白二羯磨應如是解衆中應差堪能作羯磨者如上作如是白大姊僧聽此迦留陀夷比丘尼僧爲作不禮羯磨隨順比丘尼僧不敢違逆今從比丘尼僧乞解不禮羯磨若僧時到僧忍聽僧今爲解不禮羯磨白如是大姊僧聽此迦留陀夷比丘尼僧爲作不禮羯磨隨順比丘尼僧不敢違逆從比丘尼僧乞解不禮羯磨僧今爲迦留陀夷解不禮羯磨誰諸大姊忍僧爲迦留陀夷解不禮羯磨者默然誰不忍者說僧已忍爲迦留陀夷解不禮羯磨竟僧忍默然故是事如是持時六羣比丘至比丘尼住處共六羣比丘尼共住更相調弄或共唄共哭或戲笑亂諸坐禪比丘尼諸比丘白佛佛言聽遮彼便一切遮不聽入比丘尼住處佛言不應一切遮應隨亂鬧處遮若都亂住處應一切遮時六羣比丘尼來至比丘僧住處共六羣比丘更相調弄或共唄或共哭或共戲笑白佛佛言聽遮彼便一切遮佛言不應一切遮應隨亂鬧處遮若都亂住處應一切遮時六羣比丘沙彌來至比丘尼住處共六羣比丘尼沙彌尼式叉摩那共住更相調弄或共唄或共哭共戲笑亂諸坐禪比丘尼諸比丘白佛佛言應喚來讁罰若不改應爲彼沙彌和尚阿闍梨作不禮羯磨時六羣比丘尼沙彌尼式叉摩那來至

寺內共六羣比丘沙彌共住更相調弄或共唄或共哭共戲笑亂諸坐禪比丘諸比丘白佛佛言應喚來謫罰若不改應爲沙彌尼和尚阿闍梨作捨教授羯磨時去比丘尼住處不遠有渠流通水比丘尼以道在下承流覺樂有疑諸比丘白佛佛言不犯波羅夷犯偷蘭遮比丘尼不應以道承水流時難陀比丘尼至華樹下經行處有賊將去婬弄彼有疑以此因緣白佛佛問言難陀汝覺樂不荅言如似熱鐵入體佛言無犯比丘尼不應獨至如是經行處爾時蓮華色比丘尼阿練若處經行此比丘尼顏貌端正有年少婆羅門見繫心在彼即捉欲犯比丘尼言放我當往某處彼即放蓮華色比丘尼至彼處即以屎塗身彼婆羅門瞋以石打頭兩眼凸出蓮華色不憶有神足後乃知即以神足力飛往佛所頭面禮足却住一面佛言此比丘尼信樂眼當還復即如言還復如故彼比丘尼有疑佛言無犯比丘尼不應至阿練若處時比丘尼破戒有身在懸廁上大小便墮胎在廁中除糞人見之譏嫌罵詈言比丘尼無有慚愧不修淨行外自稱言我知正法如是何有正法云何墮胎在廁中如賊女婬女不異諸比丘白佛佛言比丘尼不應在懸廁上大小便彼比丘尼有疑不敢在水上廁大小便佛言聽時比丘尼結跏趺坐血不淨出汙脚跟指奇間行乞食時蟲草著脚諸居士見皆嗤笑諸比丘白佛佛言比丘尼不應結跏趺坐彼疑不敢半跏趺坐佛言聽半坐爾時世尊在舍衞國有六羣比丘尼在白衣家內嚮孔中看

時諸居士見已皆共譏嫌言比丘尼無有慙愧外自稱言我知正法如是何有正法云何在他家嚮孔中看如似賊女婬女不異諸比丘白佛佛言比丘尼不應在白衣家嚮孔中看爾時世尊在王舍城時阿難與大比丘僧五百人俱在摩竭提人間遊行時阿難有六十弟子皆是年少欲還捨戒時阿難至王舍城摩訶迦葉遥見阿難來語言此衆欲失汝年少不知足阿難言大德我頭白髮已現云何於迦葉所猶不免年少耶迦葉報言汝與年少比丘俱不善閉諸根食不知足初夜後夜不能勤修遍至諸家但行破穀汝衆當失汝年少比丘不知足偷蘭難陀比丘尼聞彼語瞋恚不喜作如是言摩訶迦葉是故外道何故數罵阿難言是年少令彼不悅耶時摩訶迦葉語阿難言汝看是比丘尼瞋恚作如是罵我阿難言唯除世尊我不憶佛法外更有餘事阿難言大德懺悔女人無知迦葉再三如是語阿難亦再三如是言懺悔夜過已迦葉清旦著衣持鉢至王舍城乞食時偷蘭難陀比丘尼見唾之時諸比丘尼聞中有少欲知足行頭陀樂學戒知慙愧者嫌責偷蘭難陀言云何乃唾大德迦葉比丘尼白諸比丘諸比丘白佛佛爾時以此事集比丘僧訶責偷蘭難陀比丘尼言汝云何乃唾大德迦葉世尊以無數方便訶責已告諸比丘聽喚來謫罰若一比丘喚一比丘尼應往若不往應如法治若一比丘喚二比丘尼三比丘尼若僧應往若不往應如法治二比丘喚一比丘尼應往若不往應如法治二比丘喚二比

丘尼若三比丘尼若僧應往若不往應如法治三比丘喚一比丘尼應往若不往應如法治三比丘喚二比丘尼三比丘尼若僧應往若不往應如法治僧喚一比丘尼應往若不往應如法治僧喚二比丘尼三比丘尼若僧應往若不往應如法治時六羣比丘聞作如是言我等欲喚比丘尼者便當喚欲有作者便當作何以故世尊有如是語一比丘喚一比丘尼應往若不往應如法治乃至僧亦如是諸比丘白佛佛言應相望前人不可往不應往

第三分法揵度法

爾時世尊在舍衛國時有客比丘不問舊比丘便入空房蛇墮其上便大聲言蛇蛇邊傍比丘聞問言汝何故大聲耶即爲説因縁諸比丘聞其中有少欲知足行頭陀樂學戒知慚愧者嫌責客比丘已往世尊所頭面禮足在一面住以此因縁具白世尊世尊爾時以此因縁集比丘僧訶責客比丘汝所爲非非威儀非沙門法非淨行非隨順行所不應爲云何不語舊比丘知入空房中蛇墮其上大聲言蛇蛇無數方便訶責已告諸比丘自今已去聽爲客比丘制客比丘法彼客比丘應隨順客比丘法應作如是隨順若客比丘欲入寺内應知有佛塔若聲聞塔若上座應脱革屣手捉彼不抖擻革屣便捉汙手佛言不應不抖擻便捉應抖擻世尊既言抖擻彼便著樹抖擻樹神嫌責佛言不應著樹抖擻革屣應著石抖擻若木頭若籬若兩革屣相抖擻彼應至門中手排門若有關鑰應開若不

能開應徐打令內人聞若不聞應大打若不開應持衣鉢與第二比丘捉至下籬牆處踰牆而入開門時彼於塔邊左行過護塔神瞋佛言不應左行過應右遶塔而過彼至寺內若有杙若龍牙杙若衣架若渠水邊若樹若石若草安衣鉢著上至洗脚處洗脚若無水問言何處有水隨彼言有水處便往取應問言有蟲無蟲若言有蟲若是大蟲觸水而去者便持瓶取水彼不洗手捉瓶取水餘比丘皆惡之佛言不應不洗手捉瓶聽兩臂抱瓶腹若以衣角穿耳彼至水所應淨洗手盛滿器水洗脚彼以洗脚手便捉水餘比丘見惡之佛言不應爾應一手捉水一手洗脚彼先洗右脚後洗左脚佛言應先洗左脚後洗右脚後不拭革屣便著汙衣佛言不應不拭便著應拭已著彼不漉去脚水便著革屣爛壞佛言不應爾應漉去脚水著革屣彼應問言我若干歲有如許房不答言有復應問此房有人住無人住耶若言無人住應問有臥具無耶若言有應問有被無被若言有應問有利無利若言有利應問有器物無器物若言有復問有房衣無房衣若言有復應問有福饒無福饒若言有若欲取者應語言我當取彼應至房所排戶若有關閉應開彼開戶已手捉戶兩頰內頭看房中勿令有蚍諸毒蟲若有應驅出彼入房已出牀褥臥具枕地敷氈被若木上若板上地敷應識表裏淨掃房除糞土應先看可棄處便棄若得針線刀子若弊故若乃至一丸藥安著一處若有主識彼當取彼應拂拭踈嚮若杙若龍牙杙若衣

架若壁破壞若鼠孔應泥便泥若地不平應平治泥𥻘灑塗令淨取地敷抖擻曝曬持入房舍先敷不好應更好敷若先敷好還如本敷取牀支物淨拭持入應淨掃牀抖擻持入屋安著支上取卧具枕氈被淨抖擻敷著繩牀上彼常著衣不著衣并置一處取常所著衣餘衣亂佛言常所著衣應別一處彼以鉢囊革屣囊針筒盛油器并著一處餘比丘惡之佛言不應爾應各各別處應先入屋內看戶扂高下然後開彼出房看壁四面無有塵土不若有塵掃灑除去應取几淨洗應具淨水瓶洗瓶飲水器應問何處大行處何處小行處何處是淨地何處不淨地何者佛塔何者聲聞塔何者是第一上座房何者是第二第三第四上座房彼先應禮佛塔復禮聲聞塔四上座隨次禮彼捉脚脛禮不應捉脛禮彼捉膝禮不應捉膝禮彼反抄衣纏頸裹頭通肩被衣著革屣作禮佛言一切不應爾自今已去偏露右肩脫革屣右膝著地捉兩脚如是言大德我禮若四上座在房內思惟應隨上座次禮房彼應問何處是衆僧大食處小食處夜集處說戒處何者是僧差食檀越送食月八日食十五日食月初日食檀越請食次到何處復問明日有何檀越請衆僧小食大食有何檀越僧爲作覆鉢誰家是學家何處狗惡何處是好人何處是惡人自今已去我爲客比丘制法客比丘應隨順若不隨順應如法治自今已去爲舊比丘制法舊比丘應隨順應作如是隨順舊比丘聞有客比丘來應出外迎爲捉衣鉢若有溫室重閣經

行處安置中與客比丘坐與洗足水器拭足巾爲拭革屣著左面看莫令泥水汙若泥水汙應移著餘處彼爲客比丘洗足已應還收洗足具還本處應問長老欲飲水不若言飲彼應持瓶爲取水彼不洗手持瓶餘比丘惡之應兩臂抱瓶若以衣角鉤耳至水邊淨洗手若是池水流水應手撥除上取下淨水彼擔水日中行水熱佛言應以若草若樹葉覆作蔭持去彼不洗器過水佛言應淨洗彼飲已不洗器過與飲人餘比丘惡之佛言應洗然後與彼與水時並語口中有濆唾墮水中佛言不應並語若有所語應迴面語彼不洗器便舉餘比丘見皆惡之佛言不應爾彼應問大德長老幾歲若言若干歲應語言此是房此是繩牀木牀褥枕氈被地敷此是唾器此是小便器此是大便處此是小便處此是淨處此是不淨處此是佛塔此是聲聞塔此是第一上座房此是第二第三第四上座房此是衆僧大食處小食處夜集處布薩處僧差食乃至次到某處某甲檀越明日請僧與小食大食某甲家僧與作覆鉢某甲家僧與作學家羯磨某甲處狗惡某甲處好某甲處惡我今爲舊比丘制法舊比丘應隨順若不隨順應如法治爾時世尊在王舍城時舍衛有婆羅門出家比丘多惡汙自惡大小便用利廁草傷身作瘡膿血出汙身汙衣汙卧具汙牀諸比丘問長老何所患即具說因緣時諸比丘聞少欲知足行頭陀樂學戒知慚愧者嫌責婆羅門出家比丘言云何多惡汙自惡大便用利廁草傷身膿血出汙身衣汙卧

具汙牀諸比丘往世尊所頭面禮足却坐一面以此事具白世尊世尊爾時以此因緣集比丘僧訶責彼比丘言汝所爲非非威儀非沙門法非淨行非隨順行所不應爲汝云何婆羅門出家比丘多惡汙自惡大便用利厠草傷身膿血出汙身汙衣汙卧具汙牀耶以無數方便訶責已告諸比丘自今已去爲比丘制便厠法諸比丘應隨順此法應如是隨順不應久忍大小便若去時捉厠草彼下座在上座前去或並語並行或在前在後反抄衣或纏頸或裹頭或著革屣佛言不應爾若在前去者聽在前彼至厠外應彈指若謦咳若有人非人令知彼至厠坊裏若杙若龍牙杙若衣架衣屋若水邊若樹若石若草應安衣著上若畏雨漬應安著無雨處若風飄雨漬衣聽著衣手堅捉令不觸厠兩邊堅安脚上厠先看若有蛇蠍蜈蚣百足驅出彼未蹲便舉衣形露佛言不應爾應並蹲漸舉衣蹲已當看勿令前却近兩邊使大小便涕唾汙厠孔彼高聲大鳴餘比丘聞惡之佛言不應爾彼大便時不覺卒鳴有疑佛言不犯彼在厠上嚼楊枝若眠若入定佛言不應爾彼疑不敢在水上厠中大小便佛言無犯彼不用厠草拭身便起汙身汙衣汙坐具佛言聽用厠草然後起世尊有如是教聽用厠草彼用長厠草佛言不應用長厠草極長一搩手彼用叉奇厠草雜葉若用樹皮用草牛屎摶佛言不應爾彼用短厠草汙手佛言不應爾極短長四指彼用厠草不抖擻著厠草糞便棄餘比丘見惡之佛言不應爾彼以已用未用

厠草雜一處取汙手佛言應別處彼用厠草已便起形露佛言不應爾應徐起漸下衣彼至洗處應彈指令彼若人若非人知彼至洗處應先看若有蛇百足毒蟲應驅出彼先褰衣而後蹲形露佛言不應爾彼就水器中洗餘比丘惡之佛言不應爾彼用水洗時有聲餘比丘聞惡之佛言不應爾彼用水盡佛言不應爾應留乃至足一人洗彼洗已不却身上水汙衣汙身佛言不應爾應去水若以手若以葉若弊物拭若手臭應洗若以鹵土若灰若泥若牛屎若故臭應以石揩若土墼若澡豆彼不下衣便起形露佛言不應爾應漸下衣起彼見洗器空不著水佛言應見者便著水彼在厠前受經誦經經行作衣妨餘比丘大小便佛言不應爾彼在厠邊誦經受經經行作衣餘比丘見惡之佛言不應爾彼上厠見有糞掃不除佛言見者應除我今為諸比丘說大小便法諸比丘應隨順若不隨順應如法治爾時世尊在舍衛國有異乞食比丘年少多所不解不看門相便入有女人眠屋中其女人露形仰眠不淨出汙女根彼比丘見愧懼即疾疾從屋還出比丘適出其夫便入屋見其婦露形仰卧不淨汙身見已作如是念我婦露形仰卧不淨汙身彼比丘從屋疾疾而出必犯我婦即往追問言汝犯我婦便走耶比丘言若士莫作如是言我等不應作如是事居士言汝從我屋出云何言不作彼即打比丘次死時諸比丘聞中有少欲知足行頭陀樂學戒知慙愧者嫌責彼乞食比丘云何乞食比丘年少多所不解不看門

相乃入他女人眠屋時諸比丘往世尊所頭面禮足却坐一面以此因緣具白世尊世尊爾時以此因緣集比丘僧訶責乞食比丘汝所為非非威儀非沙門法非淨行非隨順行所不應為云何乞食比丘年少多所不解不看門相乃入他女人臥屋以無數方便訶責已告諸比丘自今已去為乞食比丘制法乞食比丘應如是隨順若乞食比丘入村乞食清旦淨洗手至衣架邊一手舉衣一手挽取舒張抖擻看勿令有蛇蟲然後著腰帶僧祇支鬱多羅僧舒張抖擻著揲僧伽棃著頭上若肩上淨洗鉢著絡囊中若手巾裹若鉢囊盛舉襯身衣洗足革屣氈被取道路行革屣彼應持戶鑰出房去閉戶推看若不堅牢應更安若启堅牢應推繩著內然從四顧望若無人見藏舉戶鉤若有人見不堅牢應持去若更著堅牢處在道行應常思惟善法若見人應問訊言善來若欲至聚落小下道安鉢置地取僧伽棃舒張抖擻看然後著村邊若有賣器處若有屋若有作人應脫道行革屣寄之彼入村時應看巷相看空處看市相門相糞聚相入白衣家應看第一門相乃至第七門相爾時乞食比丘至他舍內風吹衣墮肩彼向女人正衣佛言不應向女人正衣應向壁彼乞食比丘右手捉鉢左手捉杖時形露佛言不應爾應右手捉杖左手捉鉢彼乞食比丘當道住令男子女人避道諸居士見皆譏嫌沙門釋子不知慚愧無有猒足自言我知正法當在道住令男子女人皆避道如是何有正法諸比丘白佛佛言乞食比丘不

應當道住世尊既言不應在道住彼在屏處住佛言不應爾應在見處住彼乞食比丘他持食出便前迎取諸居士見皆譏嫌言沙門釋子不知猒足自言我知正法如是何有正法急前取食如似穀貴諸比丘白佛佛言乞食比丘不應前取食若是女人若病若妊身若抱兒若天雨若兩手捉物若地泥水喚比丘比丘疑不敢前取佛言喚應往乞食比丘得飯乾飯麨魚肉并著一處餘比丘見惡之佛言不應爾雜著一處若是一鉢應以物隔若樹葉皮若鍵鎡若次鉢若小鉢麨應手巾裹彼乞食比丘往大家乞食居士見譏嫌沙門釋子不知猒足自言我知正法乃至大家乞食如似穀貴如是何有正法諸比丘白佛佛言不應選大家乞食若次第乞不得應選彼乞食比丘强乞要得乃去諸居士見皆譏嫌沙門釋子不知慙愧無有猒足自言我知正法强從人乞要得乃去如似穀貴如是何有正法諸比丘白佛佛言不應爾若知當得應待彼出時當看第一門相乃至糞聚相若出村還取道行革屣著下道安鉢置地㨾僧伽棃著肩上若頭上行時常當思惟善法若見人應先問訊善來彼乞食比丘常所食處應往淨掃灑具水器殘食器復應具牀座洗脚石水器拭脚巾若見有餘乞食比丘來應起遠迎逆爲取鉢若有鉢牀鉢支頭上取衣舒張看勿令有膩塵坌泥汙鳥糞汙若有如是汙應拭當拭應柔當柔應抖擻當抖擻應浣當浣浣已應絞去水曬著繩牀木牀上彼應與乞食比丘坐與水器與水與洗足石拭

足巾持革屣安左邊看勿令泥水汙漬若有水漬應移彼為乞食比丘洗足已應持水器洗足石諸物還復本處彼應澡豆淨洗手已授水與彼乞食比丘次授食與彼食時應看供給所須若有酪漿清酪漿若苦酒若鹽若菜應與若熱應為扇須水應與若日時欲過應俱食乞食比丘食已應為取鉢與洗手自食已若有餘食應與人若非人若著無草地若無蟲水中洗盛殘食器復故處應還復牀器洗足石水器諸物復故處掃除食處彼以食鉢除糞餘比丘見皆惡之佛言不應以鉢除糞應用澡槃掃帚鉢應淨潔持時有衆多乞食比丘共一處食有妊身狗看食不得食以飢故遂墮子比丘白佛佛言食時若人若非人應與食乃至一摶我今為乞食比丘制

法應隨順若不隨順應如法治爾時世尊在王舍城時阿蘭若比丘懶墯都無所具不具水器洗足物亦不留殘食去此住處不遠有衆多賊過時有一賊語餘賊言沙門釋子常有此法具水器洗足物亦留餘食我等可往彼若得食當共食之時賊至彼問言汝有水不答言無有洗足物不答言無有餘食不答言無賊語言汝在阿蘭若處住不具水洗足器無有餘食即打令次死諸比丘聞其中有少欲知足行頭陀樂學戒知慚愧者嫌責彼阿蘭若比丘言汝懶墯云何在阿蘭若處住而不具水器乃至不留餘食時諸比丘往世尊所頭面禮足却坐一面以此因緣具白世尊世尊爾時以此因緣集比丘僧訶責彼阿蘭若比丘汝所為非非威儀非沙門法非淨

行非隨順行所不應爲云何竊墮在阿蘭若處住不具水器乃至不留餘食以無數方便呵責阿蘭若比丘已告諸比丘自今已去爲阿蘭若比丘制法應隨順阿蘭若比丘應如是隨順若阿蘭若比丘入村乞食清旦淨洗手至衣架邊一手舉衣一手挽衣取舒張抖擻看勿令有蛇蟲然後著腰帶僧祇支鬱多羅僧舒張抖擻看揲僧伽棃著頭上若肩上淨洗鉢著絡囊中若手巾裹若鉢囊盛已舉襯身衣洗足革屣氈被取道路行革屣打露杖彼應持戶鑰出房還閉戶推看堅牢不若不堅牢應更安居若堅牢應推繩著內四顧看若無人見應藏舉戶鉤若有人見不堅牢應持去若更著堅牢處在道行應常思惟善法若見人應先問訊言善來若欲至聚落小下道安鉢置地取僧伽棃舒張抖擻看然後著若村邊有賣器處若有屋若有作人應脫道行革屣打露杖寄之彼入村時應看巷相若空處相市相若門相若糞聚相入白衣家應看第一門相乃至第七門相爾時阿蘭若比丘至他舍內風吹衣墮肩彼向女人正衣佛言不應向女人正衣應向壁彼阿蘭若比丘右手捉鉢左手持杖時露形佛言不應爾應右手捉杖左手持鉢彼阿蘭若比丘當道住令男子女人避道諸居士見皆共譏嫌沙門釋子不知慚愧無有猒足自言我知正法當在道住令男子女人避道如是何有正法諸比丘白佛佛言阿蘭若比丘不應當道住世尊既言不應在道住彼在屏處住佛言不應爾應在見處住彼阿蘭若比丘他持食出

便前迎取諸居士見皆共譏嫌言沙門釋子不知慙愧無有猒足自言我知正法如是何有正法急前取食如似穀貴諸比丘白佛佛言阿蘭若比丘不應前取食若是女人妊身若抱兒若天雨若兩手捉物若地泥水喚比丘比丘疑不敢前佛言若喚應往阿蘭若比丘得飯若乾飯麨魚肉并著一處餘比丘見惡之佛言不應爾雜一處若是一鉢應以物隔若樹葉皮若鍵鎡若次鉢若小鉢麨應手巾裹彼阿蘭若比丘往大家乞食諸居士見皆共譏嫌沙門釋子不知慙愧無有猒足自言我知正法乃選大家乞食如似穀貴如是何有正法諸比丘白佛佛言不應選大家乞食若次第乞不得應選彼阿蘭若比丘强乞食要得乃去時諸居士見皆共譏嫌沙門釋子不知慙愧無有猒足自言我知正法强從人乞要得乃去如似穀貴如是何有正法諸比丘白佛佛言不應爾若知當得應待彼得食時作如是念此爲賊此自食出時當看第一門相乃至糞聚相若出村還取行道革屣打露杖小下道安鉢置地疊僧伽梨著肩上若頭上行時當常思惟善法若見人應先問訊善來彼阿蘭若比丘常所食處應往淨掃灑具水洗器殘食器復應具牀坐洗脚石水器拭脚巾若見有餘阿蘭若來應起遠迎逆爲取鉢若鉢牀鉢支頭上取衣舒張看勿令有膩塵坌泥汙鳥糞汙若有如是汙應拭便拭應柔便柔應抖擻便抖擻若浣浣已應絞去水曬著繩牀若木牀彼應與阿蘭若比丘座與水器與水與洗足石拭脚巾持革屣安

左邊看勿令泥汙水漬若有泥汙應移彼爲阿蘭若比丘洗足已應持水器洗足石諸物還復本處彼應澡豆淨洗手已淨潔別留殘食若有賊來應與授水與彼阿蘭若比丘次授食與彼食時應看供給所須若有酪漿清酪漿若苦酒若鹽若菜應與若熱應扇須水應與若日時欲過應俱食阿蘭若比丘食已應爲取鉢與洗手自食已若有餘食應與人若非人若著無草地無蟲水中洗盛殘食器牀座洗足石水器諸物復本處應掃除食處彼以食鉢除糞餘比丘見皆惡之佛言不應以鉢除糞應用澡槃若掃帚鉢應淨潔持若有賊來應語此是水是洗足物此是食爲汝等故別留淨潔若欲食便食時賊問阿蘭若今夜是何時彼比丘不能答慙愧諸比丘白佛佛言阿蘭若住比丘應善知夜時節時賊問阿蘭若言此是何方阿蘭若比丘不知答慙愧諸比丘白佛佛言阿蘭若比丘應善知方相賊問比丘今日是何星阿蘭若比丘不能答諸比丘白佛佛言阿蘭若比丘應善知星彼阿蘭若比丘數好臥具安眠時諸比丘白佛佛言阿蘭若比丘不應爾應初夜後夜警心思惟令爲阿蘭若比丘制阿蘭若法阿蘭若比丘應如法隨順若不隨順應如法治

爾時世尊在舍衛國時有居士請衆僧明日食即於其夜辦具種種多美飲食清旦往白時到時諸比丘受請食時錯亂或有已坐者有方坐者或有已與食者有方與食者或有已食者有方食者或有已去者有方欲去者或有已出者有方欲出者而彼檀越不知誰

已食誰未食時諸居士皆共譏嫌沙門釋子不知慚愧無有猒足自言我知正法受檀越請錯亂去或有已坐者方坐者或有已與食者有方與食者乃至或有已出者有方欲出者如是何有正法令我等不知已與誰未與誰誰已食誰未食時諸比丘聞中有少欲知足行頭陀樂學戒知慚愧者嫌責彼受請比丘言云何受檀越請錯亂去或有已坐者方坐者乃至方欲出者令檀越不知已與誰未與誰誰已食誰未食時諸比丘往世尊所頭面禮足在一面坐以此因縁具白世尊世尊爾時以此因縁集比丘僧訶責彼受請比丘云何受檀越請錯亂去或有已坐者有方坐者乃至方欲出者令檀越不知已與誰未與誰誰已食誰未食耶以無數方便訶責已告諸比丘自今已去爲諸比丘制食上法諸比丘應隨順食上法應如是隨順若比丘欲往受請應往衆僧常小食處大食處可見處住若檀越來白時到上座應在前如鴈行而去若上座往大小便處待彼下座在前行並語並行或前或後或反抄衣或纏頸或裹頭或通肩被衣或著革屣佛言不應爾應偏露右肩脫革屣在後行若有爲佛事法事僧事有病比丘事佛言應白上座在前去彼有命難梵行難畏愼不敢不問而去佛言若有如是難事若問若不問聽去彼往食處錯亂聚住佛言不應爾應隨次座上座坐已應看中座下座勿令不如法坐不善覆身若有不如法坐不善覆身者應彈指令覺若遣人語令知好如法坐中座坐已應看上座下座勿令不

如法坐不善覆身若有不如法坐不善覆身應彈指令覺若遣人語令知好如法坐下座坐已亦如是時有比丘至食上無鉢食比丘應借鉢有比丘不洗鉢至食上蛇在鉢中吐比丘用食已得病佛言不應不洗鉢便持往食上應淨洗已用食時六羣比丘貪受恭敬故後往食上令諸比丘見我等當起諸比丘白佛佛言不應貪利恭敬故在後往食上令諸比丘起若未來者聽比座開坐處若檀越與上座果應問言果淨不若言未淨上座應語令淨若已淨問言爲誰送來若爲上座送來得隨意取若言爲僧應語令傳使遍若檀越與上座種種羹應問言爲誰送來若言爲上座隨意取若言爲僧應語令傳使遍時有比丘不得食聽比坐爲索若無比坐應自減半與時諸比丘得食便食諸居士見皆共譏嫌言沙門釋子不知慙愧無有猒足自言我知正法得食便食如似穀貴飢餓時如是何有正法白佛佛言不應爾應唱言等得然後食時六羣比丘匡肘食妨礙比坐諸比丘白佛佛言不應匡肘食應歛肘食六羣比丘食時大咳唾迸唾墮比坐上餘比丘惡之白佛佛言不應爾應徐徐棄唾彼食時若餘果若菜根狼藉汙地白佛佛言不應爾所食可棄之物應聚著脚邊去時持去棄之彼處處棄洗鉢水令地汙泥佛言不應爾以澡槃承棄外爾時衆多比丘與六羣比丘在白衣家内共机上坐食有一六羣比丘便起不語比坐知机傾倒地餘人皆墮形露諸比丘白佛佛言不應爾應語令知好坐時有比丘食已默

然而去彼檀越不知食好不好食爲足不足諸居士皆譏嫌諸外道人皆稱歎布施讚美檀越而沙門釋子食已默然而去令我等不知食好不好足不足諸比丘白佛佛言不應食已默然而出應爲檀越說大䞋乃至爲說一偈

若爲利故施　此利必當得　若爲樂故施
後必得快樂

世尊既言應說大䞋時人人皆說遂便閙亂佛言不應人人亂說應令上座說若上座不能說應語能者說若上座不語突吉羅若上座語而不說者亦突吉羅彼說大䞋時餘者皆去彼安坐或在靜處坐或在覆處坐或共女人在無有知男子處說法過五六語媟嬻時人皆嫌責語諸比丘諸比丘白佛佛言大䞋時餘比丘不應去應上座四人相待餘者聽去若爲佛法僧事若病比丘事應白令知然後去若令餘比丘去若檀越欲聞說布施應稱歎布施若欲聞說檀越法應爲讚歎檀越法若欲聞說天應爲讚歎天若欲聞說過去父祖應爲讚歎過去父祖應爲檀越讚歎布施讚歎檀越讚歎佛法僧爲諸比丘說食上法諸比丘應隨順若不隨順如法治爾時世尊在舍衛國時諸比丘衣服垢膩佛言聽以鹵土若灰若土若牛屎浣彼用麤澀瓮石浣衣令衣壞佛言不應用麤澀瓮石應用細瓮石若色脫應更染若泥若陀婆樹皮若婆荼樹皮揵陀羅若畢鉢若阿摩勒若以樹根若以茜草染彼在日中漬汁用染不耐久佛言不應爾應煑彼不知何處煑佛言應以釜

煮若禁滿若銅瓶鑊煮彼煮時樹皮片大不受佛言應以斧細斬若沸涌出以木按之彼不知熟不熟佛言應取汁二三滴著冷水中若沉者熟應漉取汁彼不知漉著何處佛言漉著瓮中若汁滓俱下應以掃箒遮若掃箒弱應以木輔彼漉汁時兼捉瓮遂疲極佛言不應爾應一人捉瓮一人漉汁若熱捉捻熱物彼冷熱著一處染汁壞佛言不應爾應冷熱别處若揚令冷然後和合彼就染汁中染染汁壞佛言不應爾應取少許别餘器中染彼染已敷著地色壞佛言不應爾彼便敷著草上令草壞彼敷著草上葉上令色不調佛言不應爾應敷著伊棃延陀耄羅耄耄羅若毛氀上十種衣中取一一衣敷著地以彼染衣著上若懸著繩上彼須繩聽畜繩須橛聽作彼須衣頭安紐聽作紐若染汁偏流應倒易時有比丘曬染衣已皆向煮染汁衣汁偏流有異比丘先與嫌諍見之不語彼令知衣色遂壞諸比丘白佛佛言不應爾見者應爲倒易若語令知彼比丘染衣竟不舉釜禁滿銅瓶瓮器鑊斧釿繩橛伊棃延陀耄羅耄耄羅便捨去佛言不應爾應藏舉然後去若餘人索應與彼染衣竟不掃除染處令地不淨佛言不應爾應掃除已去彼著新衣掃地塵坌汙佛言不應著新衣應著故者若無私衣應著僧衣彼逆風掃塵來坌身佛言不應爾應順風掃有五種掃地不得大福德不知逆風順風掃地不滅跡不除糞不復掃箒本處有如是五法掃地不得大福德有五法得大福德知逆風順風掃地滅跡除糞復掃箒本

處有如是五法得大福德若上座在下風應語言小避我欲掃地我今爲諸比丘說染衣法應隨順若不隨順應如法治法揵度竟

四分律藏卷第四十九

音釋

酤古墓切賣酒也　鬈逵員切髮曲也　剪子淺切齊斷也　縟而用切毳飾也　擲直炙切投也　詭古委切詐也　讁陟革切責也　凸徒結切高起也　跟古痕切足踵也　嗤充之切笑也　居徒點切門居也　脛胡定切脚脛也　濽則旰切濺也　謦咳謦棄挺切咳口漑切謦咳逆氣也　擽陟革切開伸也　搏徒官切捏聚也　鹵郎古切醎土也　揲達協切摺揲也　寙勇主切惰也　覼初覲切覼覼也　媟嬻媟先結切嬻徒谷切媟嬻狎慢也　茜倉甸切染絳色草也　耐乃代切猶任也　釜扶甫切鍑屬　鑊胡郭切鍋也　釿舉欣切斧也

四分律藏卷第五十

姚秦三藏佛陀耶舍共竺佛念譯

第四分房舍揵度法

爾時世尊在波羅柰國時五人從坐起偏露右肩右膝著地合掌白如是言世尊我等當住何等房舍卧具佛言聽在阿蘭若處樹下若空房若山谷窟中若露地若草苫草積邊若林邊若塜邊若水邊若敷草若葉時諸比丘無枕卧得患佛言聽用石若塹若木作若枕臂十種衣中若用一一衣作枕爾時世尊在王舍城摩竭王瓶沙作如是念世尊若初來所入園便當布施作僧伽藍時王舍城有迦蘭陀竹園最爲第一時世尊知王心念即往迦蘭陀竹園王遥見世尊來即自下象取象上褥疊爲四重敷已白佛言願坐此座世尊即就座而坐時瓶沙王捉金澡瓶授水與佛白言此王舍城迦蘭陀竹園最爲第一今奉施世尊願慈愍故爲見納受佛告王言汝今以此園施佛及四方僧何以故若是佛所有若僧伽藍園園物若房房物若衣鉢坐具針筒一切諸天世人魔王梵王沙門婆羅門無能用者應恭敬如塔王即白佛言大德以此迦蘭陀竹園布施佛及四方僧慈愍故爲我納受時世尊說此偈而勸喻之

施園及果樹　橋船以度人　曠路施泉井
并施房舍者　如是諸人等　晝夜福增益
持戒樂法者　此人生善道

時王瓶沙頭面禮佛足已却坐一面世尊爲王種種方便說法令得歡喜王聞佛說法已歡喜從座起禮佛而去時諸比丘清旦從者

闍崛山來王舍城中有大長者見已問言大德在何處宿答言在山窟中水邊樹下石邊若草上長者問言無舍舍耶答言無若作房者得不比丘答言世尊未聽作房舍諸比丘白佛佛言聽作房舍爾時長者聞佛聽諸比丘作房舍即於耆闍崛山作六十別房一切所須皆令具足請佛及僧明日食并施房舍即於其夜辦種種多美飲食明日往白時到時世尊清旦著衣持鉢與大比丘千二百五十人俱往大長者家就座而坐時長者手自斟酌種種多美飲食皆令飽足食已捨鉢取金瓶水授與世尊白言我於耆闍崛山作六十房舍一切所須皆令具足爲福德故爲大祠故爲生善道故今以奉上佛及四方僧願爲慈愍納受時世尊即便受之以如此勸喻而勸喻之

爲障寒熱故　及以諸惡獸　蚊䖟諸毒蟲
亦以障疾雨　暴疾諸惡風　如是得障翳
持戒無毀缺　勤修於佛法　爲堅爲樂故
禪定分別觀　房舍施衆僧　世尊說第一

爾時王舍城長者更取卑牀在世尊前坐世尊無數方便爲開化說法令得歡喜爲長者開化說法已從坐而去時王瓶沙聞世尊聽衆僧作房舍欲於迦蘭陀竹園作大講堂如王住殿一切所須供給具足佛言聽作時有檀越欲爲僧作樓閣舍佛言聽作時有檀越欲爲僧作毗摩那房佛言聽作時有檀越欲爲僧作象形房佛言聽作有檀越欲爲僧作種種房佛言聽作時諸比丘欲作房佛言聽作隨作房法所須一切聽與作房竟若地有

塵應泥無數臥得病佛言聽伊棃延陀耄羅耄耄羅毛㲣十種衣中若以一一衣作地敷若故有病聽作牀有五種牀如上彼欲織牀佛言聽織除二種繩皮繩髮繩用餘繩作若繩不足應繩穿牀梐䟽織彼牀無數臥得病聽作褥彼不知以何物作佛言聽草作若㲪若劫貝作貯若褥小應張縫著牀四邊若褥緣破裂應補治若貯聚一處應縫繶若褥垢膩應作重褥若重膩應作臥氈覆上時諸比丘無枕佛言聽作不知云何作佛言若四方若圓若三角爾時王舍城衆僧多得舍㲪牀諸比丘疑不敢受佛言聽受用作繩牀木牀若織作褥衣裏若作地敷若作繩若作褥貯時諸比丘得跋磨草繩織牀佛言聽畜時諸比丘蛇蝎蜈蚣諸毒蟲入㘳未離欲比丘見驚佛言聽支牀脚時六羣比丘作高支佛言不應作高支大高應高一尺五若一搩手時有比丘衣無牢堅安處佛言應疊置頭邊若背後臥轉側蹟衣上佛言聽安繩上若龍牙杙上若作衣架安彼常所著衣與不著衣在一處取常所著衣時亂佛言不應常所著衣不著衣共安一處彼持鉢革屣囊針筒油器置一處餘比丘見惡之佛言鉢囊針筒置一處革屣囊油器共著一處時諸比丘房裏患闇佛言聽然燈須油與油須燈炷與燈炷須盛油器與器不知持燈置何處佛言聽著若木牀若繩牀角頭若瓶上若著壁龕中患蟻子飲油應障若燈不明應出炷令高油汙手聽作箸患燒箸聽鐵作彼房無戶不牢堅有賊牧牛羊人取比丘衣鉢針筒坐具去佛言

聽作戸須戸樞聽作若患戸裏臭氣聽穿戸扇作孔出氣患蛇蜈蚣毒蟲從孔入聽作簾板障戸無關鑰有賊放牛羊人取比丘衣鉢針筒坐具持去佛言聽作關鑰不知在何處安佛言若在邊若在上若在下不知云何開佛言聽開孔作曲排若作鉤若患闇聽開嚮彼嚮無障賊及放牛羊人入取比丘衣鉢針筒坐具佛言聽作嚮扇板障不知云何作佛言若方作若圓作若象耳形作夜患蝙蝠晝患鷰鳥入佛言聽織作籠踈障若作嚮櫺子時嚮無關居賊及放牛羊人取比丘衣鉢針筒坐具去佛言聽開居彼犯戒比丘挽繩開嚮取比丘衣鉢針筒坐具去佛言聽居安橫橜時六羣比丘私用衆僧卧具諸比丘白佛佛言不應私用衆僧卧具聽作標識不知作何標識佛言聽作摩醯陀羅像若作勝像若作蒲萄蔓像若作五色若作蓮華若作名字時六羣比丘私物上作僧標識諸比丘見語言長老世尊不作如是語衆僧物不得私用耶答言此非僧物是我已有諸比丘白佛佛言不應私已物上作僧標識聽私物染作標識彼六羣比丘方作標識若作半月像若作圓標識彼作如日光標識彼作如麥根標識彼作如一片薑像彼作牛行像標識佛言不應爾聽作如水渧灑地標識作牛屎摶標識作輪標識彼移房中定卧具著餘處佛言不應移應作名字言是某甲房卧具時有比丘有小沙彌欲房中安隔障佛言聽作時有比丘欲開房前曲障巷佛言聽作欲作後內房佛言聽作須戸聽作須壁聽作壁須半壁聽

作須作大牀佛言聽作須小牀聽作須繩牀聽作須小繩牀聽作須獨坐牀聽作須板與板須地敷與地敷時有比丘欲作房四邊出簷上安欄楯聽作時布薩日衆多集堂小不相容受諸比丘白佛佛言聽大作一切作房所須聽與不知云何作佛言若四方若圓若長作若兩房若三房若四房聽作作大堂所須一切應與時堂內人各一牀不相容受佛言聽若大三臘者共一牀坐若故不受應作長牀若長板若復不受應縛草作座縛草作座已便破衣佛言應以輭草纏邊若故復不受應以泥漿灑地若布沙若草樹葉敷地坐上彼與女人俱在草上葉上佛言不應爾彼與女人共敷衣佛言不應爾彼共女人俱在衣上佛言不應爾彼與女人共上石上佛言不應爾若上石一人不能動者聽上彼共女人上船疑佛言聽直渡若坐若立若卧時諸比丘露地經行患風雨日曝得患佛言聽作經行堂不知云何作佛言聽長行作作堂所須一切給與時彼上座老病羸頓經行時倒地佛言聽繩索繫兩頭循索行捉索行手輭破手佛言聽作捲若竹筒以繩穿筒手捉循行經行時疲極聽兩頭安牀時比丘洗脚天雨雨新染衣色壞佛言應別作洗脚處彼須水盆與水盆須水瓨與水瓨須洗脚石與石須坐具與坐具彼洗脚天雨泥汙脚汙衣坐具佛言聽以石若甎若木作道爾時耆闍崛山中去水遠佛言聽作渠作時患渠崩決佛言聽以石若甎若木障兩邊若寺內應作池若池邊崩決聽以石若甎若木障四邊上應

作屋覆若池邊患泥應安石若甎若板若破碎石患小兒墮水佛言聽作欄彼池水熱佛言聽瓶盛晝日內屋中夜便置在外若屋內患泥聽別作安水屋若地泥汙脚聽安石若甎若碎石彼須水器應與彼用寶作器佛言不應用寶應用鐵若銅若瓦作彼水器無安處破壞佛言應水屋中別作架安時衆僧得罐佛言聽畜復無安處佛言聽與水器共安一處爾時世尊在王舍城舍衛國有居士名須達多常好給施孤窮乞兒遂因行更爲名字給孤獨食彼於王舍城中有田業年年從舍衛國至王舍城案行田業王舍城中有長者是其親友此長者自莊嚴堂舍欲請佛及僧明日當於此食時給孤獨食往長者家彼長者常法若給孤獨食來時輙起迎逆請與敷座而坐此日不起迎不請與坐但自莊嚴堂舍爲佛及僧時給孤獨食既至已問長者言莊嚴堂舍欲何所作爲欲嫁娶爲欲請王爲欲設大祠長者報言我不嫁娶亦不請王我欲設大祠請佛及僧千二百五十人俱彼沙門瞿曇有如是大名稱號曰如來無所著等正覺明行足善逝世間解無上士調御丈夫天人師佛世尊給孤獨食問言實是佛耶答言實是佛再三問亦再三答實是佛時給孤獨食再三問已問言佛在何處我今欲往問訊長者答言佛今在迦蘭陀竹園中住時給孤獨食仰看日作如是念今日見世尊非時明日乃可往時給孤獨食即還家念佛在心而眠時有異天神是給孤獨食昔日宗親慈愍欲利益故作如是念給孤獨食汝欲見

世尊莫有留難而不見佛彼即以神力滅闇忽然大明時給孤獨食眠覺見明謂是晝日即往趣尸呵城門時彼門神遥見給孤獨食欲見世尊無有留難我今寧可開門即便開門時給孤獨食出尸呵門已時彼神還攝神力明曉即滅忽然闇冥時給孤獨食恐怖心驚毛竪恐將有怨家來害我耶時彼門神見給孤獨食恐怖心驚即慰喻言莫恐怖莫恐怖即說偈言

設以馬百匹　及與百金瓔　馬車有百乘

童女有百人　七寶爲瓔珞　雪山百白象

象皆有六牙　并以大聚金　及紫磨金沙

王及王供具　王所乘調象　以如是布施

行一步之福　十六不得一

長者但前行前行有利益給孤獨食問汝是誰答言我是尸呵神彼作是念未曾有大神乃安慰我給孤獨食即往迦蘭陀竹園中時世尊在露地經行遥見給孤獨食來還坐處敷座而坐諸佛常法圓光照身時給孤獨食遥見世尊顔貌端正諸根寂靜得上第一調伏諸根堅固猶若大龍亦如澄淵清淨無穢見已敬心生焉以信敬心前詣佛所白言安卧不世尊答言如世安眠我則異於彼時即說偈言

一切皆安眠　梵行得涅槃　若不犯於欲

諸縛得解脱　一切愛已斷　調伏於熱惱

息滅得安卧　身心俱寂滅

時給孤獨食前禮佛足却坐一面時世尊爲給孤獨食種種方便開化說法令得歡喜即於坐上得法眼淨見法得法得增上果猒患

心生白世尊言我今歸依佛法僧作佛優婆塞自今已去盡形壽不殺生乃至不飲酒惟願世尊與衆僧俱受我夏安居九十日請佛言我以受王瓶沙請即復白言願受來年請佛言我以受王瓶沙請復白言大德願受後年請佛報言若有如是處清淨無有憒閙無諸惡獸絶於人林可得坐禪如來當於如是處住即白佛言世尊我已知之自當知時唯願世尊與衆僧受我明日請食時世尊默然受請給孤獨食從坐起前禮佛足遶已而去時王瓶沙聞給孤獨食請佛及僧明日食即遣信語言汝僑客在此衆僧既多千二百五十人汝可不須設供我當爲汝故設食時即遣人答王言此便爲供養已不須我自當辦時摩竭大長者聞給孤獨食請佛及僧明日施食即往其所語言汝僑客在此衆僧既多汝可不須供設我當爲汝辦之彼即答言長者此便爲供養已不須我自當辦給孤獨食却還其家夜辦種種多美飲食夜過已清旦往白時到時世尊著衣持鉢與千二百五十比丘僧俱往給孤獨食家就座而坐時給孤獨食自手斟酌種種多美飲食供養佛及衆僧令得飽滿食已捨鉢更取卑牀於佛前坐時世尊無數方便爲給孤獨食方便說法開化令得歡喜爲說法已從座起而去時給孤獨食從王舍城還舍衛國彼至村落城邑處處宣令作如是言可於空處種植園果并設池井及安橋船佛已出世今受我請於舍衛國夏安居當從此道至舍衛國令汝等得福無量至舍衛國已作如是念今此何處有不

遠不近行來遊觀其地平博晝無衆閙夜無音聲無有蚊䖟蠅蜂毒螫之屬我當買之爲佛故立僧伽藍即作如是念彼祇陀王子有園於舍衛國不近不遠行來遊觀其地平博晝無衆閙夜無音聲亦無蚊䖟毒螫之屬我今寧可往祇陀王子所求索買之彼即往王子所白言佛已出世天今知不已受我請於舍衛國夏安居可以此園賣與我當與百千金錢彼言不賣復更重白如上願與我園當與二百三百四百千金錢彼言汝若以金錢側布滿地令無間者我亦不與給孤獨食言汝已決價便可受之王子言云何決價答言向者言以金錢側布滿地無間者豈非決價言耶天便可看王昔日舊制彼即看王舊制已作是念便爲決價即語言長者隨意時給孤獨食還家勑人出多金錢側布祇陀園中有餘少地布金未遍祇陀見已便作是念此非常人亦非常福田乃令給孤獨食爲之不惜珍寶如是即言長者汝止勿復布金餘地我自欲奉上世尊給孤獨食言便可隨意爾時世尊從王舍城與千二百五十比丘俱人間遊行至跋闍國復轉詣毗舍離時六羣比丘先佛前往取房舍爲和尚同和尚阿闍梨同阿闍梨爲知識親厚故時舍利弗與目連俱後至佛言此是誰房六羣比丘言是我和尚同和尚阿闍梨同阿闍梨知識親厚房舍利弗目連不得房宿宿外埵上舍利弗目連夜過已往世尊所頭面禮已却坐一面世尊知而故問舍利弗目連卧起安樂不答言安樂世尊問言在何處宿答言在外埵上以何

事故爾即具以因緣白佛爾時世尊以此因緣集比丘僧告言汝等謂誰應受第一座第一水第一食起迎逆禮拜恭敬善言問訊耶或有言大姓出家者或有言顏貌端正者或有言阿蘭若者或有言乞食者或言糞掃衣者或言作餘食法不食者或有言一坐食者或有言一摶食者或有言塚間者或有言露坐者或有言樹下者或有言常坐者或有言隨坐者或有言三衣者或有言能唄者或有言多聞者或有言法師者或有言持律者或有言坐禪者佛告諸比丘汝等善聽應與不應與乃往過去世時有三親友象獼猴鵽鳥依一尼拘律樹住彼作是念我等共住不應不與恭敬更相輕慢寧可推年大小次第尊畢更相恭敬若年長者當尊重恭敬供養作如是法已依林間共住獼猴鵽鳥共問象言汝憶事近遠象言我憶小時此尼拘律樹我行時觸我𪌉象與鵽問獼猴言汝憶事近遠獼猴答言我憶小時此尼拘律樹舉手及頭象語獼猴汝生年多我象與獼猴共問鵽言汝憶事近遠彼答言我憶雪山王右面有大尼拘律樹我於彼食果來此便出即生此樹作是念鵽生年多我時象即以獼猴置頭上獼猴以鵽置肩上共遊人間從村至村從城至城而說法言其有敬長老者是人能住於法現世有名譽將來生善道爾時鵽說如是法人皆隨順法訓流布汝等於我法律中出家應更相恭敬如是佛法可得流布自今已去聽隨長幼恭敬禮拜上座迎逆問訊時諸比丘聞佛教諸比丘長幼相次恭敬上座彼

乃禮拜白衣言汝生年長我佛言不應禮白衣汝等應禮不應禮一切女人不應禮前受大戒者不應禮後受大戒者言犯邊罪犯比丘尼賊心受戒壞二道黄門殺父母殺阿羅漢破僧惡心出佛身血非人畜生二根若被舉若滅擯若應滅擯一切非法語者不應禮何等人應禮小沙彌尼應禮大沙彌尼沙彌式叉摩那比丘尼比丘如是等人塔一切應禮若少年沙彌應禮大沙彌沙彌尼式叉摩那乃至比丘及塔一切應禮小式叉摩那應禮大式叉摩那比丘尼比丘及塔應禮年少比丘尼應禮大比丘尼比丘及塔亦應禮小比丘應禮大比丘大比丘塔亦應禮一切諸天世人諸魔梵王沙門婆羅門皆應禮如來世尊塔亦應禮世尊既有是教應禮塔彼便禮白衣塔廟佛言不應禮白衣塔廟彼既不得禮白衣塔廟便左遶行護塔廟神瞋佛言隨本所來處行不應故左遶行諸比丘作如是念沙彌當以生年爲次第爲以出家年爲次第耶佛言應以生年爲次第若生年等者應以出家年爲次第彼比丘先至後有比丘來大一夜便移前至比丘佛言不應移亦不應起聽在中間坐既在中間坐復更相移動令衆亂閙佛言聽後來者在下坐既在下坐乃在白衣下坐佛言不應爾彼復在沙彌下坐佛言不應爾應在大比丘下坐彼不及後安居受大戒數以爲歲佛言不應爾和尚阿闍梨應教授時節應作如是教若冬若春若夏汝得若干日若一月若半月若一日若前食後食時乃至量影時六羣比丘在白衣家

見上座來不起此非僧地佛言不應爾應起在水邊樹下石邊草上船上不起避上座言此非僧地佛言應起爾時有居士爲僧作房而無人住彼作如是言大富長者多饒財寶爲僧作房沙門釋子便在中住我曹貧窮誰當住此諸比丘白佛佛言衆僧應與一比丘白二羯磨應作如是與衆中差堪能羯磨人如上作如是白大德僧聽今僧以此某甲房與某甲比丘料理若僧時到僧忍聽白如是大德僧聽此某甲房與某甲比丘料理誰諸長老忍僧以此某甲房與某甲料理者默然誰不忍者說僧已忍以某甲房與某甲比丘料理竟僧忍默然故是事如是持時諸比丘欲作房佛言聽彼欲平地佛言聽若有石樹根棘刺應却若有坑渠處低下應塡平若處水應設堤障若恐地有主或致餘言者應決了分明若有大樹株若石應掘出不能出燒去若石不可去燒已以水若酒澆若以石椎打破出若難破以鐵椎打破出若復不可出者於邊作大坑渠深埋彼欲平地應耕地已磨平之不知誰當應平佛言若比丘若沙彌若守僧伽藍人若優婆塞彼須墼聽作若自作若教人作彼須墼模聽與若泥著墼模佛言應以弊物內水中已拭四邊作墼處有草佛言應在無草處若墼不燥應反若反時斷草不犯墼不齊應剗令齊平若燥應積之若天雨漬應覆上若風吹上覆應以木石鎭上若患牛羊畜生食上覆草應以泥泥上彼須戶應與戶彼於戶邊作龍蛇像佛言不應作如是像聽作蒲萄蔓若蓮華像彼欲於戶上

作葉像聽作彼作兵馬像佛言不應作應以紫色若朱若五種色彼倚色脫佛言不應倚彼上座老病比丘及遠來比丘不倚身不安佛言聽以草葉樹皮十種衣中若以一一衣著背後倚之彼比丘晝日多人處脇著地眠諸居士見皆共譏嫌言沙門釋子自稱覺悟而自晝日脇著地眠耶諸比丘白佛佛言不應爾彼上座老病遠來比丘晝日不眠疲極佛言聽入房內閉戶而眠彼驅遣病人佛言不應遣病人亦不應去彼六羣比丘託病不避上座諸比丘白佛佛言不應爾彼病比丘在閣上大房中住大小便涕唾穢汙臭處不淨佛言病比丘不應在閣上大房中住應在小房中住若別作小屋彼病比丘不能至大小便處佛言聽在近住處鑿坑安大小便處若不能出房聽屋中安便器若不能起離牀佛言聽穿牀作孔便器著下彼唾房中汙灑地佛言不應爾彼上座老病比丘數起疲極佛言聽作唾器於多人住處拾虱棄地佛言不應爾彼上座老病比丘數數起棄虱疲極佛言聽以器若毦若劫貝若弊物若綿拾著中若虱走出應作筒盛彼用寶作筒佛言不應用寶作筒聽用角牙若骨若鐵若銅若鉛錫若竿蔗草若竹若葦若木作筒虱若出應作蓋塞彼寶作塞佛言不應用寶作應用牙骨乃至木作無安處應以縷繫著牀脚裏時比丘分房有比丘得破壞房彼作如是意或令我修治即不取佛言應受隨力多少應治彼欲治房佛言聽治一切所須之具應供給爾時世尊從毗舍離人間遊行經跋闍國至

舍衛國與千二百五十比丘俱時給孤獨食聞世尊從彼來至舍衛國即乘車往迎遥見佛來即下車前詣佛所頭面禮足却住一面時世尊無數方便爲給孤獨食種種説法開化令得歡喜已白世尊言唯願受我明日請食於祇洹宿世尊默然受之時給孤獨食知佛受請已作禮而去還家即於其夜辦種種肥美飲食清旦往白時到時世尊著衣持鉢往詣食堂就座而坐給孤獨食自手斟酌種種美食供養佛及衆僧令滿足捨鉢持金瓶授水已白佛言我以此祇洹園奉上世尊唯願受之佛言居士汝可持此園奉佛及四方僧何以故居士若是世尊園園物房房物舍舍物衣鉢坐具針筒便是塔廟一切諸天世人沙門婆羅門魔梵無能用者即如教以園奉佛及四方僧唯願世尊慈愍受之爾時世尊説偈勸諭

種植園果樹　若設於橋船　曠野施泉井
及與房舍施　如是諸人等　晝夜福增益
如法當持戒　後得生善道

時給孤獨食頭面禮足已却坐一面世尊無數方便種種説法開化令得歡喜給孤獨食聞法歡喜已禮足而去時祇洹園中牛羊來入無有禁限佛言擬作塹障彼上座老病比丘行時不能度佛言聽作橋而不知云何作應以板若木作若安繩索連繫上座老病比丘度橋時脚跌倒地佛言聽兩邊安繩手捉順而度若捉索故倒地兩邊安欄楯若塹不牢應重作籬障若無門聽作門若籬不堅牢應擣墻作墻所須者一切應與若不牢應作

重樓門時祇陀王子欲爲祇洹作大貴價重門佛言聽作時祇洹園樹不好佛言聽種三種樹華樹果樹葉樹時上座衆所知識比丘於舍衛食已還祇洹患熱佛言聽以草若樹葉障十種衣中聽一一衣障作陰若故熱應修階道邊種三種樹如上時祇洹去水遠聽作渠通水患渠壞佛言聽以草遮若草爛壞復應以甎石若木遮若復作井作井所須一切聽與若出井泥器破聽小木墼四邊持器著中若故破器聽以毛囊盛若故復破應以皮草作若作繩斷聽以皮作比丘不串作患手痛聽轉輪牽若輪孔壞聽以鐵作若患水還來入井應以石若甎木障四邊若患澆處泥應安甎石若患小兒墮井應以木若瓦甎石作欄遮若牽泥器繩斷墮井應以鉤鉤取

彼無安井索處佛言聽近井邊作架著上時祇洹無浴室佛言聽作不知云何作佛言聽若四方若圓若八角彼在屋前作佛言不應爾應在邊屏處作彼患浴室冷佛言聽作戶患煙聽上開孔患闇應開窻患泥應以石甎若木作浴牀患泥汙脚應以石甎砌地若木頭差跌應鑿作犬牙相壓時六羣比丘上座欲得涼便閉戶欲得熱便開戶諸比丘白佛佛言應衆僧所欲應與彼六羣比丘先入浴室在好處坐上座後來入無處諸比丘白佛佛言應隨次處坐彼上座不入其處空佛言次坐者應坐煙熏面聽以物遮面患頭熱聽覆患背熱聽遮若身汗臭聽以泥洗彼比丘疑不敢以香著泥中佛言聽著浴室裏地患熱應澆令冷彼共白衣浴更相看尾其甲長

某甲麤佛言不應共白衣浴若稱歎佛法僧者聽浴時諸比丘以衣著露地天雨漬佛言聽疊著壁上龍牙杙上若衣架上彼患煙熏汗衣佛言聽別作衣屋彼露形爲露形者指身佛言不應爾彼露形者爲不露形者指身佛言不應爾彼不露形者畏慎疑不敢與露形者指身佛言聽彼露形者爲露形者剃髮佛言不應爾彼露形者爲不露形者剃髮佛言不應爾彼不露形者爲露形者剃髮佛言不應爾彼露形嚼楊枝佛言不應爾彼露形洗手脚面佛言不應爾彼露形食佛言不應爾彼露形大小便佛言不應爾彼露形禮露形者佛言不應爾彼露形者禮不露形者佛言不應爾彼不露形者禮露形者佛言不應爾露形道行佛言不應爾彼露形經行佛言不應爾時祇洹浴室遠水聽通渠鑿井如上若水少應大作渠彼汲水患手痛聽安桔槔不知儲水何處聽著瓨中彼天雨時患澆濕衣服聽井上安屋時比丘露形汲水見婦女來慚愧便坐諸比丘白佛佛言不應爾諸比丘在泉水若渠水若池水中浴時龍女瞋嫌諸比丘白佛佛言不應爾聽四種覆障浴若有牆壁障處若樹木草障處若水障身若衣障身彼在上三處洗浴者若有所須聽互相取與以衣障身者一切如法經營浴事得作若水少應大開通水處若患水漏下多應在邊更作小漏處諸比丘露地浴得患佛言聽別作小浴室若患地泥聽安甎石若木若碎石沙若故泥應決去水時諸比丘露處熅水天雨濕衣佛言聽作煖水屋時諸比丘安薪

露地天雨濕佛言聽作安薪屋時有比丘露地看煮食天雨濕衣浇汙淨人飲食器物佛言聽作淨食廚屋時諸比丘白衣家爲設飲食受請往道路遇雨浇濕衣服佛言聽在聚落間別安僧伽藍處時比丘露地大小便有婦人見之比丘疾疾起大便不竟遂成患佛言聽作廁屋彼安一大便處便時多人立待佛言聽作衆多處若當戶見應作障若更相看應作隔障彼上座老病比丘大小便起時倒地聽在邊安欄架彼在處處拭大便或在壁角或在石上或草上佛言不應爾聽別作洗處彼處處小便泥汙地佛言不應爾應在邊一處小便若故患泥汙應別作小便處不知云何作佛言聽掘地作坑下安瓶石持坑著上開坑底漏下坑兩邊安木若患氣臭作蓋覆時諸比丘露地經行有蛇蠍蜈蚣百足未離欲比丘見恐怖佛言聽作懸經行處不知云何作佛言下竪柱上安板木閣道行若患風雨日曝聽作屋覆爾時世尊在拘睒彌六羣比丘於好綵畫嚴飾房中然火炙煙熏汙房汙臥具佛言不應爾時諸比丘冬月患寒聽露地然火炙露地坐患背冷聽在外然火令煙盡持炭入屋若不相容受應別作然火堂不知云何作佛言聽四方作若圓若長作彼處處安胡竈佛言不應爾聽當在中安火爐時諸比丘得有輪火爐佛言聽畜不知誰當推行佛言沙彌若比丘若守僧伽藍人彼比丘不慣吹火吹火得患佛言聽作筒吹彼用寶作筒佛言不應用寶聽用牙角骨若銅鐵舍羅草筒若竹若葦若木作若患筒口

燋聽安鐵鍱竈中薪火墮應上若患燒手作鉗彼用寶作鉗佛言不應爾聽用骨牙角銅鐵木作若患頭然聽安銅鐵鍱彼欲聚火作杷推聚若欲種火應作火坑安火若恐火滅以灰覆上時諸比丘冷水洗面手脚患冷佛言聽煖水洗不知云何煖佛言澡灌盛水著火邊若澡灌多火邊不容者應安三揭大瓶盛水著上煖瓶大妨火應作繩懸若繩燒以筒盛繩若筒燒以泥泥瀉水時筒折佛言應以餘器𢍰取瀉水瓶中時患棄水應作澍水筒若懸繩斷應上安鐵鐶紐時諸比丘冬月洗脚患冷佛言安澡槃洗脚器在屋裏洗洗脚所須應與時比丘早起油塗脚已入聚落乞食女人接足禮油汙手捉比丘鉢餘比丘見惡之諸比丘白佛佛言不應早起油塗脚入聚落乞食諸比丘脚劈破聽從足跟足底油塗至指奇時衆僧得一重房佛言聽住爾時世尊從摩竭國至曠野城時六羣比丘爲世尊以男女形像文繡莊校堂屋佛言不應爾聽用餘雜色禽獸文者時衆僧得兩房一戶重屋佛言聽住爾時世尊在舍衛國爾時阿難得別房佛言聽畜爾時羅睺羅在那梨林中住時那梨有居士無人勸化自發意作房舍施羅睺羅時羅睺羅此房住已人間遊行時彼居士聞羅睺羅在房住已人間遊行便以房舍施衆僧

爾時世尊從摩竭提人間遊行至那梨林中敷座而坐時羅睺羅聞居士以房施衆僧便往至世尊所頭面禮足已却坐一面白佛言那梨有居士無人勸化自發意作房施我我

於房住已出人間遊行後居士即復以房施衆僧佛告羅睺羅聽汝往彼居士所語言汝將無見我有可訶責事不清淨非沙門法若口說若身行邪時羅睺羅受世尊教已往居士所具向居士說如上語居士答言我不見汝有可訶責事非沙門法若口說若身行不清淨時羅睺羅往世尊所頭面禮足已却坐一面白世尊言向者所勑我具爲居士說之居士答我言我不見汝有可訶責事於沙門法亦無有不清淨若口說若身行時世尊以此因緣集比丘僧告言汝等善聽非法施非法受非法住如法施如法受如法住云何非法施非法受非法住或有人自心喜樂作房施一人已復施衆多人是爲非法施非法受非法住施一人已復以施僧亦如是施一人已僧破爲二部施與已所同部亦如是施一人已施與異部亦如是或有人自心喜樂作房施衆多人已復施衆僧是爲非法施非法受非法住施衆多人已僧破爲二部施已所同部亦如是施衆多人已施與異部亦如是施衆多人已施一人亦如是作房施僧已轉施與餘人亦如是作房已施已所同部亦如是作房已施與異部亦如是是爲非法施非法受非法住云何如法施如法受如法住或有人喜樂自作房施一人是爲如法施如法受如法住施衆多人施僧施二部僧亦如是是爲如法施如法受如法住

爾時世尊迦尸國人間遊行與五百比丘俱時鞞連國有四舊比丘阿濕鞞不那娑娑般陀樓醯那時四比丘聞世尊與五百人俱人

閒遊行當來至鞞連世尊有二弟子舍利弗目連來至此恐驅我等出此住處我等寧可選擇上房與世尊餘者分爲四分以爲私有僧伽藍僧伽藍物房舍房舍物作一比丘分瓫瓨釜鑊斧鑿燈臺諸雜重物作第二比丘分繩牀木牀大褥小褥卧具雜物作第三比丘分餘材木竹草華果作第四比丘分時四比丘即選上房留世尊餘者如上分爲四分時世尊從迦尸國人閒遊行已至鞞連敷座而坐告舍利弗目連汝往語彼舊比丘世尊與五百比丘俱來迦尸國汝今可爲諸比丘敷置卧具舍利弗目連受世尊教已往舊比丘所如所勑教敷卧具彼比丘答言世尊是法主便可隨意住止我等先已選上房留世尊餘者分爲四分如上無客比丘卧具時舍利弗目連往世尊所頭面禮足已却坐一面以此因緣具白世尊時世尊以此因緣集比丘僧已告言此四分是四方僧物不應分不應自入不應買賣亦非僧所賣非衆多人乃至一人所賣若彼僧衆多人一人自入已若分若買賣者不成自入不成分不成賣買犯偷蘭遮何等四方僧物僧伽藍僧伽藍物房房物此是第一分四方僧物不應分不應自入不應買賣若僧若衆多人若一人不得分不得自入不得賣買若僧若衆多人若一人若分若自入若買賣不得成分不成自入不成賣買犯偷蘭遮第二第三亦如是第四分中果華聽分若華上佛餘者同上

四分律藏卷第五十

音釋

[艹/吉] 訖黠切與秸同藁也　積 子智切聚也　梐 部禮切　縸 於近切縸衣也　蝙蝠 蝙布田切蝠甫服切蝙蝠飛鼠也　鷰 於見切乙鳥也　櫺 盧經切窻隔也　挽 武遠切引也　渧 都計切水滴也　灑 所蟹切汛灑也　欄楯 楯乳尹切闌檻也　輭 乳兗切柔也　曝 步木切日乾也　瓨 胡江切長頸甖也　鑵 古玩切瓶也　憒 古對切心亂也　僑 渠驕切旅寓而居也　蝱蠅 蝱眉庚切蠅余陵切　螫 施隻切蟲行毒也　鵽 知滑切黄雀也　棘刺 棘訖力切荊棘也刺七賜切棘芒也　[火*參] 先到切與燥同　脇 虛業切脥下也　蔗 之夜切甘蔗也　縷 隴主切線也　桔槔 桔古屑切槔姑勞切桔槔汲水機器也　熅 於云切　[糸*彝] 具願切抒滿也　鐶紐 鐶胡關切紐女九切

四分律藏卷第五十一

姚秦三藏佛陀耶舍共竺佛念譯

第四分房舍揵度法之餘

爾時世尊在舍衛國時有比丘在僧地中作私房有上座客比丘來語言起避上座彼答言不起問言何故耶答言是我私房諸比丘白佛佛言應語令起若起者善若不起應語言還僧地更無有理以僧地入已有比丘卒成屋不堅牢佛言不應爾彼便盡形壽經營一房屋不時成佛言不應爾若作極上大好房重閣堂聽十二年經營餘者隨大小量宜彼經營人一切時春夏冬受僧常營事房佛言不應爾聽夏三月竟隨上座分時有比丘通經營僧伽藍便處處取房分佛言不應爾應九十日取一處住彼經營人在衆多人住處住食堂温室經行堂令客比丘無住處佛言不應爾若下堂衆多人住處應在上堂住若上堂衆多人住處應在下堂住彼作小小經營泥壁若補缺落若平地便索營事者房佛言不應爾彼差沙彌守僧伽藍人便作營事人佛言不應爾彼作小房索營事者房佛言不應爾若所作房受繩牀木牀者聽與營事房彼作惡房便索營事者房佛言不應爾若所作房莊嚴香熏所須具足者聽與房時有營事比丘受房已命過諸比丘不知此房屬誰白佛佛言隨僧時有營事比丘遣人白僧索房彼比丘至僧中白索房已營事比丘便命過諸比丘不知此房與誰佛言隨僧營事比丘遣人僧中索房已彼使比丘命過諸比丘不知此房與誰佛言應與彼營事者時

營事人夏安居中命過諸比丘不知此房與誰佛言隨僧時有比丘作房未覆捨行時客比丘語舊比丘言可覆此房舊比丘荅言作者應覆諸比丘白佛佛言聽作極大好重閣房六年内覆成餘小者隨事量冝時有一比丘作房有異比丘覆彼二比丘共諍先後治屋諸比丘白佛佛言先作者應先治時有二比丘共作房二人共諍前後作佛言聽更互作上座在先時營事比丘夏安居受所治房復受餘房佛言不應爾即所住房作安居房

爾時世尊在拘睒彌時王憂填與跋難陀親厚王請在拘睒彌夏安居時跋難陀受請安居已聞有異處安居僧大得衣物即往彼處少時住已還拘睒彌時王憂填聞已譏嫌云何跋難陀受我請夏安居已聞有異處僧大得夏安居衣物而往彼住後還來此時諸比丘聞往世尊所頭面禮足却坐一面以此因緣具白世尊世尊爾時以此因緣集比丘僧呵責跋難陀釋子言云何受請在拘睒彌夏安居聞有異處僧大得夏安居衣物便往彼住已復還此耶無數方便呵責已告諸比丘若比丘此處安居聞有異處僧大得夏安居衣物而往彼住即失此處於彼少住已復還此處復失彼處爾時衆僧房舍故壞有異居士言若與我者我當修理諸比丘白佛佛言聽與白二羯磨應如是與衆中應差堪能羯磨者如上作如是白大德僧聽若僧時到僧忍聽僧今持此房與某甲居士修治某甲比丘經營白如是大德僧聽僧今以此房與某甲居士修治某甲比丘經營誰諸長老忍僧

持此房與某甲居士修治某甲比丘經營者默然誰不忍者説僧已忍與某甲居士房修治某甲比丘經營竟僧忍默然故是事如是持爾時營事比丘未分房便出行諸比丘即於後分房彼營事比丘還問言留我營事房不彼答言不即便嫌責諸比丘言我未分房出行而於後便分房我於此有益何故不與我房耶諸比丘不知爲成分不成分佛言成應得還彼亦應囑人取時營事比丘未分房出行囑餘比丘取房而不指示房處所彼比丘營處多此比丘不知與取何房諸比丘分房已彼方還問諸比丘分房未答言已分爲我取房不答言不彼即嫌責言未分房我出行囑餘比丘爲我取房我於此有益而不與我取房諸比丘不知爲成分不成分佛言成分應待還彼亦應指授言取某甲房彼營事比丘取房已後分房時次得好房便捨前房諸比丘白佛佛言不應爾應從上座更分若無人取者應與彼比丘疑不敢捉衆僧戶鉤鑰若杖若環若几若角杓若銅杓若浴牀佛言聽捉彼不敢從此住處移此諸物至彼處佛言聽移有五法不應差爲僧分粥設差不應分若有愛有恚有怖有癡不知分未分有如是五法不應差爲僧分粥已差不應分有五法應差爲僧分粥不愛不恚不怖不癡知已分未分有如是五法應差爲僧分粥若差應令爲僧分粥分小食分佉闍尼差請會敷卧具分卧具分浴衣分衣可取可與差比丘使差沙彌使一切亦如是有五法爲僧分粥入地獄如射箭有愛有恚有怖有癡不知分

未分有如是五法分粥入地獄如射箭有五法分粥生天如射箭不愛不恚不怖不癡知分未分有如是五法爲僧分粥生天如射箭乃至差沙彌使亦如是　房舍揵度竟

第四分雜揵度法之一

爾時世尊在波羅柰五比丘來至佛所頭面禮足却坐一面白佛言我等應持何等鉢佛言聽持迦羅鉢舍羅鉢時有比丘入僧中食無鉢佛言聽比坐與若僧中有此二種鉢者借與時有比丘蚛吐鉢中不洗持用食食已得病諸比丘白佛佛言不應不洗鉢用食聽洗已用食時諸比丘髮長佛言聽剃若自剃若使人剃彼須剃刀聽作彼用寶作把佛言不應用寶聽用銅鐵彼露捉刀難掌護佛言聽作刀鞘彼用寶作佛言不應用寶作聽用骨牙角銅鐵白鑞鉛錫舍羅草竹葦木作彼作刀鞘患動壞刃應以物障若毳若劫貝若犬皮若墮落應以線連綴若手捉難掌護應作囊盛若從囊口出應以繩繫之若手捉行恐失繩繫絡著肩時諸比丘用刀刃卷聽手上婆故卷應石上磨手捉石恐失應盛著刀囊中若刀鈍應刮刃若自刮教人刮彼須刮刀佛言聽作時比丘剃髮患髮著衣佛言聽畜承髮器不知云何作聽織竹作若屈木爲棬以樹皮鞔之若十種衣中一一衣聽作承髮器彼持承髮物著地用時著膝上泥土汙衣佛言不應爾聽以繩懸若安杙上時比丘患鼻中毛長佛言聽拔若自拔若令人拔彼須鑷佛言聽作彼用寶作佛言不應用寶作聽用骨牙角銅鐵白鑞鉛錫作若患鑷頭破

聽頭安鐵手捉難掌護聽著剃刀囊中時諸比丘爪長佛言聽剪若自剪若令人剪彼須剪爪刀佛言聽作彼用寶作佛言不應用寶聽用銅鐵手捉難掌護聽作筒盛彼用寶作筒佛言不應用寶聽銅鐵白鑞鉛錫竹木作患筒中出應作蓋塞彼用寶作蓋佛言不應用寶聽用銅鐵若白鑞鉛錫竹木若趣著一處患零落聽著刀囊中爾時有比丘爪長至一白衣家此比丘顏貌端正白衣婦女見已便繫意於彼比丘即語比丘言共汝作如是如是事比丘言大姊莫作是語我等法不應爾彼婦女言若不從我者我當自以爪爬面身破已我夫還時當語言彼比丘喚我作如是事我不從彼便爪爬破我身面如是時比丘聞已愧懼便疾疾出其家比丘亦出其夫

亦從外入彼婦即自爬破身面語其夫言比丘喚我作如是事我不從便爬破我身面其夫即疾疾逐比丘語言汝欲犯我婦我婦不從便爬破身面耶比丘答言居士莫作是語我等法不應爾夫便言汝云何言不應爾汝爪長如是彼即打比丘次死諸比丘白佛佛言不應畜長爪時六群比丘剪爪令血出佛言不應爾彼剪爪令如半月形佛言不應爾彼剪爪令頭尖佛言不應爾彼磨爪令光出佛言不應爾彼以綵色染爪佛言不應爾佛語比丘汝曹癡人避我所制更作餘事聽諸比丘皮次剪爪不知長幾許應剪佛言極長如一麥應剪時六群比丘以剪刀剪鬚髮佛言不應爾彼剃髮不剃鬚佛言應剃鬚彼剃鬚不剃髮佛言應剃髮彼拔髭佛言不應爾

彼留髭佛言不應爾彼撚髭令翹佛言不應爾汝等癡人避我所制更作餘事自今已去應鬚髮盡剃彼比丘不知髮長幾許應剃佛言極長長兩指若二月一剃此是極長時六群比丘梳鬚髮佛言不應爾彼以油塗髮佛言不應爾六群比丘畫眼瞼時諸居士見皆共譏嫌沙門釋子多欲無猒自稱言我知正法如是何有正法猶若白衣諸比丘白佛佛言不應如是畫眼瞼時諸比丘患眼痛佛言聽著種種藥時六群比丘鏡照面或水中照面或以物磨壁令光出照面時諸居士皆譏嫌沙門釋子多欲無猒自稱言我知正法如是何有正法以鏡照面猶如白衣諸比丘白佛佛言不應爾時比丘患面瘡佛言聽餘比丘著藥若獨在一房聽以水鏡照面著藥彼比丘治身治髮佛言不應爾彼比丘唾身揩摩佛言不應爾彼於露處洗浴時諸居士見皆共譏嫌沙門釋子多欲無猒自稱我知正法如是何有正法露處洗浴猶如白衣諸比丘白佛佛言不應爾時有比丘作如是意自椎打肩臂欲令麤好佛言不應爾彼作如是意以香塗身爲香好故佛言不應爾時比丘患身汗臭佛言聽作刮汗刀彼用寶作佛言不應用寶聽用骨牙角銅鐵鉛錫舍羅草竹木作時六群比丘作刮汗刀頭以剃刀形刮汗并欲去身毛佛言不應爾亦不應畜如是刀時病瘡比丘以麤末藥洗患痛佛言聽以細末藥若細泥若葉華果隨病比丘便身聽洗病者種種瘡乃至患汗臭時諸六群比丘著耳璫佛言不應爾時六群比丘耳輪上著

珠佛言不應爾六群比丘著耳環佛言不應
爾六群比丘以多羅葉若鉛錫作環張耳孔
令大佛言不應爾彼六群比丘纏裹耳埵佛
言不應爾彼作鉛錫腰帶佛言不應爾彼著
頸瓔佛言不應爾彼著臂脚釧佛言不應爾
彼著指環佛言不應爾彼用五色線絡腋繫
腰臂佛言不應爾彼著指印佛言不應爾
爾時世尊在王舍城時有外道六師與弟子
共住時富蘭迦葉與弟子九萬人俱末佉羅
瞿奢羅與弟子八萬人俱如是轉減乃至尼
揵子與四萬人俱時王舍城有長者是六師
弟子得大段栴檀木即用作鉢以寶作絡囊
盛之於中庭竪高標安著其上唱言若此王
舍城有沙門婆羅門是阿羅漢有大神力者
取此鉢去時富蘭迦葉至長者所語言我是
阿羅漢有大神力可持此鉢并囊與我長者
語言汝若是阿羅漢有大神力與汝汝可往
取彼欲取而無由得時末佉羅瞿奢羅阿夷
頭翅舍欽婆羅波瞿迦旃延訕兂毗羅吒子
尼揵陀若提子等至長者所作如是言我是
阿羅漢有大神力可以此鉢并囊與我長者
言若汝是阿羅漢有大神力者與汝汝可往
取彼欲取而無由得爾時賓頭盧大目連共
在一大石上坐賓頭盧語目連言汝是阿羅
漢世尊記汝神足第一汝可往取目連言我
未曾白衣前現神足汝亦是阿羅漢有大神
力世尊記汝師子吼最爲第一汝可往取時
賓頭盧聞目連語已即合石踊身虛空遶王
舍城七帀國人皆東西避走言石欲墮時彼
長者在閤堂上遥見賓頭盧在虛空中即合

手作禮作如是言取此鉢賓頭盧賓頭盧即取鉢長者復言小下住賓頭盧賓頭盧即小下住時彼長者從手中取鉢盛滿美食與時賓頭盧取鉢已還以神足力乘虛而去諸比丘聞中有少欲知足行頭陀樂學戒知慚愧者嫌責賓頭盧言云何在白衣前現神足時諸比丘往世尊所頭面禮足却坐一面以此因緣具白世尊世尊爾時以此因緣集比丘僧知而故問賓頭盧汝於白衣前現神足耶答言實爾時世尊無數方便呵責賓頭盧汝所爲非非威儀非沙門法非淨行非隨順行所不應爲云何於白衣前現神足猶如婬女爲半錢故於衆人前自現汝亦如是爲弊木鉢故於白衣前現神足不應於白衣前現神足若現突吉羅比丘不應畜栴檀鉢若畜如法治若得已成者聽破分與諸比丘作眼藥時諸外道聞沙門瞿曇制諸比丘不得於白衣前現神足彼沙門所制終不更犯我等今寧可往彼所語言汝沙門瞿曇自稱得阿羅漢我亦是阿羅漢自稱有神通我亦有神通自稱大智慧我亦有智慧今可共現過人法神力若沙門瞿曇現一過人法我當現二若現二我當現四沙門瞿曇現四過人法我當現八若現八我當現十六若現十六我當現三十二若現三十二我當現六十四若所現轉增我現亦轉一倍時諸外道在城街巷處處唱說沙門瞿曇自稱有神力我亦有神力自稱有大智慧我亦有大智慧我等今欲共沙門瞿曇角現神力過人法若沙門瞿曇現一我當現二如是沙門瞿曇所現多少我當

現轉增一倍時王舍城中有一處其地廣大平慱時彼長者多持華香瓔珞妓樂幢旛飲食衣服醫藥卧具欲於此處供養外道婆伽婆時彼長者欲取華供養外道手入器輙不得出欲取香瓔珞幢旛妓樂飲食衣服醫藥卧具隨所取手皆著器而不得出時彼長者欲取華供養佛時隨手所取而無所礙如是隨手所取乃至醫藥卧具而無所礙彼作如是念未曾有世尊有如是大神力時彼長者即白佛言唯願世尊與大比丘僧受我明日請食爾時世尊黙然受請時彼長者見世尊黙然許可前禮佛足遶佛而去即還其家竟夜辦種種肥美飲食明日清旦往白時到爾時世尊著衣持鉢與大比丘僧千二百五十人俱往彼長者家時世尊動足行處有大神

力天在虛空中以天曼陀羅華栴檀末香天優鉢羅鉢頭摩拘牟頭分陀利華以散佛行迹處作天妓樂歌頌讃佛時彼長者隨從世尊作是念今此音聲爲從地出爲從上來仰視空中遥見天曼陀羅華乃至分陀利華及天妓樂住在空中便作是念此音不從地出乃從上來時世尊至長者家就座而坐時諸外道聞作如是念彼長者由來供養我諸外道今乃更請佛及僧飲食我今寧可往令彼供具不足即便與眷屬俱往長者家守門人見諸外道與眷屬俱來即往白長者言知不今諸外道與眷屬來當聽入不長者言莫聽入佛告長者可聽入長者白佛外道衆多此處窄狹恐不容受佛言但聽入足相容受長者復言外道衆多坐處窄狹飲食有限本爲

千二百五十人設供今恐供不足佛言長者
但聽入足相容受飲食供足爾時世尊以神
足力令地平正廣博東西視時無數百千高
座自然而有南西北方亦復如是時世尊與
大比丘僧千二百五十人幷外道俱坐時彼
長者設種種美食供養佛比丘僧及諸外道
一切充足食已捨鉢更取卑牀於佛前坐時
世尊爲長者無數方便說法教人令得歡喜
爲長者說法已從座而去爾時諸外道與眷
屬俱往瓶沙王所合掌頂上言願王常勝白
言沙門瞿曇自言是阿羅漢我亦是阿羅漢
沙門瞿曇自言有神通我亦有神通沙門瞿
曇自稱有大智慧我亦有大智慧我等今欲
共沙門瞿曇角勝神力及過人法若沙門瞿
曇現一我當現二如是隨沙門瞿曇所現多
少我盡倍之大王我今欲共沙門瞿曇角現
神力過人法時瓶沙王往詣佛所頭面禮足
却坐一面以向因緣具白世尊唯願世尊與
外道角現神力及過人法世尊告王言且止
我自知時可現當現時日當去隨王所欲世
尊明日與大比丘衆俱從王舍城去時瓶沙
王以五百乘車載種種美食從世尊後時諸
外道聞世尊清旦出王舍城去作如是言沙
門瞿曇不能與我等共角神通便去王瓶沙
五百乘車載種種美食爲我等不爲彼瞿曇
沙門我曹今可隨彼去到所至之處喚共角
神力過人法彼即隨世尊後去時王瓶沙聞
佛清旦與千二百五十人從王舍城去王從
八萬四千人俱隨世尊後梵天王釋提桓因
四天王諸天無數百千大衆隨從世尊後時

世尊往憂禪城憂禪城王名波羅殊提摩竭國諸外道憂禪城諸外道俱共往波羅殊提王所合掌頂上讃言願王常勝沙門瞿曇自稱言是阿羅漢我亦是阿羅漢自稱言有神力我亦有神力自稱言有大智慧我亦有大智慧我等於王舍城中求共角神力過人法而沙門瞿曇不能與我角神力過人法我等今欲共角神力過人法若沙門瞿曇現一我當現二如是隨沙門瞿曇所現多少我盡倍之時王波羅殊提即往佛所頭面禮足却坐一面以此因縁具白世尊善哉世尊可共諸外道現神力過人法爾時世尊告波羅殊提王言且止我自知時可現當現明日當去隨王意時世尊明日清旦從憂禪去波羅殊提王五百乘車載種種美食從世尊後時諸外道聞世尊去作如是言沙門瞿曇不能與我角神力過人法便去王五百乘車載飲食爲我等不爲彼我當隨去到所至處與共角神力過人法彼即隨世尊後而去時王瓶沙聞世尊去與八萬四千人俱波羅殊提王與七萬人俱釋梵四天王諸天大衆無數百千眷屬圍遶從世尊後世尊往拘睒彌國瞿師羅園中住時憂陀延爲王摩竭國諸外道憂禪國諸外道拘睒彌諸外道俱往憂陀延王所合掌頂上讃言願王常勝白如是言沙門瞿曇自稱言是阿羅漢我亦是阿羅漢自稱言有大神力我亦有大神力彼自稱言有大智慧我亦有大智慧於摩竭國憂禪國求共角神力過人法沙門瞿曇不能與我共角神力過人法而去我等今欲共沙門瞿曇共角神

力過人法沙門瞿曇現一我當現二如是隨彼所現多少我盡倍之時憂陀延王詣世尊所頭面禮足却坐一面以此因縁具白世尊善哉世尊可與諸外道共角神力過人法佛告王言止止我自知之可現當現明日當去便隨王意明日清旦便去時王憂陀延五百乘車載種種飲食隨世尊後時諸外道聞世尊去便作是言沙門瞿曇不能與我共角神力過人法便去憂陀延王五百乘車載飲食而爲我等不爲彼我今隨彼所至之處當共角神力過人法即便隨世尊後去時瓶沙王與八萬四千人俱憂禪王與七萬人俱憂陀延王與六萬人俱從世尊後釋梵四天王無數百千諸天大衆從世尊後爾時世尊往迦維羅衛國尼拘律園中住時迦維羅衛王梵施是佛異母弟摩竭國諸外道憂禪諸外道拘睒彌諸外道迦維羅衛國諸外道共往梵施王所合掌頂上願王常勝白梵施王言沙門瞿曇自稱言是阿羅漢我亦是阿羅漢自稱有大神力我亦有大神力自稱有大智慧我亦有大智慧我於摩竭國憂禪國拘睒彌國與沙門瞿曇角神力過人法而沙門瞿曇不能與我角神力過人法便去我等今欲與沙門瞿曇角現神力過人法若沙門瞿曇現一我當現二如是隨沙門瞿曇所現多少我盡倍之時梵施王往詣佛所頭面禮足在一面坐白佛言願世尊現神力過人法佛告王言止止我自知時可現當現明日當出迦維羅衛國去可隨王意世尊明日清旦便去爾時梵施王即以五百乘車載種種飲食從世

尊後時諸外道聞世尊去便作是言沙門瞿曇不能與我共角神力過人法捨我而去王梵施所載五百乘車飲食而爲我等不爲沙門瞿曇今當隨其所至之處喚其角神力過人法即與眷屬逐世尊後時王瓶沙聞佛去即與八萬四千人俱波羅殊提王與七萬人俱憂陀延王與六萬人俱梵施王與五萬人俱從世尊後釋梵四天王與諸眷屬無數百千人從世尊後爾時世尊從迦維羅衛國人間遊行至舍衛國祇洹園中住時舍衛國波斯匿爲王時摩竭國諸外道憂禪城諸外道拘睒彌諸外道迦維羅衛諸外道舍衛國諸外道皆往王波斯匿所合掌頂上白言願王常勝作如是言沙門瞿曇自稱言是阿羅漢我亦是阿羅漢自稱言有大神力我亦有大神力自稱言有大智慧我亦有大智慧我等於摩竭國憂禪城拘睒彌迦維羅衛國欲共角神力過人法而不能與我共角神力過人法便去我等今欲共沙門瞿曇角神力過人法若沙門瞿曇現一我當現二如是隨其所現多少我盡倍之王波斯匿往世尊所頭面禮足却坐一面以此因緣具白世尊善哉世尊願現神力過人法佛告王言止止我自知時可現當現於臘月十五日中從初一日至十五日如來當現神力過人法大王若欲觀如來現神力過人法者便來時舍衛國有別處其地平正廣博世尊往彼敷座而坐時梵天王偏露右肩右膝著地合掌白世尊言我當爲世尊敷高座佛告梵王且止我自知時天帝釋四天王瓶沙王波羅殊提王憂陀延

王梵施王波斯匿王末利夫人長者梨師達多富羅那各各作如是言我當爲世尊敷高座佛告言汝等且止我自知時時諸居士有信外道者爲外道敷價直百千高座有信樂恭敬供養世尊者次第從一日至十五日爾時世尊東面看時有無數百千諸座自然而有南西北方亦復如是中央有自然七寶師子高座如來坐上時諸大衆皆悉就坐時有檀越次供日者授佛楊枝世尊爲受嚼已棄著背後即成大樹根莖枝葉扶踈茂盛時諸大衆見世尊如是神力皆大歡喜得未曾有猒離心生時世尊觀諸大衆得未曾有生猒離心即爲無數方便種種說法令得歡喜時座上無數百千人遠塵離垢得法眼淨此是世尊初日現神力變化於第一日此樹華生色香具足樹華散落周遍大衆積至于膝比丘比丘尼優婆塞優婆夷及餘大衆皆齅此香氣時諸大衆見世尊如是神力變化皆大觀喜得未曾有猒離心生時世尊觀諸大衆得未曾有生猒離心即爲無數方便種種說法令得歡喜時於座上無數百千人遠塵離垢得法眼淨此是世尊第二日現神力變化於第三日樹果便出色味具足其果不揺自落墮地不壞比丘比丘尼優婆塞優婆夷及諸大衆皆共食之此諸大衆見世尊如是神力變化皆大歡喜得未曾有猒離心生時世尊觀諸大衆得未曾有猒離心生即爲說法乃至得法眼淨如上此是世尊第三日現神力變化爾時有檀越次供第四日者授世尊水時世尊即取一掬水棄之前地佛神力故

即成大池其水清淨無諸塵穢飲之無患有諸雜華優鉢羅鉢頭摩拘牟頭分陀利華衆鳥異類鳧鴈鴛鴦黿鼉魚鼈水性之屬以為莊嚴時諸大衆見世尊神力如是變化皆大歡喜得未曾有猒離心生時世尊觀諸大衆得未曾有猒離心生即為說法乃至得法眼淨如上此是如來第四日變化爾時第五日池四面各出一河直流不曲其水恬靜而無波浪衆雜奇華以為莊嚴其流水聲說法之音一切衆行皆悉無常苦空一切諸法皆悉無我涅槃息滅時諸大衆見世尊神力如是變化皆大歡喜得未曾有猒離心生時世尊觀諸大衆得未曾有猒離心生即為說法乃至得法眼淨如上此是世尊第五日變化於第六日世尊化諸大衆皆一等類無有差降時諸大衆見世尊神力變化如是皆大歡喜得未曾有猒離心生時世尊觀諸大衆得未曾有猒離心生即為說法乃至得法眼淨如上此是世尊第六日變化於第七日世尊在空中為諸大衆說法但聞如來說法聲而不見形時諸大衆見世尊神力變化如是皆大歡喜得未曾有猒離心生時世尊觀諸大衆得未曾有猒離心生即為說法乃至得法眼淨如上第八日時諸居士信外道者遣使喚諸外道汝曹知不沙門瞿曇已現神力於今八日汝曹何故不來耶彼欲來而不得來時世尊告諸比丘言若使富蘭迦葉以堅靳皮繩縛其身並牛牽之皮繩斷身形破壞若不捨已見而為論議故終不能來至我所乃至尼揵子等亦如是時梵天王告天帝釋言諸

外道人自言與世尊等而不能來與世尊角現神力今可破滅其高座時天帝釋告四天王諸外道自言與世尊等而不能來與世尊角神力今可破滅其高座時四天王即召風神雲雨神雷神告如是言諸外道自言與世尊等而不能來與世尊角力今可破壞其高座令散滅無餘時風神等聞四天王敎已即取外道高座破散令滅無餘時諸外道得風雨飄濕即入草木藂林山谷窟中而自藏竄時有露形斯尼外道波梨子波私婆闍伽以大石繫頸自投深淵時諸大衆見世尊神力變化皆大歡喜得未曾有猒離心生世尊即爲説法乃至得法眼淨如上此是世尊第八日變化於第九日世尊於須彌頂上爲大衆説法但聞其聲不見其形時諸大衆見世尊如是變化皆大歡喜得未曾有猒離心生世尊即爲説法乃至得法眼淨如上此是世尊第九日變化第十日世尊於梵天上説法時諸大衆但聞其聲不見其形時諸大衆見世尊如是變化皆大歡喜得未曾有猒離心生世尊即爲説法乃至得法眼淨如上此是如來第十日變化於第十一日世尊於大衆中現神足變化一身爲多身多身爲一身於近現處若遠不見處若近山障石壁身過無礙遊行空中如鳥飛翔出没於地猶若水波履水而行如地遊歩身出烟炎猶若大火手捫摸日月身至梵天時諸大衆見世尊如是變化皆大歡喜得未曾有猒離心生世尊即爲説法乃至得法眼淨如上此是世尊第十一日神足變化於第十二日世尊於大衆中心

念說法是應念是不應念是應思惟是不應思惟是應斷是應修行是時諸大衆見世尊神足變化如是皆大歡喜得未曾有猒離心生世尊即爲說法乃至得法眼淨如上此是世尊第十二日神足變化於第十三日世尊爲大衆說法教授說法教授者一切皆熾然云何一切皆熾然眼熾然色熾然識熾然眼觸熾然眼觸因緣有受若苦若樂若不苦不樂是亦熾然誰熾然貪欲瞋恚癡火熾然生老病死憂悲苦惱熾然苦緣是生耳鼻舌身意亦如是一切皆熾然爾時大衆聞世尊如是說法教化皆大歡喜得未曾有即爲說法乃至得法眼淨如上此是如來第十三日變化於第十四日次供檀越以一掬華授與世尊世尊齅已擲著空中以佛神力故變爲萬四千華臺樓閣華臺樓閣中一切皆有坐佛左右面天帝釋梵合掌敬禮而說偈言

敬禮丈夫王　大人最無上　一切無能知
世尊所依禪

爾時大衆見世尊神力變化如是皆大歡喜得未曾有世尊即爲說法乃至得法眼淨如上爾時摩竭王瓶沙次十五日設供即於夜辦種種美食夜過已明日以種種多美飲食飯佛及僧并波羅殊提王優陀延王梵施王波斯匿王末利夫人長者梨師達多富蘭那一切大衆皆供養滿足食已捨鉢王瓶沙更取卑牀於佛前坐時世尊壞跏趺坐申脚案上足至案上時地爲六反十八動震動時世尊足下相輪輪有千輻輪轂成就輪相具足光明晃曜從輪出光光照三千大千國土時

摩竭王見世尊足下輪相如是即從座起偏袒右肩右膝著地白世尊言世尊往昔作何福德得此足下千輻輪相光明晃曜輪中出光光照三千大千國土爾時佛告瓶沙王乃往過去世時有王名利益衆生作閻浮提王時閻浮提國土豐饒人民熾盛快樂有八萬四千城邑聚落有五十五億時利益衆生王所住城名慧光東西十二由延南北七由延其城廣大人民熾盛財物無限嚴飾快樂王第一夫人字慧事無兒息彼爲兒故禮事種種諸天河水池水滿善天寶善天日月天帝釋梵天王地水火風神摩醯首羅天子園神林神巷陌諸神鬼子母聚落諸神處處供養求願有子後於異時王第一夫人懷娠女人有三種智慧知男子有欲意看知得胎時知所從得處時夫人即往王所白言王知不我今懷妊王言大善即爲夫人倍增供具以最上飲食衣服醫藥卧具一切所須皆增一倍十月滿已生一男兒顔貌端正時兒生日八萬四千諸城八萬四千伏藏自然涌出藏有銀者銀樹涌出根莖枝葉皆是白銀藏有金者金樹涌出根莖華葉皆悉是金藏有瑠璃者玻瓈者有赤眞珠者有瑪瑙者有硨磲者皆亦如是爾時國法若兒初生若父母爲作字若沙門婆羅門爲作字時王利益衆生作是念何須沙門婆羅門爲作字也此兒母字慧事我今寧可字兒爲慧燈彼即字爲慧燈時王爲其兒置四種乳母一者治身二者浣衣三者乳養四者戲笑治身乳母者修治身形支節浣衣母者爲浣濯衣服洗浴身形與

乳毋者主知與乳遊戲毋者若王子在象馬車乘遊戲時華香寶物種種玩弄之具與共嬉戲持孔雀蓋在後娛樂王子令得快樂爾時世尊即說偈言

一切要歸盡　高者會當墮　生者無不死
有命皆無常　衆生隨有數　一切皆有爲
一切諸世間　無有不老死　衆生是常法
生生皆歸死　隨其所造業　罪福有果報
惡業墮地獄　善業生天上　高行生善道
得無漏涅槃

時利益衆生王命終王子轉大至年八九歲其毋教學諸妓藝書畫筭數戲笑歌舞妓樂象馬騎乘乘車學射勇健捷疾於諸妓藝皆悉綜練至年十四五時諸群臣至王子所白言知不王已命終今次應登王位爲王施行教令王子答言我不能爲王行王教令何以故我前世時曾爲國王經六年以是因緣墮在地獄六萬歲以是故今不能爲王行王教令諸臣言頗有方便可得作王行王教令不答言有何者是答言若能令閻浮提若男若女能言之者皆行十善不殺生乃至不邪見者我當爲王時諸臣聞王子教已即遣使持書四方唱令作如是言汝等知不利益衆生王已命過王子慧燈次應爲王作如是言我不爲王乃使閻浮提人若男若女能言之者皆行十善不殺生乃至不邪見者我當爲王國人聞如是教盡修行十善不殺生乃至不邪見諸臣即往王子慧燈所白言王子知不閻浮提人若男若女能言之者皆行十善不殺生乃至不邪見今可登王位行王教令王

子言取絹來即授第一白絹與自繫頭上作如是言如是時有如是主善好不耶諸臣答言甚善時諸臣白王言王初生時有八萬四千藏自然而出令可取入王藏王言何須入藏即可於彼四交道頭布施沙門婆羅門貧窮孤老隨所求索者一切施與時諸大臣聞慧燈王敎已即於八萬四千城隨所在藏於四城門中四交道頭布施沙門婆羅門貧窮孤老隨其所索一切施與時天帝釋便作是念王慧燈於八萬四千城隨所在藏皆於四城門中四交道頭布施沙門婆羅門貧窮孤老隨其所索一切施與將恐來奪我座我今寧可往試王慧燈爲以無上道不退轉故布施爲以退轉也彼即化作男子自相謂言王慧燈敎我等行十惡殺生乃至邪見時諸大臣皆往王所白言王實敎國人行十惡殺生乃至邪見耶王答言不何以故我先有是語我不作王乃令閻浮提人能言之類皆行十善不殺生乃至不邪見我當爲王是故我無是語汝等今可嚴駕象乘我欲因行敎化國人

四分律藏卷第五十一

音釋

揵渠焉切 睒失冉切 鞘蘇弔切刀室也 鉛夷然切黑錫也 棬驅圓切屈木爲圈 鞔莫官切覆也 杙夷益切橛也 杷步麻切櫂也 髭子斯切口上須也 撚乃殄切搣也 瞼居奄切目上下瞼也 揩丘皆切揩也 訕所晏切 嚼疾雀切咀嚼也 齶五各切與顎同 轂古祿切車轂也

四分律藏卷第五十二

姚秦三藏佛陀耶舍共竺佛念譯

第四分雜揵度法之二

時天帝釋作如是念我不應令王乘世間常乘即嚴駕天象象有六牙牙皆𪊍大置於門外時王慧燈見如是象駕問諸大臣此是誰家諸臣答言不知是誰象此必是王象非餘人有耶願王便可乘之王即便乘王言可去示我彼人言我教國人行十惡者彼即示王王問言王慧燈教汝行十惡耶答言實爾王復問言可有方便行十善不答言有問言何者是耶彼答言若得成就菩薩生食其肉飲其血乃得行十善不殺生乃至不邪見時王慧燈作如是念我於無始世已來經歷衆苦輪轉五道或受截手截脚截耳鼻出眼截頭竟何所益即取利刀自割股肉以器盛血授與彼人而告之曰男子汝可食飲此肉血奉行十善時彼男子不堪王慧燈威德即沒不現忽有天帝而在前立問王言王今布施爲一天下二三四天下耶爲日月天帝釋魔王梵王耶王答言我布施不爲一天下二三四天下乃至魔梵王我作如是意行布施欲求無上正眞一切智度未度者解未解者未得涅槃者令得涅槃度生老病死憂悲苦惱如是等者時天帝釋便作是念我今令王慧燈以此瘡死者甚非所以當以天甘露灌其身上即便灌之瘡即平復如故佛告瓶沙王言爾時利益衆生王者豈異人乎即今父王白淨是也時王第一夫人者今母摩耶是時王慧燈者即我身是我於前世教化閻浮提無

數人若男若女能言之者皆行十善不殺生乃至不邪見以是因緣故足下千輪相輪轂成就光明晃曜照三千大千國土爾時大衆見世尊如是神力變化皆大歡喜得未曾有猒離心生世尊觀諸大衆皆大歡喜猒離心生爲無數方便說法令無數百千人即於座上遠塵離垢得法眼淨此是世尊第十五日變化爾時世尊在王舍城時王瓶沙聽諸比丘入出宮閤無有疑難時王宮人著屏處聽若比丘有所言說便來語我彼重宮閤以貴價尸賒婆材爲柱諸比丘見已作如是言乃以此貴價材作柱也爲諸比丘作鉢者不亦佳乎時彼屏處人聞已往白王王即勑人更作新柱以易取持作鉢施與諸比丘諸比丘不受言佛未聽我等畜尸賒婆木鉢時諸比丘白佛佛言不應畜木鉢此是外道法若畜如法治時瓶沙王以石鉢施諸比丘諸比丘不受言佛未聽我等畜石鉢白佛佛言不應畜此是如來法鉢若畜得偷蘭遮時瓶沙王作金鉢施比丘比丘不受言世尊未聽我等畜金鉢白佛佛言比丘不應畜金鉢此是白衣法若畜如法治時王瓶沙復作銀鉢作瑠璃鉢作寶鉢雜寶作鉢施諸比丘比丘不受言佛未聽我等畜如是鉢諸比丘白佛佛言不應畜如此等鉢此是白衣法若畜如法治爾時世尊在婆伽提國毗舍離跋闍子比丘畜金鉢佛言不應畜彼畜銀鉢瑠璃鉢畜寶鉢畜雜寶鉢佛言不應畜汝等癡人避我所制更作餘事自今已去一切寶鉢不應畜若畜如法治爾時世尊在毗舍離諸梨奢得大

價摩尼鉢以栴檀末香滿鉢奉世尊大德願慈愍故受此摩尼鉢佛言梨奢我不應畜此鉢復白佛言願慈愍故受栴檀末香世尊即受時諸梨奢念言當持此鉢與誰中有言與不蘭迦葉或有言與末佉羅瞿舍羅阿夷頭翅舍欽婆羅與波休迦旃延與訕若毗羅吒子與尼揵那耶子與薩遮尼揵子彼即持鉢與薩遮尼揵子時薩遮尼揵子聞毗舍離諸梨奢以大價摩尼鉢先與瞿曇沙門不受後來與我彼懷憍慢貢高嫉妬之心瞋恚不喜不自慎護便作惡言若使汝等截諸梨奢子舌滿鉢爾乃當受彼作是念薩遮尼揵子大欲傷毀我等種族即以一石打殺彼欲自料理解前惡言而不聽語便打殺諸比丘白佛佛言若得語者事必得解佛言有五法攝言得自申理不被咎責令彼歡喜後無悔恨何等五善者便說不善者不說如法便說不如法不說愛言便說不愛言不說以實而說不爲虛詐利益故說不以無利有如是五法攝言得自申理不被咎責令彼歡喜後無悔恨即說偈言

善說者近勝　法說無非法　愛語眞實語
利益無有損　善說於言者　令已無熱惱
亦不侵他人　是言爲善說　善說於愛言
不爲彼所責　說時無不愛　諸惡不來集
至誠甘露說　實說爲最上　眞實如佛法
便住於涅槃　佛所可說法　安隱至涅槃
能盡於苦際　此言最善說

時王瓶沙布施比丘鐵鉢比丘不受言佛未聽我等畜鐵鉢諸比丘白佛佛言聽畜鐵鉢

時有鐵作者出家欲爲諸比丘作鉢白佛佛言聽作彼須爐佛言聽作彼須鎚鉗佛言聽作彼須鞴囊聽作彼須錯佛言聽作彼須旋器佛言聽作彼旋器諸物患零落佛言聽作囊盛著杙上龍牙杙上彼畜鉢不熏生垢患臭佛言聽熏彼不知云何熏聽作爐若釜若坑種種泥塗以杏子麻子泥裹以灰平地作熏鉢場安支以鉢置上鉢爐覆上以灰壅四邊手按令堅若以新牛屎壅四邊燒之當作如是熏爾時世尊在蘇摩國人間遊行時有信樂陶師世尊指授泥處語言取此處土作如是打如是曬爍如是作泥如是調作如是鉢如是揩摩如是曬乾已作大堅爐安鉢置中以蓋覆上泥塗若以佉羅陀木若以棗木若以尸賒婆木阿摩勒木安四邊燒之彼即如佛所教隨次而作即成特異貴好蘇摩鉢與諸比丘比丘不受言世尊未聽我等畜如是鉢白佛佛言聽畜時世尊在憂伽羅村時諸比丘得憂伽羅鉢不受言佛未聽我等畜如此鉢白佛佛言聽畜爾時世尊在憂伽賒諸比丘得憂伽賒鉢不受言佛未聽我等畜如此鉢白佛佛言聽受時世尊在毗舍離諸比丘得黑鉢不受言佛未聽我等畜黑鉢白佛佛言聽畜爾時世尊在舍衛國時諸比丘得赤鉢不受言佛未聽我等畜如是鉢白佛佛言聽畜有六種鉢鐵鉢蘇摩鉢憂伽羅鉢憂伽賒鉢黑鉢赤鉢此總而言二種鉢鐵鉢瓦鉢有受一斗半有受三斗者此應受持彼持鉢著塹欲墮處佛言不應爾彼安鉢石欲墮處佛言不應爾彼安鉢棚閣上佛言不應

爾彼安鉢道中佛言不應爾彼安鉢石上佛言不應爾彼安鉢有菓樹下佛言不應爾彼安鉢不平處佛言不應爾彼一手捉兩鉢佛言不應爾除指隔中間彼一手捉兩鉢開戶佛言不應爾除用心彼安鉢戶扉後佛言不應爾彼安鉢戶前佛言不應爾彼安鉢繩牀木牀下佛言不應爾彼安鉢繩牀木牀間佛言不應爾除須臾間彼安鉢繩牀木牀角頭佛言不應爾除須臾間彼立洗鉢墮地破佛言不應爾彼故失鉢令破更作新者佛言不應爾彼持長物著鉢中佛言一切物不應著鉢中彼畫鉢中作蒲萄蔓蓮華像佛言不應爾彼鉢中作萬字佛言不應爾彼畫鉢作己名字佛言不應爾彼纏鉢四邊若口佛言不應爾彼都縵纏鉢佛言不應爾應縵兩分留一分若有星孔多應盡縵彼安鉢著地壞熏佛言不應爾應以泥漿灑地安若故壞熏應安著葉上若草上若故壞熏應作鉢支若復壞熏以物縵底彼以寶縵底佛言不應用寶應以白鑞鉛錫彼患墮落佛言應以胡膠若鑞膠彼不洗鉢便舉餘比丘見惡汙佛言不應爾應洗舉彼不以澡豆洗膩不去佛言不應爾應用澡豆若鹵土若灰若牛屎若泥洗彼以雜沙牛屎洗鉢壞鉢佛言不應爾應以器盛水漬牛屎澄去沙用洗鉢若以細末細泥若葉若華若果洗之取令去膩鉢有星陷孔食入中擿出壞鉢隨可擿出便擿出餘者不可出無苦彼洗鉢不乾便舉垢生佛言不應爾應令乾已舉手捉鉢難護持佛言聽作鉢囊盛不繫囊口鉢出佛言應繫手捉鉢囊

護持佛言應作帶絡肩時比丘挾鉢腋下鉢口向脇道行遇雨脚跌倒地鉢隱脇遂成患佛言不應爾應鉢口外向蘇摩鉢囊中出入患破佛言應作函若箱盛彼用寶作函若箱佛言不應以寶作應以舍羅草若竹木作若鉢相棖應以草樹葉若十種衣中一一衣作障隔若從函箱口出佛言應作蓋彼用寶作蓋佛言不應爾應用舍羅草若竹木作若安處不堅應以帶繫龍牙杙上爾時世尊在王舍城時王瓶沙菴婆羅園聽諸比丘出入無有疑難時六群比丘至守園人所語言我須菴婆羅菓彼即與復更索次復更與如是遂食彼果盡後於異時王須菴婆羅果勑傍臣索果臣即受勑至守園人所索果彼答言果盡問言何故盡彼答言沙門釋子食盡彼大臣即譏嫌言沙門釋子不知猒足多所求欲自言我知正法如是何有正法施者雖無猒受者應知足云何乃食王果盡諸比丘白佛佛言不應食菴婆羅果爾時諸比丘乞食得菴婆羅果汁佛言聽飲彼得成煮菴婆羅果佛言聽食彼得菴婆羅果漿佛言聽飲若未成酒聽非時飲成酒不應飲若飲應如法治後於異時菴婆羅果大熟阿難喜食此果往世尊所頭面禮足却坐一面白佛言菴婆羅果大熟爾時世尊以此因緣集比丘僧爲諸比丘隨順說法無數方便讚歎頭陀端嚴少欲知足有智慧之者告諸比丘自今已後聽食菴婆羅果爾時世尊在拘睒弥時六群比丘互被拘執更相恐戲時諸居士見皆共譏嫌沙門釋子不知猒足自稱我知正法互被

拘執更相恐戲如王大臣如是有何正法諸比丘白佛佛言不應反被拘執亦不應更相恐戲時病比丘被拘執毛在內毛著瘡患痛佛言裹著襯身衣若患熱應反被以袈裟覆上時比丘衣壞佛言應補治不知云何補佛言若以線縫若並線縫有孔處物補彼孔大以小物補令衣縮小佛言不應爾應及孔大小廣二指補治若補衣時患縮以石鎮四角補若故縮四角豎杙張之若故縮應作桄張之不知云何作佛言應以木作彼須繩張佛言聽與繩張縫之不知以何物縫佛言聽以鳥毛若簪縫若衣細輭壞衣聽針縫彼以寶作針佛言不應爾聽以銅鐵作針縫衣患指痛佛言聽作揩彼以寶作指揩佛言不應爾聽用銅鐵骨牙角聽鉛錫白鑞胡膠木作彼

縫衣時患曲聽繩墨拼令直彼須絣縷佛言應與彼欲染縷用絣衣須石灰若赤赭土若白墡若墨若雌黃一切聽與若中央不定應以尺度量彼以寶作尺度佛言不應以寶作聽以銅鐵乃至以木作彼張衣著地縫塵坌衣佛言聽以泥漿灑地已張彼縫衣時鍼刺地壞佛言不應爾彼於賒婆羅草上敷衣縫草著衣佛言不應爾彼敷衣草上葉上合草葉縫佛言不應爾聽十種衣中一一衣若伊梨延陀耄羅耄耄羅毛毲敷上縫彼比丘患繩墨拼線尺度縷線針刀子補衣物零落佛言聽作囊盛彼不舉衣桄雨漬佛言應收舉不知舉何處佛言聽安著經行堂中若溫室食堂中張衣桄大戶不受不得入應安外無雨處若風雨飄漬應高懸彼補衣竟解衣取

餘木不舉佛言應舉不知安著何處佛言安著閣下若牀上彼不舉繩索佛言應卷繫著衣桄舉之時諸比丘患針零落佛言聽作針氈故患零落聽作筒彼用寶作佛言不應用寶作聽用銅鐵乃至竹木作患針從筒口出佛言應安蓋塞彼用寶作佛言不應用寶作聽用銅鐵乃至竹木作若針生應著麨中若致患生隨著餘物取令不生時諸比丘患針筒刀子碎納縷線零落佛言聽作囊盛若此諸物從口出應以繩繫若手捉難護應作帶絡著肩時比丘鐵鉢穿破佛言聽補若著丁若朱泥若以樹膠膠蘇摩鉢穿壞佛言聽以胡膠塞若石灰若白墡土迦羅黑鉢破應鑽作孔以針縷綴彼須鑽佛言聽作彼用寶作佛言不應用寶聽用銅鐵若患縷線斷應用筋若用牛馬尾毛若患蟲噉筋線應以胡膠膠上若患食若水入內亦以胡膠膠之若復患壞以鐵鍱鍱爾時世尊在王舍城諸比丘於阿蘭若處以火珠出火有賊以珠故來惱比丘諸比丘白佛佛言不應在阿蘭若處以火珠出火時諸比丘須火佛言聽比丘於阿蘭若處作火術出火須火母木聽作須鑽火子聽作彼須繩所須之物一切聽與彼患鑽火具零落聽作囊盛無安處患濕聽懸著牀下若龍牙杙上彼不知以何物承火應以草若糞掃摩若麻翅麄草若以牛馬屎取火時比丘數數鑽火破手患痛佛言聽於屏處以火珠出火爾時世尊在舍衛國六群比丘用雜蟲水諸居士見皆共譏嫌沙門釋子無有慈心斷衆生命自稱言我知正法如是何

有正法諸比丘白佛佛言不應用雜蟲水聽作漉水囊不知云何作佛言如杓形若三角若作宏堺若作漉瓶若患細蟲出聽安沙囊中彼以雜蟲沙棄陸地佛言不應爾聽還安著水中時有二比丘共鬬在拘薩羅國行一比丘持漉水囊漉水飲其一伴比丘從借囊不與遂不得水飲患極諸比丘白佛佛言有者應與比丘不應無漉水囊行乃至半由旬若無應以僧伽梨角漉水爾時世尊在婆祇提國時六群比丘二人同牀宿餘比丘見謂與女人共宿後起時乃知非女人諸比丘白佛佛言不應二人同牀宿彼疑不與病人同牀佛言聽與病人同牀卧爾時世尊在婆祇提國六群比丘二人同被褥卧餘比丘見謂與女人共卧後起時方知非女人諸比丘白佛佛言不應二人同被褥卧時諸比丘正有一敷若草若葉佛言聽此敷上各別敷卧氈卧寒時正有一被聽内各別被襯身衣外通覆爾時世尊在舍衛國時六群比丘同一鉢食時諸居士見皆共譏嫌言沙門釋子不知慙愧自稱我知正法如是有何正法二人同一鉢食猶如王大臣諸比丘白佛佛言不應二人同鉢食時比丘共一器盛飯佛言應分餘器中別食若無別鉢聽食時留半與彼食若日時欲過聽一人取一摶食已授與彼人令取食時六群比丘亞卧杌於案上食時諸居士見皆共譏嫌言沙門釋子不知慙愧自稱言我知正法如是有何正法亞卧而食如似王大臣諸比丘白佛佛言不應爾時諸上座老病比丘不能自手捉鉢食聽著繩牀木

牀角頭若安瓶上時六群比丘於繩牀木牀上立牀繩斷令褥破諸比丘白佛佛言不應爾若比丘欲有所取有所舉聽牀梐上立時諸外道大繩牀作小繩牀畜六群比丘法外道如是畜繩牀諸比丘白佛佛言不應爾迦留陀夷身大浴室中牀小不受彼疑不敢取外大牀作小牀浴佛言聽浴室中安大小牀浴時六群比丘畜白衣器耕犂若撈白佛佛言不應畜彼畜寶澡鑵澡盤佛言不應畜時有比丘名耶波徒或禮事諸外道若火若日月若不語道種種外道法諸比丘白佛佛言不應事餘種種外道法爾時有比丘在阿蘭若處呵食餘比丘語言汝犯非時食彼言我不犯非時食我呵耳諸比丘白佛佛言此比丘適從牛中來生此若其不爾不得久活若

餘比丘有如是病如是以爲便身無患哯食出未出口得還咽時祇桓中有鳥有鸜鵒鳥作聲亂諸坐禪比丘佛言應作聲驚令去若彈弓打木令去時諸比丘夜集往布薩處患闇佛言聽執炬若坐處復闇聽然燈彼須然燈器聽與須油須燈炷聽與若不明高出炷若油汚手聽作楷若患楷火燒聽作鐵楷若患燈炷卧聽炷中央安鐵炷若故不明聽大作炷若復故闇應室四角安燈若復不明應作轉輪燈若故不明應室內四周安燈若安燈樹若以瓶盛水安油著上以布裹芥子作炷然之爾時毗舍佉無夷羅毋遣人送六種物獨坐繩牀火爐燈籠掃帚扇斗諸比丘不受白佛佛言聽受餘者斗不應受時有比丘字勇猛婆羅門出家往世尊所頭面禮足却

坐一面白世尊言大德此諸比丘衆姓出家名字亦異破佛經義願世尊聽我等以世間好言論修理佛經佛言汝等癡人此乃是毀損以外道言論而欲雜糅佛經佛言聽隨國俗言音所解誦習佛經爾時有比丘拘薩羅國在道行至一屏處欲大小便利時有女人亦至屏處欲大小便去此處不遠有池水時比丘往彼池水洗彼女人亦至彼池水上洗時諸居士見作如是言此比丘從彼間出自洗女人亦爾比丘必犯此女人諸比丘聞白佛佛言不應在如是處大小便令人生疑亦不應在池水上洗爾時跋難陀釋子向暮至白衣家在內坐須臾便出不語主人而去時賊白日伺其家暮遇門開即便入劫奪其家家主問言誰暮開門出去家人荅言是跋難陀釋子時諸居士皆譏嫌言沙門釋子無有慚愧自稱言我知正法乃與賊共期來劫我家如是何有正法時諸比丘白佛佛言不應向暮至白衣家時諸比丘爲佛事法事僧事塔事病比丘事若檀越喚過暮比丘疑不敢往佛言若有如是事應往時跋難陀釋子欲意爲女人說法彼女人察知即語言汝何不自爲說法諸比丘白佛佛言不應以欲意說法時六群比丘與女人卜占佛言不應爾復從人卜占佛言不應爾時六群比丘共他賜物佛言不應爾彼得物便取佛言不應爾六群比丘共携手在道行撥他令倒地時諸居士見皆共譏嫌言沙門釋子不知慚愧無有猒足自言我知正法共携手在道行如王大臣如是何有正法諸比丘白佛佛言不應爾

時諸比丘道路行有人施革屣盛油華瓶諸比丘疑不敢受佛言聽受時六群比丘出息物白佛佛言不應爾時六群比丘從地舉息物白佛佛言不應爾時六群比丘共他鬬諍反抄衣衣纏頸裹頭通肩被衣著革屣共上座語諸比丘白佛佛言不應爾應偏露右肩脱革屣至上座前小曲身合掌白如是言我欲有所白上座應荅言如法如律説時跋難陀在道行持好大圓蓋諸居士遥見謂是王若大臣恐怖避道去彼不遠諦視乃知是跋難陀即皆譏嫌言沙門釋子多欲無猒自稱言我知正法而持大好圓蓋在道行猶如王大臣令我等恐怖避道如是有何正法諸比丘白佛佛言比丘不應持圓蓋在道行亦不應畜時諸比丘天雨時往大食上小食上若夜集時布薩時雨漬衣新染色壞諸比丘白佛佛言聽爲護衣故在寺内樹皮若葉若竹作蓋彼須蓋枓佛言聽作彼用寶作佛言不應用寶作聽以骨牙角白鑞鉛錫木作彼須蓋子佛言聽作彼用寶作佛言不應用寶作聽用骨乃至木作彼須蓋宏佛言聽與彼用寶作佛言不應用寶聽用骨乃至木作彼欲覆蓋頂聽用多羅樹葉摩樓葉樹皮覆若患四邊壞聽重疊彼須蓋杆佛言聽作彼用寶作佛言不應用寶作聽用骨牙角乃至木作彼作蓋杆長門中不得入出佛言應解脱作若患蓋杆脱應作孔安楬若折若曲聽以鐵作楬頭作鎖繫時跋難陀釋子盛鉢絡囊中貫杖頭肩荷而行時諸居士見謂是王家人來恐怖避道去不遠乃知是跋難陀皆共譏

嫌言沙門釋子不知猒足無有慚愧自稱言我知正法如是何有正法諸比丘白佛佛言不應爾亦不得畜如是杖絡囊時老病比丘道行倒地佛言老病聽捉杖患杖下頭盡聽作鏴彼用寶作佛言不應用寶聽用骨牙角白鑞鉛錫作若上頭破亦聽用如是等物作時六群比丘畜空中杖時諸居士皆共譏嫌言沙門釋子不知猒足無有慚愧自稱我知正法乃持空中杖如王大臣如是何有正法時諸比丘白佛佛言不應爾諸比丘道行見虵蠍蜈蚣百足未離欲比丘見皆怖白佛佛言聽捉錫杖搖若筒盛破石搖令作聲若搖破竹作聲時六群比丘捉王大圓扇諸居士見皆譏嫌言沙門釋子不知猒足無有慚愧自稱言我知正法捉大圓扇如王大臣如是何有正法諸比丘白佛佛言不應爾彼得已成者疑不敢受白佛佛言聽受與塔時諸比丘在道行患熱白佛佛言聽以樹葉若枝若草十種衣中一一衣作扇時六群比丘捉皮扇佛言不應畜六群比丘縱橫十木以皮縵上作扇佛言不應畜時比丘扇壞佛言聽以樹皮若葉補若皮補若隓應以線縫若縫線斷應以筋線縫若邊壞應以皮纏時諸比丘大小食上若夜集時說戒時患熱佛言聽作大扇若作轉關扇車不知誰推佛言聽比丘若沙彌若守園人若優婆塞推時六群比丘作織毛𣯃扇多殺細蟲若草時諸居士見皆譏嫌言沙門釋子無有慚愧害衆生命自稱言我知正法捉𣯃扇害衆生命如是何有正法諸比丘白佛佛言不應畜如是𣯃扇時諸

比丘患蟲草塵露墮身上佛言聽作拂不知云何作佛言聽以草若樹皮葉以縷線作若裁碎繒帛作時有比丘得尾拂諸比丘白佛佛言聽畜爾時世尊在王舍城時優波離與諸比丘共論法律時諸比丘共來聽戒坐處迮狹不相容受佛言相降三歲聽共坐木牀相降二歲聽共坐小繩牀新學年少比丘不解事數相涉聽用籌子記數彼用寶作佛言不應用寶聽用骨牙角銅鐵鉛錫白鑞木作彼安置地污手佛言不應置地應安板上彼安板置地已復安膝上污衣佛言不應爾應安脚作机彼籌子患零落聽作囊盛不繫從口出聽以繩繫安杙上龍牙杙上爾時世尊在祇桓園中與無數百千衆圍遶說法時有比丘噉蒜遠佛住時世尊知而故問阿難此比丘何故遠住阿難言此比丘噉蒜佛言阿難寧可貪如是味而不聽法耶自今已去一切不應噉蒜爾時舍利弗病風醫教服蒜佛言聽服時有比丘背負物行諸居士見皆譏嫌沙門釋子猶如白衣背負物而行皆生慢心諸比丘白佛佛言不應背負物行時諸比丘須薪若染草牛屎毳紵欲自擔持佛言聽無人處擔若見白衣應下著地若移著頭上肩上時有比丘伊梨阿若著衣諸居士見皆譏嫌言如我白衣如是著衣擔物皆生慢心白佛佛言不應如是著衣亦不應背負物行時諸比丘於寺內聚集壍石材木彼畏慎不敢背負移徙白佛佛言聽寺內背負時舍利弗目連般涅槃已有檀越作如是言若世尊聽我等爲其起塔者我當作諸比丘白佛佛

言聽作彼不知云何作佛言四方作若圓若八角作不知以何物作白佛佛言聽以石墼若木作作已應泥不知用何等泥佛言聽用黑泥若䕸泥若牛屎泥若用白泥若用石灰若白墡土彼欲作塔基佛言聽作彼欲華香供養佛言聽四邊作欄楯安華香著上彼欲上旛蓋佛言聽安懸旛蓋物彼上塔上護塔神瞋佛言不應上若須上有所取聽上彼上欄上護塔神瞋佛言不應上若須上有所取聽上彼上杙上龍牙杙上佛言不應爾若須上有所取與聽上彼上像上安蓋供養佛言不應爾應作餘方便凳上安蓋彼塔露地華香燈油旛蓋妓樂供養具雨漬風飄日曝塵土坌及烏鳥不淨汚佛言聽作種種屋覆一切作屋所須應與若地有塵應泥若黑泥牛屎泥若須白以石灰泥白墡泥彼須洗足器應與須石作道行佛言聽作彼須地敷聽與時無外墻障牛馬入無限佛言聽作墻若須門聽作時舍利弗目連檀越作如是念彼二人存在時我常供養飲食今已涅槃若世尊聽我等送上美飲食供養塔者我當送諸比丘白佛佛言聽供養不知用何器盛食佛言聽用金銀鉢寶器雜寶器不知云何持行佛言聽象馬車乘載若轝若頭戴若肩擔時諸比丘自作伎若吹貝供養佛言不應爾彼畏慎不敢令白衣作伎供養佛言聽彼不知供養塔飲食誰當應食佛言比丘若沙彌若優婆塞若經營作者應食時舍利弗目連檀越作是念佛聽我等莊嚴供養塔者我當作佛言聽彼須華香瓔珞妓樂幢旛燈油高臺車

佛言聽作彼欲作形像佛言聽作彼不知云何安舍利應安金塔中若銀塔若寶塔若雜寶塔若以繒綿裹若以鉢肆氍嵐婆衣若以頭頭羅衣裹復不知云何持行佛言聽象馬車乘輦轝馱載若肩上頭上擔載若欲傾倒應扶持彼自作伎供養佛言不應爾彼畏慎不敢令白衣作伎供養佛言聽彼欲拂拭聲聞塔佛言應以多羅樹葉摩樓樹葉若孔雀尾拂拭彼大有華聽著塔基上若欄上若龍牙杙上若鬱中若繩貫懸著屋簷前若有多香泥聽作手像輪像摩醯陀羅像若作藤像共作蒲萄蔓像若作蓮華像若故有餘應泥地爾時世尊在王舍城時恭敬世尊故無敢與佛剃髮者只有一小兒無知未有所畏爲佛剃髮時小兒字優波離爲佛剃髮其父母在世尊前合掌白言優波離小兒爲世尊剃髮爲好不佛言善能剃髮乃使身安樂而太曲身父母即語言汝莫太曲身令世尊不安復問佛言小兒剃髮好不佛言善能剃髮身太直父母語言汝莫太直身令世尊不安復白佛言小兒剃髮好不佛言善能剃髮而入息太麤父母語言汝莫麤入息令佛不安復白佛言小兒剃髮好不佛言善能剃髮而出息太麤父母語言汝莫麤出息令佛不安時小兒優波離入出息盡入第四禪爾時世尊告阿難言優波離已入第四禪汝取彼手中刀阿難受教即取刀是時阿難持故盛髮器收世尊髮佛言不應以故器盛如來髮應用新器若新衣若繒綵若鉢肆氍嵐婆衣若頭頭羅衣裹盛時有王子瞿波離將軍欲往西

方有所征討來索世尊鬚髮諸比丘白佛佛言聽與彼得已不知云何安處佛言聽安金塔中若銀塔若寶塔若雜寶塔繒綵若鉢肆氍氀婆衣頭頭羅衣裹不知云何持佛言聽象馬車乘若輦轝若頭上若肩上擔時王子持世尊髮去所往征討得勝時彼王子還國爲世尊起髮塔此是世尊在世時塔諸比丘作如是言若世尊聽我等擔世尊髮行我等當持行諸比丘白佛佛言聽不知云何安處佛言聽安著金塔若銀塔若寶塔若雜寶塔若鉢肆氍氀婆衣若頭頭羅衣裹不知云何持行佛言象馬車乘輦轝若肩上若頭上擔戴彼腋下挾世尊塔佛言不應爾彼反抄衣纏頸裹頭通肩被衣若著革屣擔世尊塔佛言不應爾應偏露右肩脫革屣若頭戴若肩上擔世尊塔行彼持世尊塔往大小便處佛言不應爾應清淨持彼不洗大小便處持世尊塔佛言不應爾應令淨者持彼安如來塔置不好房中已在上好房中宿佛言不應爾應安如來塔置上好房中已在不好房宿彼安如來塔置下房已在上房宿佛言不應爾應安如來塔在上房已在下房中宿彼共如來塔同屋宿佛言不應爾彼爲守護堅牢故而畏愼不敢共宿佛言聽安杙上若龍牙杙上若頭邊而眠時諸優婆塞作如是念若世尊聽我等及世尊現在起塔者我當起立諸比丘白佛佛言聽作不知云何作佛言應四方若八角若圓作復不知以何物作佛言應以瓶石若木作一切如上法乃至地敷亦如上彼須幢佛言聽作幢若師子幢若龍幢若

作犎牛幢彼塔四邊無籬障牛羊踐蹈無礙應作籬障如上時諸外道塔廟常作飲食供養諸優婆塞作如是念若世尊聽我送上好食供養者我當作諸比丘又白佛佛言聽作如上不知誰當應食此食佛言作塔者應食時諸外道常莊嚴供養外道塔廟諸優婆塞作如是念若世尊聽我等莊嚴供養世尊塔者我當作諸比丘白佛佛言聽作如上彼在世尊塔內宿佛言不應爾彼爲守塔故畏慎不敢在塔內宿佛言若爲守視者聽內宿彼於塔內藏物佛言不應爾彼爲堅牢故欲於塔內藏物而畏慎不敢佛言聽彼著革屣入塔內佛言不應爾彼捉革屣入塔內佛言不應爾彼著革屣旋塔行佛言不應爾彼著富羅入塔內佛言不應爾彼捉富羅入塔內佛言不應爾彼畏慎不敢著富羅旋塔外行佛言聽彼於塔下食汚穢佛言不應塔下食時諸比丘旋塔時若房舍時若浴池時衆多僧集會處所迮狹不相容受彼畏慎不敢在塔下坐食世尊不聽在塔下坐諸比丘白佛佛言聽塔下坐食不應令汚穢不淨時諸比丘不知云何佛言聽以不淨衆物聚著脚邊食已持去彼持死屍塔下過佛言不應爾彼於塔下埋死人佛言不應爾彼於塔下燒死屍佛言不應爾彼於塔前燒死屍佛言不應爾彼於塔四面燒死屍令臭氣入護塔神瞋佛言不應爾於塔四面燒死屍令臭氣入彼持死人衣若牀從塔下過護法神瞋佛言不應爾彼著糞掃衣比丘畏慎不敢持糞掃衣從塔下過世尊有如是教不聽持死人衣塔下

過諸比丘白佛佛言若淨浣染以香熏之聽彼於塔下大小便佛言不應爾彼於塔前大小便佛言不應爾彼於塔四邊大小便令臭氣來入護塔神瞋佛言不應爾彼於塔下嚼楊枝佛言不應爾彼於塔前嚼楊枝佛言不應爾彼於塔四邊嚼楊枝佛言不應爾彼於塔下涕唾佛言不應爾彼於塔前洟唾佛言不應爾彼於塔前舒脚坐佛言不應爾若僧伽藍內塔滿聽在中間舒脚坐爾時世尊在拘薩羅國與千二百五十比丘人間遊行往都子婆羅門村到一異處世尊笑時阿難即作是念今世尊以何因緣笑耶世尊不以無因而笑偏露右肩脫革屣右膝著地合掌白佛言世尊不以無因而笑向者以何故而笑願欲知之佛告阿難乃往過去世時有迦葉佛般涅槃已時有翅毗伽尸國王於此處七歲七月七日起大塔已七歲七月七日與大供養坐二部僧於象蔭下供第一飯時去此處不遠有一農夫耕田佛往彼間取一摶泥來置此處而說偈言

設以百千瓔珞　皆是閻浮檀金
不如以一摶泥　爲佛起塔勝
設以金百千摶　皆是閻浮檀金
不如以一摶泥　爲佛起塔勝
設以金百千擔　皆是閻浮檀金
不如以一摶泥　爲佛起塔勝
設以金百千抱　皆是閻浮檀金
不如以一摶泥　爲佛起塔勝
設以金百千壁　皆是閻浮檀金
不如以一摶泥　爲佛起塔勝

設以金百千巖　皆是閻浮檀金
不如以一摶泥　爲佛起塔勝
設以金百千山　皆是閻浮檀金
不如以一摶泥　爲佛起塔勝

時諸比丘比丘尼優婆塞優婆夷皆以一摶泥著此處即成大塔時諸比丘患屋內臭佛言應灑掃若故臭以香泥泥若復臭應屋四角懸香時世尊在毗舍離時衆僧大得飯食供養諸比丘不節遂成患佛言應服藥彼須吐下應吐下彼須粥與粥須野鳥肉應與爾時耆婆童子治衆僧病爲佛及僧作吐下藥作粥及野鳥肉羹不能供足往世尊所頭面禮足却住一面白世尊言大德諸比丘得病若聽諸比丘作浴室浴者可得少病時世尊默然聽可時耆婆童子知佛聽可即從座起前禮佛足遶佛而去時世尊以此因緣集比丘僧而爲方便隨順說法讚歎頭陀端嚴少欲知足樂出離者告諸比丘聽諸比丘作浴室洗浴

四分律藏卷第五十二

音釋

屏補永切蕃蔽也　鎚鉗鎚直追切鉗巨廉切鎚鉗鍛器也　鞴囊鞴蒲拜切鞴囊所以吹火也　吭居郎切嗌也　撤他的切桃也　跌杜結切足失據也　棖除庚切觸也　櫬初覲切近也　桄姑黃切橫木也　揞徒合切指揩也　拼絣並必耕切以繩直物也　赭音者赤土也　氀力主切毛布也　鍱弋涉切　墎古博切　摶徒官切捉聚也　梐部比切　冋抽知切噍也　哯胡典切　櫡治據切與筯同　糅如又切雜也　賜俱瑞切賭也　楬巨列切櫫杙也　錔音沓器物錔頭也　⿰肖毛蘇彫切羽也　蒜蘇貫切葷菜也　墼訖逆切塼坏也　酖丁含切　嵐郎含切　犎音封牛名

四分律藏卷第五十三

姚秦三藏佛陀耶舍共竺佛念譯

第四分雜揵度法之三

爾時慈地比丘來至毗舍離國彼與諸離奢親友知識諸大離奢聞慈地比丘來至毗舍離即往問訊慈地比丘而不應荅彼言長老我何所犯故相問訊而不見荅彼即荅言我何用共汝等語爲沓婆摩羅子輕慢惱我而汝等不見佐助彼即言我當作何方便令沓婆羅摩子不惱汝荅言若汝住伺佛及衆僧大集時往彼作如是言大德有如是事者不善不隨順非威儀不得時我等謂此處清淨安樂無有恐怖而反生憂惱猶水生火何以故沓婆摩羅子侵犯我婦衆僧當和合與作滅擯如是則不來惱我即荅言此有何難彼大離奢往佛大衆所說如上言時沓婆摩羅子去佛不遠坐時佛知而故問沓婆摩羅子聞彼離奢語不荅言聞唯佛知之佛語沓婆摩羅子汝不應作如是荅實當言實虛當言虛時沓婆摩羅子聞佛語已從坐起偏露右肩右膝著地合掌白佛言我從生已來未曾夢中犯婬而況覺也佛言善哉善哉沓婆摩羅子此是好荅爾時世尊告諸比丘言汝等問彼大離奢莫以無根不淨法謗此沓婆摩羅子清淨比丘以無根不淨法謗清淨比丘得大重罪時諸比丘聞世尊教即與大離奢共相詰問汝可說實此事云何莫以無根不淨法謗沓婆摩羅子以無根不淨法謗清淨比丘得大重罪時諸大離奢得諸比丘詰問便作是言沓婆摩羅子清淨無有不淨行此

是慈地比丘教我耳諸比丘聞中有少欲知足行頭陀樂學戒知慙愧者譏嫌彼大離奢言沓婆摩羅子實無不淨行云何以無根不淨謗耶諸比丘往世尊所頭面禮足以此因縁具白世尊世尊爾時集比丘僧以無數方便訶責大離奢言汝所爲非不隨順行非清淨行云何以無根不淨法謗沓婆摩羅子耶以無數方便訶責已告諸比丘自今已去與大離奢作覆鉢不與往反言語作白二羯磨白衣家有五法應與作覆鉢不孝順父不孝順母不敬沙門不敬婆羅門不供事比丘有如是五法應與作覆鉢有五法不應與作覆鉢何等五孝順父孝順母恭敬沙門恭敬婆羅門敬事比丘有如是五法不應與作覆鉢復有十法衆僧應與作覆鉢罵謗比丘爲比丘作損減作無利益方便令無住處鬬亂比丘於比丘前說佛法僧惡以無根不淨法謗比丘若犯比丘尼有如是十法者僧應與作覆鉢如是九八七六五四三二一法罵謗比丘僧應作覆鉢有如是一法僧應與作覆鉢應如是作衆中應差堪能羯磨者如上作如是白大德僧聽此大離奢沓婆摩羅子清淨以無根波羅夷法謗若僧時到僧忍聽僧今爲此大離奢作覆鉢不相來往白如是大德僧聽此大離奢沓婆摩羅子清淨而以無根波羅夷法謗今僧爲作覆鉢不相往來誰諸長老忍僧爲大離奢作覆鉢不相往來者默然誰不忍者說僧已忍爲大離奢作覆鉢不相往來竟僧忍默然故是事如是持聽僧差使往大離奢所語如是言僧爲汝作覆鉢不

相往來作白二羯磨有八法者應差使往能聽能說自解能令他解能受教能憶持無謬失別好惡義有如是八法者應差爲僧使而說偈言

若在大衆中　心無有怯弱　所說亦不增
受教無損減　言無有錯亂　問時不移動
有如是比丘　堪任爲僧使

阿難有如是八法聽差爲僧使語彼大離奢今僧與汝作覆鉢不相往來白二羯磨衆中差堪能羯磨者如上作如是白大德僧聽若僧時到僧忍聽僧今差阿難爲僧使往大離奢所語言今僧爲汝作覆鉢不相往來白如是大德僧聽僧今差阿難爲僧使往大離奢所作如是言僧今爲汝作覆鉢不相往來誰諸長老忍僧差阿難爲僧使者默然誰不忍者說僧已忍差阿難爲僧使往彼大離奢所語言僧爲汝作覆鉢不相往來竟僧忍默然故如是持爾時阿難著衣持鉢往彼大離奢家時大離奢在外門屋下梳頭遥見阿難遠來疾疾收髮前迎阿難白言大德善哉願前入舍阿難報言我不應入汝家受牀坐飲食供養離奢言大德阿難何以故荅言僧已爲汝作覆鉢不相往來故離奢言以何事故阿難即爲具說因緣彼即言大德阿難如是便爲殺我耶尋即悶絶倒地久乃惺悟還起以手捫眼白阿難言我當作何方便解我覆鉢還相往來耶阿難言汝應往懺悔衆僧時大離奢隨順衆僧不敢違逆從僧乞解覆鉢還相往來時諸比丘白佛佛言若大離奢隨順衆僧不敢違逆從僧乞解覆鉢還相往來者

應爲解作白二羯磨衆中差堪能羯磨者如上作如是白大德僧聽今僧爲大離奢解覆鉢不相往來彼隨順衆僧不敢違逆從僧乞解覆鉢不相往來羯磨若僧時到僧忍聽僧今爲大離奢作解覆鉢還相往來白如是大德僧聽僧爲大離奢作覆鉢不相往來彼隨順衆僧不敢違逆從僧乞解覆鉢不相往來羯磨今僧爲大離奢解覆鉢還相往來誰諸長老忍僧爲彼大離奢解覆鉢還相往來者默然誰不忍者說僧已忍爲彼大離奢解覆鉢還相往來竟僧忍默然故如是持時迦留陀夷在阿蘭若處住彼於道路燒草火勢蔓莚遂乃燒王波斯匿鹿苑時居士皆譏嫌言沙門釋子無有慙愧斷衆生命彼自言我知正法燒王鹿苑如是何有正法耶諸比丘往白佛佛言不應爾時諸比丘道路行有草妨礙佛言聽以竹壓草若石若木鎮上時祇桓外有野火燒蔓莚來至諸比丘不知云何即白佛佛言聽逆除中間草若作坑塹斷若以土滅若逆燒時有比丘羸老不能無絡囊盛鉢無杖而行彼作是念我當云何白諸比丘諸比丘白佛佛言聽僧與彼老比丘杖絡囊白二羯磨應如是與衆中應差堪能羯磨者如上作如是白大德僧聽此某甲比丘羸老不能無絡囊盛鉢無杖而行彼從僧乞杖絡囊若僧時到僧忍聽與某甲比丘杖絡囊白如是大德僧聽此某甲比丘羸老不能無杖絡囊而行今從僧乞杖絡囊僧今與此比丘杖絡囊誰諸長老忍僧與某甲比丘杖絡囊者默然不忍者說僧已忍與某甲比丘杖絡

囊竟僧忍默然故如是持爾時舍利弗見衆僧作非法羯磨無同意者欲默然任之佛言聽默然有五法不應默然若如法羯磨而心不同默然任之若得同意伴亦默然任之若見小罪而默然爲作別住而默然在戒場上而默然如是五法默然者非法有五法應默然見他非法而默然不得伴默然犯重而默然同住默然在同住地默然如是五法應默然有五事應和合何等五若如法應和合若默然任之若與欲若從可信人聞若先在中默然而坐如是五事應和合爾時世尊在祇桓中與無數衆說法時世尊嚏諸比丘呪願言長壽諸比丘比丘尼優婆塞優婆夷亦言長壽大衆遂便閙亂佛言不應爾時有居士嚏諸比丘畏愼不敢言長壽居士皆譏嫌言我等嚏諸比丘不呪願長壽諸比丘白佛佛言聽呪願長壽時諸居士禮比丘比丘畏愼不敢言長壽世尊不聽我呪願諸居士皆譏嫌言我等禮比丘比丘不呪願我等長壽諸比丘白佛佛言聽呪願長壽爾時六群比丘有小事便作呪詛言我若作如是當墮地獄餓鬼畜生不生佛法中若餘人作如是事亦當墮地獄餓鬼畜生不生佛法中諸比丘白佛佛言不應爾聽作如是語若我作如是事南無佛若彼作如是事亦言南無佛爾時六群比丘畜腰帶頭安蓰佛言不應爾彼畜革帶佛言不應爾六群比丘畜闍提那帶佛言不應爾彼畜散綖帶佛言不應爾汝等癡人避我所遮更作餘事自今已去如是一切帶不應畜時六群比丘畜長廣帶佛言不應爾

聽作腰帶廣三指遶腰三周彼六群比丘大染真色作帶佛言不應爾彼作錦帶佛言不應爾彼作白帶佛言不應爾聽作袈裟色帶爾時有信樂陶師作種種器與諸比丘比丘不敢受白佛佛言聽受有三種器不應畜瓦坐牀瓦斛瓦升斗合爾時跋難陀釋子住陶師家在瓦器上累髀坐器破仰倒地形露諸比丘白佛佛言不應瓦器上坐亦不應白衣家累髀坐時六群比丘誦外道安置舍宅吉凶符書呪支節呪刹利呪尸婆羅呪知人生死吉凶呪解諸音聲呪諸比丘白佛佛言不應爾彼教他佛言不應爾彼以此活命佛言不應爾時諸比丘口臭佛言應嚼楊枝不嚼楊枝有五事過口氣臭不別味增益熱陰不引食眼不明不嚼楊枝有如是五過嚼楊枝有五事利益一口氣不臭二別味三熱陰消四引食五眼明嚼楊枝有如是五事利益世尊既聽嚼楊枝彼嚼長楊枝佛言不應爾聽極長者一搩手彼嚼楊枝奇者佛言不應爾彼嚼雜葉者佛言不應爾彼純嚼皮佛言不應爾時有比丘嚼短楊枝見佛恭敬故便咽即以爲患諸比丘白佛佛言不應爾極短者長四指彼於多人行處嚼楊枝若在温室若在食堂若在經行堂諸比丘見惡之往白佛佛言不應爾有三事應在屏處大小便嚼楊枝如是三事應在屏處時諸比丘舌上多垢佛言聽作刮舌刀彼用寶作佛言不應爾聽用骨牙角銅鐵白鑞鉛錫舍羅草竹葦木彼不洗便舉餘比丘見惡之佛言不應爾彼洗不曬燥便舉生壞佛言不應爾時諸比丘患

食物入齒間佛言聽作擿齒物彼用寶作佛言不應用寶作聽用骨牙角乃至竹木作彼用已不洗便舉諸比丘見皆惡之佛言不應爾應洗彼洗已不曬燥便舉生壞佛言不應爾應令燥舉之時諸比丘患耳中有垢佛言聽作挑耳鎞彼用寶作佛言不應爾聽用骨牙角乃至竹木作彼用已不洗便舉諸比丘見惡之佛言不應爾應洗已舉之彼不燥便舉生壞佛言不應爾應令燥已舉之爾時世尊在舍衛國時諸比丘多畜鸚䳇鳥鴝鵒鳥初夜後夜鳴喚亂諸比丘坐禪諸比丘白佛佛言不應畜如是鳥爾時世尊在拘睒彌時跋難陀釋子畜狗子見諸比丘吠比丘白佛佛言不應畜爾時世尊在婆祇提國時毗舍離婆闍子比丘畜羆子裂破比丘衣鉢坐具針筒乃復傷比丘身體諸比丘白佛佛言不應畜爾時世尊在毗舍離國時諸離奢乘象馬車乘輦輿捉持刀劒來欲見世尊彼留刀仗在寺外入內問訊時六群比丘出外輙乘彼象馬車乘輦輿捉持刀劒共戲時諸居士見皆共譏嫌言沙門釋子不知猒足無有慚愧乃乘彼象馬車乘捉持刀劒共戲猶如國王大臣諸比丘白佛佛言比丘不應乘象馬車乘輦輿而共戲笑比丘亦不應捉持刀劒時諸上座老病比丘不能從此住處至彼處畏慎不敢騎乘佛言聽乘步挽車若男子乘一切畜生乘亦男彼有命難淨行難畏慎不敢騎乘避走佛言若有如是難聽乘象馬避時諸白衣持刀劒來寄諸比丘藏畏慎不敢受世尊有如是教不聽持刀劒白佛佛言聽

爲檀越牢堅故藏舉爾時世尊在拘睒彌國王優陀延是賓頭盧親厚知識王朝晡常往問訊時有不信樂婆羅門大臣從王白王言云何大王朝晡問訊此下賤業人而見王不起王即報言明日清旦當往若故不起當奪其命王明日清旦便往賓頭盧所遥見王來便作是念此王今懷惡心來若我不起當奪我命我今若起彼失王位若我不起當奪我命而墮地獄令此王墮地獄耶失王位耶尋復念言寧令失位不可令墮地獄即便起遠迎先意問訊言善來大王王問言汝今何故起迎我耶答言爲汝故起王言昨日何故不起答言亦爲汝故王問言云何爲我耶答言汝昨日善心來今日懷惡心來若我不起當奪我命若奪我命必墮地獄我念言此王持惡心來若我不起當奪我命若我起者必失王位若奪我命必墮地獄寧當令失王位不令墮地獄是故起耳王問言我當失位耶答言失王復問幾日當失答言却後七日時王即還拘睒彌修治城壍收檢穀食柴薪聚集軍衆守城警備數日過言今日是初日如是乃至七日作如是言沙門語虚便與諸婇女在恒水中乘船遊戲時慰禪王國内七年不雨彼聞摩竭國王瓶沙有出水珠若出此珠天即雨彼便興四部兵往王舍城圍城而住彼城牢固非餘方便可得唯水穀飲食盡乃可得耳時城内有多方便智慧大臣教以竹筆著池中合衆蓮華在孔中生出竹上時彼大臣至瓶沙王所白言王今知不王舍城牢固非餘方便可得唯水穀盡乃可得耳今應

遣人語波羅殊提王如是言今可且停不須象馬車乘刀劒共鬪汝今可用衆華優鉢羅鉢頭摩拘頭摩分陁利華共鬪我亦當以如是華共鬪汝復可作飯摶相打共鬪我亦作飯摶共鬪王言可爾時即遣使往波羅殊提王所具說上言彼作是念王舍城牢固唯有水穀飲食盡乃可得而城內水穀飯食豐多彼即報使言我不爲城故來我國內七年不雨聞汝國中有水珠若出此珠時天即降雨以是故來使答言大王初時何不言須珠若言須珠我即當與王今可去尋當送珠王即還軍向拘睒彌國彼聞王優陁延與婇女遊戲聲即問傍人言戲聲是何人傍臣答言大王知不王優陁延與諸婇女乘船遊戲於恒水中是彼戲聲王即勑傍人勿作聲放象於恒水邊彼即放第一白象藏守象人時王優陁延大臣出見白象白王言有野象王即勑人言勿作聲牽船近岸彼即近岸王優陁延善知調象法術即誦術彈琴往前取象時守象人即便捉王王甚恐怖彼問王言王怖耶王言我怖彼言王勿怖波羅殊提王喚王王更恐怖念言波羅殊提將無殺我并及侍從耶即便繫之衛送往波羅殊提王所問言汝怖耶答言怖王言勿怖汝可教我兒瞿波羅調象術并教我女彈琴彼將至慰禪國七年中鎖脚時跋難陁釋子從拘睒彌奢彌跋提夫人所來至慰禪國優陁延所持王優陁延信往夫人所諸比丘白佛佛言比丘不應爲白衣作使若作突吉羅時彼教王兒調象術教女彈琴後於異時遂與王女共通拘波羅

王子知之彼作是念若我白王必奪其命彼是我師教我辛苦此是王女彼是王得應爾耳即覆藏不語人後王優陀延欲逃走即自嚴疾行象必欲逃走若我白王必奪其命此是我師教我辛苦遂藏不語人彼安王女置象上於象上飲失瑠璃器未至地頃已從慰禪國至拘睒彌國王即至奢彌跋提夫人所語如是言我在彼繫時誓言當供養八婆羅門一切所須皆令具足今欲與之便可辦具夫人答言若如是者諸象馬車金銀七寶王及我身一切當盡如許所有併與一人彼亦都受猶無猒足王言今當云何夫人言此摩訶迦旃延是大婆羅門種今可請之并更請餘七婆羅門種比丘以王如許供具與此八人彼法不受若與亦不受王言可爾時王優陀延即往迦旃延所頭面禮足却坐一面時迦旃延種種方便爲王說法令得歡喜時王聞法歡喜已白如是言願受我明日請食通已八人時迦旃延默然受之時王見迦旃延默然受請已從座起頭面禮足歡喜而去王還其家辦種種多美飲食明日清旦往白時至時大迦旃延清旦著衣持鉢通已八人往王優陀延宮敷座而坐王優陀延手自斟酌種種多美飲食令得飽足食已捨鉢取金瓶盛水授之以象布施迦旃延言止止王此便爲供養已我等不應受如是供養復以車馬人黄金銀瑠璃玻瓈真珠硨磲碼碯七寶布施迦旃延言止止此便爲供養我等不應受如是供養時王優陀延即禮迦旃延足已更取

畢牀坐時迦旃延種種爲王說法令得歡喜已從座起而去還寺內白諸比丘諸比丘白佛佛爾時以此因緣集比丘僧爲諸比丘說大小持戒揵度如來出世應供正遍知明行足爲善逝世間解無上士調御丈夫天人師佛世尊於一切諸天世人沙門婆羅門天魔梵王衆中而自覺悟證知爲人說法初語亦善中語亦善下語亦善文義具足開顯淨行若居士居士子聞若復餘種姓生者彼聞正法便生信樂以信樂心而作是念我今在居家妻子繫縛不得純修梵行我今寧可剃除鬚髮被袈裟以信捨家入非家道彼於異時錢財若多若少皆捨棄親屬若多若少皆亦捨離剃除鬚髮被袈裟捨家入非家道彼與出家人同除捨飾好與諸比丘同戒不殺生放捨刀杖常有慙愧慈念衆生是爲不殺生捨偷盜與便取不與不取其心清淨無有盜意是爲不偷盜捨婬不淨行修梵行勤精進不著欲愛清淨香潔而住是爲捨婬不淨行捨妄語如實不欺詐於世是爲不妄語捨兩舌若聞此語不傳至彼若聞彼語不傳至此不相壞亂若有離別善爲和合和合親愛常令歡喜出和合言所說知時是爲不兩舌離麤惡言所言麤獷苦惱他人令生瞋恚而不喜樂斷除如是麤惡言言則柔軟不生怨害能作利益衆人愛樂樂聞其言常出如是利益善言是爲不麤惡言離無利益語知時語實語利益語法語律語滅諍語有緣而說所言知時是爲離無利益語不飲酒離放逸處不著華香瓔珞不歌舞倡伎亦不往觀聽不

高廣牀上坐非時不食若是一食不把持金銀七寶不取妻妾童女不畜養奴婢象馬車乘雞狗猪羊田宅園觀儲積畜養一切諸物不欺詐輕秤小斗不合和惡物治生販賣斷他肢節殺害繫閉斷他錢財役使作業言輒虛詐發起諍訟棄捨他人斷除如是諸不善事行則知時非時不行量腹而食度身而衣取足而已衣鉢自隨猶如飛鳥羽翮身俱比丘如是所去之處衣鉢隨身如餘沙門婆羅門受他信施求種種餘積飲食衣服香味觸法離如是無猒足事如餘沙門婆羅門食他信施聚集種子種植樹木鬼神村離如是事如餘沙門婆羅門食他信施但作方便求諸利養象牙雜寶高廣大牀種種文繡被褥及與雜色諸皮離如是利養法如餘沙門婆羅門食他信施但作方便求自嚴身酥油摩身香水洗浴以香塗身香澤梳頭著好華鬘染服紺色種種莊嚴面首色線繫臂挺通中杖執持刀劒幷孔雀蓋以珠爲扇以鏡自照著雜色革屣著純白衣能離如是莊嚴之事如餘沙門婆羅門食他信施專爲嬉戲碁局博掩樗蒲八道十道或復拍石斷除如是種種嬉戲如餘沙門婆羅門食他信施但說妨道法說王事賊事鬬戰軍馬事大臣事騎乘車園觀出入事臥起事女人事衣服飲食事親里事國土事思憶世間入大海事斷除如是一切妨道之業如餘沙門婆羅門食他信施無數方便但作諛諂美辭現相毀呰以利求利捨如是邪命諛諂如餘沙門婆羅門食他信施常共講論諍言或在園觀若在浴池或

在講堂我知如是法律汝無所知汝趣邪道我向正道以前言著後後言著前我能忍汝不能忍我勝汝汝但在言共汝論議我今得勝能問便問除斷如是一切諍事如餘沙門婆羅門食他信施但作方便求爲使命爲王王大臣婆羅門若居士通信從此處往彼處從彼還此持此信往彼持彼信來此自作是教他作是能遠離如是使命事如餘沙門婆羅門食他信施但作種種鬬戲或弓鬬或刀鬬或杖鬬或鬬雞或鬬狗或鬬猪或鬬羖羊或羝羊鬬或鬬鹿或鬬象或鬬馬或鬬駝或鬬牛或犎牛鬬或水牛鬬或鬬女人或鬬男人或鬬童男童女斷除如是一切嬉戲鬬事如餘沙門婆羅門食他信施行妨道法邪命自活瞻男女好惡相種種畜生以求利養除斷如是種種妨道法如餘沙門婆羅門食他信施行妨道法邪命自活召喚鬼神或復驅遣種種禳禱除斷如是妨道法如餘沙門婆羅門食他信施行妨道法邪命自活或爲人呪病或誦惡術或誦好呪或治背病若爲出汗或行針治病或治鼻或治下部病除斷如是邪命妨道法如餘沙門婆羅門食他信施行妨道法邪命自活行藥療治人病或吐或下治男治女除斷如是妨道法如餘沙門婆羅門食他信施行妨道法邪命自活或呪火或呪行來令吉利或誦剎利呪或誦鳥呪或誦枝節呪或安置舍宅符呪若火燒鼠嚙物能爲解呪或誦別死生書或誦別夢書或相手相肩或誦天人問或誦別鳥獸音聲盡除斷如是妨道法如餘沙門婆羅門食他信施

邪命自活瞻相天時或言當雨或言不雨或言穀貴或言穀賤或言多病或言少病或言恐怖或言安隱或言地動或言彗星現或言月蝕或言不蝕或言日蝕或言不蝕或言星蝕或言不蝕或言月蝕有如是好報有如是惡報日蝕星蝕亦如是除斷如是邪命法如餘沙門婆羅門食他信施行妨道法邪命自活或言此國當勝彼國不如或言彼國勝此國不如或此勝彼不如或言彼勝此不如瞻如是吉凶好惡除斷如是妨道法彼於此事中修集聖戒内無所著其心安樂眼雖視色而不取相不爲眼色所劫眼根堅固寂然而住無所貪欲而無憂患不漏諸惡不善法堅持戒品能善護眼根耳鼻舌身意亦如是於如是六觸入中善學護持調伏令得止息猶

若平地四交道頭駕象馬車乘善調御者左執鞚右持鞭善學護持善學調伏善學止息比丘亦如是於六觸入中善學護持善學調伏善學止息彼有如是聖戒得聖眼根食知止足亦不貪味以養其身而不貢高憍慢取自支身令無苦患得修淨行故苦消滅新苦不生無有增減有力無事令身安樂猶如男子女人身患瘡以藥塗之取令瘡差比丘食以知足取令身安亦復如是譬如人以膏油膏車爲財物故欲令轉載有所至到比丘食知止足取令支身亦復如是比丘有如是聖戒得聖諸根於食中能知止足初夜後夜精進覺悟若在晝日若行若坐常爾一心念除諸蓋彼於初夜若行若坐常爾一心念除諸蓋彼於中夜側右脅累脚而卧念當時起繫

想在明心無錯亂至於後夜便起思惟若行若坐常爾一心念除諸蓋比丘有如是聖戒逮聖諸根食知止足初夜後夜精進覺悟常爾一心念無錯亂云何比丘念無錯亂比丘如是觀内身身念處精進不懈念無錯亂調伏慳貪世間憂惱觀外身身念處精進不懈念無錯亂調伏慳貪世間憂惱觀内外身身念處精進不懈念無錯亂調伏慳貪世間憂惱受心法亦如是是爲比丘念無錯亂云何比丘一心若行步入出左右視瞻屈伸俯仰執持衣鉢受取飯食大小便利睡眠覺悟若坐若立若有所說若復寂然如是一切常爾一心是爲一心譬如有人與大衆共行若在前若在中若在後常得安樂而無有畏比丘亦復如是行步入出乃至默然常爾一心比丘有如是聖戒得聖戒根食知止足初夜後夜精進覺悟常爾一心無有錯亂樂在阿蘭若靜處樹下住或樂處山窟若在露地糞聚邊若在塚間水岸間彼乞食還已洗足安置衣鉢結跏趺坐直身正意繫念在前斷除慳貪心不與俱斷除瞋恚無有怨嫉心住無瞋清淨無恚常有慈愍除去睡眠不與共俱繫相在明念無錯亂除斷掉悔不與共俱内心寂滅調悔心淨除斷於疑已度於疑其心一向在於善法譬如有奴大家與姓安隱脫奴彼自念言我先是奴而今解脫安隱已得自在不復從人以是因緣便得歡喜其心安樂又如有人舉他財物所行治生能得利息還本既畢復有餘在足以養活妻子彼自念言我先舉債以用治生而得利息既得還本復

有餘在足養妻子我今便得自在不復畏人以是因緣便得歡喜其心安樂如人久病從病得差飲食消化身有色力彼作是念我先有病而今得差飲食消化身有色力以是因緣便得歡喜其心安樂如人久閉牢獄從獄安隱得脱彼作是念我先繫閉今已得脱無所復畏以是因緣便得歡喜其心安隱如人多持財寶度大曠野不遭賊劫安隱得過彼作是念我先多持財寶從曠野得過而今無所復畏以是因緣便得歡喜其心安樂比丘有五蓋亦復如是如奴負債久病在獄行大曠野自見未斷諸蓋令心染污慧力不明彼即捨欲惡不善法與覺觀俱而受喜樂得入初禪彼以喜樂潤漬於身遍滿盈溢無不遍處如人巧浴器盛細末藥以水漬之和合相得其水潤漬無有不潤而無零落比丘得入初禪亦復如是喜樂遍身無有空處此是最初現身得樂何以故由不放逸精進不懈念無錯亂樂處寂靜故彼捨覺觀便生內信心在一處無覺無觀心定喜樂入第二禪彼以心定喜樂潤漬於身遍滿盈溢無不遍處猶如山頂之泉水自中出亦不從東西南北及從上來即此池中清冷水出潤漬一池遍滿盈溢無有空處比丘入第二禪亦復如是心定喜樂遍滿盈溢此是第二現身得樂彼捨喜心住護念樂身受快樂如聖所説護念快樂入第三禪彼於身無喜以樂潤漬遍滿盈溢無有空處譬如優鉢羅華拘頭摩分陀利華雖生出地而未出水根莖華葉潤漬水中無有空處而不潤漬比丘入第三禪亦復如

是離喜住樂潤漬於身無不遍處此是第三禪得現身快樂所遊戲處彼捨苦樂憂喜先斷不苦不樂護念清淨入第四禪身心清淨具滿盈溢無不遍處猶若男子女人沐浴淨潔被以新白淨衣無有不覆之處比丘入第四禪亦復如是其心清淨遍滿於身無空缺處彼入第四禪心不掉動亦不懈怠不與愛恚相應住無動地譬如密屋內外泥治堅閉户嚮無有風塵於內然燈無有人非人風鳥扇動其燈燄直上無有曲憂恬定而然比丘入第四禪亦復如是無有調動心無懈怠不與愛恚相應已住無動地此是第四禪現身得樂所遊戲處何以故由不放逸精進不懈念不錯亂樂處寂靜故彼得定心清淨無有垢穢柔軟調伏住無動地自於身中起心能

化作異身肢節具足諸根無闕時即觀之此身色四大合成彼身色化有此四大身色異彼化身四大色異從此四大身色中起心化作彼身諸根肢節具足譬如有人鞘中拔刀彼作是念此是鞘此是刀刀異鞘異從此鞘中拔刀出亦如人篋中出虵彼作是念此是篋此是虵篋異虵異從此篋中出虵譬如有人從簏出衣彼作是念此是簏此是衣簏異衣異從簏中出衣比丘亦復如是此是比丘最初勝法何以故由不放逸精進不懈念無錯亂樂寂靜故彼以定心清淨乃至入不動地從已四大色身中起心化作化身一切諸根肢節具足彼作是念此身是四大合成彼身從化而有此四大色身異彼化四大色身異此心在此身依此身繫此身譬如瑠璃摩

尼珠瑩治甚明清淨無垢若以青黃赤線貫之有眼男子置掌而觀此是珠此是線珠異線異此珠繫在於線比丘亦復如是從此四大色身起心化作化身一切諸根肢節具足而作是念此身是四大合成彼身從化而有此四大色身異彼化四大色身異此心在此身依此身繫此身此是比丘第二勝法何以故由不放逸精進不懈念無錯亂樂寂靜故彼以定心清淨乃至入無動地一心修習神通智證彼使能作種種變化以一身爲無數身無數身還爲一身身能飛行石壁皆過無所觸礙如行虛空行住空中如鳥飛翔出没於地如水涌波或烟或燄若大火積手能捫日月身至梵天譬如陶師善調和泥隨意所造欲作何器便能成之而有利益譬如巧匠善能治木隨意所造自在成之而有利益譬如治象牙師善能治牙隨意所作自在成之而有利益譬如金師善鍊眞金隨意所作自在成之而有利益比丘亦復如是定心清淨至無動地隨意所作乃至梵天此是比丘第三勝法彼以定心清淨乃至入無動地一心修習證天耳智彼天耳清淨過出於人耳聞二種聲人非人譬如於城郭國邑中有講堂廣大高顯有聰耳人在中不勞聽力而聞種種音聲比丘亦復如是以心定故天耳清淨得聞人非人種種音聲此是比丘第四勝法彼以定心清淨乃至入無動地一心修習證他心智彼知外衆生心有欲無欲有垢無垢有癡無癡廣心略心小心大心定心亂心縛心脱心上心無上心皆悉知之譬如自喜男

子女人以水鏡自照無不得見比丘亦復如是以定心清淨故知外一切衆生心之所念此是第五勝法彼以定心清淨乃至入無動地一心修習宿命智證便能憶識宿命無數若干種事能憶一生十生百生千生無數百千生劫燒都盡國土還生我在彼生名字如是種如是姓如是食如是壽命如是在世如是壽盡如是受苦樂如是從彼命終復生於彼如是展轉來生於此如是形色相貌無數種種皆悉憶識譬如有人從己村落往至他國在於彼間若行若住若語若默從彼國復往餘國若行若住若語若默如是展轉復還其國不勞多力而能憶識所行諸國我從此國乃往彼國在彼國内如是行如是住如是語如是默從彼國復至彼國在彼國如是行如是住如是語如是默如是展轉還至本國比丘亦復如是能以定心清淨乃至無動地以宿命智證能憶無數百千劫種種衆事此是比丘得第一明斷滅無明明法生暗已去明曉法存此是比丘憶宿命智證明何以故由不放逸精進不懈心無錯亂樂處寂靜故彼以定心清淨乃至無動地一心修習見衆生死此生彼智證彼天眼清淨見衆生死此生彼形色好醜善惡諸道尊貴卑賤隨衆生所造業報因緣皆能知之如此人造身惡行口惡行心惡行誹謗賢聖邪見以邪見報故墮地獄餓鬼畜生如此衆生身行善口行善心念善不誹謗賢聖正見修習正業身死得生天上人中如是天眼清淨見衆生死此生彼隨衆生所造業因皆悉知之譬如廣大平

地四交道頭有高顯大堂有明眼人在中見衆生從東方來至西方從西方往東方從南方往北方從北方往南方比丘如是以定心清淨乃至無動地見衆生死此生彼智證以天眼清淨見衆生死此生彼乃至隨衆生所造業報因緣皆悉知之此是比丘得第二明斷無明明法生闇已去明曉法存此是見衆生死此生彼智證明何以故由不放逸精進不懈心不錯亂樂寂靜故彼以定心清淨乃至無動地一心修習無漏智證彼如實知苦聖諦集盡道諦如實知有漏漏集漏盡如實知趣漏盡道聖諦彼如是知如是見從欲漏有漏無明漏心得解脫已得解脫智我生已盡梵行已立所作已辦更不復生譬如清水中有木石魚鼈水性之屬東西遊行有眼者觀之見木石魚鼈此是木石此是魚鼈東西遊行比丘亦復如是以定心清淨至無動地得無漏智證乃至不復更生此是比丘得第三明斷無明明法生闇法去明曉法存是爲無漏智明何以故由不放逸精進不懈念無錯亂樂處寂靜故

四分律藏卷第五十三

音釋

嚏丁計切氣噴鼻也　詛莊助切沮也　毦而用切毛飾也　綖音綫　髀蒲米切股也　搩側格切　鉀逋肖切掠器也　獷古猛切麤惡也　翮胡得切鳥之勁羽也　樗抽居切戲也　羖公土切牡羊　羝都黎切　檿於琰切禳也　嚙魚結切噬也　彗徐醉切星名　鞚苦貢切馬勒也　漬資四切浸也　筐曲王切受物之器　簏盧谷切篋也　積資四切聚也

四分律藏卷第五十四

姚秦三藏佛陀耶舍共竺佛念譯

第四分五百結集法

爾時世尊在拘尸城末羅園娑羅林間般涅槃諸末羅子洗佛舍利已以淨劫貝裹復持五百張氎次而纏之作鐵棺盛滿香油安舍利置中以蓋覆上復作木槨安鐵棺著中下積衆香薪時末羅子中爲標首者持火然之時天即滅火餘大末羅子展轉皆以大炬然之時天亦皆滅之阿那律語末羅子不須乃爾疲苦諸天滅汝等火即問阿那律言大德諸天何故滅火答言摩訶迦葉在波婆拘尸城兩國中間在道行與大比丘衆五百人俱彼作是念我當得見未燒佛舍利不耶諸天知迦葉心如是念以是故滅火末羅子言大德阿那律今便小停遂彼諸天意爾時摩訶迦葉在彼二國中間道行與大比丘僧五百人俱時有異尼揵子持世尊般涅槃時曼陀羅華在道行時迦葉遥見而問言汝等從何所來彼答言我從拘尸城來復問言識我世尊不答言識復問今故在世不答言不在世般涅槃來已經七日我從彼持此華來時迦葉聞之不悅中有未離欲比丘聞世尊已取涅槃便自投于地譬如斫樹根斷樹倒此諸未離欲比丘亦復如是啼哭而言善逝涅槃何乃太早世間明眼何乃速滅我曹所宗之法何得便盡或有宛轉在地猶若圓木此諸未離欲比丘亦復如是啼哭憂惱而言善逝涅槃何乃太早爾時有跋難陀釋子在衆中語諸比丘言長老且止莫大憂愁啼哭我等

於彼摩訶羅邊得解脫彼在時數教我等是應是不應當作是不應作是我等今者便得自任欲作便作欲不作便不作時大迦葉聞之不悅即告諸比丘言且起疾捉衣鉢時往及世尊舍利未燒當得見諸比丘聞迦葉言即疾疾執持衣鉢於是大迦葉與五百人俱往拘尸城已出城度醯蘭若河往天觀寺至阿難所語言阿難我欲及世尊舍利未燒見之阿難答言欲及世尊舍利未燒而欲見之難可得見何以故世尊舍利已洗浴裹以新劫貝復以五百張氎次而纏之置在鐵棺盛滿香油著木槨中下積衆香薪今垂欲燒之是故難可得見時大迦葉漸前往佛舍利積所棺槨即自開世尊現足時大迦葉見世尊足下輪相垢汙即問阿難世尊顔容端正身作金色誰汙足下輪相阿難答言大迦葉女人心軟前禮佛時泣淚墮上手捉汙世尊足大迦葉聞之不悅即禮世尊足比丘比丘尼優婆塞優婆夷諸天大衆亦皆禮佛足時世尊足還內棺中不現時大迦葉哀歎說偈遶棺七帀火不燒自然時大迦葉燒舍利已以此因緣集比丘僧告言我先在道行時聞跋難陀語諸比丘作如是言長老且止莫復愁憂啼哭我等今於彼摩訶羅邊得解脫彼在世時教呵我等是應爾是不應爾應作是不應作是今我等已得自任欲作便作不作便不作我等今可共論法毗尼勿令外道以致餘言譏嫌沙門瞿曇法律若烟其世尊在時皆共學戒而今滅後無學戒者諸長老今可科差比丘多聞智慧是阿羅漢者時即差得

四百九十九人皆是阿羅漢多聞智慧者時諸比丘言應差阿難在數中大迦葉言勿以阿難在數中何以故阿難有愛恚怖癡有愛恚怖癡是故不應令在數中時諸比丘復言此阿難是供養佛人常隨佛行親從世尊受所教法彼必處處疑問世尊是故今者應令在數即便令在數諸比丘皆作是念我等當於何處集論法毗尼多饒飲食卧具無乏耶即皆言唯王舍城房舍飲食卧具衆多我等今宜可共往集彼論法毗尼時大迦葉即作白大德僧聽此諸比丘爲僧所差若僧時到僧忍聽僧今往王舍城集共論法毗尼白如是作白已俱往毗舍離時阿難在道行靜處心自念言譬如新生犢子猶故飲乳與五百大牛共行我今亦如是學人有作者而與五百阿羅漢共行時諸長老皆往毗舍離阿難在毗舍離住諸比丘比丘尼優婆塞優婆夷國王大臣種種沙門外道皆來問訊多人衆集時有跋闍子比丘有大神力已得天眼知他心智作如是念今阿難在毗舍離比丘比丘尼優婆塞優婆夷國王大臣種種沙門外道皆來問訊多人衆集我今寧可觀察阿難爲是有欲無欲耶即便觀察阿難是有欲非是無欲復念言我今當令其生猒離心將欲令阿難生猒離心即說偈言

靜住空樹下　心思於涅槃　坐禪莫放逸
多說何所作

時阿難聞跋闍子比丘說猒離已即便獨處精進不放逸寂然無亂是阿難未曾有法時阿難在露地敷繩牀夜多經行夜過明相欲

出時身疲極念言我今疲極寧可小坐念已即坐座已方欲偃卧頭未至枕頃於其中間心得無漏解脫此是阿難未曾有法時阿難得阿羅漢已即說偈言

多聞種種說　常供養世尊　已斷於生死
瞿曇今欲卧

時諸比丘從毗舍離往王舍城作如是言我等先當作何等爲當先治房舍卧具先論法毗尼耶皆言先當治房舍卧具即便治房卧具時大迦葉以此因緣集比丘僧中有陀䀻羅迦葉作上座長老波婆那爲第二上座大迦葉爲第三上座長老大周那爲第四上座時大迦葉知僧事即作白大德僧聽若僧時到僧忍聽僧今集論法毗尼白如是時阿難即從座起偏露右肩右膝著地合掌白大迦葉言我親從佛聞憶持佛語自今已去爲諸比丘捨雜碎戒迦葉問言阿難汝問世尊不何者是雜碎戒阿難答言時我愁憂無賴失不問世尊何者是雜碎戒時諸比丘皆言來我當語汝雜碎戒中或有言除四波羅夷餘者是雜碎戒或有言除四波羅夷十三事餘者皆是雜碎戒或有言除四波羅夷十三事二不定法餘者皆是雜碎戒或有言除四波羅夷十三事二不定法三十事餘者皆是雜碎戒或有言除四波羅夷乃至九十事餘者皆是雜碎戒時大迦葉告諸比丘言諸長老今者衆人言各不定不知何者是雜碎戒自今已去應共立制若佛先所不制今不應制佛先所制今不應却應隨佛所制而學時即共立如此制限大迦葉語阿難言汝於佛法

中先求度女人得突吉羅罪今應懺悔阿難答言大德此非我故作摩訶波闍波提於佛有大恩佛毋命過長養世尊大德迦葉我今於此不自見有罪以信大德故今應懺悔大迦葉復言汝令世尊三反請汝作供養人而言不作得突吉羅罪今當懺悔阿難答迦葉言我不故作爲佛作供養人難是故言不能耳我於此中不自見有罪以信大德故今當懺悔迦葉復言汝爲佛縫僧伽梨脚躡而縫得突吉羅罪迦應懺悔阿難答言大德迦葉非我慢而故作更無人捉故爾我於此不自見有罪信大德故今當懺悔迦葉復言世尊欲取涅槃三反告汝汝不請世尊住世若一劫若過一劫令無數人得利益慈愍世間諸天人民令得安樂汝得突吉羅罪今應懺悔阿難答言大德迦葉非我故作魔在我心令我不請佛住世我於此中不自見有罪信大德故今當懺悔迦葉復言世尊在時從汝索水汝不與得突吉羅罪今應懺悔阿難答言非我故作時有五百乘車從水中過其水垢濁恐世尊飲之作患是故不與迦葉復言汝但應與若佛威神或復諸天能令水清淨阿難言我於此中不自見有罪信大德故今當懺悔迦葉復言汝不問世尊何者是雜碎戒得突吉羅罪今應懺悔阿難言我非故作時我愁憂無賴失不問世尊何者是雜碎戒我於此中不自見有罪信大德故今當懺悔迦葉復言汝不遮女人令汙佛足得突吉羅罪今應懺悔阿難答言非我故作女人心輭禮佛足時泣淚手汙佛足我於此中不自見有

罪信大德故今當懺悔時大迦葉即作白言大德僧聽若僧時到僧忍聽僧今問優波離法毗尼白如是時優波離即作白大德僧聽若僧時到僧忍聽僧今令上座大迦葉問我答白如是時大迦葉即問言第一波羅夷本起何處誰先犯優波離答言在毗舍離須提那迦蘭陀子初犯第二復本起何處答言在王舍城陀尼伽比丘陶師子初犯復問第三本起何處答言在毗舍離婆裘河邊比丘初犯復問第四本起何處答言在毗舍離婆裘河邊比丘初犯復問第一僧殘本起何處答言在舍衛國迦留陀夷初犯如是展轉隨所起處如初分說復問第一不定法本起何處答言在舍衛國迦留陀夷初犯第二亦爾復問尼薩耆本起何處答言在舍衛國六群比丘初犯如是展轉亦如初分說復問初波逸提本起何處答言在釋翅瘦象力釋子比丘初犯如是展轉如初分說復問波羅提提舍尼本起何處答言在舍衛國蓮華色比丘尼起第二第三第四如初分說復問第一衆學法本起何處答言在舍衛國六群比丘初犯如是展轉如初分說比丘尼別戒如律所說復問最初聽受大戒本起何處答言在波羅奈五比丘復問最初聽說戒在何處答言在王舍城爲諸少年比丘復問初聽安居本起何處答言在舍衛國因六群比丘起復問初自恣本起何處答言在舍衛國因六群比丘起如是展轉問乃至毗尼增一時彼即集比丘一切事幷在一處爲比丘律比丘尼事幷在一處爲比丘尼律一切受戒法集一處爲

受戒揵度一切布薩法集一處爲布薩揵度一切安居法集一處爲安居揵度一切自恣法集一處爲自恣揵度一切皮革法集一處爲皮革揵度一切衣法集一處爲衣揵度一切藥法集一處爲藥揵度一切迦絺那衣法集一處爲迦絺那衣揵度二律并一切揵度調部毗尼增一都集爲毗尼藏時大迦葉即作白大德僧聽若僧時到僧忍聽僧今問阿難法毗尼白如是時阿難即復作白大德僧聽若僧時到僧忍聽僧今令大迦葉問我答白如是大迦葉即問阿難言梵動經在何處說增一在何處說增十在何處說世界成敗經在何處說僧祇陀經在何處說大因緣經在何處說天帝釋問經在何處說阿難皆答如長阿含說彼即集一切長經爲長阿含一切中經爲中阿含從一事至十事從十事至十一事爲增一雜比丘比丘尼優婆塞優婆夷諸天雜帝釋雜魔雜梵王集爲雜阿含如是生經本經善因緣經方等經未曾有經譬喻經優婆提舍經句義經法句經波羅延經雜難經聖偈經如是集爲雜藏有難無難繫相應作處集爲阿毗曇藏時即集爲三藏時長老富羅那聞王舍城五百阿羅漢共集法毗尼即與五百比丘俱往王舍城至大迦葉所語如是言我聞大德與五百阿羅漢共集法毗尼我亦欲豫在其次聞法時大迦葉以此因緣集比丘僧爲此比丘更問優波離乃至集爲三藏如上所說彼言大德迦葉我盡忍可此事唯除八事大德我親從佛聞憶持不忘佛聽內宿內煮自煮自取食早起受食

從彼持食來若雜果若池水所出可食者如是皆聽不作餘食法得食大迦葉答言實如汝所說世尊以穀貴時世人民相食乞求難得慈愍比丘故聽此八事時世還豐熟飲食多饒佛還制不聽彼復作是言大德迦葉世尊是一切知見不應制已還開開已復制迦葉答言以世尊是一切知見故宜制已還開開已復制富羅那我等作如是制是佛所不制不應制是佛所制則不應却如佛所制戒應隨順而學在王舍城五百阿羅漢共集法毗尼是故言集法毗尼有五百人

第四分七百結集毗尼法

爾時世尊般涅槃後百歲毗舍離跋闍子比丘行十事言是法清淨佛所聽應兩指抄食得聚落間得寺內後聽可得常法得和得與鹽共宿得飲闍樓羅酒得畜不割截坐具得受金銀彼於布薩日檀越布施金銀而共分之時有耶舍伽那子聞毗舍離比丘行如是事即往跋闍子比丘所見勸檀越布薩時布施衆僧金銀僧中唱令與伽那子比丘即言我不受何以故沙門釋子不應受取金銀沙門釋子捨棄珠寶不著飾好彼於餘日作分已送與伽那子比丘伽那子比丘言我不須我先言沙門釋子捨棄珠寶不著飾好彼即言毗舍離優婆塞瞋汝往教化令喜時即差使共往耶舍伽那子比丘至毗舍離優婆塞所語如是言汝實瞋我語耶我言沙門釋子不得受取金銀棄捨珎寶不著飾好語優婆塞言世尊在王舍城時王宮中王群臣集說如是語沙門釋子應得受取金銀不捨珠寶

非不著飾好時彼衆中有大長者珠髻語諸大臣言勿作是言沙門釋子受取金銀不捨珠寳非不著飾好何以故沙門釋子不應受取金銀棄捨珠寳不著飾好時珠髻長者爲諸大臣解說各令得解歡喜珠髻長者後於異時往世尊所頭面禮足却坐一面以先因緣具白世尊言我即爲解說各令歡喜世尊我說是言將無違失聖旨不如法教耶佛言長者如汝所說如法如實不違世尊教法何以故沙門釋子不應受取金銀除捨珠寳不著飾好其有受取金銀者則受五欲若受五欲則非沙門釋子法長者汝若見沙門釋子捉持金銀決定應知非沙門法耶我作是說聽爲竹葦草木故求乞金銀終不應自受取金銀是故離奢以此因緣沙門釋子不應受取金銀棄捨珠寳不著飾好離奢復於異時世尊在祇洹中告諸比丘有四事故令日月不明何等爲四阿脩羅烟雲霧塵是爲四事令日月不明如是沙門婆羅門亦有四事汙染塵穢令沙門婆羅門無有光顯何等四或有沙門婆羅門飲酒不能除斷此是第一塵穢或有沙門婆羅門行愛欲法不能捨離此是第二塵穢或有沙門婆羅門受取金銀不捨飾好此是第三塵穢或有沙門婆羅門以邪命自活不能除斷此是第四塵穢是爲四事以此四事故令沙門婆羅門汙穢不明無有光顯世尊爾時即說偈言

貪欲垢所汙　沙門婆羅門　愚癡所覆蓋
愛著於好色　飲酒散亂心　彼行愛欲法
受取金寳瓔　此爲無智者　沙門婆羅門

邪命以自活　佛說此爲結　如日生雲翳
無光顯威耀　不淨純垢汙　盲冥闇所閉
愛欲之所使　造惡不善業　癡何能行道
怨憎甚增益　更受未來身

是故離奢以此因緣故汝等當知沙門釋子不應受取金銀除去飾好我說是語汝以此事不信我耶彼離奢言我非爲不信我有信樂於汝汝可住此毗舍離我當供給衣服飲食醫藥所須之物時伽那子比丘與諸離奢解說令得歡喜已與彼使比丘俱還婆闍子比丘所遥見伽那子比丘來即問使比丘言伽那子比丘已解喻諸離奢得信耶答言爾即言彼已信樂伽那子持我等非沙門釋子婆闍子比丘問言何故耶即具說先因緣彼毗舍離比丘語伽那子比丘言汝先罵衆僧見罪不答言我不罵衆僧彼即和合與作舉伽那子比丘作是念我此諍事若得長老離婆多與我作伴者便可得如法滅彼即問餘人言離婆多在何處彼即答言聞在婆呵河邊即往婆呵河邊離婆多不在彼即問離婆多在何處彼即答言聞在伽那慰闍國即往彼國既至離婆多復不在復問離婆多在何處答言在阿伽樓羅國即往彼國而復不在即問離婆多在何處答言在僧伽賒國即復往彼國見離婆多値衆僧集問離婆多供養弟子言汝大德長老離婆多往衆僧中不答言當往時離婆多往集僧中聽說法已夜半後捉尼師壇還屋時耶舍伽那子亦在僧中集聽法已夜半後捉尼師壇往離婆多所彼作是念今正是時當具說先因緣令其得聞

彼即問離婆多言大德上座得二指抄食不彼還問言云何二指抄食答言大德長老足食已捨威儀不作餘食法得二指抄食食離婆多言不應爾問言在何處制答言在舍衛國不作餘食法食以是故制復問言大德長老得村間不彼還問言云何得村間答言大德長老足食已捨威儀不作餘食法兩村中間得食離婆多言不應爾問言在何處制答言在舍衛國不作餘食法食以是故制彼問言大德長老得寺內不彼還問言云何得寺內答言大德長老在寺內得別衆羯磨離婆多言不應爾問言在何處制答言在王舍城布薩揵度中制大德長老得後聽可不還問言云何得後聽可答言大德長老在界內別衆羯磨已聽可離婆多言不應爾問言在何處制答言在王舍城布薩揵度中制復問得常法不還問言云何得常法答言大德長老此作是已言是本來所作彼答言比丘知不應觀修多羅毗尼檢校法律若不觀毗尼不檢校法律而違反於法若已作不應作未作亦不應作若觀修多羅毗尼檢校法律與修多羅與法律相應不違本法若已作若未作應作復問言大德長老得和不彼還問言云何得和答言大德長老足食已捨威儀以酥油蜜生酥石蜜酪和一處得食不答言不應爾問言在何處制答言在舍衛國不作餘食法食以是故制復問言大德長老得與鹽共宿不彼還問言云何得與鹽共宿答言大德長老得用共宿鹽著食中食答言不應爾問言在何處制答言在舍衛國藥揵度中制復

問大德長老得飲闍樓羅酒不答言不應爾問言在何處制答言在拘睒彌國因長老娑伽陀比丘制復問大德長老得畜不割截坐具不答言不應畜問言在何處制答言在舍衛國因六群比丘制復問大德長老得受取金銀不答言不應爾問言在何處制答言在王舍城因跋難陀釋子制彼言大德長老毗舍離婆闍子比丘行此十事言清淨如法是佛所聽彼勸檀越於布薩時施衆僧金銀令分物人分彼言汝莫語餘人何以故恐諸比丘所見不同而不與和合比丘汝可往阿吁恒河山中彼處有三浮陀比丘是我同和尚與六十波羅離子比丘共住彼皆勇猛精進度無所畏以比因緣具爲彼說已共期婆呵河邊我亦當往時耶舍伽那子比丘即往彼山中至三浮陀所以此因緣具向彼說之期婆呵河邊大德離婆多亦當來時毗舍離婆闍子比丘聞耶舍伽那子比丘往人間求索伴黨彼即大持毗舍離好衣往離婆多弟子所語言我爲大德離婆多故持此好衣來與今止不復與即迴與汝可取彼言止止我不受彼復勤勸逼令受彼遂便受既受已作是言長老波夷那波梨二國比丘共諍世尊出在波夷那國善哉長老能爲我白大德上座波夷那波梨二國比丘共諍世尊出在波夷那國善哉大德當助波夷那比丘彼即答言大德長老離婆多尊重我難不敢言彼即強逼之不已便往離婆多所白如是言大德彼波夷那波梨二國比丘共諍世尊出在波夷那願大德助波夷那比丘彼即答言汝癡人

持我在不淨部中汝去不復須汝彼得遣已便往毗舍離婆闍子比丘所語如是言長老我先語汝大德離婆多尊重難可爲言我不堪語今大見責彼問言說何等彼言已遣我復問言汝幾臘答言十二歲問言汝十二歲猶故怖畏遣耶答言不受我供養云何不畏時彼離婆多及諸比丘如是語我等今當往諍所起處即乘船從恒水中往時天熱疲極住船在岸邊蔭下息時婆搜村有長老在道行作如是念我今此諍事當觀修多羅毗尼知誰法語誰非法語彼即觀修多羅毗尼檢校法律便知波梨國比丘是法語波夷那比丘非法語時有天不現身而讚言善哉善男子如汝所觀波梨比丘如法語波夷那比丘非法語時諸長老即共往毗舍離毗舍離有長老字一切去是閻浮提中最上座時三浮陀語離婆多言今往一切去上座屋中宿共說此事令其得聞時二人即共相隨往至彼屋時一切去長老夜坐禪思惟夜已久離婆多作是念此上座年已老氣力羸劣而久坐如是況我當不作如是坐時離婆多即便坐思惟至夜久一切去長老作是念此客比丘遠來疲極猶故坐禪思惟如是況我而不久坐時彼長老即復久坐思惟夜已過多語離婆多言長老汝此夜思惟何法答言我先白衣時常習慈心此夜思惟入慈三昧彼即言汝此夜入小定何以故慈心三昧是小定即復問言大德一切去此夜思惟何法答言我先白衣時習空法我此夜多入空三昧彼言大德此夜思惟大人之法何以故大人之法

入空三昧彼作是念今正是時可說先因緣令其得知彼問言大德長老得二指抄食不問言云何得二指抄食答言大德足食已捨威儀不作餘食法得二指抄食食答言不應爾問言在何處制答言在舍衛國不作餘食法以是故制如是一一說乃至布薩受取金銀令分物人分如上說彼即言勿語餘人恐人心不同不得和合一切去上座爲第一上座三浮那第二上座離婆多第三上座婆搜村是第四上座阿難皆爲其和尚時長老一切去知僧事時上座即作白大德僧聽若僧時到僧忍聽令僧論法毗尼白如是時波夷那比丘語波梨比丘言汝等今可出平當人彼即言上座一切去離婆多耶舍蘇曼那是平當人波梨比丘語波夷那比丘言汝等亦應出平當人彼即言長老三浮陀婆搜村長老沙留不闍蘇摩是平當人是中有阿夷頭比丘堪任勸化彼諸比丘言持此比丘在數中何以故彼在所處當爲我等勸化即著數中彼諸上座作是念我等若在衆中問此事恐更生餘諍事不知誰語是誰語非我等今寧可差次在別處共平論耶彼諸長老作是念我等於何別處而平誼此事即言當於婆梨林中時一切去長老即作白大德僧聽如此爲僧所舉比丘若僧時到僧忍聽於婆梨林中論法毗尼餘比丘不在中白如是如是作白已應羯磨差二三比丘取餘比丘欲至婆梨林中時一切去上座以此因緣集比丘僧如是諸上座皆集時一切去上座即作白大德僧聽若僧時到僧忍聽令僧論法毗尼

白如是時離婆多即作白大德僧聽若僧時到僧忍聽僧今問一切去上座法毗尼白如是時上座一切去即復作白大德僧聽若僧時到僧忍聽僧今令離婆多問我答法毗尼白如是離婆多問言大德上座得二指淨不即還問言云何二指淨答言大德長老足食已捨威儀得二指抄食食答言不應爾問言在何處制答言在舍衛國不作餘食法食以是故制此是第一事非法非毗尼非佛所教別處平誼已下一舍羅如是一一檢校乃至十事非法非毗尼非佛所教皆下舍羅彼諸長老作是語如我等今於別處平誼此事已今復欲於僧中如是檢校何以故令衆人皆知故彼諸長老皆往毗舍離時一切去上座即集比丘僧已作白大德僧聽若僧時到僧忍聽僧今論法毗尼白如是長老離婆多即作白大德僧聽若僧時到僧忍聽僧今問一切去上座法毗尼白如是時一切去上座即作白大德僧聽若僧時到僧忍聽僧今令離婆多問法毗尼我答白如是離婆多即問言大德長老得二指淨不彼問言云何得二指淨答言大德長老足食已捨威儀不作餘食法得二指抄食食答言不應爾問言在何處制答言在舍衛國不作餘食法食是故制此是第一事非法非毗尼非佛所教於僧中檢校已下一舍羅如是一一檢校乃至十事非法非毗尼非佛所教於僧中檢校已皆下舍羅在毗舍離七百阿羅漢集論法毗尼故名七百集法毗尼具足竟

四分律藏卷第五十四

四分律藏卷第五十五

姚秦三藏佛陀耶舍共竺佛念譯

第四分調部毗尼法之一

爾時世尊在毗舍離時優波離即從座起偏露右肩右膝著地合掌白佛言須提那迦蘭陀子與故二行不淨行是犯波羅夷不佛語優波離最初未制戒不犯爾時婆闍子比丘愁憂不樂不樂淨行即還家與故二行不淨彼作是念世尊為諸比丘制戒若比丘犯不淨行行婬欲法得波羅夷不共住我愁憂不樂不樂淨行與故二行不淨我將無不犯波羅夷耶不知云何即語同伴比丘世尊為諸比丘制戒若比丘犯不淨行行婬欲法得波羅夷不共住而我愁憂不樂不樂淨行還家與故二行不淨我將無不犯波羅夷耶善哉長老可為我白佛隨佛所教我當奉行我若復得於佛法中得修淨行者我當行之時彼比丘即往佛所頭面禮足却坐一面以此因緣具白世尊世尊爾時以此因緣集比丘僧無數方便訶責婆闍子比丘言汝所為非非沙門法非淨行非隨順行所不應為云何癡人不樂淨行而還家與故二行不淨入便犯波羅夷不共住若有餘比丘愁憂不樂不樂淨行者聽捨戒而去若復欲於佛法修清淨行者還聽出家受大戒爾時優波離從坐起偏袒右肩右膝著地合掌白世尊言是道作道想為犯不佛言波羅夷復問是道疑是犯不佛言波羅夷復問是道非道想是犯不佛言波羅夷復問非道道想是犯不佛言偷蘭遮復問非道疑是犯不佛言偷蘭遮復問是

男作女想行不淨是犯不佛言波羅夷復問是女作男想行不淨是犯不佛言波羅夷復問與此女人通作彼女人想共行不淨行是犯不佛言波羅夷於此男作彼男想共行不淨是犯不佛言波羅夷時有比丘與女象行不淨彼疑是犯波羅夷不佛言犯如是牸牛馬駝鹿驢羊猪狗鴈鳥孔雀雞如是一切盡波羅夷

爾時世尊在毗舍離時有一乞食比丘在林間住有雌獮猴林間行此比丘出人間乞食持還林中食有餘食與此獮猴獼猴遂便親近隨逐東西乃至手捉不去時比丘即共行不淨時衆多比丘案行房舍卧具次至彼林中彼獼猴來在諸比丘前住舉尾現相彼諸比丘作如是念此雌獼猴今在我等前現相如是將無有餘比丘犯此獼猴耶即便隱在屏處伺之時乞食比丘持食還林中食已持與獼猴獼猴食已共行不淨彼諸比丘觀見即語言長老佛不制比丘不得行不淨耶彼答言佛制人女不制畜生時諸比丘往佛所頭面禮足却坐一面以此因緣具白世尊世尊爾時以此因緣集比丘僧訶責彼乞食比丘言汝所爲非非威儀非沙門法非淨行非隨順行所不應爲云何乃與獼猴共行不淨入便波羅夷癡人不應共住爾時優波離從坐起偏露右肩右膝著地合掌白世尊言大德若比丘與餘畜生行不淨是犯波羅夷不佛言犯爾時世尊在王舍城有難提比丘坐禪得世俗心解脫從第四禪覺已時魔天女即在前立比丘捉欲犯魔女便出外比丘亦

隨出外彼出屋欄外比丘亦隨出屋欄外彼出中庭比丘亦隨出中庭彼出寺外比丘亦出寺外寺外有死騂馬彼於死馬所便滅天形不現時難提比丘便於死馬形行不淨行行不淨已都無有覆藏心即作是念世尊爲諸比丘制戒不得行不淨若行不淨波羅夷不共住而我今行不淨都無有覆藏心我將無犯波羅夷耶我當云何即語同伴比丘世尊爲諸比丘制戒若比丘行不淨得波羅夷不共住而我今犯不淨都無覆藏心將無犯波羅夷耶善哉長老爲我白佛隨佛所教我當奉行時諸比丘往佛所頭面作禮却坐一面以此因緣具白世尊世尊爾時以此因緣集比丘僧告言今僧與難提比丘波羅夷戒白四羯磨如是與彼比丘應往僧中脱革屣

偏露右肩右膝著地合掌作如是白大德僧聽我難提比丘犯婬法都無覆藏心今從僧乞波羅夷戒願僧慈愍故與我波羅夷戒如是第二第三説衆中應差堪能羯磨人如上作如是白大德僧聽此難提比丘犯婬法都無覆藏心今從僧乞波羅夷戒若僧時到僧忍聽僧今與難提比丘波羅夷戒白如是大德僧聽此難提比丘犯婬法都無覆藏心今從僧乞波羅夷戒僧今與難提比丘波羅夷戒誰諸長老忍僧與難提比丘波羅夷戒者默然誰不忍説是初羯磨第二第三如是説僧已與難提比丘波羅夷戒竟僧忍默然故如是持與波羅夷戒已應隨順行是中隨順行法者不應授人大戒及與人依止不應畜沙彌不應受教授比丘尼設差不應往教不

應爲僧説戒不應在僧中問答毗尼不應受僧差使作知事人不應受僧差別處平斷事不應受僧差使命不應早入聚落暮還應親附比丘不應親附外道白衣應隨順比丘法不説餘俗語不應更犯此罪餘亦不應若相似若從此生若重於此者不應非羯磨非羯磨者不應受清淨比丘敷座洗足水水器拭革屣揩摩身及禮拜迎逆問訊不應受清淨比丘捉持衣鉢不應擧清淨比丘爲作憶念作自言不應助他語不應遮説戒自恣不應與清淨比丘諍與波羅夷戒比丘僧説戒及羯磨時來不來無犯諸比丘作如是語比丘與波羅夷戒已復重犯應得更與波羅夷戒不佛言不應爾應滅擯爾時有比丘體輭弱以男根内口中彼疑我將無犯波羅夷耶佛言犯時有比丘字藍婆那男根長持内大便道中彼疑我將不犯波羅夷耶佛言犯時有比丘男根起異比丘即持自内口中此比丘不以爲樂即却不受生疑我將無犯波羅夷耶佛言汝不犯彼比丘犯時有乞食比丘晨朝著衣持鉢至白衣家白衣家有小兒男根起比丘即持自内口中已疑我將無犯波羅夷耶佛言犯時有比丘捉餘比丘共行婬彼疑我將無犯波羅夷佛問言汝受樂不答言受佛言二俱波羅夷時有比丘共沙彌行婬疑我將無犯耶佛言汝沙彌受樂不答言受佛言二俱犯時有沙彌捉大比丘共行婬疑佛言比丘汝受樂不答言受佛言二俱犯時有沙彌與沙彌共行婬疑佛言汝受樂不答言受佛言二俱犯時有比丘強與比丘共行

婬不受樂還出疑佛言汝受樂不答言不受佛言汝無犯入者犯時有比丘強捉沙彌行婬不受樂還出彼疑佛言汝沙彌受樂不答言不受佛言汝不犯入者犯時有沙彌強捉比丘共行婬不受樂還出疑佛言汝受樂不答言不受樂佛言汝不犯入者犯時有沙彌強捉沙彌行婬不受樂還出疑佛言汝沙彌受樂不答言不受樂佛言汝不犯入者犯時有比丘自身根壞無所覺觸彼作是念我不覺觸行婬得無犯彼即行婬已疑佛言汝犯波羅夷時有比丘男根不起念言我行婬無犯即便行婬疑佛言汝犯波羅夷時有比丘作是念我與眠女人行婬彼不覺樂得無犯即便行婬疑佛言汝犯波羅夷時有比丘作是念與醉女人行婬彼不覺樂得無犯即共行婬疑佛言汝犯波羅夷時有比丘作是念我與顛狂女人行婬彼不覺樂得無犯即便行婬疑佛言汝波羅夷時有比丘作是念我與瞋恚女人共行婬彼不受樂得無犯即便行婬疑佛言汝波羅夷時有比丘作是念我與苦痛女人共行婬彼不受樂得無犯即便行婬疑佛言汝波羅夷時有比丘作是念我與身根壞女人行婬彼不覺樂得無犯即便行婬疑佛言波羅夷時有比丘作是念我強捉女人共行婬彼不受樂得無犯即便行婬疑佛言汝波羅夷時有比丘作是念我強捉黄門行婬彼不受樂得無犯即便行婬疑佛言汝波羅夷時有比丘作是念我強捉男子行婬彼不受樂得無犯即便行婬疑佛言汝波羅夷時有女人強捉比丘行婬比丘不受

樂還出彼疑佛言比丘汝受樂不答言不受樂佛言汝不犯時有黃門強捉比丘共行婬疑佛言比丘汝受樂不答言不受佛言汝不犯時有男子強捉比丘共行婬彼不受樂還出疑佛言比丘汝受樂不答言不受樂佛言汝不犯時有惡比丘惡沙彌惡阿蘭若捉比丘大便道若口中行婬彼身受樂還出疑佛言汝受樂不答言受樂佛言二俱波羅夷時有惡比丘惡沙彌惡阿蘭若捉比丘尼沙彌沙彌尼式叉摩那大小便道口中行婬彼受樂還出疑佛言汝受樂不答言受樂佛言二俱犯時有惡比丘惡沙彌惡阿蘭若捉比丘大便道口中行婬彼不受樂疑佛言汝比丘受樂不答言不受樂佛言汝不犯彼犯時有惡比丘惡沙彌惡阿蘭若捉比丘尼式叉摩那沙彌沙彌尼大小便道口中行婬彼不受樂還出疑佛言汝沙彌尼受樂不答言不受樂佛言汝不犯彼犯時有惡比丘惡沙彌惡阿蘭若捉眠比丘大便道口中行婬彼眠不覺覺時亦不知彼疑佛問言汝覺不答言不覺佛言汝不犯彼犯時有惡比丘惡沙彌惡阿蘭若捉眠比丘尼式叉摩那沙彌沙彌尼大小便道口中行婬彼眠不覺覺時亦不知彼疑佛問言汝覺不答言不覺佛言汝不犯彼犯時有惡比丘惡沙彌惡阿蘭若於眠比丘大便道口中行婬彼眠覺不受樂還出彼疑佛言汝受樂不答言不受樂佛言汝不犯入者犯時有惡比丘惡沙彌惡阿蘭若於眠比丘尼式叉摩那沙彌沙彌尼大小便道口中行婬彼眠不覺覺已不受樂疑佛言汝受

樂不答言不受樂佛言汝不犯彼入者犯時有惡比丘惡沙彌惡阿蘭若於眠比丘大便道口中行婬彼眠不覺覺已知受樂還出疑佛言汝受樂不答言受佛言二俱犯時有惡比丘惡沙彌惡阿蘭若於眠比丘尼式叉摩那沙彌沙彌尼大小便道口中行婬彼眠不覺覺乃知受樂佛言汝受樂不答言受樂佛言二俱犯時蓮華色比丘尼晝日不關戶眠賊入屋行婬已去彼眠不覺覺已見不淨汙身彼作是念我身有不淨汙將無有人婬犯我耶疑佛言不犯比丘尼不應晝日不關戶而眠爾時有難陀比丘尼晝日在華樹下衆人戲處有賊捉婬犯彼疑佛言汝難陀受樂不答言大德如似熱鐵入體佛言無犯比丘尼不應住如是處爾時有乞食比丘晨朝著衣持鉢至白衣家彼門下繫小狗子見比丘便作聲比丘慈愍解放去比丘復往餘處故二見喚共行不淨彼作是念我放他狗子去已犯波羅夷便與故二共行不淨諸比丘作如是念此比丘爲犯前爲犯後佛言前不犯後犯而不應放他狗子去時有比丘晨朝著衣持鉢往白衣家見有豚子溺水中見比丘便作聲比丘慈愍即出放去復往餘處見故私通女人喚共行不淨彼作是念我放他豚子去已犯波羅夷便共行不淨餘比丘作是念此比丘爲犯前爲犯後佛言前不犯後犯而不應作如是事時有異女人往屠牛處買肉持行有鵄鳥抄撮其肉在空中失墮乞食比丘鉢中彼女人見之即語言大德此是我肉莫持去比丘答言墮我鉢中非汝肉持去

不還前行見婬女喚此比丘共行不淨彼作是念我向持他肉來已犯波羅夷即共此女人行不淨諸比丘作是念彼比丘爲犯前爲犯後佛言前無犯後犯而不應受如是肉時有比丘於狗口中行婬彼疑佛言波羅夷時有比丘褰衣小便有狗舐小便以漸前含男根彼不受樂即還出便疑佛問言比丘汝受樂不答言不受樂佛言不犯時有比丘褰衣小便有狗舐小便復前含男根彼受樂已還出疑佛問言汝受樂不答言受樂佛言汝波羅夷時有比丘褰衣渡伊羅婆提河有魚含男根彼不受樂還出疑佛問言汝受樂不答言不受樂佛言不犯時有比丘褰衣渡伊羅婆提河有魚含男根彼受樂還出疑佛問言汝受樂不答言受樂佛言汝波羅夷時有比丘大小便道中間行婬彼疑佛言偷蘭遮在髆中曲脚間脇邊乳間腋下耳鼻中瘡孔中繩牀木牀間大小褥間枕邊在地泥摶間君持口中若道想若疑一切偷蘭遮爾時有乞食比丘晨朝著衣持鉢往白衣家有童女在門內仰臥而睡彼作是念我若男根婬犯入便波羅夷即以足大指內彼女根中疑佛言僧殘時有比丘欠口有異比丘以男根內口中彼不受樂出已疑佛問言汝受樂不答言不受樂佛言汝不犯入者犯自今已去若欠時應以手障口時有比丘於浴室中爲異比丘揩身此比丘身輭異比丘即生欲心便共行婬彼不受樂還出彼疑佛言汝受樂不答言不受樂佛言汝無犯彼入者犯

爾時世尊在舍衛國有比丘晝日不關戶眠

男根起時有衆多女人詣僧坊觀看至彼比丘屋見比丘仰眠男根起見已慚愧疾疾而出諸女人中有賊女共行賊女入屋即於比丘形上行婬行婬已持華鬘繫男根頭而去彼比丘眠不覺覺已見不淨汙身男根有華鬘便作如是念乃有不淨汙身男根有華鬘將無有女人於我行婬耶疑佛問言汝覺不答言不覺佛言無犯而不應晝日不關戶而眠時舍衛國有比丘比丘尼母子夏安居母子數數相見既數相見俱生欲心母語兒言汝從此出今還入此可得無犯兒即如母言彼疑佛言波羅夷時有比丘於死女人上行婬彼疑佛言汝波羅夷若多不壞波羅夷若半壞偷蘭遮若多壞若一切壞偷蘭遮若骨間偷蘭遮爾時蘇毘優婆私語比丘言男根

女根俱遮行婬可得無犯比丘即如言行婬已疑佛言波羅夷時有蘇毘優婆私語比丘言汝共我行婬於外出精可得無犯即如言行婬已疑佛言汝波羅夷時有婬女語比丘言汝以樹葉裹男根行婬可得無犯即如言行婬已疑佛言汝波羅夷爾時比丘在塚間行遥見死女人身猶衣服莊嚴即便行婬已疑佛言汝波羅夷時有比丘守房有小女來白時到比丘即捉婬犯破彼女根與大便道通即便命終彼疑佛問言汝以何心答言不以殺心佛言不犯殺犯婬波羅夷時有比丘於木女像身中行婬疑佛言犯偷蘭遮於壁上女像形行婬佛言偷蘭遮時有比丘與天女共行婬已疑佛言波羅夷阿脩羅女龍女夜叉女餓鬼女若畜生女能變化者女行婬

一切波羅夷時有比丘晨朝著衣持鉢至白衣家乞食時天大雨有女人低身除決潦水形露彼作是念我不觸其身但以男根入得無犯念已即便行婬疑佛言波羅夷

爾時世尊在舍衛國有比丘往阿蘭若處晝日眠時有取薪女人於比丘形上行婬已去比丘不遠而住比丘覺已見身不淨汙念言此女必於我身上行婬生疑佛問言汝覺不答言我不覺佛言不犯比丘不應住如是處晝日眠

爾時世尊在婆祇提國有比丘住阿蘭若處晝日眠有擔草女人於比丘形上行婬比丘不覺知已不受樂即却之已打女人比丘疑佛問言汝受樂不答言不受樂佛言汝不犯打女人得突吉羅時世尊在瞻婆國有比丘至阿蘭若處晝日思惟繫念在前此比丘是阿羅漢有風患男根起時有賊女強與比丘共行婬比丘如是語阿羅漢猶有欲男根起耶諸比丘白佛佛言有五事因緣令男根起大便急小便急風患慰周陵伽虫噛有欲心是爲五事若阿羅漢有欲心男根起者無有是處

爾時世尊在王舍城王子無畏男根有病令女人含之後得差得差已即於此女人口中行婬此女人憂愁不樂便作是念若王瓶沙來時我當覆頭露形在王前住若王問我言汝狂人耶何故乃作如是我當答言不狂是王子所須我今覆護何以故王子常於我口中行婬是故覆護後異時王瓶沙往無畏所時女人如先所念於王前如是住王問言汝

狂耶何故如是女答言我不狂是王子所須是故覆護耳王即喚無畏來語言汝云何乃於彼女口中行婬耶無畏聞之甚以慚愧後於異時王子無畏言此女人有罪爲著黑衣安置城門邊作如是言若有如是病者當於此婬女口中行婬得差時諸比丘作如是言若爲治病故以男根著彼女人口中含不犯耶佛言波羅夷爾時有城名婆樓越奢王字海婬女有罪王作是言剠女根兩邊肉以此爲罰即便剠之諸比丘作如是言若於生人骨間行婬爲犯不佛言偷蘭遮

爾時世尊在王舍城優波離從坐起偏露右肩右膝著地合掌白佛言大德陀尼伽陶師子取王瓶沙材木不與而取是犯不佛言最初未制戒不犯復白佛言大德若空處他所守護物若取五錢若過五錢是犯不佛言波羅夷他物他物想若五錢若過五錢不與而取是犯不佛言波羅夷他物疑若取五錢若過五錢是犯不佛言偷蘭遮非他物他物想取五錢若過五錢偷蘭遮非他物疑取五錢若過五錢是犯不佛言偷蘭遮若他物他物想取減五錢是犯不佛言偷蘭遮若他物疑取減五錢是犯不佛言突吉羅非他物他物想取減五錢是犯不佛言突吉羅非他物疑取減五錢是犯不佛言突吉羅若作女想取男物五錢若過五錢是犯不佛言波羅夷若作男想取女物五錢若過五錢是犯不佛言波羅夷若作此女想取餘女物是犯不佛言波羅夷若作此男想取餘男物是犯不佛言波羅夷

爾時世尊在波羅柰時世穀貴人民飢餓乞食難得時有乞食比丘晨朝著衣持鉢往白衣家有女人器盛飯置地已還入屋比丘看左右不見人作是念我取此食於我有益即持而去彼疑佛問言汝以何心取答言以盜心取佛言若價直五錢取離本處波羅夷麨乾飯魚肉佉闍尼如是一切直五錢取離本處波羅夷時有乞食比丘晨朝著衣持鉢往白衣家見有銅盂看左右不見人念言此於我有益即持去有疑佛問言汝以何心取答言盜心取佛言若價直五錢取離本處波羅夷時有乞食比丘晨朝著衣持鉢往白衣家見有方獨坐氍氀看左右不見人念言取此於我有益即持去疑佛問言汝以何心取答言盜心取佛言若價直五錢取離本處波羅夷時有比丘於浣衣處取他衣持去疑佛問言汝以何心取答言以盜心取佛言直五錢取離本處波羅夷時有比丘去浣衣處不遠見有曬貴價衣即憶識而去念言還時當取便疑佛問言汝以何心取答言以盜心佛言方便求五錢未離本處偷蘭遮時有乞食比丘晨朝著衣持鉢往白衣家見門屋下曬貴價衣以脚轉到看彼疑佛問言汝以何心答言以盜心佛言方便求五錢未離本處偷蘭遮時有乞食比丘晨朝著衣持鉢往白衣家見有獨坐牀看左右不見人自念此於我有益即持去便疑佛問言汝以何心取答言以盜心佛言波羅夷時有乞食比丘晨朝著衣持鉢往白衣家見有獨坐牀幷衣看左右不見人自念此於我有益即持去彼疑佛問言

汝以何心取答言以盜心取佛言價直五錢取離本處波羅夷時有乞食比丘晨朝著衣持鉢往白衣家見有獨坐牀暫取用坐疑佛問言汝以何心取答言暫取非盜心佛言無犯不應不問主而暫取用時有比丘取他塔廟中衣疑佛問言汝以何心取答言以糞掃衣取佛言無犯不應取他塔廟中莊飾衣時有比丘與賣線人共行彼語比丘言長老汝等度關不輸稅今欲以此線託長老度關時比丘即為過之便疑佛言汝以何心答言以盜心佛言價直五錢過關便波羅夷時有衆多比丘方便遣一人取他物得五錢若過五錢彼疑佛言一切波羅夷時有衆多比丘方便遣一人取他物中有疑者而不遮即往取物得五錢若過五錢彼疑佛言一切波羅夷時衆多比丘方便遣一人取他物中有疑者即遮彼故往取得五錢若過五錢彼疑佛言遮者偷蘭遮不遮者波羅夷時有衆多比丘方便遣一人盜他物即往求五錢若過五錢得減五錢彼作是念我等得減五錢不犯波羅夷佛言依本取物處直五錢波羅夷時有衆多比丘方便遣一人取五錢若過五錢還共分各得減五錢彼作是念我等得減五錢不犯波羅夷佛言通作一分盡波羅夷時有衆多比丘方便遣一人取他物彼往取減五錢來至此得五錢彼作是念我等得五錢波羅夷佛言依本取物處偷蘭遮時有比丘取彼聚落物來入城疑佛言汝以何心取答言盜心佛言取五錢離本處波羅夷時有比丘盜他經作是念佛語無價應計紙墨直彼疑

佛言汝以何心取答言以盜心取佛言取五錢離本處波羅夷時有王家勇健人以信樂故從世尊出家有異破戒比丘誘誑言長老彼某甲村中多有財物亦有健人而汝勝彼今可共往取彼財物即答言可爾彼比丘語已便共去不遠此比丘作如是念我信樂出家不應作如是惡事彼破戒比丘於異時復來語言今可共往取彼財物答言我不往問言何以故答言我於汝去後思惟作是念我不應以信出家而作是事以是故不往復於異時彼破戒比丘往彼村盜他物各各分已作一分送與此比丘此比丘答言我不須此分我先不作如是言以信出家不應作如是事耶疑佛問言汝以何心即具以因緣白佛佛言無犯先然可彼突吉羅時有比丘欲盜他衣而錯取已衣疑佛言汝偷蘭遮時有比丘盜取他衣并得已衣疑佛言已衣偷蘭遮他衣波羅夷時有比丘他盜取物而奪彼盜者物疑佛言波羅夷時有衆多白衣在塚間脫衣置一處埋死人有糞掃衣比丘謂是糞掃衣即持去諸白衣見已語大德莫持我衣去彼答言我謂是糞掃衣即置衣而去疑佛問言汝以何心取答言以糞掃衣想不以盜心佛言無犯若多有衣聚不應作糞掃衣取時有比丘去塚不遠行遥見多有糞掃衣即聚集而去言還當取餘糞掃衣比丘見謂是糞掃衣即持去彼比丘還不見衣至寺內見有比丘浣治即語言汝偷我衣犯盜彼答言我不盜取糞掃衣耳彼疑佛言汝以何心取答言作糞掃衣取佛言不犯而不應取聚糞

掃衣時有居士去塚不遠行遥見有大價糞掃衣即往取置草中而去言還當取與某甲比丘時有糞掃衣比丘見即持去彼居士還不見衣至寺中見比丘浣治即語言汝盜我衣比丘答言我不盜汝衣取糞掃衣耳疑佛問言汝以何心取答言作糞掃衣取佛言無犯而不應取如是處糞掃衣時有牧牛人脫衣置頭前而眠有糞掃衣比丘見謂是死人作是念世尊不聽比丘取完死人衣即取死人臂骨打頭彼覺起言大德何故打我也比丘言我謂汝是死人彼牧牛人言汝寧可不別我死生也即打比丘熟手諸比丘白佛佛言不應打死人令破取衣時有衆多小兒脫衣置一處作土堆戲有糞掃衣比丘見即將去諸小兒見語言莫持我衣去比丘答言我

謂是糞掃衣置而去疑佛問言汝以何心取答言以糞掃衣取佛言無犯而不應取聚糞掃衣時六群比丘以石蜜誘誑小兒欲將人間賣父母見之即問比丘言大德何所說彼答言無所說即留小兒而去彼疑佛問言汝以何心答言盜心佛言直五錢離本處波羅夷時有比丘盜心倒易他分物籌彼疑佛言舉籌便波羅夷時有比丘盜他分物籌疑佛言直五錢離本處波羅夷時有比丘轉側他籌疑佛言方便取五錢未離本處偷蘭遮時有比丘再盜取物不滿五錢彼作如是念我前後不滿五錢不犯波羅夷佛言前後滿五錢波羅夷爾時去祇桓不遠有居士耕有客比丘見語言此是僧地莫耕彼答言非僧地我地耳比丘復語言是僧地汝莫耕居士即

放耕牛去作如是言我自有地而不得耕也彼客比丘入祇桓問舊比丘有居士去此不遠耕此是誰地答言是彼居士地舊比丘言汝何故問也即具說因緣便疑佛問言汝以何心具說因緣佛言汝無犯而不應作如是事時優波離從坐起偏露右肩右膝著地白佛言若作滅損意取五錢若過五錢自取若教人取自斷壞若教人斷壞自破若教人破若燒若埋若壞色是犯不佛言一切波羅夷時有比丘分地移他標相疑佛言汝以何心答言以盜心佛言移標相若直五錢波羅夷爾時衆僧園無水荒毀六群比丘決他田水著僧園中疑佛問言汝以何心答言盜心佛言波羅夷時有比丘有檀越家田無水荒毀彼決他水著檀越田中疑佛言波羅夷時有

比丘與白衣家有怨彼決他田水棄之令田毀癈彼疑佛言波羅夷時有比丘盜他水彼疑佛言直五錢波羅夷諸比丘疑不敢取渠水泉陂池水佛言若非人所護者不犯時有比丘字旃陀羅有鬬諍事有貴價蘇摩國鉢彼以諍事故常懷憂愁作如是語若有能滅我諍事者當與此鉢時有阿夷頭比丘聰明了了善滅諍事即爲彼滅諍已持鉢而去此比丘謂失鉢便行求覓見阿夷手中捉即語言汝偷我鉢彼即答言我不偷汝鉢汝自有要言若有能滅我諍事者當持此鉢與是故我取耳彼疑佛問言汝以何心取彼具答因緣佛言汝不犯而不應受如是物時有比丘字耶輸伽有僧伽梨復有比丘字婆修達多不語輙著入聚落乞食彼謂失衣便行求覓

見婆修達多著即便捉之言汝犯盜彼答言我不盜汝衣以親厚意取耳彼疑佛問言汝以何心答言以親厚意取非盜心佛言無犯而不應於非親厚而作親厚意取時有比丘字清淨有僧伽梨有須陀夷比丘不問主輒著入聚落乞食主謂失衣便行求覓見須陀夷著即捉語言汝取我衣犯盜彼答言我不盜借著耳彼疑佛問言汝以何心答言借著非盜心佛言無犯而不應不問主輒著入聚落時有比丘取他梨果疑佛言直五錢離本處波羅夷闍婆果波梨婆果蒲萄種種果若直五錢一切波羅夷時有比丘搖他梨果墮欲令損減佛言直五錢波羅夷若搖墮闍婆果波梨婆果蒲萄種種果欲令損減一切波羅夷時有比丘盜他胡苽疑佛言直五錢波

羅夷時有比丘盜甘蔗疑佛言直五錢波羅夷時有比丘取他菜疑佛言直五錢波羅夷時有比丘取他蓮華疑佛言直五錢波羅夷鉢頭摩拘頭摩分陀利華直五錢一切波羅夷若復折壞欲損減他直五錢一切波羅夷時有他守視人及賊與比丘佉闍尼食比丘作如是意言此非彼食不受諸比丘白佛佛言此即是檀越食聽淨洗手受食之時有比丘取他藕根疑佛言直五錢波羅夷時有比丘在他所守護林中取木疑佛言波羅夷時有比丘盜心無根取他食疑佛言波羅夷時有比丘無根取他食疑佛問言汝以何心答言無盜心佛言無犯妄語故波逸提時有比丘遣比丘盜取繩牀彼使比丘謂不盜即爲取牀來疑佛言方便教者波羅夷使者不犯

時有比丘遣比丘取繩牀彼使謂盜取即取牀來疑佛言取者波羅夷教者無犯時有衆多比丘有輿與六群比丘共行六群比丘作是念前到住處當盜取彼輿佛言若在此處盜波羅夷若在道中若至住處盜亦波羅夷時有六群比丘見恒水中有流船作是念我等可盜取此船不勞身手彼疑佛問言汝以何心即具荅因緣佛言但意無犯而不應生如是意有比丘盜取他船從此岸至彼岸疑佛言波羅夷從彼岸至此岸順水若逆水若沉水中若牽著陸地若解他船離處一切波羅夷若方便欲解不離處偷蘭遮時有二比丘往阿夷羅跋提河中浴見貴價衣籠隨水流下一比丘見便言此籠屬我第二比丘言籠中物屬我即共取得貴價衣便疑佛言汝以何心荅言糞掃衣想佛言不犯不應取水中糞掃衣時有比丘盜金華鬘疑佛言波羅夷時祇桓中有衆多鳥巢住至後夜鳴喚亂諸坐禪比丘有舊比丘遣守園人除去鳥巢彼於鳥巢中見有金有碎帛持來與舊比丘彼疑佛言鳥獸無用無犯而不應受如是物時祇桓中有鼠穴比丘使守園人壞於鼠穴中得藥碎帛持來與比丘比丘疑佛言畜生無用無犯而不應受如是物時去寺不遠有村諸鼠往村中取胡桃來在寺內成大聚六群比丘以盜心取食彼疑佛言波羅夷時去祇桓不遠有獵師安機撥捕鹿機中有死鹿六群比丘以盜心取食疑佛言波羅夷時有比丘晝日往阿蘭若處有賊繫牛在樹牛見比丘泣淚比丘慈念便解放去比丘疑佛問

言汝以何心答言以慈心無盜意佛言無犯不應作如是事時有比丘晝日往阿蘭若處有賊縛牛置中比丘左右不見人念言此於我有益即解牛牽去去不遠還得意念便言我何用此牛即放去比丘疑佛問言汝以何心取答言以盜心佛言直五錢離本處波羅夷時有狗捉鹿鹿被瘡來入寺而死諸比丘取食疑佛言無犯時有獵師捕鹿鹿來入寺獵師尋鹿而來問諸比丘言見如是如是鹿不諸比丘不見者言不見彼即處處求覓得時獵師即瞋嫌比丘言沙門釋子無有慙愧妄語欺調自稱我知正法見鹿而言不見如是何有正法諸比丘疑白佛佛言無犯時有比丘盜取波梨迦羅衣疑離本處佛言波羅夷時有比丘盜心舉他波梨迦羅衣離處疑佛言波羅夷時有比丘盜心轉側波梨迦羅衣疑佛言方便求五錢未離處偷蘭遮時有比丘盜繩牀木牀太小褥枕氈被水瓶并澡鑵若杖若扇佛言直五錢一切波羅夷時有比丘倒易繩牀言此亦是僧彼亦是僧佛言不應倒易時有比丘倒易木牀大小褥若枕此亦是僧彼亦是僧氈被瓶澡鑵杖扇言此亦是僧彼亦是僧佛言不應爾時有比丘盜他石彼疑佛言直五錢波羅夷盜塹材木竹箄文若草婆婆草樹皮若他所守護樹葉華果彼疑佛言直五錢一切波羅夷時有比丘從他衣架上盜取衣疑佛言波羅夷時有比丘盜心舉他架上衣離架疑佛言波羅夷時有比丘盜心從他架上轉側衣疑佛言方便求五錢未離處偷蘭遮時有比丘取他衣架

上帶并架合取疑佛問言汝以何心取答言以盜心取佛言直五錢離本處波羅夷時有衆多比丘與六群比丘在白衣家内共坐食白衣以大價衣敷爲座中有一六群比丘盜心以脚轉側疑佛言汝以何心答言盜心佛言方便求五錢未離處偷蘭遮

四分律藏卷第五十五

音釋

騲音草牝馬也 揩丘皆切擦也 鵄抽知切鷙屬 舐善指切餂也

褰苦堅切舉也 購古候切 麨尺小切乾糧也 毾㲪毾達合切㲪音登毾㲪毛席也 曬所賣切暴也

四分律藏卷第五十六

姚秦三藏佛陀耶舍共竺佛念譯

第四分調部毗尼法之二

時有差摩比丘尼有檀越家彼弟子往其家語檀越言阿姨差摩須五斗胡麻子檀越言可得耳即與之彼弟子得胡麻便自食後於異時差摩比丘尼晨朝著衣持鉢往檀越家敷座而坐檀越問胡麻子美不彼答言何等胡麻檀越即具說本末差摩比丘尼還語彼弟子比丘尼言汝盜我五斗胡麻弟子答言我不盜以親厚意取疑佛問言汝以何心答言親厚意取佛言無犯而不應非親厚意作親厚意取以妄語故得波逸提時差摩比丘尼有檀越家其弟子往其家語言阿姨差摩須三種藥粥彼言可得耳即便與彼得便自食後時差摩比丘尼晨朝著衣持鉢往其家敷座而坐檀越問阿姨三種藥粥美不彼即言何等三種藥粥檀越即具爲說本末差摩還語彼比丘尼弟子言汝盜我三種藥粥彼答言我不盜以親厚意取彼疑佛問言汝以何心取答言親厚意取佛言無犯而不應非親厚作親厚取以妄語故得波逸提時有比丘取和尚佉闍尼分和尚語言汝食我分犯盜答言我不盜親厚意取彼疑佛問言汝以何心答言親厚意取佛言無犯而不應非親厚意作親厚意取時有比丘陶師爲檀越檀越語言大德須器便見語彼答言可爾其檀越起去還家更有異人來至賣器處賣器後時比丘須瓶即取他瓶持去彼語比丘言大德莫持我瓶去比丘言此是某甲瓶某甲先

語我言若須器便取是故我取彼言此非某甲瓶比丘即放瓶而去疑佛問言汝以何心即具說因緣佛言無犯而不應不問主而取時有比丘酤酒家爲檀越檀越語比丘言大德若須甂者取答言可爾時檀越即還家更有異人在酤酒處住後比丘須甂來取去彼語言大德莫持我甂去比丘言此是某甲甂某甲先見語須甂便取是故取耳彼言此非某甲甂比丘放甂而去疑佛問言汝以何心具答因緣佛言不犯而不應不問主而取他物時有比丘估客爲檀越檀越語言大德若有所須便取答言可尒彼估客還家後更有異人在此處賣物後比丘須米即取米持去彼語言大德莫持我米去比丘言此是某甲米先語我言若有所須便取是故我取彼言此非某甲米比丘即置米而去疑佛問言汝以何心具答因緣佛言無犯而不應不問主而取時有賣衣人爲檀越檀越語言大德須衣便取答言可爾彼檀越命過有兒在比丘須衣即取衣持去彼言大德莫持我衣去比丘言是某甲衣先語我言須衣便取彼答言某甲已死比丘放衣而去疑佛問言汝以何心具答因緣佛言無犯而不應不問主而取

爾時世尊在毗舍離有不信樂離奢以弊物裹五錢置糞聚間遣人微伺若見取者將來時糞掃衣比丘見謂是糞掃衣即取著囊中時彼使人見已語言某甲離奢喚比丘答言去去至離奢所離奢問言大德應捉錢寶不比丘答言不應汝何故取耶答言我不取彼言出看之彼即從囊中出示此比丘慚愧餘

比丘亦爾以此因緣具白世尊世尊言諸比丘善聽若有比丘欲取如是糞掃衣者應以左足指躡右足指牽解看若有不淨出之淨者持去

爾時世尊在舍衛國迦留陀夷與六群比丘在阿夷跋提河中浴迦留陀夷先出岸上錯著六群比丘衣去六群比丘後出河岸上不見已衣見迦留陀夷衣便言彼犯盜取我等衣即不於現前作滅擯時迦留陀夷聞之生疑往世尊所頭面禮足却坐一面以此因緣具白世尊世尊問言汝以何心答言謂是已衣不以盜心佛言無犯而不應不看衣便著亦不應不現前作訶責若擯若依止若遮不至白衣家若舉若滅擯羯磨若作不成得突吉羅爾時有比丘得風飄衣彼疑佛問言汝以何心取答言以糞掃衣不以盜心取佛言無犯不應取風飄衣糞掃衣爾時有居士浣衣已著墻上曬糞掃衣比丘見謂是糞掃衣即持去時居士見語言大德莫持我衣去比丘言我謂是糞掃衣即放衣而去疑佛問言汝以何心取答言糞掃衣取佛言無犯而不應於墻上若籬上若塹中取糞掃衣時有居士浣衣已著籬上曬有一六群比丘盜心持去彼疑佛言波羅夷時有衆多賊出舍衛城去祇桓不遠晝日飲酒日入已餘酒舉著樹間入舍衛城時六群比丘出祇桓盜心取飲疑佛言汝波羅夷時有乞食比丘晨朝著衣持鉢往檀越家遇天暴雨水飄種種脂彼念言此不求而得可以爲藥即取服之疑佛問言汝以何心取答言糞掃想取非盜心佛言

無犯不應取水中糞掃物不受而食波逸提時有比丘有檀越家有異比丘語言我欲往汝檀越家何所說耶答言隨汝說彼比丘須五十兩石蜜至檀越家語言某甲比丘須五十兩石蜜檀越言可得即與之此比丘得便自食不與彼比丘後異時彼比丘往詣檀越家檀越語言大德石蜜好不比丘問言何等石蜜為誰石蜜檀越即具答本末彼比丘還語此比丘言汝犯盜取我石蜜彼答言我不犯盜汝語我言隨汝說諸比丘白佛佛言不應作如是語應說語言是須是時有比丘盜他薪疑佛言波羅夷時有比丘盜他薪疑佛言直五錢波羅夷爾時畢陵伽婆蹉有檀越檀越有二小兒黠了不畏人畢陵伽婆蹉至家時小兒便抱脚婉轉戲後異時此二小兒為賊偷去時畢陵伽婆蹉晨朝著衣持鉢至檀越家敷座而坐小兒父毋向涕泣流淚言小兒為賊偷去若今在者當來捉大德脚戲即答言可於屋內處處求覓彼父毋求覓不得時畢陵伽婆蹉還至寺中入房中思惟入定念在於身以清淨過人天眼見小兒賊偷在恒水中乘船而去見已譬人屈伸臂頃從寺內沒至恒水賊船中立時小兒見即歡喜來抱脚婆蹉即以神足令小兒持來著閣上房中至檀越所敷座而坐時父毋涕泣而言若我兒在者今當抱大德脚戲答言可於閣上房中覓彼言已求覓不得畢陵伽婆蹉言但更覓彼即更於閣上房中覓得時兒父毋大歡喜言我兒為賊所偷而畢陵伽婆蹉為我將來時諸比丘聞中有少欲知足行頭

陀樂學戒知慚愧者嫌責畢陵伽婆蹉言云何賊偷他兒去而奪來耶畢陵伽婆蹉聞已疑往佛所頭面禮足却坐一面以此因緣具白世尊世尊知而故問汝以何心取答言慈心取無有盜意佛言無犯而不應作如是事

爾時有比丘字高勝有檀越家檀越病比丘來問訊彼有二小兒黠了時檀越示藏寶已語此比丘處所語言此二小兒長大已若勝者示此寶處於是便命過時高勝比丘後看此二兒勝者即示寶處時一小兒涕泣來至寺内語阿難言大德看此高勝比丘以我父遺財二人分併與一人時阿難語高勝比丘言汝云何以他父遺財二人分與一人耶高勝汝可去不應與汝同布薩時阿難經六布薩不與共同時高勝比丘與羅睺羅為伴黨時羅睺羅晨朝著衣持鉢至迦維羅衛國舍夷婦女拘梨婦女語如是言汝曹可將男女著阿難前若小兒啼阿難當言將小兒去汝等當語如是言我等不能將小兒去乃至阿難當聽高勝比丘語時諸婦女遣羅睺羅去將男女著阿難前時小兒啼阿難言將小兒去時諸女人言我等不能將小兒去乃至受高勝比丘語阿難慈心即言高勝汝事云何高勝即為具說因緣阿難言汝去乃至不犯突吉羅

爾時世尊在毗舍離優波離從座起偏露右肩右膝著地合掌白佛言大德諸比丘在婆裘河邊作不淨觀猒身自殺是犯不佛言初未制戒無犯人作人想是犯不佛言波羅夷是人疑是犯不佛言偷蘭遮人作非人想是

犯不佛言偷蘭遮非人人想是犯不佛言偷蘭遮非人疑是犯不佛言偷蘭遮大德若作女想斷男命是犯不佛言波羅夷大德若作男想斷女命是犯不佛言波羅夷若作此女想而斷彼女命是犯不佛言波羅夷大德若作此男想斷彼男命是犯不佛言波羅夷若求覓持刀人是犯不佛言若斷命犯爾時有比丘檀越家病往問訊彼檀越婦顏容端正比丘見已欲心繫著比丘語言可共我作如是事其婦言大德莫作是語我夫存在不欲作如是惡事比丘即向其夫歎死快彼夫即死疑佛問言汝以何心答言殺心佛言波羅夷時有比丘檀越病往問訊檀越婦端正比丘見已欲心繫著語言可共我作如是事其婦言我夫存在不欲作如是事比丘即與彼夫藥令死疑佛問言汝以何心答言以殺心佛言波羅夷時有比丘檀越病往問訊檀越婦端正比丘見已欲心繫著語言共我作如是事其婦言我夫存在不欲作如是事比丘即與其夫吐下藥令斷命疑佛問言汝以何心答言殺心佛言波羅夷時有比丘檀越病往問訊檀越婦端正比丘見已欲心繫著語言共我作如是事其婦言我夫存在不欲作如是事比丘即與非所應食令斷命疑佛問言汝以何心答言以殺心佛言波羅夷時有比丘檀越病往問訊檀越婦端正比丘見巳欲心繫著語言共我作如是事其婦言我夫存在不欲作如是事比丘即與其夫非藥令斷命疑佛問言汝以何心答言殺心佛言波羅夷時有比丘檀越病往問訊比丘形貌端

正其婦見欲心繫意於比丘所語言大德可共我作如是事比丘答言大姊莫作是語我所不應汝夫存在云何作如是惡事其婦作如是言我夫未死之間不得與共和合即與其夫藥令斷命夫旣死已語比丘言我夫已死可共我作如是事來比丘言大姊莫作如是語我所不應彼婦語言我爲汝故斷夫命云何不作如是事比丘聞之生疑白佛佛問言汝以何心即具說因緣佛言無犯吐下藥非所應食非藥亦如是時有婦人夫行不在他邊得身即往家常所供養比丘所語言我夫不在他邊得身與我藥墮之比丘即呪食與之令食彼得墮胎比丘疑佛問言汝以何心答言殺心佛言波羅夷時有婦人夫行不在他邊得身即往家常所供養比丘所語言大德我夫行不在他邊得身與我藥墮之比丘即呪藥與令胎墮比丘疑佛問言汝以何心答言殺心佛言波羅夷呪細末藥呪華鬘呪薰香衣服呪胎亦如是一切波羅夷時有婦人夫行不在他邊得身往常所供養比丘尼所語言阿姨我夫行不在他邊得身與我藥墮之比丘尼言大姊我不解藥汝來與汝按腹即爲按之令胎墮疑佛問言汝以何心答言殺心佛言波羅夷時有婦人夫行不在他邊得身往常供養比丘尼所語言阿姨我夫行不在他邊得身與我藥墮之比丘尼言我不解藥來爲汝嚙之即當胎處嚙令墮疑佛問言汝以何心答言以殺心佛言波羅夷時有婦人夫行不在他邊得身往常供養比丘所語言大德我夫行不在他邊得身與我

藥墮之比丘即與過度吐下藥毋死兒活彼疑佛言毋死無犯方便欲墮胎不死偷蘭遮時有比丘扶病人起病者命過疑佛言無犯若扶坐命過無犯若為洗浴時命過無犯若服藥時命過無犯時有比丘長病時瞻病者猒患與非所應食令斷命疑佛問言汝以何心答言殺心佛言波羅夷時有比丘長病瞻病者猒患即與非藥令命過疑佛問言汝以何心答言殺心佛言波羅夷時有比丘長病多有器物瞻病者貪利即與非所應食令命過疑佛問言汝以何心答言殺心佛言波羅夷時有比丘長病多有財物瞻病者貪利即與非藥令命過疑佛問言汝以何心答言殺心佛言波羅夷時有比丘腋下有癰腫有比丘為按之彼語言莫按莫按而故為按之不止遂便命過疑佛問言汝以何心答言不以殺心佛言無犯而不應如是強按時有比丘通身腫有比丘以急燥藥塗之彼言止止莫塗我患熱痛彼言小忍當得除差塗之不止遂便命過疑佛問言汝以何心答言不以殺心佛言無犯而不應如是強塗時有比丘從蔭中移病比丘至日中彼病者命過疑佛言無犯從日中至蔭處亦無犯病者自欲從蔭中至日中從日中至蔭中病者命過彼扶者疑佛言無犯若扶病人出屋若入屋病者命過疑佛言無犯病人自欲出屋扶出屋自欲入屋扶入屋而命過扶者無犯扶病人至大便處命過若扶還屋命過盡無犯扶病人至小便處命過若還屋命過盡無犯時有比丘患瘧有比丘強壓上彼病者言莫壓莫壓壓

之不已遂便命過疑佛問言汝以何心答言不以殺心佛言無犯而不應如是強壓時有比丘病餘比丘往問訊撥衣看面問言長老病小差不彼言莫撥莫撥彼撥之不已遂便命過疑佛問言汝以何心答言不以殺心佛言無犯而不應強撥時有衆多比丘方便遣一人斷彼命即往斷命彼疑佛言一切波羅夷時有衆多比丘方便遣一人斷他命中有一人疑而不遮彼壓即往斷命疑佛言一切波羅夷時有衆多比丘方便共斷他命中有一人疑即遮而便故往斷命疑佛言遮者偷蘭遮不遮者波羅夷時有賊盜取比丘衣鉢針筒坐具時比丘即捉賊壓治遂命過疑佛問言汝以何心答言不以殺心佛言無犯而不應壓治時有賊盜比丘衣鉢坐具針筒比

丘捉賊得內著地窖中遂命過彼疑佛言汝以何心答言不以殺心佛言無犯而不應爾時有惡比丘盜比丘衣鉢坐具針筒餘比丘言此惡比丘盜比丘衣鉢坐具針筒應捉取與說法語即捉取打令熟手後遂命過彼疑佛問言汝以何心答言不以殺心佛言無犯而打受大戒人波逸提時有比丘共白衣諍比丘即詣官言時有大臣教捉繫閉遂獄中命過彼疑佛問言汝以何心答言不以殺心佛言不犯而言人突吉羅時有比丘殺獮猴彼疑我斷人命波羅夷諸比丘白佛佛言無犯斷畜生命波逸提時有比丘與彼比丘共諍彼比丘病此比丘往問訊餘比丘察之此比丘與病比丘先有怨今來問訊必有異時此比丘即與病者非藥命過疑佛問言汝以

何心答言殺心佛言波羅夷時有比丘與比丘諍彼比丘往人間得病此比丘言汝雖往人間猶不得脫即往問訊餘比丘察之此比丘先與病比丘有怨今來問訊必有異此比丘即與病者非藥遂命過疑佛問言汝以何心答言殺心佛言波羅夷與非食有二種亦如是爾時偷羅難陀比丘尼晨朝著衣持鉢往白衣家有一小兒在碓屋中睡偷羅難陀往觸彼步碓杵墮小兒上即命過疑佛問言汝以何心答言不以殺心佛言無犯不應觸他碓杵時偷羅難陀比丘尼晨朝著衣持鉢往白衣家有小兒在碓臼邊眠偷羅難陀觸他臼臼轉砰殺小兒疑佛言問汝以何心答言不以殺心佛言無犯而不應觸他碓臼時偷羅難陀比丘尼晨朝著衣持鉢往白衣家牀上有小兒眠偷羅難陀不看而坐檀越婦言阿姨莫坐小兒上彼不聞便坐小兒即死疑佛問言汝以何心答言不以殺心佛言無犯而不應白衣家不看牀座而坐爾時舍衛國有檀越請佛及僧明日食即便於夜辦具種種多美飲食晨朝往白時至世尊著衣持鉢與千二百五十比丘俱至檀越家就座而坐諸佛常法衆未集不受飲食時有晚出家比丘將兒出家其父小食時往餘白衣家諸比丘問其兒言汝父往何處去乃令世尊待而不食彼言不知比丘語言汝往求覓彼求覓得之兒語父言往何處來以待父故令佛衆僧不得受食其父瞋即捉兒兒爲自解推父倒地即命過彼疑佛問言汝以何心答言不以殺心佛言無犯而不應推父時有母捉

比丘比丘自解即推毋却倒地即命過彼疑佛問言汝以何心答言不以殺心佛言無犯而不應推排毋時有父捉比丘比丘自解推却父倒地即命過彼疑佛問言汝以何心答言不以殺心佛言無犯而不應推父兄捉比丘姊捉比丘故二捉比丘亦如是時有故二姊語其妹言何不從比丘索衣食彼言以出家不欲從有所索若示我比丘處我當爲汝索彼即示處彼語比丘言汝何不與我妹衣食即前捉比丘比丘推却自解彼倒地命過疑佛問言汝以何心答言不以殺心佛言無犯而不應推時有男女捉比丘比丘推却自解彼倒地命過疑佛問言汝以何心答言不以殺心佛言無犯而不應推時去比丘尼寺不遠有男子截手截脚時比丘尼持蘇毗羅漿去彼不遠而行彼見已語言阿姨與我漿飲比丘尼即與彼飲便死疑佛問言汝以何心答言不以殺心佛言無犯時去比丘尼寺不遠有人被截手截脚比丘尼持水去彼不遠而行彼見已語言阿姨與我水飲即與飲已便死疑佛問言汝以何心答言不以殺心佛言無犯時去比丘尼寺不遠有人被截手截脚有比丘尼持蘇毗羅去彼不遠而行彼見已語言阿姨我須蘇毗羅洗瘡或得小差即與令洗洗已便死疑佛問言汝以何心答言不以殺心佛言無犯而不應與洗持水洗亦如是時去比丘尼寺不遠有人被截手脚有比丘尼持蘇毗羅去彼不遠而行比丘尼作是念若以蘇毗羅洗彼瘡或今早死即爲洗之便死疑佛問言汝以何心答言以殺心

佛言波羅夷持水與洗亦如是爾時有衆多比丘與六羣比丘在耆闍崛山共破木片覆屋有一六羣比丘捉小頭木片直當人擲木入彼身過即便死疑佛問言汝以何心答言不以殺心佛言無犯而不應當人直擲木應横擲時有經營比丘作新房誤失石墮比丘上即死疑佛問言汝以何心答言不以殺心佛言無犯失墼若木頭剸栱屋棟種種材木墮亦如是

爾時耆闍崛山有牧牛人放牛一六羣比丘以石打彼牛角石迸墮放牛人上即死疑佛問言汝以何心答言不以殺心佛言無犯打畜生不能變化者突吉羅爾時有比丘在耆闍崛山中崩石墮打道行人殺疑佛問言汝以何心答言不以殺心佛言無犯而不應崩石若有因緣欲取石當語人避時有比丘欲捨戒墮下業彼作是念我不應已於佛法中出家作如是惡事即往摩頭山頂自投身墮斫竹人上比丘活彼人死疑佛言彼人死無犯方便欲自殺偷蘭遮時比丘欲休道墮下業作是念我於佛法中出家不應作如是惡事彼上波羅呵那山頂自投身墮斫竹人上彼死比丘活疑佛言彼人死無犯方便欲自殺偷蘭遮時有比丘持蘇毗羅漿去冢不遠而行國法治人罪以木貫身棄冢間尖標頭人語言與我此漿飲比丘即與飲已便死疑佛問言汝以何心答言不以殺心佛言無犯時有比丘持水去冢不遠而行尖標頭人言與我水飲即與飲已便死疑佛言無犯時有顛狂比丘殺人後還醒了疑佛言無犯若心

錯亂爲苦痛所惱一切無犯
爾時世尊在毗舍離時優波離從座起偏露右肩右膝著地合掌白世尊言大德婆裘河邊比丘爲食故不真實非已有於白衣前自歎說得上人法是犯不佛言初未制戒無犯時有比丘增上慢自記得道後精勤不懈證增上勝法彼作是念世尊爲諸比丘制戒若比丘不自知見自稱得上人法我知是見是後於異時若問若不問爲求清淨故作是言我不知不見而言知見虛誑妄語是比丘波羅夷不共住我以增上慢自記得道後精進不懈得增上勝法我當云何即以因緣具白同意比丘說善哉長老爲我白世尊隨世尊教我當修行諸比丘往詣佛所頭面禮足却坐一面以此因緣具白世尊世尊爾時以此因緣集比丘僧而爲隨順說法無數方便讚歎頭陀端嚴少欲知足樂於出離告諸比丘增上慢無犯諸比丘白佛言大德若於不能變化畜生前自稱得上人法是犯不佛言突吉羅大德人作人想是犯不佛言波羅夷人疑是犯不佛言偷蘭遮人作非人想是犯不佛言偷蘭遮非人作人想是犯不佛言偷蘭遮非人疑是犯不佛言偷蘭遮大德若男前作女想是犯不佛言波羅夷女前作男想是犯不佛言波羅夷若於此女前作彼女想是犯不佛言若說了了者波羅夷若不了了者偷蘭遮於此男前作彼男想是犯不佛言若說而了了者波羅夷說而不了了者偷蘭遮若手印若使若書若現相令了了知者波羅夷不了了知者偷蘭遮大德若於天龍阿脩

羅揵闥婆夜叉餓鬼畜生能變化者前自稱得上人法是犯不佛言說而了了者偷蘭遮不了了者突吉羅手印使書現相令了了知者偷蘭遮不了了者突吉羅時有比丘人前自稱言得上人法疑佛言說而了了者波羅夷不了了者偷蘭遮欲向此說乃向彼說一切波羅夷時有衆多比丘於拘薩羅國遊行時有信樂能相婆羅門見已作如是言大德阿羅漢來比丘問言汝何所說耶答言大德應受飲食衣服醫藥所須之具比丘言有是理比丘疑佛言無犯時有比丘自說得根力覺意禪定解脫三昧正受比丘疑佛言波羅夷時有比丘爲人說根力覺意禪定解脫三昧正受而不自言得比丘疑佛言無犯時有比丘有檀越比丘語言常爲汝說法者是阿羅漢檀越即問言大德何所說便默然比丘疑佛言不了了偷蘭遮時比丘有檀越比丘語言數至汝家者是阿羅漢檀越即問言大德何所說便默然比丘疑佛言不了了偷蘭遮時比丘有檀越比丘語言數坐汝座者是阿羅漢即問言大德何所說便默然比丘疑佛言不了了偷蘭遮時比丘有檀越比丘語言數受汝食者是阿羅漢檀越問言大德何所說彼便默然疑佛言不了了偷蘭遮時有檀越語常供養比丘言若大德是阿羅漢者脫僧伽梨比丘即脫現相不語疑佛言偷蘭遮時有檀越語常供養比丘言大德若是阿羅漢著僧伽梨比丘即著現相不語疑佛言偷蘭遮時有檀越語常所供養比丘言大德若是阿羅漢者可坐繩牀彼即坐現相不語

疑佛言偷蘭遮時有檀越語常所供養比丘言大德若是阿羅漢者起彼即起現相不語疑佛言偷蘭遮時有檀越問常所供養比丘言大德若是阿羅漢上閣屋彼即上現相不語疑佛言偷蘭遮時有檀越語常所供養比丘言大德若是阿羅漢可下比丘即下現相不語疑佛言偷蘭遮時有比丘有檀越比丘語言數為汝說法者是佛弟子聲聞檀越問言大德何所說彼默然疑佛言不了了偷蘭遮數入檀越家若受坐若受食亦如是時有檀越語常供養比丘言若大德是佛弟子聲聞者脫僧伽梨即脫現相不語疑佛言偷蘭遮著僧伽梨若坐若起上閣屋若下亦如是時目連告諸比丘業報因緣得神足諸比丘言目連汝言業報因緣得神足無有是處虛稱得上人法波羅夷非比丘諸比丘白佛佛言有是業報因緣得神足目連無犯時目連告諸比丘業報因緣得天耳識宿命知他心天眼諸比丘言目連汝言業報因緣得天耳乃至天眼無有是處虛稱得上人法波羅夷非比丘言比丘白佛佛言有業報因緣得天耳乃至得天眼目連無犯時目連告諸比丘諸長老有如是衆生從虛空過聞其身骨相觸聲諸比丘語目連言大德汝言有如是衆生從虛空過聞其身骨相觸聲無有是處虛稱得上人法波羅夷非比丘諸比丘白佛佛言有如是衆生目連無犯爾時目連告諸比丘我見有衆生舉身以針為毛自於其身或出或入受苦無量號哭大喚時諸比丘語目連言汝見有如是衆生無有是處虛稱得上

人法波羅夷非比丘諸比丘白佛佛言我先亦見如是衆生而我不説何以故恐人不信其不信者長夜受苦此衆生於王舍城中喜兩舌鬬亂以此惡業因緣墮地獄中經百千萬歲受諸苦痛以此餘罪因緣受如是形是故目連無犯爾時目連告諸比丘言我見有衆生没在屎中受大苦痛號哭大喚諸比丘語目連言汝自言見有如是衆生没在屎中受大苦痛號哭大喚無有是處虛稱得上人法波羅夷非比丘諸比丘白佛佛言我先亦見如是衆生而我不説何以故恐人不信其不信者長夜受苦此衆生在波羅柰國迦葉佛時爲婆羅門時請佛及僧以屎盛滿槽已遣人往白時到語言大德汝可食此飲此隨意持去以此惡業因緣墮泥犁中百千萬歲受大苦痛餘罪因緣没在屎中是故目連無犯爾時目連告諸比丘我見有衆生坐鐵牀上鐵牀火出舉身燋然衣鉢坐具針筒亦皆燋然諸比丘語目連言汝見如是衆生受苦如是無有是處虛稱得上人法波羅夷非比丘諸比丘白佛佛言我先亦見如是衆生受苦如是而我不説何以故恐人不信其不信者長夜受苦此衆生過去世時在波羅柰國迦葉佛時惡比丘以此因緣墮地獄中百千萬歲受諸苦痛餘業因緣受此身是故目連無犯惡比丘尼惡式叉摩那惡沙彌沙彌尼受苦亦如是爾時目連告諸比丘我見有衆生其身熟爛衆蠅封著苦痛大喚諸比丘告目連言汝見有如是衆生受苦如是無有是處虛稱得上人法波羅夷非比丘諸比丘往

白佛佛言我先亦見如是衆生而我不說何以故恐人不信其不信者長夜受苦此衆生是迦陵伽王第一夫人以嫉妬故以熱沸油第二夫人眠時以灌其頂以此業報因緣墮地獄中百千萬歲受諸苦痛餘業因緣受此身是故目連無犯爾時目連告諸比丘我見阿脩羅宮殿城郭在海底而水懸其上不入其宮城諸比丘語目連言汝自言阿脩羅宮城在海底四邊及上而無水入無有是處虛稱得上人法波羅夷非比丘諸比丘白佛佛言有如是事阿修羅宮城四面及上有四種風持水住風持風不滅風牢繫風是故目連無犯爾時目連告諸比丘我見有如是衆生無骨無皮無肉無血無有不淨亦無疲極女而不産諸比丘言目連汝自言有如是衆生乃至女而不産無有是處虛稱得上人法波羅夷非比丘諸比丘白佛佛言有如是衆生目連無犯爾時世尊在王舍城時大目連告諸比丘言諸長老我入空慧定聞伊羅婆尼象王入難陀池水聲諸比丘言大德目連汝言入空慧定聞伊羅婆尼象王入難陀池水聲大德入空慧定而聞音聲無有是處虛稱得上人法波羅夷非比丘諸比丘白佛佛言有是定而不清淨目連無犯時目連告諸比丘言我入空慧定聞八萬四千象入蔓陀延池水聲時諸比丘語目連大德自言入空慧定聞彼諸象入蔓陀延池水聲大德入空慧定而聞音聲無有是處虛稱得上人法波羅夷非比丘時諸比丘往白佛佛言有如是定但不清淨而目連無犯爾時目連告諸比丘

我入空慧定聞彼象王入藕池水聲時諸比丘語目連汝自言入空慧定聞彼象王入藕池水聲何有入空慧定而有聞聲無有是處虛稱得上人法波羅夷非比丘諸比丘白佛佛言有如是定但非清淨目連無犯識慧處無所有慧空處亦如是時目連告諸比丘諸長老北方有池名阿耨達其水清淨無有垢穢中有分陀利華如車輪其根如車軸折之汁出色白如乳其味如蜜諸比丘言汝自言北方有如是池無有是處虛稱得上人法波羅夷非比丘諸比丘白佛佛言北方有如是池如目連所說目連無犯時目連告諸比丘北方有池名阿耨達去彼不遠更有一池名蔓陀延縱廣五十由旬其水清淨無有垢穢中有金色蓮華大如車輪諸比丘言目連如汝所說有如是池無有是處時大目連以神足力往彼取華還寺置在屋內喚諸比丘語言北方有池名阿耨達去池不遠有蔓陀延池中有金色蓮華如車輪諸比丘言目連無有是處虛稱得上人法波羅夷非比丘時目連即還屋取華示諸比丘語言諸長老此華如實不諸比丘復言汝是阿羅漢有神足力或能化作非真實虛稱得上人法波羅夷非比丘諸比丘白佛佛言目連所說如實無犯時目連告諸比丘北方有池名阿耨達水從彼池流來涌出於此諸比丘語目連言汝說北方有池名阿耨達水從彼流來湧出於此世尊如是言依本而知彼池水清冷而令此水熱沸而垢濁事不相應虛稱得上人法波羅夷非比丘比丘白佛佛言如目連所說而

此水經過小地獄來湧出王舍城是故熱沸而垢濁目連無犯時目連告諸比丘此水出處下有池水清冷水從彼而來諸比丘言目連汝作如是語如世尊所說依本而知此水熱沸下水清冷事不相應虛稱得上人法波羅夷非比丘比丘白佛佛言比丘如目連所說沸水出處下有池水清冷無有垢濁水從彼來經過小地獄來湧出王舍城是故熱沸有垢目連無犯時拘薩羅國王波斯匿摩竭王阿闍世在二國中間共戰波斯匿王破阿闍世王軍時大目連告諸比丘波斯匿王阿闍世王二國中間共戰波斯匿王勝後阿闍世王復更起軍共戰阿闍世還得勝時王舍城告令國內阿闍世王破波斯匿王諸比丘語目連言汝言波斯匿王與阿闍世王共戰波斯匿王破阿闍世王而今摩竭國內告令言阿闍世王破波斯匿目連虛稱得上人法波羅夷非比丘諸比丘白佛佛言有如是事波斯匿王破阿闍世王阿闍世王後更起軍破波斯匿王目連見前不見後是故目連無犯阿闍世王與毗舍離共戰亦如是

爾時世尊告目連汝止止不須復說諸比丘不信汝言何以故令諸比丘不信故得多罪時世尊告諸比丘汝等當信如是阿羅漢比丘有大神力勿起不信長夜受苦中有比丘名曰嚴好告諸比丘言諸長老我憶五百劫事諸比丘言世尊未曾自說憶五百劫事而汝自說虛稱得上人法波羅夷非比丘諸比丘白佛佛言嚴好比丘憶一生事我憶無數生種種之事乃至受形相貌有所言說皆悉

憶之佛言嚴好比丘無犯

爾時世尊在舍衛國優波離從座起偏露右肩右膝著地合掌白佛言大德迦留陀夷故弄出不淨是犯不佛言最初未制戒無犯時有比丘散亂心眠夢中失不淨於夢中識了彼作是念世尊為比丘制戒故弄失不淨僧伽婆尸沙而我散亂心眠夢中失不淨自覺憶識我將無不犯耶不知云何以此因緣具白諸比丘善哉長老為我白佛若佛有教我當修行時諸比丘往世尊所頭面禮足以此因緣具白世尊世尊以此因緣集比丘僧告言散亂心眠有五過失夢見惡事諸天不衛護心不憶法不繫想在明夢中失不淨散亂心眠有此五過失住心而眠有五功德不見惡夢諸天衛護心思樂法繫想在明不失不淨如是住心而眠有五事功德若夢中失不犯時有比丘夢中憶識弄失不淨彼疑佛言不犯時有比丘邪憶念失不淨佛言不犯若見美色不觸而失不淨不犯時有比丘憶念弄失不淨彼疑佛言僧伽婆尸沙時有比丘憶念弄而不失疑佛言偷蘭遮時有女人捉比丘前彼動身失不淨疑佛言僧伽婆尸沙時有女人捉比丘前不動身失不淨疑佛言突吉羅捉比丘後有三事亦如是時有女人執比丘足禮動身失不淨疑佛言僧伽婆尸沙時有女人執比丘足禮不動身失不淨疑佛言突吉羅時有女人禮難陀足難陀多欲失不淨墮女人頭上時女人慚愧難陀亦慚愧諸比丘白佛佛言聽難陀作遮身衣時有比丘行時男根觸衣涅槃僧失不淨佛言不

犯若大小便時失不犯若冷水若煖水中洗失不犯時有比丘以男根逆水憶想身動失不淨疑佛言僧伽婆尸沙時有比丘以男根順水憶想身動失不淨疑佛言僧伽婆尸沙時有比丘以水灑男根憶想身動失不淨疑佛言僧伽婆尸沙時有比丘男根逆風憶想身動失不淨疑佛言僧伽婆尸沙若順風若口噓男根憶想身動失不淨憶想空動身失不淨疑佛言如是一切僧伽婆尸沙時有母捉比丘兒身不動失不淨疑佛言突吉羅姊捉比丘故二故私通處婬女捉比丘亦如是時有比丘憶想骨間弄失不淨疑佛言偷蘭遮時有比丘浴室中以細末藥若泥指摩身誤觸失不淨疑佛言不犯若大喚時若出力作時失不淨不犯時有比丘憶想於大小便道中間弄失不淨疑佛言若作道想若疑偷蘭遮若非道想不疑僧伽婆尸沙如是於股間膞間若曲膝若脇邊若乳間若腋下若耳鼻中若瘡孔中若繩牀木牀間若大小褥間若枕間若地若泥摶間若君持口中如是一切若道想若疑偷蘭遮若非道想不疑僧伽婆尸沙時比丘為樂故憶想弄失不淨疑佛言僧伽婆尸沙為樂故為試故為福德故為祠故為善道故為施故為種子故為戲故為力故為顏色故當審定作一切僧伽婆尸沙

四分律藏卷第五十六

音釋

甑（子孕切甗也）　黠（胡八切慧也）　窖（居效切地藏也）　碓（都內切舂具）

剸（舊音義作團）　栱（居竦切栱枓也）　股（公土切髀也）

四分律藏卷第五十七

姚秦三藏佛陀耶舍共竺佛念譯

第四分調部毗尼法之三

爾時世尊在舍衛國優波離從座起偏露右肩右膝著地合掌白佛言大德迦留陀夷與女人身相觸是犯不佛言初未制戒不犯大德若與男子身相觸是犯不佛言突吉羅大德若與黃門身相觸是犯不佛言偷蘭遮大德若與二根人身相觸是犯不佛言偷蘭遮大德若與畜生不能變化者身相觸是犯不佛言突吉羅人女人女想是犯不佛言僧伽婆尸沙人女疑是犯不佛言偷蘭遮人女非人女想是犯不佛言偷蘭遮非人女人女想是犯不佛言偷蘭遮非人女疑是犯不佛言偷蘭遮大德若作女想與男身相觸是犯不佛言偷蘭遮若作男想與女人身相觸是犯不佛言偷蘭遮與此女身相觸作餘女想是犯不佛言僧伽婆尸沙與此男身相觸作餘男想是犯不佛言突吉羅與天女龍女阿脩羅女夜叉女餓鬼女與畜生能變化者女身相觸是犯不佛言偷蘭遮時有女人捉比丘足禮覺觸受樂動身疑佛言僧伽婆尸沙時有女人捉比丘足禮覺觸受樂不動身疑佛言突吉羅時有女人捉比丘足禮覺觸受樂動足大指疑佛言僧伽婆尸沙時有女人笑捉比丘比丘疑佛問言比丘汝覺觸受樂不答言不佛言無犯比丘笑捉女人亦如是時有比丘捉牸牛尾渡水渡水已方知是牸牛比丘疑佛言無犯不應捉牸牛尾渡水時有比丘欲心捉女人衣角疑佛言偷蘭遮時有

比丘欲心就女人身上捉女人嚴身具疑佛言偷蘭遮時有比丘欲心抄女人尻疑佛言僧伽婆尸沙時有母捉比丘彼覺觸受樂不動身疑佛言突吉羅姊故二婬女亦如是時有比丘欲心捉女人髮疑佛言僧伽婆尸沙時有大童女爲水所漂比丘見已慈念即接出疑佛問言比丘汝覺觸受樂不答言不佛言無犯時有磨香女人爲水所漂比丘見已慈念即接出疑佛問言汝覺觸受樂不答言不佛言無犯時有比丘與死女人身未壞者身相觸疑佛言僧伽婆尸沙若與多不壞者身相觸僧伽婆尸沙若與半壞者身相觸偷蘭遮若與身多壞者若一切壞身相觸偷蘭遮時有女人却倚牀比丘欲心動牀疑佛言偷蘭遮時有比丘欲心捉女人手疑佛言僧伽婆尸沙時有比丘欲心捉女人脚疑佛言僧伽婆尸沙時有女人捉比丘手比丘覺觸受樂動身疑佛問言比丘汝覺觸受樂不答言爾佛言僧伽婆尸沙女人捉比丘脚亦如是時有比丘戲笑捉女人手疑佛問言比丘汝覺觸受樂不答言不佛言不犯捉脚亦如是時有女人戲笑捉比丘手比丘疑佛問比丘汝覺觸受樂不答言不佛言無犯捉脚亦如是時有比丘欲心捉女人衣角牽比丘疑佛言偷蘭遮時有比丘欲心共女人抖擻衣疑佛言偷蘭遮時有比丘欲心就捉女人耳環疑佛言偷蘭遮捉華鬘捉釵一切偷蘭遮時有比丘雨中與女人共行泥滑女人脚跌倒地比丘亦脚跌倒地墮女人上疑佛問言覺觸受樂不答言不佛言無犯比丘倒地女

人墮上亦如是時有比丘雨中與女人共行俱脚跌倒地相觸婉轉還相離疑佛問言汝覺觸受樂不答言不佛言無犯時有比丘手觸女人大小便道間疑佛言僧伽婆尸沙若股間膞間若曲膝間若脇邊若乳間若耳中若鼻中若瘡中一切僧伽婆尸沙時有比丘捉小沙彌摩捫嗚疑佛問言汝以何心答言愛故不以欲心佛言無犯不應爾時有比丘與比丘尼身相觸疑佛言僧伽婆尸沙式叉摩那沙彌尼亦如是時有比丘持蘇毗羅漿在道行故二喚共行不淨即示其女根彼即以蘇毗羅漿灑之言臭物還著臭物疑佛問言比丘汝以何心答言折辱其意不以欲心佛言無犯不應爾持水在道行亦如是時有婬女喚比丘行不淨以女根示比丘比丘以石打彼女根疑佛問言汝以何心答言折辱其意不以欲心佛言無犯打女人突吉羅時有女人倚木比丘欲心動木疑佛言偷蘭遮若繩牀若坐牀若企牀若板若石若樹若梯一切偷蘭遮時有女人乘轝行比丘欲心動轝疑佛言偷蘭遮輦若船亦如是時有女人捉比丘背彼還顧見是女人覺觸受樂疑佛言僧伽婆尸沙

爾時世尊在舍衛國優波離從座起偏露右肩右膝著地合掌白佛言大德迦留陀夷與女人麤惡語是犯不佛言初未制戒無犯大德若與男子麤惡語是犯不佛言突吉羅若與黃門麤惡語是犯不佛言偷蘭遮若與二根人麤惡語是犯不佛言偷蘭遮若與畜生不能變化者麤惡語是犯不佛言突吉羅大

德人女人女想麤惡語是犯不佛言僧伽婆尸沙人女疑是犯不佛言偷蘭遮人女非人女想是犯不佛言偷蘭遮非人女人女想是犯不佛言偷蘭遮非人女疑佛言偷蘭遮大德若女人想與男子麤惡語是犯不佛言偷蘭遮大德男想與女人麤惡語是犯不佛言偷蘭遮大德若作此女想與彼女麤惡語疑佛言若說而了了者僧伽婆尸沙不了了者偷蘭遮手印信書相了了知者僧伽婆尸沙不了了知者偷蘭遮大德若作此男想與彼男麤惡語是犯不佛言突吉羅大德若與天女龍女阿脩羅女夜叉女餓鬼女畜生能變化者女麤惡語是犯不佛言說而了了者偷蘭遮不了了者突吉羅手印信書相說了了知者偷蘭遮不了了知者突吉羅時有比丘向女人麤惡語疑佛言說而了了者僧伽婆尸沙不了了者偷蘭遮欲向此說錯向彼說一切僧伽婆尸沙時有婬女喚比丘共行不淨示其女根比丘言令汝女根斷破壞臭爛燒燋墮與驢作如是事疑佛問言汝以何心荅言折辱彼不以欲心佛言無犯以惡言突吉羅迦留陀夷爲性好麤惡語佛言性好麤惡語突吉羅六群比丘性好麤惡語佛言突吉羅時有乞食比丘晨朝著衣持鉢往白衣家語檀越婦言可得不彼即言大德問何等可得不比丘默然不荅疑佛言說不了了偷蘭遮時有乞食比丘晨朝著衣持鉢往白衣家語檀越婦言與我來彼即問言大德與何等比丘默然疑佛言說不了了者偷蘭遮若言當與我不若言看若言似何等說不了了

一切偷蘭遮時有比丘有檀越檀越語婦言某甲比丘有所須便與婦答言可爾於是檀越即往比丘所語言我已勑婦言若某甲比丘有所須者便與大德有所須可往索比丘言可爾後比丘著衣持鉢往檀越家敷座而坐檀越婦語比丘言夫勑我言某甲比丘有所須便與大德令有所須便說比丘言汝俱不能一切與我婦答言大德不能何等一切與比丘默然疑佛言說不了了者偷蘭遮時有比丘有檀越檀越勑婦言某甲比丘有所須便與檀越即往比丘所語言我已勑婦言大德有所須便與大德若有所須往索比丘言可爾比丘後時著衣持鉢往檀越家敷座而坐檀越婦言我夫已勑我言某甲比丘有所須便與大德令有所須便說比丘言汝一切能與唯此事不能與彼即知其心答言一切能與此亦能與比丘疑佛言僧伽婆尸沙時有比丘有檀越檀越語其婦言某甲比丘一切有所須便與檀越往比丘所語言我已勑婦某甲比丘一切有所須便與大德若有所須往索比丘言可爾後於異時著衣持鉢往其家敷座而坐檀越婦語言我夫已勑我言某甲比丘一切有所須便與大德令有所須便說比丘言汝不應一切與彼問言大德何等不應一切與比丘默然疑佛言說不了了者偷蘭遮次句與此句同正以言汝一切應與此事不應與彼言此事亦應與比丘疑佛言僧伽婆尸沙時有乞食比丘晨朝著衣持鉢至檀越家男根起語檀越婦言增益彼問言大德何等增益比丘默然疑佛言說不了了偷蘭遮時有比丘語式叉摩那爲檀越彼

數犯戒於比丘前懺悔比丘言汝無慚愧犯不淨行比丘疑佛問言汝以何心答言爲教授故不以欲心佛言無犯時有比丘有童女爲檀越數犯戒語比丘比丘言汝無慚愧犯持戒者比丘疑佛問言汝以何心答言以教授故不以欲心佛言無犯時有比丘晨朝著衣持鉢往白衣家有女人消蘇形露比丘見已語言汝消蘇彼言大德爾我消蘇比丘默然疑佛言說不了了偷蘭遮時有乞食比丘晨朝著衣持鉢往白衣家時有著赤衣女人形露比丘見已語言汝著赤衣彼答言大德我著赤衣彼默然疑佛言偷蘭遮

爾時世尊在波羅柰時有比丘婬女爲檀越語比丘言大德若須此事便說彼默然婬女言大德今者須那何故默然彼疑佛言無犯

爾時世尊在舍衛國有外道女人形貌端正比丘見已繫意在彼後異時此女人去祇洹不遠行比丘言汝多作彼答言實爾多作比丘疑佛言僧伽婆尸沙

爾時世尊在舍衛國優波離從座起偏露右肩右膝著地白世尊言大德迦留陀夷於女人前自讚歎身是犯不佛言初未制戒不犯大德若於男子前自讚歎身是犯不佛言突吉羅大德若於黃門前自讚歎身是犯不佛言偷蘭遮大德若於二根人前自讚歎身是犯不佛言偷蘭遮若於畜生不能變化者前自讚歎身是犯不佛言突吉羅人女人女想是犯不佛言僧伽婆尸沙人女疑是犯不佛言偷蘭遮人女非人女想是犯不佛言偷蘭遮非人女人女想是犯不佛言偷蘭遮非人

女疑是犯不佛言偷蘭遮大德若作女想於男子前自讚歎身是犯不佛言偷蘭遮大德若於男子前作女想是犯不佛言偷蘭遮大德若作此女想於彼女前自讚歎是犯不佛言說而了了者僧伽婆尸沙不了了者偷蘭遮手印信書相了了知者僧伽婆尸沙不了了者偷蘭遮大德若於此男前作彼男想是犯不佛言突吉羅大德若於天女龍女阿脩羅女夜叉女餓鬼女畜生女能變化者女前讚歎是犯不佛言說而了了者偷蘭遮不了了者突吉羅手印信書相說令了了知者偷蘭遮不了了者突吉羅時有比丘有檀越檀越語婦言若某甲比丘有所說隨其所說汝當供養婦言可爾語婦已往比丘所語言我已勑婦言某甲比丘若有所說隨比丘語供養大德若有所須可往索比丘言可爾後於異時比丘晨朝著衣持鉢往其家就座而坐檀越婦語言我夫已勑我言某甲比丘有所說隨所說供養大德今若有所說者便說比丘說言汝俱不能一切供養彼問言大德云何不能一切供養比丘默然疑佛言說不了了者偷蘭遮（此中四句如上麤惡語中同上以麤惡語此供養語為異耳今略出一句不須煩文故不出）時有比丘女人為檀越至其家語言姊此事最上第一身慈口慈心慈供養持戒行善法比丘彼疑佛言無犯爾時世尊在王舍城時優波離從座起偏露右肩右膝著地合掌白佛言大德迦羅比丘媒嫁向男歎說女向女歎說男若為婦事若為私通事是犯不佛言初未制戒不犯若受語往說而持彼語還是犯不佛言僧伽婆尸沙若受

語向彼說不持語還是犯不佛言偷蘭遮若聞向彼說不持語還偷蘭遮若不受語往向彼說不持彼語還偷蘭遮若受語不向彼說不持彼語還還突吉羅若聞不向彼說不持語還突吉羅若不受語向彼說不持語還突吉羅時有比丘有檀越家其婦喪未久比丘往問訊檀越有二兒比丘語言汝何不更取婦檀越言恐令我小兒辛苦若得某甲童女者我當取時比丘即往彼童女所語言我從某甲居士聞言我若得某甲童女者當取爲婦童女言若須我爲婦者我亦須彼爲夫比丘即還檀越所語言我聞彼女言若須我爲婦者我亦須彼爲夫比丘更不持語還疑佛言若聞而向彼說不持語還偷蘭遮磨香女人亦如是時有居士往僧伽藍中語諸比丘言大德爲我語諸比丘言居士欲說何語彼言爲我語其甲居士與我女作婦比丘言居士當爲汝語即差一比丘作白二羯磨使往彼居士所語言居士我爲汝說衆僧語彼言大德僧何所見勅比丘言衆僧言以汝女與其甲居士作婦彼言大德奉僧勅當與時彼比丘還僧伽藍中白僧僧即告彼居士令知比丘疑佛言一切僧伽婆尸沙時有檀越往僧伽藍中語諸比丘若大德僧爲我語比丘言居士欲說何語彼言爲我語其甲居士以汝女爲我作婦比丘言當爲汝語即差一比丘作白二羯磨使往彼居士所語言居士我爲汝說衆僧語彼居士言大德僧何所見勅比丘言衆僧語汝以女與其甲居士作婦彼言大德奉僧勅當與使比丘作是念我今若還

白衆僧恩不在我即自往語彼居士已疑佛言衆僧偷蘭遮使比丘僧伽婆尸沙時有檀越往常供養比丘所語比丘言爲我語某甲居士以汝女與我作婦比丘言居士當爲汝語比丘即往彼居士所語言汝可以女與彼某甲居士作婦居士言我女已與他若言他已將去若言死若言賊偷去若言無比丘還居士所語如是語一切偷蘭遮時有檀越語常供養比丘言汝爲我語某甲居士可以女與我作婦比丘言當爲汝語比丘即往彼居士所語言汝可以女與彼某甲居士作婦居士言我女有癩病若言癰若有白癩若言干枯病若言狂若言痔病若言常有血出病若言足下常熱病比丘還語居士如是言已疑佛言一切僧伽婆尸沙時有居士共婦鬬驅出婦即往常供養比丘所語言大德夫與我共鬬見驅出我今欲共懺悔比丘即爲和合令懺悔疑佛言爲懺悔故無犯時有婦人與夫共鬬已出去往常供養比丘所語言我共夫鬬已出外今欲懺悔比丘即往和合令懺悔疑佛言爲懺悔無犯時有婦人與夫共鬬語言汝若不須我爲婦當言不須夫言我不須汝爲婦即驅出往常供養比丘所言我與夫共鬬我語夫言若不須我爲婦當言不須爲婦夫言不須即驅我出今欲懺悔比丘即和合令懺悔疑佛言爲懺悔故無犯時有居士取婬女爲婦先常與此女人往反者見已語言我欲與汝作如是如是事餘人語言此不復作婬女今已爲某甲居士爲婦彼人即強將共行婬時夫聞已即驅出便往常所供

養比丘所語言大德我自爲居士作婦已來未曾犯他男子唯有此賊強牽犯我今欲共夫懺悔比丘即和合令懺悔疑佛言無犯時有居士給婬女所須往常供養比丘所語言爲我語某甲婬女在某處待我比丘言可爾即往婬女所語言某甲居士語汝在某處待比丘疑佛言先已和合無犯爲白衣使突吉羅時有居士占護彼童女既不迎婦又不聽餘嫁時女語常供養比丘言大德爲我語某甲居士我父母欲奪汝持我與餘人汝若當迎我若當放我比丘言可爾彼比丘即往居士所語言某甲童女言我父母欲奪汝更與餘人汝今當迎若當放之彼疑佛言彼先已言誓無犯爲白衣使突吉羅時有居士占護彼童女既不迎婦又不聽餘嫁彼父母言不知令誰語某甲居士迎此童女去若當聽令餘嫁彼家常所供養比丘狂病便言我當爲語比丘即往彼居士所捉頭語言汝迎某甲童女若當放去後還得心疑佛言顛狂心亂痛惱所纒一切無犯

爾時世尊在王舍城優波離即從座起偏露右肩右膝著地合掌白佛言大德沓婆摩羅子清淨慈地比丘以無根謗之是犯不佛言初未制戒無犯大德若以無根法謗清淨比丘是犯不佛言僧伽婆尸沙時有比丘與女人在樹下坐餘比丘語言汝婬犯女人彼答言我不犯共樹下坐耳彼謗者疑佛言爲眞實語故不欲毀謗無犯時有比丘在家與故二共通有異比丘相似餘比丘語此相似比丘言汝犯故二彼言我不犯彼犯故二比丘

與我相似耳彼疑佛言爲實語故不以毀謗無犯時有比丘婬女爲檀越餘比丘語言汝犯婬女彼言是我檀越不犯彼疑佛言爲實語故不以毀謗無犯若婦若童女若黄門若比丘尼若式叉摩那沙彌尼亦如是時有比丘捉小沙彌摩捫嗚餘比丘語言汝犯沙彌彼言我不犯摩捫嗚之耳彼疑佛言爲實故不以毀謗無犯時有比丘取比丘腰帶彼言汝盜我帶彼言我不盜以親厚意取彼疑佛言爲實語故不以毀謗無犯時有比丘以無根僧伽婆尸沙謗他疑佛言波逸提調部具足竟

第四分毗尼增一法之一

如是我聞一時佛在舍衛國祇桓精舍給孤獨食園時世尊告諸比丘汝等諦聽善思念之若比丘說相似文句遮法毗尼此比丘令多人不得利益作諸苦業以滅正法若比丘隨順文句不違法毗尼如此比丘利益多人不令作衆苦業正法久住是故諸比丘汝等當隨順文句勿令增減違法毗尼當如是學佛說如是諸比丘聞歡喜信樂受持佛言若比丘非法說法法說非法如此比丘令多人不得利益作衆苦業以滅正法其有比丘非法說言非法是法說言是法如是比丘利益多人作衆善業令正法久住是故汝等當隨此敎非法當說言非法是法說言是法當作如是學佛說如是諸比丘聞歡喜信樂受持爾時佛告諸比丘若比丘非毗尼說言是毗尼是毗尼說言非毗尼令多人不得利益作衆苦業以滅正法若比丘非毗尼說言非毗

尼是毗尼說言是毗尼利益多人不作苦業令正法久住是故汝等當隨此教非毗尼說非毗尼是毗尼說是毗尼當作是學佛說如是諸比丘聞歡喜信樂受持佛告諸比丘若比丘非制而制是制便斷如是漸漸令戒毀壞令多人不得利益作衆苦業以滅正法若比丘非制不制是制不斷如是漸漸令戒成就利益多人不作苦業令正法久住是故汝等非制不應制是制不應斷當隨所制戒而學諸比丘聞歡喜信樂受持爾時佛告諸比丘如來出世見衆過失故以一義爲諸聲聞結戒攝取於僧以此一義故如來爲諸聲聞結戒佛說如是諸比丘聞歡喜信樂受持乃至正法久住句句亦如是爾時佛告諸比丘如來出世以一義故爲諸比丘制呵責羯磨攝取於僧以是一義故如來出世爲諸比丘制呵責羯磨佛言如是諸比丘聞歡喜信樂受持乃至正法久住句句亦如是如是擯羯磨依止羯磨遮不至白衣家羯磨作不見罪舉羯磨不懺悔羯磨惡見不捨羯磨撿校法律所制制受依止制梵罰制舉制憶念制求聽制自言制遮呵毘婆陀制遮說戒制遮自恣制戒制說戒制布薩制布薩羯磨制自恣制自恣羯磨制白白羯磨制白二羯磨制白四羯磨制覆藏與本日治與摩那埵與出罪制四波羅夷制十三僧伽婆尸沙二不定法三十尼薩耆九十波逸提四波羅提提舍尼式叉迦羅尼七滅諍一一句如呵責羯磨爾時佛告諸比丘說一語便成捨戒作如是言我捨佛作如是一語便爲捨戒佛說如是諸

比丘聞歡喜信樂受持捨法捨僧捨和尚捨同和尚捨阿闍梨捨同阿闍梨捨諸淨行比丘捨戒捨毗尼捨學事我是白衣憶我是守園人憶我是優婆塞憶我是沙彌憶我是外道是外道弟子憶我非沙門釋子法一一句亦如是爾時佛告諸比丘有二種犯一輕二重是爲二種犯佛說如是諸比丘聞歡喜信樂受持復有二事一輕而有餘二輕者得作羯磨復有二事波羅夷僧伽婆尸沙復有二事波羅夷偷蘭遮復有二事波羅夷波逸提復有二事波羅夷波羅提提舍尼復有二事波羅夷突吉羅復有二事波羅夷惡說僧伽婆尸沙乃至惡說亦如是偷蘭遮乃至惡說亦如是波逸提乃至惡說亦如是波羅提提舍尼乃至惡說亦如是突吉羅惡說亦如是

爾時佛告諸比丘有二見出家人不應行非法見法法見非法復有二見毗尼言非毗尼非毗尼言毗尼復有二見非犯見犯是犯見非犯復有二見輕而見重重而見輕復有二見有餘見無餘無餘見有餘復有二見麤惡見非麤惡非麤惡見麤惡復有二見舊法見非舊法非舊法見舊法復有二見制見非制非制見制復有二見是說見非說非說見說復有二見酒見非酒非酒見酒復有二見飲見非飲非飲見飲復有二見食見非食非食見食復有二見時見非時非時見時復有二見淨見不淨不淨見淨復有二見重見非重非重見重復有二見難見非難非難見難復有二見無蟲見蟲蟲見無蟲復有二見破見不破不破見破復有二見種見非種非種見

種復有二見已解義見未解義未解義見已解義復有二見可親見非親非親見可親復有二見怖見不怖不怖見怖復有二見道見非道非道見道復有二見可行見非行非行見可行復有二見出離見不出離不出離見出離復有二見棄見不棄不棄見棄復有二見見世間常見世間無常復有二見見世界有際見世界無際復有二見是身是命身異命異復有二見有如來滅度無如來滅度復有二見有無如來滅度非有無如來滅度於佛法內有如是二見出家人不應修行若修行如法治佛說如是諸比丘聞歡喜信樂受持爾時佛告諸比丘有二種毗尼有犯毗尼有諍毗尼復有二種毗尼犯毗尼結使毗尼復有二種毗尼比丘毗尼比丘尼毗尼復有二種毗尼方毗尼遍毗尼是爲二種毗尼佛說如是諸比丘聞歡喜信樂受持爾時佛告諸比丘有二種人住不安樂一喜瞋二懷怨復有二法一急性二難捨復有二法一慳二嫉妬復有二法一欺詐二諂曲復有二法一自高二喜諍復有二法一好飾二放逸復有二法一慢二增上慢復有二法一貪二恚復有二法一自譽二毀他復有二法一邪見二邊見復有二法一有難教二不受訓導如是二種人住不安樂爾時佛告諸比丘有學比丘心未至無學常求修習增進勝法有二法得多利益未得能得未入能入未證能證何等二善犯善能除犯如是學人心未至無學常求修習增進勝法有此二法得多利益未得能得未入能入未證能證是故汝等當勤

修習學如是法佛說如是諸比丘聞歡喜信樂受持善入定善出定亦如是爾時佛告諸比丘有比丘心未至無學常求修習增進勝法有二法得多利益未得能得未入能入未證能證何等二可猒處生猒已猒正意念斷如是學人心未至無學常求修習增進勝法有此二法得多利益未得能得未入能入未證能證是故汝等可猒處生猒已猒當正意念斷而說偈言

明者在猒處　能生猒離心　無畏不恐怖
能斷者得聖　比丘正念斷　得無上正道
終不復退轉　得住於涅槃

佛說如是諸比丘聞歡喜信樂受持爾時佛告諸比丘破戒墮二道地獄畜生中持戒生二道生天及人中屏處造惡業生墮於二道中地獄及畜生屏處造善業得生於二道生天及人中邪見生二道地獄及畜生正見生二道生天及人中佛聖弟子天人中尊貴有二法不得解脫一犯戒二不見犯有二法自得解脫一不犯二見犯有二法不得解脫一犯而不見罪二見犯而不如法懺悔有二法自得解脫一見犯罪二犯而能如法懺悔有二法不得解脫一見罪不如法懺悔二若如法懺而彼不受有二法自得解脫一見罪能如法懺二如法懺者彼能如法受縛不縛亦如是有二種清淨一不犯二懺悔佛說如是諸比丘聞歡喜信樂受持爾時佛告諸比丘有二種人謗如來一不信樂憎嫉二信樂不解受持是故我今告汝等令知此義謗如來得大重罪若謗一切諸天及世人若魔梵王

沙門婆羅門其罪輕謗如來其罪最重佛說如是諸比丘聞歡喜信樂受持復有二種謗如來一非法言法二法言非法有二種不謗如來一非法說非法二法說是法有二種謗如來一非毗尼說毗尼二是毗尼說非毗尼有二種不謗如來一非毗尼說非毗尼二是毗尼說毗尼有二種謗如來一非制言制二是制而斷有二種不謗如來一非制言非制二是制不斷有二法謗如來一非法言法二法言非法有二法不謗如來一非法言非法二法言是法乃至說言非說亦如是二處二事二見亦如是復有二法不受如來善教亦如是復有二法違如來亦如是復有二法堅持與如來諍亦如是復有二法不奉如來亦如是復有二法不值如來亦如是復有二法於如來所麤獷無有慈心亦如是佛說如是諸比丘聞歡喜信樂受持爾時佛告諸比丘有二衆一法語衆二非法語衆何等非法語衆衆中不用法毗尼不以佛所教而說應教不教而住應滅不滅而住是爲非法語衆何等法語衆衆中用法毗尼隨佛所教而說應教教而住應滅滅而住是爲法語衆此二衆中法語衆我讚歎爲尊佛說如是諸比丘聞歡喜信樂受持復有二衆如法衆不如法衆何等不如法衆衆中若非法者有力如法者無力非法者得伴如法者不得伴作非法羯磨不作法羯磨作非毗尼羯磨不作毗尼羯磨非法行是法不行是爲非法衆何等如法衆若衆中如法者有力非法者無力如法者得伴不如法者不得伴作法羯磨不作非法

羯磨作毗尼羯磨不作非毗尼羯磨是法行非法滅是爲如法衆此二衆中如法衆我讚歎爲尊佛說如是諸比丘聞歡喜信樂受持有二衆等衆不等衆亦如是爾時佛告諸比丘若國法王力弱衆賊熾盛爾時法王不得安樂出入邊國小王不順教令國界人民亦不安樂出入生業休廢憂苦損減不得利益如是非法比丘有力是法比丘無力如法比丘不得安樂若在衆中亦不得語若在空處住是時作非法羯磨不作法羯磨作非毗尼羯磨不作毗尼羯磨非法便行是法不行彼不勤行精進未得令得未入令入未證令證則令諸天人民不得利益長夜受苦佛說如是諸比丘聞歡喜信樂受持爾時佛告諸比丘若國法王力強衆賊力弱皆來歸伏或復逃竄時法王安樂出入無有憂患邊國小王順從教令境内人民亦得安樂生業自恣無諸憂苦多得利益無有損減如是如法比丘得力非法比丘無力非法比丘來至如法比丘所隨順教令不敢違逆若當逃竄不作衆惡爾時如法比丘安隱得樂若在僧中得語若在空處住作如法羯磨不作非法羯磨作毗尼羯磨不作非毗尼羯磨是法便行非法不行勤修精進未得能得未入能入未證能證則令諸天人民得大利益佛說如是諸比丘聞歡喜信樂受持爾時舍利弗告諸比丘諸長老若有鬭諍舉他比丘及有罪比丘不自觀察當知此諍遂更增長不得如法如毗尼除滅諸比丘不得安樂若比丘共諍舉他比丘有罪者各自觀過當知此諍不復增長

深重得如法如毗尼除滅諸比丘便得安樂住諸比丘云何自觀過有罪比丘作是念我已犯如是事彼見我犯非我若不犯者彼不得見我犯非以我犯故令彼見我我今應自悔過令彼不復以惡語呵我我若如是使善法增長是爲比丘能自觀其過云何舉他比丘自觀其過彼作如是念彼比丘犯非令我得見若彼不犯非者我則不見以彼犯非故令我得見若彼自能至誠懺悔者不令我出惡言如是令善法增長是爲舉他比丘自觀其過若比丘有諍事舉他比丘有罪比丘能作如是自我其過當知此過不復增長如法如毗尼如佛所教諸比丘得安樂住舍利弗說如是諸比丘聞歡喜信樂受持爾時佛告諸比丘有二種癡一犯罪二不見犯是爲二種癡復有二種智一不犯罪二見犯罪是爲二種智復有二種癡一不見犯罪二見犯罪不如法懺悔是爲二種癡復有二種智一見犯罪二見罪能如法懺悔是爲二種智復有二種癡一見罪不如法懺悔二如法懺悔彼不受復有二種智一見罪如法懺二如法懺彼受是爲二種智佛說如是諸比丘聞歡喜信樂受持爾時佛告諸比丘以諸比丘有過失故世尊以二義制斷諍法一難調人令調二知慙愧者得安樂以此二義故世尊爲諸比丘制斷諍法佛說如是諸比丘聞歡喜信樂受持爾時佛告諸比丘舉他比丘欲舉他罪應修二法一眞實二不瞋應修如是二法被舉比丘亦應修如是二法一眞實二不瞋佛說如是諸比丘聞歡喜信樂受持爾時佛

告諸比丘比丘有二法疾滅正法非法說法法說非法乃至說不說亦如是二處二事二犯亦如是復有二法不能生善法從法非法乃至說不說亦如是二處二事二犯亦如是復有二法比丘自破壞犯罪數爲有智者呵責多得衆罪從法非法乃至說不說亦如是二處二事二犯亦如是復有二法比丘墮地獄猶如射箭從法非法乃至說不說亦如是二處二事二犯亦如是爾時佛告諸比丘有二法令正法久住非法說非法是法說是法乃至說不說亦如是二處二事二犯亦如是復有二法比丘能生諸善非法說非法是法說是法乃至說不說亦如是二處二事二犯亦如是復有二法比丘不自破壞不犯罪不爲智者所呵責受福無量非法說非法是法說是法乃至說不說亦如是二處二事二犯亦如是復有二法比丘自得生天猶如射箭非法說非法法說是法乃至說不說亦如是二處二事二犯亦如是比丘有二法應舉非法說法法說非法乃至說不說亦如是爲作憶念作自言作遮阿嵬婆陀遮說戒遮自恣亦如是二處二事二見亦如是復有二法比丘不如法應舉非法說法法說非法乃至說不說亦如是二處二事二犯亦如是作憶念作自言作遮阿嵬婆陀遮說戒遮自恣亦如是二處二事二見亦如是

復有二法比丘應與作呵責羯磨非法說法法說非法乃至說不說亦如是二處二事二犯亦如是擯羯磨依止羯磨遮不至白衣家羯磨舉羯磨亦如是二處二事二見亦如是

有二法增長有漏可慙非慙非慙反慙有此二法增長有漏有二法不增長有漏可慙即慙非慙不慙復有二法增長有漏不淨見淨淨見不淨有是二法增長有漏復有二法不增長有漏不淨見不淨淨見淨有是二法不增長有漏復有二法增長有漏不犯見犯犯見不犯有是二法增長有漏復有二法不增長有漏不犯見不犯犯見犯有是二事不增長有漏復有二法增長有漏輕而見重重而見輕有是二法增長有漏復有二法不增長有漏輕見輕重見重有是二法不增長有漏復有二法增長有漏無餘見有餘有餘見無餘有是二法增長有漏復有二法不增長有漏無餘見無餘有餘見有餘有是二法不增長有漏復有二法增長有漏非法見法法見非法有是二法增長有漏復有二法不增長有漏非法見非法是法見是法有是二法不增長有漏復有二法增長有漏非制而制是制便斷有是二法增長有漏復有二法不增長有漏非制不制是制不斷有是二法不增長有漏有二語捨戒我捨佛捨法乃至我非沙門釋子如上如來出世見衆過失故以二義爲諸比丘制戒一攝取於僧二令僧歡喜復有二法一令不信者信二已信者令增長復有二法一難調者得調二知慙比丘得安樂住復有二法一令正法久住二攝取毗尼復有二法一斷現在世怨二斷未來世怨復有二法一滅現在有漏二滅未來有漏復有二法一斷現在恐怖二除未來恐怖復有二法一斷現在重罪二斷未來重罪復有二法

一斷現在不善法二斷未來不善法爲此二義故世尊爲諸比丘制戒復有二法爲二義故世尊制呵責羯磨一攝取於僧二令僧歡喜乃至斷現在不善法未來不善法亦如上如是一一句乃至七滅諍如呵責羯磨法佛說如是諸比丘聞歡喜信樂受持

四分律藏卷第五十七

音釋

牸（疾二切牝牛也）尻（苦高切脽也）抖擻（抖當口切擻蘇后切抖擻振擧也）跌（徒結切蹷也）企（去冀切）痔（丈几切後病也）竄（取亂切逃也）

四分律藏卷第五十八

姚秦三藏佛陀耶舍共竺佛念譯

第四分毗尼增一法之二

爾時佛告諸比丘有三羯磨攝一切羯磨何等三白羯磨白二羯磨白四羯磨是爲三羯磨攝一切羯磨佛說如是諸比丘聞歡喜信樂受持

爾時世尊在王舍城告諸比丘有三非法與憶念毗尼何等三若比丘犯重罪若波羅夷若僧伽婆尸沙若偷蘭遮時餘比丘言犯波羅夷僧伽婆尸沙偷蘭遮問言汝憶犯波羅夷僧伽婆尸沙偷蘭遮不彼言根本不現諸長老我不憶犯波羅夷僧伽婆尸沙偷蘭遮莫數難詰問我而諸比丘故難詰不止彼從僧乞憶念毗尼若僧與彼憶念毗尼是爲非法與憶念毗尼若有比丘犯重罪波羅夷僧伽婆尸沙偷蘭遮時餘比丘言犯波羅夷僧伽婆尸沙偷蘭遮餘比丘問言汝憶犯波羅夷僧伽婆尸沙偷蘭遮不彼言根本不現諸長老我不憶念犯如是重罪我犯小罪當懺悔清淨諸長老莫數難詰問我而諸比丘故難詰不止彼從僧乞憶念毗尼若僧與憶念毗尼是爲與非法憶念毗尼若有比丘犯重罪波羅夷僧伽婆尸沙偷蘭遮餘比丘語言汝憶犯重罪波羅夷僧伽婆尸沙偷蘭遮不彼言根本不現諸長老我不憶犯重罪波羅夷僧伽婆尸沙偷蘭遮我犯小罪已懺悔清淨諸長老莫爲難詰問我諸比丘故難詰不止彼從僧乞憶念毗尼僧若與作憶念毗尼非法是爲三種非法與憶念毗尼有三種如

法與憶念毗尼若比丘不犯重罪波羅夷僧伽婆尸沙偷蘭遮餘比丘言犯重罪波羅夷僧伽婆尸沙偷蘭遮問言汝憶犯如是重罪波羅夷僧伽婆尸沙偷蘭遮不彼不憶犯便作是言諸長老我不憶犯如是重罪波羅夷僧伽婆尸沙偷蘭遮諸長老莫難詰問我而諸比丘故難詰不止彼廣憶念從僧乞憶念毗尼僧若與憶念毗尼是爲如法與憶念毗尼若比丘不犯重罪波羅夷僧伽婆尸沙偷蘭遮餘比丘言犯重罪波羅夷僧伽婆尸沙偷蘭遮問言汝犯波羅夷僧伽婆尸沙偷蘭遮憶不彼言不憶犯便作是言長老我不憶犯如是重罪波羅夷僧伽婆尸沙偷蘭遮我犯小罪當如法懺悔清淨諸長老莫難詰問我而諸比丘故難詰不止彼廣憶念從僧乞憶念毗尼若僧與憶念毗尼是爲如法與憶念毗尼若比丘不犯重罪波羅夷僧伽婆尸沙偷蘭遮餘比丘言犯重罪波羅夷僧伽婆尸沙偷蘭遮問言汝犯如是重罪波羅夷僧伽婆尸沙偷蘭遮憶不彼不憶犯便作是言長老我不憶犯如是重罪波羅夷僧伽婆尸沙偷蘭遮我犯小罪已懺悔清淨諸長老莫難詰問我而諸比丘故難詰不止彼廣憶念從僧乞憶念毗尼僧若與憶念毗尼是爲三種如法與憶念毗尼

復有三非法與不癡毗尼若比丘不癡狂而詐爲癡狂多犯不淨行非沙門法餘比丘言汝犯重罪波羅夷僧伽婆尸沙偷蘭遮彼作是言我顛狂心亂多犯不淨行非沙門法此非我故作是癡狂故耳諸長老莫難詰問我

而諸比丘故難詰不止彼從僧乞不癡毗尼若僧與不癡毗尼是爲非法與不癡毗尼若比丘不癡狂而詐爲癡狂多犯不淨行非沙門法餘比丘言犯重罪波羅夷僧伽婆尸沙偷蘭遮問言汝憶犯重罪波羅夷僧伽婆尸沙偷蘭遮不彼言我先癡狂心亂多犯不淨行非沙門法非我故作是癡狂故作耳如人憶夢中事我亦如是諸長老莫爲難詰問我而諸比丘故難詰不止彼從僧乞不癡毗尼僧若與不癡毗尼是爲非法與不癡毗尼若比丘不癡狂而詐爲癡狂多犯不淨行非沙門法餘比丘言犯重罪波羅夷僧伽婆尸沙偷蘭遮問言汝憶犯重罪波羅夷僧伽婆尸沙偷蘭遮不彼言我先癡狂故耳如人從高山墜下攬少草木諸長老莫爲難詰問我而諸比丘故難詰不止彼從僧乞不癡毗尼若僧與不癡毗尼是爲非法與不癡毗尼是爲三非法與不癡毗尼復有三種如法與不癡毗尼若比丘狂癡故多犯不淨行非沙門法彼後還得心餘比丘言汝犯如是重罪波羅夷僧伽婆尸沙偷蘭遮憶不彼言我先癡狂故多犯不淨行非沙門法非我故作是狂故耳諸長老莫爲難詰問我而諸比丘故難詰不止彼癡狂止從僧乞不癡毗尼若僧與不癡毗尼是爲如法與不癡毗尼若比丘癡狂故多犯不淨行非沙門法彼復還得心餘比丘言汝犯如是重罪波羅夷僧伽婆尸沙偷蘭遮憶不彼言我先狂癡故多犯不淨行非沙門法非我故作是癡狂故耳如人憶夢中所作諸長老莫爲難詰問我而諸比丘故難

詰不止彼癡止從僧乞不癡毗尼僧若與不癡毗尼是爲如法與不癡毗尼若比丘狂癡故多犯不淨行非沙門法餘比丘言汝犯重罪波羅夷僧伽婆尸沙偷蘭遮憶不彼言我先狂癡故多犯不淨行非沙門法非我故作是狂癡耳我憶如人從高山墜下攬少草木諸長老莫爲難詰問我而諸比丘故難詰不止彼癡狂止從僧乞不癡毗尼若僧與不癡毗尼是爲如法與不癡毗尼是爲三如法與不癡毗尼有三種調法呵責擯出依止是爲三種調法有三滅法用多人語罪處所草覆地是爲三滅法復有三法應喚比丘著現前巳作白然後作三羯磨我說如是法得處所羯磨成就若比丘喜鬪諍僧應與作三種羯磨若呵責羯磨若擯羯磨若依止羯磨佛說如是諸比丘聞歡喜信樂受持

爾時佛告諸比丘有三法不應與受大戒一破戒二破見三破威儀有如是三法不應與受大戒有三法應與受大戒不破戒不破見不破威儀有如是三法應與受大戒比丘有三法僧應與作呵責羯磨破戒破見破威儀有如是三法僧應與作呵責羯磨若擯羯磨依止羯磨遮不至白衣家羯磨舉羯磨亦如是被舉人有三法不應爲解羯磨應見不見應懺而不懺應捨而不捨有如是三法不應爲解羯磨被舉者有三法應爲解羯磨應見而見應懺而懺應捨而捨有如是三法應爲解羯磨被舉人有三法不應爲解羯磨應見不見應懺不懺應信不信有如是三法不應爲解羯磨被舉人有三法應爲解羯磨應見

而見應懺而懺應信而信有如是三法應爲解羯磨比丘有三法應與作遮不至白衣家羯磨在白衣前毀呰佛法僧有如是三法應與作遮不至白衣家羯磨與比丘作遮不至白衣家羯磨時應以三法量宜稱量比丘稱量白衣稱量事復有三法稱量比丘稱量白衣稱量羯磨復有三法稱量比丘稱量白衣稱量犯復有三法實不實作不作應與作遮不至白衣家羯磨不應與作遮不至白衣家羯磨是爲與比丘三事量宜作遮不至白衣家羯磨復有三法作呵責羯磨非法非毗尼羯磨不成不得處所何等三不作舉不作憶念不作自言是爲三復有三法不犯犯不可懺罪若已懺罪是爲三復有三法不作舉非法別衆復有三不作憶念非法別衆復有三不作自言非法別衆復有三不犯非法別衆復有三犯不可懺罪非法別衆復有三犯罪已懺非法別衆復有三不現前非法別衆有如是三法作呵責非法非毗尼羯磨不成不得處所有三法作呵責如法如毗尼羯磨成就得處所（即反上句是不復煩文故不出耳）有三事弄失精犯僧伽婆尸沙若憶念若弄若失不淨有如是三事犯僧伽婆尸沙復有三事憶念若弄若欲出青色不淨若失青不淨僧伽婆尸沙若憶念若弄若欲出青不淨乃至出黃不淨若赤若白若黑若酪色若酪漿色不淨者僧伽婆尸沙若憶念若弄乃至欲出酪漿色不淨若出僧伽婆尸沙若憶念若弄欲出酪漿色不淨乃至出青黃赤白黑不淨僧伽婆尸沙如是爲樂故爲藥故爲試出故爲福德故

爲祠天故爲善道故爲施故爲種子故爲戲笑故爲憍恣故爲試力故爲顏色故爲輕慢故一切僧伽婆尸沙於内色亦如是於外色亦如是於内外色亦如是若於水若風若虛空亦如是有三種人犯不顛狂不錯亂不痛惱是爲三種人犯有三種人不犯若顛狂錯亂痛惱是爲三種人不犯有於三種衆生行婬犯波羅夷人非人畜生是爲於三種衆生行婬波羅夷復有三種婦女童女二根復有三婦女童女黄門復有三婦女童女男子復有三男子二根黄門復於三種婦女行婬犯波羅夷人婦女非人婦女畜生婦女童女亦如是二根亦如是黄門亦如是男子亦如是人婦女三處行婬波羅夷大小便道口中非人婦女畜生婦女人童女非人童女畜生童女人二根非人二根畜生二根亦如是有三種作盜犯波羅夷若自取若現前指示取若遣使取復有三不作已有想取不暫取非親厚取復有三若他物若他想若舉離本處有三種斷命波羅夷若人作人想若以身若以口斷命是爲三種斷命波羅夷有三種斷人命不犯波羅夷人作非人想若以身若以口斷命是爲三種斷人命不犯波羅夷有三種自稱得上人法波羅夷不得言得不入言入不證言證是爲三種復有三種身犯口犯身口犯是爲三（此中三犯更復有四句與名一句言三種見相二句言三種呪三句言三非威儀四句言三邪命）復有三貪恚癡是爲三復有三身欲口欲身口欲是爲三復有三身恚口恚身口恚是爲三復有三身癡口癡身口癡是爲三復有三身欲害口欲害身口欲害

是爲三恚癡亦如是有三種人犯一僧二衆多人三一人有三種人懺悔若僧若衆多人若一人有三種人應受懺悔若僧若衆多人若一人有三種人犯尼薩耆若僧若衆多人若一人犯尼薩耆應在三種人前捨若僧若衆多人若一人有三種人應受尼薩耆若僧若衆多人若一人有三種默然有知而默然有不知而默然有癡而默然有三種住戒住見住羯磨住復有三戒住見住威儀住復有三戒住見住命住復有三種人諍若僧若衆多人若一人有三種人起諍若僧若衆多人若一人有三種人捨諍若僧若衆多人若一人應三種人前捨若僧若衆多人若一人有三種人滅諍若僧若衆多人若一人有三種人應滅諍若僧若衆多人若一人有三種人得滅諍若僧若衆多人若一人比丘有三種正語應語比丘破戒破見破威儀舉他比丘應以三事若聞若見若疑有三種覆覆破戒覆破見覆破威儀有三種發露破戒破見破威儀有三種懺悔破戒破見破威儀有三種放逸羯磨破戒羯磨破見羯磨破威儀羯磨有三學增戒學增心學增慧學是爲三學復有三學威儀學淨行學波羅提木叉學是爲三學

爾時有衆多比丘往世尊所頭面禮足已却坐一面白世尊言大德說言學云何爲學佛告諸比丘學於戒故言學云何學戒增戒學增心學增慧學是故言學彼增戒學增心學增慧學時得調伏貪欲瞋恚愚癡盡彼得貪欲瞋癡盡已不造不善不近諸惡是故言學

佛說如是諸比丘聞歡喜信樂受持

爾時佛問諸比丘汝云何學云何爲學諸比丘白佛言大德是法之根本爲法之主如世尊向所說我等受持故言學復有三學增戒學增心學增慧學學此三學得須陀洹斯陀含阿那含阿羅漢果是故當勤精進學此三學

爾時阿難在波羅梨子城雞園中時有孔雀冠婆羅門至阿難所問訊已在一面坐白阿難言沙門瞿曇何故爲諸比丘制增戒學增淨行學增波羅提木叉學阿難答言所以爾者爲調伏貪欲瞋恚愚癡令盡故世尊爲諸比丘制戒復問言若比丘得阿羅漢漏盡彼何所學阿難答言貪欲瞋恚愚癡盡不造不善不近諸惡所作已辦名爲無學婆羅門問言如向所說便爲無學耶阿難答言如是阿難說如是孔雀冠婆羅門聞已歡喜信樂受持

爾時世尊在摩竭國崩伽彌村中爲諸比丘無數方便說戒法時有舊住比丘於迦葉姓中出家此比丘聞世尊說法不生信樂愁憂不樂世尊數恐我等於是世尊移往王舍城去未久彼迦葉比丘心自悔恨我無利不善得世尊爲諸比丘無數方便說戒而我不生信樂愁憂不樂而言世尊數恐我等我今寧可於世尊前至誠悔過也時彼比丘即持衣鉢往王舍城到世尊所頭面禮足却坐一面以此因緣具白世尊從座起頭面禮足至誠悔過言大德我愚癡無智不善而世尊爲諸比丘無數方便說戒法而我生不信樂心懷

憂惱言世尊數恐我等惟願大德受我悔過佛告比丘言汝自懺悔愚癡無智不善我爲諸比丘說戒汝自不信樂心懷憂惱言世尊數恐我等於我法中能至誠如法懺悔者便得增益汝懺悔應生猒離心汝比丘至誠如法懺悔我爲受之時彼迦葉比丘禮佛足已却坐一面佛告比丘若上座既不學戒亦不讚歎戒若有餘比丘樂學戒讚歎戒者亦復不能以時勸勉讚歎迦葉比丘我不讚歎如是上座何以故若我讚歎者令諸比丘親近若有親近者令餘人習學其法若有習學其法者長夜受苦是故迦葉比丘我見如是上座過失故不讚歎若中下座亦如是比上中下座是不如法者其次應有上中下座如法者亙上句即是不復煩文故不出也佛說如是迦葉比丘歡喜信樂受持

爾時佛告諸比丘譬如有驢與群牛共行自言我亦是牛我亦是牛而驢毛不似牛脚不似牛音聲亦不似牛而與牛共行自言是牛如是有癡人隨逐如法比丘自言是比丘此癡人無有增戒增心增慧如善比丘與衆僧共行自言我是比丘是故汝等當勤修習增戒增心增慧學佛說如是諸比丘聞歡喜信樂受持

爾時世尊在毗舍離有跋闍子比丘往世尊所頭面禮足却坐一面白世尊言半月所說戒多我不能學如是多戒佛告言聽汝學三戒增戒增心增慧學若汝如是學三戒者便得至貪欲瞋恚癡盡處不造不善不近諸惡比丘言大德願樂受持時跋闍子比丘聞世尊略敎已獨在靜處精勤而不放逸初夜後

夜警意思惟所爲出家修習不久得無上淨行現在自知得證我生已盡梵行已立所作已辦不復受生跋闍子比丘自知得阿羅漢佛說如是諸比丘聞歡喜信樂受持

爾時佛告諸比丘有三學增戒學增心學增慧學何等增戒學若比丘尊重於戒以戒爲主不重於定不以定爲主不重於慧不以慧爲主彼於此戒若犯輕者懺悔何以故此中非如破器破不故若是重戒便應堅持善住於戒應親近行不毀闕行不染汙行常如是修習彼斷下五使於上涅槃不復還此若比丘重於戒以戒爲主重於定以定爲主不重於慧不以慧爲主如上若比丘重於戒以戒爲主重於定以定爲主重於慧以慧爲主彼漏盡得無漏心解脫慧解脫於現在前自知得證我生已盡梵行已立所作已辦不復還此滿足行者具滿成就不滿足行者得不滿足成就我說此戒無有唐捐佛說如是諸比丘聞歡喜信樂受持復有三學增戒增心增慧學何等增戒學若有比丘具滿戒行少行定行少行慧行彼斷下五使便於上涅槃不復還此若不能至如是處能薄三結貪欲瞋恚癡得斯陀含來生世間便盡苦際若不能至如是處能斷三結得須陀洹不墮惡趣決定趣道七生天上七生人中便盡苦際若比丘具滿戒行具滿定行少行慧行亦如上若比丘具滿戒行具滿定行具滿慧行亦如上復有三學增戒學增心學增慧學何等增戒學若比丘具足持波羅提木叉戒成就威儀畏愼輕戒重若金剛等學諸戒是爲增戒學

何等增心學若比丘能捨欲惡乃至得入第四禪是爲增心學何等增慧學若比丘如實知苦諦知習盡道是爲增慧學復有三學增戒增心增慧學增戒增心如上增慧學者若比丘知内有貪欲如實知之内無貪欲如實知之若未生貪欲如實知之若未生貪欲後生如實知之若已生貪欲能斷如實知之若未生貪欲不令生如實知之瞋恚睡眠掉悔疑亦如是彼比丘作是念我於眼色有貪欲瞋恚如實知之無貪欲瞋恚如實知之於眼色未生貪欲瞋恚不生如實知之如於眼色未生貪欲瞋恚而生如實知之如於眼色已生貪欲瞋恚斷滅如實知之如於眼色已斷貪欲瞋恚後不復生如實知之耳鼻舌身意亦如是復次比丘内有念覺意如實知之内

無念覺意如實知之如未生念覺意不生如實知之如未生念覺意而生如實知之如已生念覺意修習滿足如實知之如未生念覺意方便令生如實知之如是法覺意精進覺意猗覺意定覺意喜覺意護覺意亦如是復有三聚持戒聚定聚慧聚毗尼有三答我如是見如是聞如是忍比丘有三法滅正法非制而制是制便斷不隨所制而行比丘復有三法不滅正法即及上句是有三處具滿妄語前知欲作妄語妄語時知是妄語妄語竟知作妄語竟復有三種具足實語即及上句是復有三種使一等使二增使三減使云何爲等使若使能受教不增不減隨所聞而說是爲等使云何增使若使受教增益過說是爲增使云何減使若使受教不具足說是爲減使復有

三子等子增子不等子云何等子若父母有信戒施慧子亦有信戒施慧是爲等子云何增子若父母無有信戒施慧而子有信戒施慧是爲增子云何不等子若父母有信戒施慧而子無信戒施慧是爲不等子而說偈言

等子及增子　應求如是子　勿求不等子
在家無利益　彼子常如法　善行優婆塞
成就信持戒　布施不慳嫉　如月無雲翳
在家亦如是

復有三病或有病若得隨病食若不得若得隨病藥若不得若得隨意好瞻病人若不得病人俱死不能得從病得差或有病人如是或有病人若得隨意食若不得若得隨病藥若不得若得隨意好瞻病人若不得此病人不死從病得差或有病人如是或有病人不得隨意食不得隨病藥不得隨意好瞻病人此病人死不能從病得差若得隨意食得隨病藥得好瞻病人彼病者不死從病得差或有病人如是是中病人不得隨意食不得隨病藥不得隨意好瞻病人此病人死不能從病得差若得隨意食得隨病藥得隨意好瞻病人此病人不死從病得差我爲是故聽與病者隨意食隨病藥好瞻病人以此病因緣故餘病人亦應與瞻視供養有三種癡一犯罪二不見罪三見罪不如法懺悔是爲三種癡有三種智慧一不犯罪二犯罪能見三見罪能懺悔有三種癡一犯罪不見二見犯罪不懺悔三不如法懺悔彼不受有三種智慧即夊上句是有三種安居前安居中安居後安居於聖法律中歌戲猶如哭舞如狂者戲笑似

小兒有三種不淨肉不應食若見聞疑爲已作有三種淨肉應食不見聞疑不爲已作有三種布薩十四日十五日月初日有三種人布薩若僧若衆多人若一人有三種人作布薩若僧若衆多人若一人有三種人應作布薩若僧若衆多人若一人或知而作或不知而作或見而作或知而作或不知而作或癡而作或身或口或身口俱有三種應平斷犯罪一戒序二制三重制有三法平斷不犯戒序制重制有三種淨有三種不淨有三種聽有三種不聽亦如是有三種不恭敬佛法僧復有三種不恭敬佛法戒復有三不恭敬佛法定復有三不恭敬佛法父母有三不恭敬佛法善法恭敬有三三句即反上句是復有三種舉一不見二不懺悔三惡見不捨有三法僧

應作覆鉢在比丘前謗毁佛法僧復有三念佛念法念僧念復有三念佛念法念戒念復有三念佛念法念施念復有三念佛念法念天念復有三成就持戒成就定成就慧成就復有三戒成就定成就解脱成就復有三戒成就定成就見解脱慧成就復有三賤法刀賤衣賤色賤復有三壞色青黒木蘭復有三法名持律持波羅提木叉戒具足多聞誦二部戒通利無疑復有三持波羅提木叉戒具足多聞廣誦毗尼通利無疑復有三持波羅提木叉戒具足多聞住毗尼中不動復有三持波羅提木叉戒具足多聞善巧方便能滅諍事復有三辦比丘辦不放逸辦清淨行辦復有三種自恣十四日十五日月初日復有三種人自恣若僧若衆多人若一人復有三

種作自恣若僧若衆多人若一人復有三種人應作自恣若僧若衆多人若一人復有三種若知若不知若見復有三種若知若不知若癡復有三種若身若口若身口俱復有三種若見聞疑復有三語捨戒捨佛捨法捨僧如是三三爲句乃至非沙門釋子復有三種義故如來出世爲諸比丘制戒從攝取於僧三三爲句乃至正法久住有三種義故如來出世爲諸比丘制呵責羯磨從攝取於僧三三爲句乃至正法久住亦如是從呵責乃至七滅諍亦如是

爾時世尊在婆闍國地城中告諸比丘我說四種廣說汝等善聽當爲汝說諸比丘言大德願樂聞之何等四若比丘如是語諸長老我於其村其城從佛聞受持此是法是毗尼是佛教若聞彼比丘說不應便生嫌疑亦不應呵應審定文句已應尋究修多羅毗尼檢校法律若聽彼比丘說尋究修多羅毗尼檢校法律時若不與修多羅毗尼法律相應違背於法應語彼比丘汝所說者非佛所說或是長老不審得佛說何以故我尋究修多羅毗尼法律不與修多羅毗尼法律相應違背於法長老不須誦習亦莫敎餘比丘今應捨棄若聞彼比丘說尋究修多羅毗尼法律時若與修多羅毗尼法律相應應語彼比丘言長老所說是佛所說審得佛語何以故我尋究修多羅毗尼法律與共相應而不違背長老應善持誦習敎餘比丘勿令忘失此是初廣說復次若比丘如是語長老我於其村其城和合僧中上座前聞此是法是毗尼是佛

所教聞彼比丘說時不應嫌疑亦不應呵應審定文句尋究修多羅毗尼檢校法律若聞彼比丘說尋究修多羅毗尼法律時不與相應違背於法應語彼比丘言長老此非佛所說是彼衆僧及上座不審得佛語長老亦爾何以故我尋究修多羅毗尼法律不與相應違背於法長老不須復誦習亦莫教餘比丘今當棄之若聞彼比丘語尋究修多羅毗尼法律與相應不違背於法應語彼比丘言長老是佛所說彼衆僧上座及長老亦審得佛語何以故我尋究修多羅毗尼法律而與相應無有違背長老應善持誦習亦教餘人勿令忘失此是第二廣說（次第三句從知法毗尼摩夷衆多比丘所聞亦如是第四句從知法毗尼摩夷一比丘所聞亦如是）是爲四廣說如是諸比丘聞信樂歡喜受持

爾時佛告諸比丘衆僧有四種斷事人何等四或有寡聞無慚或有多聞無慚或有寡聞有慚或有多聞有慚是中斷事比丘寡聞無慚者在僧中言說斷事僧應種種苦切呵責令彼無慚者不復更爾若彼斷事人多聞無慚者在僧中言說斷事僧應種種苦切呵責令彼無慚者不復更爾是中斷事比丘有慚寡聞者在僧中言說斷事僧不應苦切呵責應佐助開示令彼有慚者復於衆僧中言說斷事是中斷事比丘有慚多聞者於僧中言說斷事僧不應呵聽彼說已應讚其善哉令有慚者後於僧中言說斷事復有四斷事比丘或無慚不諳經文或無慚諳經文或有慚不諳經文或有慚諳經文無慚不諳經文者有三失彼無慚失可呵失不諳經文失是爲

斷事人三失無慚諳經文者有二失無慚失可呵失彼諳經文不失是爲斷事比丘二失有慚不諳經文者有一失彼不諳經文失彼有慚不失無可呵不失是爲斷事比丘一失有慚諳經文者無失彼有慚不失無可呵不失諳經文復無失是爲斷事比丘第一最勝無失破戒四句亦如是破見四句亦如是破正命四句亦如是破威儀四句亦如是此中鞞連有四比丘分物四分如旁舍揵度中法不異故不出

爾時佛在王舍城時優波離從座起偏露右肩右膝著地合掌白佛言大德說言破僧齊幾名爲破僧誰破和合僧佛告優波離若有比丘犯彼言不犯若不犯彼言犯輕言重重言輕若比丘於此四事便求索伴若使人求於界内别部布薩羯磨說戒齊是名爲破僧是爲破和合僧優波離復問云何和合僧僧破已誰爲和合佛告優波離若有比丘犯彼言犯若不犯彼言不犯輕言輕重言重彼比丘於此四事不求伴不使人求不別部羯磨布薩說戒齊是名爲和合僧是爲僧破已還和合

爾時世尊在舍衛國時舍衛比丘共鬬諍阿尼樓陀有弟子字婆夷獨在僧中語獨當諍事時阿尼樓陀在衆不說一語教呵爾時阿難往世尊所頭面禮足在一面住世尊知而故問阿難諍事已滅未阿難答言諍事何可得滅耶阿尼樓陀弟子在僧中獨語獨當諍事而阿尼樓陀在僧中曾不以一語呵責佛告阿難阿尼樓陀何時能滅此諍事豈非汝等舍利弗目連事耶爾時佛告諸比丘惡比

丘有四法見僧破歡喜何等四是惡比丘破戒惡法彼惡比丘作是念我破戒惡法若餘比丘得知和合爲我作滅擯有餘比丘助我作伴惡比丘有是初法見僧破歡喜復次惡比丘邪命自活作是念言我邪命自活令餘比丘知我和合僧爲我作滅擯有餘比丘助我爲伴是爲惡比丘第二見僧破歡喜復次惡比丘多求利養恭敬作是念我求利養恭敬令餘比丘知我和合僧爲我作滅擯有餘比丘助我爲伴是爲惡比丘第三見僧破歡喜復次惡比丘邪見邊見作是念我邪見邊見令餘比丘知我和合僧爲我作滅擯有餘比丘助我爲伴是爲惡比丘第四見僧破歡喜有四種作法前非法作後非法作前非法作後法作前法作後非法作前法作後法作何等前非法作後非法作前非法起事應教呵不教呵而住應滅擯不滅擯而住是爲前非法作後非法何等前非法作後法作若有非法作者前非法起事彼應教呵者呵而後住應滅擯滅擯而後住是爲前非法作後法作何等前法作後非法作若比丘如法起事應教呵不教呵而住應滅擯不滅擯而住是爲前如法作後非法作何等前如法作後如法作若比丘前如法起事應教呵而教呵而後住應滅擯而滅擯而後住是爲前如法作後如法作有四種供養一飲食二醫藥三衣服四是所須者與復有四種利法非法求非法與非法求法與法求非法與法求法與云何非法求非法與或有比丘周旋往反不作沙門法說非法求利養不淨彼作如是不淨

求利養有所偏爲取是莫取是取爾許莫取爾許取是來莫取是來持爾許來莫持爾許來與此莫與彼與爾許莫與爾許彼可與彼不可與是爲非法求利養非法與云何非法求法與或有比丘周旋往反作非沙門法說非法求利養不清淨不作如上偏爲是爲非法求法與云何法求非法與或有比丘周旋往反說沙門法不作非法求利養清淨作如上偏爲是爲法求非法與云何法求法與或有比丘周旋往反說沙門法不作非法求利養清淨不作如上偏爲是爲法求法與有四法不應爲他受大戒不知增戒學增心學增慧學不廣誦二部戒有如是四法不應與他受大戒有四法應爲他受大戒即反上句是復有四法不應爲他受大戒不知增戒學不知增心學增慧學不廣誦毗尼如是四法不應爲他受大戒復有四法應爲他受大戒即反上句是復有四法不應爲他受大戒不知增戒學增心學增慧學雖誦毗尼不能決了如是四法不應爲他受大戒復有四法應爲他受大戒即反上句是復有四法不應爲他受大戒不持二百五十戒不多聞若弟子有惡見不能敎化弟子令捨惡見修習善見不滿十歲有如是四法不應爲他受大戒復有四法應爲他受大戒即反上句是有四法名爲持律知犯知不犯知輕知重復有四法知犯知不犯知有餘知無餘復有四法知犯知不犯知麤惡知不麤惡復有四法知可懺罪知不可懺罪知懺悔清淨知懺悔不清淨復有四諍言諍見諍犯諍事諍有四犯畏若有如是男子來被髮著

黑衣持刀至大衆中作如是言我作極大重惡斷頭罪隨汝等所喜我當作時諸大衆即捉縛打惡聲鼓爲現死相順路唱令從右門出至殺處殺之智人見已作如是語此人造惡極重死罪我今當自勑并教餘人莫作如是重惡死罪如是比丘比丘尼於波羅夷法生大恐畏作如是念若未犯波羅夷終已不犯若犯都無覆藏心如法懺悔此是第一犯畏有如是男子被髮著黑衣持合鞘刀至大衆中作如是言我作惡不善隨衆人所喜我當作時彼衆人即奪取刀打之驅出右門有智人見作如是言此人作惡罪我今當自勑并教餘人莫作如是惡罪如是比丘比丘尼於僧殘法生大恐怖作如是念若未犯僧殘終不犯若犯尋即懺悔此是第二犯畏有如是男子被髮著黑衣持杖至大衆中語言我作惡不善隨衆人所喜我當作衆人即取其杖打之驅出右門有智人見作如是言此人作惡我今自勑并教餘人不作如是惡如是比丘比丘尼於波逸提生大恐畏未犯終不犯若犯尋即懺悔此是第三犯畏有如是男子被髮著黑衣至衆人所合掌作如是言我作惡不善隨衆人所喜我當作之時衆人種種呵責驅出右門有智人見作如是言此人作如是惡我今當自勑并教餘人不作如是惡如是比丘比丘尼於波羅提提舍尼生恐畏若未犯終不犯若犯尋即懺悔此是第四犯畏有四種犯人若比丘犯罪餘比丘語言汝犯罪見不彼言不見比丘復語言長老若見罪當懺悔此是第一犯人若比丘犯罪餘

比丘語言長老汝犯罪見不彼言不見比丘復語言長老若見罪應僧中懺悔此是第二犯人若比丘犯罪餘比丘語言長老犯罪見不彼言不見比丘復語言若長老見罪當於此僧中懺悔此是第三犯人若比丘犯罪餘比丘語言長老汝犯罪見不彼言不見時僧應都捨棄語如是言隨汝意去所至之處欲舉汝者彼當爲汝作舉作憶念作自言遮汝阿㝹婆陀遮說戒遮自恣如調馬師惡馬難調即合韁杙驅棄此比丘亦復如是一切捨棄是爲第四犯人

爾時世尊在王舍城耆闍崛山優波離從座起偏露右肩右膝著地合掌白佛言長老在年少比丘前懺悔內有幾法應懺悔佛言內有四法應懺悔偏露右肩脫革屣胡跪合掌說所犯名我犯某甲罪今於長老前懺悔彼應語言應改悔生猒離心答言爾上座比丘於下座比丘有如是四法應懺悔有四波羅提提舍尼如上說四波羅夷如上說有四羯磨非法別眾羯磨法別眾羯磨非法和合眾羯磨法和合羯磨是爲四羯磨是中非法別眾羯磨不應爾非法和合羯磨不應爾法別眾羯磨不應爾法和合羯磨應爾是我所聽非法別眾羯磨羯磨不成非法和合羯磨不成法別眾羯磨羯磨不成法和合羯磨羯磨成就非法別眾羯磨不得處所非法和合羯磨不得處所法別眾羯磨不得處所法和合羯磨得處所有四種布薩三語布薩清淨布薩說波羅提木叉布薩自恣布薩有四妄語波羅夷妄語僧殘妄語波逸提妄語毗尼阿

毗婆羅妄語有四衆比丘衆比丘尼衆優婆塞衆優婆夷衆復有四衆刹利衆婆羅門衆居士衆沙門衆復有四衆四天王衆忉利天衆魔衆梵衆復有四衆愛恚怖癡衆復有四衆不愛不恚不怖不癡衆有四種智慧平斷事人有人身不現惡口現有人口不現惡身現有人身口現惡有人身口不現惡云何身不現惡口現或有人身不現惡口言指授與共同見是爲身不現惡口現云何口不現惡身現有人身現惡口不指授不與同見是爲口不現惡身現云何身不現惡口不現惡有人身不現口不指授不與同見是爲身口不現惡云何身口現惡有人身現惡口語指授與共同見是爲身現惡口現惡是爲四種有智平斷中人比丘有四法自損有犯爲有智者所責令得多罪何等四有愛有恚有怖有癡比丘有是四法而自損爲有智者所責令得多罪比丘有四法不自損（反是句是）有四法趣於非道有愛有恚有怖有癡是爲四有四法不趣非道（即反上句是）有四法不應差作分粥人未差不應差若已差不應分有愛有恚有怖有癡有四法應差作分粥人（即反上句是）分小食分佉闍尼食若差會若敷卧具分卧具分雨浴衣分衣取與差比丘使乃至差沙彌使亦如是有四法直入地獄猶如射箭（即上差諸知事者是）有四非法遮說戒遮無根破戒破見破威儀破正命是爲四有四如法遮說戒遮有根破戒破見破威儀破正命是爲四如法遮說戒有四清淨持戒清淨見清淨威儀清淨正命清淨是爲四清淨有四依止法糞掃衣乞食

樹下坐腐爛藥是爲四依止法有四種損法或有智能忍或有智能親近或有智能解或有智能斷是爲四種損法

四分律藏卷第五十八

音釋

詰 欺訖切問也 諳 烏含切記也 䩭 堅奚切 韁 居良切馬紲也

四分律藏卷第五十九

姚秦三藏佛陀耶舍共竺佛念譯

第四分毗尼增一法之三

爾時世尊在波羅柰世尊知而故問阿難我於穀貴時慈愍諸比丘故放捨四事内宿内煑自煑自取食令諸比丘故食耶阿難白佛言故食佛言阿難不應食若食如法治佛告阿難我以穀貴時愍諸比丘故聽此法朝受小食從彼持來若胡桃果等及水中可食物如是等故食耶阿難答言爾佛言不應食若食如法治有四法作呵責羯磨非法非毗尼羯磨不成不得處所何等四無根破戒破見破威儀破正命是爲四法有四法作呵責羯磨如法如毗尼羯磨成就得處所（即反上句是）有四大賊何等四或有大賊生如是意若得百人千人破其甲城邑於異時得百人千人破彼城邑如是惡比丘作是念我何處當得百人衆千人衆於某甲城邑遊行彼於異時得百人若千人遊行彼城邑是爲第一大賊復次有大賊非淨行自言是淨行是爲第二大賊復次有大賊以口腹故不眞實非已有於大衆中故作妄語自稱得上人法是爲第三大賊復有大賊以僧華菓果蓏以自活命是爲第四大賊有四信法若比丘於城郭村落作多不淨行非沙門法是中應隨順教授居士令信彼比丘語此比丘言汝於某甲城邑村落多作不淨行非沙門法汝當還教化彼居士令信若汝不能隨順教化居士令信者汝不得在此住若能隨順教化居士者聽汝在此住若復不能隨順教化居士令信者諸

比丘不與汝同羯磨説戒自恣共住同一坐於小食大食上不以次坐亦無迎逆執手禮拜問訊若汝能隨順教化彼居士令信者當與汝同羯磨乃至禮拜問訊是爲四信法若居士居士兒亦如是有四非聖法不見言見不聞言聞不觸言觸不知言知是爲四非聖法有四聖法（即反上句是）有四非聖法見言不見聞言不聞觸言不觸知言不知是爲四非聖法有四聖法（即反上句是）有四語捨戒捨佛捨法捨僧捨和尚是爲四語捨戒如是捨佛法僧爲首乃至非沙門釋子四四爲句亦如是以四利義故如來出世爲諸比丘制戒攝取於僧乃至正法久住四四爲句亦如是有四利義故如來出世爲諸比丘制呵責羯磨攝取於僧乃至正法久住（四四爲句亦如是）乃至七滅諍亦如是爾時世尊在王舍城告諸比丘有五法不應授人大戒若無戒無定無慧無解脱慧無見解脱慧有是五法不應授人大戒復有五法應授人大戒（即反上句是）復有五法不應授人大戒自無戒無定無慧無解脱慧無見解脱慧亦不能教人令住戒定慧乃至見解脱慧有是五法不應授人大戒有五法應授人大戒（即反上句是）復有五法不應授人大戒不信無慙無愧懈怠多妄有如是五法不應授人大戒有五法應授人大戒（即反上句是）復有五法不應授人大戒不知增戒增心增慧學不知白不知羯磨有是五法不應授人大戒有五法應授人大戒（即反上句是）復有五法不應授人大戒不知威儀戒不知增淨行不知波羅提木叉戒不知白不知羯磨有是五法不應

授人大戒有五法應授人大戒即反上句是復有五法不應授人大戒不知犯不知犯已懺悔不知犯已懺悔清淨不知白不知羯磨有是五法不應授人大戒有五法應授人大戒即反上句是復有五法不應授人大戒不知有難法不知無難法不知白不知羯磨不滿十歲有是五法不應授人大戒有五法應授人大戒即反上句是復有五法不應授人大戒不能教人增戒學增心學增慧學不能作瞻病人亦不能與瞻病人若差若乃至死若不滿十歲有是五法不應授人大戒有五法應授人大戒即反上句是復有五法不應授人大戒不能教弟子增威儀戒增淨行增波羅提木叉戒若弟子有惡見不能方便教令捨惡見住善見若不滿十歲有是五法不應授人大戒有五法

應授人大戒即反上句是復有五法不應授人大戒不知犯不知不犯不知輕不知重不廣誦二部毗尼有是五法不應授人大戒有五法應授人大戒即反上句是復有五法不應授人大戒不具持波羅提木叉戒不多聞不能教弟子毗尼阿毗曇不滿十歲有是五法不應授人大戒有五法應授人大戒即反上句是復有五法不應授人大戒不具持波羅提木叉戒不能教弟子毗尼阿毗曇若弟子有惡見不能教令捨惡見住善見有是五法不應授人大戒有五法應授人大戒即反上句是復有五法不應授人大戒不能教弟子毗尼阿毗曇若弟子有惡見不能教令捨惡見住善見若弟子不樂所住處不能移至樂處若弟子有疑悔心生不能如佛法開解有是五法不應授人

大戒有五法應授人大戒即反上句是復有五法不應授人大戒不能教弟子毗尼阿毗曇若弟子有惡見不能教捨惡見令住善見若不樂所住處不能移至樂處若不滿十歲有是五法不應授人大戒有五法應授人大戒即反上句是復有五法不應授人大戒不知波羅提木叉戒亦不能說不知布薩不知布薩羯磨不滿十歲有是五法不應授人大戒有五法應授人大戒即反上句是復有五法不應授人大戒不善知犯不善知犯懺悔不善入定不善出定不滿十歲有是五法不應授人大戒有五法應授人大戒即反上句是復有五法不應授人大戒不知犯不知不犯不知輕不知重不滿十歲有是五法不應授人大戒有五法應授人大戒即反上句是復有五法不應授人大戒不具持波羅提木叉戒不多聞不能教弟子增戒學不能瞻病不能與瞻病人若差乃至死不廣誦二部毗尼有是五法不應授人大戒有五法應授人大戒即反上句是復有五法不應授人大戒不具持波羅提木叉戒不多聞不能教弟子增戒學若弟子有惡見不能教弟子捨惡見令住善見不善誦毗尼有是五法不應授人大戒有五法應授人大戒即反上句是復有五法不應授人大戒不具持波羅提木叉不多聞不能教弟子增戒學若弟子不樂所住處不能移至樂處不堅住毗尼有是五法不應授人大戒有五法應授人大戒即反上句是復有五法不應授人大戒不具持二百五十戒不多聞不能教弟子增戒學弟子有疑不能如佛法解不能決斷諍事有是五法

不應授人大戒有五法應授人大戒(即反上句是)如是增心增慧增威儀學增淨行學增波羅提木叉學(如是五五爲句如上)若比丘調順無畏堪能語言自有此事亦能教弟子如是人應授人大戒應與他依止應畜沙彌應受差教授比丘尼若巳差應教授有五種人不得受大戒自言犯邊罪犯比丘尼若賊心受戒破内外道黄門有是五法是人不應受大戒復有五種人不應受大戒殺父殺母殺阿羅漢破僧惡心出佛身血有是五法不應受大戒有五種黄門生黄門形殘黄門妬黄門變黄門半月黄門是爲五種黄門有五種病人不應受大戒癩若癰疽白癩乾痟顛狂如是五種病人不應受大戒有五種清淨無難應受大戒是丈夫不負債非奴年滿二十父母聽如是五清淨無難應受大戒有五法與人依止若言能若言可若言是若言善自修行若言不放逸是爲五種與依止法有五種與人依止法若言善哉若言好若言起若言去若言與依止是爲五種與依止有五法不應無依止而住無戒無定無慧無解脱慧無見解脱慧有是五法不應無依止而住有五法應無依止而住(即反上句是)復有五法不應無依止而住若無戒又不能自勤修學戒無定無慧無解脱慧無見解脱慧又不能自勤修戒定慧解脱慧見解脱慧有是五法不應無依止而住有五法應無依止而住(即反上句是)復有五法不應無依止而住不具持二百五十戒不多聞不能自學毗尼阿毗曇若惡見心生不能開解習善見有是五法不應無依止而住有五

法應無依止而住即反上句是復有五法不應無依止而住不具持二百五十戒不多聞不能學毗尼阿毗曇不滿五歲有是五法不應無依止而住有五法應無依止而住即反上句是復有五法不應無依止而住不能自學毗尼阿毗曇惡見生不能捨住善見若不樂所住處不能移至樂處有疑悔心生不能如法開解有是五法不應無依止而住有五法得無依止而住即反上句是復有五法不應無依止而住不能自勤修增戒增心增慧學有病不能自將養亦不能令他爲已瞻病年不滿五歲有是五法不應無依止而住有五法得無依止而住即反上句是復有五法不應無依止而住不能自勤修威儀戒不能增淨行增波羅提木叉戒有惡見不能捨而住善見年不滿五歲

有是五法不應無依止而住有五法得無依止而住即反上句是復有五法不應無依止而住不知諍不知諍起不知諍滅不知向滅諍年不滿五歲有是五法不應無依止而住有五法得無依止而住即反上句是復有五法不應無依止而住不知犯不知懺悔不善入定不善出定年不滿五歲有是五法不應無依止而住有五法得無依止而住即反上句是復有五法不應無依止而住不知犯不知不犯不知輕不知重不廣誦二部毗尼有是五法不應無依止而住有五法得無依止而住即反上句是復有五法失依止若驅出若去若休道若休不與依止若至戒場上有是五法失依止復有五法失依止若死若去若休道若休不與依止若五歲若過五歲有是五法失依止復有

五法失依止若死若去若休道若休不與依止若見本和尚有是五法失依止復有五法失依止若死若去若休道若休不與依止若和尚阿闍梨命過有是五法失依止復有五法失依止若死若去若休道若休不與依止若和尚阿闍梨休道有是五法失依止復有五法失依止若死若去若休道若休不與依止若還隨本和尚有是五法失依止有五法驅遣弟子若和尚語弟子言今驅汝去汝不應入我房汝不應復營勞我莫復至我所不共汝語是爲和尚五法驅遣弟子阿闍梨有五法驅遣弟子語言今驅汝去汝勿復入我房不應復營勞我不應依止我住不共汝語是爲阿闍梨五法驅遣弟子弟子有五法爲和尚阿闍梨驅遣無慚無愧不可教訶非威

儀不恭敬弟子有是五法爲和尚阿闍梨所驅遣復有五法無慚無愧不可教訶親惡知識數往婬女家有是五法爲和尚阿闍梨所遣如是喜往婬女家大童女家黃門家若比丘尼間若式叉摩那間若沙彌尼間捕龜鼈人間如是等足上四事五五爲句如婬女句有五種與欲一言與汝欲二爲我故說欲三現身相四口語五現身相口語是爲五種與欲有五種失欲若受欲比丘死若休道若至外道若往別部僧中若至戒場上明相出有是五種失與欲有五種與清淨與自恣亦如是若失亦如是如來出世見諸比丘有過失故以五種利義制護卧具法不令風飄雨漬日曝塵坌不令鳥汙是爲五和尚有五非法弟子應懺悔而去應語和尚言我如法和尚不知我不如法亦不知若我犯戒捨不教呵若犯亦不知若犯而懺悔亦不

知和尚有如是五法弟子應懺悔而去毗尼有五事答一序二制三重制四脩多羅五隨順脩多羅是爲五復有五法名爲持律知犯知不犯知輕知重廣誦二部戒是爲五復有五法知犯知不犯知輕知重廣誦毗尼是爲五復有五法知犯知不犯知輕知重住毗尼而不動是爲五復有五法知犯知不犯知輕知重諍事起善能除滅是爲五有五種持律誦戒序四事十三事二不定廣誦三十事是初持律若誦戒序四事十三事二不定三十事廣誦九十事是第二持律若廣誦戒毗尼是第三持律若廣誦二部戒毗尼是爲第四持律若都誦毗尼是第五持律是中春秋冬應依上四種持律若不依住突吉羅夏安居應依第五持律若不依住者波逸提持律人有五功德戒品堅牢善勝諸怨於衆中決斷無畏若有疑悔能開解善持毗尼令正法久住是爲五有五種賊心黑闇心邪心曲戾心不善心常有盜他物心是爲五復有五種賊決定取恐怯取寄物取見便取倚託取是爲五復有五種與罪人同業若教授人作賊若復爲賊先看知賊物處所還示處若爲賊守物若爲賊邏道是爲五復有五種犯波羅夷僧伽婆尸沙波逸提波羅提提舍尼突吉羅是爲五亦名五種制戒亦名五犯聚若不知不見五犯者我說此人愚癡波羅夷僧伽婆尸沙波逸提波羅提提舍尼突吉羅是爲五種犯五種制戒亦如是五犯聚亦如是若不知不見五犯波羅夷僧伽婆尸沙波逸提波羅提提舍尼突吉羅者僧應與作呵責羯磨

五種制戒亦如是五犯聚亦如是復有五種犯或有犯自心念懺悔或有犯小罪從他懺悔或有犯中罪亦從他懺悔或有犯重罪從他懺悔或有罪不可懺悔有五法僧應與作呵責羯磨破戒破見破威儀若毀佛及法是爲五復有五法破戒破見破威儀毀佛及僧是爲五復有五破戒破見破威儀毀法及僧是爲五法應與作呵責羯磨如是擯羯磨遮不至白衣家羯磨若舉羯磨亦如是有五法作呵責羯磨非法非毗尼羯磨不成不得處所何等五不作舉不作憶念不作自言非法別衆是爲五復有五法若不犯犯不可懺若犯已懺非法別衆是爲五法羯磨不成不得處所復有五如法羯磨成就得處所即反上句是被呵責羯磨人有五事不應作如呵責揵度中說被舉人有五法不應爲解若罵謗比丘方便爲比丘作損減無利作無住處若在界內界外受善比丘禮拜供養若在無比丘處住有是五法不應爲解舉羯磨復有五法應爲解舉羯磨即反上句是若比丘被不見罪舉羯磨者應以五事自觀察若我不見罪諸比丘不共我羯磨說戒自恣同一房宿不共同一坐小食大食上不隨大小次第不執手禮拜恭敬問訊是爲被不見罪舉羯磨者以此五事自觀察被不懺悔羯磨惡見不捨舉羯磨亦如是爲他作不見罪舉羯磨者亦應以此五事自觀察不懺悔不捨惡見舉羯磨亦如是比丘有五法僧不應爲作遮不至白衣家羯磨不孝父毋不敬沙門婆羅門不善受語有是五法不應爲作遮不至白衣家羯磨有五法應爲作

遮不至白衣家羯磨(即反上句是)復有五法應與作遮不至白衣家羯磨喜罵謗白衣方便爲白衣作損減無利益作無住處鬬亂白衣是爲五法復有五法在白衣前毀佛法僧罵白衣作下業若調誑白衣是爲五法比丘有五法令白衣不信(如上鬬亂白衣句)比丘復有五法令白衣不信(如上調誑白衣句)白衣有五法僧不應與作覆鉢若不孝父母不敬沙門婆羅門不敬事比丘是爲五白衣有五法僧應與作覆鉢(即反上句是)有五法僧應與作覆鉢罵謗比丘爲比丘作損減作無利益作無住處鬬亂比丘是爲五復有五法於比丘前毀佛法僧以無根不淨行謗比丘犯比丘尼是爲五以五事毀呰得波逸提罪不以義故不以法故不以毗尼故不以教授故不以親故有是五事毀呰得波逸提復有五法毀呰不得波逸提(即反上句是)若比丘僧不差以五事向未受大戒人說他犯者得波逸提若說名字若種姓若相若衣若房舍是爲五事有五處行婬犯波羅夷婦人童女二根黃門男子是爲五有五種盜犯波羅夷若自取若指示取若遣使取若重物若移本處是爲五復有五事若非已有想不暫取不親厚取若重物移本處是爲五復有五是他有作他想若重物若作盜心若移本處是爲五死人有五不好一不淨二臭三有恐畏四令人恐畏惡鬼得便五惡獸非人所住處是爲五犯戒人有五過失有身口意業不淨如彼死屍不淨我說此人亦如是或有身口意業不淨惡聲流布如彼死屍臭氣從出我說此人亦復如是彼有身口意業

不淨諸善比丘畏避如彼死屍令人恐怖我說此人亦復如是有身口意業不淨令諸善比丘見之生惡心言我云何乃見如是惡人如人見死屍生恐畏令惡鬼得便我說此人亦復如是有身口意業不淨者與不善人共住如彼死屍處惡獸非人共住我說此人亦復如是是爲犯戒人五事過失如彼死屍不忍辱人有五過失一凶惡不忍二後生悔恨三多人不愛四惡聲流布五死墮惡道是爲五能忍辱人有五功德(即反上句是)向火有五過失一令人無顏色二無力三令人眼闇四令多人鬧集五多說俗事是爲五常喜往反白衣家比丘有五過失一不囑比丘便入村二在有欲意男女中坐三獨坐四在屏處覆處坐五無有知男子與女人說法過五六語是

爲五復有五一數見女人二既相見相附近三轉親厚四已親厚生欲意五已有欲意或犯死罪若次死罪是爲五散亂心眠有五過失若見惡夢諸天不祐護心不思法不繫意在明失不淨是爲五不散亂心眠有五功德(即反上句是)飲酒有五過失無顏色體無力眼闇喜現瞋相失財物是爲五復有五事生病益鬬諍惡名流布智慧轉少死墮惡道是爲五破戒有五過失自害爲智者所呵有惡名流布臨終時生悔恨死墮惡道是爲五持戒有五功德(即反上句是)復有五事先所未得物不能得既得不護若隨所在衆若剎利衆婆羅門衆若居士衆若比丘衆於中有愧耻無數由旬內沙門婆羅門稱說其惡破戒惡人死墮惡道是爲五持戒有五功德(即反上句是)不嚼楊

枝有五過失口氣臭不善別味熱陰不消不引食眼不明是爲五嚼楊枝有五事好即反上句是食粥有五事好除飢解渴消宿食大小便通利除風是爲五經行有五事好堪遠行能思惟少病消食飲得定久住復有五種食餅乾飯麨肉魚有五種鹽青鹽黑鹽毗茶鹽嵐婆鹽支都毗鹽是爲五復有五種鹽土鹽灰鹽赤鹽石鹽海鹽是爲五佉闍尼食有五事不應食若非時若不淨若不與若不受若不作餘食法是爲五有五事應食即反上句是有五種受食身與身受衣與衣受曲肘與曲肘受器與器受有時因緣置地受是爲五復有五身與身受或身與物受或物與身受或物與物受或遥擲與得墮手中是爲五有五種淨果火淨刀淨若瘡淨若鳥淨若不任種淨是爲五復有五若剥少皮若都剥若腐爛若破若瘀是爲五有五種脂熊脂魚脂驢脂猪脂失首摩羅脂是爲五有五種皮不應用師子皮虎皮豹皮狚皮猫皮是爲五復有五種皮人皮毒蟲皮狗皮錦文蟲皮野狐皮是爲五有五種皮不應畜象皮馬皮駝皮牛皮驢皮是爲五復有五羖羊皮白羊皮鹿皮熊皮伊師皮是爲五有五種肉不應食象肉馬肉人肉狗肉毒蟲獸肉是爲五復有五師子肉虎肉豹肉熊肉羆肉是爲五有五種説戒或説序已應白僧言餘者如僧常聞若已説戒序説四波羅夷竟應白僧言餘者如僧常聞説序説四波羅夷説十三僧殘已應白僧言餘者如僧常聞説序四波羅夷僧殘二不定已應白僧言餘者如僧常聞若廣説是爲

五復有五若說序四波羅夷竟應白僧言餘者如僧常聞若說序四波羅夷僧殘竟應白僧言餘者如僧常聞若說序四波羅夷僧殘二不定竟應白僧言餘者如僧常聞說序四波羅夷僧殘二不定三十尼薩耆波逸提竟應白僧言餘者如僧常聞若廣說是爲五復有五說序四波羅夷僧殘竟應白僧言餘者如僧常聞如是一一僧乃至波逸提若廣說是爲五有五法不應差爲分粥人若已差不應分（如上房舍揵度中說）以五事因緣受功德衣得畜長衣離衣宿別衆食展轉食不囑入村有此五事因緣受功德衣受功德衣已得五事（即反上句是）有五事因緣留僧伽梨若有恐怖若疑有恐怖若雨若疑當雨若經營作僧伽梨若浣若染若深藏舉是爲五事因緣留僧伽梨以五事因緣留雨衣若受界外請食者渡水若病若飽食已若經營作雨衣若浣若染若深藏舉以此五事因緣留雨衣夏安居竟應作五事自恣應解界應還結界受功德衣應分卧具是爲五比丘有五法不應與作親厚若喜鬪諍若多作業若與衆中勝比丘共諍若喜遊行不止不爲人說法言示人善惡是爲五有五法應與作親厚（即反上句是）有五法應差教授比丘尼若具持波羅提木叉戒多聞善巧語言辯說了了令聽者得解不爲佛出家而犯重罪二十臘若過二十是爲五有五法令正法疾滅何等五有比丘不諦受誦喜妄誤文不具足以教餘人文既不具其義有闕是爲第一疾滅正法復次有比丘爲僧中勝人上坐若一國所宗而多不持戒但修諸

不善法放捨戒行不勤精進未得而得未入而入未證而證後生年少比丘倣習其行亦多破戒修不善法放捨戒行亦不勤精進未得而得未入而入未證而證是爲第二疾滅正法復次有比丘多聞持法持律持摩夷不以所誦教餘比丘比丘尼優婆塞優婆私便命終彼既命終令法斷滅是爲第三疾滅正法復次有比丘難可教授不受善言不能忍辱餘善比丘即捨置是爲第四疾滅正法復次有比丘喜鬪諍共相罵詈彼此諍言口如刀劒互求長短是爲第五疾滅正法復有五法令正法久住（即反上句是）比丘有五法不應將作伴行喜太在前行喜太在後喜抄斷人語次不別善惡語善語不讚稱美惡語如法得利不以時爲彼受有是五法不應將作伴行

有五法應將作伴行（即反上句是）比丘有五法而自損減有犯爲有智者所呵得罪無量染汙於人不令清淨爲彼作犯不作無犯若受彼自言不如自言法治不知言說遠近損減是爲五復有五法不自損減（即反上句是）復有五法自損減不解所可言亦不善憶識彼語應難不難若彼難來不能解不具持波羅提木叉戒是爲五

復有五法不自損減（反上句是）復有五法自損減喜瞋恚不放捨增益他語受不善語離善語是爲五復有五不自損減（反上句是）病人有五法難瞻視有五法易瞻視有五法應受病人衣（如上衣揵度中說）比丘有五法生人疑惑乃至阿羅漢何等五若比丘數往婬女家婦人家大童女家黃門家比丘尼家是爲五比丘有五法

爲白衣所不喜見喜親白衣喜瞋白衣强至白衣家喜與白衣竊語喜乞求是爲五白衣所不喜見有五法白衣喜見句是反上爾時世尊在王舍城時優波離從座起偏露右肩右膝著地合掌白佛言年少比丘在上座比丘前懺悔有幾法佛告優波離有五法偏露右肩脱革屣禮足右膝著地合掌應說罪名種性作如是語我某甲比丘犯如是如是罪從長老懺悔上座應答言自責汝心生猒離彼人答言爾年少比丘在上座前懺悔應以是五法優波離復問年少客比丘禮上座舊比丘應以幾法佛告言年少客比丘應以五法禮上座舊比丘應偏露右肩脱革屣右膝著地捉上座兩足言大德我和南是爲五法年少舊比丘禮客上座比丘亦如是有

五種人不應禮自言犯邊罪犯比丘尼賊心受戒破二道黄門是爲五復有五法殺父殺母殺阿羅漢破僧惡心出佛身血是爲五比丘復有五種威儀不應禮若大便若小便若露身若剃髮時若說法時是爲五復有五若嚼楊枝若洗口若食若飲若食果是爲五上座若次座有五法於鬬諍比丘無利益不具持二百五十戒不多聞不廣誦二部戒不能問答不能如法教呵及作滅擯令得歡喜不善能滅鬬諍事是爲五復有五法上座若次座於鬬諍比丘有利益句是反上有五法名爲大賊長壽作大罪不被繫縛何等五若住無定處有好伴若多刀杖若大富多有財寶彼作是念若有捉我者當多與財寶若有大人親友若依止王若大臣彼作是念若有捉我者

王及大臣當佐助我若於遠處作賊而還是爲五如是破戒比丘有五法長壽多作衆罪不速爲他所舉若住無定處有伴黨若多聞若聞能憶持有如是多聞初中下言悉善有文有義具說淨行於如是法中能憶時而不能善心思惟深入正見若能得衣服飲食卧具醫藥彼作是念若有舉我者我當多與物若有大人爲親厚若上座若次座彼作是念若有舉我者上座次座當佐助我若在空野中住來至大家求見利養是爲五法破戒比丘長壽多作衆罪不速爲他所舉有五非法遮說戒遮無根波羅夷僧伽婆尸沙波逸提波羅提提舍尼突吉羅是爲五有五如法遮說戒(及上句是)有五非法捉籌若不解斷事受籌若無同意受籌若無善比丘受籌若非法若

别衆受籌是爲五有五如法受籌(及上句是)有五非法默然有五如法默然有五法和合(如上雜揵度中說)有五法捨棄(如拘睒弥揵度中說)爾時佛告優波離汝等莫數數舉他比丘罪何以故舉他比丘者身威儀不清淨而舉他罪即生彼語長老先自令身清淨優婆離比丘若身威儀清淨而舉他罪不生彼語若言不清淨命不清淨亦如是復次優波離若寡聞不知修多羅而舉他罪即生彼語問言長老此事云何此有何義便不能分别答彼問即生彼語長老先誦修多羅然後當知優波離若比丘多聞誦修多羅便不生彼語復次優波離比丘寡聞不誦毗尼而舉彼罪生彼問言長老此何所說因何而起若不能說所起處復生彼語言長老且先自誦習毗尼優波離若比丘多

聞誦習毗尼而舉彼罪不生彼問優波離若比丘有是五法應以時如法舉彼罪時優波離信樂歡喜受持爾時世尊在迦陵伽國鞬羅林中時長老波摩那詣世尊所頭面禮足却坐一面白世尊言大德以何因緣如來滅後正法疾滅而不久住復以何因緣正法不滅而得久住佛告波摩那言如來滅後比丘不敬佛法僧及戒定以是因緣正法疾滅而不久住波摩那如來滅後若比丘敬佛法僧及戒定以是故正法不滅而得久住爾時世尊在金毗羅國王園中時長老金毗羅詣世尊所頭面禮足却坐一面白世尊言以何因緣如來滅後正法疾滅而不久住亦如上問答不異

爾時有異比丘往佛所頭面禮足却坐一面白佛言大德以何因緣正法疾滅而不久住佛告比丘若比丘在法律中出家不至心為人說法亦不至心聽法憶持設復堅持不能思惟義趣彼不知義不能如法修行不能自利亦不利人佛告比丘有是因緣令法疾滅而不久住大德復次何因緣令法久住而不疾滅反上答即是

時有異比丘往世尊所頭面禮足却坐一面善哉大德為我略說法我當獨在靜處勤修精進而不放逸佛告比丘汝若知世法不能出離若知有愛不能越度若知有欲不得無欲若知有結不得無結若知親近生死不得無親近汝比丘決定應知此非法非毗尼非佛所教若比丘汝知此法是出離非世法是越度非愛法是離欲非有欲是無結非有結是不近生死非親近汝比丘應決定知此法

是法是毗尼是佛所教時彼比丘聞世尊略說教授即獨在靜處勤行精進而不放逸初夜後夜警意思惟一心修習道品之法所爲信樂出家行道未久現世得證成阿羅漢我生已盡梵行已立所作已辦不復還此彼比丘自知得阿羅漢佛說如是法諸比丘聞信樂歡喜受持爾時有異比丘往世尊所頭面禮足却坐一面白佛言善哉大德爲我略說法我當獨在靜處勤修精進而不放逸佛告比丘若汝知有法令多欲不令少欲令無猒不知足令難護不易護令難養不易養令愚癡無智慧比丘汝應知如是法非法非毗尼非佛所教若比丘知有法令少欲不多欲令知足不無猒令易護不難護令易養不難養令有智慧不愚癡比丘汝應決定知是法是毗尼是佛所教時彼比丘聞佛略說已即獨在靜處思惟如上所說

四分律藏卷第五十九

音釋

蓏（魯果切草實也）邏（郎佐切巡也）熊（胡容切獸似豕者）狙（子余切猿屬）羆（逋眉切獸似熊者）䴸（如佳切）

四分律藏卷第六十

姚秦三藏佛陀耶舍共竺佛念譯

第四分毗尼增一法之四

爾時佛告諸比丘若我所聽波陀舍阿㲉波陀舍便闍那阿㲉便闍那惡叉羅阿㲉惡叉羅應如是作如我所不聽波陀舍阿㲉波陀舍便闍那阿㲉便闍那惡叉羅阿㲉惡叉羅應呵不應隨順應如是作如我所遮波陁舍阿㲉波陀舍便闍那阿㲉便闍那惡叉羅阿㲉惡叉羅不應作如我所不遮波陀舍阿㲉波陀舍便闍那阿㲉便闍那惡叉羅阿㲉惡叉羅應隨順不應呵爾時舍利弗與五百比丘俱摩訶波闍波提比丘尼與五百比丘尼俱阿難那坻與五百優婆塞俱毗舍佉母與五百優婆私俱如拘睒彌揵度中說爾時佛告諸比丘比丘至僧中先有五法應以慈心應自卑下如拭塵巾應善知坐起若見上座不應安坐若見下座不應起立彼至僧中不爲雜說論世俗事若自說法若請人說法若見僧中有不可事心不安忍應作默然何以故恐僧別異故比丘應先有此五法然後至僧中舍利弗有此五法比丘在僧中不應語復有五法在僧中應語此中有六法如上爲自損減中說舉他罪有五法具持二百五十戒多聞善於語言有憶念有智慧是爲五有五法應舉他罪有慈悲心有欲利益令增長令懺悔清淨有是五法應舉他罪欲舉他罪者應有五法如上遮揵度中說有五非法舉非時不以時不實不以實損減無利益麤獷不柔和瞋恚不以慈心是爲五有五如法舉

反上句是不善善非毗尼是毗尼世間出世間作損減利益亦如是說有五句語無第三句時與非時此句無第三實與不實此句無第三損減有利益此句無第三麤獷柔和此句無第三瞋恚慈心此句無第三是爲五句無第三說五語捨戒捨佛捨法捨僧捨和尚捨同和尚如是五五爲句乃至非沙門釋子如來出世見有過失故以五利義爲諸比丘制戒攝取於僧令僧歡喜令僧安樂令不信者信信者增長是爲五乃至正法久住亦如是如來出世見諸比丘有過失故以五利義爲諸比丘制呵責羯磨攝取於僧令僧歡喜令僧安樂令不信者信信者增長是爲五乃至正法久住五五爲句亦如是乃至七滅諍亦如是有六非法遮說戒遮無根破戒作不作破見破威儀亦如是是爲六有六如法不遮說戒反上句是有六法應差教授比丘尼具持二百五十戒多聞廣誦二部戒毗尼善能語言辯說義句了了不爲佛故出家而犯重罪若二十臘若過二十有是六法應差教授比丘尼比丘爲比丘作疑有六法若以所生年若以臘數若以受大戒若以羯磨若犯若以法是爲六有六犯所起處或有犯由身起非心口或有犯起於口不以身心或有犯從身口起不以心或有犯從身心起非口或有犯起口心非身或有犯從身口心起是爲六鬪諍有六根本如中阿含說有六處盜犯波羅夷若自取若指授若遣使若重物以盜心移離本處是爲六復有六非已有想不暫取想非親厚想若重物以盜心移離本處是爲六有七

非法遮說戒遮無根波羅夷乃至無根惡說是爲七有七犯聚波羅夷乃至惡說是爲七有七種精青色乃至酪漿色是爲七有七滅諍如上戒文中說有七法名爲持律知犯知不犯知輕知重知有餘知無餘廣誦二部戒毗尼是爲七復有七六句同前第七句以廣誦毗尼爲一句是爲七復有七六句同前第七句以住毗尼不移不動爲一句是爲七復有七六句同前第七句以善能滅諍事爲一句是爲七復有七六句同前第七句以自識宿命種種所使爲一句是爲七復有七六句同前第七句以天眼見衆生死此生彼爲一句是爲七復有七六句同前第七句以漏盡得無漏心解脫慧解脫現世得果證我生已盡梵行已立所作已辦終不還此爲一句是爲七有七不恭敬不敬佛法僧戒定父母善法是爲七有七恭敬反上句是有七語捨戒捨佛法僧捨和尚捨同和尚捨阿闍梨捨同阿闍梨是爲七乃至非沙門釋子亦如是以七義故如來出世

爲諸比丘制戒攝取於僧令僧歡喜令僧安樂令不信者信信者增長難調令調慚愧者得安樂是爲七如是七七爲句乃至正法久住亦如是以七義故如來出世爲諸比丘制呵責羯磨從攝取於僧七七爲句乃至正法久住亦如是乃至七滅諍亦如是如呵責羯磨爲句有八非法遮說戒遮無根破戒作不作破見作不作破威儀作不作破正命作不作是爲八有八如法遮說戒反上句是有八法應差教授比丘尼具持二百五十戒多聞誦二部戒毗尼善能言語辯義句字了了大姓出家刹利婆羅門居士若形貌端正不爲佛故出家而犯重罪若二十臘若過二十臘是爲八有八不可過法如比丘尼揵度中說白衣有八法應與作覆鉢罵謗比丘作損減無利

益作無住處鬬亂比丘在比丘前毀佛法僧是為八比丘有八法令白衣不信罵謗白衣作損減無利益作無住處鬬亂白衣在白衣前毀佛法僧是為八比丘有是八法應與作遮不至白衣家羯磨如上說有八法應差作使伴能問能說自解令他解能受能持無失知好惡說義趣是為八爾時世尊在瞻婆城伽伽池邊白月十五日說戒時於露地坐與衆僧俱前後圍遶時有比丘舉彼比丘見聞疑罪當舉罪時彼比丘乃作餘語答便起瞋恚佛告諸比丘應審定問彼人彼人於佛法中無所住無所增長譬如農夫田苗稊稗參生苗葉相類不別而為妨害乃至莠實方知非穀之異既知非穀即耘除根本何以故恐害善苗故比丘亦復如是有惡比丘行來坐

起攝持衣鉢如善比丘不別乃至不出罪時既出其罪方知比丘中稊稗之異既知其異應和合為作滅擯除之何以故恐妨善比丘故譬如農夫治穀當風簸揚好穀留聚其下粃糠隨風除之何以故恐汙好穀故如是惡比丘行來入出如善比丘不別乃至不出罪時既出其罪方知比丘中粃糠穢惡既知已應和合為作滅擯除之譬如有人須木作井欄從城中出手捉利斧徃彼林中遍扣諸樹若是實中者其聲真實若是空中者其聲虛而髡而彼空樹根莖枝葉如真實者不異至於扣時方知內空既知內空即便斬伐截落枝葉先去麤朴然後斲剗細治內外俱淨以作井欄如是惡比丘行來出入攝持衣鉢威儀如善比丘不異乃至不出罪時既出其罪

方知沙門中垢穢稊稗空樹若知已即應和合作滅擯何以故恐妨害善比丘故而說偈言

同住知性行　嫉妬喜瞋恚　人中說善語
屏處造非法　方便作妄語　明者能覺知
稊稗應除棄　及以空中樹　自說是沙門
虛妄應滅擯　已作滅擯竟　行惡非法者
清淨者共住　當知是光顯　和合共滅擯
和合盡苦際

佛說如是諸比丘聞歡喜信樂受持爾時佛告諸比丘我今爲汝等說八種惡馬及八種惡人汝曹諦聽何等八或有惡馬授勒與鞭欲令其去而更觝蹎不去或有惡馬授勒與鞭欲令其去而反倚傍兩轅而不前進或有惡馬授勒與鞭欲令其去而顛蹷倒地既傷其膝又折轅輻或有惡馬授勒與鞭欲令其去而更却行不進或有惡馬授勒與鞭欲令其去而更趣非道破輪折軸或有惡馬授勒與鞭欲令其去不畏御者亦不畏鞭方便咋銜奔突不可禁制或有惡馬授勒與鞭欲令其去而雙脚人立吐沫或有惡馬授勒與鞭欲令其去或蹲或卧是爲八何等八種惡人或有比丘舉彼見聞疑罪而彼比丘便言我不憶我不憶猶如惡馬授勒與鞭欲令其去而更觝蹎不去我說此人亦復如是或有比丘舉彼見聞疑罪而彼比丘不言犯不言不犯默然而住猶如惡馬授勒與鞭欲令其去倚傍兩轅而不前進我說此人亦復如是或有比丘舉彼見聞疑罪彼作是言長老亦自犯是罪云何能除他罪猶如惡馬授勒與鞭

欲令其去而更顛蹷倒地既傷其膝又折轅輻我說此人亦復如是或有比丘舉彼見聞疑罪彼比丘作是言長老自癡猶須人教而欲教我猶如惡馬授勒與鞭欲令其去而更却行我說此人亦復如是或有比丘舉彼見聞疑罪而彼便說餘事荅反生瞋恚猶如惡馬授勒與鞭欲令其去而趣非道折軸破輪我說此人亦復如是或有比丘舉彼見聞疑罪而彼比丘不畏衆僧亦不畏犯而不受舉罪者語便捉坐具置肩而出不可呵制猶如惡馬授勒與鞭欲令其去而不畏御者亦不畏鞭齧銜奔突不可禁制我說此人亦復如是或有比丘舉彼見聞疑罪而彼比丘左抄欝多羅僧在僧中舉手大語乃令汝等教授我耶猶如惡馬授勒與鞭欲令其去而更雙脚人立吐沫我說此人亦復如是或有比丘舉彼見聞疑罪彼比丘言長老亦不與我衣鉢卧具醫藥何故教我彼即捨戒取於下道至諸比丘所作是言大德我已休道於意快耶猶如惡馬授勒與鞭欲令其去而更蹲卧我說此人亦復如是是爲八種惡人我已說八種惡馬八種惡人世尊所應慈愍諸弟子我已具說汝今當住在空處樹下修習禪定莫爲放逸後致悔恨此是我教戒佛說如是諸比丘聞歡喜信樂受持爾時世尊在拘薩羅國與千二百五十比丘俱人間遊行於中道見有大聚火熾然見已即下道在一樹下敷座而坐告諸比丘汝等見彼大聚火熾然不若使有人捉彼火捫摸嗚之即燒其皮肉筋骨消盡若復有人捉刹利女婆羅門女毗

舍女首陀羅女捫摸嗚之如是二事何者爲善諸比丘白佛大德若捉彼剎利等女捫摸嗚之世事爲善何以故若捉火即燒爛皮肉筋骨消盡得大苦痛不可堪耐佛告諸比丘我今告汝寧捉此火捫摸嗚之燒其皮肉筋骨消盡此事爲善何以故不以此因墮三惡道若非沙門自言是沙門非淨行自言是淨行破戒行惡都無持戒威儀邪見覆處作罪內空腐爛外現完淨食人信施以不消信施故墮三惡道長夜受苦是故應當持淨戒食人信施飲食衣服臥具醫藥一切所須能令施主得大果報所爲出家作沙門亦得成就汝等比丘寧以熱戟刺脚當受信樂善男子善女人接足作禮耶如是二事何者爲善諸比丘白佛言寧受信樂善男子善女人接足作禮何以故熱戟刺脚受大苦痛故佛告諸比丘我今告汝寧以熱戟刺脚何以故不以此因墮三惡道若非沙門自言是沙門非淨行自言是淨行破戒行惡都無持戒威儀邪見覆處作罪內空腐爛外現完淨食人信施以不消信施故墮三惡道長夜受苦是故當持淨戒食人信施乃至一切所須如上說令施者得大果報而爲出家作沙門亦得成就汝等比丘寧以熱斧自斬其身首當受信樂善男子善女人手捫摸身耶如是二事何者爲善諸比丘白佛言大德寧受信樂善男子善女人手捫摸身何以故熱斧斬身首受大苦痛故我今告汝寧以熱斧自斬其身首此事爲善何以故不以此因墮三惡道餘如上句說比丘汝等寧以熱鐵爲衣燒爛身盡當

受著信樂善男子善女人種種好衣如是二事何者爲善諸比丘白佛言大德寧受彼種種好衣何以故熱鐵衣燒身受大苦痛故佛告諸比丘我今語汝寧以熱鐵爲衣燒身何以故不以此因墮三惡道餘如上句說比丘汝等寧吞熱鐵鈎燒爛五藏從下而出當受信樂善男子善女人飲食供養耶如是二事何者爲善諸比丘言寧受彼飲食供養何以故吞熱鐵鈎受大苦痛故佛告諸比丘我今告汝寧吞熱鐵鈎何以故不以此因墮三惡道餘如上句說受種種粥亦如是汝等比丘寧在熱鐵牀上坐自燒身燋爛當受信樂善男子善女人種種好牀卧具在上耶如是二事何者爲善諸比丘白佛言寧受彼種種好牀卧具何以故熱鐵牀上自燒身燋爛受大苦痛故佛告諸比丘我今語汝寧受熱鐵牀上坐卧燒身何以故不以此因墮三惡道餘如上句說汝等比丘寧在熱鐵屋中住燒身當受信樂善男子善女人房舍在中止宿耶如是二事何者爲善諸比丘白佛寧受彼房舍止宿何以故在彼熱鐵房中受大苦痛故我今告汝寧在彼熱鐵房中燒身爛盡何以故不以此因緣墮三惡道餘如上句說爾時世尊說此語時六十比丘沸血從面孔出六十比丘捨戒休道六十比丘得無漏心解脫有衆多比丘遠塵離垢得法眼淨白衣家有九法未作檀越不應作若至其家不應坐何等九見比丘不喜起立不喜作禮不喜請比丘坐不喜比丘坐設有所說而不信受若有衣服飲食所須之具輕慢比丘而不與若多

有而少與若有精細而與麤惡或不恭敬與是爲九法不應往白衣家復有九法未作檀越應爲檀越已作應往坐反上句是有九不如法遮說戒遮無根破戒作遮不作遮作不作破見破威儀亦如是是爲九有九如法遮說戒反上句是有九語捨戒捨佛捨法捨僧捨和尚捨同和尚捨阿闍梨捨同阿闍梨捨諸梵行捨戒是爲九如是九九爲句乃至非沙門釋種子亦如是如來出世見有過失故以九義爲諸比丘制戒攝取於僧乃至斷未來有漏是爲九如來出世見有過失故以九利義爲諸比丘制呵責羯磨從攝取於僧乃至斷未來有漏是爲九乃至七滅諍亦如是有十種衣拘奢衣劫貝衣欽跋羅衣芻摩衣叉摩衣舍㲲衣麻衣翅夷羅衣拘遮羅衣差羅波尼衣是十種衣應染作袈裟色衣持有十種糞掃衣牛嚼衣鼠齧衣燒衣月水衣初虛衣神廟衣塚間衣願衣立王衣往還衣是爲十有十非法遮說戒非波羅夷不入波羅夷說中非捨戒不入捨戒說中隨如法僧要如法僧要不呵不隨如法僧要呵說中不見不聞不疑破戒不見不聞不疑破見不見不聞不疑破威儀是爲十有十如法遮說戒反上句是復有十非法遮說戒不犯邊罪不入邊罪說中不犯比丘尼不入犯比丘尼說中不賊心受戒不入賊心受戒說中不破二道不入破二道說中非黃門不入黃門說中是爲十有十如法遮說戒反上句是有十法應差教授比丘尼具持二百五十戒多聞廣誦二部戒毗尼善巧語言辯說了了大姓出家刹利婆羅門居士形

貌端正比丘尼恭敬堪任爲比丘尼說法令
得歡喜不爲佛故出家著袈裟而犯重罪若
二十臘若過二十臘是爲十爾時佛告優波
離汝等莫數舉他比丘罪何以故若身威儀
不清淨舉他比丘罪即生彼語言長老先自
淨身威儀優波離若比丘身威儀清淨不生
他語若言不清淨命不清淨不多聞不廣誦
二部毗尼亦如是如上五法中說
復次優波離舉他比丘復應修習五法以時
不以非時以實不以不實利益不以損減柔
輭不以麤獷慈心不以瞋恚優波離舉他比
丘有此十法然後應舉有十非法受籌不解
事受籌不與共如法者受籌欲令非法者多
受籌知有多非法者而受籌欲令僧破受籌
知僧欲破受籌以小罪受籌不如所見受籌
非法受籌別衆受籌是爲十有十如法受籌
反上句是如來出世見有過失故以十義爲諸比
丘制戒從攝取於僧乃至正法久住是爲十
有十種人不應禮自言犯邊罪犯比丘尼賊
心受戒破二道黃門殺父殺母殺阿羅漢破
僧惡心出佛身血是爲十比丘有十種威儀
不應禮大行時小行時若躶身若剃髮若說
法若嚼楊枝若洗口若飲若食若噉果是爲
十飲酒有十過失令人色惡少力眼不明喜
現瞋失財增病起鬪諍有惡名流布無智慧
死墮地獄是爲十出家人入王宮至婇女間
有十過失若王與夫人和合時比丘入宮至
婇女間夫人見比丘笑比丘見夫人亦笑王
作是意言比丘若已作是事若當作此事是
出家人入王宮婇女間初過失復次若王醉

時與夫人和合不憶後夫人有娠王作是意言比丘來入宮是比丘所爲是爲第二過失復次王太子欲反殺王王作是意比丘來入我宮内是其所教是第三過失復次王在内祕密之言以聞於外王作是念比丘來入我宮内是其所傳是第四過失復次王失寶若似寶王作是意比丘來入我宮内是其取去是第五過失復次王或以賊人在高位處外不喜者作是言比丘入宮是其所作是爲第六過失復次王或以高位者處在下職外不喜者作是言比丘入宮是其所作是第七過失復次無事因緣非時王集四部兵其不喜者作是言比丘入宮是其所作是爲第八過失復次王或集兵中路而還其不喜者作是言比丘入宮是其所作是爲第九過失復次若王在宮婇女問出好象馬端正女人見則心生愛著非比丘法是爲第十過失有十法不應授人大戒不能教弟子增戒增心增慧學增威儀增淨行增波羅提木叉學不能教捨惡見令住善見弟子不樂住處不能移至樂處若有疑悔生不能如法如毗尼開解決斷若不滿十臘是爲十有十法應授人大戒（反上句是）有十法不應授人大戒不具持二百五十戒不多聞不能教弟子阿毗曇毗尼不能教捨惡見住善見不知波羅提木叉不知波羅提木叉說不知布薩不知布薩羯磨若不滿十臘是爲十有十法應授人大戒（反上句是）有十法不應差別處斷事不具持二百五十戒不多聞不廣誦二部戒不善巧語言令人開解不能問答教呵如法滅擯令得歡喜設有

諍起不善能滅不知波羅提木叉不知波羅提木叉說不知布薩不知布薩羯磨是爲十有十法應差別處斷事（反上句是）有十法不應差別處斷事六句如上不解斷了鬬諍事不知諍起不知諍滅不知趣滅諍道是爲十有十法應差別處斷事（反上句是）有十法不應差別處斷事六句如上有愛有恚有怖有癡是爲十有十法應差別處斷事（反上句是）時阿難從座起偏露右肩右膝著地合掌白佛言大德以何因緣令僧未有諍事而生諍事以有諍事而不除滅佛告阿難舉他比丘不犯言犯犯言不犯輕言重重言輕非法說法法說非法非毗尼說毗尼是毗尼說非毗尼非制而制是制而斷以此因緣令僧未生諍事而生諍事已有諍事而不除滅阿難復問佛言大德以何因緣令僧未有諍事而不生諍已有諍事而得除滅佛答阿難（反上句是）佛告阿難有十種諍根應當知之善作方便令得除滅何等十（反上句是）時優波離從座起偏露右肩右膝著地合掌白佛言大德說言破僧者齊幾名爲破僧誰破和合僧佛答十事如上句以此十事求索伴黨若教他求別部說戒布薩羯磨齊是爲破僧名爲破和合僧優波離問和合僧（反上句是）有十一語捨戒捨佛捨法捨僧捨和尚捨同和尚捨阿闍梨捨同阿闍梨捨淨行比丘捨波羅提木叉捨毗尼捨學事是爲十一如是十一爲句乃至非沙門釋子亦如是

爾時世尊在不尸城林中告諸比丘言若比丘所在之處莫鬬諍共相罵詈口出刀劍互求長短憶之不樂況能往彼汝等決定應知

三法疾滅應知三法增長何等三念出離念無瞋恚念無嫉妬此三事疾斷滅何等三法遂增長貪欲念瞋恚念嫉妬念此三法增長是故所在之處若鬬諍共相罵詈口出刀劒互求長短憶之不樂況能往彼是故汝等決定應知三法損減三法增長若比丘所在之處不共鬬諍(反上句是)其有鬬諍二俱不忍心懷垢穢互相憎害增長瞋恚不善調伏不相受教亦失恭敬當知此諍轉增堅固不得如法如律如佛所教而滅若比丘鬬諍故此俱忍心不懷垢穢不相增害不增長瞋恚而善調伏更相受教不失恭敬當知此諍而不堅固得如法如律如佛所教而滅若比丘共諍二俱不忍心懷垢穢互相增害增長瞋恚而不善調伏不相受教亦失恭敬若諍事起時不以七滅諍一一法而滅諍事者當知此諍轉復增長堅固不得如法如律如佛所教而滅若諍如法得滅者(反上句是)若比丘鬬諍不與上中下座平誼其事則不入脩妬路毗尼法律不與相應若諍事起時不以七滅諍法一一滅者當知此諍而致增長堅固不得如法如律如佛所教而滅若諍事如法得滅(反上句是)若不與持法持律持摩夷者共平誼諍事諍事增長亦如上句說

若諍事如法滅(亦如上句是)爾時世尊告優波離汝等莫數舉他比丘罪何以故若舉他罪身不清淨口不清淨即生他語長老先自淨身口威儀優波離若比丘身口清淨不生他語復次優波離舉他比丘命不清淨寡聞不誦修多羅若舉他罪即生他語長老先自清淨

其命誦修多羅若優波離舉他比丘命清淨多聞誦修多羅不生他語復次優波離舉他比丘不多聞不知毗尼言不辯了喻若白羊若舉他罪則生他語長老先學毗尼學語若優波離舉他比丘多聞誦毗尼語言了了則不生他語是故優波離比丘應作是知若此比丘有愛恭敬於我者則應舉罪無愛有恭敬應舉無恭敬有愛應舉若無愛無敬能令捨惡就善應舉若無愛無敬亦不能令捨惡行善而彼有所重比丘尊敬信樂者能令捨惡行善應舉若無愛無敬不能令捨惡行善復無有所重比丘尊敬信樂者不能令捨惡行善優波離僧即應都捨置驅棄語言長老隨汝所去處彼當爲汝作舉作憶念作自言遮阿嵬婆吒遮說戒遮自恣譬如調馬師惡馬難調即合韁杙驅棄此比丘亦復如是如是人不應先從其求聽此即是聽佛說如是優波離聞歡喜信樂受持優波離問佛言大德爲比丘起事以幾法佛答言爲比丘起事以三事破戒破見破威儀優波離復問以此三事起事復以幾法爲作舉佛言以三事舉見聞疑優波離復問以三事起事以三法作舉應内有幾法然後舉佛言内有五法應作舉如上說以時不以非時如是五法　爾時世尊在跋闍國池水邊告諸比丘汝等謂我爲衣服飲食疾病醫藥牀卧具而說法耶諸比丘白佛言大德我等不敢生如是意謂世尊爲衣服乃至卧具故而說法佛言若不以是爲作何心諸比丘答言我等作如是意世尊慈念衆生故而爲說法佛言汝等若實有如是心者我所覺

悟證知之法四念處四正勤四神足四禪五根五力七覺意八聖道應歡喜和合修學若歡喜和合修學有餘比丘犯戒不應疾疾舉應自觀察不令自惱亦不令害人彼犯罪者若不喜瞋恚不結怨嫌不難覺悟自能除罪能捨不善住於善法若如是復應量宜若自惱已然不害彼人彼有罪者不喜瞋恚難悟疾能除罪能捨不善住於善法彼比丘應作是念我得少惱於彼無害有愛利益能令捨不善住善法則應舉罪比丘作是念我舉他罪當得自惱不害彼彼有罪者喜瞋恚易得解悟能疾捨罪餘如上說比丘復作是念若舉他罪於我得惱害彼有罪者喜瞋恚難可解悟不疾捨罪若我舉罪爲作憶念當以餘外語答我而生瞋恚如是人便應捨置不須復舉如是比丘和合歡喜於阿毗曇中種種諍語應語言諸長老所說文義相應不應共諍有餘比丘人所信用其言者應語言長老所說文義相應不應共諍復更有餘比丘人所信用言者亦應語如是語復作是言長老所說文異義同此是小事耳莫共鬪諍若有多人所信信用其言者應語如是言復更有多人信用言者亦應語如是言復作是言長老所說文同義異亦如是復作如是語長老所說文義俱異莫共鬪諍有多人信用言者應語如是言復更有信用言者亦應語如是言若作如是和合衆僧有諍事起應和合共集共集已應作如是觀察若共鬪諍於沙門法作留難不汝謂云何餘比丘見正理者應作是言鬪諍法於沙門法即是留難復問言

若有見者是可呵不彼言我意謂於沙門法作留難即是可呵復問言若於沙門法作留難是可呵法能進善根得沙門果不有見正理比丘言我意謂可呵不能進善根不能得沙門果若作如是諍事滅者應語彼比丘言汝爲我等滅此諍事彼比丘應答言我不知他心但於佛所有信樂世尊以時爲我說法最上勝妙開示善惡如我從世尊所聞如是法令爲汝說若彼比丘聞已便捨諍事比丘作如是說時不自高已亦不下人如是餘比丘無有能呵者佛說如是諸比丘聞歡喜信樂受持有十三種人未受大戒不應受若受應作滅擯自言犯邊罪犯比丘尼賊心受戒破二道黃門殺父殺母殺阿羅漢破僧惡心出佛身血非人畜生二根是爲十三種人未受大戒不應受若受應滅擯爾時佛告優波離汝等莫數舉他比丘罪何以故若比丘欲舉他罪身不清淨則生他語長老先自淨身若舉他比丘身清淨不生他語如是口不清淨命不清淨不多聞不誦毗尼不觀修多羅言不辯了喻若白羊於善比丘身業無慈亦如是復次優波離若比丘欲出他罪不令有罪有犯便舉不犯不舉取彼比丘自言與作自言善能言說辯了有利益復次優波離舉他比丘復應有五法以時不以非時如是五法如上說優波離若比丘有此十七法應舉他罪有二十二法不應授人大戒不知法不知非法乃至不知說不說不知可懺罪不知不可懺罪不知懺悔不知懺悔清淨有是二十二法不應授人大戒有二十二法應授人大戒反上

句是爾時佛告諸比丘以二十二種行知平斷事人具持二百五十戒多聞善解阿毗曇毗尼不與人諍亦不堅住此事應呵者呵然後住應教者教然後住應滅擯滅擯然後住不愛不恚不怖不癡不受此部飲食亦不受彼部飲食不受此部衣鉢坐具針筒亦不受彼部衣鉢坐具針筒不供給此部亦不供給彼部不共此部入村亦不共彼部入村不與作期要亦不至彼後後來後坐有此二十二種知是平斷事人佛說如是諸比丘聞歡喜信樂受持

四分律藏卷第六十

音釋

坻陳知切 稊稗稊杜奚切穢草也稗薄邁切草似穀者 莠云九切薉也 簁所皆切下物竹器也 粃糕粃補委切不成粟也糕古沃切穀皮也 ⿱斯瓦先齊切瓦破聲也 斵剢斵竹角切剢楚簡切斵剢孟削也 觝蹪觝典禮切觸也蹪支義切跆也 蹷居月切顛倒也 轅于權切輈也 ⿰車鬲各額切牛領曲木也 咋士革切齧也